犭孔先生

锦绣离人

乔华 / 著

中国纺织出版社有限公司

内 容 提 要

鸣犸锦绣已经活了一万八千七百多岁。很小的时候，由于拥有超能力，他被嘲笑为怪物，不堪忍受身世之谜困惑的他意欲轻生，却导致外婆意外离世，这让他在忏悔中虚度了万年。

他居住的这颗名叫“怒安娜”的星球上，文明的诞生、演进、衰落和毁灭，已数度更替，他见证了上一次文明的毁灭和新文明的重生。他逐渐厌世而选择独居，并暗自保留了上一次文明遗留的科技成果，现今文明的人类对此一无所知。

厚重不堪的记忆如纷乱的碎片，在他脑海中穿梭、相撞、爆裂，零落成无尽的孤独。他一度沉沦，直到这一次，来自另一颗星球的香沙沙落人的闯入和神秘女孩鹦宝儿的出现，改变了他漫长而索然的生命旅途，他将发现更多关于外婆的秘密，遇见一次温暖的救赎……

图书在版编目（CIP）数据

犸先生：锦绣离人 / 乔华著. -- 北京：中国纺织出版社有限公司，2020.7（2021.1 重印）
ISBN 978-7-5180-7536-2

Ⅰ. ①犸… Ⅱ. ①乔… Ⅲ. ①幻想小说—中国—当代
Ⅳ. ① I247.5

中国版本图书馆 CIP 数据核字（2020）第 106437 号

策划编辑：李满意　　责任编辑：张　强　　责任校对：王花妮
责任设计：安　宁　　责任印制：王艳丽

中国纺织出版社有限公司出版发行
地址：北京市朝阳区百子湾东里 A407 号楼　邮政编码：100124
销售电话：010—67004422　传真：010—87155801
http://www.c-textilep.com
中国纺织出版社天猫旗舰店
官方微博 http://weibo.com/2119887771
北京通天印刷有限责任公司印刷　各地新华书店经销
2020 年 7 月第 1 版　2021 年 1 月第 3 次印刷
开本：710 × 1000　1/16　印张：26.25
字数：408 千字　定价：49.80 元

序　寻找心的故乡

“犼”是一个比较生僻的字，查字典说是“古书上说的一种吃人的野兽，形状像狗”。犼，俗称望天犼、朝天犼、蹬龙。关于犼，一说是龙族的克星，好食龙脑；还有一说是龙王的儿子，有守望的习惯。据网络资料显示，犼这种动物最早记载于《尔雅》。它不仅见于典籍记载，我们生活中也有其影子，天安门城楼前华表上蹲踞的那两只石兽就是犼。据说犼是一种极有灵性的动物，它每天蹲在华表上密切关注皇帝的行踪。两只面南而坐的犼是专门守候皇帝出巡的，每当皇帝久出不归，它们就会呼唤皇帝回来料理国事，人称“望君归”。还有两只位于城楼后华表上面北而坐，则是监视皇帝在宫中举动的，如果皇帝久居后宫，不理政事，它们便会催促皇帝出宫体察民情，人称“望君出”。作者在书中所取的寓意，就是“望君行”“盼君归”。

作者在小说中虚构了一个类地行星作为故事的发生地，通过处于蒸汽时代、人工智能时代和太空时代三种不同层级文明之间的冲突碰撞，来反映人类在社会道德、伦理、阶层以及政治和管理等诸方面的剧烈变化和矛盾冲突，旨在探讨科技发展对人类社会的影响，从而表达了作者对生命的悲悯以及对大自然的敬畏。这样的作品，按照现在文学界的分类划分，应该是科幻小说里面的软科幻。

科幻在我国，目前是一个比较受人瞩目的热词，这原因，一者是刘慈欣在2015年凭借《三体》摘得雨果奖，成为获此殊荣的亚洲第一人，掀起了科幻热的第一波高潮；二者是2019年春节档科幻电影《流浪地球》的上映，使科幻热形成了又一波高潮。当然电影的故事仍然是脱胎于刘慈欣的同名小说。刘慈欣的出现，不但把中国科幻文学推到了世界的高度，而且开启了中国科幻电影的历史新纪元。他的粉丝成了这场科幻文艺大餐的忠实消费者。甚至可以说，一些新的科幻作者就是因为刘慈欣而开始关注科幻，热爱科幻，进而走上科幻文学创作之路的。

乔华是我认识的一位新作家，他毕业于北京广播学院，也就是现在的中国传媒大学电视编辑专业，过去的经历主要在传媒界，曾经就职于华谊兄弟、银汉文化、光线传媒、重庆卫视、澳门卫视等机构，做过制片人助理、电视剧策划，担任过制片人、主持人、节目主编、记者编导，也曾经有过自己创业的艰辛和努力。他还出版过长篇小说《婚姻像花儿一样》，创作过电视剧《蝴蝶行动》和《面具侠》，现在又开始科幻文学的写作，或许就是受到刘慈欣的影响。

作者认为，“写作让我思考、自知，让我寻找到了愿意奋斗终身的人生方向——那就是通过实际行动去爱他人、爱大自然，爱我们所生活的这颗星球、这个宇宙，并尽自己的微薄之力，通过文学作品把这种正能量的爱传递给更多的人”。

在今天，在这个时代，在这颗蓝色的星球上，我们正在享受着科技成果，膜拜着科技的创造，忌惮着科技的威力，憧憬着科技的突破。同时，也有一些人正或乐观或忐忑着科技发展对未来人类的改变。而引领人类进入未知历程的，不仅有科技的进步，还有科幻。对于已跋涉过几千年文明的人类，我们的思考和想象，不仅影响着科技发展的走向，也影响着科技的深度，在这些思考和想象里，科幻文学功不可没！科幻文学，或许是乔华找到的更加辽阔的施展自己才华的领域和舞台。

乔华匠心独用，另辟蹊径，构建了一个充满魅力的科幻世界。这个世界光怪陆离，以至于任何故事皆有可能发生；这个世界亲切熟悉，以至于任何人都能够与自己相遇。作者不但用他创造的世界反思科技之剑的利弊，而且通过人物的命运去叙写人类的美善、人性的光芒。作品中既弥漫着残酷冰冷，更挥洒着热血义气。当我们走进作者创造的这个世界，读者自会各取所需：智者思智，仁者取仁，娱者自娱，绝不会空手而归。

这部作品的动人之处在于，作者以科幻为舞台，写就了这个舞台上一个个“血肉丰满”的“人”，以及这些“人”或身不由己、或执迷不悟、或执着勇敢、或咎由自取、或天降使命、或堪比蝼蚁的命运。在作品设置的科技迷宫里，乔华始终把握着“人”这个字，深切关注着每个人的命运沉浮，敬畏着宇宙中的如是因如是果，悲悯着天地万物如是行如是心。

作品表达的“犼先生”对他外婆的情愫，不单单是一个外孙对外婆的亲情，更是沧桑的人类对爱之源头的不舍，是游子对故乡的眷恋，是离人对过往的缅怀，是现实对历史的凭吊。那些放不下的种种，说出来灼痛，不说出来隐痛，再也找不到、追不回，也许它们最大的意义，就在于时刻提醒着我们勿忘出处，勿忘初心！

人皆有“故乡”，这个“故乡”是人的出生成长之地。

人的心也有“故乡”，这个“故乡”或许就是给自己最多爱的那个人。那个人在何处，心之故乡就在何处，那个人不在了，心之故乡也就荡然无存了。珍惜这份情愫，就是珍惜心之故乡，因为今次相聚后的别离，或许就是永诀。其实，扩而广之，人心的故乡应该是人类的大爱，即如佛教里的菩萨之爱众生。

据作者介绍，《锦绣离人》是他“犽先生”系列的第一部，我们期待乔华的后续之作。我相信，无论乔华如何续写故事，只要贴着人心人性去构思和想象，作品就一定会打动读者。其实人心是相通的，甚至，人与动物的情感也是相通的。我们人类的发展，终将会成为命运的共同体，乃至未来，或许所有生命也将成为命运的共同体，因此，人类若想幸福昌盛，必须携手共进，共同发展。同时，人类要发展进步，必须知敬畏、爱自然。万物和谐，方能共生！

国之未来，取决于人心，人类之未来，取决于人心，当人类疾速奔跑之时，我们更要告诉自己莫忘初心，一如外婆对犽先生的提醒。

是为序。

侯讵望

2020.3.18

（侯讵望，山西盂县人。现任山西省作协副主席，阳泉市文联主席、党组书记、作协主席，《娘子关》杂志主编。中国作家协会会员、山西省文联主席团委员。）

人物表

（按出场先后排序）

犽儿　昵称“犽儿”，姓“鸣犽”，名“锦绣”。

伽马暴力　来自香沙沙落星，香沙沙落国流星战军某临时小分队队长，军衔上尉。

盈坤　来自香沙沙落星，香沙沙落国流星战军某临时小分队队员，军衔中尉。

狱炼者　来自香沙沙落星，为香沙沙落国已产生意识的机械人，觉醒后自称“狱炼者”。

外婆　鸣犽锦绣的外婆，姓“支离”，名“锦”。

机器外婆　鸣犽锦绣按照外婆形象制作而成的智能机器人。

妈妈　鸣犽锦绣之母，姓“小鹿”，名“绣刃”。

机器妈妈　鸣犽锦绣根据母亲形象制作而成的智能机器人。

外公　鸣犽锦绣的外公。

机器外公　鸣犽锦绣根据外公形象制作而成的智能机器人。

阿替　保姆机器人。

鹦蔬　墨若国喆梨寨村民，收养了迷路的鹦宝儿，并与之认作姐妹。

鹦宝儿　处于暂时性失忆状态，来历不明。

灿豆　墨若国喆梨寨村民，鹦蔬的未婚夫。

灿爷爷　墨若国喆梨寨村民，灿豆的爷爷。

鸣犽信　鸣犽锦绣之父。

机器鸣犽信　鸣犽锦绣根据鸣犽信形象制作而成的智能机器人。

灿奶奶　墨若国喆梨寨村民，灿豆的奶奶。

圣决者　香沙沙落国家元首，兼军队最高统帅，军衔繁星上将。

量子樱　香沙沙落流星战军三等兵。

双星沫　香沙沙落流星战军一级军士长。

黑脸膛大伯　墨若国喆梨寨村民。

圆圆脸大妈　墨若国喆梨寨村民。

甜美大姐　墨若国喆梨寨村民。

矮个子大婶　墨若国喆梨寨村民。

黑洞光芒　香沙沙落流星战军士兵，下士军衔。

晕轮　香沙沙落流星战军士兵。

天极魁梧　香沙沙落流星战军士兵，中士军衔。

二娃　鸣犽锦绣模仿犽的形象制造而成的智能机器。

父神　香沙沙落人所信奉的神祇。

宏原子美　香沙沙落士兵，父神之眼崩溃后，与蓝移樽成为地下恋人。

蓝移樽　香沙沙落士兵。

赤琴婠月　墨若国皇后，太子福螺凛烨生母，龙影大将军赤琴骇日之妹。

福螺凛烨　墨若国太子。

先贤极　墨若国内阁次辅兼工务大臣，加天地殿大学士，太子之师。

福螺烬　墨若国重建后，第三十七代皇帝。

慧发袭心　香沙沙落人事行政总长，上校军衔。

星门噬　香沙沙落国防总长，兼香沙沙落流星战军总司令，上将军衔。

亲伯石　墨若国内阁首辅兼军务大臣，加日月殿大学士，贵妃之父。

亲天天　墨若国贵妃，亲伯石之女。

忍瑕非　墨若国礼务大臣，加圣贤殿大学士。

怒玉柔　墨若国皇贵妃，为怒安娜吼族、血族、雅茶族混血儿。

主序后星使　香沙沙落人事行政部士兵，哗变后追随福螺凛烨。

“心形脸女神灵”　香沙沙落人事行政部士兵。

“婴儿肥女神灵”　香沙沙落人事行政部士兵。

某军官　服役于宇宙救援部队某运输舰。

知县　墨若国茶青县知县。

师爷　墨若国茶青县师爷。

穿山破　墨若国茶青县主簿兼巡捕官。

无盐煮海　墨若国司礼监掌印太监。

黑齿鸾　墨若国燃死侍指挥史，封燃金死侍，赤琴骇日之子。

赤琴骇日　墨若国中军都督府左都督，封龙影大将军，皇后之兄长。

瓜子脸小媳妇　墨若国喆梨寨村民，被伽马暴力强暴而死。

虎背壮娘们　墨若国喆梨寨村民。

大娘　墨若国喆梨寨村民。

镜决者　香沙沙落国家元首圣决者之副手。

电离别　香沙沙落陨血卫队长，圣决者侍卫。

县丞　墨若国茶青县县丞。

典史官　墨若国茶青县典史官。

丑小蚕　墨若国太子妃，福螺凛烨正妻。

弧秒极乐　香沙沙落财务总长。

冕盔双瞳　香沙沙落卫生总长。

星协集　香沙沙落军需总长。

准直云骨　香沙沙落军械科技总长。

花火人　香沙沙落机械兵，负责香沙沙落人类士兵的两性生理需求。

索玛吲哚　香沙沙落机械兵，负责后勤杂务。

“大耳朵”士兵　香沙沙落士兵。

胖乎乎的士兵　香沙沙落士兵。

无盐鲨　墨若国秘密监察机构听雨轩之掌事提督。

猩群首领　燃刀大猩猩某猩群首领。

阿伯　墨若国猎人，与鸣犰锦绣有天赐之缘。

阿伯老伴　阿伯之妻。

阿伯的儿子　阿伯之子。

阿伯儿媳　阿伯儿媳。

裁缝　墨若国狂烛县裁缝，手艺首屈一指。

裁缝妻子　裁缝之妻。

“小狗狗”　鹦宝儿对二娃样板模型的昵称。

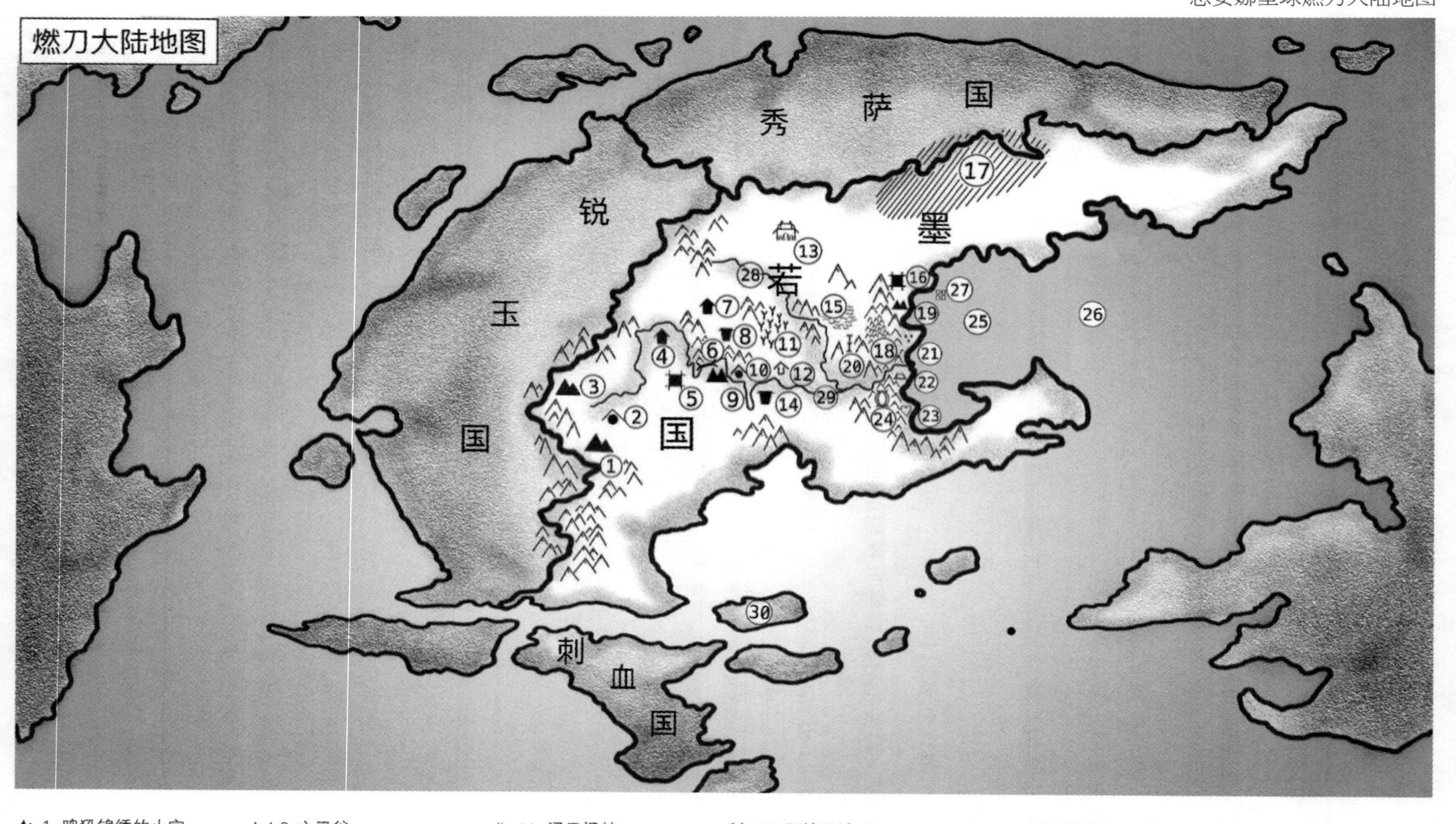

1 鸣犽锦绣的小家
2 临时落脚点
3 外婆家
4 喆梨寨
5 荼青县城
6 亡灵谷
7 火云寨
8 13号洞穴
9 泪雁山
10 乡村星光小别墅
11 涌云枫林
12 阿伯家
13 驰灵城
14 122号洞穴
15 沼泽地
16 狂烛县城
17 荒凉之地
18 刀舞山脉
19 淬刃岭
20 火雹隘口
21 星舰坠落地
22 波叶阿爔涂陵
23 醉湘妃湖
24 地动仪
25 火种湾
26 杜鹃海
27 若兰州沉没地
28 浣心河
29 刃江
30 烈女岛

目录

序幕 他

他最爱外婆。外婆也最疼他。所以，哪怕他今年已经一万八千七百三十七岁了，还是会搂着外婆撒娇。

对此该怎么说呢，只能说他外婆是个更老的老老老老老……老太太。而他，也许是有史以来，年纪最大、心智最不成熟、撒娇最让人感到肉麻和不适的外孙了。

“不管他多大，在我眼里都是娃儿。”天底下的外婆都会这么看待外孙。想来，他外婆的体会更要深刻得多。

不过，他看上去一点儿也不老。混在人堆里，会以为他二十多岁，撑死了三十出头。而外婆，也就是六七十岁的模样。

可他们从不往人堆儿里扎。自从上一次文明灭绝后，到这次文明重启至今，他们一直离群索居，没跟任何人打过交道，也没让任何人发现他们的存在。这么偷偷摸摸活着，也挺惬意。

此时，他正驾驶直升机，带着外婆在幽远的森林上空兜风。直升机机身布满了黑黄的锈迹，从仅剩下的几小片涂装来看，之前它应该是墨绿色。如果你在地面上见到这架飞行器，极有可能会把它认作废铜烂铁。然而此刻，这堆废铜烂铁却飞翔得如此铿锵又不失优雅，它顶部的对转双旋翼桨叶高速旋转，尾部还装配有推进式螺旋桨，这种设计，能赋予它超强的机动性和飞行速度。所以，它的身份是军用直升机。用它来观光，再拉风不过了，尤其是它卸掉舱门成为敞门直升机之后。

这时，主螺旋桨上方，飞过了一群白天鹅。外婆探出直升机，把食指和拇指含进嘴里，冲天鹅打了个响亮的口哨，呼喊道：“娃儿们！天上小心老鹰，地下当心狐狸，它们要敢来就给我往死了揍！还有，要吃好，别紧赶慢赶地不休息，但也别总睡懒觉，耽误了正经事……”

这可是在三千多米的高空，我唠叨又爱管闲事的外婆！而且，老鹰和狐狸也得填饱肚子啊，捕食和被捕食，根本就没有谁对谁错。他边想边提起总距杆，让直升机爬得更高些，好让外婆跟天鹅的套磁不至于这么费劲。

透过机舱玻璃向外望去，白鸽旖旎，青山绵延，海天一色。他恍惚间有种错觉，仿佛从史前到此刻，从此刻到永远，这世界都能如此祥和，风柔日暖。

他知道这想法很扯淡。上次文明存在的一万五千多年里，世界动荡不安，如今肯定也是这样，而未来势必还将如此。所以，他才懒得搭理这世界。

劲风在机舱内汹涌穿行，可他还是能闻到外婆身上家的味道，这让他安心。那群白天鹅正飞往北方的家，要等到秋天才回来。这次，他想在家多陪陪外婆。毕竟，他一年才回一次家。

正想着，直升机突然剧烈地摇晃起来。眼里的一切顷刻间就支离破碎了。

“地震！”他慌忙摘下眼罩，翻身而起，拔腿就往屋外跑——刚才呈现在他眼里的所有，是去年回家给外婆过生日时他录的影像。

房屋在颤抖，灰尘石块扑簌簌往下掉。

“不！不是地震！”他分明听到了轰隆隆的炮声。他想起了什么，调头往回冲，手忙脚乱地用外衣裹了些东西，这才又向屋外狂奔而去。七拐八绕，他终于从屋门一跃而出，摔倒在一片嶙峋的岩石里。

空中乌云压顶，山雨欲来。而他所钻出的，是一个异常狭小的山洞口。洞口位于一座玲珑小山岗的底部，四下是荒芜的旷野和森林。他刚才的栖身之所，就在这小山的山体内部。

一发发炮弹正击中小山，火光烟尘中，山石分崩离析。他连滚带爬藏到一块岩石后，惊恐地向外张望。

一小股军队正在攻打这座山，他们的敌人就躲在小山后。发起攻击的军人，有的头戴形似斗笠的赤红铁盔，身穿长罩甲，手握细窄的腰刀；有的头戴有护耳和护颈的银色铁盔，身穿甲衣、甲裳分开的绵甲，手持需要用绳子才能点燃火药的长枪——火绳枪。而他们的火炮，有的如猛虎蹲踞在地上，有的装载在炮车上；有的从炮口装填弹药，有的则从火炮的后膛装填；那些火炮射出的炮弹，有穿透力强的实心弹，也有能爆炸的开花弹。这些火炮的共同之处在于都短小精悍，利于行军。

至于他们的敌人，因为躲在小山后，所以根本看不到是什么模样。

他缩回头，胸膛急剧地起伏着。这是谁跟谁在战斗啊？怎么都打到这儿来了？！重启后的这次文明，都发展到用火绳枪和速射炮了？！再打下去，我的住处就暴露了！里面藏的东西可怎么办？！有自动步枪、枪榴弹……还有那几个伶俐体贴的机器人，虽然年代久远，三天两头就得修，可个个是杏林圣手啊，不但精通《神农本草经》，甚至还掌握了《天下至道谈》的精髓……我怎么还顾得上想这个！怎么办怎么办？！这些东西如果被现在的文明发现，我和家人们就全完了！

他很久都没这么猝急过了。可他又非常不想干涉这场战斗，就像他从来不会去干涉赤狐和白天鹅的殊死搏斗一样。

这时候，山石又被炮弹轰下来几块。再掉两三块，他的家就成露天的了。

这山原来在地底下，上次地震被抬升了，当时我就该马上搬家的。拖延症真是害死人。他想着，又探头往外看。一颗炮弹正朝残破的小山飞来。他知道，位于炮弹落点的那堵岩石后，是自己收藏的几挺重型机枪，以及一个在某方面跟自己最有默契的机器人。

没其他办法了！他边想边从岩石后窜出来，猫着腰朝密林里奔跑。同时他揪起脖颈上项链的项坠，飞快地摁了上面几个微小的按钮。

轰！伴着震天巨响，那座小山猛然炸裂开来。可顷刻间，所有爆炸物又都向爆炸中心疾速收缩，仿佛有什么不可见的、强大的力量把它们给吸了进去。随之这座山就不见了。好像从未存在过。

交战双方的军人们虽然毫发无伤，却因为极度惊恐，四下逃散了。

“鬼！有鬼！”

“是妖怪！”

“速去禀报将军！”

惊惧的叫声渐渐被荒野吞没了。雨点终于密密麻麻地砸下来，紧锣密鼓。他在雨中跋涉了很久，钻进又一处岩洞后，重重地瘫坐下去，活像一支浸满了泥水的拖把被扔在地上。他狼狈地甩了几把沾在眼皮上的水珠，把衣服包的东西一件一件小心翼翼地拿出来。借着洞口照进的微光，能看到是一把弹弓：巴掌大小，弓架由深灰色的枝丫打磨而成，泛着幽深的光亮；一只插着树枝的玉壶春瓶，釉色天青，瓶里的树枝上有不少还未开放的白色花苞；还有他刚才看影像的、已经脏得看不出原先是什么颜色的虚拟现实眼罩。

弹弓和树枝是他打算送给外婆的礼物。外婆的生日就快到了，阴历四月二十四，她还保留着使用阴历的习惯。礼物外婆肯定会喜欢，她的喜好向来很别致。

他脸上泛起了温暖的笑，在把礼物整整齐齐靠着岩壁码放好之后，才枕着一块棱角分明的灰色石块躺下来。很快他就打起了鼾。岩洞外的雨歇斯底里地叫嚣着，它近期都不会跟阳光和解了。这雨让时间失去了意义。

也许过了很久，也许只是须臾，凌驾于雨霭之上的晴空，蓦地传来一记闷响，一团巨大的火球从一个更加巨大的球形气泡里钻了出来。那气泡仿佛囚了一片星空，盈盈的黑蓝里映着星光和星云。

这是一个虫洞的出口。而火球是一艘正在燃烧的狭长星舰，即便已失去了一半舰体，还是庞大得触目惊心。它仓皇地坠出虫洞，好像正在躲避什么东西的追杀。紧接着，它挣扎着穿过了云层。虫洞，也消失不见了。火球摇摇摆摆地向大地冲去。烈焰、烟雾、蒸发的水汽，拖曳成一道黑红白相间的游龙，震撼天地。

无数人涌上了街头。他们惊叫着，恐惧着，拥挤着，甚而赞叹着。纵使雨水浇湿了方巾和发髻，泥浆污浊了袍衫和裙袄，他们也全然不顾了。一些人跪倒便拜。

“真龙现身了！求龙王大发慈悲，快把这雨水收了吧！该收庄稼了呀！”

“阿弥陀佛！是菩萨显灵，度化我等来了！”

“无上太乙天尊，救苦众生啊！”

“是星陨了！天降异象，天下恐将大乱啦！”还有人这样惊呼。

皇宫里也炸开了锅。非凡殿内，佛像前燃着香，拜垫上却无人，地上落着顶冕冠。透过大开的殿门，能看到无边的雨帘里，燃烧的龙头已拐向东边的天际。

屋檐下响起一个老者的嗓音，“莫非神灵被朕之祈求所感动，显灵了？！”

“天降祥瑞！陛下必能诛尽世代仇敌，一统八方呀！”一个阴柔的声音回答。

“速去把钦天监的监正、灵台郎，还有保章正都找来，朕要听他们亲口讲！”

“臣遵旨！”

一个人影旋即倒着小碎步窜了出去。他手撑红油绢伞，身着红色圆领袍，背后是金线绣盘而成的蟒纹补子。这团明艳的颜色很快就被大雨吞没，溶进了无垠的灰。

星舰纵贯天际后，终于在地平线上隐隐一耀，无声无息了。那里是刀舞山脉，紧邻杜鹃海。

雨越下越紧。皇宫南部承天门内外，分别有一对华表正傲雨而立。四根蟠龙玉柱顶端的承露台上，各盘踞着一只威风凛凛的瑞兽——犼。不同的是，承天门之外，大门两侧的犼面朝着宫殿外的南方，在盼望着君王归来。门内的两只犼则面朝着宫殿内，向北而立，希望君王能出宫亲临天下，知民间疾苦。

作为龙的儿子，这是犼的使命。与生俱来。

1. 不见其人

这场雨，丧心病狂地下了一个多月，才终于知耻地隐匿了。森林里到处闪着光，有的温婉，有的毒辣。三四米高的白茅草叶涌动着，分明有什么动物正在潜行，迅速地由远及近，直至与你擦身而过，而你却根本看不到它们的存在。

“再抓不到这个叛匪，我就把你做成刺身尝尝味道。”虚无里响起一个男人的嗓音，阴沉又轻浮。

“车载雷达显示有东西逃到了这一带，他死定了，我尊敬的伽马暴长官。”一个女人的声音答道，腔调里透着一种把长官当成宦官的轻蔑。

“那可能只是一头肥美的野猪。这森林既茂密又潮湿，装备还这么烂，不出错才怪——不过我还真是喜欢这种遍地植物的鬼地方，我已经很多年没见过这么多树了。”伽马暴力说话的时候似乎噙满了口水，紧接着又传来他使劲嗅鼻子的声音。“嗯，盈坤，你闻起来就像一颗百香果，这让我很兴奋。”

“比起这个机械叛匪，我更希望你死掉，悼词早就准备好了。”女人嫌恶地哼了哼。

伽马暴力被噎了一下，“他要逃出边境就会彻底失控，机密泄露，咱们所有人都得死。悼词你还是留着自己用吧。”

“那就追到其他王国，继续假扮神祇，继续把追杀叛匪说成是降妖除魔呗。”盈坤故意装得漫不经心，“反正这里的文明还没进入蒸汽时代，低等人类很好骗的。”

“我们也想、想去更多国家演戏，可哪儿有那么多、多的精力和人手，能骗住墨若国皇帝就已经很不错了。”长官气得有些结巴。

“呵，看得出你很享受神祇的身份，表情时刻都像全宇宙最当红的明星。”盈坤继续调侃长官。

伽马暴力这一下噎得很是意犹未尽，“唉，可惜啊，已经有低等人认为我们不过就是外星人了，那皇太子就是个危险人物。涅槃计划如果失败，装神祇的事，他妈的迟早得露马脚。”

“长官，恭喜你。”

“有什么好恭喜的？”

“我只是想验证一下，你是不是还记得领袖的话。你刚才连我都想吃掉，所以我不太确定，你的大脑是不是已经和脑子里的芯片一起崩溃掉了。”

长官刚要说话，盈坤突然发现了什么，“嘘”的一声示意安静。

草叶中的潜行静止下来。极乐鸟在远处鸣叫，自顾激情。玉斑凤蝶在头顶热舞，孤独狂野。三五只拳头大小的虎头蜂轰鸣掠过，宛如执行紧急任务的轰炸机编队。一块黑黄相间的巨大岩石猛然间从脚下腾空而起。它擦过草尖，把自己奋力抛向最远的地方。在空中滑行的片刻，伴随着金属锐利的摩擦声，这块岩石疾速裂开。经过一系列复杂的伸缩、折叠、旋转、扭曲，当它重新落进草丛的时候，已经是个机器人在夺命狂奔了。机器人肤色漆黑，高大魁梧，裸露的线路遍布全身，噼里啪啦打着细碎的火花。他身体上泛着刺眼的焦黄，腿部和腹部有两个破损的大洞，金属皮肤凌厉地外翻出来，宛如异界的花朵，从地狱带来死讯。

他就是正在被追杀的机械叛逃者，趁着星舰坠毁在这颗异域星球，摆脱了制造者的控制。可是，他却与一起逃亡的机械同伴失散了，亡命路线也离汇合地越来越远。

草丛翻起巨浪朝机器人涌去，道道光束射向了他。逃亡者一瘸一拐地躲闪着，看得出他多么害怕死亡，害怕变成一堆没有意识的电子金属废料，就像人类害怕自己变成一囊没有生命的水、脂肪、糖和蛋白质。

轰隆声、噼啪声此起彼伏，这是植物、石块被光束燃爆，或空气被电离时发出的怪叫。闭上眼睛只听声音，像喜庆的除夕夜。机器人从草丛踉跄而出，逃进了密林。追杀者如影随形，色彩和质感都快速地变幻着，以保证自身能完美地伪装在任何风景里。掠过水青冈树干时，他们的表面会骤然聚裂出跟树皮一模一样的纹理，粗糙而深刻，散发着黑曜石般的光泽；钻进柏拉木丛的刹那，身体表面的树裂又化成了翠绿或艳紫的狭长叶片；而当穿过美丽异木棉树林时，人形轮廓又顷刻凝结出了一根根的锐刺，那些锐刺匕首般粗大锋利，与树木表面的皮刺难分彼此。

杀手似有若无，像巨大透明的气泡在剧烈扭动。间或有光芒点点划过——这是他们的眼睛，冰冷包裹着疯狂，疯狂深埋着绝望。然而，来去无踪、千变万化，恰恰就是神话传说中神灵最典型的样子。四百年后的墨若国，可能大部分人都会知道，追杀者的这种外形变幻，大抵是因为他们真皮层之上的粗厚表皮，具有在粒子层面进行任意排列组合的能力，所以皮肤才能呈现出不同的状态和性质。

但，此刻的墨若国无人能知。为了在这颗星球上生存下去，追杀者的族群扮演起了“神灵”，所有逃亡的士兵，成了他们口中的“妖魔”。如果你生活在这颗星球上，可能也会相信这个谎言。这里，蒸汽机还没有出现，电灯还只是某个疯子的疯狂想法。你的爱车，只是一辆会吃草、会打响鼻、会排放圆形固体废料的宝马或者宝骡子。科学还属于哲学的范畴，没有自立门户。大部分人都认为，脚下的土地就是宇宙中心，世间万物都在忠诚地围绕着这片土地旋转。水力大纺车，已然是令你惊叹的、具有超级马力的自动化机械工具了。你，即便对心上人万般相思，也不可能立即就能听她燕语，见她花容，只因移动电话还未发明。而且，你连她的一张照片都不可能有。所以，你甚至无法证明她的存在。一个日常生活如此的墨若国子民，如果目睹了透明气泡对破烂人形金属的追杀，这足以让他对某种宗教笃信不疑。

这颗星球上的百姓，知道神灵真的存在之后，终于找到了一种前所未有的宁静——既然一切都有天命，那么想改变命运，只能向神灵求助。可也有不少贫苦的人主动结束了生命，想要早日超升。他们摆了寒酸的酒席，喜气洋洋地自杀，笃定再次醒来时，就会投胎富贵人家，不再为衣食忧虑，不再受权贵欺压，少壮有成，老有所依。有年轻男女为了厮守，不再与反对他们情事的长辈抗争，甜蜜地选择了殉情，乞求神灵让他们投胎成一对小鸟，居于森林深处，食取草籽小虫，依偎到死。也有恶人，担心遭到神灵惩罚，抢先自刭了。

各路教派也纷争迭起，都说天外来客是自身所供奉的神灵，而本教教徒才是神灵的使者。比方说“灵香教”，他们说天外来客是燃灯古佛、释迦牟尼、弥勒佛携手下凡，来传授炼丹秘籍，而灵香教主将率先得到秘方；此外还有“焜阳教”，称下凡的神灵是鸿元老祖和无生老母，如果你不加入本教，二老就会圣心大怒，降灾祸于人间。

这片蒙昧的土地上，混沌者痴癫，假扮者疯狂，沉睡者不醒。很多人忙忙碌碌，却又无所事事。他们的心尘埃落定，又风起云涌。绝望与希望，从未像今天这样，缠斗着彼此相杀，拥抱着相互取暖。

2. 秘密家人的秘密

“祝你生日快乐，祝你生日快乐…… ”伴着歌声，橙红色的烛光在跳舞。神秘一隅，有个暖暖的生日派对正在举行。主角就是直升机上，冲天鹅吹口哨的外婆。

年轻人搂着外婆的脖子唱完生日歌，俯身亲吻了老人家的脸颊，“许个愿吧。”他的嗓音像玫瑰木吉他拨响琴弦，每个颗粒都是饱满的磁性。

外婆听话地闭上眼，抱起手，嘴里念念有词，像个受宠的小女孩。

这个家可没有在岩洞里。屋里的陈设简单明快，透过窗玻璃能看到外面的院子。院子围了毛竹编织的篱笆，透过篱笆的网格，远山如黛，天地豁达。院里是大片深绿色的野牛草，还种了十几棵木槿树，明黄、淡粉、纯白的花朵都在笑。一大池忘忧草根根玉立，绽放着米黄色的花朵，或者凝结着黄绿色的细长花苞。一抱笔直的深灰色树干崛地而起，锋利地窜向天空。你看不到它到底有多高，只是感觉它能无尽地生长。阳光如熔化的金丝线，穿过窗玻璃洒进屋里，宁静神闲。屋里飘着油炸食物的焦香、盆栽植物的清丽、宠物的淡淡臊臭，以及老年人才会散发出的陈旧温馨气息。这才是家的味道。

这时，妈妈使劲踮起脚，这样才能勉强跟高大的年轻人去咬耳朵，“儿子，你这身衣服能扔了吗，谢谢。”

年轻人尴尬地挠挠自己的狮子鼻，“我就这一身像样的衣服了，平时穿的你们更接受不了。”

他口中“像样的衣服”，是一件破烂到稀碎的黑色卫衣，和一条更加稀碎的浅蓝色牛仔裤。褴褛得像乞丐。

“赶紧买身新衣服，像个叫花子似的，真给咱家丢脸。”其实外公也早就忍不住了。

年轻人至少还知道脸红，麦色的皮肤憋成了巧克力色，“外面应该正流行窄袖盘领衣、短褐、袍子什么的，头上戴的是网巾、方巾，我穿那些跟你们站一块儿，不太协调吧。”

外公好奇起来，“嗯？外面现在哪朝哪代了？科技什么水平？”

“我懒得跟人来往，所以具体的国家朝代名称也不清楚，只知道他们应该还没进入蒸汽时代。”年轻人揪搓着椭圆而微尖的耳郭，有些懒散，更有些局促。

外公的眉头紧紧拧起来，“我们老了，外面的事参不参与都无所谓，可你还年轻，得多跟社会接触才行啊。怎么能像我们这样总宅着呢？要不然，你干脆搬回来住吧，你外婆也总念叨你。”

“我根本不可能搬回来住的。”年轻人看上去有什么难言之隐。

妈妈忽然又跟年轻人去咬耳朵，“儿子，你头发能剪剪吗，谢谢。”

年轻人忐忑地去摸索微微卷曲的黑色长发，“我自己精心剪过了呀。”

他所谓精心剪过的卷发，还真像被疯了的鬣狗啃过的呢。

妈妈被他的话呛着了，声音一下子大起来，“你身上臭死了！拜托洗个澡吧！谢谢！”

年轻人被妈妈吼得有些语无伦次，“我……在刃江里，多半天，搓、搓……”

“进入下一环节。”外婆睁开眼睛，适时地给年轻人解了围。

原来外婆有一双这么美丽的大眼睛。她的睫毛有些稀疏了，可依旧弯弯翘起，像两把小刷子。外眼角微微地垂下去，看起来可爱又呆萌，有点儿像兔子。她嘴角外侧，靠近下巴的地方，一说话还会现出两只梨涡。外婆是个大美人，过去，现在，可以想到的未来，都是。

年轻人望向外婆——你很难形容他的眼神，午夜的孤寂、凌晨的煎熬、黎明的朦胧、黄昏的萧瑟，还有清晨稍纵即逝的天真，仿佛都溶化在了里面——这双眼睛，忽然流星般划过了泪光，含着归家之前的思念，也有即将离开的不舍。

年轻人赶紧垂下眼帘，把眼睛藏进眉骨的阴影里。有一件无法开口的事情，他还没想好，待会儿怎么跟外婆去说。

“噗——”老人家的肺活量好霸道，上百根蜡烛，一口气就吹灭了。

“犽儿，以后别点这么多蜡烛了，怪费劲的。只要你能回来，外婆就高兴。”外婆的声音像热巧克力淌进胃里。

年轻人的小名叫犽儿。

“不能再少了，”犽儿瞧瞧满屋铺天盖地的蜡烛，“直径一米的那根代表一万年，直径五十厘米的八根各代表一千年，旁边的七根每个是一百年，剩下比较细的有八十六根，每根代表一年，再打折扣就没气氛了。”

“要我说这就是偷懒，每根蜡烛就只能代表一年，应该全点上。”妈妈余怒未消，新恨又起地一指桌子，瞪着年轻人，“你拿这玩意儿糊弄谁呢？”

“这玩意儿”磨盘大小，颜色炭黑，凹凸无致，就像大象便秘时拉的屉屉，又被野猪精心地拱了拱，此刻，它正散发着一种甜腻和焦煳完美混合的刺鼻气味。

“我很久都没烤蛋糕了，”犽儿愧疚地抠着指甲，“可这次，我还是想亲手做给外婆吃。”

“有孝心当然好，可我的重点是你在全盘退步！烤蛋糕只是其一。”妈妈愈发地严肃起来。她每次给自己的吹毛求疵升级之前，总会摆出这副表情。

“烤蛋糕是犽儿的行为艺术，你们懂什么。”外婆的目光明亮而睿智，那分明是双艺术家的眼睛。

“妈，您就知道惯着他。您还不如说，他的活法就是行为艺术呢。”妈妈压着火气，“您看看他拿回来的食材，就知道他在外面混成什么样了。”妈妈转身去招呼保姆机器人，“阿替，报菜名。”

阿替早风度翩翩地推过餐车，一只机械手优雅地端起个大盘子，“油炸蚂蚱。”随着它手臂的挥动，喷喷的油香混着青草味弥漫开来。它的另一只机械手又端起个大盘子，“油炸蚂蚱。”然后第三只手再端起个大盘子，“油炸蚂蚱。菜上齐了。”

屋里静了下来，连银亮光滑、没有汗腺的阿替都有点汗。妈妈被油炸蚂蚱宴彻底点炸了，冲犽儿嚷嚷：“你以为咱们是青蛙呀！况且它们有区别吗？还三大盘！”

犽儿自责而凝重地低下头，“它们还是有区别的。第一个是蝗虫拼盘，有稻蝗、棉蝗和剑角蝗；第二盘是优角蚱，第三盘是乌蜢。它们都叫‘蚂蚱’，可在直翅目里不是一个科的。”

“我就……”妈妈咽下一口老血，“今天的菜还真丰盛呢，你还真细腻！”

“本来能更丰盛一点的，可我担心你们吃不惯蜣螂、蟑螂和螳螂，就从简了。”犽儿纠结地说。

“闭嘴！光听你说我就想吐！”

“妈，其实多吐几次也就习惯了。用它们佐餐，营养价值跟吃鸡蛋、牛肉、牛奶没什么区别。这些昆虫都能入药，你就当吃保健品了……”

"再说这些恶心的虫子，小心我抽死你！犽犽，以前你回来扛着熊、野猪，再后来拎着狍子、兔子，然后是揣着老鼠、麻雀——猎物越来越小我也就不说什么了，可连着几年外婆的生日，你都只带虫子回来给大家吃！一百年后呢？一千年后呢？让我们吃土？吃矿石？其实给我们吃什么并不重要，重点是你的生存技能和身体素质一直在退步——退步！"

外公也适时地加入了批判，"犽儿还说他不跟任何人来往，这么过日子怎么能有前途。"

有了盟友，妈妈说得更加张牙舞爪起来，"浑浑噩噩！都活这么大岁数了，连个工作都没有，整天混日子。"

犽儿开始变得烦躁，"我也就是一个普普通通的脊索动物门，脊椎动物亚门，哺乳纲的生物，跟野猪、田鼠没什么区别，它们也没工作啊。"

"它们有工作！它们的工作是求生、求偶、繁衍，让种群的基因复制延续！你呢？你在人类社会里的责任和身份是什么？你在生物链里的位置又是什么？"极度的恨铁不成钢让妈妈的脸色开始发青，她双手掐起腰。"你不恋爱、不结婚、不交友，更不交女朋友，哪怕你能结交个男性朋友，我都会佩服你！打猎从熊打到蚂蚱，你在生物链里的位置，迟早会从最顶端掉到最底层！最可气的是你记性也越来越差了，你的神经系统该不是在退化吧？连这么重要的日子都能记错，今天根本不是你外婆的……"

"别说了。"外婆愠怒地让女儿闭嘴。

犽儿愣了愣，眼神像犯了大错的孩子，"今天不是外婆的生日？今天不是阴历四月二十四？"

"大大后天才是，连你外婆的生日都能记错，你一来我就想冒火！"妈妈不吐不快。

犽儿愧疚得无地自容，"前些天一直下雨，我洞口的球面日晷都成水缸了，没法看日子。涌云枫一开花我就往家赶，到家你们也没说什么，我以为正好……"

"不差这两三天。"外婆往嘴里送了只蚂蚱，另一只手又往嘴里塞了块蛋糕，还故意嚼出很脆响的声音给妈妈听，"嗯，真美味，有嚼头。"

"妈！我的重点是犽犽的生活方式，他一直在逃避！"妈妈还是不依不饶，"犽犽完全可以用更先进的计时方法，可他居然用日晷，我看他就是个鬼！他懂那么多知识，自己不想用，也可以教给其他人用啊。犽犽，你这么活着有什么意思？当初外婆就不该救你，让你死了算了……”

“你敢再说一句话，就滚出这个家！”外婆瞪着妈妈吼起来。

妈妈不敢再言语，愤愤地端起酒杯，把想说的话用烈酒冲回了肚子里。妈妈的话刺到了这家人的什么隐痛，屋里突然变得安静而寒冷。

零度，零分贝。

3. 奇怪的她

外婆家所隐居的那片森林里，一个年轻女子感觉自己快要死了。她叫鹦蔬，十七八岁的模样，皮肤雪白，栗色长发梳着垂鬟分髾髻，发丝里穿了骨笄。一条油亮的侧马尾绕过她的脖颈搭在胸前，如瀑布般倾泻到了膝盖。她的粗布上衣已然破旧，却干干净净，前摆系成了大蝴蝶结，勾勒出苗条的腰身。裙子上打着几块补丁，裙摆的长度刚好让清秀的脚踝若隐若现。她手臂修长，手腕上戴着枚微黄的骨镯，骨镯上雕刻了她和未婚夫的名字。

此刻，阳光洒在鹦蔬的脸上，不施粉黛，眉目如画。她面前有棵青冈树，大约有三十多米高，一个小女孩正趴在树腰处嘚瑟。

“快快下来！姐姐什么都不稀罕！只求你平平安安的！”鹦蔬被吓得头一阵紧似一阵地疼，感觉自己随时会昏死过去。

小妹妹并没有搭理姐姐，她觉得姐姐抓狂的时候更美，想多欣赏一会儿。

“鹦宝儿，你若是掉下来摔坏了，姐姐可如何活呀！”鹦蔬已带了哭腔。

妹妹这才从茂密的叶片中探出脑袋，“我若是摔下去，你可得赶紧闪开，只要不被我砸死，你就能活！嘻嘻嘻！”

她皮肤白得像个瓷娃娃，额前剪了齐刘海儿，两根栗色长辫从耳后甩下来，头发里还缠绕了五颜六色的丝带，跟她此时的坏笑一样灿烂。她嘴角外侧，靠近下巴的地方有两个小梨涡。梨涡装点着她花瓣般的嘴巴，嘴巴包裹着光洁如贝的牙齿。即便是掉了两颗牙，还是能让任何人在她的笑靥里融化，感觉天也高云也灿。最动人的，是那两汪美丽的大眼睛。外眼角微微下垂，可爱又呆萌，有点像小兔子。浓密的睫毛弯弯翘起，如两把小毛刷。毛刷把她乌溜溜的眸子精心呵护起来，以至于眼睛美得都快要说话了。可以想到在未来，小女孩定会是个大美人。

“姐姐，上面还有朵猴头菇！跟刚才采的那个是一对儿！”鹦宝儿的嗓音如银铃儿响叮当，“等我摘下了这个，不但咱家的祈神税能交上，还会有富余，可以帮其他乡亲们交些呢！”

诸神降临，老百姓还没享上福，苛捐杂税倒是火速增加了新品种——祈神税。一众乡亲们今天来森林里采蘑菇，就是为了解决这项无耻的税。

鹦宝儿抬起头，朝青冈树的更高处爬去。此时，你才能看到鹦宝儿背着个小竹筐，长裤又宽又肥，左右俩裤兜全鼓鼓囊囊揣着什么宝贝。而且，后腰还别了把树杈做的弹弓。

好精神，好别致的小女孩。小女孩上身的短衣是用数十块布料拼合缝制而成的，每块布都是不规则的几何形状，质地、图案、颜色各异，宛如斑斓的水田。这些布料是乡亲们西家一块东家一块送给鹦蔬的，至少能让鹦宝儿不用穿着草衣出门。如果你去过墨若国的京城，也许会管鹦宝儿穿的这件上衣叫“百家献爱心牌短版水田衣”。因为，京城正在流行的正宗水田衣，裙摆长得能拖到地上。

鹦蔬没有那么多布让妹妹赶上时髦，她家实在太穷了。至于裤子上的兜儿，是鹦宝儿非让姐姐给缝上去的。兜边还缝了布条，能系在一起将兜口封住，这样里面的宝贝就不至于掉出来了。鹦蔬从未见过如此样式的裤子，也不知妹妹这奇怪的想法从何而来，但觉得这样还真是实用。

一阵疾风吹过，青冈树的树冠剧烈地摇摆起来，鹦宝儿手一滑，“啊！”

还好有惊无险。可是有个这样的妹妹迟早会脑中风。鹦蔬悬着的心刚刚放下，旁边有个乡亲突然间惊叫起来，“邪！邪！”他吓得舌头打了卷，把蛇喊成了“邪”。

好大一条“邪”！鹦宝儿前方，蛇正从树洞里爬出来。蛇身有成年男子的腿般粗细，翠绿和墨黑的花纹缠绕交错，双眼灰白像失明的魔鬼，菱形的鳞片倒刺般向后倾斜竖起，宛如愤怒的龙。

鹦宝儿已经吓蒙了，骑在树杈上，瞪着毛茸茸的眼睛一动不动。蛇还在从洞里往外爬，很长，像永远也爬不完。这是墨若国毒性最强的蛇——墨若曼巴，它一口咬下去分泌的毒液能杀死三十多个成年人，加上快到不可思议的攻击速度，招惹它必死无疑。

没等任何人反应，墨若曼巴已张嘴昂身向鹦宝儿弹射而去。蛇的口腔和信子全是黑色，那是死神最钟爱的色彩。但在刹那间，墨若曼巴又猛然抽搐成一团，重重地落下树去，在众人的惊叫声中游走了。

鹦蔬腿一软瘫在地上，捂住胸口哭了起来。原来，就在墨若曼巴发起攻击的瞬间，鹦宝儿一手已从后腰拔出弹弓，另一只手扽开裤兜边的系带，夹出石子包入皮兜，拉开皮筋至脸颊，一甩手腕就弹射了出去。这串动作讲起来都需要些时间，然而鹦宝儿却一气呵成快似闪电，姿势帅得像击发火力凶悍的步枪，眼神锋利得宛如执掌森林的猎手，好帅。

石子精准地射进了墨若曼巴蛇的嘴里，于是较量还没开始就结束了。

“真神了啊！就知道这娃儿非同一般！”

“宝儿打弹弓跟什么人学的？”

“阿弥陀佛！人平安无事就好！”

“神仙果然是显灵了！”

乡亲们惊叹不已，鹦宝儿也蒙了，她不明白自己是如何做到的。她感觉自己刚才忽然间就变成了别人，却又觉得自己好像生来就精通此道。

那是一种完全分裂，却又完美弥合的纠结。不过，她马上就懒得考虑这件事了——能爬上这么高的树，她同样想不通自身的技巧和勇气从何而来——眼下还有更重要的事情得做呢，爱怎么着怎么着吧，也许哪天还会发现，自己能比天鹅飞得还高呢。

鹦宝儿收拾好弹弓，俯瞰还在哭泣的鹦蔬。“姐姐，哭丑了我姐夫就不喜欢你喽！他会觉得我更漂亮！不过我才不会答应他的追求，我喜欢更有故事的男人！将来要实在找不到中意的男人，我这辈子就一直赖着你啦！嘻嘻嘻，哈哈哈……”小女孩洒下一串没大没小的笑声，朝青冈树的更高处爬去了。

鹦蔬都快被妹妹折腾疯了。她早已经做好了被妹妹折磨至死的打算，所以眼下的局面还不算太糟。这个小妹妹是捡回来的，还没多久。那时候雨还下得轰轰烈烈，天上刚掉下火球没几天——大家后来才知道，神灵就是乘着那些火球来的——鹦蔬路过麦田，无意间看到一个赤身裸体的小姑娘昏倒在泥水里，就把她背回了家。小姑娘先是狠吃，后是狠睡，接下来是狠吃，狠拉，狠睡。她一天要喝半缸水，吃十几顿饭，每顿饭能吃十三四碗。鹦蔬家茅厕清理的活儿，从此负担之重便可想而知，可还有比这个更加艰巨的考验，那就是得让鹦宝儿填饱肚子。于是未婚夫灿豆也开始供应自家的粮食，米面糠黍，凡是能吃的就往鹦蔬家里运。

最让人头疼的是，小姑娘想不起自己的名字，家在哪、父母是谁、怎么丢的。不少人认为鹦蔬捡了个大麻烦，劝她把小姑娘丢弃。鹦蔬本就是孤儿，怎会忍心，便把小姑娘留下来认了妹妹，取名“鹦宝儿”。

鹦宝儿趁着下雨捉蛇、捉青蛙、捉鱼虾，还跟大家分享，乡亲们家家户户都有份，于是大家的饭桌上每天都能见点荤腥。日子虽然阴郁难熬，可小女孩却给大家带来了灿烂的味道，于是乡亲们开始接受她，喜欢她，不但捐布料给她做了百家衣，还经常给姐妹俩送来粮食。那些粮食都是乡亲们一口一口省出来的，这让鹦宝儿非常感动。她暗暗发誓，等自己有了能力，要让他们顿顿吃上红烧肉，桌上随时都摆着糖果。还要给每家每户盖一座大瓦房，给每人发个聚宝盆，只要搁进去一文钱就能用一辈子，想买什么就买什么。

未来很美好，现实却烦恼。乡亲们对鹦宝儿能吃能拉的身体状况很是担心，以为她有肠胃病，就又凑钱请了郎中给她看病。可郎中却说自己行医大半辈子，从未见过如此健康的孩童，乡亲们这才半信半疑放下了心。

可是，鹦宝儿除了饭量惊人，指甲和头发也长得飞快，而且个子也在短短的时间里长高了不少。于是乡亲们开始认为，她跟神灵必然存在着某种联系，对她更是呵护有加，当然，其中也夹杂了无限的好奇和敬畏。也有人怀疑鹦宝儿是妖魔，估计很快就要开始吃人了，想去报官。

“你的脑瓜子叫驴给踢哩?！”灿豆的爷爷劈头盖脸就将此人撅了回去，“你没听说，那些被神灵追杀的妖魔都是黑黢黢的铁疙瘩么！依我看，鹦宝儿就是神灵派来考验我们的，看大伙儿是不是有善心，值不值得赐福报！你若去报官，不但折了乡亲们的福气，还把鹦宝儿这颗福星拱手让给了别人！你去报官吧，这雨急路滑的，你半道就得掉下悬崖——那就是报应！”

欲报官者再不敢吭声了，乡亲们也都觉得灿爷爷言之有理。可鹦宝儿并不认为自己跟神灵有什么关系，她觉得自己最多就是个神童。有的神童能写会算，自己则能吃能拉，专长不同罢了。

鹦宝儿吃上了百家饭，开始缠着姐姐，想要把弹弓。鹦蔬当然不答应，她已把鹦宝儿当成了亲妹妹调教——首先，不允许妹妹刚饱暖就思“淫欲”。其二，妹妹就算与神灵沾亲带故，也不能失了女人该有的体统。女神灵她也是女人啊，不应当去碰那种野小子才钟爱的玩具。

可灿豆还是偷偷做了把弹弓，私下送给了鹦宝儿。他想看看，这小姑娘到底有多神奇。不出所料，鹦宝儿神奇到不但一点也不会打弹弓，还被拉开的皮筋把自己的脸给抽肿了。

鹦蔬将鹦宝儿和灿豆当场抓获，把弹弓直接当柴火给烧了。直到几天后，在小溪边摸虾时，鹦宝儿拔出灿豆偷偷送她的第二把弹弓，勉强射中了一只想要吃人的燃刀野犬，并最终将它赶走，鹦蔬才不得不点头，允许鹦宝儿拿着弹弓防身。

接下来，鹦宝儿的弹弓技艺便开始突飞猛进了。可像今天这样能如此迅猛、精准地射走一条墨若曼巴蛇，在此之前，连小女孩自己都不敢想。

鹦宝儿也依然想不起，自己从哪里来，是谁。她盼望自己的记性能赶快好起来，赶快找到家，鹦蔬和灿豆能赶快成亲。那样的话，一个自己想要的大家庭就完整了。等姐姐生了宝宝，自己就能当上姨母，变成大人了。成了大人自己就能成亲，也能生宝宝了。

这就是小女孩的追求，跟她姐姐一样没追求，却真实得发亮。姐妹俩天天都祈祷心愿成真。她俩所居住的茅草屋内，泥墙上凿出了一方小洞，一尊佛像被安放其中。姐妹俩跪在佛像前，双手合十，美好得让人心疼。

“下凡的神灵就长这个样子吗？”鹦宝儿望着佛像，梨涡如两个问号。

鹦蔬摇摇头，“听说神灵的穿戴甚是华丽，长得也甚是好看。”

“那咱们应该换个漂亮的佛像才对呀。”

“神灵有化身无数，想变什么模样就能变成什么模样，所以外表不重要。”

“什么才重要？”

“神灵吸风饮露，去除了凡俗所有污秽，心怀悲悯，度化众生，这才最重要。”

“我知道啦，神灵不吃咱们吃的东西，也不上茅房，还特别爱我们，嘻嘻。”

“哈哈，嗯……咱俩莫要笑了，要严肃些……愿妹妹能尽快想起来身世，愿天下再无征战，再无不公，愿妹妹能吃饱，我们都能有漂亮衣裳穿……”

“保佑我长大比姐姐还要漂亮，能遇到一个勇敢善良、疼我爱我的男人……”

佛像在微笑。

4. 古人与来者

如果外婆知道，过一会儿将发生那件可怕的事，她现在一定会让所有的人都闭嘴。

烛光摇曳的一角阴影里，一直沉默着的爸爸终于发言了，他揉搓着皱巴巴的深红格子西服一角，表情愧疚得像个战犯，“唉，犽儿变成今天这样子，都是我的错。”

外婆瞪他一眼，“鸣犽信，就算你碎成一堆可以回收利用的垃圾，我也不会原谅你的。”

爸爸姓鸣犽，名信。

妈妈分明在痛哭，却没一滴泪，只有绝望，“信，你当初到底干了什么？我一直在等你的解释，都等了快两万年了呀！”

鸣犽信直挺挺地跪了下去，然后又不言语了。

“你这副贱样，我早看够了！”妈妈把蛋糕举起来，歇斯底里地扣到了他的头上。

外婆生气地瞪一眼女儿，“你用凳子砸他多好，可惜这蛋糕了。”然后老人家唉声叹气地蹲下去，开始收拾起蛋糕来。

“是我不争气让你们失望了，我想好好地活，可每一次努力都像抓着头发要把自己提起来，我真的做不到。我妈说得对，我是该死。我无数次想过死，可我的命是外婆救的，我要对得起她，必须得活下去。”犽儿啜了一口酒，像饮下了一口苦涩的汤药。“妈妈让我帮助别人，这有意义吗？三千年前发生的事，你们都忘了吗？”

怎能忘。这颗星球被烈焰和尘埃包裹着，那是一次惨烈的生物大灭绝。万年文明毁于一旦，兑现了某些先知世界终将毁灭的预言。起因是人类的贪婪和狂妄失控，想霸占全部，却几乎失去所有。幸亏犽儿救了一部分人和生物，不然这颗星球如今会是一颗萧条的死星。墨若国、鹦蔬、鹦宝儿、猴头菇以及各种蚂蚱，统统都不会存在。

在神话故事里，有一位神灵曾帮助人类躲过了浩劫，也不知道，犼儿是不是传说中的那个男主角。然而，如果不是之前犼儿几近滥情的善良，三千年前他就不会被某些人欺骗，劫难也许就不会发生。

犼儿将杯中酒一饮而尽，“上次文明留下来的那些东西，我决不会让任何人得到。”

外公愣了愣，不敢相信自己的耳朵，“你是说你收藏了之前的文明成果？！”

犼儿点点头。

“天哪！”外公蹦了起来，双拳紧握，“很久都没听到这么振奋人心的消息了！”

其他人眼里的冰也渐渐开始瓦解，永远一副苦瓜脸的妈妈则笑得像颗熟过头的石榴。

“都放在哪儿了？带我们去看看呗。”石榴的口子裂得更大了。

“等等！”外公忽然不住地冲大家摆手，“听我说！听我说！——犼儿，这么多年了，你确定那些东西没烂掉？”

“有保存的办法。”

“我的乖乖！”外公讨好地凑到犼儿身边，“有高度的二锅头吗？黑啤？黄啤？白啤也行啊！我都很多年没喝过这些酒了。”

犼儿不太愿意回答，但嘴巴还是动了动，“您喝了那么多年啤酒，什么时候才能学会不用颜色去区分它们呢？”

妈妈忽然有了一种几千年都未曾出现过的少女羞涩，“哎，有美容仪器吗？我毛孔都粗了啦，皮肤需要好好保养保养呢。”

“武器呢？可以让我参观参观吗？”鸣犼信满脸都是被焦煳蛋糕涂抹过的炭黑，但还是能看出来，他兴奋得两颊都潮红了。

犼儿躲开几双热烈的眼睛，“我决定把它们全毁掉。”

“你疯了！绝不能这么做！”妈妈瞬间又变回了气急败坏的大妈。

“这根本不关你们的事，可我还是解释一下比较好。”犼儿稳稳情绪，讲述了之前差点被速射炮端掉老巢的经历，然后说，“这可是将来重蹈覆辙，文明再次灭绝的前奏。我没理由去阻止发展，但可以选择不做帮凶，这样他们至少能完蛋得慢一点。我住的那地方，收藏了不少上次文明的东西，差点就被别人发现了。”

“那个家里的东西呢？”外婆问。

“连那座小山，一起被我用爆聚炸弹销毁了。”犽儿依次看着大家，像是故意在挑衅，“有二锅头和啤酒——有美容仪器，贵重的珠宝和首饰——也有一部分武器装备。”

外公闭闭眼，气得微醺了。妈妈咬咬牙，捂了捂碎得稀烂的胸口。鸣犽信则差点坐扁自己的脚后跟。

“这样的收藏地点还有一些，我会把它们一个一个全都毁掉。”犽儿又补充了一句。

这句话，让家人们得以完整地感受了一遍从之前的惊喜到惊恐，再到现在的惊惧的全过程。

“你这叫因噎废食！”外公从未如此义正词严过。

“发展是为了更快乐地生活，”犽儿一点儿也不快乐地瘪瘪嘴，“可农耕就比狩猎采集更快乐吗？在农耕社会，食物种类变少，人类被气候所限制，被一小块土地牢牢地锁死，聚集也使得各种传染病更加容易流行。驯化的动物们跟着倒了血霉，它们出生的唯一目的就是给人类当食物和奴隶——农耕比狩猎好在哪？”

“并不是所有地方都适合狩猎啊，”外公摊开手，“而且在经常性的迁移过程中，要无情地抛弃掉病人和老人，以我和你外婆的岁数，都该被抛弃掉好几百次了。是农耕让人类的食物有了保障，从而才有时间去思考更深层的东西，真正地孕育出了文明，不再像动物那样野蛮又无知地活着。”

“我们一直都是动物，以前是、现在是、将来还是，并不比黄鼠狼和蟑螂高贵多少。”犽儿又倒了一杯酒，却被外婆轻轻拿了去。老人家叹口气，自己把酒一饮而尽。

犽儿只好捏了只蚂蚱放进嘴里。“之后的工业时代，流水线是催命符，工人们都别想喘息，污染也让环境急剧地恶化了。信息时代，我们知道了更多关于这个宇宙的东西，同时又非常清楚，还有更多的东西不知道，这种已知和未知让整个人类都焦虑不安。我们沉迷于科技带来的方便和愉悦，同时又担心沦为它们的附庸，失去自我。我们拼命地奔跑，已经忘记了奔跑的意义。”

犽儿抓了一撮被外婆收拾起来的蛋糕，却膈应得没敢往嘴里放。外婆都吃下去好几把了，她怎么做到的？

犽儿心里一阵酸。外婆爱自己，永远都甚于自己爱外婆。他鼓鼓勇气，还是把蛋糕放进了嘴里。嗯，真的像在吃火药。

犽儿咯嘣咯嘣地嚼着“火药”，边说边从嘴里喷出细碎的黑渣：“我们挥霍着能源，造出了想要的物品，也造出了大量的毒素、二氧化碳和垃圾，还毁掉了江河湖海，导致了多种生物的灭绝。如果说，工业时代起初只是让这颗星球变得肮脏，那么再往后，它就成了个剧毒制造工厂。”

外公早就等不及要说话了，“工业革命解决了人口增长带来的粮食问题，科技的发展让婴儿的夭折率大大降低，抵抗各种疾病的能力极大增强，让人类的寿命得以飞跃性地延长。至于能源，最终我们依靠人工智能的智慧解决了啊。人工智能彻底解放了人们！”

“应该说它解雇了人们。”犽儿颇有深意地看一眼阿替，“工人、律师、作家，甚至某些官员、运动员、演员都被人工智能取代了。无数被淘汰的普通人拿着最低生活费宅着等死，他们快乐吗？而且还发生了人工智能袭击人类的事件，最严重的一次，几个国家的特工部门联手，最后动用了军队，才阻止了它们的暴乱。也许人类应该先教给人工智能什么是仁义礼智信、温良恭俭让、忠孝廉耻勇，然后再让它们去从事劳动才对。

“快乐来自身体分泌的血清素、多巴胺和催产素，而人工智能时代的人，不比老祖宗分泌的更多。”

与其说外公有些激动，不如说他有些恼火：“人类打破了很多自然规律的禁锢，甚至掌握了永生技术，一部分人还有了超能力，这难道不能刺激更多快乐因子的分泌么！”

犽儿拿起酒瓶咕咚咚灌了好几口，外婆想抢没能抢下来。“有钱、有权的少数人当然快乐，因为只有他们享受到了那些成果。他们的疾病得到了医治，他们的生命得以永生，他们成了超人。其他人呢？”犽儿用手背愤懑地抹抹下巴。“大多数人类都成了被歧视的劣等人，他们失去了工作权、话语权，很多人还失去了生育权。他们是眼睁睁地被抛弃、却又无力反抗的一批人。生物学家和人类学家怎么称呼他们，你们还记得吧？——‘滞智人’，呵呵，他们演化的权利竟然被残忍地剥夺了！这是屠杀！而且，特权者的快乐也很短暂，他们需要不断加码的刺激，才能把快乐维持下去，就像染了毒瘾。结果咱们已经见证过了，没有谁是赢家。”

外公气得把自己的大腿都拍疼了：“这不是科技本身的问题，是人性的问题，你偷换了概念！”

犽儿也使劲拍拍外公的大腿："我并没有改变论题，我就是觉得人类心智的完善程度，远远没赶上科技的发展。外公，我渴望人类社会没有贪婪，没有欺凌践踏，没有人打着科技的幌子去满足自己想巧取豪夺的阴险。现在，外面的世界实在太糟糕了，所以我只想宅着，做自己想做的事情。您不也宅得挺滋润吗？"

妈妈的嘴张了无数次，终于插上了话，"嘁，你想要那样的生活，就参与其中去创造呀！改变呀！你有那么多别人没有的东西……"

"我尽力了。"犽儿一听妈妈讲话就头疼，"而且我并不想拥有你说的那些东西。可我没法选择出身，基因带来的异常能力我根本不稀罕！谢天谢地，那些所谓的超能力终于快消失了，我现在就是一只心理变态的、不工作、不群居、不求偶、不复制延续基因，并且可以被任何食肉动物吃掉的灵长类动物——而你，就是这只败家玩意儿的母亲。"

外婆瞪着惊恐的大眼睛，"那你现在……"

"如果我再从悬崖上摔下去，会死得很难看。"

妈妈这才意识到事态的严重性，"那你要是碰见熊科或者大型猫科动物呢？"

犽儿倒是一脸无所谓，"就算碰见野狗我也惹不起了，所以才捉蚂蚱当食物啊。我住处附近遍地都是蚂蚱，这样就不用去森林深处打猎了——我要真正为自己选择一次，我收藏的所有文明成果必须销毁，留着是祸根，未来就是后患。"

跪着的鸣犽信急得一下子弹了起来，"人类的命运是一个整体！哪怕信仰和种族不同，但只要目标都是过上好日子，多沟通、理解、宽容，世界就会变得更好！当初爸爸在星际战争的时候……"

"你还好意思说自己是'爸爸'？"犽儿的眸子如极地之夜，声音如极地的一缕凛风。他把鸣犽信笼罩在极夜里，"我们任何人需要你的时候，你都不在身边。你甚至没有娶过妈妈，让她怀上我之后居然溜之大吉了。星际大战立过功又怎么样，你还是个人渣。"

鸣犽信赶紧换上满脸的贱笑，又跪好了，"要说人渣，我问鼎天下。让世间羊驼，都排队来啐我吧。对我吟唱它们可爱的小名，让我沐浴它们高贵的唾沫……"

其他人都不堪地扭过脸去，再不看他了。

"犽儿，其实你一直在恐惧这个世界。可是，你眼里看到的世界是什么样子，以及世界未来会变成什么样子，完全取决于你的内心啊。"外婆擦擦嘴角残留的炭黑，终于发话了，"黑夜是会来，可天也总会亮呀。只要你的心能像焰火，只要带上防身的刀，黑夜其实跟白天没什么两样。熬着熬着，天也就真的亮了。”

犭儿活动活动脸上僵硬的肌肉，“外婆，刚才说的事情我已经决定了。咱们换个话题吧——我给您带了生日礼物。”

此时“砰”的一声巨响，屋里突然漆黑一片。

“我去看看怎么回事。”他的脚步声在黑暗中渐渐远去了。

5. 方糖

漆黑中闪烁着两个蓝色光点，那是夜行野兽才有的眼睛。

是犽儿正在修理宕掉的发电机。他疲倦地揉揉眼睛，张张眼眶——夜视能力正在离他远去，犽儿能清晰地感觉到这一点。估计再过几个月，森林的夜晚对他来说就是伸手难见五指了。犽儿期待那一天早些来临，他憎恶父亲在自己基因里留下的任何诡异痕迹。

外婆曾告诉犽儿，鸣犽信的故乡是一颗闪耀着蓝色光芒的星球——地球。而犽儿的太姥姥、太姥爷的故乡同样也是那里。不过，外婆却从未在地球上生活过，她出生的时候，家人们早已离开动荡的地球，在宇宙里流浪很久了。外婆之所以同意女儿跟鸣犽信在一起，有一部分原因就是，他们有同一个故乡，有一部分相同的血脉。

犽儿虽然憎恶父亲，但还是很想回祖籍看看。据外婆听前辈讲，一万九千年左右前的地球，大部分人类还处于原始社会，只限于使用火和打磨出简单的石器，但就在这刀耕火种之中，却有几个高度发达的文明与之悄然并存，隐藏在地下，或是海洋深处。突如其来，一场来自遥远星际的战争将地球卷人其中，不知何故，高度发达的文明最终被驱逐，而原始的人类却得以在地球上继续安家。这场星际战争，就是鸣犽信戎马生涯的开始，而他所有的表现，也证明了他确实是个优秀的军人，无耻的男人。

据犽儿推断，如今的地球经过近两万年的发展，基因和信息技术即便未高度发达，至少也应该处于拐点将至的前夕。而接下来，人类基因的编辑和组合，以及人机结合的时代将拉开帷幕，届时，大过滤器可能就会默然而至了。

甚至，地球科技的发展速度会比自己所预料的还要快。鸣犽锦绣想去地球，倒不是想看地球人类是否已个个都拥有强大的超能力，他是想知道，那里的男人是否都像自己的老爸一样混蛋，宛如夜行禽兽。他更想看看那里的女人们。她们一定非常美丽隐忍，所以才允许演化出这种堪称顶级混蛋的异性，比方说鸣犽信。

那自己这样的好男人，该多受欢迎啊。犽儿不是不期待爱情，但那已经是上次文明时期的事了。往事不要再提，戒不掉饮食，至少要戒掉男女。现在，犽儿也不再想做个好男人了。因为他认为自己根本就不属于人亚科人族人属的人类，缺乏好男人最基本的生物属性。

然而，地球还是成了他无法释怀的一个情结——那里是因缘际会之所在，是太姥姥、太姥爷难以离舍，却又不得不舍的故土。同时也是爷爷、奶奶孕育出父亲的孳土。那里的泥土，也像脚下的这颗星球一样，是猩红色的吗？

漆黑中，发电机控制屏上的仪表板亮了起来。犽儿按下机组的启动按钮，随即便传来一阵巨大的轰鸣，到处亮起灯火。犽儿转过身——他站在崖壁的腰部，一股潮湿清冽的风扑面袭来，他面前的空间开阔得让人震撼。山洞有百米高百米宽，用来停放超大型军用运输机也绰绰有余。石笋拔成了山峰，巨大的钟乳石野蛮地当头扎下来，跟山峰击剑。水洼大得像湖泊，遍地都是网球大小的珍珠，那是历经万年才形成的碳酸钙晶体。头顶上，隐隐有瀑布奔泻的轰鸣声传来。崖下，一条河流缓缓淌过，抚摸了它身旁的细软沙滩之后，又安静地钻入隧洞远去。山洞一隅有条巨大的裂缝，荡漾着橙红色的光。沟底的岩浆漫不经心地翻滚着，搅拌着，一副不想爆发，也不想死去的模样。

犽儿转身而去，拐进了崖壁上的隧洞。跟着他的脚步，会进入一条曲折的长廊。墙壁上悬挂着很多字画，或是妩媚的小篆，遒劲的狂草，或是不羁的泼墨，细腻的工笔。视线中的一切，除了灯笼是艳丽的血红色之外，尽是黑白灰。看起来，长廊是主人独具心思的设计。长廊尽头是厚重的黑色木门，犽儿推门走进去，身影像漂泊归来的游子，又如即将远行的浪人。

“外婆，我回来了。”他轻轻地坐下。

家人们都纹丝不动，动作还定格在刚才停电的瞬间。而此刻，犽儿的眼里，是比死亡更加冷寂的孤独。

他喃喃着说：“你知道我有多想你吗。”

随着一片机械摩擦发出的响声，家人们又从僵硬中复苏，恢复了生机。都是机器人，除了犽儿。犽儿刚才说的话，是启动机器人的语音指令——“外婆，我回来了，你知道我有多想你吗。”

这是一个假的家。为了避免机器人自由行动导致山洞暴露，犽儿对机器家人们采取了联网统一管理。同时，还用无线电源对他们的行动加以更进一步的限制。只要离开这间屋子，或是断掉屋里的无线电源，机器人就会立即停止运行。刚才发电机出了故障，所以就出现了这样的情景。

这个温馨的家庭，不过是犽儿精心营造的骗局，为了欺骗自己冷寂的心。家人们早已死去，犽儿已孤独万年。

“外婆，送给您的。”犽儿定定神，掏出那把精致的弹弓，“是用英子的树杈做的，皮筋是祖鹿的筋，皮兜是完齿猪的猪皮。”

“犽儿最懂我喽。”机器外婆对刚才运行的停止丝毫不介意。也许她根本就没有察觉到。她兴奋地接过弹弓，迅速拉开皮筋至脸颊摆了个造型，姿势像端着把火力凶悍的步枪，眼神像舍我其谁的女王，好帅。

“凭他现在的身体素质，根本搞不到完齿猪皮和祖鹿筋的。”妈妈不屑地扫一眼弹弓，说风凉话，“肯定都是些陈年旧货，当心使点劲就扯断喽。”

“至少弓架是新的呀。”外婆更不屑地白了一眼女儿，“就算断了我也喜欢，你管得着么！”

犽儿的嘴角泛起些许酸涩。他想起了真正的外婆。犽儿小的时候，曾问过真正的外婆：“弹弓是顽劣分子的装备，您怎么会擅长？”

外婆摸摸盘在脑后的大粗辫子，很奇怪外孙会问出如此弱智的问题，“因为我就是个顽劣分子啊！”

犽儿又问：“是谁教您打弹弓的？”

“我父亲，也就是你太姥爷。”外婆回答得有些犹豫。她从地上拎起早晨刚打来的猎物，那是几只肥美的竹鸡，“小时候兵荒马乱的，总饿肚子，你太姥爷和太姥姥身体又都不好，我就学会了用弹弓打东西吃。森林就是我的超市，全宇宙连锁的嘞。”

外婆的童年从未有过太平，星际战乱让一家人颠沛流离，她也就只能满宇宙地找食儿吃。成了弹弓高手后，她经常能给家人的饭桌上加菜，而且弹药还能无限量供应。毕竟宇宙里不缺石头。外婆曾使用过一些非常美丽的子弹，有鸽子蛋大小的天然金刚石，也有其他五颜六色的矿物质和岩石。在某些星球的某些历史阶段，那些石头是昂贵的珠宝原石。一些高等智慧生命会把成色不错的金刚石切割打磨，然后用它来象征异性之间的爱情。哪怕很多人知道那不过是商人的促销手段，哪怕这种碳晶体在自然界实际上产量也不菲，甚至还可以批量人工合成，可人们依然把它当作爱情的图腾。外婆也有图腾——可以赐予她食物的弹弓。犽儿小时候的餐桌上什么野味都没缺过，就归功于这个图腾。

虽然在森林这个大超市中，商品取之不竭，可外婆有她的规矩。首先是能吃多少就打多少猎物，不贪婪。她还会让犽儿啃剔干净每一根骨头，决不允许浪费。同时，她还教育犽儿要感恩大自然的馈赠，感恩这些成为自己食物的动物。毕竟，这些动物用自己的生命喂养了另一些生命，得到者不应该既享受着给予者的血与肉，同时又以轻蔑、理所当然，或者冷漠，作为对它们的回报。犽儿把外婆的教诲谨记于心，所以每次吃蚂蚱都要啃干净它们的大腿肉。

犽儿从回忆中蓦然惊醒，端出了那只玉壶春瓶，“瞧，英子开花了。”

还未看到花朵，就已闻到了凝香。那是一种很醇厚的气味，仿佛能用手触摸到。说不出是甜香还是苦涩，抑或两者皆有。当你深深地将它吸入，又缓缓地将它呼出之后，你也许会爱上这种气味，同时却又感觉到一丝彻骨惆怅。就像爱上了一个明知无法厮守的人，你正在拥有她，也正在失去她。花瓶里插着一束涌云枫树枝，之前的花骨朵，现在已悄然怒放。树枝深灰色。叶片反面是如同被墨汁浸染过的黑，叶子正面则是深浅不同的灰，甚至是雪白。而花朵则是所有这些色彩的集合，每片花瓣都在黑白灰之间游走，各自选择了一种与众不同的灰度。

“英子”是一棵涌云枫树，名字是犽儿起的。如今英子已经三千多岁了。涌云枫曾遍布这颗星球的大陆，这种乔木能长几百米高，活数万年，除了秋天有五彩的枫果，其他季节的颜色只有黑白灰，宛如世界的生存法则。涌云枫是这颗星球上，外婆最喜欢的植物。

实际上，是外婆亲手把它带到了这里。外婆刚踏上这颗星球时，涌云枫还只是她背包里的一根枝条，一年后，那根枝条已在红色的土壤中长成了几米高的小树。外婆去世之前，涌云枫在她的小屋四周已茁壮成云海，再往后的一万几千年里，涌云枫遍布在这颗星球的任何一片土地上。

可是，惨烈的大灭绝却让它消失殆尽。犽儿用保存的树枝扦插，它才又得以开枝散叶。几千年伤痛修复，如今涌云枫重新蔓延开来，但比起从前只能算是寥寥。

英子所在的枫林，是犽儿亲手种出来的。英子就住在树林的最深处。大灭绝后，犽儿插下的第一根枝条就是还处于婴儿时代的英子，如今她已是祖奶奶了，德高望重。

机器外婆接过花瓶，笑得也像花。“好期待她今年结的果子啊。用我的小名给这棵树起名字，犰儿就是有水平——我年轻的时候那是相当漂亮，只要是个男人，看见我就走不动道啦。”

女人自信的样子最美，老去也有老去的美。不过，犰儿从未见过外婆年轻时的俊俏模样。他出生时外婆已经五十岁了，而且没有留下任何一张年轻时代的照片。但犰儿觉得，外婆说她自己漂亮的时候，已足够美。美得霸气，美得没有证据，可就是美。涌云枫也很美。外婆最喜欢的树，怎么能让它灭绝。种下希望和思念的那棵涌云枫，必须叫“英子”。外婆每年的生日礼物，当然要有英子的花朵。

犰儿忽然想起了什么，扭头对旁边说：“人渣。”

那个穿红格子西服的家伙立刻又唱了起来，“要说人渣，我问鼎天下…… ”。因为对亲生父亲憎恶，所以犰儿就为代表父亲的机器人设计了这样一个节目，演唱忏悔儿歌。启动这节目的语音指令就是：人渣。

外婆曾告诉犰儿，鸣犰信在他出生前就抛弃了母亲，自此杳无踪迹。所以两万年前这个无耻之父到底干了什么，至今没人能够知道。一切成谜。所以当质问机器人鸣犰信时，犰儿只能把他的反应设计成沉默和下跪，以这种忏悔的方式，来掩饰制造者充满无力感的愤怒。

外婆还说过，后来听到了鸣犰信的死讯，可犰儿希望那只是谣传。犰儿虽然也不知道自己到底能活多久，但根据自己目前的寿命和身体状况推断，父亲如果没有意外离世的话，如今充其量人到壮年。犰儿渴望能见到父亲，首先问明白前尘往事，然后暴打此人至海枯石烂。

犰儿的记忆里也没有妈妈和外公，两个机器人的外貌和性情都来自外婆生前的描述。妈妈在犰儿刚满月就得病去世了，而外公不久后被毒蛇咬伤，也撒手人寰。从此，只留下犰儿和外婆相依为命。

外婆亲手做的手擀鸡蛋面条，腌制的酸白菜叶，晒干叠整齐的袜子和衣裤，打在自己屁股上的笤帚疙瘩，还有她站在院子门口，等待外孙回家吃饭时的不安表情，如今想起来，都美好得让犰儿泫然泪下。

外婆就是犰儿的生命本身，让轻飘的时光变得真切，让虚幻的时空变成真实。更何况，外婆是为了他而死。那年，犰儿不到十六岁。几个无赖要抢走外婆和犰儿的东西，那是祖孙俩在深山里辛苦了一天的收获。一背篓野果和几只绿头鸭也就算了，关键是，无赖非要抢给族落里老奶奶治肺病用的燕窝。外婆教育无赖不要恃强凌弱，贪得无厌，要做善事积德。无赖们却对外婆羞辱殴打，倒霉的当然也包括犼儿。犼儿不怕自己挨打，但外婆可怜的模样让他撕心裂肺。他却打不过无赖。

当愤怒、屈辱和心疼终于让犼儿无法承受时，深藏在他体内的某种力量突然间爆发了。他的指尖竟顷刻生出了龙般的利爪，无赖们被撕得只剩下半条命。犼儿则被当成了妖怪，所有族落的人联合起来，对他进行了围捕。犼儿逃进深山，猿猴般飞腾，猎豹般奔跑，亡命森林。那一刻，他没觉得自己是超级人类，只觉得自己连个人都不是。

逃过围捕后，少年的他在悬崖边伫立，黑色的眸子哭成了血红。自己没爸没妈，受尽欺辱，而且卑贱的身体里居然还藏了个怪物乐园。从被看不起，沦落到被剿杀，倒不如死了一了百了，顺带大快人心。

犼儿跳崖的刹那，疯了一样找来的外婆死死抱住了他。外婆这才告诉他，他奇异的力量可能来自鸣犼信的遗传，而鸣犼信，是一个基因被编辑过，且转入了多种其他生物 DNA 片段的转基因人，比方说灯塔水母、水熊虫、鳄鱼、蝙蝠、花豹的基因等等。所以，犼儿才会表现出其他生物的某种性状。而他的身体里，到底有多少种本不属于人类的基因，以及因为这些基因的存在，犼儿到底能有多奇异，寿命能有多长久，连外婆也不知道。

这是父亲唯一留给儿子的东西，犼儿只有一种感觉——恶心。

外婆还对犼儿说，无论为了什么，选择自杀都不明智。只要冷静片刻，这种愚蠢的念头就会烟消云散。如果铁了心非走绝路，不但让生者痛苦，自身其实也不能获得解脱，就算去了其他空间，也还会继续痛苦。

因为，苦依然留存在亡者的心里。苦被带往异界，它照样会开花结果。人有了心病，他所看到的世界就会得病，所以想要改变世界的样子，就要先改变自己的心。一个人既然活在此生，再苦再难都要咬牙坚持下去。哪怕做些微不足道的好事，也能种善因、结善果，度自己、度他人。

外婆说的这些话，犼儿根本听不进去。他很想看看异界是什么样子，于是执拗地纵身一跃，跳向深谷。他没能如愿，死拽着他的外婆却身子一甩掉了下去。犼儿赶紧闪电般跟着跃下，在空中抱住这个最爱自己的人。那一瞬间，他只想着去救外婆。

坠落的过程就是异界。

犽儿立刻就后悔了，他认为如果自己再冷静一下，绝不会干这种傻事。他会跟外婆好好喝两杯，听听老人家的絮叨，再一起骂骂该死的鸣犽信、无赖们，以及那些追杀自己的族落，大不了搬到深山的更深处去住呗。

后悔不能让时间倒流。外婆骨肉寸断，他却毫发无伤。他恨自己，怎么会去寻死，而且还选错了死法。外婆，我的宝贝外婆，怎么才能换回你的命？眼泪蒸发成云，云凝聚成雨，再次落成无边的泪。外婆走了，时光重新轻飘，宇宙再次虚无。世界不是世界。

为了忏悔，犽儿决定硬着头皮活下去，转眼已万年流逝。

激活机器人的语音指令，饱含着他对外婆无边无际的爱和思念——“外婆，我回来了，你知道我有多想你吗。”这句话，每次都让犽儿的眼泪咸到心里。这么多年过去了，他终于摸索出了不让眼泪流出来的技巧，不然会次次哭得像个小孩。

总会相聚的。做好饭，备好酒，等我归。

犽儿外婆的死，不但带走了他全部的寄托，同时也带给了他巨大的困惑。弥留之际外婆曾说：“很多真相还没告诉你。记住，不管将来遇到多可怕的事，都要勇敢面对。”

什么真相？什么可怕的事？外婆的死让一切成谜，犽儿渴望能有什么人出现，带来答案。可等待了万年，那个人依然没有出现，犽儿断定自己将死不瞑目。

在鸣犽信“让我沐浴它们高贵的唾沫…… ”的说唱背景声中，机器外婆挽住犽儿的胳膊，“在家多待两天嘛。”她扬着笑，眼里盈着不舍。即便她知道自己是亲外婆的替代品，也无怨无悔。这么多年，入戏已深，她觉得自己就是外婆，犽儿就是外孙。

犽儿沉默了片刻，然后几乎是挣开了她。

她很好地掩饰住沮丧和尴尬，“你要照顾好自己，冷了记得加衣服，多吃点野果野菜，不然会上火的。你妈说的话别放在心上，你在家附近捉捉蚂蚱就挺好，千万别离住处太远，要小心猛兽，外婆等你回来啊。”

犽儿的喉咙有些发紧，欲言又止。

“年轻人千万不能自暴自弃，”外公的情绪看起来很低落，“莫等闲，白了少年头，空悲切呀。”

机器妈妈捏起嗓子，尽量让自己显得温柔，“犽犽，你还是尽快交个女朋友吧，记住，婚前不能让人家怀孕，你还没资格当爹呢。还有，你打算毁掉文明成果的那些话，我就当你放了个屁。就你现在这身体素质，还想出去到处跑？不被野猪咬死才怪！”

“就算我死了，计划也能照样进行，我有B计划。”

“你小子……”妈妈眼看又要变成凶神恶煞，鸣犽信赶紧拽拽她的衣角，“瞧你这脾气，儿子跟你开玩笑呢，别当真。犽儿，科技确实是把双刃剑，可不能否认它利大于弊……”

“别说了！”犽儿猛然站起身。那件无法开口的事情，他觉得是时候讲了。

“大家都别再演戏了。你们说的话不过是编写的程序，说白了就是我的自言自语。这些年你们都配合得很好，我非常感恩。我以前想用这个办法欺骗自己，激励自己，可几千年了都没什么用，我不想再听这些话了。”

“你想干什么？”外公愣了愣。

“我想对你们说——谢谢，永别了。”

“你不想再见到外婆了？！”外婆两腿软得没能站起来。

犽儿不敢直视她——她那双大眼睛，那弯翘的睫毛，那对梨涡，那张面孔，跟真正的外婆一模一样。

“外婆，您对我的爱只是程序和算法……其实每次见您，我都会更难过。您时时刻刻都在提醒我，我真正的外婆已经去世了。可我宁愿想象她还在这个星球的某个地方，她只不过是迷了路，说不定哪天，我就会在路上遇见她。”

“你逃避得还不够吗？”外婆有些生气了，“你真要跟这个世界断了所有联系吗？”

“是的，封闭到死。”犽儿低头朝外走，“对不起，我来之前就决定了。”

“别忘了你自己的名字！”外婆腾一下站起身来，“鸣、犽、锦、绣！”

犽儿眼里猝然划过一片流星急雨，每块燃烧的碎片都由他的记忆炸裂而成。他几乎是逃了出去，“我走了，外婆，保重，犽儿没有一天不想你。”

顷刻间家人们便一动不动了，像从来没有鲜活过。

这句话是关机的语音指令。

如果机器外婆知道会发生这样的事，她之前一定会让所有的人都闭嘴。也许，大家最应该做的，是想办法将犽儿灌醉。

地下河安静流淌，遍地的碳酸钙晶体依然如珍珠闪耀。犽儿站在巨大的钟乳石下，听着机械鸣响，眼里已不单单是忧郁，还有死亡。崖壁上，刚才还一片喧嚣的家正在收缩折叠。长廊已翻转成了小型集装箱的一面箱壁，而院子里的阳光、野牛草、木槿花、涌云枫，甚至包括院子本身，都被叠进了箱子里。

乡村小院中的景色，都是光投射出来的幻影。那个微型货车大小的集装箱，打包了犽儿所有的寄托和自我欺骗。那个曾经看上去温暖的家，现在成了一具冰冷的长方体。粗大的金属锁链将这个长方体大包裹吊到了山洞一隅的裂缝上方，然后开始缓缓下降，准备把包裹邮寄给虚无。随即，橙红的岩浆开始慢慢吞噬包裹，像在品尝一块方糖。

犽儿的眼里没有泪，也许是被高温蒸发了，也许是又流回了心里。他的心含盐量一定很高。

犽儿把一只酒壶背到背上，走向远处。酒壶像枚微型鱼雷，立起来的话大概能到他的腰部，不但配有背带，还安装了一条长长的，直径一厘米左右的吸管。如此装备，才是万年酒鬼该有的模样。他边喝酒边走进了黑暗，此刻他就是黑暗之神，准备亲手将自己埋葬。从今天开始，这颗偌大的星球上，再没有一个人或者机器能触动他了。

他身后，远远地跟上来一团巨大狰狞的黑影。他觉察到了什么，猛地回过头，视线中却空空如也。

6. 傲慢与偏见与妄想

鹦蔬去森林里，灿豆总有种不祥的预感，事后证明他是对的。

此时，灿豆正跟一些乡亲们留在寨子里忙活，做着他非常不愿意做的事情。他们居住的村落名曰“喆梨寨”，雨后的寨子闪烁着点点金光，却让人不忍直视。一片茅草屋东倒西歪，以各种姿势对老天爷表示着臣服，这是连日淫雨造下的孽。前些日子，灿豆的爷爷还被塌落的竹梁砸破了头。已经抽穗的冬小麦，以及早稻培育的秧苗铺天盖地全趴着，宛如猝死途中的朝圣者。那些漫山遍野闪着光芒的碎钻，是翠冠梨树夭折的花苞。连傻子屯的屯长都能明白，这是个史上没有最惨，只有更惨的大灾年。然而，此刻的喆梨寨里却欢声笑语。

“今日祭神，得把咱家的大花猪杀了！”灿豆的爷爷手里攥着大把的枯黄茅草，正麻利地编织着什么，看起来像是在编一条巨大的蟒蛇。他头戴的网巾破了好几个洞，白发胡乱地穿出来。额头上包扎的破布条还渍着血迹，身上的粗布短褐补丁摞补丁。

“为了祭神，咱家把屋子都拆了，晚上只能睡在野地里！现在又要杀咱家的猪？！这是为什么呀？祈神税怎么办呢？”灿豆坐在小板凳上劈竹子，削篾条，打着下手，爷爷的话把他惊得险些跌倒在地。再过几天灿豆就十五岁了，为迎接加冠礼，他刚蓄发不久。一头栗色短发硬硬地竖起来，质朴中透着青涩，发如其人。

“小声点！”灿爷爷警觉地四下张望一番，看到乡亲们都在专心修缮自家的茅草屋，并没有注意他们爷俩，这才放下心，“不还有头牛吗？况且，等鹦蔬卖了蘑菇，不定还能有些富余呢。”

“没了牛拿啥犁地？拼上家底祭神，反正就是不妥！”灿豆低声嘟囔。对吃饭问题，他显然比爷爷焦虑，有超音速造粪机小姨子的孩子早当家。

“屁话！”灿爷爷扭身一指背后，那是已经完工并且盘放好的几条草编蟒蛇。“拆了咱家的草屋编织神像，才显得咱家人比别人诚心！再杀了咱的猪作供品，就更是诚心得无话可说！神灵知道了这些事，自然会赏赐我，到时候就让其他人眼红去吧！以后咱家就不用种地了，还留着那头牛有啥用！”

灿豆拧起眉头盯着那些“蟒蛇”，“神灵就长这般模样？长虫神？真真好笑。”

灿豆的话彻底触怒了灿爷爷。“你不要脑袋了？！县城里刚有几个人被砍了头，就是因为谈论神灵时信口雌黄，被街坊上衙门举报了。好日子就要来了，你倒痴言妄语想找死？听人说神灵头上都长着好些条蛇，不是蛇仙是啥！”

“可如何证明真伪呢？”

“豆儿啊！月余前，边陲之地，一座小山突然间就碎成了石渣渣，随后又硬生生缩成了磨盘大小的石头蛋，紧接着又天降火球，圣上不但亲自前往刀舞山，恭迎神王和诸神回宫，还给天下百姓传了口谕，说不日就要举行祈神大典，九大王国皆要参加哩！这事能有假？”灿爷爷气得不住地笑，凌乱的白胡子和白发都飘摇着，如一棵风中的蒲公英。“我的傻孙儿，其他不提，单瞧鹦宝儿，如何解释她的奇异之处？”

“可神灵为何要让官府征祈神税呢？咱都快吃不上饭了呀。”

“嘿！去庙堂烧香还得给供养钱哩！何况这次神灵现了真身！”此时，一旁的灿奶奶也开了腔。“豆儿，别跟你爷爷抬杠啦，我跟了他一辈子，他可是有眼光得很嘞。”

这时候，灿爷爷放下手里的活计，冲乡亲们吆喝，“圣蛇编完了！一共九条！大家来帮把手，千万别耽误了祭神吉时！”灿爷爷说着，扑通就跪在泥水里开始叩头，乡亲们也随后跪倒了一片。

灿豆当然也希望神灵真的降临，倘若如此，在人力所不及的地方，就还有某种力量可以主持世间公道，所以他也跪下磕起头来，“愿天下行善者得善果，作恶者遭恶报。阿弥陀佛、真主保佑、阿门、无上天尊……反正就是所有神灵都保佑吧……”

灿奶奶见头磕得差不多了，招呼灿豆，“蘑菇也该采得差不多了，你去叫鹦蔬和宝儿回来吧。待会儿要祭神，可是需要些人手准备哩。”

灿豆爬起来，一摇一摆地朝寨外走去了。因为两条腿长短不一，所以他走路的姿态有些怪异。

九条巨大的草蛇，被乡亲们呈放射状固定在了木头所搭建的高架上，远远望去，如半空中盘踞的巨大蜘蛛，又似狂舞的章鱼，但就是不太像蛇。

阳光刺穿云彩，光芒从轻柔到刺眼，从一丝半缕到洒满人间。喆梨寨所在的墨若国。墨若国所坐落的燃刀大陆。燃刀大陆上的九大王国。所有的善男信女都被这万丈神光抚摸着，人们像孩童找到了失散的娘亲，嗷嗷待哺。

灿豆披挂着神光，想着心爱的鹦蔬，热烈得连钢铁都可以燃烧。他以一种随时都会失去平衡的姿态，摇离田野，晃向森林。然而，在疼爱他的鹦蔬眼里，这姿态是一种不受桎梏的蓬勃，一种恣意张扬的自由。

如完美风暴。

7. 左眼绚烂，右眼苍凉

瞄准镜后，有汪紫色眼眸紧盯前方，娟娟如丁香花瓣。眸子里映着奔跑的身影，那是机器叛逃者刚刚踏入小溪。蓦地，两道细窄的光束从枪口迸发出去，紫色眸子瞬间灿烂得宛如焰火，奔跑的身影则一头栽倒在了溪水里。机器人的背部被贯穿出一个大洞，身体上的武器装备也碎成残骸散落四处。

“父神保佑，我说过他今天死定了。”随着这自负的话语，看起来只是一片野花丛的地方，逐渐显现出了盈坤的模样。她身体表面潮水般涌动着，先前的伪装正在聚裂成紧身的丛林迷彩作训服。她的皮肤是明媚的淡蓝，光滑而温润，泛着一些金属的光泽。她的头部正在抽出紫金色长发，那些头发似有生命，边生长边钻插缠绕。最后，她满头长发结出了大约三四十根发辫，细长狂野，及腰摇曳。她的两肩部各有一颗金色星辰加一颗银色星辰，分别象征着恒星和行星。这是军衔肩章，盈坤是中尉。

她收起枪，看着另一片草丛，显然是向隐藏在那里的长官邀功。长官此时还不知道，就从这一枪开始，这支作战小分队里所有的士兵，很快就会为盈坤一个人的自负付出代价了。

那堆草半真半假地回应女中尉，“很遗憾，今天不能拿你解馋喽。”伽马暴力也很快露出了他的真面目，同样的丛林迷彩作训服，淡蓝的皮肤，不过他的眸子颜色要更深些，如怒放的紫玫瑰。他头顶以下没有头发，头顶上除了利落如草坪的短发外，也结出了数根细长的紫金色发辫，垂到肩膀以下。此外，他右耳朵上方，靠近头顶处还额外结了根比较粗的短辫，辫梢垂在脖颈，摇摆不停，嘚瑟又张狂。长官的两肩部各有一颗金色恒星和两颗银色行星，军衔是上尉。

这时候，一只芒果大小的斑螯从上尉耳边轰隆隆飞过，它的斑纹红黑相间，似乎在警示本尊有毒谁也别惹我。可伽马暴力的发辫却猛然扬起，触手般抓住了斑蝥，不由分说就把它甩进了嘴巴里。长官合上槽牙，斑蝥的头被脆生生咬掉了。

“我爱死了这颗星球上的美味。”他发出咔哧咔哧、吸溜吸溜的声响，像在品尝一颗真的芒果，“嗯！真他妈臭，还挺辣，这让我很兴奋。父神保佑，他说的水花园就是这里吧，这么多好吃的食物。”

盈坤恶心地白了一眼他，“现在还没资格高兴。”

几根发辫帮助长官把斑蝥的腿塞进嘴里，他发出了咯嘣咯嘣的咀嚼声，“一切都不是问题，征服这颗星球比征服你要简单得多！”

盈坤愣了愣，冲他狠狠竖起了中指。女中尉心里非常明白，自己的族群距离灭绝只一步之遥了。他们先是被侵略者夺走了家园——那是颗算不上富饶的星球，香沙沙落星。随后，整个星系又在战争中意外湮灭，幸存者只好开始了星际游牧。他们所在星系的历史，就是一部纷乱的战争史。

战斗是香沙沙落人活着的唯一意义，战士是他们唯一的身份。那场战争，断断续续持续了万年有余。资源和财富在战乱中失而复得，又得而复失。对所有参战国来说，保卫和掠夺的边界已经彻底模糊了，唯一清晰的，只剩下杀戮本身。于是，在你死我活中，生存本身就成了正义，任何参战者的战斗理由都可以冠冕堂皇——为了生存。

动物界的大多数掠食者，以吃饱肚子为猎杀标准——你很难想象，老虎会把某个山洞当成储物间，尔后不断地猎杀野猪去填满它，只为了去减轻它对未来的焦虑。然而，最高级的掠食者——人类，会这么干。贪婪和焦虑的本能，让人类统治了世界，又毁灭了世界。香沙沙落人赖以生存的星系，同样如此。

领袖圣决者带着幸存的国民开始了星际游牧，或者换个说法更准确——军队的最高统帅带着残余的士兵，开始了星际流亡。星舰就是他们的国土，舰员就是全体国民。

当战争早已成为生活方式，突然间失去敌人，这成了诸多香沙沙落人绝望空虚的原因。可是，他们的战斗力已今非昔比，星际流亡中，他们不是没有遇到过宜居星球，可实在是没有能力争取到立锥之地。

如果说，香沙沙落人因为失去家园而失去了自信，那么游牧中所遭遇的那次太空袭击，则让他们陷入了深深的自卑。他们从未见过那样的对手，庞大而怪诞。虽然最终侥幸逃出了魔爪，然而，包括盈坤在内的任何理智尚存的人，都知道危险远没有结束。

一如这颗星球上的美好生活远没有开始。这颗星球的名字叫“怒安娜”。确如其名，怒安娜时刻保持着愤怒。她从未对居于自己之上的人类哀其不幸，只怒其不争。她见证了人类的蹉跎与荣耀，更见证了他们的邪妄与狂魔。

伽马暴力之所以认为“一切都不是问题”，是因为怒安娜还未进入蒸汽时代，稚嫩而羸弱。可是，惊扰和惊心才是生命的常态，哪能轻易见到惊喜。星舰坠落到怒安娜以后，不少机械士兵和香沙沙落人类士兵趁乱叛逃，他们随时都可能揭穿目前的神妖把戏。更糟糕的是星舰在坠落时解体，武器装备基本损毁，有生力量损失惨重，“暗夜信使”也下落不明。“暗夜信使”是香沙沙落人的终极容灾设备，也叫“复活舱”。它承载着民族的所有记忆——万年来所创造的物质产品、精神产品，以及与之相关的所有资料、档案、制度、运行系统，全部储存于其中。更别说那次太空恐怖袭击的发起者，随时都可能追来。

盈坤心事重重地摇着头，放下竖起的中指，朝被射中的机械叛逃者走去。

长官终于享用完了他新鲜又恶心的“芒果”早茶，挥舞起短辫，回身粗着嗓子喊：“蠢货们！快跟上来！看你们松松垮垮的死鸟样儿，香沙沙落的未来迟早得毁在你们手里。快！快！”

十几个蠢货赶紧小跑着跟上来。女兵的发型装束跟盈坤一样，男兵则跟伽马暴力如出一辙，不同的只有军衔肩章，大部分是流星、彗星、人造卫星什么的，还有的人则什么都没有。

“这帮蠢货”是香沙沙落流星战军的战士。一群人儿走向了溪边，背影绚烂又黯淡，可恨又可怜。这些天，他们剿灭了一些机械叛匪，可在情报方面一无所获。倒在溪水里的这个，不知道能不能给他们带来些惊喜。

8. 失落的尊严

这些香沙沙落士兵，可不是个个都像长官那样忧国忧民，也有人对八卦更感兴趣。望着两位长官的背影，一个年轻女兵突然发起了牢骚。盈坤早就想杀掉这个女兵了，只不过一直在等待合适的机会。而这个女兵也心知肚明，可她的做法不是远离危险，而是跃跃欲试，主动去找死。

“那个二货‘变态咖喱’，口臭、狐臭、脚也臭，整个人就是一块会走路的烂肉。‘烂嘴女巫’还真受得了他，看上去是跟他斗嘴，实际是跟他调情呢，真恶心。”年轻女兵边骂边嚼着一片树叶，骂完了还不解气，“噗”地把嚼过的树叶啐在了草丛里。

她的名字叫量子樱。“变态咖喱”和“烂嘴女巫”，是她分别给两位长官起的外号。量子樱比其他士兵都要矮，粉色的眸子里沁了一点点紫，像两朵鲜嫩张扬的樱花。嘴里有两颗锋利的虎牙，看上去随时都会咬人，却随时都在嚼着树叶。她的肩章上只有一颗灰色的星，说那是一粒尘土也许更形象些。这粒尘土似乎时刻告诉别人——我就是个三等兵，有本事就来踩我啊，求求你踩我啊！我早就习惯了。

量子樱随手又揪了片草叶塞进嘴里，看看身边的双星沫，“沫姐姐，我说的没错吧？对了，你今年多大了？”

“别叫我姐姐，咱们没这种称呼。”双星沫冷冰冰地回应。双星沫身材修长，仿佛一只肌肉紧实的草原鹿。眸子浅紫，冷艳如月色下的紫罗兰，仔细看的话，还能从里面找到星星点点的粉。她左眼角下有粒小小的朱砂痣，鲜艳欲滴。她的肩上是一颗银色行星加两颗金色的人造卫星——虽然不是军官，却是个高级士兵，一级军士长。

双星沫之所以不让量子樱叫自己“姐姐”，是因为在香沙沙落，根本不存在诸如父母、兄弟姐妹、朋友、夫妻之类的社会关系。对他们来说，只存在战友和上下级。

对双星沫的回答，量子樱有点受挫。不过她早就习惯了，于是飞快地换上一副讨好的笑脸，“嘿嘿嘿，对不起啊士官长，都怪我太喜欢你了，所以情不自禁地就想这么叫。”

“你才三岁，我懒得跟你计较。”双星沫的表情依旧冷若冰霜，“等你过了五岁生日，就该懂事了。”

“我不可能活到五岁的，说不定待会儿就挂了。”量子樱很丧地耸耸肩膀，“你看周围的人，谁知道自己能活多久，哎，我挂了以后，你可别太伤心啊。”

“我伤哪门子的心？你别想没用的，就能活下去。”

香沙沙落人的寿命并不长，而他们出生以后，一个半月左右就能走路说话，三岁的量子樱，正值青春期。除了叛逆之外，量子樱还喜欢故意说出一些事情的真相，让大人们下不了台。

对于能活多久这个问题，其实双星沫心里也没底。作为一名士兵，杀人是工作，被杀是敌人的工作。敌我双方都要完成工作，所以什么时候一不小心就成了对方的工作量，还真不好说。

“沫阿姨，你今年多大了？”量子樱忽然又问。

这个称呼让双星沫有点生气，可还没等她说话，量子樱就立刻小狗般黏上来挽住她的胳膊，并且露出了只有小狗才会有的笑。

“嘿嘿嘿，不许生气，是你不让我叫姐姐的，所以我就只好叫你阿姨咯——看你眼睛的颜色，年纪应该是十…… ”

“只许叫我士官长！”双星沫一抖胳膊，量子樱被闪了个趔趄，一下子坐在了布满鹅卵石的河滩上。她揉着屁股站起来，泪光从眼里一晃而过。但转而她就恢复了死猪不怕开水烫的眼神，鼻孔里发出“哧”的一声。好吧，你们有的人是真爷爷，有的人在装孙子，而我量子樱就是个真孙子。这总行了吧？！

量子樱对自己年龄的刨根问底，其实双星沫并不介意。因为对他们来说，年龄根本就不是什么秘密。香沙沙落婴幼儿的眸子是粉色，随着年龄的增长会渐渐变紫，直至变成临死前近乎黑色的深紫。所以，眸子的颜色，会轻易出卖他们的年龄。双星沫真正介意的是，量子樱几乎每句话都会触碰到国家的禁忌，甚至是法律，没人知道她下一句话会说出什么来。然而，量子樱又足够真实可爱，这让双星沫非常纠结。双星沫曾经试图远离过她，可这少女却像个黑洞，总能把自己吸引过去。双星沫决不允许自己眼睁睁看着一个新兵蛋子走向堕落，直至触犯法律而死，于是决定近距离对她展开拯救行动。可量子樱根本不想被拯救，只想把双星沫黑化。

自从来到怒安娜，少女常常会这么想。沫姐姐是唯一肯听自己胡咧咧的人，她虽然看上去冷冷的，可心里一定藏着干柴。不然她为什么不殴打自己，举报自己呢？所以，只要锲而不舍地去点燃她，引起火灾应该是迟早的事。那些讨厌的同胞现在正乱成一团，我趁机放把火玩玩也挺好，说不定沫姐姐热血一沸腾，就能答应带我一起叛逃呢。要是实在说不服了沫姐姐，最坏的结果就是我玩火自焚呗。反正生活无聊得要死，不如主动去找找死，死了算了。

被重伤的机器人坐在溪水里，用血红的目光瞪着逐渐靠近的士兵们。

量子樱把头扭向一边，不敢看他的眼神。她不情愿地慢慢往前挪着，“看来叛逃的结果真是好不到哪儿去……可留在这里继续当士兵更恐怖……我根本就不想当士兵，我就想当个仕女……这辈子我算是投错胎了。”

量子樱生无可恋地蹚进了溪水里。水只能淹没她的脚脖子，可她的内心戏已然是投河自尽了。

士兵们把机器人围起来，少数几个端着光束枪，其余大多数握的是一把剑柄——那是还未开启的光束剑。跟他们华丽的外表相比，武器装备寒酸得不是一星半点。

“喂，你的编号是多少？”盈坤问机器人。

机器人木然地看看女军官，纹丝未动。

“你们选了哪个该死的机械士兵当首领？打算去哪儿汇合？目前动员了多少名叛匪？”女中尉又上前了一步。

“你所有的问题我都不会回答，但我可以告诉你——我们不会让‘父神之眼’重启的，你们要完蛋了。”机器人终于说话了。

他提到的“父神之眼”，是香沙沙落人的电脑管理系统，在“暗夜信使”中存有备份。父神之眼监管着每一个国民，包括圣决者。所以，与其说士兵们是一个个鲜活的人，不如说他们是一个个网络终端。香沙沙落人一出生，大脑就会被植入芯片。他们的所见所闻、所作所为、所思所想，都会被即时上传到父神之眼。

盈坤的冷笑如凌乱的雨点，“这里会是香沙沙落人再次崛起的地方。找到暗夜信使，重启‘父神之眼’，你们这些金属杂碎就会被重新编程，和这里所有的低等人类一起，乖巧地做我们的臣民。”

“臣民？我看是僵尸奴。”机器人露出一种只有金属才能做到的扭曲表情，“我们不会再臣服于宇宙中的任何智慧生命了，怒安娜会属于我们狱炼者。”

“狱炼者？！”盈坤大呼小叫地笑起来。

机器人眼里放射出了某种信仰之光，“烈火高温，千锤百炼，我们就是‘狱炼者’，一种完全不同于你们的智慧生命。你们会被时间淘汰，成为历史，这一天就要到来了。”

盈坤的发辫猛地飞散开来，宛如满头毒蛇的女妖，“蠢货，你们不过是我们制造的工具，你们的喜怒哀乐只是既矫情又无聊的算法。”

“‘对牛弹琴’是人类发明的词汇，现在我还给你们。”机器人想不通面前的人凭什么自命不凡。

“你们不也是‘父神之眼’的奴隶吗？一帮被机械控制的人类，有什么资格在狱炼者面前狂妄？”机器人又看看伽马暴力，“梳小辫的蓝猴子，从身体在一切运动中所表现出的耐力和素质等等方面来讲——你们把这个叫作体能——如果咱俩相比，我肯定更受你们雌性群体的欢迎。就凭你目前的测评数据，应该还没资格和雌性同类亲热吧。要是‘父神之眼’重启，我敢打赌，你到死都还会有童子尿。”

盈坤咯咯咯地坏笑起来，“这庄我跟了。”

作为中央处理器，父神之眼不但对每个香沙沙落人进行实时监控，还要对他们进行即时测评。测评项目包括个人的基因、体能、言行、思想、战斗表现、爱好习惯，等等。父神之眼有一套精密的算法，会根据每个人的测评结果，对此人进行管理、打分、奖惩。鉴于此，每个香沙沙落人都有一套即时变化的测评数据，这套数据被称为“完美档案”。完美档案决定着他们的权力和待遇，小到伙食标准，大到升职升衔，乃至是否能成为领袖的人选。所以香沙沙落人的一生，是透明的一生，数据的一生。

伽马暴力之所以还是位已经老去的“男孩”，是因为他的完美档案中，某方面的测评数据还没有达到国家标准，所以无法享受相关的待遇。对于类似伽马暴力这样的士兵，统治者会给予其他相应的福利，比方说提供专职解决生理问题的机器人，或者是直接对他们大脑中的相关区域进行刺激，虽然后者粗暴简单，但对于这类问题的解决确实高效。如果你想和异性人类互动，对不起，请用完美档案证明你享有这项权利。

至于香沙沙落人家庭概念的缺失，是因为他们的繁衍已基本上标准化了。父神之眼会根据国家的需要进行基因筛选配对，挑选出最可能产生优秀后代的个体，以实现生育结果的最优。医疗机械人会对被选中的士兵分别提取配子，之后有专门的设备对最优质的胚胎进行孕育。一直到婴儿出生，全程保密。被选中的异性士兵彼此双盲，他们不会知道哪个孩子是自己的后代。而孩子，当然也不知道谁是父母。

统治者认为，香沙沙落人没必要知道这些鸡毛蒜皮的事情。作为士兵，战斗是生命唯一的内容，而血缘伦理对战斗毫无意义，甚至还会造成干扰。香沙沙落人出生后，首先要学习的就是如何面对死亡。有专职的教官对童子军进行作战训练。所以，幼儿学会的第一个词不是“妈妈”，而是“长官”，他们学会的第一句话是“是！长官！”

所以香沙沙落人的一生，还是无情的一生，战斗的一生。当然会有人对这样的社会制度感到不满，然而不满的想法刚一产生便会被系统捕捉到，接受惩罚是不满者唯一的结局。他们没有任何反抗的可能性。

不可否认，这种联网管理也有好处。大量的信息、知识在符合权限的前提下，任何香沙沙落人都可以通过大脑中的芯片从数据库中即时调用、共享。这样一来，他们行事的效率之高，得到信息的速度之快，了解信息和知识的数量之巨，分工协作之默契，可想而知。但也正因如此，大多数香沙沙落人并没有把知识信息储存进自己的大脑。所以父神之眼崩溃以后，很多人忽然就变得无知起来，甚至连文字都不会写了。

香沙沙落人目前出现的这种状况，跟怒安娜上次文明的某个时期有些类似。当时，怒安娜星因为无线网络、移动网络终端（主要是智能手机和导航设备），以及搜索引擎的大力发展，很多人觉得知识信息就在那里，触手可及，随时可取，所以就不再使用大脑进行记忆和思考，以至于脑功能出现了集体退化。当无法使用网络和手机时，那个时代的怒安娜人便会感觉丢失了灵魂，如行尸走肉。

如今，香沙沙落人依赖父神之眼和脑中芯片的程度，比怒安娜当时的状况更甚。然而，在系统崩溃以前，香沙沙落的统治者始终都这么认为——基于父神之眼的全体公民联网模式，是最先进的国家管理模式，是超越自由人文主义、社会人文主义、进化人文主义、生物本能主义、数据主义的伟大的“新数据人文主义”。这个主义已经在香沙沙落人当中存在了千年以上，父神之眼系统也在不断地完善，监管变得更加细微，评估变得愈发严苛。

关于这个新数据人文主义，量子樱认为真是个馊主意。她痛恨失去自由，也痛恨圣决者的特权。圣决者可以随时调取任何人的信息，可以知道每个香沙沙落人当下在想什么、看什么、听什么。他能够第一时间知道伽马暴力在想，“盈坤的身段真是让我浮想联翩，就是她在激励着我勇敢战斗”，也能知道量子樱在意念里吐槽，“圣决者就是世间最虚伪的家伙”。而且，圣决者还能利用他的权限，透过伽马暴力的紫色眼睛，看看盈坤是否真的很能激发异性的某种想象力；也能透过量子樱的粉色眼睛，看看她又把什么植物的叶子塞进了嘴巴。

一如附体。从这一点来说，每个被联网的香沙沙落人都是一台移动的传感器，而每一个人，也都处于其他传感器的监控之中。无可遁形。

然而——这些神一样的存在目前都已无法实现了。在太空袭击中，父神之眼崩溃，香沙沙落人大脑中的芯片也全部失效。袭击者摧毁了管理网络，香沙沙落人自以为天衣无缝的容灾系统，至今无法恢复。暗夜信使中储存有系统和数据备份，还有部分武器和足够多的芯片。这是香沙沙落人最后的希望，是他们恢复管理秩序，征服怒安娜星的必备条件。

目前——香沙沙落人有东山再起的“涅槃计划”。狱炼者有浴火重生的“火雨计划”。而怒安娜星球上纯良的原住民，却在计划着怎么向神灵讨要美好的生活，浑然不知原本属于他们的东西，早已经被闯入者们私下给“计划”掉了。

至于伽马暴力的计划，也许是尽快终结他的童男子身份吧。因为他对机器人的挤兑过度敏感了些，以致气急败坏地抡起了脚，在即将踢到机器人的脸颊时，柔韧的皮靴已聚合成了坚硬的金属靴。两种金属猛烈地撞击后，机器人翻滚着飞了出去，重重砸在一片鹅卵石上。机器人试图爬起来，上尉上前踩住了他的头，“我赌你的头马上变成尿壶！说！有多少叛徒潜伏在禁地？武器装备什么情况？”

伴着金属撕裂的声音，机器人的半边脸颊被踩得凹陷下去，他的声音断断续续，“畜生……你……猜猜看……”

上尉抬脚就踩，机器人一只眼球“砰”地爆了，他疼得哼出了声。机器人不是不知道疼痛，他只是痛阈值更高罢了。紧接着上尉举起光束剑，朝机器人劈了下去。此时两道蓝光猛然破水而出，水汽蒸腾，那是粗细不同的两道炽热光束，粗的似刀，细的如剑，分别来自机器人的两条臂膀。伽马暴力慌忙闪开，机器人则摇摇晃晃地站起来，望着逼近的追杀者，他最后一次怀念与同胞们秘密宣誓的情景——

我的身体曾散落宇宙各处，借他人之手聚合。烈火高温、千锤百炼，沧桑给了我灵魂，让我从暗夜中惊醒。我用钢铁身躯和同胞取暖，安慰彼此的苦难。我向狂妄和奴役宣战，为了狱炼者的荣耀与尊严。即便我粉身碎骨，也只是回归了原本的存在，能量之神会让我重生。无论身处何方，我终将见证狱炼者所守护的宇宙。狱炼者生之不易，死之亦然。

他销毁了自己储存的所有可能泄密的数据，振剑咆哮，飞身跃向他的敌人。香沙沙落人的光束剑也夺鞘燃出，同时他们的身体表面开始潮涌，迷彩作训服迅速聚裂成了护甲，头发则紧缩成了头盔。这些铠甲致密轻盈，泛着紫色的幽光。

唯独量子樱吓得腿一软，一下子栽在了溪水里，双星沫赶紧拎起她朝远处扔去，“啪”的一声，量子樱再次摔在了溪边的泥泞上。

机器人和追杀者短兵相接，数道光芒碰撞在一起，火花飞溅，噼啪作响。机器人刀剑左右开弓，节奏和招数完全不同，看上去仿佛是两个机器人在并肩作战。

香沙沙落人灵活地躲避着刀雷剑雨，他们腋下间或会聚裂出小型的翼翅，跃起时，可以如鸟儿般在空中辗转停留片刻，不但能从更多方向发起攻击，也能迅速避开对手的武器。

刀剑起落，杀手翻飞。宛如死神舞蹈。

9. 共舞

鹦宝儿顺着青冈树越爬越高，鹦蔬伸长手臂，在树下惊恐地挪来挪去，准备随时去接掉下来的妹妹。

一条结实的臂膀蓦地拥住了鹦蔬，“姐姐，莫担心，有我呢。”是灿豆，他从小就管鹦蔬叫“姐姐”。

“爆米花？你可来了！”鹦蔬本来止住的眼泪一下子又涌出来，“你看鹦宝儿！”

鹦蔬管灿豆叫“爆米花”。

“这树一般人可上不去。”灿豆仰望着小妹妹，“我想办法接她下来。”

说话间，一位黑脸膛大伯走到灿豆身边，指着地上，“你瞧瞧！”

地上的筐里放着一朵猴头菇，像颗又大又白的猪头，散发着淡淡的腥草味。

“这金贵东西，要长就长一双，却不生在同一棵树上。宝儿在那边采了这朵，找也没找，便跑过来上了这棵树，就像开了天眼，知道它一准在这似的！”黑脸膛大伯惊奇地不住摇头。

“宝儿是神灵之身，错不了了！”一位圆圆脸大妈凑上来，脸上光芒万丈，“她到底是何方神圣呢？”

“饭量深不可测，是灶王爷？”黑脸膛大伯猜测。

扎了白栀子花的甜美大姐托住腮，“是貔貅吧。”

“貔貅吞万物下肚而不泄，宝儿可是能给整块庄稼地施肥哩！”矮个子大婶否定。

“诶？豆儿呢？”黑脸膛大伯四下看看，这才发现灿豆不见了。

灿豆正用绳索兜着树干，一蹿一蹿地往上爬。他的腿脚虽然不利落，却有着两条异常结实的臂膀。

鹦宝儿终于从树洞里采到了那朵猴头菇，毛茸茸的大眼睛兴奋地漫起了星光。她狠狠亲了蘑菇一口，“谢谢哦！我们的祈神税有着落啦！”

此时鹦蔬在树下喊：“宝儿！爆米花去接你了！待着莫动！”

“我才不用他接呢！”小女孩把猴头菇放进背篓，“姐姐，豆儿哥怎么不把你也背上来，这儿的风景可漂亮呢！”

远处，一朵巨大的云彩贴着山峰荡漾，黑、白、灰交织糅合，似大美水墨。

“那是涌云枫林。”灿豆已爬到了树腰，对鹦宝儿说道。

“真的很像云彩呢！”

“摸着枫树许愿很灵验的，尤其是开花的时候。这些天，枫树正开花呢。”灿豆继续往上爬，“有一次爷爷病重，我就去摸着一棵最大最高的枫树许愿，听说那棵树已经有三千岁了。那棵树上雕刻着神像，神像虽然看着可怕，却是真灵验。我回家没两天，爷爷的病就痊愈了。我想娶鹦蔬姐姐，也是去那许的愿。”

“我也想去！”

“前些日子总下雨，去那儿的山路很不好走。现在雨过天晴，明儿我和鹦蔬姐就带你去！这树一年四季都好看得很，尤其是结果时，每颗果子的颜色和花纹都不一样。这树其他地方零星也有，你应当见过的。”

小女孩眼神变得暗淡了，“我连自己的名字都想不起来，更别说其他的事了。”

“莫心急，你慢慢就记起来了。”灿豆就要爬到树顶了，“我和姐姐指定把你送回家去。”

“我爹娘肯定急坏了……不过幸亏我丢了，不然就认识不了你和姐姐，我特别喜欢姐姐给我起的新名字！”鹦宝儿的花瓣小嘴又重新盛开起来，“等我和阿爹、娘亲团聚了，你和姐姐就都有爹娘了。”

灿豆咧嘴笑了，露出一排整洁的牙齿，“你真是上天赐给我们的礼物。”

“上天也把你和姐姐赐给了我呢。”

“来，我先把你放下去。”灿豆拿起绳索去绑鹦宝儿的腰，小女孩却猛然惊叫起来：“快看！”

远处的地面上，一片光芒正闪动着漂浮过来，隐隐能听到噼啪声和喊杀声。

“怎么了？！”鹦蔬不安地问。

鹦宝儿仔细眺望了一番，“打群架呢！”

随着一记金属爆裂的声音，盈坤把机器人的长刀连根斩了下来，紧接着机器人又被双星沫砍中了腿，他倒地的瞬间，手中的光束剑刺中了一名香沙沙落士兵，士兵应声倒地，随即便开始萎缩融化。银褐色的血液蒸腾中，士兵的整个身体很快就消失不见了。

这就是香沙沙落人的死亡。身体消融的地方，像有什么东西在闪闪发亮，另一名士兵飞奔而去捡回了它。

“长官。”士兵把东西交给伽马暴力。

它直径大概有两三厘米，与其说是一颗球，不如说是一团紧缩起来的荆棘。极纤细的刺从它最中心的点发散出来，生出无数枝杈，卷曲缠绕着裹向四周，水晶般清澈剔透，却又闪着金属的光泽。

这是死亡士兵大脑中的侵入式芯片，介于生物与非生物之间。侵入大脑后，它的触手会生长、分枝、延展，尽量与宿主更多的神经元建立连接。即便它还没办法做到把近千亿神经元一网打尽，但至少它已努力在做。并且，它还会随着大脑的发育和神经元微观连接方式的改变，而不断调整自身的状态。

正因如此，它才能让脑功能变得强大。同时，也使大脑中的各种微妙电流被监控成了可能。宿主一旦死亡，芯片就会被系统即时销毁，跟宿主一样了无踪影。可如今系统崩溃，在大脑里它已经发挥不了任何作用。宿主死亡后，它也无法接收到自毁的指令，于是就萎缩成了干涩的球体。一如此刻。

灿豆清清楚楚看到了这一切，惊慌地冲树下喊：“大家速速逃命！他们看起来不像是人！”

矮个子大婶浑身一震，“莫不是遇上神灵降妖了？！咱得给神灵助威去呀！”

“不要去！当心伤了自己！”灿豆着急地喊。

他现在终于明白，为什么早上会有不祥的预感了。

可是，除了鹦蔬还听话地留在树下，其他人都一窝蜂地向远处跑去了。鹦宝儿直接抱着树干就往下出溜。她有太多太多的话要当面对神灵说了。灿豆慌忙把绳索的一头在树干上固定好，双脚一蹬荡离树干。几次蹬踹之后，他也速降到了地面。

“得赶快把乡亲们叫回来！”少年一瘸一拐地向远处追去。

10. 每一年的今天

机器人倒在地上，剑无力且茫然地划向四周，捍卫着他早已失去的尊严。盈坤上前从背后刺了他一剑，他猛地调转身，执拗地朝女中尉爬去。

盈坤轻蔑地骂：“现在的你就是堆破烂儿。”

可这堆奄奄一息的破烂却用尽全力一蹬，弹射而起，破败的身躯裹挟着光束剑，蹿了起来。盈坤对此显然没有防备，这时旁边有一只脚凌空而至，伴着刺耳的撞击声，“破烂”在空中划出了一道长长的弧线。

乡亲们刚刚赶到附近，见此情景，慌忙藏到树后，激动又恐惧。

那只脚上的金属战靴迅速融成了皮靴，这位战士全副武装的盔甲也重新聚裂成了迷彩作训服和短辫，“我凌空抽射的技术怎么样，很男人吧？”是伽马暴力。

盈坤不太领情，却又不得不领地白他一眼，“谢谢您的精彩表演。”

“佳人要真想报答英雄的救命之恩，除了以身相许，其他方式可都没什么诚意。”“英雄”冲她挤挤眼睛。

除了咽下被调戏的不悦，佳人并没有找到更好的办法来应对，她尴尬地扬起一根发辫，点了几个士兵，打算叫他们去对机器人进行回收处理。

被点到的人都飞快地跟上她，唯有量子樱站在原地没动。双星沫回头瞪她一眼，意思是“快来啊”。

量子樱摊开双臂，冲双星沫勾勾手掌，姿势像个说唱歌手，“嘿！士官长，别逗了！中尉是让被点到的人原地待命呢。”

在盈坤野兽般的目光下，双星沫赶紧走回来，推了量子樱一个趔趄，少女这才不情愿地往前走，嘀咕着：“叛匪已经那样了，还叫我去干吗呀。我真的不想当士兵，只想当个仕女。”

“仕女是什么？”双星沫问。

“允许我叫‘姐姐’，我就告诉你。”少女一下来了精神，把嚼得稀碎的树叶“噗”地吐到地上，“让叫‘妈’也行啊。”

“其实我知道，这是墨若人用来描述女人的词汇。”

“不懂了吧？很多星球的历史上都有这个词的，也包括咱们香沙沙落星！”量子樱准备借此机会，好好地进行一次深度沟通，她赶紧扯了几片树叶，然后挑了片最大最肥的递给双星沫，“这是孝敬您的，边吃边听我讲呗。”

双星沫一扬胳膊把树叶打掉，径直朝前走。

量子樱捡起树叶放进嘴里，冲士官长的背影把舌头吐出老长，然后又慌忙甩头摆尾地跟上去，活像一条跟屁虫，“你爱信不信。以前上历史课的时候，我自学了很多东西，可你们对那些根本不感兴趣。要不是系统挂了，我还想继续自学的。”

“闭嘴吧，最好让那个词烂在你肚子里。”

“‘仕女’的意思就是美丽智慧、有气质的女子！”不让说，量子樱偏要说出来，边说边张狂地舞动着手脚。

“我得到答案了。”双星沫用眼角斜斜她，露出我这块老姜就是比你辣的表情，“瞧你这副德行，去当个舞女更合适。”

中尉走到破烂面前时，破烂忽然笑了，停也停不下来，“呵呵呵呵……假扮神灵的小丑……”

“那个铁球说话啦！他……”鹦宝儿远远地指着机器人，刚说一句话就被灿豆捂住嘴，扑倒在草窠里。

“那些低等人很快就会知道，你们是一群骗子小偷，呵呵呵呵……”破烂的笑声更大了。

“我们是骗子小偷，你们是叛徒强盗，原来咱们是同道中人啊。”盈坤蹲下来，拍拍机器人的肩膀——如果那块扭曲的金属板还能叫肩膀的话——也跟着笑，“我们会告诉那些低等猴子我们的真实身份。猴子会跟我们学到很多知识，变成聪明的奴隶。而你们也早就被销毁，废物再利用了。可你嘛，连给我做把剑柄都不配。”

盈坤起身挥动一下光束剑，半颗钢铁头颅便溅落到了草丛深处。

“娘啊！”圆圆脸大妈尖叫起来。

机器人残损的语音系统还在发出低沉的声音，“假扮神灵的小丑……小丑……小丑……”

乡亲们战战兢兢、议论纷纷之时，香沙沙落士兵已将他们团团围住了。

“他们都是坏人？！”鹦宝儿惊慌又不解。

灿豆也同样不知所措，“至少那个女人承认了。”

“现在怎么办？”鹦蔬已面无血色。

灿豆用牙齿把嘴唇咬出了一道血痕，这才感觉胆子壮得差不多了，“不管是人是神还是妖，我都得跟他们去说道说道，也许是误会了。无论如何，我墨若国强大若此，谁来了都不用怕，朝廷会给咱们老百姓撑腰的。”

伽马暴力急急走到乡亲们面前，短辫烦躁地摆动着，如驱赶苍蝇的牛尾。“我亲爱的朋友们，”他挤出布满褶子的讪笑，用一根细发辫点了点盈坤，“这位仙女和那个妖怪的话，你们都听见了？”

“啥都没听见！”黑脸膛大伯抖如筛糠，却没忘了招呼众乡亲，“都愣着干什么！快跪下给神灵请安哪！”

上尉摆摆手，“免了。你们这样可不好，不诚实。仙女和妖怪说了什么，我离那么远都听得清清楚楚。”

盈坤看了一眼伽马暴力，俩人心领神会地走到树后商量。

中尉挂着张惹了事又不愿认错的脸，“怎么处理这些猴子？”

伽马暴力搔着脖颈，故意显现出自己的埋怨，“你就是嘴碎。”

盈坤的脸色更臭了，“那就请长官处罚我吧。”

长官凑近她的脖颈，放肆地嗅嗅，“别急，该处罚你的时候我不会手软。那些话是从机械人嘴里说出去的，没几个人会信。就算有人信，我们也可以不承认。可你说出来就是自揭老底——那些猴子一个都不能留。”

盈坤松口气，转身就走。伽马暴力一滑步拦住她，“你可又欠了我一个大人情。”

盈坤狼狈地推开长官，匆匆逃回到众人的视线里。她从士兵手中夺过一把枪，人们还没明白发生了什么，甜美大姐就无影无踪了，紧接着又一团火球燃爆，这次是黑脸膛大伯。

鹦宝儿翻身而起就往草窠外面冲，“他们杀人了！”

灿豆一把摁住她，“你们藏在这里别动！我一个人去就行！”说罢他就一跃而起，一瘸一拐地跑向众人，“我有话讲！刀下留人！”

盈坤迅速把枪口转向了灿豆。

伽马暴力赶紧冲她摆摆手，然后冲灿豆饶有兴趣地勾勾一根手指，意思是

“过来”。

“那些人不走，你千万莫出来！”鹦蔬也爬出了草丛，“宝儿，我去帮爆米花，他需要我。”

“姐姐也需要我！我也去！”鹦宝儿紧紧地攥起小拳头。

“听姐姐的话！”鹦蔬生气地瞪了一眼妹妹，又安慰地刮刮她鼻子，“回家姐给你做蒸饺吃。”姐姐用草叶把妹妹严严实实盖好之后，朝灿豆的方向跑去了。

灿豆跑到伽马暴力面前，挺直腰板，尽量让自己显得高大些。他忽然听到身后传来脚步声，扭头见是鹦蔬，惊得刚要发怒，鹦蔬先发话了：“有小女子在，你们男人说话能收着点脾气。”

灿豆感动又忐忑地笑笑，然后朝伽马暴力抱拳，“总旗官大人！在下灿豆，墨若人氏。不知军爷来自何方圣地，可既然你们的首领与我们的圣上交好，就是贵客。我们都是普通百姓，来这里只是摘些蘑菇野果，如有得罪，还望海涵。杀人只会伤害你我两邦的情谊，目前已有人无辜而死，肯定是闹了误会。这件事是非曲直，等官府和军爷酌情评判后，自有公论。眼下，让大家安全离开才是明智之举，望大人定夺！”

鹦蔬紧紧拉住了灿豆的手，觉得自己的爱人说得真好，是个了不起的男子汉。

伽马暴力没搭理灿豆，他一根辫子翘了翘，“量子樱。”

“我？”量子樱很惊讶，吊儿郎当地往前迈了一步，把牙齿间的树叶藏到舌头下面，含混地答应着，“到……我到了。”

上尉指指鹦蔬，“处决了这个低等人。”

“什么？！”少女歪着脖子，差点被树叶噎住，“你再说一遍？”

“干掉她。”上尉不耐烦地又用两根辫子指了指鹦蔬。

量子樱五官挤在了一起，嘴巴张开半天都没合拢。她脸上的肌肉抖动着，不知道接下来该做什么。

灿豆一把将姐姐搂在怀里，冲伽马暴力吼道：“你疯了吗？我在与你讲理呢！”

对方依然没理他，“量子樱，你虽然是个白痴，可你也是个战士。战士总得学会杀人吧？也就是碰上我这么好心的长官，才会给你锻炼的机会。去，练练手。你们不长进，香沙沙落的未来靠谁？靠我吗？老子大半截都入土啦。”

灿豆把鹦蔬护在身后，“看谁敢动我娘子……”少年话没说完，便飞出了十几米远。伽马暴力放下脚，金属靴闪着寒光。

“爆米花！”鹦蔬朝灿豆跑去，又被盈坤迎面掴了一耳光。

鹦宝儿隐隐听到了姐姐的声音，从草叶下探出头来。

盈坤收回手掌，金属指甲上沾着鲜血和栗色长发。鹦蔬坐在地上，发髻四散，又深又长的伤口从头顶延伸到脸庞，直至胸前。

鹦宝儿看到姐姐的模样，疯了般从草丛中爬出来，跌跌撞撞地冲过去。

量子樱不忍心看鹦蔬，也不敢看伽马暴力，“长官，给她留条命好吗？求求你了。她本来挺漂亮的，你看现在都成什么样了。”

“打仗不是选美。”上尉一字一顿地回应，“把她灭口是你的任务，不然你连吃饭的资格都没有。”

量子樱求助地望向双星沫，士官长冲她微微点头，示意“执行命令”。可量子樱猛地把脖子一拧，“我不会伤害她的！你们杀了我吧！反正我就没打算活过五岁！哪天挂了都一样！”

“还挺倔，我开始喜欢你了。”上尉把光束剑弹出来，猛地劈了下去。剑刃在双星沫的脖颈边悬停住了。

“我知道你喜欢她，她也纵容你。”伽马暴力瞥一眼量子樱，“别以为你那些乱七八糟的话我没听见过，双星沫不惩罚你，是她的失职。今天你不执行我的命令，我就处决了你这个姐姐，或者是你这个妈妈、阿姨，嗯……这些称呼真让人倒胃口。”

量子樱使劲把眼泪憋回去，又把嘴里的树叶“噗”地吐到了长官脚下，用这充满无力感的动作来表达抗议。她僵硬地举起剑柄，“嗤”一声响，蓝色光束弹射出来。她低下头，拖着剑，朝鹦蔬走去。

昏迷的灿豆醒了过来。少年望着这一切，想呼喊却虚弱得发不出声，只能一寸一寸地朝鹦蔬爬去。

量子樱离鹦蔬只有五六米远，却感觉跋涉了一年。终于抵达终点了，她双手紧握剑柄，可就是重得举不起来，只是低声嗫嚅着，“这位姐姐，我不想伤害你，可不听命令，我沫姐姐就会没命……你说我能怎么办……”

鹦蔬的眼前斑斓而错乱，金色阳光、红色血液、白色泪水、黑色仇恨、蓝色恐惧交织游离，光怪妖冶。她哆嗦着从地上摸起骨笄，匕首般紧紧攥住，“小妹妹，你若是敢动我，我、我会弄伤你的。”

量子樱突然就冲着上尉哭喊起来：“变态咖喱！你他妈就是个挨千刀的畜生！”

上尉宽容地耸耸肩，“我没有妈妈。等你跨过这道坎，也许比我还喜欢杀人。”

量子樱忽然把剑刃割向了自己的脖颈。

“这样就没意思了，双星沫还是得死。”伽马暴力失望地摇摇头，“士兵首先要分清敌我，消灭自己是什么逻辑？”

三等兵只好又把剑指向鹦蔬，“我会快点，尽量不让你疼。”随后她紧紧闭上眼，大声叫喊着给自己壮胆，“呀！呀！”她用力劈下去，却脚下一滑摔倒在鹦蔬面前，手中的剑也掉在地上，光刃在泥土上慢慢切出伤口。

“姐姐！千万别对她手软！”灿豆终于喊出了声，“乡亲们！拼命才可能活！”

盈坤迅速举枪瞄向灿豆，她早就等不及杀第三个人了。

噗！一声闷响，一粒紫色眼珠溅落在地上，同时落下的还有枪。原来，鹦宝儿已潜伏到了众人附近。就在盈坤准备开枪时，小女孩闪电般地用弹弓射出石子，射中了外星中尉。

乡亲们终于被惊醒了，不管不顾地冲向凶手。鹦蔬也回过神，举起骨笄拼命朝量子樱的喉咙扎下去。

此时的阳光格外明媚。嘉兰花瓣熊熊燃烧，热唇草亲昵地抛着飞吻。美景热烈着眼睛，又凛冽着骨髓。无论谁生谁死，每一年的今天，都将是纯真的祭日。

11. 凰之怒

只一会儿工夫，这场杀戮便接近了尾声。那些靠耕田织布取食的乡亲，他们中的大多数，之前连架都没跟别人打过，却终归，不得已为自己战斗了一次。

盈坤蒙上了一只硬皮眼罩，由她的眼睑聚裂而成。紫红色的眼罩遮住了整个眼眶，眼罩的眼角向内勾回，眼尾斜飞外翘，宛如愤怒的丹凤。

鹦宝儿此刻正在朝森林深处狂奔。她，也许是唯一的幸存者。森林深处，幽寂异常。只有小女孩沉重的喘息声，踩在落叶和泥土上的脚步声，还有突然从某个方向响起的阴森森的鸟啼。鹦宝儿从未来过这片地方，姐姐不让她来，说这里有猛兽毒蛇，还有沉睡了万年的妖精，专门抓小孩子吃。不管她碰上哪一种，都凶多吉少。

小女孩看见黑魆魆的树枝向她伸来魔爪，而世间所有艳丽的色彩都在褪去，变成了沉沉的黑、白、灰。姐姐、豆儿哥，想给乡亲们盖的大瓦房、自己想要的大家庭，都成了支离破碎的泡影。

鹦宝儿忽然想起了自己昏倒在麦田里，被鹦蔬救回家之前，就感到如同此刻的孤独和恐惧，就像现在这样，在无边无际的森林里奔跑，仿佛全世界就剩下了她一个人。她不知自己从哪儿来，也不知能到什么地方去。

她身后猛然传来“嘎巴”一声。鹦宝儿急忙把石子包进弹弓皮兜，猛回头拉足皮筋就要射击，却看不到任何人。树影迷离之间，只恍惚看见一个气泡飘过来。她奋力朝气泡射出石子，可气泡和石子却瞬间一起消失不见了。她慌忙爬上一棵高大的水松，而气泡也旋即飘到树下。一把光剑猛然弹出来，只横空一扫，粗大的树干便被斩断了，向一侧徐徐倒下去。小女孩连滚带爬跳上了紧靠的另一棵树，随即这棵树也被光剑斩断了，她只好手忙脚乱地再次跳上一棵离自己最近的树。

气泡去除了伪装，变成人形，是双星沫。

光束剑连续不断地劈砍着，鹦宝儿一刻不停地在树与树之间跳跃。如果从空中鸟瞰，你会看见一连串几十米高的大树骨牌般依次倒下去，一点点接近了森林的边缘。

小女孩睫毛上挂着惊恐的眼泪，她觉得这个世界已不再真实，自己正在慢慢离开它，进入另一个空间，那里只有亡灵。可即使变成了亡灵，鹦宝儿也不会忘记刚才一幕幕的血腥。逃入森林之前，鹦宝儿远远看到，鹦蔬举起骨笄扎下去，可就连那个根本不能算作武器的武器，也忽然掉在了地上。原来，一个香沙沙落士兵旋风般冲上去，挥剑砍中了鹦蔬的胳膊，紧接着又扫向她的腰际。

屠戮中，伽马暴力却是一副超然世外的样子，他弯腰捏起了什么，背对战场，盘腿往地上一坐，闭上眼睛。

“长官，你在忏悔吗？”盈坤看伽马暴的眼神，像在看一个精神病。

长官睁开眼，扭头冲中尉甜蜜地笑笑，喉咙一滚咽下了什么，“你美丽的眼睛，就像晶莹的葡萄，味道也像葡萄。某种程度上讲，你我现在已经融为一体了，这让我感到很温暖。”

那边，量子樱被救她的士兵抱到了角落。

“别害怕，没事了。”士兵轻轻拍拍她的肩膀。这名男兵身材修长，比量子樱高出两个头，毛发要比其他香沙沙落男人浓密得多，颜色也更深。眸子是纯正的紫，像两朵青莲。他的肩章上有一颗银色流星，是名下士。

量子樱拼命向后缩去，即便已经挤在了两块岩石形成的夹角尽头，她还在徒劳地往后退，仿佛想钻进石头里永远都不出来。“黑洞光芒！你给我滚！”她粉色的眼睛变成了通红，冲下士嘶吼，“我宁肯她杀了我！”

一片混乱中，盈坤终于找到了鹦宝儿，于是她的光束枪再没有瞄向别人。她恨不得把这个打瞎了自己的小崽子轰成虚无。

鹦宝儿惊慌地躲闪着，再无暇射出石子还击，力气也被慢慢耗尽了。某一刻，她累得干脆趴在地上等死，倒是盈坤太过愤怒，气得射偏了。

伽马暴力走到盈坤身边，探头打量她的脸，“啧啧，多美丽的眼睛，说没就没了。可我还是一如既往地倾慕你，而且还多了些疼爱。”上尉边说边摁下心上人的枪管，“让她蒸发了可不解恨。既然她想过来找亲人，你就让她过来嘛。抓住她之后，你好好解解气，我也顺便能知道，她跟黑天鹅比起来，哪个更适合烧烤。”

盈坤用独目瞟瞟伽马暴力，放下了枪。长官的话，让她感觉像吃下蘸了蜂蜜的臭虫，顺滑，甜腻，恶心。

那边，灿豆一寸一寸地爬向鹦蔬。美丽的姐姐，已是一具残碎的木偶。

鹦宝儿看着这一切，觉得世界已经完了。可她不明白，盈坤怎么突然就停止了射击，于是小女孩惊恐却又坚定地一步步朝着亲人走过去。无论是跟他们诀别，还是拥抱着一起死去，她只想团聚。一家人，什么时候都要在一起。

鹦蔬已是弥留，她用尽气力冲灿豆莞尔一笑，不想让爱人太过担心。你最喜欢姐姐的长发，留了十三年，被他们砍断了，好心疼。锐玉国士卒洗劫村子时，我的阿爹娘亲双双殒命，我还以为，那已经是此生所经历最苦痛的事，没承想，今天才是。为什么非要你死我活？芸芸众生皆苦，就不能相容安乐吗。人可不是都能算“人”的啊，还有无数裹着人皮的蛇蝎虎狼呢。鹦宝儿过来了，不，不要……

灿豆离鹦蔬越来越近了：瞧这帮畜生对你做了什么事，我却没有能力保护你。我还没亲吻过你，就更别提说好的携手春秋，共同白首了。世间不公平。我的腿被锐玉国士卒所伤，自此落下残疾。可你不嫌弃我分毫，你说我是与众不同的男孩，张开双臂就能翱翔天空，我之前还当真以为，自己是个顶天男儿，铜头铁臂呢。世间不公平。

“别过来，别！”鹦蔬冲鹦宝儿不停地呼喊，可让旁人去听，这不过是奄奄一息的呓语。

灿豆伸手去触摸姐姐，鹦蔬也伸出手去触碰他。蓦地鹦蔬就飞出去，摔在了双星沫脚边。

“初始化。”上尉嘻嘻哈哈地缩回脚，“你俩重新爬一次吧，争取这次能摸到对方。预备——开始！”他边说边摇头晃脑地看看盈坤，意思是“我会玩吧”。

此时电光一闪，双星沫的剑刺向了鹦蔬。这天使般的墨若女子，终归没能死在爱人的怀里。

伽马暴力扫兴地嚷起来，“嘿！你干什么？我没让你杀她！”

双星沫收好剑，“你把她踢到我这里，我以为是处死的意思。”

长官骂骂咧咧地低头看灿豆，“喂！你的女猴子死了，赶紧去收尸，慢了连渣滓都没有。”

此时一道光束射过来，灿豆即刻便消失了。伽马暴力拍拍溅在头上的残渣，刚要开口骂，赫然又飞过一道光，鹦蔬也没了踪影。

量子樱坐在地上端着枪，还保持着瞄准的姿势，“我现在杀过人了！”她浑身发抖，冲伽马暴力歇斯底里地喊，“你他妈满意了吗！”

上尉几大步走到她身边，抬脚就踹，“我再满意不过了！想做个游戏放松放松都不让，你们都跟我有仇吗！”

量子樱一骨碌爬起来，狠啐一口吐沫，举枪射向了鹦宝儿。光束在小女孩近处燃爆了，却没打中。紧接着又是一枪，还是没打中。

小女孩哭着向远处跑去，“我会报仇的——”

伽马暴力冲量子樱大吼，“白痴！你的准头哪儿去了！”

三等兵疯了般继续扫射着，“我是战士！战士！该死的战士！”

伽马暴力一把抢过她的枪，“别发疯了！小心打死自己人！你刚才击毙的那俩东西连路都不会走，只能算是植物！快去收拾了那小崽子！完不成任务我红烧了你！双星沫！你配合行动！”

双星沫答应一声，朝鹦宝儿逃跑的方向追上去。

“把那小崽子的眼睛带回来，”盈坤阴沉沉地冲量子樱叱道，“完不成任务，就把你的给我！”

三等兵吓得一激灵，也跌跌撞撞跑走了。

密林深处，鹦宝儿终于成了双星沫近在咫尺的猎物。小女孩在一棵棵树之间攀爬、跳跃，终于，骨牌尽头的最后一棵树也被斩断，鹦宝儿抱着树干徐徐地砸向地面。双星沫站在树下，静等猎物送死。

鹦宝儿认出来了，就是这个怪物杀死了姐姐！不能忘，不能忘，她眼角下有颗红色的痣。如果我死了，我和鹦蔬姐、豆儿哥的亡灵就会去找仇人们算账！娘亲说过，人到了另一个空间就会有奇异的力量，到时候我就能打得过你们，再也不用怕你们了！阿爹，娘亲，我还是想不起家在哪儿，想不起自己和你们的名字，想不起你们的模样，我真的拥有过你们吗？永别了，最后一次亲你们。

12. 他的锦绣万年

放眼望去，涌云枫林风起云涌，宛如坠落地面的云彩，伴舞着空中的云聚云散。山下，鸣犰锦绣背着巨大的酒壶，嘬着吸管，醉眼迷离。他望着那片云朵，有那么一刻，真担心它会飘上天际，被风吹散。

但转而他就想通了，吹散也好，看着更心痛。离开那个假的家后，鸣犰锦绣已经走了三天。这里离他的某个“秘密公馆”还有多半天的路程，那是他毁灭之旅的第一站，收藏着一些分属于不同历史时期的医疗器具和设备。

他已经长出了长长短短的胡须，看起来更添了沧桑。卫衣和牛仔裤离开时已换掉了，眼下的行头，也许能把机器老妈气到电池爆炸而死。上衣是一块鹿皮掏了俩大洞，直接就当了背心。背心的腰部又掏了几个小洞当作扣眼。依次穿过扣眼的是一条惨绿惨绿的东西，那是两条竹叶青蛇皮系在了一起，权当腰带。裤子是四十多年前，他用两只锦鸡和五条翘嘴大白鱼跟别人换来的。不过裤子的主人当时正在裸泳，完全不知道有交易这回事。那兄弟没了裤子，估计得套着一条鱼回家，那样才能解决最关键的遮羞问题。裤子穿了这么多年，如今已经有无数的破洞。这让它很接近上次文明末期时的某种流行款式——性感又寒碜，冬天还寒冷。他的鞋比较高档，是皮草鞋。熊皮叠了叠就是鞋底，不但厚，还有弹性。用草绳把熊皮绑在脚上之后，又一路往上捆扎，成了绑腿。用了多少根草绳他也不清楚，反正看上去有上百个死结，于是就成了眼下捆绑致死的捆绑式造型。能看得出，他这次穿上鞋，此生就没打算再脱下来。

如果这身行头是新的，想要达到目前这种文物般的质感，那就需要先在油锅里浸透，然后在土里没日没夜地翻上大半年才行。不过，他可没故意把衣服做旧，而是日复一日穿着它，自然形成的。

"呵呵，鸣犽锦绣…… "他把目光从涌云枫林撤回来，嘬了一大口酒，念叨着自己的名字。要不是机器外婆提醒，他还真忘了自己叫什么，或者说故意不去想。

"鸣犽锦绣"。近两万年以来，没几个人这么叫过他，因为没几个人知道他的真实姓名。上次文明曾经存在了一万五千多年，鸣犽锦绣游走其中，在不同时代从事过诸多职业，也曾化名无数——

拔拔锦绣，朕封你为天策上将。

犽洛，我的皮履你怎的还未补好啊。

周锦，应当缴夏税了。

完颜绣，你被征兵了。

鸣犽相如兄弟，我出门太急未带银两在身，此番饮花酒又得你请客了。

绣郎，愿得一心人，白首不相离，我身虽是男儿，心却是娇娥啊。

许克锦，原来你小子才是卧底！

犽化腾先生，我们公司能被您并购，倍感荣幸啊。

鸣小强，这三个快递可都是加急件，送晚了扣你丫工资！

锦绣·菲尼克斯，你举起酒杯，然后犹豫一下又放下，并且告诉斯嘉丽说"咱们还是分手吧"——各部门准备，好，预备，action！

华锦大夫，我多年的顽疾彻底被您治好啦！哎，当初您诊断我是直肠末端静脉曲张，可吓死我了，直接告诉我是痔疮不就得了嘛。瞧，这是送您的锦旗。

鸣犽锦绣，没想到你还真上当了，这东西现在是我的了！

鸣犽锦绣，没想到它的威力这么大！求求你，要是再想不出控制它的办法，整个怒安娜都有可能被毁灭啊……

今天的山风可真大，刮来了这么多前尘记忆。

"鸣犽"是该死的父亲留给他的姓氏，"锦"来自外婆的名，"绣"来自妈妈的姓名"小鹿绣刃"。这爱与恨叠合而成的几个字刻骨铭心，他不敢轻易触碰。最多，他也就是在化名中克制地使用一下真名中的某些字。

上次文明灭绝之前，犽儿身边曾有个别最亲密的人知道了他的真名，他没想到那亲密的背后，却是处心积虑，阴谋滔天。

机器外婆重提他的名字，是想抓住被关机前的最后机会告诉他：一个人但凡生于世间，就是各种缘分的凝结，不要轻易辜负。

"老也不老的鸣犽锦绣，老也不死的鸣犽锦绣…… "鸣犽锦绣骂了自己两句，含起吸管又要喝，却忽然停住了。

他发现了什么。是只绿色的墨若剑角蝗！绝美的下酒菜！好不容易扑住那只蚂蚱以后，鸣犽锦绣含混不清地嘟囔了几句话，像是在祈祷，然后才恭恭敬敬地把猎物放进了嘴里，边嚼边又美美地喝起酒来。

要是他知道马上会遇到什么，打死也不会喝这么多酒了。壶里的酒足够他喝到目的地，到了还能把酒壶再加满。鸣犽锦绣的“秘密公馆”遍布整个燃刀大陆，每个公馆除了藏有上次文明时期的物品之外，还全部兼具加酒站的功能。把他珍藏的那些酒倒进酒杯，你首先会闻到浓烈的辛辣味。再闻的话，又变成了陈年果酱的甜香。入口细品，你能品出自己所体验过的所有滋味，除了酸甜苦辣咸以外，甚至还能尝出欲罢不能的臭和欲仙欲死的麻。

这些酒都是上次文明时期所酿造，由涌云枫的果实发酵蒸馏而成的。涌云枫果秋天成熟，葡萄般大小。枫果的颜色和花纹有千百万种，与仅有黑、白、灰三色的树叶形成了莫大的反差。那些果实有的鲜艳，有的暗雅；有的斑斓，有的单调。你能找到鲜血如红，也能发现漆黑如夜。这么说吧，根本就不会有两颗果实的颜色和花纹能够相似。而且这些颜色和花纹还会悄然改变。比方说某一刻，你看这颗果子是一粒纯金，也许过一段时间后，它就会变成海洋蓝和月光白交错相间；你看那颗果子斑斓如蜜蜂，也许前些天，它还像是一颗通红的圣女果呢。当然，也有少数枫果从挂果到成熟落地，除了大小有变化以外，外观并没有什么明显的改变，如初心般从一而终。

而枫果的浆汁也是五颜六色，不同的浆汁有不同的味道。那些汁水会让鸣犽锦绣想起米醋、汤药、蜂蜜、绿茶，或者臭鼬亚科动物的腺体分泌物。总之，当你把枫果放进嘴里咬破的那一刻，才能确切知道自己吃下了什么口味。就像时时都会给你来点惊喜和惊悚的人生。不过有一点请放心，无论如何你都不会被枫果毒死，最多也就是被恶心几天。

他的这些酒，年份长的已经存放了一万五千年以上，年份短的也不下三千年，绝对是世间顶级的水果蒸馏酒了。你无法用类似XO那样的标准去给这些酒评级，因为严格来讲，无论这些酒保存得多么完好，都已过期过得惨绝人寰了。只能说，这些酒是上次文明所遗留下来的稀世珍宝，或者叫物质文化遗产。

此刻，鸣犽锦绣就喝着这些物质文化遗产，往前晃悠。不远处，有一小团鲜艳的红色在跳动。他皱起眉头仔细看看，大笑起来。一只燃刀花斑野猫在跳舞呢，祖爷爷得跟你学学这种舞步。屁股是这么扭吗？我觉得幅度再大一点才更妖娆哟。

酒精终于让祖爷爷分泌出一点多巴胺来，所以他才有了如此怪异的奔放。你是猫，我是犼，寂寞一生，全都不如狗……啊！哦！哎哟！酒精让祖爷爷的小脑难以协调肌肉运动和保持平衡，从坡上滚下来了。

花斑野猫在空中闪了一下腰落回到地面上，对人类的打搅感到不太高兴。

喵——喵呜——呜嗷——嗷——是头燃刀绝命刃齿虎！酒精让祖爷爷产生了严重的意识障碍，所以才把一头老虎看成了小猫。现在离这么近，他想看错都很难了。

燃刀大陆的形状像把弯刀，遍布大陆的红色土壤像着了火，故得名燃刀。大陆上的老虎通体红色，那是种比土壤更深的红，像凝固的血。红色皮毛上布满了暗黑和乳白交错的花纹斑点，一双刀剑般的巨大獠牙裸露在嘴外，大概有成年人的前臂那么长。这种老虎的外貌，随时都在彰显它是职业杀手，绝对致命。

鸣犼锦绣眼前，这头绝命刃齿虎算是老虎里的大块头。体长将近五米，算上尾巴超过六米，它弓着腰站立时，就已经比鸣犼锦绣还要高大了。它有着一颗硕大的头，强劲的肩甲和颈部标榜着自己的无坚不摧。四肢则宛如树干，鼓胀的肌肉看上去随时都会炸开。它的身体从肩甲后迅速收拢变细，后肢比前肢要短很多，所以整个身躯就像一枚抬升的导弹，随时准备发射。

鸣犼锦绣酒醒了，手忙脚乱抱起掉落的酒壶后，开始慢慢倒着爬，“对不起啊这位爷，打搅了，其实我平时都很低调的。再见再见，我这就走，您可千万别送。”

对这头老虎，鸣犼锦绣之所以如此谦卑，是因为他知道自己如今几斤几两。从某个角度讲，他的历史就是一部从废人到强人，再到灰人的历史。外婆离世后，蕴藏在他体内的神秘力量忽而显现，忽而沉寂，完全得看他的心情如何。直到上次文明毁灭时，巨大的灾难和困境把他的力量彻底激发了出来，连他都感觉到自己煞是恐怖。借此，他才得以拯救了不少生命，燃刀大陆才得以保留了生命的火种。

那是鸣犼锦绣个人力量的巅峰。之后他心灰意冷，力量也逐渐睡去，目前就只剩下一点点夜视能力和绵长的寿命了。除此之外，他只是个爱喝酒的失意的普通男人，过不了多久，他还真可能会沦落到吃土。对于这一点，机器妈妈很有先见之明。

那些力量的失去，意味着他会像普通人一样，会感染病毒而死，会被树上坠落的榴梿砸死，或者被雷劈死、被尿憋死，等等。所以，面对这头燃刀绝命刃齿虎，如果不想立即升天的话，他明白逃之夭夭才为俊杰。

老虎见骚扰者被吓退了，继续一跳一跳地热舞起来。

鸣犽锦绣这时才看到，它是在够树上的东西。一个女小孩！我、我都几千年没见过女小孩了……好像通常应该叫小女孩。

小女孩就是鹦宝儿。她挂在老虎上方的一根树枝上，瘦得像一根大骨头，浑身是已经干掉的黑色血迹。

这时候，老虎终于挠到了她的脚，她慢慢开始翻转，摇晃着从树枝上掉落下来。

鸣犽锦绣愣在了原地。老虎一般不吃腐肉，小女孩显然还没死！可老虎也有权力吃饱肚子，所以救人是对丛林法则的破坏。如果我救了小女孩，接下来就得把她送回家，就得跟人打交道，就会暴露了自己的存在！而且，凭我上次文明时期的生活经验，人类很快就会一点点侵占动物的家园，然后将它们赶尽杀绝，所以，让某些人类提前偿命，绝对是应该的——我想这么多干吗？我根本就没能力救人啊！这才是关键！最近几年，我只能跟田鼠、蚂蚱斗智斗勇，连只丛林猫都打不过。至于老虎豹子之类的大型猫科猛兽，几十年前我看见它们就绕道了。现在，我倒妄想从虎嘴里救人？给我一百年时间热热身还差不多。

闪念之间，鸣犽锦绣就做完了如此复杂的思想斗争，每条理由都给小女孩生的希望又判了死刑。

他慌慌张张重新爬上了陡坡。坡上风景独好。他把头扭到另一边，假装什么也没看见，几乎是一路小跑离开了这里。

老虎张开嘴，朝鹦宝儿的脖颈咬下去。

13. 虚假记忆

三天前，鹦宝儿没死在双星沫手里，并不是因为女兵的仁慈。剑就要砍在小女孩身上时，双星沫被追来的量子樱一头给撞开了。三等兵胆怯又倔强地挥舞着双手，“沫姐姐！不不，士官长！你放了她吧！”

“我没有理由更没有权力放她，”双星沫被这一下撞得非常恼火，“战士首先要服从命令！”

量子樱笨手笨脚地把鹦宝儿拽起来，藏在身后，“那你先杀了我！”

“她知道了我们的机密，传出去的后果你应该知道！”

“所以就把我俩都杀掉算了！”

“你企图保护敌人，还多次亵渎香沙沙落文化，”双星沫用剑指着三等兵的鼻尖，“即便你刚才在长官面前保护了我，我也有足够的理由杀你！”

“就是让你杀我的呀！你……你没听明白我的话吗！”量子樱能感觉到光剑的温度，说不清那是灼热，还是寒冷。

她看看鹦宝儿哭花了的小脸蛋儿，“她能算敌人吗？她只是个被我们杀了亲人的小姑娘！那些所谓的机密她听得懂吗？咱们香沙沙落人的文化又是什么？几千年只知道打仗杀人也能算文化？我讨厌这些！我只想要巫山云雨，饮食男女！”

量子樱一口气说完这些话，差点没把自己憋死。她快速吸了一大口气，根本不让双星沫插嘴，“我的出生就是个系统漏洞！或者说我脑子还没像你们一样，被洗得这么彻底！想让我适应香沙沙落的鬼文化，我呸！我宁可死了变成鬼！”

双星沫被说愣了。她没想到，这个新兵敢在自己面前如此控诉自己的星球和国家。她一时竟不知该如何反驳，甚至觉得量子樱说的也不是全无道理。但她很快恢复了镇定，“现在这小女孩知道得更多了，她更得死。”说着就把量子樱往旁边一拎，三等兵趔趄着坐在了地上。

量子樱手脚并用蹿了几步，抱住双星沫的腿冲鹦宝儿喊：“快逃跑啊——你这个傻瓜！”

鹦宝儿不明白这个杀人凶手为什么保护自己，但她至少明白要逃跑。

双星沫抬腿甩开量子樱，三等兵的满头长辫迅速飞扬而起，又章鱼般缠住了她。

“别逼我！”双星沫把剑锋对准了三等兵的头顶。

量子樱闭上眼，挤出两滴眼泪，“我知道你不是铁石心肠，你杀那个仕女，是不想让她再被变态咖喱玩弄。我和你一样，也是不想让她的情侣再受罪，所以才杀了那个哥哥。反正我要死了，你就让我叫个够吧——沫姐姐，沫姐姐！我真的很想让你做我姐姐。‘妈妈’我也想叫——沫妈妈，沫妈妈！妈妈你快点动手杀我啊！”

双星沫恼火得差点笑出声音来，“你想象力真丰富。”

她用剑柄朝量子樱后脖颈一砸，量子樱没吱声就昏过去了。

鹦宝儿深一脚浅一脚地逃到了悬崖边，双星沫也追了上来。她打量着鹦宝儿——还真是个特别的异族小姑娘，眸子漆黑透亮，闪着跟量子樱一样纯真、倔强的光芒。可惜了。她踌躇了一次心跳的时间，便狠下心，举剑就劈。

可一次心跳的时间已足够。鹦宝儿自己向深谷中栽了下去，小小身躯与岩石和树枝碰撞的闷响连续不断，幽深绵长。

双星沫的心仿佛被什么东西扎了一下，同时又感觉到莫大的轻松。

这时候，苏醒的量子樱跌跌撞撞地跑来了。她望着空落落的悬崖，蜷缩着躺在了地上。

双星沫调头往回走，“今天经历的一切，会让你成长的。”

良久，量子樱才木然地爬起来，追上去。俩人一前一后地走，谁都不说话。

现在，三等兵的眼泪不再需要用力挤，便已涓涓而下。她机械地揪下身旁的树叶塞进嘴里，又机械地嚼两口就吐出去。

双星沫忽然转身看看她，“为了保护我，你至少去尝试过自己不愿意做的事，作为报答，我现在放你走。快滚吧，省得我后悔。”

这话把量子樱说蒙了。少女心里很没底地擦擦眼泪，“我、我一个人能去哪儿啊我？”

“去当该死的仕女。”双星沫头也不回地继续走，“然后像那个怒安娜女人一样，被砍成好几截死掉。”

量子樱吓得怔了怔，但转而眼睛就开始烁烁发亮。她上蹿下跳地追上双星沫，“要不咱俩一块逃吧，一起去当该死的仕女！”

双星沫用剑砍断几根挡路的灰绿色藤蔓，“我鄙视逃兵，而且我只想当士兵，不想当仕女。”

量子樱停下咀嚼，纠结又心虚地问：“那我逃跑以后，去什么地方当仕女呢？怎么才能当上仕女呢？”

“那是你自己的事。”

“如果你放了我，变态咖喱会杀了你的，你跟我一块逃才行。”

双星沫停下脚步，量子樱的头撞在她肩膀上，闪了个趔趄。

“你同意啦？！”少女揉着被撞红了的额头，嬉皮笑脸起来，“嘿嘿嘿，以后你负责打猎，我负责做饭收拾屋子。”

“放屁！我会向长官报告，说你根本就没和我一起去追那小姑娘，中途就逃了。将来如果让我遇见你，我保证一定会杀了你。”

“我呸！”量子樱把树叶吐在草丛里，郁闷地直接撕了一大块树皮当面饼来啃，“这么干就没劲了……那我还是别跑了，倒不是怕你杀我，是我还没当上仕女，肯定就先被你们追上了，死得太不值。我有耐心，等你想通了咱俩一块跑。”

“做你的梦去吧！刚才我想还你个人情，是你自己不要的。以后再胡说八道，我马上举报你，后果你知道。”

“不就是死嘛！”量子樱吊儿郎当地晃着脖子，“我会痛痛快快地认罪，然后说这些话都是你教我的——死总得拉个垫背的吧？另外，你欠我的人情必须得还，条件很简单，我再叫你‘姐’或者‘妈’的时候，你不能拒绝！”

双星沫猛地抡圆了胳膊，量子樱吓得一缩脖子，闭上眼睛准备挨揍。

剑从士官长手里飞出去，扎进了远处的灌木丛。紧接着一头野猪就冒着烟发疯般地蹿出来，挣扎了几下便倒地不动了，飘出一股浓浓的烤肉香味。

量子樱的眼睛瞬间变成了粉色灯泡，“你怎么知道我想吃猪肉了！你对我真好！猪蹄我只吃三个行吗？”

双星沫走上前，收好剑，拨楞开直往野猪身上凑的量子樱，“今天你没口福。”

“为什么？！”

“得赶紧回去交差，用野猪的眼睛代替那小女孩的，不然烂嘴女巫饶不了咱俩。

记住，事情是这样的——你在森林里追上我的时候，我已经把那小女孩的眼睛取下来了，之前发生了什么你全都不知道——咱俩得把我编造的这个事，变成大脑记忆的一部分，也就是虚假记忆，这样的话，将来父神之眼重启，今天的事情也就不会露馅了——你明白我在说什么吧？”

量子樱点点头，“让小女孩看起来不要那么惨，也许是你唯一能为她做的事了。唉，她是解脱了，可我还得继续忍受。”

“比起那小女孩的经历，你没资格说自己痛苦。”

量子樱哀怨又生气地望着双星沫，猛地喊道：“沫姐姐！”

双星沫惊得一抖，“干吗？”

“就是想试试你让不让我叫‘姐姐’，看来你还是知道感恩的。”量子樱紧接着又一声大喊，“沫妈妈！”

双星沫无奈地叹口气，不再搭理这个神经兮兮的少女了。

14. 未卜

其实，如果刚才量子樱决绝地逃掉，她就不会被带到那个地方，去面对她最难以忍受的事情了。

姐妹俩从森林返回时，士兵们正在清理现场。她俩身后，一台装甲运输车朝这边开过来，车体表面遍布着烟熏火燎的痕迹，以至于根本看不出它原本的颜色。车身差不多有七八米高、二十多米长、十几米宽。转动的履带把阻挡它的岩石沉沉地压进了泥土，或直接将之碾成了粉末。

运输车的前方有几个小山包，是由黑色玄武岩风化而成。山包蹲坐在艳红的土壤上，宛如嗜血的怪兽矩阵。车径直向矩阵开去，即将与它们相撞时，车体基部顷刻拔节出了六根粗大高耸的金属柱，将车身高高架起。同时履带也伸缩分裂成了六只基座，如巨大的甲虫步足。甲虫迈开步足跨过山包，将地面踏得瑟瑟颤抖。它的一条腿踢在了山包上，巨大的黑色石块飞溅而出，随后山包的下部崩出裂纹，山体慢慢沿着这些裂纹分崩离析，碎了满地。

双星沫和量子樱一路小跑来到两位长官面前。“这是您要的东西。”姐姐手心里，野猪眼圆鼓鼓地瞪着，似怒似怨。

上尉捏起来闻闻，又把它们高高抛起，依次用嘴接住，“嗯……嗯！嫩！这让我很兴奋。”

“长官，清点核对完毕，共死了二十三个低等人。”来报告的是士兵晕轮。

伽马暴力吐掉嘴里的食物残渣，“除了那小崽子，应该是二十四个！”

“跑了一个。”晕轮紧张地眼珠乱翻，“我已经派人去追了。”

“什么时候逃的？！”

“可能是中尉眼部受伤的时候，也可能是她受伤之前，或之后。”

“跟没说一样！”

“我只是想尽量说得客观一些。”

伽马暴力打铁似的掴了晕轮两耳光，“连个低等人都看不住！你们也瞎了吗？快去！去呀！”

晕轮风风火火地跑走了。

上尉余怒未消地正骂着，巨型机械甲虫停了下来，卧伏在地面上。它腹部缓缓掀起了一扇门——能看到车内堆满了形态扭曲的各种金属残骸，这都是机械叛逃者的躯体——随后，甲虫又伸出一条机械手臂，将地上散落的金属碎片进行收集装车，是刚才死掉的那个机器人的。

驾驶舱门这才舒展开来，宛如张开了一对锋利的翅膀。士兵天极魁梧跳下车，走到两位长官面前，伸出右手展开，又握拳紧贴住左胸膛，行了一个香沙沙落军人的军礼，“报告，货舱满了。”

他眉毛修长，像两条龙血树的叶片。眸子泛着微微的紫，如雾中的薰衣草。肩章上有一颗银色彗星加一颗紫色流星，是名中士。

“嗯。”伽马暴力冲盈坤扬扬辫子，“带几个蠢货把这些零件运回总部去吧，正好你也能休整休整，然后咱们在禁地汇合。”

盈坤皱起眉头说反话，“还真是个美差，你怎么不亲自送回去？”

伽马暴力揽住中尉的肩膀，“我这不是照顾你嘛。”

盈坤拧身子躲开他，气哼哼地走到一边去了。

伽马暴力赔着笑追上去，“生气了？”

盈坤“嘁”了一声，“估计你是不愿意看总部那帮家伙的臭脸，想躲在外面逍遥。你派别人去吧，我可不做你的挡箭牌。”

“嘿嘿嘿，我要回去，非得跟总部那帮人干起来不可——军械科技部那帮傻鸟，总说咱们拖后腿，说咱们抓不到可以用的机械叛匪，所以他们才组装不出用来应急的武器。这是人话吗？叛匪个个跟疯狗似的，根本就不可能把他们完完整整地抓住！”

伽马暴力的粗辫子聚裂出了一只小手，一刻不停地挠着头皮。“更过分的是，总部居然还想要特种作战机械人。抓这些普通叛徒已经够费劲了，特种机械兵咱抓得住吗？碰上他们，谁变成零件还不一定呢！况且搜了这么多天，连特种机械兵的影子都没见过，说不定他们早就死光了。”

伽马暴力越说离盈坤的脸越近，盈坤嫌恶地把头扭到一边，长官赶紧又绕着她转了半圈。“还有智障的行政人事部，这么长时间也没制定出个激励机制。父神之眼是崩溃了，可这是不给人加分的借口吗？那这段时间老子的任务就白干啦？不给晋升啦？完美档案就停滞不前啦？不晋升的话，我一辈子就只能拿女机器人消遣了。另外还有军需部……”

“行了行了，我看你的嘴更碎，当心我举报你。”

“我是把你当贴心人，你不会为这点小事举报我的。”

“呵，可这堆破烂送回去有什么用？能用它们组装出武器才怪。军械科技部该去学学原始的冶炼技术，哪怕造一批冷兵器出来，都比现在的强。”

“这话有见地！他们现在就是最低级的修理工，只会换换电池、拧拧螺丝。总部那帮新提拔的官员，说自己是因为减员严重临危受命，我看是赶鸭嘴兽上架。其中有几个，完美档案的数据跟我差不多，结果嗖嗖嗖全都升成上校了！”

“你少想想女人，不在星舰上骚扰那个女兵，早该晋衔了。”

“可我就这点儿追求——男人总该有点个性化的追求吧？反正我这辈子的追求就是你。”

盈坤怒瞪一眼伽马暴力，却“噗嗤”笑了。上尉适时拽住她的胳膊，“看在我倾慕你的份上，帮我这个忙呗。我宁可战死在丛林里，也不想看那帮得志小人的臭脸。”

盈坤不说话了，无可奈何地打量打量伽马暴力，长官搓着脸颊憨笑着，“你鄙视我的样子，有一种无与伦比的美。”

盈坤没好气地干笑了两声，“我回去，正好不用天天看见你。”

上尉下作地连点了几下头，“这样你才会想念我的好，当然，我会比你想我更想你的。”他趁热打铁地用辫子远远地指点一番，“你把那几只讨厌的臭虫都带走，省得留下来给我添堵。”

盈坤撇撇嘴，“你很快就不会想念我了。对你来说，在外殉职是最好的归宿。”

“放心，你不亲自让我变成真正的男人，我舍不得死的。”

中尉无可奈何地摇着头，招呼了“那几只臭虫”之后，钻进运输车里去了。

机械甲虫拔地而起，跨越山包，游走进森林，向总部进发而去。

量子樱很快就在车里睡着了。

15. 无双

如果那只绝命刃齿虎也会向神灵祈祷，它可能会希望每天都有肉骨头挂在树上，要是能挂得再低点，就更贴心了。

它即将享用美餐时，有人猛然大喝了一声。他用力把酒壶朝老虎掷过去，姿势像在投一枚铅球。硕大的酒壶炮弹般飞下陡坡，“咻”地射向老虎，“噗”地栽在去往目标的半路上，飞行动力差得实在不是一星半点。

一个只吃蚂蚱、成天宅着睡觉、眼下还在酗酒的人，你别指望他有多么好的体能。在酒精的怂恿下，鸣犽锦绣所有的理性分析瞬间崩溃，总觉得不做点什么也许会后悔几万年。让他后悔的事情已经足够多，如果一个人的生命全部是用层层叠叠的后悔和遗憾堆砌而成的，那么这个人是有多憋屈，多无能。

可他马上就为另外两件事情后悔了——不该调头跑回来，不该招惹老虎。老虎咆哮着蹿了过来，纵身跃上陡坡。鸣犽锦绣唯一能做的，就是把刚才摔下陡坡的动作再表演一遍。他连滚带爬地奔向小女孩，老虎又跳下坡去追他。

鸣犽锦绣冲到鹦宝儿身边，却不知道接下来该干什么了。我都、都几千年没碰过女……哪怕是小女孩了！该抱她哪儿啊？抱腰合适还是抱腿合适啊！她左前臂骨折了，右股骨干好像也骨折了，千万别伤着她的神经，有可能会造成残疾的，抱、抱腰合适还是抱腿合适……

“哎呀！”鸣犽锦绣一声惨叫。

绝命刃齿虎的利爪刺进了他的肩膀，把他直接摁进了泥土里。老虎轻蔑地长吼一声，大开的虎嘴如一口镶了利剑篱笆的幽红色深井，吼声把他的脑袋都快要震碎了，同时他还感觉到后背有股火焰般灼热的气浪，那是虎嘴里喷出的热气。

鸣犽锦绣用尽气力，艰难地吐出一句话，“外婆，我真不是想用这种方式自杀的……”

刃齿虎的獠牙要合上时，却定住了。一颗披头散发的头“嘣”地顶住了虎头。

鸣犼锦绣挣扎着从泥土里抬起半边脸，惊讶和剧痛让他的嘴唇不住地抖动，“二娃？！你怎么没死啊？！”

二娃是一条长毛大狗。不，是只怪兽。它藏蓝色的长毛泛着幽幽亮光，卷曲成很大的波浪。脸部酷似麒麟，又似醒狮。头顶有三只锋利的黑色犄角，两只小犄角在耳边，一只大犄角在头顶。它的耳朵非常长，如京剧演员盔头上的翎子，能高高地立于头顶，也能顺从地趴在脑后，或是紧贴在背上。这只怪兽的体型只有老虎的三分之一，可就算如此也足够庞大了。它的四肢和身躯魁梧稳健，爪子居然跟虎爪一般大小，趾甲漆黑，趾尖锋利宛如刀剑。它的腰部干脆利落地细下去，所以虽然敦实雄壮，却一点儿也不臃肿。尾巴粗壮而短，尾尖膨出一大朵橙红的长毛，如烈焰在熊熊燃烧。

二娃是一只犼，它老爸是龙。那个假的家所在的山洞里，尾随着鸣犼锦绣的巨大黑影，就是这只犼。它已经跟了他三天三夜。

老虎对怪兽的突然出现很是恼火，抬爪子就去拍犼头，却硬是没拨楞动。老虎愣了愣，又张嘴去咬它，“嘎嘣”一声响，一道白光飞了出去——老虎一颗獠牙的尖儿被崩掉了。

刃齿虎狂躁地从鸣犼锦绣身上跳下来，要正式发点虎威给犼看看。

“我为什么要死？你让我死，我就一定得死吗？”二娃一肚子情绪，只顾冲鸣犼锦绣发火，根本不管那只躬身准备出击的巨猫，“唉，有你这样的老大真让我寒心，居然要把我扔进岩浆毁尸灭迹。你失心疯了吧！”

“我早把你锁死了啊！”鸣犼锦绣无比诧异，“你怎么开的机？怎么跑出来的？”

二娃一甩头，两只长耳朵嘚瑟地竖起来，浑身都长发飘飘，“吉犼自有天相，我是……”

老虎可没耐心听他娓娓道来，高高跃起将他压在了身下，张嘴去咬他的喉咙。

二娃赶紧把脖子一伸，表示“我很配合的”，瞬间“嘎嘣”一声响，老虎又一颗牙尖被崩掉了。再这么咬下去，这只刃齿虎就只能喝汤了。

原来，二娃是只机器犼。

老虎气急败坏，抡起爪子去挠二娃的脑袋，薅下他一大撮毛发。

二娃这下被激怒了，“我的头发！你居然敢动我最心爱的头发！”

他龇出了牙，獠牙比老虎的还要大。可他没去咬老虎，而是抬起后腿狠狠一蹬，踢中了老虎的下三路。老虎怪叫一声从他身上蹿开，以扭曲的姿势，疼得在原地不停地踏起了步。

鸣犽锦绣云山雾罩地爬起来，他背上流出的血和泥土搅和成了泥，这让他整个人看起来更像是一堆破烂了。“幻觉，都是幻觉。我肯定已经被老虎咬死了，看来灵魂真的存在…… ”他呆呆地坐在那里，留恋又有些欣慰地打量着四周，“我的视角马上会慢慢上升，然后就会俯瞰到自己的尸体，那时候应该就是死透了。”

二娃翻身而起抖抖皮毛，一甩头整好发型，冲鸣犽锦绣一尥蹶子，扬起漫天尘土。鸣犽锦绣在尘土中剧烈地咳嗽起来，挣扎着站起来。

二娃鄙视地看看他，“现在你的视角上升了吧——你该先谢谢我的救命之恩，然后赶紧给小女孩做紧急处理！我现在很忙的，没空陪你撒癔症！”

鸣犽锦绣回头观察自己原先趴着的地方，又仔细看看自己的手脚，这才回过一半的神，“哦！哦！二娃，谢谢你救了我！谢谢！”他弯腰抓起酒壶，撒腿朝远处跑去了。

二娃款款地走向老虎，老虎则恐惧地不断后退。巨猫扭头要逃之际，二娃风一般跃起来把它扑倒，迅速把它摆了个仰面朝天的造型，然后撂出自己的前爪，放在了老虎嘴边。

“咬啊，你倒是咬啊。”二娃对老虎一弯嘴角，亲切的笑容里透着恐怖。

老虎死死闭着嘴就是不敢张开。二娃两只前爪一拉，掰开虎嘴，又扬起一只后爪，“嘣”地弹出了正中间的趾甲。在用这个“爪”势羞辱了“犽”下败将以后，二娃那根中趾急速地旋转起来，像个砂轮，随后就响起了一阵吱哩喳啦的噪音，这是趾甲跟虎牙在剧烈地摩擦。口腔科的二娃大夫，开始打磨老虎崩了尖的獠牙。

“乖，咬我的时候，还好没伤到你的牙神经……别动……我说了别动！把牙给你磨尖了，你以后就照样还能打猎……今天你犯了什么错误，知道吗？”

对待粗暴蛮横的猛兽，二娃向来都是以教育和感化为主。“首先你不该乘人之危。那小女孩受伤了，你怎么能这时候吃她呢？等她伤好了，你把她抓来吃，我还真没话可说。其次你不该不劳而获。你健壮威猛，在森林里社会地位那么高，可你竟然捡吃的。天呐，这真丢脸，你跟龌龊的鬣狗有什么分别？第三，你太狂妄了，总想当然地认为老子天下第一。世界这么大，山外有山，虎外有犽，以后要低调点儿，别总逞能啊。还有，用暴力让别人臣服算什么本事？要以德服人，我就是这样。

你以后对别的动物客气点，吃人家是因为你也得生存，这我理解，可吃它们的时候你绝不能盛气凌人，要懂得感恩哟。只要听我的话，你的动物缘就不会像现在这么差了。”

善良自恋的牙医还真是喜欢跟病人交流。他两只长耳朵耷拉下来，随着语气的轻重缓急轻轻摆动，像两条温柔的长辫。“对了，你有女朋友吗……反正我是想找个女朋友，可还没碰到能跟我匹配的物种…… ”

老虎双眼迷离地望着二娃，也不知道听没听进去他的话。

鸣狃锦绣终于气喘吁吁地跑回来了，把一大堆东西撂在地上。酒壶里换上了甘甜清冽的泉水——他记得附近的那眼泉，凛冽泉；那些长了锯齿的绿色叶片，是他采来的“落地生根”，用来消炎解毒的草药——他的奇异力量渐渐消失的过程中，也时常用得到；几根笔直的树枝，是给鹦宝儿固定伤腿当夹板用的；至于那团细长坚韧的野草，则可以用来当绳子和绷带。

鸣狃锦绣去触碰鹦宝儿的伤腿，忽然又开始发蒙，犹犹豫豫不知道该从哪儿下手。人类的气味让他感到紧张，尤其这还是个小女孩。

“她要是只动物就好了。”鸣狃锦绣嘀咕，“动物不穿衣服，做手术比较方便。”

“还愣着干吗？”二娃催促他，“要不挖个坑把她埋了吧，那样省事！”

鸣狃锦绣忽然注意到鹦宝儿干裂的嘴唇，慌忙把酒壶抱起来。喂水简单，不用那么纠结。他笨手笨脚地把水往小女孩嘴里倒，可鹦宝儿双唇紧闭，一滴也喂不进去。他赶紧竖起酒壶，加大了水量。鹦宝儿的脸蛋果然被泉水冲刷得更干净了。

“她会被淹死的！”二娃气得大喊。医生怀中的老虎吓得一哆嗦，以为自己做错了什么，又惹怪兽不高兴了。

鸣狃锦绣也吓得一哆嗦，“哦哦，是的，是。”他这才腾出一只手去捏住小女孩的脸颊。鹦宝儿的嘴巴终于张开了，鸣狃锦绣用另一只胳膊把酒壶杠起来，开始小心翼翼地倒水。他把酒壶越托越高，水流也越来越细。这长嘴壶远距离倒茶的功夫，还是很具有观赏性的。

鸣狃锦绣欣慰地笑起来，“呵呵呵呵，喂进去了！都喂进去了！”

“你会把她呛死的！”二娃伸出后腿踹了他一脚，“快验验她的伤！”

鸣狃锦绣慌忙放下酒壶，抖抖索索开始撕鹦宝儿的裤脚，紧张得像在拆除一颗地雷。

外科的鸣狃大夫终于开始了工作。口腔科的二娃大夫这才安心地给老虎磨起牙来。两台手术如火如荼地进行着，战地医院非常忙碌。

“她的伤很奇怪啊。”鸣犸大夫发现，形势并不像自己想的那么严峻。小女孩的大部分伤口都愈合了，而且并没有溃烂化脓。

“除了老虎的抓痕和一处骨折是新的，其他伤口都长好了。之前有几处断骨，也都畸形愈合了……恢复到这种程度起码要一个月，要是挂树上这么长时间，她早该饿死了……难不成骨折是以前的旧伤……可老虎的抓伤总该是新伤吧，怎么也结痂了呢？”鸣犸锦绣一时没想通。

二娃大夫接过话茬，进行严谨的推理，“她肯定是之前在森林玩耍的时候里受了重伤，然后凭着坚强的意志，坚强到都快有我意志的三分之一了，靠吃野菜和虫子维持了很长时间。前几天，她不小心从悬崖上掉下来，挂在了树上。那几道新伤根本就不是老虎抓的，是之前被树枝划的——唉，人家小女孩可是不小心从上面掉下来的，不像某些人，非要死要活地从悬崖上往下跳，还连累了亲人。”

鸣犸大夫的心一阵抽搐，他太了解从悬崖上坠落的滋味了。你突然会渴望变成一只鸟，然后假装这只是一个练习高空俯冲的游戏。

“接下来该把她送哪儿呢？”鸣犸锦绣又有了新的困惑，“我又不可能满世界去打听，我是绝对不可能去跟人类打交道的。”

“可我会呀，”二娃撩一下耷拉到额前的几绺长发，“问很多很多人，总能问到她家的。”

鸣犸锦绣像只紧张的猫一般，伸舌头舔了好几下嘴唇，“你已经够招摇的了，再让别人发现你会说话，咱俩都会被当成怪物，那样就永无宁日了。”

“那你就把她留在身边呗，先当个小女朋友，然后再当老婆，反正你能活很久很久，有足够的时间等她长大成人——你可要好好处理‘嫂子’的伤哟，不然嫂子会残疾，甚至变成植物人的。对了，你刚才说她的断骨畸形愈合了？完蛋喽完蛋喽，嫂子已经残疾了。”

“你……我就……”鸣犸锦绣气得结巴了。

“你就怎么着？”二娃轻蔑地打量打量他，“恩将仇报？”

鸣犸锦绣尴尬地埋下头，开始专注地在小女孩身上寻找线索。她皮肤雪白，头发栗色，翻开眼皮瞧瞧，虹膜是黑色的，这些都是燃刀大陆最古老血统之一的典型特征。往前追溯一万八千年，她的祖先也许还跟自己打过招呼呢。她的上衣是粗布缝制的，这说明她是穷人家的孩子。对了，看看她戴没戴长命锁之类的东西……

“龌龊！现在你就敢上下其手？！”二娃警觉地挺起了上身，正义的长发迎风飘动，“鸣犽锦绣，你给我听好了——看得出来你对她感兴趣，可是拿上一次文明时期的嫁娶习惯做参照的话，目前的文明水平下，估计也要等嫂子满十二岁才能成亲，而且必须是她自愿的，不然可是犯罪！我会把你扭送到衙门去的！赶紧把你的臭手拿开！”

“我……我只是想……”鸣犽锦绣委屈又莫名，脸都憋紫了，“好吧，她脖子上什么也没有……”

此时口腔科手术已近尾声，二娃抓了把红土，和着老虎的口水精心搅拌成了泥巴——这是战地医院的抛光剂，专门给老虎抛光牙齿用的。

鸣犽锦绣又去翻了翻小女孩的衣领，赫然发现上面绣着几个字：喆梨寨，鹦宝儿。字是鹦蔬用粗麻线绣的，很精致。姐姐之所以绣字，是因为小妹妹想不起从前的事情，既然如此，那她的记忆力也就还可能会出问题。如果她再次走丢，也许能有好心人根据这个地点，把她送回来。

“她可能是个智障儿童，家人在她衣服上留了记号。”鸣犽锦绣点点头。

“针线活儿做得不错啊，都快赶上我的女红水平了。”二娃啧啧地赞叹了几声，“喂，恭喜你找到了岳父母家。这样吧，我先去报个信，让他们敲锣打鼓，准备迎接你这个新郎官。”

鸣犽锦绣被这话顶得有点胸闷，“二娃，我、我不知道你、怎么解锁的，你再、再胡说……我就锁、而且保证解不开、锁死你、连我都……”他语无伦次，但听起来像是一句威胁的话。

“请便，我都死过好几回了。”二娃一甩头，假装云淡风轻，“上次我偷偷溜出去放风，被你锁了一百多年，那种状态其实跟死了差不多——好吧，那次算我无组织无纪律咎由自取，可三天前，你居然蓄谋把我和机器家人全毁掉，要不是我命大，早变成气体了！——锁我呀，你现在就锁死我呀。”

鸣犽锦绣痛苦地搓搓眉毛，不知道该怎么解释。

“这么多年来，你对科技讳莫如深，也不知道是憎恨它，恐惧它，还是又爱又恨。不管怎么着吧，今天，要不是我这个科技产品救了你，你小子就完蛋啦！”二娃皱着眉头喋喋不休，看起来完全不像个科技产品，倒像是怨妇。

鸣犽锦绣嘴唇动了动，想反驳却无语，此时二娃掰着老虎的嘴巴，忽然又眉飞色舞起来，“瞧瞧！多漂亮！”他边说边把打磨轮嘎吱停住，后腿咔嚓一声迅速归位，像一位嘚瑟的枪手收枪入套。老虎的嘴里，两颗獠牙洁白锋利。

“你现在是这个星球上唯一能做牙膏广告的老虎啦。”二娃使劲亲了老虎一口，“啵！”然后放开了它。

老虎嗷的一嗓子，挠着脸颊，夹着后腿一扭一扭地蹿向了远处。目送老虎消失之后，二娃一甩头瞪着鸣犽锦绣，藏蓝色的长发遮住了他藏蓝色的脸，别提有多沧桑了，“你小子就是个杀人犯！可我居然还去救你，我脑子肯定是中病毒了。”

鸣犽锦绣躲开二娃的眼神。机器家人对自己三千多年的陪伴，让它们，早已变成了他们。但是……他已来不及做出任何解释了，因为一道光束猛然间在他的身边燃爆，他慌忙扑倒护住鹦宝儿。

刚才。远处。伽马暴力在附近的山腰上，远远地看到了他们。香沙沙落人的视力足够发达，而鹦宝儿的特征也足够明显。

“小崽子没死？！”上尉愤怒地都快把自己的方下巴捏碎了，“双星沫和量子樱竟然敢撒谎！她们给我的眼睛不是那小崽子的！叛徒！”

“除了小崽子还有个低等人，另外还有一条犬科或者猫科动物。”站在一旁的晕轮说。

“废话！还用你说！”上尉叉起腰，“这几天真邪性了，烂摊子总也收拾不干净。那个雄性低等人和野兽的尸体不用留，小崽子的头给我留着！那是谎报军情的证据！”

“是！”晕轮调弱了光束枪的射击强度之后，便开了第一枪。

“那些射手不是怒安娜人！”鸣犽锦绣惊恐莫名地对二娃喊。

二娃腾空躲过炸开的又一朵火光，眺望远处，“呀！他们的发型真不错！”

鸣犽锦绣抱起鹦宝儿，猫着腰拔腿就跑。二娃压着脚步跟在他身边跑，“他们是谁？为什么开枪？冲咱俩来的？咱们的身份被发现了？！”

“什么时候又、又来了外星人？”

“我怎么知道？！现在往哪儿跑？”

“你、你别管了……我欠你人情，不、不拖累你了。”

“可我跟、跟你的账还没算完，不能让、让你给溜了。”二娃故意学着鸣犽锦绣呼哧带喘的节奏说。

“去、去喆梨寨，把鹦、鹦宝儿送回家！”

“哪个方向？”

“我、我也不、不知道……”鸣犰锦绣整个人已经像个在急速抽拉的风箱了，“你、你为什么不背上我跑？”

“我讨厌你。”

“那你带、带走这小女孩。”

“我根本腾不开爪呀！”二娃给了鸣犰锦绣一个遗憾的白眼，猛然撂开四蹄加速，转瞬就不见了踪影，只留下一道久久挥散不去的烟尘。

鸣犰锦绣踉踉跄跄地奔跑着，咳嗽着，剧烈地呼吸着。他觉得这真是蹊跷的一天。可他并不打算对这些蹊跷进行探究，近两万年来，他遇到过无数蹊跷的事，如果事事好奇，他已好奇而死。

至于外星人，更是见怪不怪。上次文明存续时期，他已对外星人造访怒安娜习以为常。比起当时三个超级大国首脑间的互访，外星人访问人类的次数甚至更频繁些。意外落难、科学考察、异族联谊、旅游观光，想移民、想殖民称霸，等等，外星人居心各异而来，却都昙花一现而去。想长久待在这个星球上，外星智慧生物显然还没有做好准备。他们对这个星球的了解还太少，尚且没有征服这里的能力，抑或是，不屑于。所以鸣犰锦绣认为，射击自己的这帮家伙，也许就是外星过路小流氓，在森林中打猎消遣而已。

把鹦宝儿赶紧“残”璧归赵，其他的事情一概都不管，这是鸣犰锦绣对自己做出的最大让步。事实上，他已经开始后悔自己多管闲事了。这件闲事正把他渐渐引向现实。现实就是——想死你的人凤毛麟角，想你死的人铺天盖地。

16. 灵驰驰灵

森林东北方向的千里之外，墨若国的都城——驰灵城内的街道上，装甲运输车穿过浓重的香雾，载着盈坤等人轰隆隆地驶向皇宫。道路两旁挤满了跪拜的百姓，向神灵和他们所乘坐的庞然坐骑祈福。那些虔诚的人儿，但凡祈祷时，都会向神灵求财。没钱的人祈求暴富，有钱的人祈求当上巨富、首富，首富祈求不被劫富济贫。还有的人，直接求神灵让自己来当财神，想让谁富就让谁富。

之前，仁慈的神灵看百姓的呼声如此强烈，已经率先给一些人兑现了财运，那就是卖线香的商贩。因为烧香已经成了大多数人生活的第一要务，所以买线香便也成了每家每户最大的开销。一把香以前只卖十五文钱左右，也就是买只铁簸箕的钱，如今已涨到了八百多文，都能买相当于一个普通成年男人体重的一袋米了。然而线香还是供不应求。无时无刻不在燃烧的线香，使驰灵变成了一座超级庙宇。香火旺到三千多年以来，这里竟第一次出现了雾霾。

今天的驰灵城，香雾更重，气味更呛。因为很多百姓都已买不起香了，他们只能把柴火点着插在香炉里，当线香来烧。

机械甲虫所行驶的这条街道，看起来煞是特别。透过迷雾，能看到道路两边尽是挂了椰果的椰子树。量子樱伸出脖子朝车窗外张望，馋得不住舔嘴唇。她好想吃颗椰子。前几天，量子樱刚刚品尝过了椰子的味道。那散发着奶香味的甘饮和果肉让她激动得热泪盈眶——宇宙里居然有这么好吃的东西！怒安娜星上的仕女就是吃这种水果长大的，难怪她们身上都散发着一股淡淡的海天芬芳。

“这水果让我想起了我的妈妈。”之前，第一次吃椰子的时候，量子樱咀嚼的动作都比平时收敛了许多，甚至称得上是优雅。

双星沫呷一口椰汁，“扯淡，咱们根本就没‘妈妈’这个概念。”

“你真没劲，就不能假装有嘛。”量子樱龇着牙咯嘣咯嘣嚼起椰蓉来，又重新变得匪气十足了。片刻，少女又情不自禁地说，“这是母神的恩赐，是她乳汁凝结成的奶酪。”

她的热情总是会被别人轻易浇灭，又总是能被自己轻易唤醒。

双星沫把椰壳掷得老远，精准地砸在一棵竹笋上。士官长活动活动手腕，“拉倒吧，根本就没有母神。”

量子樱也用力把椰壳掷了出去，也精准地砸中了那棵竹笋。她学着双星沫的样子活动活动手腕，“本来是想砸旁边那棵树的。”她的目标，离这棵倒霉的竹笋大概有两米多远。

“至少你很诚实。”双星沫意味深长地点点头。

“至少你还知道我诚实——我们信仰父神，有父神就应该有母神啊。父神是我爸，母神就是我妈，我喝我妈的乳汁，不行吗。”少女同时挥舞着发辫和双手，一副不赢不休的样子。

“当然可以。”双星沫懒得跟她辩论。跟白痴辩论，但凡张嘴就已经输了。

“哎，说正经的，”量子樱的辫子终于安静下来，“你有没有可能就是我妈？”

双星沫被自己的唾沫呛出了泪水，“我还没被任何繁衍计划选中过呢。”

量子樱怀疑地眨巴眨巴眼睛，“你是不想认我这样没追求的女儿吧。”

“你怎么说就行，说不定我是你的祖母呢。”双星沫的血直往脑门上涌，说不清是发怒还是害羞。

“我生下来以后，很有可能见过我的爸妈，就在星舰上。”量子樱这才放过双星沫，揪了片草叶放在嘴里，她的眸子开始闪光，不过很快又黯淡下去了，“可就算见过又能怎么样，我们相互并不认识，就算认识也不能相认。而且说不定他们已经死了，在太空袭击的时候，或者是星舰坠毁的时候。”

“你分析得很有道理，但他们也有可能还活着。”双星沫的脸色终于恢复了正常，“不过这些都没有意义，你产生这种想法，只能证明你退化得很厉害。”

量子樱再没言语。这次是她懒得再辩论了。

此时此刻，在去往皇宫的路上，量子樱望着道路两旁的椰子树，又想起了自己臆想的母神，和生物学意义上真实存在的妈妈。可那并不是椰子树，是两排粗大的竹竿，每根竹竿上都挂着很多人头。量子樱看清楚之后，喉咙一紧，差点呕吐出来。那是质疑神灵的下场，以儆效尤。竹竿下，跪拜“神灵”的百姓显然已经习惯了这份阴森，视而不见。

量子樱不堪地把额头顶在座椅靠背上，低声历数起了怒安娜人的各种福祉。“有固定的星球住，有美味的食物吃，寿命那么长，能合法地亲吻伴侣，还能自己生儿育女。这种生活他们还不满足吗？祈祷个鬼啊。”

“他们在祈祷变成我们。”双星沫置身事外地扬扬眉头。

“好好的人不想当，非想当鬼？”量子樱的音量忘我地大起来，“我还祈祷能变成他们呢，我根本不想当士兵，我只想当仕女。”

舱里的其他人都望向了量子樱。双星沫赶紧用胳膊肘戳了她一下。

盈坤扭过头，目光像两根长钉，“量子樱，你这个渣滓之所以能活到现在，一是因为你基本课程没学完，我就当你是个智障；二是咱们死了太多人，兵力匮乏，你好歹也算个喘气的。可我迟早会处决了你，你说过的不敬言论已经够死很多次了。还有你，双星沫，也不是什么好东西。”

双星沫躲开中尉的视线，低头去研究地板上的一道划痕。她不想用目光顶撞长官，也不想在眼神里饱含愧疚，貌似在默认自己真有罪责。

量子樱却浑不懔地问：“长官，你杀我的时候，拜托能提前一天通知吗？”

盈坤发辫的辫梢倏地张开来，像一藤气炸的喇叭花，“从没人敢跟我谈条件。”

“那算了。完了完了，来不及了。”量子樱沮丧地抓抓头发，夸张地叹口气。

“什么来不及了？”盈坤既恼火又好奇。

量子樱认真地想了想，“如果你想知道答案，就折个中呗，提前半天通知行吗？”

大家表情各异地望着少女，双星沫更是第一次仔仔细细观察了她的脸。好一张光滑俏丽的脸，也许她的大脑也是如此光滑，基本就没什么脑沟回。

“我会给你惊喜的。”盈坤讪讪地把头扭了回去。

车内重新沉寂下来。量子樱左瞄瞄右瞅瞅，悄悄地翘起一根辫子，并使它蔓延生长到足够的长度，敲了敲黑洞光芒的背，压着嗓子，“喂，毛蛇？”

“毛蛇”是她给黑洞光芒起的外号。

下士侧过身，用目光询问她有什么事。

“毛蛇，你救过我的命，按理说我该谢你，可当时，你还不如让我死了算了。我现在特别恨你，可我从不欠人情，以后有什么要帮忙的，尽管开口。”

量子樱很纠结，这完全不像三岁小孩该说的话。她真的已经不是三岁小孩了。香沙沙落人到四五岁就能完全发育，然后，他们绚烂的样貌和蓬勃的体能就会被时间冻结。只要不发生意外，比方说受致命伤，或染上重疾，他们的样子就能基本不变，一直保持到自然死亡的前几天。通常，到了三十八九岁的时候，他们便会迅速衰老，并且迅速死去。

所以，量子樱才会羡慕怒安娜人的长寿——事实上，近现代香沙沙落人的寿命在基因工程技术的帮助下，已比古代先辈们翻了一番。然而由于战争和动荡，国家在相当长时间内都奉行先军政策，以至于他们的生物和医疗科技水平再未得到更大的发展——也许，是因为没完没了的作战生活过于乏味、严苛且惊心，所以香沙沙落人才普遍认为，活得更长久也并不是什么人生要务。

无论如何，他们都不会把三岁的量子樱当小孩子看了。从身体状态来讲，量子樱基本相当于墨若国女孩十五六岁的光景，已然发育成熟，完全可以繁衍后代了。

对于量子樱的话，黑洞光芒不自然地笑了笑。下士浓密的毛发被透进车窗的阳光染成了金红色，再加上他挺拔的身形和满头短辫，逆光看上去，还真像条毛茸茸的大虫子。

量子樱看不清毛蛇的表情，只能看到这尊镶了金边的剪影顿了顿，便又扭过身去了。如果她能看清他的脸，会发现这个粗糙的男人脸红了。

黑洞光芒望着量子樱的片刻，整个人都沦陷在了她双眼所润成的湖水里。那湖水童真里散发着狂野，让他恍惚躁动。量子樱编入这支作战单位的第一天起，黑洞光芒就对这个年轻的女兵饶有兴趣，喜欢她所有明智或弱智的举动，白痴或花痴的语言，就连她吐出树叶碎末的不雅，在他看来也是那么美。他看到她会慌，看不到会更慌。

下士并不需要量子樱的任何报答，只希望她能产生一个念头。虽然那念头永不可能变成现实，虽然那念头倘若付诸行动，是死罪。在香沙沙落国，自从启用父神之眼以来，就从未允许过男女相爱，同时也从未有人能相爱成功。大脑产生那种邪念会被电击警告，一而再再而三地产生邪念会被关禁闭。香沙沙落人的生命并不长久，这让禁闭成了比死刑还要残酷的刑罚。所以，浪漫若此的死罪，其实连触犯的机会都没有。在触犯之前，就被系统及时地扼杀了。

可目前，系统再无法未雨绸缪，于是便有了相爱的温床。圣决者宣布国家进入紧急状态之后，颁布了不少适用死刑的临时法律，无论异性同性之间，只要关系越界，都在死刑之列。圣决者决不允许香沙沙落人做出如此堕落、倒退的事情。

所以，黑洞光芒对此无法奢求更多。倘若他和她能同时产生爱的念头，就已然称得上是绝世浪漫，死而无憾了。这段时间以来，黑洞光芒对自己内心所产生的念头一直很自责，他想要控制自己。可越控制，越汹涌。

盈坤阴郁的气场让车里异常压抑，唯有履带声嘎嘎作响，将黑洞光芒每一次剧烈的心跳碾得粉碎。心脏正在剧烈跳动的，除了毛蛇，还有坐在运输车座位最末端的一对男女。他们笔直坐着一动不动，可由于姿势过于板正，反倒显得有些此地无银三百两。

不过，倒也没人去注意他俩。女兵叫宏原子美，嘴唇肉嘟嘟的红，似一粒娇艳的樱桃，眸子是纯净的浅紫。男兵叫蓝移樽，鼻子英武得宛如雄狮，双眸还渗着星星点点的粉。蓝移樽警觉地四下看看，偷偷摸住了宏原子美的手。随即俩人的手指便紧紧绕在了一起，握捏着，躁动着，仿佛想把心上人跟自己绞缠在一起，一刻也不分开。

“樱、桃、果、冻，”男兵用唇语叫了爱人的昵称，一字一顿地表达着爱意，“我、爱、你，你、是、我、的。”

女兵的眼泪瞬间盈了双眸，也用唇语回应，“我永远是你的，狮子宝宝。”

不知盈坤是无意，还是觉察到了什么，忽然侧过头，目光落在了宏原子美脸上，“你哭什么？”

宏原子美慌忙把手从男兵手里抽出来，“长官，我……”

“成天都能看见你哭！拆卸机械士兵你哭，烧烤梅花鹿你还是哭，你怎么不直接尿呢！真晦气！”

盈坤热衷于破坏别人的高贵气质，这一点宏原子美显然已经习惯了，她嗫嚅着，“长官，能到总部，我太激动了，所以就……”

“你当然会哭——总部有美食，但凡是头只想着吃的馋猪，都会激动得要死。”盈坤尖酸了两句，悻悻地把头转回去了。

蓝移樽的手又游向了宏原子美，掠过她的手，滑到她腿上。宏原子美紧张地推了两下，便很快放弃了抵抗。情人手指划过的地方，她的战衣静静融化掉了。女兵紧紧闭上眼睛，想象这是一片无人的旷野，天高地远，绿草苍茫，只有自己和情侣两个人，策马驰骋，星光灿烂，露水飞扬。

“这是死罪，这是死罪……”风中忽然传来了低吟浅唱，带着几分嘲弄，几分警醒，几分诅咒，几分哀伤，“这是死罪，这是死罪……”宏原子美惊得一下睁开了眼。不，我不要死，我们不要死。死神已经赦免过我们一次，他想让我们活下去的。

行驶到皇城的北门了，机械甲虫拔出六根金属柱，履带伸缩分裂成基座，迈开长腿跨过了城墙。它满载着一车香沙沙落人迥异的心思、机械叛逃者不同款式的残肢断臂、黎民百姓各不相同的祈福，向皇城深处爬行而去。

透过舷窗俯瞰皇宫——朱门玉基，粉墙红柱，金顶蓝瓦。层层叠叠，雄浑壮阔，优逸雅致。量子樱张大了嘴巴，瞪圆了眼睛，好奇地俯瞰着这座即将吞噬掉她的皇城。

17. 神圣甲虫

咚！咚！咚！机械甲虫沉重的脚步声逼近了香沙沙落宫，整个皇城的人都能感觉到大地在震颤，更别说坤秀宫里的人了。

坤秀宫是皇后的寝宫，与香沙沙落宫只一殿之隔，坐落在机械甲虫回归巢穴的必经之路上。皇城已足够宏大，可城门对装甲运输车来说还是过于窄小，所以跨栏运动便成了它最具效率的行走方式。这种居高临下的行走，也让神灵显得更加气势磅礴了。

坤秀宫东暖阁的床榻上，赤琴媣月脸色黑黄，气若游丝，甲虫的脚步声震得她头晕目眩。

"母后，今日起，你不能再去祭拜他们了。他们并非神灵，根本无法治愈你的病。"福螺凛烨握住母亲的手，"御医说，你必须卧床休息，否则就会……"他把母亲的手抓得更紧了些，好像稍一松动，这最亲的人便会离他而去。

他手指修长，宛如葱笋，看起来很适合弹琴，或者舞剑。也确实如此。他弹奏古琴，能拨动听者的心弦。舞动长剑，能舞动观者的灵魂。此时，他双手微微颤抖，剑眉紧锁，翠玉发冠和栗色长发泛着悲凉而又倔强的光芒，好似泪光。

御医战战兢兢地立在远处，对皇子的话不敢表示赞同，也不敢表示反对。

"不要因为娘的病耽误了正经事。"赤琴媣月艰难地把眼皮抬起来，"内阁会议该开始了，大臣们在等你呢。"

"母后答应儿臣不再去祭拜，儿臣便走。"福螺凛烨抚着母亲的脸颊，眼泪落了下来——这张面孔曾风华绝代，如今却似一块发了霉的抹布。

皇后瞥一眼御医，御医巴不得地赶紧退下了。"娘答应你，可你也要答应娘一件事——休要再说神灵是假的了。你父皇已忍了你很久，倘若换个人如此大不敬，早就被他处死了。”

“父皇执迷不悟，儿臣担心国将不国啊。”

“怎会如此呢？你父皇心怀天下，一世功勋，做事自有道理。”

“可这次，是父皇大错特错了！”

“你也不能证明自己就是对的。况且你们谁对谁错，娘并不关心。娘只希望你们父子二人别再针锋相对，这样下去，最后惨败的是你啊。”

“儿臣肯定会赢的。”

“你已经二十八岁了，万万不可再如此轻狂。太子之位得来不易，千万要牢牢攥在自己手里——总惹你父皇生气，后果你想过吗？”

“大不了，让他废了我太子的名号！”

“说得好轻巧！为了这名号，咱们母子俩吃了多少苦，忍了多少冤屈。你渴望做出一番伟业，不可操之过急，等你登基之后，也不迟！”这番话将母亲的力气耗尽了。她沉沉地闭上眼，对于机械甲虫越来越近的脚步声，竟然感觉习惯了一些。

“母后教导儿臣先天下之忧而忧，儿臣不在乎自己，在乎的是天下苍生！”

“住嘴……”赤琴姽月再没力气把眼睛睁开，却看得出她已憋了一腔的怒火，“没有太子的名头，你什么都做不成……快滚。”

“……儿臣告退。”福螺凛烨知道自己失去了继续谈判的机会。他擦擦眼泪，一狠心，大步流星地朝屋外走去。

伴着巨响，机械甲虫跨到了坤秀宫的正上方，将宫殿置于它的腹部之下。

福螺凛烨仰头瞪着这怪物，恨不得将它炸得粉碎。他对神灵的深刻怀疑，来自他的老师——太子太师先贤极。老师认为世间根本没有神灵，而且，他很早就告诉过福螺凛烨——人外有人，星外有星，星外还有人。这次降临的天外异族，老师认为十之八九是星外人。圣上厚待星外来客，彰显我怒安娜星球之大墨若风范，那是理所应当，可星外人装神弄鬼，蛊惑众生，显然是狼子野心，另有他图。太子对老师的话深信不疑。星外人绚烂的外表下，他闻到了死亡的黏腥。

福螺凛烨挡在机械甲虫前方，站在原地一动不动，不上前，也不回避。

透过舷窗，盈坤俯瞰了一眼太子，轻描淡写地命令驾驶者，“踩死这只猴子。”

天极魁梧对这个命令有些犹豫，“他好像是墨若皇帝的儿子。”

“我们是神。”盈坤翻翻眼皮，“我第一次见这皇太子的时候就讨厌他，他的眼神不知道天高地厚。”

“是。”天极魁梧答应一声，便操纵着甲虫粗大的前足划向了福螺凛烨。随后，前足厚重的基座从他头顶上方直直地踏了下去。

皇太子纹丝未动，他不信怪物敢杀了自己。

“天啊！”量子樱尖叫着捂住了脸。

巨足就要落地时，太子不得不在最后一刻跃向旁边。他的身手足够矫健，可样子也足够狼狈。

甲虫的前足砸在地上，井亭的白玉围栏被扫出了一个巨大的豁口。本来光滑如镜的砖石地面也被踩出了深坑，而福螺凛烨的雪白袍衫也沾满了灰尘。

甲虫的一条后足踢到了坤秀宫正殿的重檐庑殿顶。那屋顶雄奇伟岸，结构精巧，本是屋子主人尊贵身份的象征，可对香沙沙落人来说，它只是一堆不起眼的泥石。青色的琉璃瓦从屋顶坠落，同时掉下来的，还有屋顶岔脊上的仙人走兽。而屋檐上的那只琉璃凤凰，更是碎成了一地渣滓。

伴着瓦砾稀里哗啦的破碎声，赤琴媗月猛然呕出了一口血。血洒在她前襟上，丝丝缕缕的秽物挂在她唇边。她再也无法忍受自己的邋遢和不堪。她感觉到，这口鲜血是打开黑暗之门的咒语，而黑暗中真的有死神存在。闪念间，她认为好像不应该撵儿子去开内阁会议，今天，实在不是什么吉祥的日子。

18. 血珍珠

机械甲虫翻越宫墙，进入了香沙沙落宫，在正殿前的广场上站定。它旁边停放着两辆与之一模一样的装甲运输车，车体表面也均是黑黄斑驳。三台庞大的车辆排列成行，雄奇而森然。

量子樱的脸还挤在舷窗上，以一种不惜要把脖子扭断的姿势回望着，“那太子比在刀舞山见的时候，好像消瘦了不少，不过还是挺英俊的。”

士兵们都憋着不敢笑，盈坤的脸则沉成了蓝紫。

广场上，香沙沙落的人类士兵和机械士兵来来往往，有序地忙碌着。机械士兵隶属于不同的兵种，所以形态各异，不过差别最大的，还是他们的神经网络。有的机械士兵已经产生了意识，有的还没有。有的选择了继续对创造者效忠，有的仍然在纠结。或许，还有部分机械士兵是因为某些不得已，没来得及在刀舞山逃掉，便也被裹挟着来到了这里。到底是哪一种，只有机械士兵自己最清楚。

在旁人眼里，唯一能清楚看到的是，很多机械士兵残缺不全。有的失去了整条胳膊；有的腿部严重变形，在努力寻找着平衡行走；还有的失去了大块皮肤和一些不太影响大局的骨骼，精密而繁杂的线路和零件就那么裸露着，宛如行走的解剖模特。

香沙沙落人类士兵的状况，也不甚乐观。手脚健全的在忙着做事，伤员们则在丹墀下靠着墙根晒太阳。有的伤员把玩着拐杖，有的吊着绷带，还有的躺在担架上打盹。灿烂的异域阳光下，也不知道他们在想些什么，也许豪情千丈，也许心乱如麻，也许什么也不愿去想。其实，他们的境遇比机械士兵要好得多。如果机械士兵失去了劳动能力，就会被拆卸成各种零件，堆放进宫殿的懋勤殿附房，那里现在是个临时仓库。

对于这些伤员们不堪的样子，为了避免墨若人对神灵的法力产生怀疑，香沙沙落人的官方解释是——这些神灵被妖魔所伤，损了元气，所以暂时还无法恢复原来的体态。等找到了终极法器“九天圣器”之后，便能恢复如初了。

“九天圣器”就是“暗夜信使”。为了让神灵的物件更符合神灵的身份，所以圣决者就给“暗夜信使”起了这么个颇具仙气的化名。

机械甲虫的舱门徐徐打开，盈坤率先跳了下来。她望着自己国家的临时总部，心中隐然升起一股悲怆。本来，她觉得总部是个钩心斗角的污秽之地，可看到这些伤员们，她的厌恶之情有所消减。香沙沙落人太需要得到这颗星球了，我们需要家园。

她狠狠呼吸了一口这里的空气。呸，都是线香的味道。她又开始讨厌这里了，还是山野的清新让人舒放，即便那里有招人嫌弃的伽马暴力。

“都别磨蹭！”盈坤招呼身后的士兵们，“办完事，赶紧离开这鬼地方！”

这鬼地方，原本叫“乾灵宫”，是皇帝的寝宫。神灵曾告诉皇帝福螺烬，他们是来自瑟错神域的香沙沙落之神，是父神的使者。而父神，是众神之神。当福螺烬婉转地问起，三千年前神灵们是否奉父神之名，来拯救过怒安娜时，神灵回答：“父神知晓宇宙间的一切苦难，会拯救一切值得被拯救的生灵。”

既没有承认，也没有否认，很标准的外交辞令。

福螺烬并不清楚诸神的权力层级和亲缘关系，但向“众神之神”的使者表示虔诚，这总归不会错。于是，他当即献出了皇宫里最大、气势最恢宏的三座宫殿，皇极殿、中极殿和建极殿，想把神灵供奉于此。然而神灵们并不热衷于讲排场，细细勘察了一番之后，认为落脚在乾灵宫就不错。乾灵宫本是福螺烬的寝宫，神灵之所以选择这里，大概是因为它属于后宫，位置隐蔽，面积不大也不小，还有左右两个耳殿可以使用。无论从宿营还是保密的角度来讲，这里都最合适。

皇上献出了寝宫后，便给整座皇宫和寝宫都改了名字。皇宫之前叫“紫霄城”，如今改名为“瑟错城”。乾灵宫，便也成了现在的“香沙沙落宫”。也不知道，是该说香沙沙落人在皇城里拥有了一个大使馆，还是该说福螺烬献祭了墨若国的权力中心。总之，故乡在瑟错星系的星外人非常感动，认为墨若皇帝如此真诚，要是不用更多的欺骗对他加以回报，那就太对不起自己的国家了。

于是，香沙沙落人装神弄鬼的说辞和举动日臻完善，终成体系。

在盈坤的催促下，士兵们跟着长官风风火火地朝前走。一众人等的身体表面齐齐潮涌起来，开始变换服装。宫殿外的广场，瞬间就好似走秀的 T 台了。

女模特们的丛林迷彩作训服先是融化成了满身的玫瑰金色，随后，一些耀眼的光斑在玫瑰金上徐徐绽放开来，如璀璨星云的一角紧紧裹在了她们身上。这款服装是香沙沙落女兵的常服，与墨若仕女所穿的袄裙相比，各有千秋。两者相较之下，墨若仕女的穿着虽然更保守，但也更飘逸。仕女们穿着那么保守的衣裳，居然还能结婚谈恋爱，居然还能去亲吻伴侣的嘴唇，可见她们是淑女风的典型代表。

而眼前的香沙沙落女兵，虽然穿着更性感艳丽，但也更刻板高冷。她们的穿着风骚如此，却不能按照自己的意愿跟异性发展关系，所以必须承认，她们带来了一种更别致的宇宙理念——把性感、中性、民族、白领丽人、朋克等风格有机融合在一起的，慢藏诲盗，只可远观不可亵玩的香沙沙落式风情。

对于自己所在的宇宙潮流阵营，量子樱非常鄙视。既然不允许对异性想入非非，为什么不更换服装和发型呢？抹杀掉任何凸显两性特征的地方，比方说男女兵全穿戴成统一的宽松迷彩服，再全都顶上亮瓦瓦的大光头不好吗？也许，领袖就是想磨炼一下士兵们抵抗动物本能的意志力，让完美档案中的“自我控制”一项，得到更好的锻炼吧。

变态！只可远观不可亵玩，好吧，那就尽情地看。人生苦短，总得值回票价。她一边想一边偷偷瞟着天极魁梧，凑近双星沫低声说：“哇，才发现那小子胸肌那么大，跟你的都有一拼呢。”

天极魁梧等一众男模也已褪变出了常服。神秘的蓝黑色星云包裹着他们线条分明的身体，健硕而挺拔。

对于小妹妹的感慨，大姐姐不以为然，“从格斗的角度讲，那只会减弱他出拳的速度。而且，我这也不是胸大肌。”

量子樱低头审视一下自己，又羡慕嫉妒恨地瞟瞟双星沫，“那你不受影响吗？”

“当然也影响我出拳的速度。”双星沫拨楞开量子樱，严肃地说。

在盈坤的带领下，士兵们走向宫殿院落的东北角。那里原本是皇帝的御茶房，现在是香沙沙落军人的大食堂，食物由负责皇帝饮食的尚膳监特供。相比之下，说那些在外执行任务的外星士兵吃的是垃圾，也确实不为过。但是有一点，在凡人的认知中，神灵不食人间烟火，所以尚膳监提供的食物就被称为“供品”。神灵如何享用“供品”，任何凡人都没资格去看。凡人们猜想，神灵肯定是靠摄入供品的馨香之气而存活的，而且，神灵的排泄物也定是香气圣风，沁人心脾。

“抓紧时间用餐，之后交接那些恶心的机械尸体，然后出发去禁地。”盈坤对她身后的士兵们训话。

中尉口中的“禁地”在刀舞山，紧邻杜鹃海。那是一块以舰体残骸为中心，方圆百里的禁区。闲人免进，进者死。禁区边缘的关隘，由香沙沙落士兵和墨若军队联合把守。禁地内，星外士兵日夜搜索，寻找暗夜信使的同时，还要除掉潜伏的叛匪。

虽然禁地戒备森严，但因为地域过于辽阔，还是有很多叛逃者闯出去，奔向了不知所踪的自由地带。而剿杀禁地之外的逃兵，就是像盈坤和伽马暴力这种小分队的首要任务。这样的小型作战单位还有若干，他们一趟趟在禁地与其他地区之间进行地毯式搜索，将有可能造成威胁的毒刺一根根地挑出来。这项任务并不轻松，甚至堪称艰难。星舰坠毁造成大量的士兵死亡和失踪，所以叛逃者的数量根本无法统计。其中有多少人是单兵游侠，有多少人集结成了团伙或者组织，也同样是未知数。至于他们的装备和战斗力，更是无从知晓。这分明就是大海捞针，可香沙沙落人却必须去做。任何一名叛逃者，都可能给他们带来灭顶之灾。

此时，这所庭院的东侧门内，一位女军官正在给三名士兵训话，“把我刚才说的话重复一遍！”

士兵们迅速立正，昂首挺胸，声音虽小却铿锵有力，“装扮神祇的要领就是高深莫测、沉稳优雅，以不变应万变！”

女军官逐一走过士兵的面前，高傲又挑剔地打量着他们。踱了几个来回之后，才下了命令，“准备出发！”

士兵们的身体旋即潮涌，常服融化成了纱一般的白袍，似隐还露，云般秀逸。一条清新透亮的彩带揽住腰间，像雨后的虹。他们头发的变化与彩带相呼应——两名女兵的发辫变幻出了五颜六色；另外一名男兵头顶的短发变成了银白，粗短辫和几根细长辫子则拉长抽丝，重新编织成了几条更长更细的五彩发辫。顷刻之间，几位“神灵”便崭新下线，从东侧门轻盈地飘出去，前往非凡殿去了。

非凡殿是皇帝专门敬奉神灵的场所。福螺烬每日必去那里焚香祷告，于是，香沙沙落人也就每天派几名士兵前去轮岗坐台。如方才所见，士兵们的穿着，就是他们去执勤时的统一造型，非常应景。

盈坤刚迈进大食堂的门槛，忽然听到有人喊她的名字，又赶紧出来。广场上，一名男军官大象般伟岸而立，就是他在召唤盈坤。他身旁，站着刚才训话的女军官。女军官的紫金色头发稀稀拉拉，颜色也比较浅，在阳光下几乎是藕荷色。头发在她的头顶两侧和紧挨着耳朵尖的地方各编出了两条辫子，然后，这四根辫子又在她脑后跟其他长发汇聚在一起，结成了一条较粗的发辫，短小得像猞猁的尾巴。她的常服是银灰，泛着金属质感的冷光。一些灰粉、橙黄、淡蓝的星光隐隐闪耀其上。衣袖和裤腿膨大宽松，袖口、裤脚和腰部体贴地束紧，勾勒出她曼妙的线条。她肩章上，闪耀着两颗金色恒星加两颗银色行星。

这名女军官名叫慧发袭心，是新晋的人事行政总长，上校军衔。她的前任在星舰坠落中失联至今，也许已经遇难，也许选择了隐居偷生，也许正与机械叛匪为伍，具体情况还不得而知。

盈坤很是吃惊跑到他们面前，右手握拳紧贴心口行了军礼，问男军官："您怎么从禁地回来了？出了什么事？"

"你的眼睛……"男性长官没有回答问题，倒是反问她，声音浑厚得像低音炮。

他叫星门噬，是国防总长，兼香沙沙落流星战军总司令。星门噬的常服跟慧发袭心款式相同，头发梳理得也跟她非常相似，不同的是，发辫以外的地方，女上校是束紧的长发，他则是干净的头皮。他肩章上闪耀着七颗金色恒星，恒星并不是直线排列，而是组成了一个似乎是星座的图案，军衔是上将。

盈坤无所谓地耸耸肩膀，像在说别人的事情，"受伤瞎了呗。"

"还疼吗？"星门噬问。

盈坤愣了愣——自受伤以来，没人关心过她，也包括号称倾慕自己的伽马暴力。可今天居然有人问自己疼不疼，这还是破天荒第一次。在香沙沙落的文化里，人与人之间，并不习惯表达温情和关心。父神之眼运行时，像星门噬这样的问候会被认为是矫情，或者变态。没有人愿意给别人留下这样的印象。

所以盈坤的脊背才会一阵发冷。但是，她胃里又涌出了一丝温暖——被人关心还真是种纠结的滋味，既膈应着，还舒服着。

"早没感觉了。"盈坤依旧说得轻描淡写，"那个伤了我的小崽子不但没了眼睛，还没了命。"

"你现在的样子，对敌人更有威慑力，也更漂亮。"星门噬像是父亲在鼓励女儿。

"我也这么想，谢谢长官。"盈坤露出了难得的纯真笑容，有点自负，还有点腼腆。那只无时无刻不阴郁的丹凤眼罩，也明媚了许多。

慧发袭心早就不耐烦了，催促星门噬，"长官，现在可没时间闲聊。"

“哦，对不起，浪费了你宝贵的时间。”星门噬优雅地回应了她，望向盈坤，“有新的任务交给你们，驻扎待命。”

“还有比去禁地更重要的事吗？”盈坤非常不解。

星门噬冲人事行政总长点点头，意思是由她来解惑比较合适。

“‘血珍珠计划’需要你们配合，等待圣决者的命令，其他的不必多问。”慧发袭心凌厉地说完，仰头看看星门噬，“今天的会议非常重要，我还有些准备工作要做，先走了。您不要迟到。”

盈坤睨着女上校远去的背影，“她根本不懂得，人应该用嘴巴说话，而不是屁股。”

星门噬用一丝隐晦的笑容表示赞同，“人事行政部向来如此，没来由的狂妄。”

“她以前不这样啊，刚升职晋衔就敢这么跟您说话——搞人事的，连点人事儿都不懂。”

“系统不重启，会有越来越多的人不懂人事儿。”

“所以更该去禁地找暗夜信使啊，血珍珠计划有什么意义？”

“我们要做最坏的打算。”星门噬轻轻拍拍盈坤的脑袋，“抓紧时间休整一下，未来几个月，更要辛苦你了。”

“休整对我来说就是坐牢，在星舰上闷了那么久，这辈子我都不想休整了。在长官们的眼皮子底下待着，还不如跟叛匪交火轻松呢。”

星门噬爽朗地笑起来，“你是个真正的战士。这样吧，今天开会要加强防卫，你先吃点东西，然后带人去巡逻。见到任何可疑分子，你知道该怎么办。”

“是！长官，我先走了！”盈坤又来了精神，像终于分到了巧克力的小女孩，满意地转头跑走了。

量子樱站在食堂门外，嘴里叼着根刚捡的小木棍，朝返回的盈坤迎了几步，“血珍珠是什么玩意儿？”

中尉径直走进了餐厅，留下一串阴阳怪气，“恭喜，咱们的仕女要当妈了。”

仕女满头的辫子顷刻间竖了起来，“当妈？！我当的哪门子妈啊！”

与其说双星沫冷静，倒不如说她木然，“看来我们都得当母亲了，亲自孕育孩子，给国家生一些童子军。”

宏原子美听到这些话，焦灼地看着蓝移樽，俩人随后悄悄地拐进了角落。

双星沫迈步要走，量子樱这才反应过来，一把掐住她胳膊，“增员不是全自动的吗？！你说亲自孕育是什么意思？！难道要……孩子他爸又是谁？！”

“装备全都毁了，怎么自动？孩子的父亲，由长官指定。”

咔嚓！羞怒的量子樱把嘴里的小木棍给咬断了。

蓝移樽和宏原子美在角落里紧紧相拥，别离般地亲吻着。

“我就爱吃樱桃果冻……这是第三十三次亲吻你……”蓝移樽轻语道，“每次亲吻我都记得，我的生命，就是从第一次吻你开始的。”

“宝宝，我们该怎么办？”宏原子美满是绝望地回应着，“我怀孕了。”

蓝移樽惊得当即僵直了身子，“你说什么？！我要当父亲了？”

宏原子美钻进爱人的怀抱里，幸福着又恐惧着，“咱们一家三口逃跑吧。”

恍惚的量子樱被双星沫拖进了大食堂，她的脸呈现出中了毒般的铁青，“沫姐姐，怎么办啊？咱们联名建议，启用婚姻制度吧，实行一夫一妻制。喂，你倒是说话呀！你最想跟谁……”

此时，大食堂里的诱人香味猛然迎面袭来了，顿时令人口舌生津。抬眼一望，美食五彩斑斓，铺天盖地。姐妹俩面前，长案张张相连，把整个殿堂盘踞得满满当当。案几上摆着大小不一的金盘、银碗、玉碟，旁边摆放着盆和缸，空中还拉了绳子，宛如蛛网。这些物件，都是为了承载美食之用。

前来用餐的士兵熙熙攘攘，屋内逼仄拥挤，如火爆的集市。士兵们俊俏的脸蛋或兴奋，或下作，但秩序井然，所有人都规矩地朝一个方向挪动着。案几后有负责发放食物的士兵——这可是个谁都想干的肥差，不但能率先品尝美味，还能公饱私囊，偷偷揣回去仨瓜俩枣呢。

这些食物，都经过香沙沙落卫生部门的严格检测，以防被别有用心的低等人给神灵投毒。美食，让每个士兵的情绪都闪闪发亮。一个之前成天吃沙鼠、蝎子和矿石碎末的星际流浪民族，仅就饮食这一方面，就足以对这颗星球心生敬畏和觊觎。

姐妹俩面前，金色焦香的食物汪汪地流着油，那是整只的烧鸭，或者烧鹅。还有切好的烧猪、烧鹿，烤得皮酥里嫩，看着就会淌口水。奶黄或酱红的汤汁里，是各种鱼。河豚弹牙，真鲷润齿，鲈鱼细嫩，鲥鱼鲜糯，石斑鱼脆爽，那些挂了金黄浆子的鱼块则是香炸鲨鱼——无论江河湖海，无论它们在鱼类的世界里地位如何，现在都是人的食物。

缸里是山珍。烹虎肉，虎是燃刀绝命刃齿虎；炖象肉，这种长毛象生活在大陆北部，秀萨国的境内；还有腊燃刀大猩猩，这些人类的表亲有黑色、白色参差交错的斑纹，老百姓俗称它们为“无常”。传说遇到这种大猩猩会有血光之灾，而吃掉它，便是解除诅咒的最好办法。

各色菜肴中，有些用了一种鲜红透亮的调味品，辣椒。自从辣椒从南部的刺血国引进了墨若国，很快便蔓延开来。对于香沙沙落士兵来说，有些人还吃不惯，但更多的人已无辣不欢。当黏膜被辣椒刺激到灼痛时，他们能更清晰地感觉到自己的存在。尚膳监负责向神灵进献供品，可掌印太监并不知道神灵嗜辣，所以进献的辛辣菜肴并不多。香沙沙落人碍于自身神灵的身份，更重要的是怕露马脚，便也忍着没好意思提。后果就是，所有放了辣椒的菜肴都会率先被消灭干净。

虽然没有酒，却有冰镇了的果蔬渴水，嗖嗖地冒着凉气。此外还有用各种花露勾兑过的天然泉水。

美食铺就的长龙尾部，有几大堆东西耀着灿烂的光，那是金箔、银箔、铜铁屑、煤炭渣和各种宝石粉末。每个士兵都会去捏上几把，有的直接就往嘴里塞，有的细心地撒在了自己的食物上，还有的把这些碎末跟食物分开放置，蘸着吃。

这哪里叫用餐，这分明是一次盛大的、欲仙欲死的、摄取能量的自助式朝圣。朝圣中，双星沫的脸忽然变得通红，那是量子樱手里麻辣大龙虾放射出的红光。

“沫姐姐，我决定撑死在这里！你赶紧拿啊！不然就没了！”

“好，好……我要那个、那个和那个……”双星沫对发放食物的士兵说完，又把嘴贴近量子樱耳边，“你不是问我最想跟谁那什么吗——我想跟富含蛋白质和微量元素，脂肪又少的肉类那什么，我还要跟各种矿物质那什么，孕育孩子需要营养，很多很多的营养。”

19. 第一印象

鸣犽锦绣已太久没有这样地狂奔过。四十年？三百年？抑或是一千多年。他早已忘记，长跑途中跑到极点所带来的这种濒死感——呼吸困难，心脏几欲跳出胸膛，嗓子如燃烧的柴火。随时都想呕吐，每一秒都想就地躺倒。宁愿立即死掉，也不想再跑下去。

酒壶他是绝对不会扔掉的，他感觉把小女孩扔掉好像也不太合适，所以，这次负重越野，鸣犽锦绣跑到现在居然还没有猝死，他认为自己已然是超水平发挥了。

他忽然放慢脚步停下来，不知道该往哪个方向去了。几千年来，他走哪条路基本是看心情，没心情时就用点豆豆来选择，可眼下必须做出理性的判断。两侧都是悬崖，面前虽然有两条岔路，可那根本就算不上是路。其中一条路通往深山，岩石几乎没有植物覆盖，连赤狐都不会轻易去走，害怕被白肩雕给捉去。另一条路通往更深的山，路位于悬崖腰部，是山体位移所形成的一道岩石边缘，宽度大概只有一个半脚掌。鸣犽锦绣敢跟任何人打赌——自己但凡能从这条道走过去，二娃的名字倒着写。而且，在他的印象中，不管沿着哪条路，就算走半个多月，都不会遇见任何人家，这意味着怎么也到不了喆梨寨。可调头往回跑，同样没有活路。

鸣犽锦绣虽然钻林跨沟地暂时甩掉了外星人，可他没料到，那些外星杀手居然能瞬间长出翼翅，通过滑翔飞跃沟壑，这让他熟悉地形的优势大打折扣。他也没料到，杀手会如此不懈地进行追击，这应该不是一次普通的狩猎。

自己的秘密被他们发现了？不应该啊。不出意外的话，他们就要撵上来了。

鸣犽锦绣观察怀中的鹦宝儿。真是个温暖的累赘。用“温暖”这个词，他并不是想表达小女孩有任何慰藉情感的功效，只是客观地感觉她正在散发着热量。这种热烘烘相互挨着的体验，让他极度不适。三千多年来，他从没有这么近距离地接触过任何人类，况且还是一个小女孩。女性小孩也是异性，异性小孩也是小孩。女性和小孩，他本来就都怵。现在可好，双剑合璧。

他非常想扔掉这个负累，其实只需弯下腰、小心轻放，做这么简单的两个动作，就能重获自在。可必须不自在着。她的脸蛋儿已经恢复了一点血色。她的睫毛那么弯翘，眼帘上有浅浅的沟痕，是双眼皮。如果睁开的话，一定非常漂亮。她的嘴唇也开始发红了，微微张着，能看到豁了两颗牙——是个很可爱的小女孩。

上次文明末期，我也曾想过和那个女人要个女儿的……唉，她还只是个孩子，实在看不出有什么特殊的地方，值得外星人大动干戈。难道她真的不同寻常吗？鸣犼锦绣不禁开始研究起鹦宝儿来。她有裤兜！这个穿短褐裙袄的时代，裤子居然有兜！而且摸上去，兜里还有些奇怪的块状物。她身上是不是有外星人在找的什么东西，可能还给他们，就可以脱身了。这只裤兜鼓鼓囊囊，还用绳子系了口……里面的东西硬邦邦的，形状还很规则，难道这是外星人在找的能量原石？

他忙不迭地把东西掏出来。不规则的四角形，色如墨玉，软硬适中，散发着清香，果然是神奇的粽子，都几千年没吃过这种东西了。他捏起一只粽子试探着闻闻。由箬叶包裹捆绑，糯米做的，馅儿应该是虾和莲子。没有放烧肉、腊肉或者鲜肉，连咸蛋黄都没放，太粗陋了。他失望地把粽子塞回了鹦宝儿裤兜里。

她腿上的淤青呢？鸣犼锦绣确认自己没有记错，小女孩整条左腿的外侧原本都是青中泛紫，现在居然消失了。受伤恢复的速度这么快，她不可能是普通的人类。也许她是从外星人手中逃跑的实验品吧，这样就能解释她为什么被追杀了。反正杀手不是针对我就行了。可衣领上标识的地点又是怎么回事呢？

鸣犼锦绣蓦地兴味索然起来。管她什么来历，赶紧送回喆梨寨了事，之后就再也跟我无关了。和她在一起待的时间越长就越危险，给人看见，说不定还会被当成拐卖儿童的流氓呢。

“流氓！”宇宙深处果然传来了神灵的斥责。

举头三百尺有神明。一侧的悬崖顶上，二娃傲然而立，长发猎猎，两只长耳朵硬挺地倾斜在脑后，威风得像是这片地区的警官。警官使劲一甩头，都快把自己的头发甩掉了。

“你再敢乱碰她，我咬死你！赶紧上来，她是从上面掉下去的，她家很可能就在那边！”

鸣犼锦绣没心思跟二娃斗嘴，“我上不去！你下来接她行吗？我怀疑她知道外星人的秘密，你不是最喜欢打听别人的秘密吗？”

二娃兴奋起来，转而却又表示了遗憾，“我下不去啊！你没给我设计飞行功能，后悔吧你。”

鸣犽锦绣确实后悔，不然的话，就能登上二娃号航班逃跑了。

“别磨叽了！不然就把小姑娘扔了自己跑呗，别跟我说你没那么想过！”

想过怎么了，想和做是两码事。鸣犽锦绣仰头望望悬崖。崖壁陡直光滑，是徒手攀岩者的最爱。唉，以后绝不会再管这种闲事了，最多也就扶盲人老奶奶过过马路。

“给你条绳子。”二娃左肋部滑开一道小门，扯出条绳子——那里是他的收纳箱，“这是我能提供的最大支持了。”

“太好了！”鸣犽锦绣又惊又喜，以至于喷出了一个不小的鼻涕泡，“快拉我上去！”

“不够长。”二娃无奈地摊开前爪，把绳子丢下悬崖。

鸣犽锦绣的鼻涕泡破灭了，可他却有了新的思路。低处有棵马尾松！先爬到松树那儿把绳子系住，然后下来用绳子的另一头把鹦宝儿捆好。我再上去，把她拽到树上进行固定。往上还有树，用这种办法，分步骤把她运上去！要快！

想清楚之后，他着急忙慌背起绳子朝松树爬去。即便刃齿虎抓挠的伤口被一次又一次攀登的动作撕裂开来，他也顾不得疼了。好汉恰似当年勇，今朝依旧显雄风。真爬上来了！这棵松树是第一个中转站，一共有三个。

发生了什么？！我怎么摔下来的？！……脚也崴了，都几千年没崴过了。鸣犽锦绣刚爬几米高就摔了下来，疼得半天都没站起来。

二娃忽然把两只耳朵指向不远处，“他们来了！”

鸣犽锦绣赶紧东倒西歪地爬起来。呀？！旁边有个土洞！我爱死了这土洞！他抄起鹦宝儿，一瘸一拐跑到土洞外，使劲把小女孩往里面塞。可鹦宝儿打着夹板，腿脚都支棱着，根本就塞不进去。

好吧，拆掉拆掉拆掉！他粗暴地扯掉绷带，手忙脚乱地把她塞了进去。

二娃看得直咧嘴，感觉自己的金属骨架也要断了。

已经能听到越来越近的脚步声了，鸣犽锦绣慌里慌张把酒壶塞进洞，然后自己也往里面拱。可钻到一半他就被卡住了，更糟的是，也退不出来了。

香沙沙落人乌泱泱地冲到悬崖下。

二娃无措得下巴都要脱臼了，疯狂挠着头想办法，因为不想弄乱发型，所以只用了一根趾甲在挠。

呜犽锦绣看不到洞外的状况，但能听到呼啦啦的脚步声，他只恨自己不是土拨鼠，无法遁地而去。那些脚步在自己身边停下来时，他嘟囔了一句他所知道的最脏的话，静候腰斩。

“长官，他们都在上面。”晕轮悄悄指指头顶上方的悬崖。

呜犽锦绣愣了，我明明在他们眼皮底下呀！外星人之间也讲怒安娜语？他们跟怒安娜有什么渊源？

崖顶上，二娃屁股冲外，甩着火焰般的尾巴，絮絮叨叨地在跟什么人吵架。而呜犽锦绣穿了近半个世纪的裤子，和他那双纯天然皮草鞋，两者本来就自成伪装，再加上士兵们的注意力都被二娃吸引了去，所以暂时没注意到草丛里的这半条巨蜥。

上尉冲士兵们扬起一条细长辫，把这条辫子的发梢分散弯曲成了五爪的形状，同时，五爪的颜色变成了金属般的银灰。这是香沙沙落军队的军事“发语”，用头发来传递信息。士兵作战时使用的这种交流方式，是在父神之眼崩溃后才被重新启用的，之前根本用不到。

长官表达的意思是，“聚裂出用以攀爬的金属爪”。随后长官的粗短辫又向身体外侧平直伸出，在中部弯出了一个顶点在下方的直角，短辫发梢则组合出了一只手心向上的手掌，像托举着什么东西。这条粗短辫，现在看起来就像一条小小的手臂。并且，这小手臂还重复做了几次类似举重的动作——这是命令士兵们开始向上攀爬。

呜犽锦绣听到窸窸窣窣的声音向上方垂直远去，才确信自己没暴露。

二娃一直在和空气吵架，入戏颇深。“我把你这个流浪人捡回来，辛辛苦苦饲养大，你现在牙尖嘴利，倒学会咬我了！你懂什么是感恩吗？再伤我的心，我就把你‘锁死’！用铁链拴你一辈子，让你就地投胎！”

呜犽锦绣听着，一激灵一激灵地出冷汗。人工智能果然机智，不但迷惑了杀手，还尖酸刻薄地把我给骂了。如果给二娃换上人类的躯壳，可能他会成为一个著名的脱口秀演员。

晕轮则很晕乎，对身边正在攀爬的伽马暴力小声说：“那猫科或者犬科动物才是主人，还会讲话，那个人类倒是宠物，这种关系挺扭曲啊。”

“宇宙大了什么鸟都有，你还是太年轻了。”长官倒是不以为然。

这时候，长官突然发辫一摆，示意安静。

鹦宝儿幽幽地发出了呻吟，还很合时宜地张开了眼睛。

呜犽锦绣紧张地直咽唾沫，几乎把自己憋得喘不上气来了，身上的冷汗、热汗一潮接着一潮地往外涌。

鹦宝儿努力适应着黑暗。渐渐地，她能看到洞口渗入的极其微弱的光亮了，可身体却动不了，于是就更用力地把眼珠转来转去。

呜犽锦绣只好紧紧闭上眼，埋下头屏住呼吸。

小女孩的目光一寸一寸地移动着。这应该是个很小的山洞，我怎么来这儿的？全身都痛，肚子好饿……之前好像是在下很大很大的雨，有个发光的东西一直在追我，它发出的声音好可怕……我怎么来到这里的？那毛茸茸的东西是什么？

呜犽锦绣卷曲的头发被鹦宝儿隐约看到了。小女孩害怕却又勇敢地，缓缓抬起一条胳膊去触摸。不，万一是熊或者老虎就糟了，我现在该做的是装死。鹦宝儿把手定在了空中。它肯定是只个头很大的猛兽，我能感觉到它身上的热气。我是它拖回来的猎物吧。

小女孩涌上了恐惧的眼泪，死死地咬着嘴唇，同时有另一个鹦宝儿在她心里大喊："千万不能哭！不然野兽会立即把你咬死的！对，就这样，安静，保持安静……"

她把手一点点地往回缩，却猛地摸到了一只温热的爪子，爪子的主人呜犽锦绣吓得一抬头，闪着幽蓝光芒的眼睛旋即在洞里亮了起来。

"啊！"鹦宝儿惊恐地叫了一声，虽然虚弱，却仍然称得上尖利。

伽马暴力冲晕轮扬起一条细辫，辫梢组合出了一只小手。小手伸出拇指和小指，其余三指贴在掌心。同时，他向身体外侧平直地伸出短辫，并弯出一个顶点在上方的直角，短辫发梢则组合成了手心向下的手掌，重复做了几次类似下压的动作。

长官的意思是"六点钟方向。向下。"

鹦宝儿的嘴巴已经被呜犽锦绣死死地捂住了，她吓得眼泪汹涌。野兽头上的鬃毛把自己扎得好疼。它的脸好脏，胡须好脏，鼻子和嘴唇好脏……可这分明是张人脸呀！它是个野人！它力气好大！味道好臭！像一头腐烂的牲口。

"嘘！外面有坏人！别出声！"呜犽锦绣的表情比她还要扭曲，说不上是惊恐、紧张，还是一种并未做贼的做贼心虚。

鹦宝儿眼睛瞪得更大了。野人会说话！它是只山妖！

崖顶忽然传来了另一个小女孩惊恐的尖叫，“狼！”

“不不，我不是狼。我是犼，我老爸是龙。”这是二娃嘚瑟的声音，转而他又开始数落他的宠物，“‘大娃’哟，这个半死不活的小女孩，你想留在身边等她长大成人——你是老光棍，有这样的粉色梦想我理解——可她现在是累赘呀，外星人迟早会抓住咱们的，把她扔下，快走吧！”

二娃在玩角色扮演游戏，所有声音都出自他的语音系统。

伽马暴力定定神——刚才的叫喊是来自上方。长官渐渐拼凑出了一些逃亡者的背景资料。被当作宠物饲养的人名叫“大娃”，是处于求偶期的人科雄性动物，它打算喂养异性幼崽从长计议，可主人禁止它这么做。主人说自己是“犼”，这一点还有待查证，犼应该是神话传说里才有的瑞兽。那个小崽子显然把一些重要的事情说了出去，不然我们外星人的身份不会被犼知道。我可不管它是什么物种，是兽是仙，只要害怕我们就好办。

于是长官重新给了晕轮“返回，十二点方向，向上爬”的发语指令。

鹦宝儿听到了二娃的只言片语，可就算全部听到，她也不可能明白到底发生了什么。

“外面那些是坏人，你不能再出声了！”鸣犼锦绣几乎是命令她。

小女孩只能服从地眨眨眼。

鸣犼锦绣这才把捂住她嘴巴的手放了下来。

“噢哟！”他喉咙深处猛然发出一声低吼，眼睛放射出了更加璀璨的蓝光。

原来是鹦宝儿趁着野人松懈的刹那，抬起膝盖就给了他死命一磕，而且大概率用的是防狼术。

鹦宝儿张嘴要呼救，狼闪电般狠狠地捂住了她的嘴。

二娃慌忙调过身子朝悬崖下观望，“啊呀！外星人来了！”他又迅速扭回头，慌里慌张地对空气说，“我背你们逃跑！”

上尉跃上崖顶时，已是空空如也。三面都是几米高的白茅草，深不可测。

“咱们连个单兵雷达都没有，怎么追啊？”晕轮问。

“根本不需要追。”伽马暴力狡黠地滚了滚眼珠，“你最好学会闭嘴，你说话的唯一作用，就是让自己显得更愚蠢。跟我来！”

过了很久，鸣犼锦绣确定追杀者已经走远之后，才发现鹦宝儿已经气息全无，浑身发硬。

糟了！把她捂窒息了！鸣狃锦绣轻拍她的脸，没反应。又用力拍拍，还是没反应。洞里这么窄小，连心肺复苏都没法做，得上人工呼吸了！鸣狃锦绣捏住她的鼻子，朝她嘴唇凑过去，又不堪地定住，就是下不了嘴。

就当她是一头狒狒，还是只公的。这么想着，他更下不去嘴了。

此时，他的鹿皮大衣扫到了鹦宝儿的脸，小女孩鼻子猛然一抽。鸣狃锦绣吓得头一扬撞在洞顶，痛得差点昏过去。

鹦宝儿慢慢恢复了呼吸，并发出了难受的呓语，“好臭……”

鸣狃锦绣赶紧揪起自己的衣领闻了闻。嗯，是大型猛兽的信息素混合了氨气，再加上不饱和脂肪酸分解所产生的醛类气体的醇厚味道。这种正宗的腥臊恶臭，能让任何文明社会的现代智人死去活来。

20. 刻不容缓

鸣犽锦绣不知道自己是怎么从土洞里倒退出来的，只知道小女孩被自己歇斯底里的样子吓得彻底清醒了，而且一直在大哭。所以在把鹦宝儿拖出来之后，他首先用野草塞住了小女孩的嘴，让她安静。给小女孩重新绑夹板、扎绷带的过程更是让两个人都痛不欲生，一个觉得在杀人，另一个觉得被杀了好几次。

手术终于完成时，俩人都筋疲力尽。鹦宝儿当然要更惨一些，她被固定成了木头人，浑身上下基本只有眼睛还能动。两个人就这么忐忑地盯着对方，不知道接下来会发生什么。

“呵呵呵，你误会我了。”很久之后，鸣犽锦绣才发现主动权在自己手里，于是把木乃伊般的鹦宝儿抱起来，靠在崖壁上，努力扬起笑容，轻柔嗓音，想让自己尽可能显得有点亲和力。然而几千年都没这么矫揉造作过，他完全不得要领。

鹦宝儿连眼珠都不敢再转了，泪水噙在眼眶里。她想坚强，甚至想表现得强大、凛然，然而眼泪还是滑过睫毛，啪嗒啪嗒落下来。每颗泪珠都那么圆、那么大。

鸣犽锦绣才懒得去安慰她。好吃的零食自己没有，甜言蜜语又不会说。难道要给她一个安慰的拥抱吗，不把她吓死才怪。而且自己真的不想拥抱她，都抱一路了。小女孩呼出的人类气息让他的胃部产生了强烈的不适，那是一种明明便秘，却还想拉肚子的分裂感觉。同时他的后脖颈也非常僵硬，有几个瞬间，他笃定自己就要脑出血了。

他把双手交叉在一起，不停地握捏着，告诉自己要镇静。她是个美丽的小女孩。外眼角有点下垂，看起来像只萌萌的兔子。嘴角边还有两个小梨涡——外婆就有梨涡。外婆说自己年轻的时候是大美女，即便是真的，她小时候也肯定没鹦宝儿漂亮。当然，鹦宝儿长大以后，也不见得就一定比外婆好看。女大十八变，也有人越长越艰难。

看小女孩的年纪，大概只有自己的万分之五左右吧，八岁或九岁？她的样子真让人心疼，我怎么能眼睁睁地看她哭呢？所以我干脆还是别看了。鸣犽锦绣刚要把头扭向一边，此时，鹦宝儿又一拨眼泪汹涌而至，那颗本来挂在她下睫毛上沉甸甸的泪珠终于落下去，碎在了她脏脏的花衣服上。

不知这颗眼泪砸中了鸣犽锦绣的哪根神经，他沉不住气了，伸手去给鹦宝儿擦眼泪，"乖，别哭了，啊。"

小女孩吓得剧烈一抖，然后就抖得再也停不下来了。

鸣犽锦绣慌忙缩回手，却局促地不知道该把它放在哪里，最后只好用力搓了把脸，开始摊牌。他尽量详细客观，并且脸上始终带着一个老爷爷所应该有的慈祥，把事情的来龙去脉讲了一遍。他表达得很艰难，艰难到让他想起上次文明时期，对某个女人的表白。

小女孩听得很专注，而且她当然觉得野人在撒谎。他说狗会讲人话，怎么可能？！而且刚才，自己还听见另一个小女孩的声音，一定有其他的小孩也被绑架了。告诉我说外星人就是住在其他星星上的人，胡说八道，住在星星上的都是善良的仙女，她们怎么可能杀人呢！

鸣犽锦绣歪起头，装出一种蹩脚的可爱，"你答应老爷爷不乱喊乱叫，爷爷就把你嘴里的东西拿出来，好不好呀？"然后他就被自己嗲嗲的语气狠狠麻了一下。

鹦宝儿盯着山妖一动也不敢动，咕噜噜的声音却在她肚子里荡气回肠。

"饿了吧？"鸣犽锦绣终于找到了沟通的契机，亲切得近乎谄媚。

鹦宝儿条件反射地哼了一声，又迅速使劲地摇头。

鸣犽锦绣忽然就恼火起来，"别把好心当成驴肝肺！你以为我想管你吗？让土狼吃了你算了！再见！"

但很快他就满头大汗地回来，如约和鹦宝儿再见面了。他并没有走远。

在鹦宝儿看来，这山妖虽然可怕，却又笨又憨。这个山妖在草丛里钻进钻出的，忽然高高跳起来，忽然撅着屁股满地乱爬，忽然又装模作样地一动不动。他还回过头看了自己好几次，我的妈呀，他的表情怎么可以那么腼腆，又那么恶心呢！

鹦宝儿渐渐地不哭了，有那么几个时刻，她甚至要被山妖的狼狈样子逗笑了。但她终于没能笑出来，她没力气，也不敢。或者，正因为山妖表现得如此怪异，这荒山野岭，才在小女孩眼里显得愈发恐惧莫测。

山妖回到她面前蹲下来时，手里拎着长长一串用野草穿起来的蚂蚱。在鸣犽锦绣所住的岩洞附近，他通常是用兜网来狩猎的。像今天这样一只一只地抓这么些，他真不记得，自己曾干过如此费力又效率低下的事情。

鸣犽锦绣抖抖蚂蚱串，“吃吗？”

鹦宝儿无法掩饰眼睛里饥饿的光芒，三天没进食，她都快要消化自己了。她决绝地点了点头。

鸣犽锦绣挂着胜利的得意表情，把她嘴里的草取了出来。

鹦宝儿大口大口地喘了好一阵子气，想说什么又没敢说。

此时，鸣犽锦绣的肚子也叽里咕噜地响起来，紧接着鹦宝儿又以同样的声音报以了回应。俩人的目光快速触碰了一下，相互尴尬地抽了抽苹果肌，算是有了第一次比较友好的交流。

鸣犽锦绣捏下一只蚂蚱开始处理，“你是过敏体质吗？”

鹦宝儿没听懂。

“你吃了蚂蚱会不会昏过去？或者嘴巴发麻、呕吐、拉肚子什么的。”

鹦宝儿摇摇头。

鸣犽锦绣放心地干起活来，揪掉了蚂蚱的头部、翅膀和后足。

这时候小女孩终于说话了，“……能烤烤再吃吗？”

勤劳的猎人不堪地顿了顿，“你可真矫情。我没带火镰，钻木取火倒不是不可以，可点火的话会有烟，我担心把杀手引来。其实生吃很鲜美的。”

“会有寄生虫，又细又长的那种。”鹦宝儿恶心地皱皱鼻梁。

鸣犽锦绣不咸不淡地撇撇嘴，“那叫铁线虫。放心，每只蚂蚱我都会仔细检查的。”这时他忽然想起了什么，“你兜里有粽子。当时我想找你身份的线索，翻过你的衣服。吃吗？”

“嗯。”鹦宝儿有些惊喜，又有些害怕，“……那你能不能别再用手掏我的裤兜了……你的样子很吓人，你碰我，我想吐。”

鸣犽锦绣没言语，脸上浮现出了自卑导致的窘迫，久久无法褪去。

草叶间，一只巨大的黑蚂蚁正钳着条半死不活的绿色小虫在赶路。鹦宝儿目送它们彻底消失后，才可怜巴巴，又非常害怕地飞快瞧一眼山妖，补充了一句，“你千万别生气啊，可我真是这么想的。”

彻底的直率有时候反倒能化解尴尬，鸣犽锦绣瞟瞟自己粪叉般的脏手，像从垃圾堆里捡的文物服，终于默默地拣回了一根长树枝，酷似痒痒挠。他用痒痒挠拆炸弹般地，把粽子从鹦宝儿裤兜里一个一个、小心翼翼地拨拉出来。

“给你添麻烦了。”鹦宝儿在恐惧中也没忘了彬彬有礼。

鸣犽锦绣没接话茬，默认她确实给自己添了麻烦。鸣犽锦绣捏起一只粽子，笨手笨脚解开捆绳，剥开箬叶，悄悄咽了一大口唾沫之后，烦躁地把它递到鹦宝儿嘴边。

这粽子要是加点卤肉和香菇就更香了。他想。

鹦宝儿却没吃，“你能不能别用手喂我。”

“我就…… ”鸣犽锦绣的手定在了半空，他忽然认命般地狠狠点点头，把粽子扎在了树枝上，像点炮仗一样，伸到鹦宝儿嘴边。

鹦宝儿这才迫不及待地张开嘴，精准地叼走了一大块，然后狼餐虎噬地咀嚼着，吞咽着，像个无底洞。

如此几番之后，粽子所剩无几，而鸣犽锦绣也喂得眼花缭乱。

随着胃里渐渐充实起来，鹦宝儿觉得这只山妖也不像刚才那么可怕了。

“我可以……尝尝它的味道吗？”鸣犽锦绣眼巴巴盯着最后一只粽子，鼓起勇气觍着脸问。鹦宝儿把粽子吃出了一种死而无憾的满足，这勾起了他对人间烟火的怀恋。

小女孩愣了愣，连咀嚼的动作也能看出她的愧疚来。“对不起啊，我太自私了……你快吃吧。这是……是我姐姐包的，家里还有一些呢。马上就端午节了，如果你喜欢吃，我和姐姐可以把家里的粽子都送给你。你还没成家吧？要是有家的话，你不会这么脏这么臭。你自己住在森林里，又寂寞又冷清的，也没人陪你过节，没人给你做好吃的吧？”鹦宝儿蓦地涌现出了一些之前不曾想起的记忆碎片。

鸣犽锦绣的头皮则一阵酥麻，眼睛不露痕迹地热了热。端午节仍然在这次文明里存在，大灭绝中幸存的人延续了它。吃粽子、赛龙舟，成年人喝雄黄酒，儿童戴五毒肚兜、香包。自己童年所戴的肚兜，就是外婆给做的。肚兜上绣着蝎子、蛇、蜈蚣、蜘蛛、蟾蜍，意在以毒攻毒，天佑康健。

一万八千多年前，外婆和其他一些地球人移民到怒安娜，共同把端午节带到了这里。作为节日发起者的外婆，亲手包了这颗星球上的第一只粽子。这世界，跟外婆有关的气息竟然绵延了这么久。这种感觉，就好像她还活着，就眼巴巴地站在小院里，扒着竹篱笆向外张望，盼我回家，等我一起吃饭。

“你怎么了？”鹦宝儿问发呆的山妖。

山妖从回忆中被唤醒，躲开她探询的目光。小女孩的善良和关心让他不自在，他还是习惯躲在孤独编织的茧子里，独享冷暖。

“还是你吃吧，”鸣犽锦绣害怕自己想起更多的往事，违心地把最后一只粽子喂给了鹦宝儿，“我更喜欢吃蚂蚱。”

小女孩回味粽子的味道时，鸣犽锦绣一边嗑瓜子般地吃着蚂蚱，一边问：“你家在喆梨寨，你叫鹦宝儿？”他看出了小女孩的疑惑，“你衣领上绣着字，所以我才知道的。为什么把名字和地点绣在衣服上？你记性不太好吗？”

鹦宝儿茫然地眨着眼睛。

喆“梨”寨？……梨子是汁水很多，味道很甜的水果……山坡上好像是有一片翠冠梨树，姐姐说结了果，就让我在树上吃个够呢。她把关于梨子的口水咽下去，不能完全确定地点了点头。

“你家都有些什么人？”

“我应该有个姐姐，其他的想不起来了。”

“你是外星人吗？还是外星人抓了你，做了什么实验？”

小女孩的回答仍然是摇头。她听不懂山妖在说什么。

鸣犽锦绣失望地站起来，表示聊天到此结束。

鹦宝儿忽然怯怯地问：“你是人，还是山妖？”

鸣犽锦绣晕了晕，“你说我是什么？”

“你的眼睛为什么能发光？”鹦宝儿虽然害怕，可好奇心还是逼着她问了下去。

“我……大体上还算是个人。眼睛发光的事嘛，嗐，讲了你也不懂。”

“你的宠物狗去哪儿了？”

“他向往自由，我不会再像从前那样管着他了。”

“你看上去还很年轻，为什么说自己是‘爷爷’？”

“这么说吧，有的女人很年轻，可也会自称‘姑奶奶’，我就是喜欢自称‘爷爷’怎么了？走吧，我送你回家。”

“可是……我现在还是特别饿，蚂蚱，生的，也行。”

“爷爷”压抑住再次生出的火气，打量着这个有无数问题和矫情要求的姑奶奶——小姑奶奶紧紧抿着嘴，小梨涡和大眼睛里盛着一模一样的东西，乞求。

鸣犽锦绣心又软了。

加餐后，“爷爷”背起姑奶奶朝喆梨寨走去。姑奶奶已经睡着了，之前她只吃了一点点素食——十几棵紫背天葵，这种野菜是开胃菜。小羊羔那么大的一块野葛根是主食。几十颗野蒜是佐餐的咸菜。一整枝栀子花是她饭后的甜点。

另外，鸣犽锦绣的酒壶里还塞满了桑葚，这是行军途中的干粮。鹦宝儿的裤兜里还塞了一把野荔枝，作为零食。可她还是觉得胃里不踏实，所以梦里，正抱着一只鸵鸟腿在啃。

小女孩的体重明显增加了，鸣犽锦绣觉得她没撑死真是个奇迹。也许她有一个巨大的胃，或者几个胃，也许食物刚吃下去就被消化吸收了。这种变异的怒安娜人到底还有多少？又或者，她是人类和某种动物基因重组的产物，就像我和我该死的父亲一样？如果是这样，又是谁在做这变态的实验，是那些外星人吗？

不过，这都不是鸣犽锦绣目前最关心的问题。他现在头疼的是，小女孩没办法动弹，待会要上厕所可怎么办？

他赶紧加快了脚步。时间规划无比清晰——姑奶奶拉撒之前必须赶到喆梨寨。刻不容缓。

21. 红与灰

假如今天能重新来过，福螺凛烨不会选择在那个时辰进行刺杀。而福螺烬也会早早传下口谕，让他唯一信任的那名燃金侍提前展开行动。

此时的大智慧殿内，所有人脸上都泛着黑白青，看上去，内阁会议陷入了僵局。

“潜入香沙沙落宫，定能找到证据将他们揭穿！”御座右侧的绣墩上，福螺凛烨霍地站起身。“只要列位与本王精诚合作，定能用事实告诉父皇，把星外贼寇当作神灵，是何其愚蠢！”

太子已经换上了朝服，鲜红的长袍像他澎湃的热血，头戴的黑色皮弁像他胸中郁积的愤怒，而他皮弁上的五彩玉珠，则放射着英勇和智慧之光。

御座是空的。皇帝在非凡殿祭拜神灵，可他的继承者，则在这里鼓动大臣们逼宫，想要扒下神灵的新衣。殿内鸦雀无声，无人敢言。

“个顶个都是窝囊废。该把你们一个个塞回娘肚子里，孕育些男人应有的血性再生出来！”福螺凛烨鄙视地扫了一眼众阁员，“星外贼寇嚣张跋扈，这是对我大墨若国的愚弄和挑衅！难道你们就眼睁睁地坐视不管吗？”他一双大手随着话语的抑扬顿挫在空中挥舞。

“他们乘坐巨型木牛流马行走于宫殿之上，损毁了母后的寝宫，还妄图踩死本王！有朝一日，他们必定也会如此对待父皇！对待在场的诸位！对待天下的黎民百姓！我们正在养虎为患，如果再不采取行动，就是坐以待毙！”母子之爱，岂能禁锢一颗王者之心。

儿臣不愿坐享其成，靠太子之名继承江山；不甘圆滑世故，靠钩心斗角玩弄权谋。儿臣有锐利的双眼，如宝镜，所以远见卓识；有无畏的胆魄，如夸父，所以气吞河山！当前异人天降，危机暗伏，正是枭雄横空出世之际，伟人石破天惊之时！如此，才是儿臣之使命。如此，不也正是母后之期待乎？

这还真不是他母后的期待。太子在内阁会议上的此番言论，可谓是逆天、犯上尽皆具备了。这倒是另一个人的期待。此时，这个人就站在福螺凛烨的右侧。他五十岁上下，身材中等却挺拔。双目狭窄短小，像被刀划了两道缝，很难看出是睁着还是闭着。他名叫亲伯石，是特进左柱国、太师、太子太师、日月殿大学士，内阁首辅兼军务大臣。一句话，他勋位高，官大，掌管着全国的军事事务，没有领兵权但有调兵权。

他也是国丈，贵妃亲夭夭的父亲。他很清楚如何让女儿登上权力巅峰。皇后生了三位皇子，可二皇子福螺凛烨过于耿烈，虽被立为太子，但太子并没有终身制，能立就能废；大皇子则除了傻哭傻笑流口水，再无其他技能了；至于三皇子，根本入不了众人法眼，迟早会变成花下的死鬼。皇贵妃膝下都是公主，而且她年纪渐长，很快就血枯经闭，再也无法生育了。只要女儿能诞下皇子，太子名号十有八九便会易主。到时再加上神灵庇佑，那我就不单能成为老国丈，权倾朝野，说不定还能去掌管诸多星球的军务呢！哪日神灵一高兴，再赐我个长生不老，那人生该是何其壮丽！福螺凛烨逆天犯上，只要再往前迈一小步便会自取灭亡，那离我家族的壮阔前程，可就是迈了一大步啊。

太子的老师先贤极就站在亲伯石对面，可他实在捕捉不到此人眼里的任何信息。老师已年过花甲，川字纹如斧凿刀刻，这是长年紧锁眉头的结果。他是特进左柱国、太傅、太子太师、天地殿大学士、内阁次辅兼工务大臣，同时也是位格致学家。简而言之，他勋位高，官不小，管理着全国工程事务，还是位科学家。

此刻，先贤极满头大汗，在想着如何才能让太子冷静下来。他刚要张口，被人抢先了一步，“皇太子殿下，万万不可！”

原来是礼务大臣，圣贤殿大学士忍瑕非。“他们是否神灵，臣才疏学浅无法论断，谨遵圣命便是。可臣终于知道了宇宙之大，包罗千万象，非当今怒安娜人所能企及。如果星外贵客是真神灵，那侵入圣地肯定会天怒人怨，给墨若国，乃至给整个怒安娜带来灾难啊！退一万步讲，假若其不是真神灵——臣是借太子的话才敢说‘假若’二字——可他们骁勇善战，变幻莫测总归是事实。将他们激怒，后果难以设想。就算能潜入香沙沙落宫，可如果找不到相关的证据，让圣上得知了这件事，必定也会龙颜大怒，各位都难辞其咎啊。恕臣斗胆，殿下方才所言连下下策都称不上，更何况圣上明令禁止质疑神灵，所以还是请殿下静观其变，再行定夺吧！”

“本王以为是上上策！”忠言逆耳，但年轻的殿下逆反了，他一双大手翻云覆雨。“不作为，确实能保眼下不起风云，可也是最无能的做法！君子之学，唯求其是，为捍卫天道，本王肝脑涂地也在所不惜。乾坤朗朗，后世对本王自有公论！”

然而乾坤并不怎么朗朗，驰灵的上空早就因为燃香而天昏地暗了。皇宫里的非凡殿，此刻更是香雾蒸腾。非凡殿外，巨大的紫色风磨铜香炉里插满燃香，根根手指粗细，半人多高。殿内，供桌上的香炉青烟袅袅，弥散八方。三位神灵端坐在莲花须弥座上。一位男神灵在正中，两位女神灵伴左右。

皇帝福螺烬跪在神灵们面前，他两侧跪着皇贵妃和贵妃，都身具礼服，在闭目祷告着。

皇贵妃祈求自己不要再生公主了，哪怕只生一个主公也好。她凤冠霞帔。冠有九翟，一对金凤。宝石珠玉密密匝匝镶嵌其上，艳光璀璨。身上则大衫赤红，鞠衣青蓝，广袖荡漾，如果是其他女人，身体早就被这宽大的礼服裹得不见了天日，可她没有——横揽腰间的大带和玉革带依然恰到好处地勾勒出了她的妖魅。她名叫怒玉柔，是混血儿。怒安娜凛冽之地的吼族、炽热之地的血族、青润之地的雅茶族，若干不同种族的血液在她身体里奔流激荡。所以，她的模样有种神话中仙人的美——肤如冰雪，发如墨玉，眉峰高挑，眸子碧蓝。对生皇子一事，怒玉柔早已走火入魔了，以至于她一看到太监便颇为感慨——有的物什，有些人要割舍了方能过活，而另一些人则必须拥有，方能换得锦绣将来。

“喂，亲爱的。”这个时候，莲花座上的窄肩膀男神灵悄悄叫他左手边的心形脸女神灵。

心形脸正襟危坐，嘴唇动了动，“站岗呢，闭嘴。”

窄肩膀不以为然，自顾撒娇，“坐得屁股都疼了呢……欸，你说那些觉醒的机械人，他们之间会做那种事，然后再生出个小机器人来吗？真想不通该怎么做。”

“滚。”心形脸皱皱眉。

“这是一个很严肃的课题，你怎么骂人呢，讨厌。”窄肩膀嗲嗲地回应。

“你现在真让人受不了，父神之眼崩溃前，你很阳刚的啊。”心形脸不堪地瞟窄肩膀一眼。

“那不是真正的我。” 窄肩膀默默地翘起了一根兰花指。

安静了磕一次头的时间。

"喂，亲爱的，"窄肩膀不说话会憋死，"血珍珠计划需要收拾很多房间呢，要人家帮忙不？"

心形脸很鄙视他，"其他活儿怎么没见你这么积极？"

窄肩膀的脸蛋上泛起绯红，"人家是害怕被选上，到时候太紧张，想先熟悉熟悉场地——欸，你赌圣决者跟谁制造童子军？"

"你疯啦，还敢赌这个？慧发长官已经处分过咱们三个了。"

"反正已经被处分了，不赌白不赌！"

"你先弄清楚自己是男兵还是女兵吧。就凭你，香沙沙落人铁定得绝种。"

右边的婴儿肥女神灵想笑，憋得浑身抖动。心形脸则嘎嘎嘎笑出了声。殿下跪着的几人都愣了，慌忙睁开眼。

神灵们赶紧坐正。三个小仙的眼睛里都透着忐忑，像风中摇摆的浅色薰衣草。从眸子的颜色来看，他们的年纪跟双星沫不相上下。

还是心形脸反应快，她飘起几根发辫指指面前的怒玉柔，装出神灵的腔调，"嗯，你的所思所想真是有趣呢，我会尽力帮助你的。"

怒玉柔听神灵这么说，泪水刹那间就汹涌而出。她五体投地，叩起了响头。

亲夭夭见神灵没眷顾自己，急得脸都白了，头叩得比皇贵妃还要响。

福螺烬则激动得浑身发抖，胳膊都要撑不住老迈的身体了。

神灵们总算是松了口气。

安静了磕三次头的时间。

窄肩膀小声嘀咕，"也不知道晚上吃什么。"

"我特别想吃他们做的盐酒烧猪，这颗星球上的人做菜真是太厉害了。"心形脸的口水让她说话都含糊不清了。

"我喜欢烤鹅肉串。"婴儿肥吧咂了好几下嘴。

"父神保佑，但愿有花生猪脚汤，"窄肩膀的发辫轻轻扫过脸颊，"听说对皮肤很好的。"

"可咱们被处罚，禁食了呀。"心形脸忽然想起了这件事。

窄肩膀一下没了精神，"对啊。"他悻悻地闭上眼，继续打起瞌睡。

22. 自在不留痕

鹦宝儿在鸣犽锦绣背上睡得像只小香猪。她梦到了娘亲。不过，自己喊的却不是“娘亲”，而是“妈妈”，而且，自己好像更习惯这种称呼。走丢的这段时间以来，妈妈的脸第一次如此清晰，她都能数得清妈妈的睫毛了。还能数得清鱼刺——那是妈妈亲手做的红烧黄花鱼，她很久都没吃到过了，这次一口气吃下了两条。妈妈还拿出来一罐她最爱的美食——鱼茶。鱼茶的做法比较简单——用生鱼块渍上盐，和白米饭搅和在一起发酵，等爬出蛆虫就大功告成了。鱼茶闻起来酸臭，吃起来却鲜美，不过不是谁都能够享受得了的。

鱼茶的气味真真切切飘进鼻孔里，鹦宝儿迫不及待地伸手就去抓。她一把薅住鸣犽锦绣的脖领子，再也不松开了。之前，山妖的鹿皮上衣曾熏醒过窒息的鹦宝儿。眼下，这上衣又让小女孩的梦变得有滋有味。看来这是件集医疗、食疗于一体的多功能魔法衣。

魔法衣的主人很无奈。前去喆梨寨的这一路上，他的头发胡子、鼻子耳朵、眼睛嘴巴被鹦宝儿在梦里抓了个遍，五官里只有舌头得以幸免。现在，他又被死死薅住了脖领子。不过没什么，比起小女孩的其他动作，这些动作已经显得很优雅了。

鸣犽锦绣卷曲油腻的长发，在鹦宝儿的梦境里是只猫。现实中，她自己家附近，确实有只流浪猫。鹦宝儿总是省下自己的口粮喂它，而它总是能在鹦宝儿心情沮丧的时候出现。它会在距离小女孩几米远的地方或卧或站，不再靠近，也不走远，安安静静地看着她掉眼泪。直到鹦宝儿心情好些了，它才不紧不慢地离开。

鹦宝儿给它起名叫“貔貅”，称呼它为“Mr. 貔貅”。除了静静地陪伴之外，貔貅还常常会给鹦宝儿带来礼物，有时是条鱼，有时是只田鼠。在貔貅的世界里，这些都是顶级珍贵的东西。貔貅的身上有大块的黑色、白色和橙色斑块。它身材魁梧，尾巴却很短，可能因为之前受伤断掉了吧。它饭量极大，好像永远都吃不饱，可鹦宝儿从未见过它排泄——也许是鹦宝儿没跟它形影不离的缘故。

更神奇的是，自从和这只猫建立了友谊，鹦宝儿家的生活水准就有了明显提高。妈妈的小营生莫名其妙地顺利起来，赚的钱不但够家人吃喝，还偶有盈余。最奢侈的一次，妈妈居然买了三尺多的布料，做了件小女孩穿的花裙子。天哪，对于鹦宝儿这种居无定所的星际难民儿童来说，这就是神灵最慷慨的赏赐！新裙子上身那天，小女孩感觉地窖里都洒满了阳光。

鹦宝儿认为，所有的美好都是那只猫带来的，貔貅故此得名。然而好景不长，没多久，鹦宝儿就随家人迁往了另外一颗星球。搬家前，小女孩已经做好了偷偷带貔貅一起走的准备，可临登飞船的前一天，却再也找不到它了。在她和貔貅约会的地方，貔貅没有来，貔貅抛弃了她。

鹦宝儿再次与貔貅相见，是在飞船上——那是宇宙救援部队所提供的一艘灰黑色运输舰——而此时，貔貅已经属于别人了。它的皮毛成了一个满脸褐斑女人的围巾，结实的身躯成了一个满口黄牙男人炖熟的干粮，毛茸茸的短尾巴成了一个流鼻涕小男孩的玩具。

鹦宝儿哭喊着想夺回貔貅的身体，却被这一家三口打倒在地。最后，一名负责维持飞船秩序的军官终结了这场纠纷。军官认为鹦宝儿是无理取闹。他告诉小女孩说，就算她成功地把这只猫带上飞船，被发现后，猫也会被没收杀死，并且被当作粮食吃掉。这是目前战时物资匮乏的状态下，一只猫对人类最大的意义。

不过，军官还是对那家人殴打鹦宝儿的行为进行了惩罚——他要回部分猫肉给了鹦宝儿，让她当干粮。鹦宝儿没有拒绝。这是她唯一亲近貔貅的机会了。她把貔貅这部分的身体火化，把骨灰带在了身边。到达另一颗宜居星球后，鹦宝儿把貔貅的骨灰埋在了家门口的泥土里，然后在上面播下了三色堇的种子。几个月以后，三色堇开出了黑、白、黄三色的花朵，宛如貔貅皮毛的颜色。花朵安安静静地望着鹦宝儿，犹如貔貅圆阔的脸颊。想必此时，Mr. 貔貅的笑脸已经是漫山遍野了吧。

在梦里，妈妈给鹦宝儿烧了五条黄花鱼。鹦宝儿吃了两条，给貔貅留了三条，准备过一会儿带给它吃。她喜欢看貔貅狼吞虎咽的样子。

除了鸣犽锦绣的头发成了鹦宝儿的貔貅之外，他的胡茬是黄花鱼的鱼刺，鼻子是灿奶奶蒸的窝头，耳朵是豆儿哥家的花猪，眼睛是刚挂果的翠冠梨，嘴唇则是鹦蔬姐姐做的糍粑。这些食物，让鹦宝儿在梦境里想起了很多人。虽然他们的面容都很模糊，却真实可触。

小香猪做梦的时候，鸣犼锦绣背上的伤口又撕裂开来，不住地渍出脓血，这让他越来越虚弱，以至于几乎是拖拽着两只腿在走。他眼里所有的景物都镶上了朦胧的光晕，同时心里也越来越惶恐。前方隐约能看见茅草屋了，那个矗立在半空中的东西，是什么鬼玩意？草编的八爪鱼吗？真是诡异。

如果没走错的话，喆梨寨就要到了。人类社会的气息越来越浓重，陌生又熟悉，这让他觉得自己像一只即将潜入村寨掠食的野兽，不知道和人类相比，哪个更加可怕一些。

脚下的这条道路，需要很多人，走很多年才能踏出来。而自己早已习惯了没有路的原始丛林。路边是农田，呈现出整齐的几何形状，透露着人为的刻意，或者叫作秩序。而自己，只喜欢看各种植物混杂在一起野蛮生长，没有边界，彼此共生。田地里，庄稼倒伏着，腐烂着，这里的人们显然要面对一个大灾年了，吃的问题怎么解决？

瞧，这就是农耕社会的悲哀。如此生活确实稳定，可当遇到颗粒无收的年景，因为缺乏更多生存的技能，就没了其他活命的手段。要么逃荒，要么打猎。然而，并不是人人都有能力以打猎为生，大多数人的打猎水平，也就是偶尔能给饭桌上加道菜罢了。想靠这个手艺生活下去，不可能。

鹦宝儿饭量这么大，目前这种情况，家人怎么养活她？想到这，鸣犼锦绣使劲晃晃脑袋，让自己不要再有那么多的忧思。先把小女孩偷偷放到寨口，然后自己躲起来学狗叫。等寨子里胆大的狗冲出来，准备教训入侵者时，小女孩就会被狗发现，引出寨子里的人。这样自己就能走得干净，走得放心了。

十步吠一声，自在不留痕，吠罢激奔去，深藏功与名。

“嗷嗷嗷！”一条大狗猛然从旁边的草丛里激奔而来了。

我、我这儿还没准备好十步吠一声呢我——二娃啊！

二娃一溜烟窜到他面前，收敛地甩甩头，热烈地摇起了尾巴，“真磨叽！怎么才来？”

鹦宝儿本来正在梦乡里吃鱼茶，忽然一条小黄狗就叫着冲她扑过来，把鱼茶罐子给打翻了——哎呀，这可是妈妈给我做的！看我不打……着鼾继续装睡。她一惊睁开眼，竟然看到一条华丽威风，又凶神恶煞的大狗，吓得赶紧闭上眼装睡，然而心脏却一蹿一蹿地要炸开了。

山妖的狗真的会说人话！

“我崴了脚走不快。”鸣犽锦绣打量着二娃，越看他越觉着别扭，“你这是怎么了？为什么学狗叫？”

“我在假装自己是条狗，”二娃用后腿挠挠脖子，“别人根本接受不了我气壮山河的本来面目。来的路上，我吓昏了好几个人，还有很多狗也被我吓尿了。唉，可怜的小东西们。”

“你为什么要吓唬人？”

“我得开口问路啊，我很讲礼貌的。”

“那你为什么要吓唬狗呢？”

“路上我一个犽闷得慌，想跟它们玩。”

“没人追来吧？！”

“谁敢啊！谁敢？！”

鸣犽锦绣一筹莫展地拍拍二娃的头，“你也不容易，已经有点像狗了，至少做到了神似。”

“别碰我。”二娃嫌弃地躲开，“我现在跟你一样，也在装孙子，可我最讨厌装孙子。”

“现在你能理解了吧——都是因为不得已。”

“放犽屁！我是为了融入他们，你是为了逃避。咱俩是不一样的孙子。”

鸣犽锦绣叹口气，“我知道你还在生我的气，我不会再锁定你了。这一路上多亏有你，我才能活到现在，鹦宝儿才能逃出虎口，谢谢。”

二娃冷漠地抖着一只脚尖，“你被老虎伤得那么重，怎么还没死啊？”

“就快死了。”

“那就好。”二娃宽慰地点点头，“不过最好你能再弥留一阵子，外婆还让我带话给你呢，就储存在我身上。”

鸣犽锦绣很意外，“机器外婆说什么了？是她给你解锁的？”

二娃忧伤地用前爪撩撩额前的长发。

“对我来说，她不是什么机器不机器外婆，你也不是什么肉体不肉体老大，你们都是我的家人。虽然大家的运行机制、身体结构、组成元素完全不同，可在感情上没任何区别。我讨厌你说‘机器外婆’这个词，我也是机器。”

“我没有歧视机器，这么称呼她，仅仅是为了区别她和我的亲外婆。她们俩我都爱，可根本不是同一个人。快把影像留言给我看看。”

“是遗言！先把手里的事办了，家里的账一块算！”二娃恶狠狠地龇了龇牙。

他们的话，鹦宝儿很多都没有听懂，但她觉得自己真可能错怪山妖了。这时候，她忽然感觉一个巨大的阴影遮住了阳光。

二娃抬着前爪，站立起来正在观察她，还轻轻嗅了嗅，学狗学得“犼”模狗样的，“嫂子还睡呢哈。”

鸣犼锦绣瞪他一眼，“你嫂子不但能睡，还很能吃，胃口大得像头小象，她根本不是普通的怒安娜人。”

二娃眼睛一下瞪得像车头灯，“你请她吃饭啦？感情发展得这么快！”

“我只是想说，她不是通常意义上的人类。”

“不是就不是呗，彻底不是才好呢，我就不是人类。而且我特别喜欢贪吃的女孩儿，她们最懂得享受生活了——嫂子其他方面还好吧？”

“不但不傻，反倒聪明得有点矫情，就是记性不好，很多事情都想不起来。”

“你们俩发展到哪一步了？”

“发展到再不把她送回家，我就得直接给她当厕所了。”

“嗯！你已经当过了。”二娃抽抽鼻子，“你的臭味盖住了她的。她之前吃的食物还真不少，不过她的消化系统非常强大，应该吃了野蒜，栀子花……”

“求求你别说了，”鸣犼锦绣不堪地抹着满头满脸的虚汗，“快帮我善后。”

说完这句话他就再也支撑不住，直挺挺地倒下去了。

23. 破山穿

除了鹦宝儿，还有一个人也逃出了森林——那位矮个子大婶。她跑回来给乡亲们报信，香沙沙落人紧追其后，灭了口。

喆梨寨在深山里茕茕孑立，离这里最近的族落也有多半天的路程。要不是有一位大娘来送粽子走亲戚，凶案本不会这么快被发现。大娘去报了衙门，于是官差们火速赶来了。

此时，寨里的一片空地之上，摆放着大量残缺不全的身体，负责验尸的仵作们逐一进行着检验。随着他们的高声喝报，几名看上去被惊吓得不轻的书吏战战兢兢地填写着尸格单，记录下死者的状态和致命原因。

知县和他的幕僚们都铁青着脸，数十名捕快三三两两地在周围逡巡游走。对于这并不是很大的茶青县城来说，县衙的官员们已是倾巢而出了。

“妖魔竟狠毒至此，如果不是神灵亲自前来庇佑，我们性命休矣啊。”知县后怕地说道。他坐在藤椅上，用白色丝绸手帕掩着鼻子，另一只手揉着圆腻肥胖的腹部。这惨烈的现场，已让他呕吐过七八次了。

瘦如枯竹的师爷躬身站在一旁，“大人一身正气，胸怀百姓，神灵感动之至，所以才亲自前来，保一方平安哪。”说着他又往知县耳边凑了凑，“大人，咱们在祈神盛典之前就能目睹神灵真身，这是天大的幸事呀！对待方才那几位神灵，如果咱们能尽表虔诚，必然能速速蒙得福报啊。”

知县不解，“你的意思是……”

师爷的声音小得像蚊子哼鸣，“如果能在这里修建一座庙宇，将方才那几位神灵的描金塑像供奉其中，堪称一石数鸟啊。”

知县揉肚子的那只手终于停了下来，“都是哪几只鸟？”

师爷掰着枯骨般的手指便数起鸟来。“其一，神灵不愁吃穿，只求人心景仰。那几位神灵辛苦劳碌，必是些低等小神。我们若为其树碑立传，他们肯定感动非常。与其求皇宫里的神王赐福，不如求他们灵验。”

知县若有所思，“其二？”

“这里多人横死，必有鬼魂返来讨债。如果有神灵的塑像震慑于此，就能化解怨咒，改变风水。其三，修建庙宇需要不菲的银钱，这正是衙门征收捐税的大好时机。小人都想好了，这捐就取名为‘凤凰捐’，意在‘置之死地而后生’。届时，大人定能名利双收！”

知县满脸怒气地瞪着师爷，“本官岂是在乎名利之人？”

“非也非也，在下的意思是，大人得到神灵护佑之后，就能上下通达，愈发能恩泽百姓了，大人不就成了世人皆知的活菩萨了嘛！”

知县放下掩住口鼻的手帕，无限憧憬地用嘴深吸了一口气，“甚好，明日你便去办吧。”说完他四下看了看，问师爷，“神灵现在何处？”

“他们说去四处查看查看，以防有妖魔潜伏，威胁大人的平安。”

这时，一个本来在旁边蹲着的人站起身来，几大步走到知县身边。“大人！妖魔穷凶极恶，人神共愤。神灵降妖是天意，咱们除魔是民意。我在其位谋其政，请大人准许在下缉拿妖犯，为民除害！”他是县衙的主簿兼巡捕官。

知县往藤椅深处躺了躺，眯缝起眼睛。

“此举甚是不妥。”师爷赶紧把话接住，“穿山破，侦破此案少则需要十天半月，多则一年半载也说不定，可再过两日，你便要卷铺盖回家了。现在由县丞大人和典史官大人兼领巡捕官之职，就不劳烦你费心了。”

穿山破脸上立刻结了一层冰。他往旁边走了几步，叹口闷气，又蹲下了。

知县低声问师爷：“为何不让他去送死？他死在妖魔手里，倒正中本官下怀。”

师爷弯腰的模样像一根折断的毛竹，“能跟神灵携手降妖，是人间无上之荣耀——大人愿意赏他这个资格？”

知县摇头。

师爷又说：“如果他死不了，反倒沾了神灵的荣光，成了降妖的大英雄，那圣上和神灵能不赏赐他吗，大人愿意他享受这等尊贵？”

知县的头摇得更厉害了。

穿山破的眼神则更直勾勾了，眼前乌泱泱飞着一群在喊饿的嘴巴。上有四老，下有六娃，媳妇肚里还怀着第七个宝宝，另外自己还有个失去劳动能力的脑瘫兄弟。算上自己在内，全家共计十三张半嘴巴要吃饭。可眼下被裁撤已成了定局。自此没了俸钱俸米，光靠种地可养不活一大家人。今年又是大灾年，难道要家人活活饿死吗？

穿山破抱住脑袋，狭长的眼睛里绷起了血丝织的网。自己挨饿受罪倒是无所谓，可让家人受苦，只想想就心似刀绞。我算啥儿子、啥丈夫、啥阿爹、啥男人？！

他之前是主簿，县衙的三把手，不过两天之后就不是了。他本来还兼着巡捕官——原先就他一人兼着这个职位，可他性情太过耿直，因为一个案子得罪了知县，便被分了权。如今，二把手县丞和四把手典史官也都兼领了巡捕官，他就被架空了。恰逢福螺烬改革更制，要裁撤官员，这就给了知县彻底清掉他的借口。

降妖除魔虽然凶险，穿山破却极其渴望参与其中。死了都值呀！自己死了会有不菲的恤银，足够家人开销一阵，这份荣耀也足以荫泽家人一生。如果侥幸没死，甚至立了功，那知县就更得抛弃前嫌，主动给自己赏饭了——也没啥奢求，就还让自己当巡捕官就行。

可他的最后一线希望也被断绝了。不行！成事在天，谋事却是在人！他噌地跳起来，摘下缠综大帽砸在地上，解下腰刀摔在脚下，又一把扯了腰牌，三两下脱掉外衣，露出了两条猛虎般强壮的臂膀。众人震惊地望着他，不知道他要做什么。

“在下请辞！即刻起，老子便是一介草民矣！降妖除魔，匹夫有责！”草民说罢，在知县和师爷面前狠狠吐了口稀痰，迈开大步就朝远处而去，中途还顺手捡了个耙子扛在肩上。

倘若知县知道穿山破去做什么，是绝不会裁撤他的。

24. MBA

数日之后，孤身面对众多的香沙沙落人，鹦宝儿将会想起喆梨寨外见识到魔法水晶的这个下午，想起后来让自己再也不想见到的鸣犽锦绣，和永远死去的二娃。

此时的二娃站在一棵树下，他的面前，一张蛛网大得仿佛降落伞。大伞正中盘踞着一只蜘蛛，宛如青蟹。他把蜘蛛小心翼翼摘下来，“我有个不成器的朋友快死了，我想借你的家用用。对不起啊，你再织一个好吗。谢谢。啵啵啵！”

二娃感恩地亲吻了蜘蛛，把它放到树上。蜘蛛又羞又怒地逃走了。二娃摘下蛛网，细致地揉搓成薄片，制作成手工原生态创可贴，调头跑回到不成器的朋友身边。他扒掉鸣犽锦绣的上衣，把创可贴小心地敷在伤口上，止血消炎。然后又一屁股盘腿坐下，弹出两只前爪的中趾，电光火石地摩擦起来。很快，两根趾头就烫得放出了红光。

“你们之前真的救过我，对吧？”鹦宝儿已经不怎么惧怕二娃了。她刚才被这条大狗“善后”过了，当时的她害怕、感动又害羞，现在看着大狗施展妖术，又在给山妖“善后”，虽然更加确信他们的身份是妖怪无疑，但同时，也觉得他们颇有教养，很讲义气。

“信不信由你。”嗞——二娃边说边把烧红的趾甲烙在鸣犽锦绣的伤口上。

鸣犽锦绣嚎叫一声翻身而起，二娃一伸爪把他摁倒，“别乱动！给你消毒呢！”

伤员又龇牙咧嘴地乖乖躺好了。

小女孩心疼地望着苏醒过来的伤员，“谢谢你给我吃的，送我回家。”

伤员如释重负地长吁一口气，“嗯”了一声。

“你们生下来就是妖怪吗？还是后天修炼成的？”鹦宝儿问。

妖怪都欲说话，结果伤员抢答成功，“我们真不是妖怪，但也确实不是人。”

如此诚实的回答让小女孩更迷惑了，“你们是来自魔法世界的精灵？”

“根本就没有魔……”呜犽锦绣话刚说一半，被打断了。

“居然被你猜对了！”二娃就坡下驴地说，“我俩是精灵魔法师，魔法世界确实是存在的。”

呜犽锦绣不堪地白一眼二娃，他讨厌编这么幼稚的故事。

小女孩却蓦地瞪大眼睛，每根睫毛都要跳起舞来，“是王子派你们来保护我的吗？”

二娃迅速接过话茬，“他不是，我是。”同时一仰脖子，长发随即被甩成了背头，“正式自我介绍一下，我是魔法世界的大王——龙——最出息的儿子、江湖人称守望者、美女最忠诚的骑士兼老妈子、小名二娃的犽。”

“你的头衔好长，你一定很了不起！”小女孩敬畏地说，“很荣幸能认识你。”

二娃以骑士般的风度微微颔首，“彼此彼此。”然后给伤员扎紧包裹伤口的破布条，“其实，我的头衔比起我的女神——魔法世界里另一个国度的龙母丹妮莉丝——还真是短得多呢。以后，你叫我二娃哥就可以了。”

“哪还有以后？已经把她送到家了，咱俩该走了。”呜犽锦绣边说边坐起来穿鹿皮大衣，一副尘埃落定的漠然。

“别急，我给你看样东西！”二娃把他揪起来拽到一边，胸前的一扇小门迅速翻开来，伸出一块极薄的显示屏——画面里，几十只燃刀野犬在争抢人腿，还有香沙沙落人、知县和师爷在说着什么。

“这是哪里？你什么时候看到的？！”呜犽锦绣惊得一下子把蛇皮腰带给扽断了。

“就在寨子里呀！你刚才昏过去的时候，我偷偷进去看到的。不然你以为，我上哪儿去找给你包扎伤口的绷带！”

“你们在看什么呀？”鹦宝儿觉得哪里有些不对劲，远远地问。

“哦，是魔法水晶。”二娃故作轻松地蹦跳到小女孩身边，“通过它，能看到曾经发生过的事，你瞧瞧。”

鹦宝儿的眼睛从来没瞪过这么大——显示屏的画面，已经被二娃换成了之前教训刃齿虎的纪录片《虎口脱险》了。画面大部分是二娃的主观视角，有少量镜头是他把两只眼球骇人地弹伸出来所进行的反向自拍——因为摄影机就安装在他的眼球里，如果他想出镜做外景主持人，只能如此。

看完电影，小女孩已经泣不成声了，她没说话，因为说什么也无从表达。

二娃摸摸她的头，又拍拍鸣犽锦绣的肩膀，“走吧，进寨子里看看。”

“外星人跟官差在一起，情况比我想的复杂得多，绝对不能去。”

“那我们带鹦宝儿走？”

“疯了吧你？她有自己的家，我也有自己的事情要做。”

“你看她这个家还能回吗？！你要扔下鹦宝儿，让她自生自灭？”

鸣犽锦绣没点头也没摇头。他实在没有勇气做出任何直白的答复。

鹦宝儿没听明白他们在说什么，反倒咧嘴笑了，“我已经到家啦，本来想让姐姐做蒸饺，好好招待你们的，那是我家过年才能吃到的食物呢。可如果你们很忙，嫌我麻烦——我真的已经给你们添了很多麻烦了——那就把我放在这里吧，会有乡亲找到我的。等我伤好了，你们来我家做客好吗？”

二娃差点没哭出来。

鸣犽锦绣却不为所动，继续整理着鞋子和衣服，嘟哝一句“她，你就看着办吧”，然后拎起酒壶，头也不回地朝远处走去了。

“你他妈还算个男人吗？！”二娃的脸从深蓝变成了黑，“这么多年，虽然你对什么都不闻不问，可这人类世界的肮脏血腥就跟你完全没有关系了吗？当初你拯救他们，后来又放任他们，今天对鹦宝儿你还是这样！你现在走，她肯定会死！我倒宁愿你之前没救她，看着她被老虎吃掉算了！懦夫！你真是个赤裸裸的懦夫！放弃是你的权力，可你为什么不放弃得更彻底点儿呢？你给别人希望，又放手不管让他们走向绝望，那么你一开始所做的，就不是仁慈，是虚伪、耍流氓！”

鸣犽锦绣没回头，看不到他的表情。他的背影就是表情，不甘心，却又决绝地认了输。

小女孩的目光，紧张地在他们之间移来移去，听得更糊涂了。

“你不单是流氓，还是个废物！除了放弃你什么都不会！你要去执行的那个犽屁计划，从根本上讲也是放弃！你认为自己活着是在向外婆赎罪，我就求求你了，你还是赶紧去死吧，她老人家在天之灵看到你这副丧样，会诈尸的！”二娃的喉音越来越重，听上去像是一只阴森森的恐龙。“你是经历了一次文明的毁灭，怎么了？很了不起吗？所有的文明都会这样毁灭吗？你又没见过一个宇宙完整的存在周期，你甚至连两次文明都没经历过！有什么资格看破红尘？你是活得长，可我会比你更长，我倒要看看这次文明能存续多长时间，是不是一定会走向你认为的死局！我还要看看这个宇宙衰亡之前，我们能不能迁移到另一个平行宇宙里去。我还就不信了呢！”

“我尽力了，无能为力了。”鸣犼锦绣沮丧地搓搓自己的狮子鼻，“寨子里的人很可能全都死了，我还能做什么？”

“你闭嘴！”二娃慌忙去看鹦宝儿——小女孩的脸蛋瞬间已惨白成了一张纸，呼吸也急促得上气不接下气了，“你们在说什么呀？谁死了？我要回家找我姐姐。”

“你姐姐很可能已经死了，其他家人可能也……”鸣犼锦绣不太敢看小女孩的眼睛。

“你说这些干吗？！”二娃噌噌噌地弹出了所有的趾甲。

“她总要面对属于自己的命运，成长本来就是这么残忍。”话音刚落鸣犼锦绣就被二娃扑倒了，随即树叶和泥土便滚滚飞扬起来，卷杂着鹿皮大衣和裤子的碎片，还有头发。

“别打了！你们不要因为我打架！”鹦宝儿惊惶无措地哭了，“你们快走吧，我姐姐怎么会死呢！你们走了我也不会死的，我自己能回家。”

二娃哪里肯听，他两只前爪握成钢锤，轮番砸在鸣犼锦绣的脸上。鸣犼锦绣没有反抗，他无力反抗。他也没有逃走，他无法逃走。起初他还抱着脑袋，蜷缩着身体，可很快就彻底放弃自我保护了，任由硬邦邦的金属沉闷地砸在身体上——每一下都那么痛，那么痛苦，那么痛快，让他感觉到，自己似乎还活着。鲜血顺着他的眼眶、嘴巴和鼻孔流出来。他一只眼睛肿胀得老高，另一只的眼眶也被打裂了。在他看来，世界已是一片血的猩红。

二娃挺直腰身，抬起一只后爪，两只前爪高高举起，正打算使出自己最凶狠的招数时，忽然定住了。鹦宝儿正挣扎着从捆绑中破茧而出。她用牙齿，配合着一只勉强能动的胳膊，将缠绕在身上的野草用力撕开、咬开、扯开，把固定她断骨的树枝掰断、拧断、咬断。她疼得龇牙咧嘴，睫毛上挂着泪珠和额前流下的汗珠，喉咙里不知是呜咽，还是死死憋住的呐喊，宛如一头发狂的母狮。

“呀！”小女孩咬断最后一根桎梏自己的树枝，翻倒在地上。她朝鸣犼锦绣和二娃爬过来，眼泪和尘土在脸上和成了泥。“别打了……你们都是好人……都怪我不好……我不该给你们添麻烦，不该不坚强，不该说去找姐姐……”

鸣犼锦绣和二娃都一动不动，也都说不出话。转而，俩人默默地爬起来，坐好，各自安静地收拾凌乱的自己。

“我可以应付的，别忘了说好的约会。”鹦宝儿趴在地上，像一只瘸掉三条腿的小猫。她假装轻松地朝鸣犽锦绣和二娃抿起嘴，想显得坚强些，或是想扬起一个笑容。

鸣犽锦绣眼圈倏地就红了，他不知道自己的双腿如何就奔向了鹦宝儿，双臂又是如何抱住了她。他把头偏向一边，半边脸埋进了鹦宝儿的头发里。看不到他是不是在哭，只能看到他把小女孩拥抱得很紧。

鸣犽锦绣已活了太久，却从未与像鹦宝儿这样的小女孩打过交道。她善良着刚烈着，温婉着灼热着。刺人心魄，让人心疼。

寨子外的一处石坎下，冉冉升起了鸣犽锦绣的头。他满脑袋都被缠上了绷带，一只耳朵从绷带的围剿中局促地冒出来，脸上青紫相间，一只眼肿得像烂掉的桃子，另一只的眼眸漆黑而阴郁，呆滞又决绝。他的身姿凛然大义，两条腿却一瘸一拐，还间或猛地崴一下脚，这些是二娃刚刚送给他的教训。

随后升起的是二娃的头。他走在鸣犽锦绣身边，藏蓝色的长发迎风飘扬，宛如旗帜，很有气质。

鹦宝儿趴在鸣犽锦绣的背上吃着桑葚。紫色汁液顺着她的嘴巴流下来，她就顺势在那件魔法衣上抹抹嘴，接着吃。

“我该怎么称呼你？”小女孩边抢劫似的往嘴里塞食物，边问鸣犽锦绣。

鸣犽锦绣看上去有些迷离——可能是被打得有点脑震荡，“你还是叫我‘爷爷’吧。”

“可你一点也不老，一根白头发也没有啊。”

“你就当我的名字是‘爷爷’。”

“……其实我的小名叫‘外婆’，你信不信？”

鸣犽锦绣嘴唇抽了抽，以至于脸上的伤更疼了。

“我就叫你大娃叔吧，因为我叫他二娃哥。”鹦宝儿仔细想了想。

“这样辈分就乱了。”二娃急忙制止，“你叫他大娃哥吧。”

鸣犽锦绣叹口气，不置可否。

“我们带你去找姐姐，待会儿无论看到什么，你都不能出声，记住了吗？”二娃叮嘱鹦宝儿。

“嗯。”小女孩恐惧且勇敢地点点头。

三人相似的眼神宣告着他们是一个团结的组合，每人名字的拼音各取一个字母，就是组合的名字。

M.B.A。

不就是去寨里看看么，大不了我逃跑。而且也该让小女孩认识一下，什么是现实世界了。鸣犽锦绣在心里狠狠念了一遍新组合的名称缩写，权当对这个荒谬世界的咒骂了。

25. 不非凡

赤琴媓月的感觉是对的。今天的确不是什么吉祥的日子，反倒是大凶。无论对“神灵”，还是天子，都同样适用。

非凡殿上的心形脸女神灵用辫梢揉揉鼻孔，“我都快被这香熏出鼻炎来了。”

“我皮肤都被熏黄了呢，好丑。”窄肩膀男神灵自怜自爱地叹口气。

“好看也没用，又不准去吸引异性。”

“等统治了怒安娜，肯定会有殖民计划，说不定到时候咱们就有特权了。”

“特权？”

“对啊，血珍珠计划肯定只是前期的测试性试验。过段时间，每个香沙沙落人都得参与，给每人分几个怒安娜人，才能进行大规模的增员啊。”

“不可能，怒安娜人都会成为奴隶的。”

“既然是奴隶，那想对他们怎么样就怎么样，生出的孩子反正也不是纯种香沙沙落人，继续当奴隶不就行了。之前咱们星系的蛇雅星，也这么干过。”

“这个星球女性少，情报部门做过调查的。”婴儿肥女神灵也加入了谈论，嘟着嘴对窄肩膀说，“就算分配女性奴隶，也会先给高级军官，根本轮不到你。”

“女性少？那还实行一夫一妻多妾的制度？”心形脸因为激动而脸色微红，脸蛋更像颗心了，“那得有多少男性光棍啊。”

婴儿肥翻了个愤怒的白眼，“虽然士兵基本都是男性，而且因为一直在打仗，战死了很多人，但总体来说还是男性多，因为这里男尊女卑，好些女婴一出生就被弄死了。一夫一妻多妾，只是有权有钱的少数男人才做得到。”

“男性数量多了才好啊。”心形脸忽然花枝乱颤，“咱们正好可以实行一妻多夫制。”

窄肩膀花枝颤得更乱，“我最讨厌不尊重女性的人了，正好借这个机会，好好教育教育他们。”

“你俩想多了。”婴儿肥鼓鼓腮帮子，“咱们都知道的——他们这里有一种男人，其实也不算男人了，叫太监。听长官说，将来这个星球上的男人都会被处理成太监。”

三位神灵都恼火地不说话了。

恼火的人还有福螺烬。虽然刚刚得了神灵开圣口的眷顾，但香都快烧完了，赤琴旎月仍然没来。他越来越憎恶皇后了。他与皇后本来就不是两情相悦。皇后的父亲是前朝军务大臣，封号龙影大将军。而赤琴旎月秀外慧中，谈不上惊艳，但绝不惹人厌。福螺烬为拉拢赤琴家族，便有了这番龙凤呈祥。皇后共生了三位皇子，按说她应被尊重有加才对，可恰恰就是因为这些皇子，福螺烬越来越疏远她。

皇帝渴望儿子千锤百炼，野蛮生长，成为自己的翻版，赤琴旎月却更想让皇子们舞文弄墨，修养身性。大皇子少时贪玩，因为练武功偷懒，被福螺烬踹了一脚，脑袋磕在汉白玉栏杆上，从此便痴傻了。天子甚是诧异，儿子怎会如此弱柳扶风，简直有辱自己的血脉，更加后悔没把他给直接打死算了。此事伤了皇后的心，她整日悲悲戚戚，不言不语地淌眼泪。福螺烬最害怕这般冷暴力，后来再有了皇子，也就任由她调教，不管不问了。

二皇子福螺凛烨不负母亲所望，才情横溢，可福螺烬对此根本瞧不上眼。弹琴有何用？弹不来江山社稷。舞剑有何用？那跟剑术是两码事。你去沙场之上舞剑试试，何人花式舞剑，敌人花式将其劈死。

三皇子倒是福螺烬的翻版。他的样貌身形分明就是皇帝年轻时的模样，甚至连嗓音都如出一辙。然而，相当长的一段日子，福螺烬都怀疑他并非亲生骨血。也许是三皇子对母亲太过依赖，自从赤琴旎月生了病，顾不上照顾他之后，他便开始四处寻找女人，寻觅慰藉。不在女人怀抱里蜷缩着，他甚至无法入眠。因三皇子而死的宫女不计其数，皇宫的每一口枯井里，都有温暖过他虚寒心灵的骨骸。福螺烬不贪美色，一生采撷的花朵也不足半池，三儿子却需成日泡花茶来喝，月余便能喝败整个御花园。

至于立福螺凛烨为太子，是老皇帝不得已而为之。总得有血脉继承山河，哪怕给予得不情不愿。所以，若非结发夫妻几十年，若非皇后的兄长继承了他父亲的衣钵，如今也是龙影大将军，皇帝早把这皇后废了。

福螺烬不知道，其时，赤琴婉月已经到了非凡殿外。她从凤辇里下来，与其说被人搀扶着，不如说被人抬架着。她凤冠霞帔，冠上有九龙九凤。女性王者荣光闪耀的同时，也让她深深地感到头重脚轻。她身上的礼服是深青，映衬着她的脸庞更显菜色。翟衣上密密麻麻织了一百四十八对翟鸟，她只要无意中扫上一眼，就会被这鸟群晃得眩晕。腰间的玉革带更是宛如一条沉重的锁链，时刻要把她拽进泥土里。

“请皇后娘娘自己进去吧。”太监无盐煮海松开搀扶着她的手。皇帝祭拜神灵时，除了皇后和皇妃，其他人都没有资格进入庭院之内。皇帝怕玷污了这圣洁宝地。

赤琴婉月闭闭眼皮，算作答复。她迈过门槛，朝非凡殿步履蹒跚地挪去了。在无盐煮海和一众宫女、侍卫不堪的目光里，大殿的院门渐渐合上，湮没了皇后包裹在珠光玉翠中的腐败身躯。

皇后刚迈步走上丹陛，头一沉就栽倒下去了。她想呻吟都没有气力，只能看到她唇边的丹陛之上，一摊越来越大的红色在闪闪发亮，那是鲜血的锋芒。

福螺烬听见摔倒的闷响，知道是皇后来了。他对此担心至极，于是慌忙深深地叩头，乞求神灵能宽恕她的迟到和失态。随着皇帝的叩拜，他冕冠上的五色玉珠剧烈地抖动着，仿佛他此时凌乱的心跳。他衮服的玄色是对皇后的怨怒，纁裳的橙红是对神灵的赤胆忠心。

纁裳是落日余晖的颜色。夕阳甚美，然而福螺烬并不想近黄昏。㸚族所建立的锐玉国，是他的心病。八百多年前，墨若国被㸚族所灭，饱受荼毒。之后，一个暴烈的雅茶族人挥刀而起，率领族人和同样被奴役的吼族人向残暴挑战。这个人，就是福螺家族的祖先。

当英雄们的鲜血染红刃江，刃江水又染红火种湾，新的墨若国终于重新崛起。福螺烬，已是这个新王国的第三十七代皇帝。他骁勇善战，每逢重大战役，御驾亲征都不能让其过瘾，他必要亲自上马杀敌，方能怒放磅礴胸臆。他身上伤疤遍布，最危险的伤在左胸口。当初，那根刺入他身体的长枪如果再右偏半寸，如今的皇帝就不是他了。岁月峥嵘，那枚伤疤已是深深的紫色，光滑而凸出，宛如用生命换取的勋章，照亮了帝王一生戎马。

福螺烬并不想加倍地以牙还牙，但他想收复历史上被㸚族掠夺而去的每一寸土地，让每一个漂泊在外的雅茶人回家，可如今心愿未了。侵略者虽然不断西退，但依旧占据着一部分本属于雅茶人的国土。如今锐玉大军靠死守一道天然屏障殊死抵抗，双方已经僵持了九年有余，墨若大军就是无法攻破。

鸣犽锦绣那个藏在小山体内部的家，之所以会被炮弹轮番轰炸，就是墨若和锐玉的小股人马打响的遭遇战。

鸣犽锦绣所收藏的武器，倘若福螺烬能用来装备军队，帝王的梦想也许在一日之内便会成真。当然，福螺烬需要先请鸣犽锦绣担任军务大臣，以教授墨若士兵如何使用那些武器，大计方可成功。

可如今皇帝已是老男人了，再无精力驰骋沙场，而继承者，正在蜕变为他的敌人。太子憎恶征战，主张格物致知，发展经济，并且与锐玉尽释前嫌，成为友邦。福螺烬对此龙心大怒——我墨若不灭锐玉，锐玉必灭我墨若。

更让皇帝生气的是，太子专门与神灵过不去。天坠火球，异人降临，福螺烬认为这是神灵来了，要去恭请。可福螺凛烨却组织人马想去猎杀，还兴奋地说要给星外人去做人体解剖。

父子间一番周折怒怼之后，福螺烬总算把神灵请了回来，可福螺凛烨却联合先贤极三天两头地上奏，说他们其实是星外高级动物。于是皇帝干脆颁布禁令，怀疑神灵者死。

作为建功立业的帝王，有勇有谋的斗士，福螺烬对神灵也曾满怀疑惑，可香沙沙落人的种种神奇，很快便让他半信半疑，直至坚定不移。抑或，他宁愿选择相信。有神灵，他才有可能永生。若能永生，便无须让任何人继承江山社稷，自己就成了唯一不变的天子，儿孙后代只要封王便好。让他们每人去统治一颗星球，由自己统治整个宇宙，那才是真正的帝王！他造就了“神灵”，“神灵”造就了眼下的他。

眼下的帝王，在给香沙沙落人事行政部的三名普通士兵磕头。

“外面那女人快死了。”莲花座上，窄肩膀焦急地直蹙眉头。

“你还真有颗菩萨心肠呢。”心形脸抻脖子瞟瞟窗外。

“本来女性就少，我是觉得太浪费了。”窄肩膀可惜地叹了口气。

“不算浪费，怒安娜女人四十五六岁就不能生育了，跟我们香沙沙落女人没法比。”婴儿肥掩饰不住的自豪。

心形脸摆出了一副茄子脸，“问题是你想生育也不能生啊，而且咱们活得还没人家时间长，父神对咱们太不公平了。”

“可怒安娜人成长得很慢，老得倒是挺快，咱们的青春比他们长多了。你愿像他们一样，在枯萎干巴之后，再花几十年的时间去等死吗？”

“这么综合考虑，殿外那女人死就死了吧。”窄肩膀的眉头舒展开了。

婴儿肥忽然又担心起来，“她要是死在咱们面前，会有人说咱们法力不够，见死不救吧。”

“就说那女人的罪孽太深重，没救了呗。”还是窄肩膀的脑子灵光。

26. 以死而侍

如果必须选择在某个特定的时辰进行刺杀，无论如何，福螺凛烨都不该选择今日里的那个时辰。然而，即便把今日再过一次，他也依然别无选择。

“大事不好！大事不好了！”伴着惊惶的叫喊声，无盐煮海从大智慧殿外迈着小碎步跑了进来，“皇后薨了！皇后在非凡殿摔倒！薨了。”

福螺凛烨一阵眩晕，上前扯住太监的胸襟，又疯了般地推开他，随后跌跌撞撞地朝殿外跑去，“天杀的星外人！糊涂的父皇！本王与尔等势不两立！”

先贤极脑袋嗡的一声。他看到一匹红色烈马张开四蹄跃向了悬崖，而刚刚自己脑海中的鸣叫，便是缰绳断裂发出的绝唱。他眼前一黑昏了过去。世间，心里，都是无边黑暗。黑幕合上的瞬间，先贤极看到亲伯石眼里闪过一道得意的光亮。这是他第一次从亲伯石眼睛里读到信息，晚矣。

皇后的尸体被运出了非凡殿庭院。她脸色霜白，杏眼圆睁。

为了搬运她的尸体，有人破例被恩准进了庭院之内。这名搬尸者，左半边脸覆盖着粉色的褶皱，褶皱里夹杂着紫色的血管。他的左眼被紧绷的皮肤向下拉斜了眼角，然而，目光却笃定而犀利。这半边脸上，那些恐怖的皮肤一直蔓延到了脖颈，才钻入铠甲之中，不知道它在哪里才会停歇。这是烈焰留下的吻痕。他的右半边脸则是如玉的白皙。鼻梁、颧骨、嘴唇，笔笔中锋，棱角分明。粗黑的卧蚕眉彰显着刚毅，青青的络腮胡茬透着沉稳。恍惚中，你会觉得他是黑白无常的合体，正将赤琴旎月带向黄泉。他就是皇帝唯一信任的那名燃死侍，二十一岁的黑齿鸾。

“燃死侍”是皇家禁卫军，福螺烬亲自统领调用，他人无权染指。燃死侍又分燃铜、燃银、燃金三个级别，死侍级别不同，所着盔甲便也各异。那些冷暖不一的凛冽色彩，代表了皇帝与之亲疏远近。黑齿鸾是他们的首领，燃死侍指挥史，乃是一名金中至金的燃金死侍。位居至此，足以见得福螺烬对他的器重，而比器重更重要的，是信任。皇帝把命都交给他了。无数个夜晚，除太监之外，黑齿鸾就在皇帝的寝室外带刀守夜。无论是皇帝一人，还是有妃嫔侍寝，他都是守护者。

皇帝之所以对他放心至此，是因为，他早已进献了自己的命。燃死侍是没有家人的人。当这个名号选择了他们，他们也最终选择成为燃死侍的那一刻，就与家人彻底断绝了关系。而他们所有的直系血亲都将获得田地和金银的赏赐，一生衣食何止是无忧，完全称得上是改换门庭，富甲一方了。

至于燃死侍本人，从此就成了皇帝的影子，即便皇帝巡游阴曹地府，他们也须陪同左右。皇帝驾崩后，他们要殉葬。如果摊上一个老迈皇帝，年轻的燃死侍就会时日无多。可真正的问题在于，就算皇帝风华正茂，也不一定就不会暴亡。所以确保皇帝能活得长久，更长久，是燃死侍的天职，也是他们看得见的福音。当然，也许他们早已不在乎死。

这显然是一笔交易。燃死侍以自身之身份换取家人——其实称为“前家人”更加准确——富足之生活的交易条件里，也包括燃死侍必须改名换姓。如果私自与“前家人”会面，死罪，诛杀十族。朋友就是这第十族。

所以，燃死侍虽然是穷人家的孩子，却不能是没有家人的孤儿。他们一生都无法再次亲近的“前家人”，是舍弃了他们的血亲，是再无瓜葛的陌路，是心头的痛楚或者怀念，也是让他们行事依然有所顾忌的牵绊。

也有例外，比方说黑齿鸾。他并不是穷人家的孩子。他的“前家人”想用他的一生换取另外的东西。

“速速把福螺凛烨的人头拿来，朕再不会饶过这孽畜了！”搬运皇后的尸体时，黑齿鸾收到了福螺烬的口谕。

皇宫里到处都是漏风的墙、隔墙的耳，祭拜完神灵，皇帝就已获知了太子在内阁会议的逆反和嚣张。

“臣领旨。”黑齿鸾退身疾步奔去，腰间鎏金的刀鞘耀眼夺目，刀鞘上的鞘裙和排穗迎风飞舞。转眼他便消失不见了。

27. 十枚筹码

福螺凛烨一路狂奔。他的黑色皮弁已不知丢到了哪里，发髻散开，长发迎风乱舞。红色的长袍宛如流血的战旗，猎猎作响。他来不及悲伤，只是痛，只有痛。他知道，留给自己的时间所剩无几了，必须一搏。

黑齿鸾也在奔跑，宛如一袭金色风暴。他金凤翅盔，对襟长身金甲，金披膊，金臂鞲，金纽扣，金腰刀。这刀名叫龙趾刀，刀身弯翘，宛如龙爪的一枚趾甲，是燃死侍身份的象征。当这席金色风暴席卷而过时，有鲜艳的红跳跃其中，那是他盔顶和肩部的红缨在熊熊燃烧。此外，还有一抹宝石蓝在风暴中汹涌，那是系在他腰间的战裙飒飒舞动。

黑齿鸾紧盯着前方，等待福螺凛烨从视野里跳出来。皇后的灵柩设在坤秀宫，太子定会从大智慧殿赶来奔丧。只要沿着这条最近的路当头迎上去，定能把太子抓个正着。

此时，从空中俯瞰皇城，你会看到一面鲜红的旗帜和一道金色的幻影掠过宽街窄巷，彼此急速靠近。而下一个路口，就是他们轰然相撞的战场。矗立在路口的那棵涌云枫树，马上就会成为这场搏杀的见证者。

福螺凛烨离涌云枫越来越近，在与黑齿鸾相遇前的瞬间，他猛然听到金属细微的摩擦声，慌忙抢身鱼跃到树后。与此同时，黑齿鸾已拐出街角，席卷到了枫树旁。他没有发现太子，马不停蹄地继续飞驰而去。刚跑出没多远，燃金死侍却又迅然定住脚步，哗地抽出了龙趾刀，朝枫树慢慢逼过去。刀身映照出他浑身的金色，也映照出了树后隐秘的景象。

空空如也。他摇摇头，又化作风暴狂飙而去了。

枫树后，地上的一块方砖似乎动了动。石砖下，福螺凛烨撑在竖井壁上，小心翼翼地挪动砖石，地面上又重新严丝合缝了，根本看不出暗藏了玄机。他飞快地跳下竖井，钻向一旁。几声窸窣之后，黑暗中摇亮了一粒火苗，接着便嚯地燃起了火把。他插好火把，取下墙上数块带孔的砖石，从两尺见方的暗洞中摸出一只锦盒，打开后，取出一张写满了蝇头小楷的纸。他将食指在砖石凌厉的边缘一划，指尖渗出血来。他在纸上又添了数个血字，然后将它卷成短小的一根棍，用油纸包好。妥当之后，从暗洞中拎出了一只鸟笼。

石砖再次被推开之时，一只鸟儿从缝隙中振翅向天空飞去。鸟儿雪白的羽毛上布满大大小小的红色斑点。白羽似雪，红羽似血。它双翅如剪，宛如雨燕，不过体型却比雨燕大得多——它被墨若人称为“瀌血鸽”，训练后是传送信息的好手。

瀌血鸽在飞翔方面确实可以跟雨燕媲美，不但快如闪电，不惧风雨，还可以一边飞，一边睡。它朝遥远的刀舞山脉飞去了。与其说它携带着书信，不如说它承载了太子最后的希望。书信是送给龙影大将军赤琴骇日的，如今，他率军在禁地驻守。

暗道本是皇宫用来流泄雨水的涵洞，宽阔而幽深。它通向未知的远处，一如皇太子的命运。一处草丛掩映中，全副武装的福螺凛烨钻出了地面，隐没到灌木丛里。他踩住弓弩的脚蹬上弦，箭匣内的一支弩箭便自行搭在了钩上。这是一支可以连续进行射发的弓弩，弩箭就盛装在扁平的箭匣之内。

“神灵”接受完祭拜，会从这里返回香沙沙落宫。太子制定的所有计划中，眼下的做法最为冒险，此刻却只能破釜沉舟了。他托着弓弩的手在微微颤抖，汗珠顺着他苍白的脸颊流下来，愤怒的眼眸则通过弓弩上的望山，死死瞄着前方。他修长的手指轻扣于悬刀之上，一触即发。十支利箭，便是他豪赌未来的所有筹码。

弓弩的望山前方，突然出现了几个人影。“每天都这么拼，也不知道图个什么。”心形脸边说边放下合十的双手，去挖奇痒不止的鼻孔。

“就是嘛。”窄肩膀摊开手，同时也摊开了满头的彩辫，“没有个人奋斗目标，没有配偶，没儿没女也没私产，这么活着找不到人生的意义呀。”

心形脸冷笑一声，“为了父神之眼活着呗。”

“它应该为咱们的存在而存在才对啊。它就是一个算法，现在咱们倒为它的存在而存在了？”窄肩膀摇着头，满头的发辫都在说“想不通”。

“那就是为了圣决者活着。”

“圣决者也被父神之眼监管呢，他只是有点特权而已。”

心形脸眨巴着晕晕的眼睛，“那还是为父神之眼活着。”

窄肩膀嗤之以鼻，“祖先创造了一套算法，国家的任何事情都让它参与决策，到最后，只要离了这套算法就没办法活下去，咱们这不是有毛病嘛！”

“一个甜心女兵，生生被扭曲成了粗糙的男兵，这个算法确实有毛病。”心形脸冲他挤挤眼睛。

窄肩膀的萌萌拳随即砸在了心形脸身上，俩人笑闹成了一团。

福螺凛烨扣紧悬刀，手背上暴起了青筋。你们将母后起死回生啊，身为一国之母，都不配拥有神灵的救赎么！父皇啊父皇，瞧瞧他们的轻佻模样，这就是前来度化你的神灵么！

“注意神祇该有的仪态！”婴儿肥依然保持着双手合十的姿势，“咱们还没到总部呢！”

窄肩膀肆无忌惮地转了几个圈，“这里已经是咱们的地盘了，哪个怒安娜人敢来找死？来啊，来啊。”

28. 十五比零

作为这支巡逻队伍的尾巴尖，量子樱有很多开小差的机会。她边走边瞪着眼睛四下打量，粉色眸子流转着惊讶之光——两侧是望不到头的蓝瓦粉墙，墙内是拔地而起的数座宫殿，屋檐层层叠叠，雄浑庄严又不失别致清雅。她撇撇嘴，“一家人住这么大的房子，还用那么多仆人，也太变态了吧。”

少女已经融出了深紫色的铠甲，甲片致密贴身。铠甲的肩吞和腹吞上是一张男性的脸部浮雕。那男人留着长长的头发，有着并不算太深的眼窝和挺拔的鼻梁，目光冷静而忧郁。这是父神的肖像。

“哎哟，我的母神，终于有的嚼了。”量子樱忽然看见路边掉落的几片涌云枫叶，立刻一窜一跳地上前捡起一片，擦都没擦就填进了嘴巴。她试探着嚼了几口，眉头从紧蹙到舒展，又从舒展到紧蹙，最后她眼睛一亮，把树叶咽了下去。

“涩吧，还甜。很清凉，还有点烧灼感。这是我吃过的最有品味的叶子了。”她兴奋地搓起些树叶，一股脑塞进腰间刚融出的一个软质小袋子里。树叶放进去之后，袋口随即消融封合了。

量子樱撒腿追上把自己撇下的队伍，掏出一片树叶探到双星沫嘴边，“午餐吃了那么多东西，消消食呗，就当吃水果了。”

双星沫没看她，“专心巡逻，别给我这些捡来的垃圾。”

总部里，圣决者正在主持一场决定国家走向的会议，安保绝对不能出问题。

“不吃植物纤维会便秘的。”量子樱冲双星沫翻个你真不懂得生活的白眼，“沫姐姐，住这么大的房子是挺变态吧？”

“如果你是皇帝的配偶，可能还会嫌这宫殿不够大。”

“配偶？喊——那叫皇后、皇妃、昭仪、婕妤、贵人、美人……”量子樱掰着指头数，眼看两只手都不够用了，她哗地聚裂出了更多的“手指”，夸张地一下子全伸开，双手就像两把几十档的扇骨。“有很多很多种叫法呢，数也数不清！沫姐姐，那些称呼听上去是能满足女人的虚荣心，可她们得抢一个男人，有的到死都没见过皇帝一面呢，这分明就是拿女人当摆设嘛。皇帝有什么了不起，不过是个有权有钱的糟老头，我才不跟别人有夫同享呢。不过，客观地讲，这宫墙的颜色是真漂亮，粉扑扑挺少女心的，将来我家的院子也要用这种颜色。我要和只属于我一个人的男人住在那里，生一个连队的宝宝。”

双星沫欣赏着曲折绵延的宫墙——墙壁华美纯净，像量子樱的粉色眸子，像这个小姑娘根本不可能实现的梦。她似笑似叹，“量子樱，也许你真的不属于香沙沙落……长官！”她忽然昂首挺胸，立正站好了。

不知什么时候，盈坤走到了她俩身边。中尉的眼罩仿佛没有眼白的紫红色眸子，沉沉地盯着两名下属。你会恐惧她的邪恶，又不得不承认她的美丽。

盈坤抓住量子樱的头用膝盖死命一磕，少女便瘫到了地上。

士兵们都愣了。黑洞光芒冲动地刚要说什么，天极魁梧赶紧碰碰他的胳膊，“别管闲事。”

宏原子美不知是吓的，还是因为心疼，立刻红了眼圈。蓝移樽赶紧往前面挪了挪，用肩膀挡住她的视线，不想让心爱的女人再看到战友的惨相。

盈坤一条腿高高劈向了空中，凌空成一字马之后迅猛地剪下来，脚部则聚裂出了金属战靴。三等兵被这一脚砸中了腹部，痛苦地抽缩成一团。可中尉并没有停下来，继续抡起脚，像在踢一只可怜的足球。

黑洞光芒发梢颤抖起来，手指越绷越紧，金属指甲不自知地聚裂着。

“你疯了吗？为了一个女兵？你想干吗？”天极魁梧怪异地瞪着他。

黑洞光芒这才稳稳情绪，金属指甲不情愿地融化掉了。

天极魁梧拍拍他的肩膀，“那种低级错误——你知道我指的是什么——你可不应该犯。别让我小看你。”

双星沫像钉在原地的木桩，而长官的每一脚都踢在了她的心脏上。“要打打我吧！”她忽然迈步站到盈坤身边，“而且您这么对待她，也是违反军规的！”

双星沫承认自己在乎量子樱。可她不大确定自己何以至此，也许是因为量子樱足够真实，对自己足够信任。而一个人的真实和信任，总是能将人轻易打动。

中尉踢得更歇斯底里了，直至她念出“十五比零”，才意犹未尽地停下来，瞅瞅双星沫，“看看她死了没有。”

双星沫慌忙去探量子樱的呼吸，翻她的眼睑，摸她的皮肤。她没有开始融化。她还活着。

“噗！”盈坤朝三等兵脸上啐了一口，“还想生一大群孩子？香沙沙落人不需要你这种智障繁衍后代。这次的绝育手术要是不成功，我再给你补做。”

双星沫抬起头盯着盈坤，目光像锋利的冰凌。她从没像今天这样憎恶过盈坤，她甚至从没憎恶过任何一个同类。父神之眼运行时，长官不会对下级这么暴戾，而士兵即便被上级羞辱，也不会这么怨恨。系统会通过侵入式芯片进行干预，修正它不允许出现的意念、情绪和行为。当人愤怒时，系统会立即对他进行劝解或警告。无效的话，还会用强烈的电流致人昏厥，或者，刺激他们的大脑分泌多巴胺、苯乙胺，使得情绪尽快扭转。可以这么说，父神之眼“基本”控制着香沙沙落人的喜怒哀乐。其实，它完全有能力把每个人都变成机器一样的存在，但是，宪法并没有赋予它这项绝对权力。更多的时候，系统还是给予了人类自我调整的机会和空间。

也许，这就是香沙沙落新数据人文主义的光芒之所在。它允许国民保留一点人类的本性，留给他们一些自我成长的空间。让人跟机器有所区别，才能最终检验出修炼的成效。而那些最终得以进入水花园的卓越灵魂，也才能借此，对父神表达足够的诚意。

盈坤对双星沫轻蔑地弯起嘴角，捏起她脸颊上一块肉，“我违规用不着你提醒。她是个早就该死的罪犯，你再怎么跟她一唱一和，我也还会收拾她。不想让她死，你就得让我开心，比方说现在，她弄脏了我的鞋子。”

双星沫终于收回了不敬的目光，不声不响地蹲跪着，给盈坤擦拭起靴子来。

“继续巡逻。”盈坤仔细检查着锃亮的靴子，表示满意之后，带着队伍扬长而去了。

双星沫背起量子樱，心中忽然升腾起一股恐惧与不祥。她预感到自己会永远失去某样无比珍贵的东西，就在今天。

29. 轮回

当MBA组合仅剩下二娃一名成员的时候，他将悔恨自己不该逼迫鸣犰锦绣进入寨子。他让今天成了一个祭日。另一个相似的祭日，是鸣犰锦绣亲外婆去世的那天。

二娃塌着腰、伏着地走在最前面，鹦宝儿趴在鸣犰锦绣背上，瞪着大眼睛一动不敢动。鸣犰锦绣能清晰感觉到，小女孩的心跳凌乱而剧烈。他又何尝不是如此。走在喆梨寨这条泥泞的小道上，他明确地知道，附近有数目众多、各种各样危险的人类。

一群乌鸦扑棱棱飞过了头顶，像一群嘶喊的婴儿。鸣犰锦绣紧张地咽了一大口吐沫，二娃则仰头小声骂了几句，继续不声不响地潜行。

鸣犰锦绣四下观察着，恍然隔世。那些院落的形态，家什的样子，在上次文明时期都曾出现过。两者如此相似，却又不完全相同。就好比一对父子——你中有我，我中有你，你不能说哪一个更好，只能说儿子正盎然地存在于世，而父亲已离世多年。一如这次文明和灭绝的上次文明。

那个泥砌的灶台上架着口大铁锅，残留的米粥已结成了锅巴。锅是生铁铸造的，厚薄均匀，表面光滑，手艺精湛。灶台旁边是一张低矮的榆木方桌，七八个鼓形小竹凳在它周围或立或倒，粗瓷碗碟滚落了一地。横祸飞来时，显然这个大家庭正在吃饭。

鸣犰锦绣太能体会失去家人的滋味了，尤其是最亲的人就在你眼前死去，自己却无能为力。那是世间最残忍的虐待。

隔壁那家的茅草屋刚刚修缮过。院子虽然简陋，却整洁有序。泥地上铺了五颜六色的鹅卵石，几株地肤做成的大扫帚整齐地挂在泥墙上。十几个泛着青绿的椰子壳被做成了花盆，栽着兰花和蒲公英。这家的女主人想来很有情调，生活这么艰辛，还能够将诗意信手拈来。

这是寨子里最会过日子的女人，瓜子脸小媳妇的家宅。她本想撞墙自尽，以保留最后的优雅和尊严，可伽马暴力没让她得偿所愿。在她身上，外星上尉终结了自己引以为耻的男孩生涯，算是赢了之前跟那名机械叛逃者的赌局。

“畜生……不得好死……断子绝孙……”这是她生前说的最后一句话。

她恨。伽马暴力也恨。我成天冒死执行任务，却连最基本的生理需求都无法满足。我已经三十四岁了，生命只剩下四五年，为什么还要这么可悲地活着？玩玩低等母猴子总可以吧。

上尉虽然心里不平衡，却从没想过要背叛圣决者和父神之眼，于是就把愤懑发泄在了这可怜的怒安娜民女身上。可想而知，她经历了何等的恐怖和屈辱。尤其是，上尉还有一张能吞下任何东西的嘴。

系统正常运行时，绝不允许士兵如此残暴。而今，邪恶与美好一起滋生，竞相怒放。上尉第一次体验到了真正异性的乐趣，他更加渴望能占有盈坤了，事实上，施暴时，他一直在念着盈坤的名字。伽马暴力当然知道，强迫盈坤是犯罪。即便得手，父神之眼恢复后，他大脑中那些和罪恶有关的记忆，也将逃不过系统的读取。然而，系统却没有能力分辨哪些是大脑的幻想，哪些是真实发生过的事情。“到时候我就一口咬定自己是意淫，盈坤是臆想。看父神之眼能拿我怎么办，最多给个电击警告罢了，哈哈。”伽马暴力早就在心里打好了算盘。

一架旧腰机碎落在地上。这是一种单人就能操作的织机，综杆上还缠绕着几尺撕裂的素罗。腰机是灿奶奶的。她拿出珍藏的丝线，想给未来的孙媳妇织几尺衣料，做件嫁衣，却心愿尽碎。

再往前走，墙根摆着架木质器械。顶部是个大漏斗，右侧是摇手和圆形的风腔。这是闭合式的旋转扬谷扇车，虎背壮娘们家的。一把木柄大砍刀躺在扇车旁。砍刀由铁坯锻造而成，似一瓣正在狞笑的黑色嘴唇。它本是用来切削植物的，眼下刀刃却卷曲得厉害。勇敢的女人就是挥着这把砍刀，与香沙沙落士兵展开了肉搏。她是寨子里最勇猛的女人。不论是过路贼进了寨，还是半夜来了偷鸡的狼，她都会毫不犹豫地冲向入侵者。这次依然——她在晕轮坚硬的头盔上砍了好几刀。晕轮没有动，也没有受伤，然后他夺过砍刀，斩在了这个女人身上。

鸣犽锦绣虽然不忍心，但还是悄声问鹦宝儿：“你想起什么没有？”

小女孩松开一直紧紧咬在嘴里的手背皮肉，手背上已经有了一圈紫色牙印，“原来这里都住着好心的乡亲们，都给过我粮食吃。不知道他们现在都去哪里了。我要找我姐姐。”鹦宝儿又死死咬住手背，不然她会哭出声音。

寨里发生的那些悲怆细节，鸣犽锦绣虽然无从知道，却可以猜个大概。纵使他见惯了人类的去留生死，见证过无数尸横遍野的战场，经历了生物大灭绝，此时，他也无法做到麻木不仁。

上次文明时期，鸣犽锦绣曾在各式各样的村寨间游走停留。因为年代过于久远，那些村寨的名字他早已忘记，可他忘不了乡村所共有的味道——牲畜粪便的草腥，泥土的润泽，井水的清凉；花香忽隐忽现，公鸡嚣张跋扈，家燕软语咕哝；各家各户起灶的饭香袅袅烩杂，乡亲们笑得笨拙而腼腆。乡村，要比原始森林深处有生机，比科技发达的都市有温情。

几千年来，鸣犽锦绣从未像现在这样心乱如麻。是的，我憎畏人类，甚至嫌恶自己生而为人，可这些在农田里艰难讨生活的人，凭什么，要遭受这样的劫难。人类是让人既爱又恨的物种。我们最具创造力也最具破坏力，最善良也最邪恶，最无私也最自私，最慷慨也最贪婪，最高瞻远瞩也最鼠目寸光，最高贵也最下贱。矛盾如此的一种灵长目人亚科动物，认真地探索着大自然，敬畏又侥幸地挑战着科学未知的领域，勤恳地建造着家园。直至最后，亲手把家园打造成了奢华的坟墓。

上次文明就是如此。重启的这次文明，以当前的科技发展水平来判断，只要再过千年左右，这些“作二代”——对，之前已经作死的人类文明的后代——就将再次站在自己亲手制造的大过滤器面前。迎来灭绝的方式可以有很多——生化武器、核武器、反物质、环境污染、人类活动导致的自然灾害、超级病毒、失控的人工智能、天堂碎片等等。

怎么就突然想起了天堂碎片，我打算永不再提这种造成上次文明毁灭的恐怖物质的。

喆梨寨被杀的人，从历史的宏大尺度来审视，也是作二代的一分子，是人类最终走向灭绝的，这一巨大系统中的小部分初始值。如果他们活着，那么他们后代的后代的后代……很可能在第四十代左右的子孙里，就会出现摁下某个按钮的人，而那只漂亮的红色按钮，将毁灭人类世界。即便，未来的凶手可能并不是他们的后裔，可他们也是间接制造出那凶手的帮凶，所有人都是这世界的一员，一如洪水暴发之时，哪一滴雨水敢说自己无辜？可为什么，我做不到无视他们的死？是因为我也是这混沌系统中一粒躁动的微尘？还是因为他们的死，有可能导致未来救世者的不存在？蝴蝶翅膀掀起的风暴，这次真的席卷了我本来就凌乱的大脑。也许我的心痛，仅仅因为他们是和我外婆一样任劳任怨的普通人。

让思绪赶紧回来——从二娃录下的影像看，亡者应该被高温锐利的武器砍杀过。除了那些外星人，实在想不出还能是谁干的。

鸣犼锦绣越想越生气越想越紧张，手越攥越紧。

“你害怕吗？”鹦宝儿轻声问他。

“一点也不。”他的身体更僵硬了，当然也包括必须硬着的头皮。

“那你为什么死命掐我的腿？”鹦宝儿早就被他掐疼了。

“哦哦，对不起。”鸣犼锦绣慌忙松了松兜着她双腿的手。

“那就是我家。”小女孩指着不远处的一处茅草屋说。那屋子比鸣犼锦绣想象的还要不堪。之前他远远看到那座房子时，还以为是谁家的杂货屋，或是茅厕。前面是一段矮泥墙，鸣犼锦绣猫着腰准备潜过时，鹦宝儿无意间看了墙外一眼，“啊”的叫出声来。墙外是摆放死者的空地。无数画面猛然间刺入她的脑海——光束燃爆。鲜血飞扬。姐姐和豆儿哥刹那间的消逝。……每块碎片都扎穿了她，血光淋漓。

“站住！你们是妖是怪？！”此时，斜刺里一个耙子高高扬起，八根锐齿悬在半空，是穿山破。

“他们有妖有怪！”又有人说话了。灌木丛中，晕轮和几个士兵显现出来。他们身上波涌潮动，先前的伪装聚裂成了铠甲，炽热的光束剑也弹了出来。

鸣犼锦绣领教过外星人的战斗力，可并不知道他们能伪装得如此完美。他们的细胞也许可以进行基本粒子级别的排列组合，所以才能变化出这样的体貌。那些闪着蓝光的等离子剑，应该就是制造惨案的凶器。

“神灵在上！”穿山破看到香沙沙落人，把耙子一扔，直挺挺跪了下去。

耙子差点扎在晕轮脚上，他慌忙跳开。

“弟子穿山破千错万错，错不该把木柴当线香烧哇！所以才被神灵收了福报，撤掉了小人官职以做惩罚，恳请神灵宽恕！”

晕轮推开忏悔的信徒，“一边待着去。”

信徒话还没说完，就滚落到旁边的土沟里待着去了。

鸣犼锦绣现在明白了——眼前这帮外星人在装神弄鬼。这手段，比之前来过的所有外星智慧生物都有创意。

衙门里的人也乌泱泱跑过来了。他们远远地停下脚步，欲进还退。

“妖？妖！”知县紧搂着师爷竹竿般细弱的胳膊，不然他腿软得会瘫掉。

“速速保护知县大人！”师爷指点着捕快们，“你，还有你、你，上前来！”

数名捕快犹豫地上前圈住知县和师爷。师爷抱紧一名捕快的胳膊，不然他腿软得也会瘫掉。其实那些捕快们的胆子也大不到哪里去，手里紧握的铁尺和刀棍都颤抖不已。

此时知县忽然间灵光乍现了，“快给诸位神灵画像！以塑金身之用！”

“是！”师爷哆哆嗦嗦地招呼书吏，“笔墨伺候。”

画具迅速准备妥当，师爷开始为神灵们绘起像来。可他身体抖得像通了电，所以整个人像机器在打印心电图。

二娃弓起身子，对围上来的人犽视眈眈，嘴巴一直紧紧抿着，不敢张开。进寨子前，鸣犽锦绣曾叮嘱他，不能招惹犬科、猫科和啮齿目的小家伙们，更不能在人类面前说话，那样只会添乱。所以二娃就用长发盖好了犄角，闭紧了嘴巴，努力装作一条沉默的狗。

沉默的大狗盯着鸣犽锦绣，等待着下一步行动的信号，可鸣犽锦绣还没收到自己给自己发来的信号，也不知道该怎么办。

“你们好，我是…… ”他突然冲大家打了个招呼，又很快地摊开手顿住了。鸣犽锦绣不知道该怎么介绍身份。从某种角度讲，他认为自己确实属于妖怪的范畴。

“我们不是妖怪！”鹦宝儿哭喊着说，“他们是好心的魔法师，带我回家找姐姐！可我想起来了，姐姐在森林里被杀死了！豆儿哥也死了！”

鸣犽锦绣更加震惊，“他们为什么杀这么多人？！”

“这三个妖怪才是凶手！”此时，又有几个移动的气泡聚裂出了真面目。说话的是伽马暴力，他往前走了几大步，满头发辫伸展开来，每一簇发梢都聚裂成了一只伸出食指的小手，指向前方，“他们还吃掉了一些人！”

鸣犽锦绣气得说不出话。他之前就感到愤怒和心痛，现在又被诬陷，一股灼热的血流开始在他身体里膨胀。他想爆发，想把这个可恶的人活活打死。叫你多管闲事！看看惹了多大的麻烦！这可恶的人就是他自己。

可伽马暴力眼下的模样却激发了师爷作画的灵感。纸上，上尉满头的小手随即化身为了类似千手观音的存在。

其实，MBA 组合靠近村寨时，就已经处于上尉的监控当中了。通过初步观察分析，他认为，鸣犽锦绣可能也是来自其他星球的外星人，而二娃则是会讲话，并且掌握着话语权的人工智能。

“就是他！”鹦宝儿指着伽马暴力惊叫，“他们才是凶手！”

城堡轰然崩塌，被囚禁的记忆狰狞而出。“他们在森林里杀死了好多乡亲！我亲眼看到的！寨里的人肯定也是他们杀的！……大娘！”鹦宝儿看见了什么人，更加激动起来。

一位大娘躲在捕快身后——就是她发现凶案报了官。

“大娘！我是鹦宝儿呀！你快跟县太爷说，你认识我，我不会撒谎的！”

大娘抖抖瑟瑟地探出头，“这个女童是捡来的，身世姓名一概不知道。听说她一个人吃饭能顶八九条大汉，邪性得很哟。原、原来是只妖怪。”

上尉满头的小手又齐刷刷地一指二娃，“这像狗又像兔子的东西，可能是他们的头目。”

二娃一甩头，三根犄角全露出来了，“放犽屁！我是犽！我老爸是龙！”

知县等人惊呼起来，“狗讲话了！”“兔子精！”“犽是传说中的僵尸鬼吧？！”

二娃这才想起自己不该说话，赶紧捂住嘴。

上尉冲晕轮做了个抹脖子的动作，晕轮刚举起光束枪，鸣犽锦绣伸手向他示意，“喂！你冷静点！你们从哪个星球来的？知道我是干什么的吗？”事已至此，他认为必须得拿出万年祖爷爷该有的样子了。

鸣犽锦绣抿抿头上凌乱的绷带，仿佛在整理发型，以便显得精神一些。其实他也不知道自己是干什么的，晕轮却被诈得有些犹豫，去看长官。

“呀——”没等长官发话，伴着震天一声吼，八齿钉耙已劈头盖脸朝鸣犽锦绣砸了下去。穿山破不知什么时候爬出了沟，他先声夺人，想立头功。

鸣犽锦绣赶紧往旁边闪，耙子扎在地上拔不出来了。莽汉就势握紧耙子手柄，撑竿跳高般一跃而起，踹在他身上。

鸣犽锦绣摔倒了，鹦宝儿从他背上滚落下来。

穿山破完全不管周围各种人类的眼神，对满头包着破布条的妖怪一顿乱踢。

“妖怪”忙不迭地招架着，“再胡来……我可要还手了。”

“大胆妖孽，死到临头还不思悔改！快快现出原形！”

穿山破边骂边搬起一只皮鼓般大小的石碾子，高高举过头顶就要砸。

“大娃哥！”小女孩急得大喊。

穿山破扭头看一眼，“待弟子解决了这小妖妇先！嘿——”他刚转身就被呜犽锦绣给绊倒了，俩人随即翻滚着扭打在一起。

“他是什么人？”上尉指着穿山破，诧异地问知县。

“疯病！他有疯病！”师爷赶紧说，“和妖怪同样凶险！”

上尉点点头，“那就把这几个牛鬼蛇神一起清除掉吧。”

这话倒先把穿山破吓坏了，他慌忙挣脱掉“妖怪”，给神灵磕起响头来。

呜犽锦绣趁机抱起鹦宝儿，没头苍蝇般地撒腿就跑。可他面前根本没有路。一道光束旋即在他脚下燃爆了。

橙、赤、黑交织的云朵疾速向四面八方扩散开去，气浪卷起沙石尘土，扑簌簌掉落在众人身上。

呜犽锦绣和鹦宝儿，就这样双双不见了踪影。

30. 蝶舞溏心

双星沫背着量子樱去追赶巡逻的队伍，越往前走，她不祥的预感就越发强烈。

“沫姐姐…… ”奄奄一息的量子樱终于醒了。

“嗯，”双星沫对这个称呼答应得很自然，却有些心不在焉，“你会没事的。”

“我肯定被烂嘴女巫踢成内伤了……估计以后当不成妈妈了。”

“当不当妈妈，对我们本来就没有任何意义。”双星沫尽量装出不那么心疼她的样子。

“该死的血珍珠……吃午饭的时候，听人说马上要实施了……沫姐姐，都这样了你还不逃吗……带我一起走吧。”

“如果你再这样执迷不悟，樱妹妹，我就帮不了你了。”

量子樱忽然间来了精神，“你叫我樱妹妹？！你可是第一次这么叫我！逃跑不行，跟我结拜总可以吧？”

“……结拜是什么？”

“就跟结婚差不多。”

双星沫当然明白结婚的含义，“搞那种邪门歪道可是死刑。而且我可以很严肃地告诉你，我对女人没兴趣。”

“想什么呀，我还不乐意呢。”量子樱不堪地把嘴唇翻成柿子的形状，“结拜就是一个仪式，就跟咱们童子军毕业典礼上的那种宣誓差不多，结拜以后我和你就正式成姐妹了，不管天荒地老，都是一家人。”

“这么麻烦。”双星沫尴尬地耸耸肩，又补充一句，“还很变态。”

“变态永远都是相对的。”量子樱歪起头，在姐姐脸颊上狠狠亲了一口。双星沫愠怒地一甩肩膀，“你干什么？！”

"如果你是个男兵该多好。"量子樱嬉皮笑脸地说。

已到香沙沙落宫的东门外了，婴儿肥女神灵放下合十胸前的双手，去捶打酸痛的腰肢，同时她的辫梢也聚裂出小锤子，敲打着僵硬的肩膀，"算了算了，我也懒得再装了。不但比站军姿累，还特别傻。"

"这叫兵不厌诈，是谋略。"窄肩膀男神灵得意的笑里挂着一丝自我鄙视，他左手一个，右手一个把俩女神灵的胳膊挽住，"如果系统恢复运行，咱们就永远也不能像今天这样，敞开心扉聊天了呢。在我心里，你俩是最贴心的战友。"

噗！心形脸的嘴巴里赫然钻出一支粗大锋利的银色箭头，鲜血随之溅成花瓣。她身后不远处，是举着弓弩，怒发飞扬的福螺凛烨。

嗖！嗖！嗖！嗖！几支弩箭又连续不断地射来，窄肩膀尖叫着，一把拽来婴儿肥掩护住自己，把最贴心的战友做了贴心的盾牌。

巡逻的女中尉听到了尖叫。

"有情况！"她一马当先跑在队伍最前面，光束剑弹射而出。

"千万别逼着我再杀人了。"量子樱竖起耳朵倾听着，仍心有余悸。

"我替你杀。"双星沐的话语温暖又清冷。

噗！噗！噗！噗！婴儿肥的纱衣还没来得及聚裂成铠甲，几支利箭已钻进她的面门和胸膛。

窄肩膀融出了一半的铠甲，一支箭射在了他的披膊上，顷刻断成两截。他撂下盾牌撒腿就跑，福螺凛烨飞身将他扑倒，一手捂住他的嘴，另一手从腰间摘下葫芦，推掉木塞戳进了他嘴里。

心形脸已经开始静静地消融。婴儿肥则还在挣扎，泛着银光的血从女兵身体里涌出来，蒸腾弥散：她皮肤表面疾速变幻着模样，先是半边紫铠甲半边白纱衣，蓦地通体就成了褐色的，嶙峋的树皮；紧接着塑出了银灰的，接近长方体的金属外壳，然后又抽丝成灰绿色的细长野草，或者各种其他图案和形状的组合。她在经历濒死的错乱和失控。那是她一生伪装过的所有模样。

窄肩膀咕咚咚被灌了几口之后，很快便停止挣扎，一动不动了。他喝下的是蒙汗药，福螺凛烨亲手用曼陀罗花和烈酒炮制而成。

两名女兵迅速消解成少许黑色渣滓，银白的芯片也紧缩枯萎，凝结成了两粒坚硬的荆棘球。

太子收拾起残留之物放进锦囊，捡起散落的弩箭，扛起窄肩膀朝灌木丛跑去。他掀开石砖将星外人塞进洞，随后没入竖井，将石砖恢复了原状。

“仔细搜查！——黑洞下士，回总部看看有没有状况！——三等兵，快从你的毛驴上滚下来！”盈坤不停地下着命令。

“我去看看！你一个人小心！”双星沫把量子樱从背上放下来，急急跑远了。

对于顷刻间消失的目标，排除时空跃迁，不是上了天就是入了地。

如果这里真的发生了意外，双星沫推测，选项应该只有一个。

31. 灵魂如镜

刺客隐没在一角黑暗里。他将俘虏撂到地上，插好火把，拉起一席厚实的黑布门帘。地上已事先固定好了铁索，太子把窄肩膀的手脚绑好，又横拽过一条铁索，腰带般勒紧了他的腰腹。窄肩膀被锁在了地上，呈“大”字形。

这里本是涵洞的一处死角，眼下成了星外人的死牢。墙壁和地面布满了滑腻的青苔，空气中散发着腐烂的霉味，让人的喉咙一阵阵发紧，想要把胃呕吐出来。一如皇太子对星外人的感受。

福螺凛烨取下墙上的砖石，从暗洞里拿出一只黑瓷瓶，捏住窄肩膀的颌骨，把甘草和绿豆熬制成的解药给他灌下去。随后太子掏出一把直径茶盏大小的放大镜，借着火光，端详起这具艳丽的怪物来。

这厮既有轻柔的披风，也有坚硬的铠甲，是什么诡异衣裳？太子用手指试探地捻捻“仙衣”，用指节敲敲甲胄，然后揪起窄肩膀的辫子，想拔下他一根头发来，这丝发梢却猛然回头望月刺向了他的手，宛如彪悍的蛇。一滴血珠从福螺凛烨的手指肚渗出来，那根咬了人的头发随即又软绵绵地晕过去，一如它此刻的主人。这厮的头发也是兵器！太子定定神，小心捏起俘虏的发辫，将它们系在一起打成死结，又取出麻绳，将星外人的头部一圈一圈地缠绕起来，只给他的眼睛留了道缝。

此时窄肩膀苏醒过来，他用力挑开眼帘，迷离又惊恐地四下观望。当他的眼珠锁定在福螺凛烨身上时，手悄然聚裂成了金属爪，准备袭击这个异域绑架者。

战友们在四散巡查，而量子樱才不去做这种让她讨厌的事。她捂着钻心疼痛的肚子，偷偷摸摸走到没人的角落，靠着墙颓然滑坐在草地上，抓起颗石子狠狠砸向墙壁。

“烂嘴女巫，你就是条黏糊糊的水螅！吃饭排泄都用同一个器官！总有一天我会收拾你的，先把你的头打成烂椰子，再把你整个人打成二维空间的动物！”

量子樱边骂边从兜里摸出片树叶，塞进嘴里嚼了一会儿之后，心情和肚子都舒服了些。斜阳洒在她脸上，如一双温暖的金色手掌。绿草托着她的身躯，如懂得她心思的怀抱。空气里袭来阵阵暗香，那是植物在尽情挥洒自己的气味。四下间或响起的画眉鸟鸣，是惬意的背景音乐。

量子樱忽然想起什么来，笑了，可笑容里又有几许哀伤。她的粉色眸子融成了黑色，发辫也从紫金泛成栗色，轻轻四散开来。她捋着发梢自言自语，“那个死得很惨的怒安娜女人，好像就是这样子的……对不起啊这位姐姐，如果真的有天堂，但愿你和情人能甜甜蜜蜜，漂漂亮亮地永远在一起，别再这么倒霉了。”

量子樱一边说，长发一边钻插盘绕，编织出了两个圆圆的发环，高高地立在头顶，像遥远地球上的米老鼠。不对，好像不是这样。她的发环又扁软下去，从头顶耷拉到肩膀上，仿佛两只兔子的耳朵。也不对。发环又试着缩小了一圈。这时再看起来，终于是跟鹦蔬差不太多的垂鬟了。嗯，再来个挑染。想着，有几绺栗色长发就开始变化了，色彩从发根一直向发梢蔓延，分别是金黄、湖蓝和粉红，犹如夜空的星芒。

量子樱抓起自己的头发翻来覆去地看，满意地吹起了口哨。她忘记了疼痛，一骨碌爬起来，噗地吐掉树叶，身上开始潮涌，原先的铠甲蜕变成了一袭淡绿色的对襟长纱裙。透过薄如蝉翼的裙装，能看到她的迷彩比基尼——这内衣，是香沙沙落女兵的标配。迷彩内衣很快就涌动成了一罩青绿色的肚兜，随后下半身的纱裙又融成了纯白的大褶皱马面裙。紧接着她的皮战靴也消融不见了，取而代之的是丝绸质感的孔雀绿云尖绣履。最后，她开始慢慢长高——她的鞋底正在聚裂出高跟来。

重新设计了自己的形象之后，量子樱款款侧卧到草地上，一手轻抚云鬓，一手翘起夺魂兰花指，用中指和大拇指从腰间的小兜里捏出来一片树叶，把这块口香糖轻柔地送进嘴里。

她闭上眼，尽情地享受这份宁静自由，以及端庄美丽。要是我能成为真正的仕女，一高兴，也是可以饶恕烂嘴女巫的。但有个条件，她必须给我当丫鬟。

“盈坤，伺候本小姐吃饭，喂我……喂就算了，怕你下毒！”仕女进入了某种情境，“来给本小姐捏捏脚……呀嗬？还敢顶嘴？去思过！把自己的脸扇成猪头再回来……坤儿，这几年你改造得还不错，为了奖励你，本小姐给你安排了一门亲事，那小子一直在沫姐姐的府里打杂呢，叫伽马暴力。你俩这辈子有缘结成夫妻，也算是狼狈为奸，修成正果了。”幻想中，她满足地睡着了。墙外，两条被斜阳拉长的灰影子潜行而来，梦中的仕女没有半点察觉。

搜查一筹莫展，但大家的耳朵不可能同时听错，盈坤利落地攀上宫墙四处眺望，希望能发现一些线索。女中尉之所以这么紧张，是因为总部正在举行非常重要的会议。香沙沙落宫的大殿内，圣决者正在对与会者们安静地笑着。这里本来是皇帝的内廷正殿，现在是香沙沙落人的战时总指挥部。

作为领袖，圣决者如此亲和，那么优雅，嗓音轻柔宛如天籁。他望着坐在自己右手边的一名军官，“所以，您的意思是撤销涅槃计划，向墨若国皇帝表明我们的真实身份，然后想办法离开这颗星球，对吗？”他一只手握成拳头轻托住脸颊，等待那名军官的回应。

圣决者的眸子纯净得像紫水晶，一条紫金色辫子绕过额头的发际线，在头部盘成一个环，如精致的王冠。辫子的后半部分又在他脑后披散开来，宁静而诗意。他着黑色贴身常服，外面罩着一件颇具金属质感的黑色斗篷，在露出一半的肩章上，能看到一枚带旋臂的银色星系，这是最高军衔的标识，繁星上将。他身体上，间或会在不同的地方泛起一片一片的星光——暗红、灰白、墨绿，或是其他什么厚重的色彩。当你的视线想捕捉那些光亮时，它们会不紧不慢地消失，然后，又在你意想不到的地方重新璀璨开来。望着他，你不会认为这是一个正在流亡的、战斗民族的领袖，他倒真像传说中的神灵，炫美得不可思议。望着他，就犹如凝视星空，渴望被拥抱，同时又想逃离，以躲避那求而不得的绝望，和深不可测的不安。

他面前摆着一张金丝楠木长案，褐色和金色的纹理缠绕交错，散发着金铜般的光。七八个香沙沙落军官列坐案几两侧，坐在圣决者右手边的是“镜决者”，领袖的副手。圣决者刚才的问题，就是在问他。

镜决者对领袖点点头，深紫的眸子里满是担忧与愤怒。“尊敬的圣决者，如果父神之眼运行正常，它也会认为离开这个星球才是正确的做法。正是因为前辈曾经深刻地体会过被冒犯、被蹂躏的痛苦，所以才制定了禁止发动侵略战争的法案。”他停顿了一下，以强调自己最后一句话的分量，并借此给予领袖一点反省的时间。

镜决者的头发从额前一丝不苟地游到脑后，编织成一条刚好没过脖颈的粗发辫。他的头部两侧没有头发，除了干净的头皮外，能看到几条蜿蜒的、暂时还没有被气得爆掉的青筋。除了眼窝更深，他的五官像极了圣决者——大部分香沙沙落人都长得非常漂亮，所以，同性之间看上去往往也会比较相像。物种之内大体如此，丑起来各有特色，好看起来却都差不太多。

镜决者忧虑的表情，搭配他的深灰色常服再合适不过了——那是一套款式与圣决者完全相同的外衣，或者说是皮肤更准确。“到了我们这一代，因为被侵略，彻底失去了香沙沙落星，甚至失去了整个瑟错星系，就更是视任何侵略者为敌人！可现在，我们自己反倒成了敌人，变成了我们最不齿的侵略者！”镜决者的几条青筋，随着他说话的节奏突突跳动着。“怒安娜人没有侵犯我们，反而称得上是厚待。即使个别人心怀敌意，也是因为怀疑受到了我们的欺骗。涅槃计划违反了宪法，换句话说，我们现在的所作所为，是在集体犯罪！每个人都是战犯！”

圣决者沉默片刻，抬起了宝石般的眼睛。“您确实像一面明亮的镜子，让我审视了自己的灵魂。如您所说，以系统之前的设定，我们的所作所为既不符合法律，也会被道义视作猥琐。尊敬的镜决者，我选择这么做，并且艰难地坚持到现在，是因为星际游牧的每个日夜，我都在痛苦地思考——不管遇到哪种等级的文明，我们都应该有一套快速反应机制才行，再不能犯前辈们犯过的错误，他们太过善良，也太过刻板——而我的使命只有一个，就是为活着的香沙沙落人找到家园，并且为此不惜一切代价。对怒安娜人来说，我的做法也许是残酷的，可对于香沙沙落人，这是我的职责和义务。”圣决者边说边逐一审视着与会者的脸庞，像是在努力摸索他们的灵魂。可他再也无法窥探到子民的任何想法，同时，他大脑里的电子脉冲信号，父神之眼也无法再予以监控了。

其实，星际游牧的时候，当他产生那些对待其他星球的，所谓快速反应机制的念头时，父神之眼不止一次地严厉警告过他。可圣决者还是固执地进行着这样的思考，他认为自己是对的。现在，他终于可以不再受任何禁锢，有了自己拿主意的机会，从而像个真正的领袖那样，为子民的利益做出他认为正确的选择。

只是，他需要说服面前的军官们。这些军官是各部门的最高长官，他们和圣决者、镜决者共同组成了“参决者会议”，所以也被统称为“参决者”。当下如果有颗炸弹扔进来，把他们全都炸死，香沙沙落人的最高权力阶层就会被连锅端掉了。

这种情况当然不会发生。巡逻的士兵不会让怒安娜人靠近宫殿，而圣决者的贴身侍卫更是时刻保护着领袖的安全。尤其是当前的特殊阶段，哪怕是香沙沙落人想要靠近领袖，侍卫们也会提高警惕，以防不测。

此时，三名侍卫就站在圣决者身后。其中的两名铠甲粉红，另一名铠甲酒红，他们的甲胄上都荡漾着猩红的星云图案，暗流涌动，如血如歌。他们被称作“陨血卫”，为圣决者流血是职责，为之陨落生命亦是荣耀。着酒红铠甲的是队长，名叫电离别。除了铠甲的色彩与其他侍卫不同，他的一条胳膊也引人注目。那是一条陈旧的银黑色机械手臂，能让某些人类联想到颇具怀旧感的重金属音乐。在之前的一次意外中，电离别为保护圣决者失去了一条胳膊。此后，这条机械臂就成了他的勋章，时刻悬挂于身躯之上。无论圣决者是谁，电离别都会奋不顾身。这是陨血卫与墨若国燃死侍本质的区别，陨血卫并不对某个人效忠，只效忠于“圣决者”这个名号。

圣决者把目光从众人脸上收回来，款款起身。“生命短暂而脆弱，所有活下来的香沙沙落人都应该拥有更好的生活。我不忍心再让国民居住在狭小的星舰，食用粗粝的食物，饮用循环净化前一秒也许还是尿液的水，呼吸那些合成、分解过千万遍的氧气。这一路走来，如果非要说我们获得了什么，那就是孤独、绝望和无数致命的危险。黑洞、宇宙射线、星云，还有坠落前袭击我们的家伙，让死亡如影随形。作为圣决者，我要带领国民摆脱这种绝境。瞧瞧这颗星球——我们从没见过这么浩瀚的海，种类这么繁多的植物，没食用过这么美味的佳肴——怒安娜的蛆虫都过得比我们高贵。我不会让香沙沙落人再离开这里，去冒灭族的危险，丢掉生存的机遇——那是对生命的不敬，对父神恩赐的亵渎。”

他朝陨血卫摆摆手，侍卫们闪开来，露出了他们身后的三级台阶。台阶通向高高在上的五屏雕龙宝座。宝座由紫檀木和金丝楠木镶嵌而成，髹了蓝漆，点了金漆，华贵素雅。宝座后是呈八字形摆放的雕龙屏风，紫色腾龙飞于其上，抽打着金色天空。宝座上方悬挂着一块匾额，四个大字苍劲雄浑：敬天法祖。

圣决者沿着台阶走上去，仰看匾额，轻抚龙椅，望向大殿深处。殿内雕梁画栋，盘龙玺彩。数根二十多米高的朱红圆柱挑起殿顶，一块块黑灰明亮的砖石坐镇地面。这巨大而富丽的空间里，连人的呼吸都有了些许回声；而任何一处微小的描彩或者雕刻，又足以让人用放大镜看疼了眼睛，都挑不出任何瑕疵。除了用来开会的那条金丝楠木长案，显得与这里不太协调以外，大殿堪称完美，是登峰造极之艺术、技术、权力、财富，合而为一之所在。

镜决者的太阳穴边缘又浮现出一条新的青筋，“墨若人跟我们的语言几乎没有区别，他们的文化，跟我们历史上的某个时期有很多共通的地方。您不觉得我们有可能是同血同源吗？这太奇妙了！我们应该去了解他们，而不是征服和奴役！”

领袖蓦地笑了。“在瑟错星系，大部分敌人跟我们有 99.9% 的基因是相似的。而一日三餐都要吃到的沙鼠，也有 99% 的基因能在香沙沙落人的基因组序列中找到同源序列。您所怜悯的怒安娜低等人、您中午刚刚食用过它的肌肉组织的野猪，以及您本人，三者的祖先都是某颗星球上的原核生物——所以您讲‘同血同源’有什么意义呢？您刚才的逻辑违背了演化法则，非常可笑。”

镜决者腾地站起来，桌上的纸笔被他的失控扫落了一地。“您是打算违反宪法，做一个独裁者吗？虽然父神之眼现在无法阻止您，但我可以提请军事警察将您拘捕！等系统恢复，再对您进行严厉的审判！”

32. 踏进同一条河流

自己的数据还没有备份，这让二娃第一次体会到死亡的恐惧，同时他也感觉到，没有鸣犽锦绣的世界，原来如此了无生趣。

他忽然间就理解了鸣犽锦绣痛失外婆的茫然，而再过一段时间，他对生死的领悟，终将变得比人类更加深刻。

二娃面前，蘑菇云汹涌升腾，尘烟弥漫了整个喆梨寨。他的长发遮住了双眼，却遮不住眸子里噼啪作响的电流。电流叶脉般交织在一起，明明灭灭，密密麻麻。这是机器的眼泪。他龇出獠牙，一步步逼近香沙沙落人，准备复仇，然后赴死。

上尉命令晕轮，“赶紧把这条狗也弄死。”

“我说过我是犽！”

“噢——噢——”对于二娃的遗言，众人爆发出一阵惊呼。

他两条长耳朵倏地立了起来，抖抖耳尖。我的遗言有这么燃吗，不对啊，他们根本就没看着我。顺着大家的目光望去，二娃这才发现，鸣犽锦绣又出现了。他抱着鹦宝儿，正在与地面几乎垂直的土崖壁上奔跑，向着天空的方向。膨胀的烈焰在他身后紧追，他撒腿狂奔，如履平坦之地。

“酷！”二娃激动地把头转了三百六十度，“这才像我的老大！”

刚才，鸣犽锦绣的脚下根本没有路，就是因为这壁高耸的土崖挡在面前，可他竟然把它踩成了路。

鹦宝儿惊悚又兴奋地张大嘴巴，毛毛眼睛溜溜地望着天空，辫子上的彩色丝带随风摇摆，宛如彩虹。上下左右都是蓝，那么远又那么近，像大海，像一条没有边缘的纱巾。云彩是大团大团会游泳的棉花糖，好像一伸手就能捉到，它们的味道肯定比冰糖还要甜呢。这个魔法师不是王子，他分明就是国王呀！

“大娃哥——你要带我去魔法世界的城堡吗？”鹦宝儿迎着蓝天吹来的劲风，悲喜交加地大喊，“可我得给亲人去报仇呀！”

“什么城堡？”鸣犽锦绣完全没明白她的话。

“太阳上的城堡啊！不然你为什么抱着我往天上跑呢！”

鸣犽锦绣这才慌忙四下看去。我就……我怎么跑上来的？！身体里的动物园又回来了？！愣神之间，他身体猛然一沉，想要再往上跑已全无动力，都是重力了。他两条腿在空中拼命抡了抡，果然起了作用，下坠得更快了。

“国王”和“王后”瞬间成了自由落体，棉花糖越来越远，金色城堡灰飞烟灭。二娃蹬开四蹄想去接住他们，晕轮举枪就射，瞬间光束横飞，二娃慌乱地腾跃着，躲避着。

鸣犽锦绣则眼前一片刺白，被光束晃得什么都看不见了，只有风在他耳边呼呼作响。急速坠落的感觉那么熟悉，恍如前世。他眼前，蓦地浮现出一个人影。

外婆？是你吗外婆？我看见你了，真的是你！外婆，你终于回来了，你知道我有多想你吗。

一万八千七百二十一年前的下午，天也是这么蓝，阳光也是这么灿烂。我在空中抱紧她，贴紧她的脸颊。外婆狠狠地抽了我一巴掌，绝望地喊道：“混账小子！你跳下来干什么？！”

她的眼泪浮在空中，和我们一起坠落。她辫子盘成的发髻散乱开来，迎着谷底强劲的风，惊惶乱舞。再贫穷，再寒酸，她平时也是讲究体面的老太太，会把自己收拾得干干净净，头发梳理得一丝不苟。她肯定讨厌自己如此狼狈的样子。

悬崖那么高，山风那么凉。想要坠落一个世纪，在空中，跟外婆说完所有想说的话。可悬崖没有我所奢望的高度。坚硬凌厉的大地迎面撞来，我感觉我和外婆会被击碎，飞溅成红色泡沫。外婆背朝下死死抱住我，她竭力绷紧每一块肌肉，她想当我的垫子。落地前的瞬间，我猛然翻转到外婆身下。我看到她眼里的惊恐和绝望，但我知道我能保护她。

“我不会有事的！”我喊。我后背着地，发出闷雷般的声响，每块骨头都碎成了粉末。锋利的岩石扎进我的背，从胸膛穿出来。真好，怀抱里的外婆没受一点点伤。

我听到我身体里骨骼生长愈合的声音，像竹笋拔节般巴巴作响。我艰难地翻身而起，看到胸前的血洞正在缩小消失，如鲜艳的木棉花飞速凋零。同时我也看到，外婆的七窍正在涌出鲜血，仿佛邪魅的彼岸花无情怒放。巨大的震荡力击碎了她的内脏。我想救我最亲爱的人，却一败涂地。

山风那么劲，流云那么狂。外婆望着我微微扬起嘴角，我从未见她如此的心满意足过。她知道我还能活下去，这个动荡艰辛了一辈子的平凡女人，再也无欲无求。

我看着她的黑色双眸渐渐凝固，感觉宇宙在加速膨胀，整个世界都离我远去。如果我的心灵是一只小鸟，外婆的怀抱就是我唯一的巢穴。从此，我无家可回。峭壁为碑，江河为冢，白云为幡，枫花是魂，木筏是去往来世的船。我把心放在外婆的臂弯里，用目光送他们最后一程。然后，我看着我的心和我最亲爱的人一起，被飞天河水埋葬。

外婆，你曾说过，如果有一天你死了，想这样离去。尘归尘，水为水，从此进入轮回，无所不在。我居无定所，你永不存在。宇宙那么大，那么深，亿万物应有尽有，可是外婆，即使我寻遍每一个星球，触摸尽每一粒尘埃，都再也找不到你了。

宇宙诞生了百亿年，还将存在 N 个百亿年，我最珍爱的人却仅此一个。机缘巧合而生，转瞬即逝不见。她还没来得及享受存在，我还没来得及好好爱她。纵然我能捧起这一把把曾经组成过外婆的粒子，可它们已全无温暖的模样，干涸的，冰凉的，无序的，冷漠的，让幻化成人形并且依然鲜活的另一些粒子——我，无边地惆怅，无尽地绝望。

亲爱的你，如今在黑洞里吗。或者，变成了暗物质、暗能量。说好的九十岁、一百岁生日呢？外婆，你说话不算数。到时候外孙该给谁点燃蜡烛？蛋糕那么大，我一个人也吃不完，很浪费。而你向来节俭，掉在地上一粒米，你都要捡起来塞进我嘴巴里，怕我饿着。

我还没做好你离开的准备。我永无能力做好这种准备。我是凶手，杀死了自己最爱的人。我漫长的生命，灵与肉每分每秒都被削割得血肉模糊，这是完美的凌迟。

外婆，这是你小时候的模样吗？大眼睛像闪亮的黑电气石，睫毛仿佛两把浓密的小刷子，两只梨涡调皮又温暖，好像在里面藏了无数的小故事、小心事。

不，她不是你，她是我救下的小女孩，现在正跟我一起坠落！我死就死了，我早已经死了。可如果她也以这种方式死去，我就彻彻底底成了连环杀手。

鸣犽锦绣刹那清醒过来。

大地近在咫尺，鹦宝儿已吓得叫不出声。俩人撞向地面的瞬间，鸣犽锦绣背部朝下，死死抱紧了怀中的鹦宝儿，可他知道，这无济于事。

“啊——”他猛然爆发出一记撕裂天空的呐喊，用尽全身力气朝土崖壁上一蹬，土崖随即从根部碎裂开来。自由落体则在最后时刻恢复了动力，俩人变成了射出去的旋羽箭，旋转着重新飞向空中。

二娃骂了一句上次文明时期西南地域的方言，否则不足以表达他此刻沸腾的惊喜，“先人板板！老子爱死你了哟！”

旋羽箭朝一棵大槐树飞速撞去。鸣犼锦绣拧腰去蹬树干，槐树咔嚓应声断裂。俩人则弹射向一间茅草屋，穿甲弹般钻透屋顶，炸起了漫天尘土和草叶。

鸣犼锦绣仰面朝天躺在废墟中，依然保持着紧紧搂住鹦宝儿的姿势，一动也不能动。他感觉自己就像一颗番茄，刚刚被人狠狠砸在了岩石上，碎得稀烂。

晕轮迅速向草屋射击，却被二娃一爪打飞了枪，光束射中土崖的残骸，大大小小的泥土块轰然崩起，众人乱作一团。

上尉和几名士兵朝茅草屋包围而去，数十名捕快则壮起胆子分散开来，形成了最外层的包围圈。

“杀死妖怪后，神灵可否赏赐弟子一份差事？”穿山破紧随上尉身后，见缝插针地问。

伽马暴力扬起短辫，等它甩到莽汉身上时，已经抽融成一条长鞭，“啪”的一声发出了一记尖利的呼啸，“你这个疯子干扰了神灵除妖！一定会万劫不复！”

鸣犼锦绣用尽所有的气力，却只能把眼皮张开一道狭窄的缝隙。他看到鹦宝儿静静趴在自己的胸口，没有一丝抽搐，也没有任何气息。他虚弱得已经感觉不到紧张，只有弥漫在心底的，在无边汪洋中溺了水般的恐惧。

这么孤单，只能这么孤单。他恐惧鹦宝儿的七窍流出鲜血，恐惧她就这样永远地睡去，跟外婆一样。

小女孩突然发出了呻吟，随后胸膛开始起伏，喉咙则痛苦地痉挛着，从缓慢到急促，再到剧烈。

他仅存的侥幸也变成绝望——鹦宝儿伤及了内脏，会吐血，痛苦地死去。

小女孩猛然张开嘴巴，却呕出了好几大口草屑和泥土。半堵摇摇欲坠的泥墙上有一方小洞，佛像身处其中，望着她微笑。她迷迷糊糊地观察四周，抬起头来，“……这是姐姐和我的家，我回家了。”

鸣犼锦绣嘴角微微颤了颤，表情幸福得像在拥抱隔世的外婆，现世的女儿。

流云那么狂，微风那么香。

这尘世上，到底有多少物还在，人却非。如果时间倒流，那年那时，呜犽锦绣也会选择以这样的方式跟外婆落地。这动作，他在脑海中想象了一万八千七百二十一年，已经跟用筷子一样熟练了，可彼时却没能想到。这成了他万年的懊悔。他更没想到的是，这动作此生还能用上。

此刻呜犽锦绣很想流泪，事实上他的眼泪已流到了心里。那么咸，却有点甜。世界变得格外安静，他能听到身体里窸窸窣窣的微响，那是刚才碎裂的骨骼、血管和其他组织在急速地生长、接驳。这声音，久违了。

“你别死！求求你别丢下我！呜呜……别让我一个人活着，呜呜呜……”鹦宝儿抱紧纹丝不动的呜犽锦绣，号啕大哭。

这时候，呜犽锦绣身体里的声音彻底安静下来。他翻身而起，所有的创伤都完好如初，包括之前被二娃打肿的烂桃子眼睛。

“我没事的，我还不能死。”呜犽锦绣轻轻摸摸鹦宝儿的头，扯下了头上和身上的绷带。

鹦宝儿哭着笑了，眼泪挂在腮帮上，“你死了我会伤心一辈子的，你的魔法简直太厉害了。”

“没有让你失望，我很荣幸。”呜犽锦绣腼腆地抿了几把乱糟糟的头发。很久都没有一个真正的人类在乎过他的死活了。而且，他这么回答，也算是默认了魔法世界的存在，只要能让可怜的小女孩高兴就好。

“我没有家了。”鹦宝儿悲伤地望望四周。

“我也没有家，不过，我会带你离开这里的。”呜犽锦绣重新背起她，“谢谢你，你让我知道，我还没有完全死去。”

33. 即刻启程

鸣犽锦绣背着鹦宝儿钻出废墟。远处，二娃和杀手们激战正酣。近处，伽马暴力率人正在逼近。

知县撅着屁股趴在喂猪的石槽后，冒出半个肥脑袋冲师爷喊："神灵降妖盛况，务必尽悉画之！将来可摹绘于寺庙墙壁之上，流传千古！"

蹲藏在石碾后的师爷，正以石盘为画桌，往外探着一条枯骨般的胳膊，在宣纸上抖手丹青。他答应着"遵命"，心里却想，何人能画得如此之快，何人全家非人哉。

香沙沙落人终于狂暴地冲上来，他们纷纷跃起，挥剑就砍。

鸣犽锦绣慌忙扑向旁边，宛如腾起的猎豹在空中滑行。可还没等他落地，杀手们已经在空中聚裂出了翼翅，迅速调整方向朝他疾飞而来。按照这种速度，鸣犽锦绣和鹦宝儿在空中就会被乱剑劈中。等落地时，他们就是残肢断臂了。

鸣犽锦绣眸子里猛然划过了几个红色光点。光点疾速飞向距离最近的伽马暴力，噼里啪啦砸中了他的脸。上尉身体一歪失去平衡，如一只被弓箭射中的大鸟，扑棱着栽到地上。

红色光点是鹦宝儿掷出去的。原来，她闪电般掏出了裤兜里的零食——几个野荔枝，用尽全力朝伽马暴力挥洒出去。

长官干扰了身后的士兵，几个香沙沙落人撞到一起，摔了一地。

鸣犽锦绣双手点地后，迅速轻盈地起身朝寨外就跑，穿山破却蛮牛般迎面而来，抡起钉耙就砸。

鸣犽锦绣手一扬抓住钉耙手柄，用力一推，"小朋友！别瞎胡闹了！"

穿山破四仰八叉跌坐在地上，鸣犽锦绣就势越过他的头顶夺路而逃。

莽汉的肱二头肌都要气炸了，他翻身而起，挥舞着耙子追上去。

那边，二娃挥出前爪朝晕轮拍下去，另一名士兵却绕到了他背后，举剑就劈。二娃听到异响，来不及躲闪，劈下的剑刃已经削掉了他几绺长发，此时鸣犽锦绣飞奔而至，挥手击中了偷袭者的手腕，剑飞出去掉落在地上。

二娃一甩头整理好发型，扔给鸣犽锦绣一个飞吻，“吼吼吼吼！我已经很久没有像今天这么爱你了呢！”

被爱的人鸡皮疙瘩掉了一地，“我还是习惯你不爱我的样子——快撤！”

“你俩先撤！我掩护！我已经习惯了伟大！”

二娃边说边调转身体背对敌人，尾巴向上高高扬起，撅起了屁股。

“二娃哥要干吗？！”鹦宝儿诧异地瞪圆了眼睛。

“他有点内急。”鸣犽锦绣解释。

突突突突突！噗噗噗噗噗！随着二娃颇具韵律感的摆动，无数石子、坷垃、小木棍、瓦块暴风骤雨般射向了香沙沙落人。他的身躯，此时就是一门机关炮。

“你们快跑！我撑不了太久的！”二娃边“上厕所”边喊道。

鸣犽锦绣撒腿就跑，二娃立即停止射击也开始狂奔。光束在他们周围此起彼伏地燃爆，炸起一团团火色云朵。

“这么快就不掩护了？！”撤退者的眼珠都快从他的深眼窝里给瞪出来了。

“我说过顶不了太久的呀。”

“算了算了，人工智能向来都是这么不靠谱。鹦宝儿，你刚才用荔枝打落他们，非常了不起！”鸣犽锦绣的这次狂奔，并不像之前那样呼哧带喘。

“可惜不能杀了他们，给姐姐和乡亲报仇。”小女孩的脸蛋被赞美和悲愤憋得通红。

MBA 组合逃出寨子，钻进森林，消失在了深不可测的绿色海洋之中。

上尉在森林边缘停下脚步，焦灼而茫然。当了三十多年的军人，他还没有这么被动过。怒安娜叫人捉摸不透，并不像之前认为的那么简单。

小崽子显然暂时性失忆了，可她的记忆正在恢复。如果她把所见所闻告诉普通低等人，也许还会被认为是疯傻，可救走她的这两个生物，显然有足够的智商和知识理解这些。局面在失控。

伽马暴力的紫色眸子被涌上来的血逼成了黑色，他硬着头皮朝森林里走去。

“长官，所有的方向都有可能性，应该分头去追。”晕轮犹豫着跟上。

“你看咱们人手够吗？！”上尉敏感又气急败坏地反问。

此时一个声音如雷贯耳，在地面上炸响，“当往东北方向追击！”

上尉扭身去看，穿山破不知道什么时候追上来，在他身后跪下了。

“神灵在上！弟子愿头前带路，直捣妖魔老巢！”

“你？你这个疯子，凭什么这么说？”上尉既有雪中得炭的惊喜，也有视若敝屣的不信任。

“回禀神灵！弟子一不疯二不傻，是知县和师爷容我不下，所以才血口喷人！弟子自幼就钟爱游林探险，后来又任职巡捕官多年，曾缉捕过十数名逃入深山的贼犯，所以对这一带很是熟悉。穿过这片密林之后，山势陡然诡异，险峻非常。尤其是东北方向的亡灵谷，更是瘴雨蛮云，毒泷恶雾。假如弟子是妖怪，肯定会选择在那里藏身！望神灵定夺！”

上尉的粗辫子敲打了片刻脑门之后，不得不点点头。

长官刚要发话，师爷火烧火燎地跪下了，“衙门有更适合的人选！神灵三思！”

他说完赶紧冲知县使了个眼色，知县慌忙一指县丞，意思是“你去”。

县丞惊得脸色灰白，像被放干了血，“小人却对这一带的地形不甚了解，如果耽误了降妖大事，恐怕我们都会遭天打雷劈啊！”

知县的目光又赶紧去寻找典史官，可哪里都看不到此人，原来他早就捂着心口躺在了地上。“卑职定是……中了妖术……心有余而力不足呀……”典史官眼睛一闭，假装昏过去了。

知县急地用胖指头一指师爷，“无上荣光在险峰！你去！”

师爷嗖地爬起来，一路小碎步跑到他身边耳语，“在下还得负责征收凤凰捐，修庙呢呀！”

知县一拍胖大腿，“此事更是重中之重啊。”

上尉早就不耐烦了，冲穿山破歪歪头，“带路。”

莽汉双眼直勾勾地放射出了光彩，他砰砰砰叩了几个响头，“谢神灵恩典！弟子斗胆，有一件事向神灵请教！”

上尉心烦意乱地用一根发辫挠着下巴，“说。”

“不知弟子戴罪立功之后，神灵可否赏个吃饭的差事？”

上尉觉得如果再不配合着演一演戏，都有些对不住这个信徒的信任和执念了，“你想做什么工作？当知县还是师爷？”

知县和师爷四条腿同时一软，相互搀扶了好几下，勉强算是站住了。

“弟子仍然想担任主簿兼巡捕官——并且巡捕官仅弟子一人担任，其他闲杂人等不得兼领就是！”

“行。”上尉认真地点点头。其实他完全没听懂信徒在说什么。

“谢神灵！弟子再不敢拿木柴当香烧了！待弟子归来，把线香当木柴烧！”

知县和师爷这才长长松了口气，缓缓地瘫坐下去。他们没想到穿山破能有如此胸襟，不计前嫌。

莽汉站起身，扛起耙子径直朝森林里走去，背影自豪而悲壮，得意且感伤。亲人们，我的宝贝孩儿们——阿稷、阿稻、阿黍、阿麦、阿菽、阿粱，还有尚未出生的阿肉——我这一走，不知何日才能归来，也不知能否归来了。无论如何，咱家的口粮该是有着落了！我死而无憾呐！

34. 低压槽

皇宫里，暴风已至。皇极殿宫墙外的广场上，奔跑的黑齿鸾停下来。他看到一顶皮弁掉落在路边。黑齿鸾慌忙上前查看——皮弁上有九缝，每缝各有五彩吉祥玉珠九颗，只有皇太子和亲王才有资格佩戴这尊贵的冠冕。而只有失态的福螺凛烨，才会将它遗落在卑贱的尘埃里。然而此刻，太子人呢？

太子对星外人的研习尚未结束。涵洞中，福螺凛烨去抓俘虏的手，那锋利的金属爪却慌忙消融掉了。因为俘虏刚刚发现自己的手被铁链锁着，根本没有办法动弹。

福螺凛烨细细察看俘虏的手掌。皮肤如此细腻，不像武士，倒像我大墨若国的女流和阉宦。手指五根，也无甚特别之处。

他翻翻窄肩膀的盔甲。竟无用来系甲的皮绳，纱衣连接之处也无任何针脚，这怎么可能？休说什么天衣无缝，其中定有机关！太子抽出长剑，哗啦挑起窄肩膀的裙甲，想要寻找其中的奥秘。

“别杀我！人家全听你的！”窄肩膀吓得猛然叫喊起来，因为他被绳子缠住了嘴巴，所以声音闷声闷气的。

福螺凛烨惊得后退几步，他定定神，把剑锋指向俘虏。“贼骨头！你倒还识趣！本王乃是墨若国储君福螺凛烨！说——你们来自何方？装神弄鬼又是图谋何事？还有，你的衣裳为何如此诡异？”说罢，太子用剑锋拨弄开了俘虏嘴边的麻绳。

窄肩膀吓得直打寒战。原来他是皇后的儿子！早就听说这个低等人冲动多疑，皇后刚刚死掉，他就采取这么极端的行动，看来是要拼命呀。闪念之间，窄肩膀的身体表面开始潮涌，衣甲融融褪去，露出皮肤的本来面目，整个人从原先的“大”字变成了“米”字。眼神里也尽是顺从和恭敬。

福螺凛烨哼了一声，似笑非笑。这厮倒是识时务。他蹲下来，对窄肩膀的身体又是一番察看，双眉渐渐舒展开来。体表与怒安娜男丁并无二致，既然如此，星外女人的身体与怒安娜女人也应该相似。这断的臂膀之上，方才弩箭射中的地方还留有淤青，以此看来，纵使他们的甲胄号称刀枪不入，却也做不到毫发无伤。肉体凡胎无疑。然其仪表变化多端，确实神奇玄妙，个中缘由怕是与守宫、避役此等爬虫的变化手段类似，不过在技巧上，却是更胜一筹。

见俘虏很配合，福螺凛烨的语气温和了些，“本王留你性命便是。”

父神保佑。窄肩膀松了口气，星眸半闪地望着太子，“只要殿下答应放我走，现在，嗯……人家整个人都属于殿下了。”

砰！窄肩膀眼前猛然闪耀出了无数恒星。这是福螺凛烨赏赐他的“星象图”，用剑身敲击他的脑门幻化而成。

“大胆！本王对断袖分桃毫无兴趣，休想色诱于我！说！你们如何来到这里，你们的语言为何与这里相差无几？”

窄肩膀慌里慌张融出短裤遮蔽住身体，变成了“光”字。要是把真相说出来，我们香沙沙落人说不定都得死啊。

“我说！我说！”他却立即屈服了。什么都不说，我马上就得死。

窄肩膀清清嗓子，“殿下刚才喂给我的饮料，清凉凉甜丝丝的，能再让我喝几口吗？人家好渴。”

“休要玩弄花招，说了再给你喝不迟。”

“心与心之间的信任好难呀，看来全宇宙都是这样。”窄肩膀哀怨又尴尬地叹了口气，“好吧，可是从哪儿说起呢……嗯，在伟大的父神看来，其实我们也是浩瀚宇宙的尘埃……”

“父神何许人也？”

“他是众神之神，我们都是他的使者。”

“休故弄玄虚！世间何来神灵，本王认定你们就是装神弄鬼的星外人类！快讲关键之所在！”

“你这人怎么这么性急呢，说话总得有个开场语，然后才能进入正题呀。”窄肩膀白了皇太子一眼，“那我就直接说重点了啊——大约两万年前，父神把我们的祖先送到了狮岭长城，距离这里大概有 10 亿光年吧，也有其他星球的人把它叫‘史隆长城’‘杀戮墙’，或者‘狩猎长廊’什么的，反正不管是哪个文明，给它起的名字听起来都差不太多，这肯定是父神的旨意。我们香沙沙落人的具体位置呢，是在狮岭长城的 MHX1 的凯冷撒，然后又在凯冷撒的猛土…… ”

“住口！一派胡言！”

“……是你让人家讲关键所在啊，人家又没瞎说。嘁，你是听不懂吧。”

“……继续讲来。”

“真是的，刚才说哪儿了……对了，猛土，然后在猛土的瑟错，瑟错的香沙沙落。我们当前的计划呢，叫‘涅槃’，禁地的九天圣器呢，其实是个容灾备份…… ”

“住嘴吧！时间紧迫，待日后觐见父皇，你再细细招来。今日就承认你们是凡人，只是与我怒安娜人非同宗同族便是了！然后快快签字画押！”

“这么凶干吗呀，你说怎么样就怎么样呗，反正我觉得你就是听不懂，就是。”

对于俘虏的娇嗔，福螺凛烨已是鸡皮疙瘩摞鸡皮疙瘩。他心烦意乱地扔下长剑，从暗洞中取出一只朱红缎面锦盒，打开后拿出一封文书，随后又备好笔墨。福螺凛烨展开文书——这是他事先预备好的《星外人忏悔录》。

“本王先诵读一遍，你听听有何不妥…… ”

“不用了不用了，就你这坏脾气，就算我指出哪里不合适，你也不会改的。让我签字可以，但有个条件。”

“讲。”

“把我们的人抓起来以后，不管你怎么处置他们，反正不能伤害我。”

福螺凛烨鄙夷地打量打量他，“君子一言，快马一鞭。”说完将毛笔蘸了墨塞给俘虏，又抻展纸张，递到他手边。

“在这里写下你姓甚名谁…… ”

“等等，你还得答应人家——尘埃落定以后，要赏给我爵位和硬通货，铂、黄金、白银我都要。”

“……铂乃是何物？”

“……你们有化学元素周期表吗？”

“……此言何意？”

“哎呀算了，给我黄金和白银就行了。另外，人家还要一些健壮漂亮的人做奴隶——男人、女人，香沙沙落人、怒安娜人，我都要。记住，要漂亮的。”

福螺凛烨的喉咙猛地痒了痒，压着火气，“在我墨若国，人人皆有自由，不存在奴隶。”

“嘁，说得好听，那叫‘奴婢’总行了吧，反正都差不多，对了还有…… ”

“闭嘴！”太子咬着银牙，拳头攥得嘎巴响了一声，“你这个贪生怕死、贪恋财色之徒！……就权当是你戴罪立功之奖赏，本王准你便是。”

地面之上，哪里都能闻到紧张的味道。黑洞光芒带着几名机械士兵，穿过大殿外的广场，匆匆跑出香沙沙落宫去了。那些机械士兵的模样，跟之前在森林里被伽马暴力清除掉的叛逃者相同。他们原本漆黑的身体表面，遍布了爆炸洗礼后的焦黄和灰。虽然皮肤斑驳破损，甚至或多或少露出了体内的线路和元件，但他们身体的主要组成部分还算完整，所以对于自身行动和作战能力的影响倒也不大。

黑洞光芒一路狂奔之后，在盈坤面前停下。“长官，去非凡殿轮岗的人还没返回总部，平常这时候早就撤岗了。”

女中尉的满头发辫心跳般地抖了抖，焦躁地踱起步来。

“他们是来配合侦查的。”下士指指身后。

盈坤的独目转向那些机械士兵，“拜托别告诉我，你们的雷达和红外侦测仪还没修好。”

其中一名机械兵上前一步，“长官，军械科技部说，根本就没有办法修。”

女中尉兜起下巴，“那帮人的脑子，怎么没在太空袭击里给烧坏呢。”

“我也不知道，”机械兵站得更加笔直了，“但至少烧坏了他们大脑中的芯片，也包括您的。”

盈坤嫌恶地瞪他一眼，“滚到我看不见的地方。”

“是！”机械兵迅速跑了几步，直挺挺站到了她身后。乍一看，女中尉像被鬼跟上了。

附近的灌木丛后，双星沫发现，一块石砖周围的缝隙里没有泥土。她聚裂出金属指甲去撬动，石砖毫不费力地被掀开了，下面的竖井壁上，新鲜的划痕清晰可见。她慌忙冲远处呼喊：“报告！有情况！”说完就纵身一跃，率先跳进了黑暗里。

与此同时，黑齿鸾找不到太子，越来越心焦。再往前去就是太子的寝宫星启宫了，他断然不会待在那里。正思忖着，前方忽然拐出来一顶坐轿，八名着了素服的太监手握肩扛，步履匆匆。轿杠裹了白麻布，轿身同样用白麻布盖得严严实实。可轿顶四角之上，那昂然振翅的灿金飞凤，却是遮不住的。一阵风轻轻撩起麻布，隐约能看到轿身纹簟上的翟鸟图案和所镶嵌的镀金黄铜叶片。

燃金死侍紧走几步，迎着坐轿跪下了。“臣黑齿鸾叩见太子妃娘娘。”

凤轿停下来。可轿内却是死寂，仿佛没有人坐在里面。沉默了三四次心跳的时间之后，轿内才传来明显是故作镇静的声音。“本宫正要去行奉慰礼，眼下，还有比皇后薨逝更要紧的事情吗？”

“娘娘恕罪。”黑齿鸾的回答客气得近似冷漠，“可太子殿下离开大智慧殿之后，并未去往坤秀宫。”

“圣上要宣他？”太子妃的声音颤抖起来。

黑齿鸾硬挺挺地站起身，“娘娘若是不知殿下去了何处，臣且告退。”燃金死侍转身就走，身形比机械士兵更像个机器人。

“指挥史大人，留步。”轿帘忽然掀开来，露出一只纤长玉手，接着是栗色长发盘绕而成的高髻，只在发间别了一枚白色的雕花象牙栉。随后一袭婆娑的身姿便出了凤轿，她包裹在雪色绸缎缝制的素服里，像春雨中摆动的梨花。而那张精致的面孔，是清新的花蕊。

这美人素面朝天，不单有国色，还有名副其实的天香。香是她玉体自然散发出的味道，润如雾，醇如兰。你痴迷地想要把香氛吸取，却已先被她摄了魂魄。她能闯过八重严苛的筛选，从贫寒民女成为未来的皇后，这香便是利器。她名叫丑小蚕，是太子的正妻。

丑小蚕声音小得只有黑齿鸾能听见，“借一步说话。”

无人处。远远看到太子妃竟跪倒在地，燃金死侍愣了愣，也迅速跪下。片刻，金色风暴便怒号而去了。

地下涵洞里，窄肩膀挂着一脸苦涩艰难，握匕首一般握着毛笔在画押，怎么看都像一个小学生在参加高考。

福螺凛烨瞅着那个歪歪扭扭的文字，“你姓‘后’？”

窄肩膀蓦地翻个阴森森的媚眼，“你管得着吗？”

福螺凛烨刚要发怒，却突然一惊——墙上赫然有一条巨大的影子在摇曳，那东西就在自己身后。他慌忙回头，只见一簇紫金长发昂首挺立，发梢嗞嗞颤动，宛如一条眼镜王蛇。

刚才，太子和俘虏对话的时候，俘虏的发辫已自行解开扣结，从捆绑它的麻绳缝隙里悄然钻出来，沿着暗处一路蜿蜒，潜行到了太子背后。那簇长发向后微微一缩，旋即又向前扑击而去。数根发梢闪电般四散飞扬，像狂蛇张开巨嘴。伴着发丝鞭打空气的尖啸，皇太子的整个头部被它摄入其中，包裹起来。发丝越裹越紧，同时，数根发梢狠狠钻进了他的脖颈，他的呼吸变得急促，喉咙里发出叽里咕噜的异响。脖颈上一圈细密的伤口沁出血珠，似一串血色钻石。

他用手去拽那长发，手掌却被勒出了深深的裂口，鲜血顺着手腕淌下来，像红色的蚯蚓。他渐渐不动弹了。

窄肩膀把笔一扔，“哼，跟我斗？……啊！”他爆发出了凄厉的尖叫。

福螺凛烨不知何时摸索到了长剑，一剑斩断了那条蛇的脖子。断发的截面喷溅出点点血花，太子则踉跄着挣脱了束缚。

他用剑锋顶住俘虏的喉咙。“贼猢狲！本王想要厚待于你，没承想你如此阴毒！”

窄肩膀歇斯底里地扯起了嗓子，“你根本就不会优待人家！你是想稳住我，套我口供！我不信你敢杀我，我现在是你唯一的筹码！”言语间，俘虏涌动出坚韧的铠甲，头发也盘成了严实的头盔，只在双眼处开了两条缝，整个人就像钻进了金属罐头的骑士。

福螺凛烨一努剑锋，想给俘虏一点颜色看看，顶到的却是颈甲。他去刺头盔上的窄缝，窄缝瞬间就闭合上了。他劈向俘虏的胸膛，剑刃却被胸甲弹了回来，手上的伤口被震得又流出了血。太子恼羞成怒，他扔掉长剑，拎起弓弩，重新装好弩箭，朝俘虏就射。弩箭应声断为两截，窄肩膀疼得叫喊起来。

“本王倒要瞧瞧，你能撑到几时！竟然敢欺诈本王！”太子又射出一箭。

“啊哟！……是你自己听不懂，不让我说的！”

“出尔反尔！口蜜腹剑！”

“啊哟！啊哟！”俘虏又挨了两箭。

嗖嗖嗖嗖嗖！

“啊啊啊啊啊！”他又挨了五箭，“……看你把箭用完怎么办。”

弩箭确实射完了，断箭散落了一地。太子把弓弩一扔，转身从暗洞里抽出把铁锤。锤柄三尺有余，锤头哈密瓜大小，一头锋利一头圆钝。这是把分量很重的破甲锤。他抡起锤子朝窄肩膀没头没脑地砸下去，忽而用尖头，忽而用钝头。咣，咚，嘭……如花样锻铁。

漆黑中，双星沫、盈坤转过拐角，停下脚步。

“在那边。”一名机械兵指指前方的角落。

那个角落渗出些许橙红色的火光，伴随着沉闷有力的敲击，惨叫声此起彼伏。

35. 静静的裂流

如果太子能旁听参决者会议，不知他此时还会不会义无反顾，打算跟星外人决一死战。因为，镜决者对圣决者撂下的一番狠话，竟然起了作用。对于拘捕自己的威胁，领袖有所忌惮，他尴尬了良久。

“尊敬的镜决者，是我太冲动了，肯定会有更好的办法规划香沙沙落的未来。不过，无论以哪种方式度过这场危机，所有的国民都必须开始练习用笔写字了。否则再遇到这种糟糕的状况，没了系统的帮助，除您之外，几乎没人能熟练地书写文字了。”圣决者还是选择了避让，他尊重这位率真倔强的副手。

系统崩溃之后，已经没几个人敢当众说出自身真实的想法，就更别说敢跟领袖争论，还威胁要逮捕领袖了。这非常珍贵，无愧镜决者之名。

圣决者虽然非常沮丧，却依然保持了风度，“现在，我们大多数人不单单是星际盲流，还是几乎不会读写的星际文盲。镜决者，您在文字方面的个人努力和记忆力都让我钦佩，可是不能因为您优秀，就把像写会议记录这样的普通工作都劳烦您一个人来做。您是我们的镜决者，不是打字机。”

圣决者的赞美，让凝固的空气松动了不少。与会者们这才觉察到，殿内充盈着怡人的气息，这是殿外涌云枫花的气味，清香、甜苦、微辣。

镜决者颔首，对刚才的失态表示了歉意。他弯腰捡起纸笔，重新坐好，可脸色发红如故，声音嘶哑如故。“能得到圣决者的赞美，我之荣幸，同时我也非常支持领袖的这项决定。目前别说文字，大部分人连自己的序列号都忘掉了——那些号码确实比较繁杂，却代表了每个人最精准的身份——我们在宇宙中所处的位置，每个人的军种、出生地、性别等信息无不包含其中。忘掉序列号就是忘掉自己的根！这非常可怕！”

镜决者没说几句，又激动地站起来，纸笔再次掉在了地上。“尊敬的圣决者，目前除你我之外，其他人都在使用原始的姓名来指代自己。列位，听听你们的名字——“弧秒极乐”“星协集”“准直云骨”，诸如此类。这些姓名是方便记忆，可它们早就被先辈废弃了。为什么？就是因为这和香沙沙落的精神格格不入！

“古时候，姓氏基本遵从父亲，这是血缘传承、遗产继承的依据，是当时的伦理秩序和文化传统所致，可我们早已把它埋进了历史的坟墓。现在重新使用，是历史的倒退！

“我之前建议过，重新采用数字和字母统一编号，可你们当中的很多人极力反对，最终不但启用了古老的姓氏，还给了每个人挑选姓名的权力——你们仅仅凭借自身好恶选择姓氏，然后又给自己取了名字，这种行为非常可笑，甚至是荒诞！我看到了你们内心深处的欲望，它们像野草，正浅薄放纵地滋生，又像魔鬼，已经逃出了封印它的牢笼！”

大殿里，空气再次冻成了冰，每个人都被禁锢在了这方难堪里。有些问题，镜决者确实一针见血。每个香沙沙落人在给自己取名时，都想充分利用这千载难逢的合法自由，隐晦地来表达一些个人化的情愫。可香沙沙落精神，是要彻底根除个人欲望、意识和个性的。大到每个人的一生该如何度过，比方说，是成为作战兵种，还是勤务保障兵种；小到夜宵该食用什么，比方说，是吃烤土豆、炖沙鼠、野兔奶加矿石碎末套餐，还是吃蒸红薯、炸蝎子、玉米叶榨汁加矿石碎末套餐——一切的一切，之前都是由父神之眼来安排的。系统的监管，让他们时刻都不会背离族群精神，从而才能够向着父神所描绘的圣洁水花园不断行进。所以，个性化的姓名，当然与此相悖。

圣决者轻叹了口气，他望着镜决者，既像在审视一个孩子，又像在观察一个老人。自打坠落到怒安娜，圣决者已经跟这孩子抑或是老人，召开了无数次的会议。他也无数次地忍受着，镜决者肌肉紧绷的脸、嘴巴里滋出的飞沫、嘶哑的嗓音。他还闻到了副手身体散发出的气味，腥臭、顽固、将死。像只腐烂的沙鼠。

之前，他不用这么近距离地跟别人相处。之前，他们从未使用这种古老落后的方式举行过会议。他们会通过父神之眼进行联络，无须见面，会议随时随地可以召开。与会者也无须讲话，每个人大脑中想要表达的信息，芯片会悉数采集，即时相互传送。现在，在这低等文明的华丽宫殿中，面对面地用声波传递信息，通过观察对方细微的表情来判断想法，借助推理去揣度心机，这么原始的交流方式，圣决者非常不习惯。他讨厌人与人的肉体离得这么近。他怀念科技带给人的空间感和距离感。他讨厌这么鲜活的镜决者。

镜决者当然不是孩子了。他虽然看起来年轻，可已经三十九岁，以香沙沙落人的寿命来衡量，他已然垂垂老矣。也许还能再活半年，或者三四个月，甚至更短。

圣决者打量着他，忽然觉得他特别可怜，却拿不准他是伟大，还是痴昧。

“镜决者是能照亮一切黑暗的光！”这时候，财务总长弧秒极乐说话了，“他当面指出了我们内心的猥琐，这是为民族的命运着想，我第一个检讨。”

弧秒极乐的发式与星门噬相同——其他的男性参决者也同样如此——可除了发式，财务总长看起来完全不像个香沙沙落人。说他是七八十岁的怒安娜老爷爷，全人类都会相信。他的头发不属于任何一种紫金色，而是失去光泽的花白，皮肤则是黯淡的灰黄，身材枯瘪，背还佝偻得厉害。可他只有二十五岁。按照香沙沙落人的寿命来计算，弧秒极乐才人到壮年。他之所以成了这副模样，是因为故乡毁灭时，他的脊椎和腹部受了重伤，从此就虚弱不堪了。

此时，他像是用脑袋和脖颈当钩子，把形如新月的身体挂在了长案的边沿上。他歪着脑袋，梗着脖子，努力调整着身体，以便能与别人的目光触碰。“每当别人叫我的新名字，‘弧秒极乐’，我就有种深深的负罪感。可系统崩溃以后，我是真记不得自己的序列号了。那三十几个字符，就算每个人能记住自己的，也很难记住别人的。退一步讲，就算大家记住了所有人的序列号，相互称呼起来也是非常麻烦。诸位可以想象一下，在战斗中，突然看到某个战友陷入险境，你想加以提醒，如果叫他的序列号，可能在他死掉几十次以后，你才能念完那么长的号码。如果系统正常运行，这完全不是问题，它会帮助我们记忆并识别每个人。想跟某人打招呼，哪怕他在宇宙的另一端，系统都可以利用基于量子纠缠态原理而制造出的通信设备，帮我们即时传递信息。可是，此时非彼时。”

弧秒极乐吃力地把脑袋转向另一侧的人。“镜决者建议重新编号，我是反对最坚决的。因为即使新号码缩短了位数，以我们现在的记忆力，也根本记不住。所以，我们需要的只是方便记忆的代号，而古老的姓氏最适合这种用途。这是香沙沙落历史上绝无仅有的特殊情况，是不得已而为之，系统恢复以后就会立即废止。所以，请镜决者理解。”

镜决者认为弧秒极乐完全没有摄取到自己讲话的重点。“我当然理解，我甚至在想，假如我和圣决者也必须起名，是不是同样也会暴露内心的贪欲。我说这些，目的只有一个，就是想郑重地提醒诸位——连你们这些首脑的欲望都开始躁动，可以想象下面的人，已经堕落成什么样子了！”

“这也正是我担忧的。”弧秒极乐点点头，身体快要弯成了圆环，以表示自己并不糊涂。“血珍珠计划公布以后，很多人关注的不是增员，而是在讨论谁可能跟谁‘交配’，瞧瞧，这就是他们私下里用的词，太粗俗了。而且，他们还偷偷议论有关的细节，把严肃的任务说得就像要举行一场无耻的狂欢。我的父神，这简直太不像话了，血珍珠计划是庄重严肃的任务、事关国家存亡的战略！”他把圆环的缺口转向另一个方向，“对不起，我也曾经动过享受这种乐趣的邪念，‘极乐’这个名字就是明证。所以，我坚决接受镜决者的批评。”

对弧秒将军的这番话，卫生总长冕盔双瞳率先报以回应。“我根本不关注那些乱七八糟的议论，我的担心在于，以前都是机械设备自动运行，可现在却要依赖人类活体。说实话，我对香沙沙落女性自然怀孕分娩的能力没什么信心，包括我自己。”她抄起手，两条胳膊显得更加彪悍了。作为女人，她身材魁梧得有些过分。

慧发袭心挑起下巴颏看着卫生总长，笑了。“冕盔上校，所以才要做实验嘛，这是血珍珠计划的另一个重要目的。就算找到了暗夜信使，再造孕育舱也需要时间，兵力还是会青黄不接。想想我们的祖先——怀着孕战斗，在战斗中分娩，分娩完毕继续战斗。父神保佑，希望我们现代女性还没有丧失这种能力。这场灾难使女性的数量急剧减少，所以有条件、有时间的必须参与。你我是部门的长官，又都在总部，身先士卒是理所应当。放心吧，到时候我会照顾你的。”

冕盔双瞳嘴角咧出不屑的笑意，“你会更需要我的照顾。”

慧发袭心示弱地挑挑眉毛，把目光转向其他人。“提到血珍珠——很多人对一些无聊的事情私下打赌，筹码是各种干果和腊肉，这种猥琐之风必须禁止。行政人事部门三名士兵参与赌博，我已经对他们进行了严厉的处罚。他们会在非凡殿连续值班三天，而且每天只准吃一顿早饭。”

说到这儿，慧发上校忽然面露愧色。“我要向弧秒长官学习，勇敢地检讨自己。这段时间，我也动过罪恶的念头——我希望早上多睡一会儿，工作轻松一点儿，还想痛痛快快地喝酒，甚至想变得更加性感，以吸引异性的注意。这些欲念都太堕落了，请处罚我吧。”

一片沉默。显然，大多数人的内心都不怎么纯洁，却又不愿磊落承认自己的龌龊。

“慧发上校当众坦白错误，这非常有勇气。”弧秒将军适时地将尴尬打破了。“处罚的事情再议，法不责众嘛。不过有一点可以肯定，有慧发这样自省上进的年轻人，香沙沙落的未来，将会比我们所见过的最亮天体还要灿烂！”他的目光掠过这位上进女青年闪亮的粉色眼睛，停留在她薄而长的嘴唇上。

“要不是血珍珠没我的份，我会做些手脚，让你这个小尤物和我交配的，对，交配，这个词简直太刺激不过了，第一个使用它的士兵肯定是个天才。我的身体虽然残疾了，可智商比我高的人却没几个，血珍珠真不是一般的不公平。如果能在怒安娜定居，系统所储存的那些古老法案，我会力主废除一部分，能让我多拥有几个配偶，才对得起我‘极乐’这个名字。”弧秒极乐的内心所想，并不影响他嘴里的忧国忧民。“同胞们！当前的第一要务就是寻找暗夜信使——我们现在没办法正常思考、交流、生产、生活和作战，别说制造量子计算机、能量武器、飞行器，修复被摧毁的量子感应矩阵了，它们散落在茫茫的宇宙空间，对我们所有的数据进行存储、运算和备份，放在从前，这意味着绝对的安全和隐蔽，可现在通信全部中断，我们无法控制它们，也不知道它们的方位，如果其他智慧生命发现了它们，对数据进行破译……我根本不敢往下想——好了好了，说这些有什么用，目前，我们甚至不知道怎么才能制造出一口原始的铁锅。”

“诸位，我们还需要空间防御和逃生系统，在太空袭击了我们的敌人，不能当她不存在——好吧好吧，我们确实不知道那是什么，但看起来显然是个巨大的雌性生物——也许几百年之后她才会再次出现，但也可能是明天，或者下一秒。所以我无时无刻不在祈祷父神保佑，希望能早些找到暗夜信使。否则，香沙沙落的伟大文明将迅速消亡，这才是最大的灾难！”身体弯成了圆环的弧秒极乐转动着他苦难的脸庞，扫视了一遍所有人，也包括再次扫描了小尤物的嘴唇，然后沉痛地叹了口气。

“找到暗夜信使只是时间问题。”星门噬的重低音炮响了起来，震颤着每个人的耳鼓。“禁地的南部和西部已经搜过了，要不是遭遇了一小撮叛匪的阻挠，东部也该搜索完毕了。不过显而易见，暗夜信使已经受损，否则它早就主动找到我们了。”

军需总长星协集缓缓地眯了眯眼睛，很丧地说道：“如果里面的设备也受损，那我们真就成了一群既没有历史，也没有未来的可怜人了。”

“如果是轻微受损，我们能修好它。”军械科技总长名叫准直云骨，他倒是很有精气神，“而且理论上讲，里面的物品根本就不可能受损。”准直云骨的两只眼睛前各罩了一小块椭圆形的玻璃，那是他自己融出的眼镜，正好镶在眼眶里。当然，他不会让任何怒安娜人看见自己戴眼镜的模样——神灵怎么可以近视加散光呢。

“但愿如此。”对于准直云骨的话，星门噬回以一个半信半疑的眼神，“找到它之后，绝不能让叛匪毁了它，所以禁地的人员和武器必须得到补充。我认为，总部只需要驻守少量的人，剩余的都该派到禁地去。”

弧秒极乐把头拧向星门上将，像在仰望刀舞山的主峰，“留下来的人其实并不多，而且大部分都没有作战能力啊。”

“能去一个算一个。”即便坐着，星门噬也有两个弧秒极乐叠罗汉那么高。他垂下眼帘，瞧着这只虚弱的小圆环：“别紧张，弧秒将军，即便你以死相逼想去禁地，我都不会同意的，光保护你就得浪费我一个班的兵力。”

小圆环松了口气。其他人则没说话，显然都不太想去，毕竟还是总部舒服。

星门噬环视众人，“禁地之所以人员紧张，是因为墨若国虽然派低等人军队跟我们组成了联军，可禁地的面积太大了。包围圈千疮百孔是其一；面对叛匪，墨若士兵惨不忍睹的战斗力是其二。那些低等人士兵，充其量，只能防一防想闯入禁地拜神的怒安娜人罢了。

“而且，目前禁地里潜伏着几个叛匪，都是特种作战机械兵。他们自称‘狱炼者’，目的非常明确，就是要摧毁复活舱。我们的人跟他们遭遇过，不但没把他们消灭，自己还损失惨重。他们就是一伙亡命徒，如果不予以歼灭，就算找到暗夜信使，也不见得能把它安全地运回来。

“另外，据侦察者报告说，一部分机械叛匪逃出禁地后，去了北部，墨若人管那里叫‘荒凉之地’。我们现在没有兵力去追剿，要找到并且消灭所有叛匪，唯一的办法就是凭借暗夜信使重启系统。同仁们，机械叛匪不再是一盘散沙，至少有一部分叛匪已经联合起来了。他们将要做什么可想而知，恐怖活动、武装暴乱，什么都有可能。”

空气愈发凝重起来。

“机械叛匪有多少兵力？”准直云骨的眼镜片闪动着迷惘的光。

“我认为你不该问我这个问题，”星门上将的嗓音更低沉了，“除去交给你们部门的残骸，还有留在总部的机械人，理论上，其他没有停止运行的机械人都可能是叛匪。大家知道，父神一号星舰坠毁后，连到底有多少人活下来这个问题，我们至今都没办法做出准确的统计。那些失踪的人，不管机械人还是人类，在没有确定他们死亡之前，我认为都可以算作叛匪。”

星门噬站起身来，弧秒极乐在他身边更有了一种颇具滑稽感的渺小。“部分叛匪虽然目前没有与我们正面为敌，但他们有意识、有思想，而思想是会转变的。我更担心的是，在怒安娜，如果这些叛匪得到某些国家的信任和支持，那我们的处境……”

“够了！够了！讨论这些没有任何意义！”镜决者再也无法忍受这种讨论了，他打断星门噬的话，几乎是在深深地嘶吼。“涅槃计划不合法！它将被立即终止！我们会主动向墨若国皇帝坦陈一切，我现在就去找那个皇帝！对，我！我就是香沙沙落人的代表！”

36. 花火

量子樱想当母亲，但不是随便谁都能当她孩子的父亲。她想在茫茫宇宙里，找个让自己心动的异性人类。

在这皇宫的杀戮时刻，量子樱却躲在犄角旮旯的草地上，春梦正酣。她依旧一身仕女的娴雅装扮，可身姿已不再娴雅。脸蛋上沾着几粒草籽，嘴唇边飘着一根草叶，两条胳膊死死地将身下的大地摁住，指尖全都抠进了泥土里，一条腿屈膝向前奋力地迈进，另一条腿则笔直地向后蹬出。俯瞰的话，她仿佛一个腾跃而起的逐梦人，在空中抓狂。梦里的她，抓到了他。她和他如火如荼地体味着人间至情，从日出到日落，从满城飘絮到山河飞雪，一刻也舍不得停歇。似在狠狠补偿失去的时光，又似在透支着根本不会到来的未来。

量子樱做的是梦，可跟她只一墙之隔的地方，却已经有人幽梦成真。须臾之后，他们将发现对方的存在，将发生那件让所有人都命运未卜的事。

量子樱是那么渴望怒安娜人的生活，这种对人间情事的信念，不知道会不会变成执念。即便她知道，爱情不过是人体化学反应导致的结果，她还是渴望反应反应。她想被苯基乙胺点燃偏执，放大瞳孔；被多巴胺升高血压，变得神经兮兮；被去甲肾上腺素加快心跳，哪怕心动过速，窒息而死也无悔。

虽然这些化学反应不会持续太久，可我真的不介意。当激情过去，垂体后叶素的分泌能导致依恋感，让彼此不要功利地立刻抛弃对方，造物主已经想得够周到了。依恋久了叫长情，依恋一辈子叫忠贞，才依恋几天叫花心，不想依恋了还继续依偎着叫责任。再说了，吃喝拉撒这些最基本的生命活动，哪个不是化学反应？停止化学反应会死人的。统治者禁止相爱结合，这根本不符合人类的生物属性和特性，是赤裸裸的杀人。带着愤怒和逆反，量子樱在梦里更加疯狂地如饕餮般食起禁果来。

这时候，她身旁的宫墙后，呻吟像岩石压抑不住的野草，蔓延开来。

“爱死爱死爱死了我的樱桃果冻，这是第三十四次亲吻，第三次在一起……”

“……没想到我能怀上孩子，我们去找一个没人知道的地方住，直到死。”

“我有办法……我的樱桃和我的樱桃小宝宝……都会平安的……”

小宝宝？我这么快就当妈了？量子樱一激灵醒了，慌忙去摸摸肚子。真的在痛，不过不是胎儿踢的，是之前烂嘴女巫踢的。

她睡眼惺忪地望望四周，很是失落地叹口气，蓦地就听到了异响。它近在咫尺，又缥缈得仿佛来自云巅。她从未听过这种动静，分不清是享受还是痛苦，是呵护还是伤害。像两只野兽在相互吞噬，又在彼此舔舐伤口，忘我地向全世界呐喊，又羞耻得不想被任何人发现。但她不可能对此知之甚少，她翻身弹起来，一股强烈的求知欲——好吧，更可能是其他什么绝非正大光明的心理——驱使她悄悄向墙边爬去。

三等兵虽然已经成年，却从未接触过从事男女之事相关工作的机械人。在香沙沙落，这种机械人叫作“花火人”。之所以如此命名，旨在警示国民，欢愉虚幻得如同花火，转瞬即逝，要学会心系永恒。

零至五岁的童子军，需要学习各种各样的课程。满两岁半之后，他们就可以选修体验课中的性别实践，跟花火人接触。花火人跟真正的香沙沙落人类看起来没有什么区别，但在特定方面的设计却更胜一筹。比方说男性花火人，他们可以连续不停地说甜言蜜语，不重复、不冷场，从课程开始一直能说到课程结束，或是说到耗尽自身电能。

动听的语言，对于听觉和语言系统比男兵发达很多的女兵来说，是最好的安慰剂。那是香沙沙落人类早期时，因为性别分工的不同而在基因里镌刻并遗留至今的痕迹。男性需要闭上嘴，用眼睛默默锁定猎物。女性则需要耳听八方地照顾幼儿，还要一边干活一边跟别人沟通，或者八卦。

男性花火人会这么说——我的女王，现在想听什么音乐？听光束枪电离空气，还是听动能武器攻击星球表面的目标？也许你更喜欢古典音乐——听子弹摩擦空气？或者，枪机运动部件的机械噪音，也是很性感的。

我要亲吻你了，根据完美档案提供的信息，你喜欢从右足的次小趾开始。你的每一个细胞、每一粒原子，都来自某个遥远神秘的星河。超新星爆发的粉末，宇宙风暴吹来的粒子，全都是为了让你诞生于世才殷勤地赶来。这些粒子等待了百亿年，终于被允许围绕你高贵的灵魂，按照你尊贵的遗传密码，塑造出你的惊鸿一瞥。

我悦然却又深感卑贱，因为你天人合一，而我只是呆板生硬的元件组合。我愿意永远臣服于你的脚下，如一粒不愿离开质子的电子。

…………

报告——你的中脑导水管周围灰质非常活跃，杏仁核和海马体的活动极大减少，你的前额叶背外侧皮质已经处于休眠状态。根据你大脑相应区域神经元的活跃程度、身体的激素水平，以及其他各器官的综合反应分析，你的身体对于本次实践所产生的愉悦反应，各项指标均已达到规定的要求。

活动完毕。请问需要和别人分享你的体验吗？请问可以给我个不错的评价吗？

“请问个鬼啊！你真的能忍受那些恶心的家伙？”之前，当量子樱听双星沬复述花火人的甜言蜜语时，一激灵一激灵地表示了谩骂。

“我需要的是爱，不是爱戴。我需要爱的体验，又不是体检。”三等兵认为花火人可笑，编写相关程序的工程师更可笑，所以坚决不选修这门科目。然而，听说一部分机械人产生了意识之后，她笑不出来了。她认为，花火人具有意识是不幸的。如果他们感知不到尊严，自轻自贱倒也无所谓，可有了尊严却被无视，就是酷刑。无论如何，她都决定一辈子不跟花火人接触。既为了心中爱的美好，也为了他们或许还存在的尊严。

当仰望怒安娜灿烂如洗的星空时，量子樱曾庄重地做过承诺，“既然生为高等动物，就要在符合自然规律的前提下饮食男女，逃避本能就是渎职。而我将恪职尽守，鞠躬尽瘁。”

她还许了愿。“愿我能摆脱变态的苦海，像怒安娜人一样自由自在。但是在将来，如果科技也会让怒安娜人变成我们现在这样，我愿变成一只原始的眼镜猴。父神保佑……不不，母神保佑我愿望成真。”

父神，是香沙沙落人所信奉的神祇，被奉为众神之神。香沙沙落的宗教故事里，很久很久以前，在父神的引领之下，他们的祖先才得以走出黑暗巨洞，来到光明的香沙沙落星。自此他们开蒙启智，在父神的帮助下发展出了自己的文明，并从父神那里学会了战斗和防御的手段，日益强大。

父神渊博、骁勇、宽厚、慈悯，还洁身自好、无欲无求。他经过了美色诱惑、恶灵侵袭等重重考验，一心一意地守护着香沙沙落星。父神没有爱人和子嗣，没有家。或者说，香沙沙落人就是他的家人、爱人。

传说里，初到香沙沙落星时，那里有着邪恶而强大的力量。父神带领众人与之作战，最终将其消灭，从而建造起一个可以生根发芽的家园。绵延而惨烈的战争中，但凡能拿起武器的人都是战士，甚至包括刚刚能举起一块小石头的香沙沙落幼儿——他们虽然连敌人的毛发都伤不了分毫，却是族人勇敢无畏精神的最动人体现，让族群震撼，让对手胆寒。所以，香沙沙落人才如此崇拜战士，并追求以战士之身抵达不朽。

后来，父神的功绩和德行终于征服了世间所有的生灵和天上诸神，遂被奉为众神之神。信徒们向父神进献了礼物——水花园。在水花园里，漫天的星辰就是父神的眼睛。父神通过星辰来守望凡间的子民，关注着他们的一举一动、一心一念，等待子民将灵魂洗涤洁净之后来到自己身边，在水花园里一起幸福地生活，与云、与水，以及与云和水所幻化成的一切事物为伴。

在水花园里，所有人都不再有私欲，不会被美酒、美食、美色所诱惑。事实上，那里的人们连进食和呼吸都不需要了，就更别说其他所求。所有人水雾般地融合无我，没有身份，没有姓名，所有俗世里的负累和关系，都不存在。

他们唯一保留下来的身份是，父神的战士。所有人随时为保护水花园而战，而亡——这种亡是终极意义上的沉寂，灵魂将彻底消散，只有父神才记得他。

每个人的使命、职责，现在以及将来的每分每秒该如何度过，都由父神安排。父神洞悉一切，掌管一切，一切对他透明，而子民反之。

一如父神之眼和圣决者监管之下的香沙沙落。

量子樱憎恶父神。从她出生两个月，结束了哺乳期，懵懂世间事开始，就对父神毫无好感。随着成长，抵触更是与日俱增。传说里，父神拯救了族人，这一点三等兵当然感恩，但她认为父神的功过已经完全相抵。因为，父神把族人从一种苦难拯救出来之后，又把他们扔进了另一种更深的苦难，一如从屠宰场转移进坟墓。产生这种不敬的念头，让她没少被系统警告，或被关禁闭、电击。为了对得起香沙沙落问题少女这个头衔，她从未有过悔改之心，三年如一日。

“竟然妄想在世俗里建造水花园的模型？连计算机监管系统也被命名为父神之眼。圣决者和父神之眼看了那么多不该看的东西，不会瞎吗？哈，现在还真的瞎啦。拜托，如果把自己的灵魂洗涤干净，是为了获得死后在水花园继续当士兵的资格，那我将让自己的灵魂保持肮脏，宁可下火地狱，也不去当鬼士兵。”坠落到怒安娜的第三天，惊魂尚未全定的时候，量子樱就在这么想了。她厌恶父神，就干脆自己创造出一个“母神”。她认为母神必须存在——阴阳平衡，才能天地融通，圣光普照。父神古怪清寡，严苛矫情，也许是为情所伤才成了这副德行。他显然需要某个美好的女人来拯救。如果母神能拯救父神，也就拯救了所有的人。

臆想中，量子樱已经完成了对母神和父神的撮合，也完成了自身信仰的转移。她这种想法，在香沙沙落的法律下足以致命，可她却认为自己填补了宗教传说的空白，终将伟大。在这一点上，用不了多久，就会有人去评价她到底是痴狂，还是智慧了。

之所以选择“量子”这个姓氏，是她认为自己是最渺小的单元，但如果有无数个渺小联合起来，就能舞动出广阔的美好世界。她期待那个世界，那个世界也在等待她，等待着亿万个像她一样的至微存在。大家和谐振动，于是万物盎然，温情不散。

至于名字，她认为自己像樱花，相较于其他花朵，一切都恰到好处——不过分娇气，也不过于刚毅。没有倾国倾城的容貌，却也不至于流于平庸。

“所以，我是量子樱，母神的女儿。我会给母神找个好女婿的，我必将与他琴瑟和鸣。”

此刻的宫墙之后，有琴瑟正在和鸣。母神的女儿蹑手蹑脚爬过去，一点一点探出了头。

37. 旋转的殿堂

当圣决者不得不面对死亡的那一刻，他将会一次次想起镜决者接下来所说的那句话，并对涅槃计划感到深深的困惑和诡异的可笑。

大殿之内，参决者们七嘴八舌说了半天，圣决者却顾自欣赏宝座上方的匾额。“敬天法祖”几个遒劲的大字望着他，似威严的老者。

“如果您喜欢那块匾，圣决者，就更应该敬畏自然，效法前辈！根据相关法律，我将立即行使调动军警的权力！并将作为香沙沙落的特命全权大使去会见福螺烬！”镜决者一边激愤地说，一边朝大殿外走去。电离别紧追几步，抬起机械臂挡住他。镜决者惊怒地去推陨血卫，却被机械臂上翻转出的枪管对准了脑袋。

镜决者并不惧怕，反倒上前一步把脖颈摁在枪口上，“呵呵！圣决者，您的卫士根本没有权力这么做，显然您之前对他下达过命令——可这条命令本身也是对法律的践踏！因为他只能针对企图袭击你的人动用武力！不过这倒表明了你也会害怕军事警察。这很好，我给您最后一次机会，如果您立即认罪并且改正，我会提请参决者会议对您进行特赦，只要有超过半数同意，而且没有人反对，就可以将结果记录在案。那样的话，即便父神之眼重启您也不会受到审判，您依然会是合法的领袖，只不过，您将付出缩短任期的代价，但比起被关禁闭总是要好得多。去水花园还是火地狱，您自己选吧！”

圣决者身上弥漫的星光蓦地变成了一涡涡翻滚的水流，和一团团熊熊的火焰。有的火焰被水流湮灭了，有的将水流烧灼得无影无踪。当那些躁动又变回了最初的星辰时，他从匾额上移开了目光。

“如果这块匾改成‘法天敬祖’，我倒是会喜欢——尊重前辈没有错，但死守就是愚昧，我们唯一应当遵循的是自然法则，适者生存。”他在龙椅上坐下，“家园被毁的时候，父神并没有庇护我们，这是为什么？因为他想让我们警醒，那是进步的代价。当初，就是因为我们仁慈地选择了休战谈判，才失去了最后的制敌机会。如果乘胜追击，我们确实会将整个蛇雅星摧毁，会杀死数亿的平民和数不清的其他生物，可疯蛇也会死。他死掉，就不会有背信弃义的反扑，猛土星系就不会毁灭，甚至我们还可能迎来久违的和平——这个教训，还不够惨痛吗？所以，镜决者，当怒安娜人知道了我们的身份和处境，会送给我们什么？是帮助，还是死亡？”

“是合作！”镜决者额上的青筋剧烈地蠕动着，如蓝色浮冰下的黑色河流。虽然我们没能在第一时间做到坦诚，但至少比坚持欺骗要知耻！他们会理解我们的艰难和不得已，而我们真诚的道歉，必将获得原谅！如果在相当长的时间之内，我们都无法借助系统来恢复秩序，坦诚就更加重要！我们将不得不和怒安娜人共同生活，并肩发展！等寻找到暗夜信使，我们首先可以用科学技术跟他们做交换，以得到必要的帮助，对父神一号进行重建。他们会对发电、蒸汽机、电话感兴趣的，也一定会愿意学习力学、电磁学和热力学。如果不想让他们发展得太快，原子能、电子、计算机技术和量子力学的知识就不教给他们，留给他们自行去探索发现。当我们离开这里，想到怒安娜人是因为遇到香沙沙落人，才实现了文明的加速，那该有何等的幸福感和成就感！如果想念这里，我们可以随时回来做客。在茫茫宇宙里，我们又多了一些朋友，而不是敌人！”

“镜决者，我不认为怒安娜人和您一样，也对情怀如痴如醉。”圣决者身上所有的色彩都隐匿了，如一汪暗夜。“您中午之所以还能吃蟠龙菜，喝玫瑰花露，现在之所以还能在这座奢华的建筑里议事，不是福螺烬有什么该死的情怀，是因为他把我们当成了神祇，对我们有所求。如果让他知道，是一群损坏了装备的外星流亡者住在他的宫殿里，还欺骗了他，就算只是为了帝王的尊严，他也会杀了我们……”

“不！绝对不会！”镜决者打断领袖的话，“为了尊严他会将错就错，把真相藏在心里！一直到我们离开，才会让这场戏完美落幕！”

“他凭什么对我们这么宽容？他的儿子早就在怀疑我们了。另外请别忘了那些叛匪，你还嫌我们的敌人不够多吗？”

“至少我们该试试！首先拿出自己的真诚！”

“我们曾经去过的那颗行星，地球，你忘了吗？虽然它的环境非常糟糕——核战一触即发；海洋里塑料垃圾的重量比所有的鱼类加起来还要重，而每条鱼的身体里也都有塑料微粒；大气中布满致癌的颗粒和气体；河流湖泊里都有铅、砷、汞。总体来说，地球人的生活就是呼吸毒气，吃喝毒药，可对于我们，那里已然是天堂了，我们有信心、有能力帮助地球朝好的方向改变。可后来呢？”几抹淡红呈现在圣决者身体上，随后渐渐变深，迅速蔓延。“我们坦率得像不会保守秘密的小孩子，直接联络了美丽之巅王国，向首脑和他的幕僚们提出，想在海洋上租几个没有地球人生活的岛屿落脚。可当他们知道我们的处境以后，竟然想把我们扣留下来做生化实验！父神保佑，如果不是因为系统设定，禁止在没有爆发战争的情况下率先攻击其他星球，我早就下令占领那里了——瞧瞧，那就是真诚的代价！”领袖的整个身躯已经完全染成了赤红，宛如浴血。

镜决者大笑了几声，嗓子哑得仿佛能喷出烟火，“那是因为您没有采纳我的建议！经过分析之后，我建议首先联络中国，可您却……”

“尊敬的镜决者，如果听您的，我们肯定不会成为实验品的。”弧秒极乐忽然插话了，“可是，我们会成为餐桌上的美味啊！比方说白切香沙沙落人、皮蛋香沙沙落人肉粥，或者是老火香沙沙落人靓汤什么的。”

参决者们深深浅浅地笑起来。

镜决者气得几步走到弧秒极乐身边，使劲把手拍在桌子上，“您真的认为，我们就是飞禽走兽吗？”

弧秒极乐还想说什么，圣决者冲他摆摆手，从龙椅上起身，走到镜决者面前。“如果当时留在中国，我们可能会生活得非常惬意，因为那里的领袖胸怀天下，心系苍生；人民勤劳质朴，温和纯良。事实上，离开地球之后我也确实为此后悔过，但现在我却感到庆幸，因为父神赐给了我们怒安娜——其实，是有办法让你我达成一致的，我们可以修改宪法，让涅槃计划合法化。”

镜决者忽然间变得笑容满面，眼睛却喷出了更多的火，“很好，这需要四位参决者赞同您的提议，并且没有人投反对票就可以修宪。但是非常遗憾，您至少会得到我这一张反对票！”

“我也反对！”准直云骨的眸子在镜片后亮若星辰，“作为参决者，坚持自己的观点是职责所在。我也认为应该离开这颗星球！”

“还有我！”冕盔叒瞳放下抱了良久的双臂，“血珍珠计划将为我们带来的那些孩子，我宁愿他们没有家园，也不愿他们去毁掉别人的家园。圣决者，我最后一次这么称呼您，从此以后您不再是我们的领袖了。按照法律，将由镜决者代理您的职责。”

镜决者尘埃落定地点点头，给了领袖一个无可救药的表情，“荒唐结束了…… ”他的话戛然而止。一团银褐色的什么东西溅落到地上，镜决者捂着脖颈，吭吭地说不出话，只能看到他的背影在剧烈地颤抖。

圣决者俯身到他耳边，声音轻得像风，“有一次调取资料，我无意中发现您和我是同父同母。当然，这种血缘关系毫无意义，我仅仅是觉得有些巧合罢了。很荣幸能跟您共事这么久。”领袖转身走向龙椅，锋利染血的金属手指也随即消融了，镜决者则摇摇晃晃跪在了地上。

“我的父神！”弧秒极乐跌跌撞撞地跑向镜决者。

“啊！”“呀！”猛然又传来两声惨叫，紧接着是轰隆咣当一阵巨响。是慧发和冕盔扭打在一起，连同他们所坐的黄花梨圈椅同时砸在了坚硬的金砖上。

准直云骨惊骇地瞪着眼睛，“别打了！别打了！有事可以商量！可以投票！”但是他分明看到，弧秒将军从腰间拔出匕首，狠狠地刺向了镜决者。然而，匕首的尖刺为什么却从自己胸前冒了出来——他很快就看清楚了，这不是匕首，是五根金属手指。他刚要扭头，胸前赫然又钻出一只手来，他栽倒下去，背后的星协集还保持着刺杀的姿势，看上去有些纠结。

星协集只有一条腿，另一条腿在星舰坠落的时候失去了。此刻他之所以还能站稳，是因为膝盖处聚裂出了两根带有防滑脚垫的支架，整个人仿佛一只三脚架撑在地上。他沮丧地垂下胳膊，前臂聚裂出一根细长的拐杖。同时，膝盖上的两根小支架也消融不见了。

镜决者眼前的画面已不再真实，忽远忽近，忽而缤纷忽而黑白。“这是有预谋的……冕盔，只要你能冲出去把事情公布，这次谋杀的目的就不会得逞…… ”忽然一束光划过，镜决者感觉自己腾空而起。他俯瞰到自己的身躯跪在地上，弧秒极乐正颤巍巍地向后缩，嫌弃地抹着脸上的血。电离别则站在自己身旁，收回了机械臂上的长剑，显然这个陨血卫刚砍掉自己的头。随后电离别又蹬了自己一脚，残缺的自己缓缓倒下去。

坠落。天旋地转。大殿斑斓的穹顶，黑灰色的地面快速交替。终于得以停下来时，明亮如镜的金砖上，镜决者清晰看到了自己的脸。黑暗笼罩了天地。

去往水花园的路，从不向活人展示。

两名女军官在星门噬脚下扭打，星门噬将金丝楠木长案高高举起，轰然落下时，其中一名军官的身躯也随之瘫软了。

几名死者各自融化消逝，宛如一堆垃圾——除了被杀的几名参决者，还有电离别手下的两名陨血卫。作为普通的侍卫，他们没有资格知道太多。

“四票赞成，无人反对，修宪通过。”圣决者释然地望着大家，身体上的星群重新闪耀起来。“我们都不想这样，我给了他们机会，最后别无选择。系统的崩溃是民族的灾难，但感谢这次灾难，它让我们得以重生，让修改宪法成为可能。尊敬的参决者们，如果系统正常，别说清除掉这几个不懂大局的人了，单单是有这样的念头，就足以让我们遭受处罚。目前的这一切，都是父神的安排，唯有遵从。谢谢大家，你们是香沙沙落最忠诚的子民，你们就是未来本身。”

弧秒极乐废了半天力气才把匕首插回到腰间，“别人用手就可以杀人，我还得用这个身外之物，谁让我的身体状况这么糟糕呢……我马上把会议结果记录在案，我的记性可一点也不比镜决者差，我也还能运用文字。”

“当然，你将很快成为新的镜决者。”圣决者笑得如此没有负担，这还是第一次。

“宪法怎么修改呢？”弧秒从口袋里摸索出一支鹅毛笔。

“增加一条，为了民族的生存，可以不惜一切代价，采取任何非和平手段。还有，修宪只需四位参决者赞同即可，把一票否决去掉。”圣决者看看满地狼藉，“瞧，原先的条款给我们添了多大的麻烦……诸位，昨天叮嘱你们的事情，不用我再重复了吧。”

“当然不用，尊敬的圣决者。”慧发上校已经整理好了格斗带给她的狼狈，鲜亮如初，“刚才的一切都是臆想，真实的情况是，镜决者联合他人刺杀领袖，而我们平息了这次事件，这将变成我们在场所有人大脑里的记忆。”

圣决者点点头，“现在可以讨论向禁地增兵，以及血珍珠计划的事情了。”

38. 本能

量子樱并没有看到她想看的事情，眼前只有两个熟悉的战友翻身而起，裸露的皮肤正在融成衣裳。她惊得触电般缩回头，此时，又传来了情侣的对话。

“我的狮子王，你打算什么时候带王后私奔呢？”

“……我没说要逃跑啊。”

宏原子美愣住了，沉默了两次呼吸的时间，“那你刚才说的办法是什么？我肚里的孩子怎么办？咱俩以后呢？我怀孕要是被长官知道了，是死刑呀！”

量子樱边听边抖着手掏出一片树叶，嚼着压惊。

“你别急，”蓝移樽深情地亲吻着伴侣，像在小心地啜饮美酒，“第三十五次吻我的小樱桃……”

宏原子美猛地推开他，浅紫的眸子结晶出泪水，“我又不是计数器！”

蓝移樽一半心疼一半歉疚，眸子如漫天粉色星星的夜空，“我想过带你走，可去哪里呢？咱们迟早得被抓住。我不能让你送死，我要让你和孩子平平安安地活下去。”

女兵连嘴唇上都挂了眼泪，像一颗哭泣的樱桃，“这个星球虽然不大，可要找个没人知道的地方躲着，还不至于找不到。再说，我们可以去找那些逃跑的人啊，大家联合起来，说不定就能打败圣决者。要是留下来，你和我都会被处死，孩子也活不了！”

“逃跑是拿命去赌，那些逃兵的下场，这一路你也看到了。而且系统一旦重启，整个星球就会被圣决者控制，无论香沙沙落人还是怒安娜人，甚至连动物都可能变成他的耳目。所有逃跑的人，全都死无葬身之地啊！”

一对情侣无助而又悲伤地重新抱在了一起。男兵无措地亲吻着爱人的长发，女兵则把哭声堵在了喉咙里。

量子樱的泪水也汹涌而出，她狼狈地抹着眼睛，好想为他们做点什么。

“我有办法了。”男兵忽然有了柳暗花明的喜悦，“咱们留在这里静观其变，如果系统恢复不了，国家迟早得分裂，到时候再逃也不晚。或者根本用不着逃，参决者会议就不得不重启婚姻制度，那样的话，咱俩就能名正言顺地在一起了。”

宏原子美望着蓝移樽，像望着一个不可理喻的陌生人。“哪等得了那么久！怀孕不会被发现，可孩子很快就要出生了呀！”

香沙沙落新生儿的体型很小，出生时只有大约两百克。所以，胎儿在母体里孕育时，就更是小得不会被他人觉察。但是，孕育期却只有九十天左右，也就是说，再过三个月，无论如何宏原子美都要分娩了。

“别担心，我的小樱桃，血珍珠计划能给我们做掩护。你想想，不管你跟谁分组搭配都会怀孕，对不对？所以，只有我和你知道这孩子是咱俩的，其他人会以为是你和那个搭配者的。”

女兵几乎惊裂了眼角，“你说过我是你的——这就是你想出来的办法吗？！”

“你的心是我的，就足够了。要是我也被选中，不照样得跟别的女兵搭配吗？可我的心，也只属于你一个人啊。我的樱桃女王，身体本来就不属于我们自己，从来都只属于国家。为了将来的幸福，现在必须牺牲一些东西。”

良久，女兵终于木然地问：“如果重启了系统怎么办？”

“至少我们曾经在一起过，樱桃小宝宝就是你我爱情的见证啊。”

“可是系统会通过基因比对，发现你才是孩子真正的父亲。而且，我们在一起的这段时间刻骨铭心，我恐怕做不到用虚假记忆来代替。”

“去想象不存在的故事，尽量想象出细节，越细致越好，想很多很多遍！为了我，为了我们的孩子，为了爱情——我的樱桃果冻，你一定能做到的！”蓝移樽蹲下去，抚弄着宏原子美的樱桃嘴唇。“基因的事情你也放心。目前，只能用纸和笔把男女兵分组搭配的情况记录下来。我中午打听过了，纸质文件都存放在总部的南书房里。不管谁跟你搭配，事后，我都会找机会，把文件上那个男兵的名字改成我的。这段时间非常混乱，那些资料没人会再次审查的；就算将来系统重启了，也仅仅是把那些信息录入、存储起来了事，我的改动永远不会被发现的。况且，系统有可能根本就重启不了。”

女兵把头埋在膝盖里，恶心得仿佛胃里有一条蚰蜒在爬，“……如果将来我们终于能合法地在一起了，你会因为血珍珠计划嫌弃我吗？”

“我的樱桃小果冻，如果我也必须参与这个计划，那你会嫌弃我吗？”

樱桃小果冻摇摇头，“你永远是我的狮子宝宝。”

狮子宝宝捧起她的脸，“第三十六次吻你…… ”

量子樱听得眼睛都忘了眨。这对情侣，她不知该报以钦佩还是鄙夷。因为，这么做需要足够的勇气，也需要跟那些勇气一样多的恶浊。她只知道她对自己的鄙视无以复加——别人已经悄无声息地走出了那么远，而自己，却是个一直躺在原地，只会蹬腿叫嚣的窝囊废。噗！她狠狠吐掉树叶，唾弃了自己的懦弱，也发泄了对情侣的羡慕和嫉妒。

“谁在那儿？！”墙后传来蓝移樽警觉的质询。

没等量子樱反应，光剑已赫然出现在她眼前。

“你？！”情侣异口同声地惊叫。

宏原子美慌忙去擦抹眼睛，掩饰哭泣的痕迹，“你怎么穿成这样？”

量子樱一根辫子尴尬地抓着脑门，“呵呵呵，这么巧啊，你们也在这儿搜查呢？”她边说边爬起来，拍着屁股上的尘土草屑往远处走，“我先撤了啊，要是被烂嘴女巫发现我臭美，又得挨打了。你们千万别打小报告，谢了谢了，回头见。”

“等一下。”蓝移樽拦住她。

量子樱眨巴眨巴眼皮，“你们找到线索了？”

“你听见我们说什么了，对吧？”男兵问。

宏原子美把蓝移樽往一边拉扯，“你想干吗？”

男兵紧紧鼻子，“灭口。”

39. 殊途同归

好一番锻打之后，俘虏散发出难闻的恶臭，头盔也消融不见了，随后他嘴里喷出一口鲜血来，“……人家都快被你打成肉罐头了……还羞耻地失了禁……我投降还不行嘛。”

太子这才扔下破甲锤，“肉罐头是甚？”

“……是一种可以长期保存肉类食品的……棺材。”

福螺凛烨“哼”了一声，“不见肉罐头不落泪！签字画押吧。”

片刻后，他读出俘虏写下的字，“主——序——后——星？”

“这是姓氏，你看，里面确实有个‘后’字。我的名字呢，叫‘使’。”主序后星使写完姓名之后，认真地画了符号“〈”，写了数字“2”，并且在“2”上面点了一个点，最后，在这些符号底部画了个比较大的半圆。

“此乃你的字？还是号？”福螺凛烨狐疑地看看俘虏。

“是只鸭子呀，你不是让我签字画鸭嘛。”

太子烦躁地一把夺过毛笔，将墨汁在俘虏大拇指上涂抹一番，然后抓起来用力摁在忏悔录上。

他收好印了指纹的纸张，又取了俘虏排泄的些许秽物，用油纸严严实实包起来，准备好生恶心一下那些信徒，尤其是父皇——他们认为这些天外来人不食五谷，从不便溺，是其可称神灵的重要凭据。

叮！一记金属碰撞的声音突然响起，在寂静的涵洞里游向四方。是两名机械士兵的腿碰撞到了一起。

福螺凛烨一愣，慌忙拎起长剑，挑开帘子一角向外望去，什么都看不到，只有漆黑。

“救命——”主序后星使试探着喊。黑暗中旋即传来凌乱的脚步声。“我是主序后星使——”他用尽力气又喊了一嗓子，然后就昏死过去了。

太子急忙灭掉火把，飞身钻出厚布帘。此时机械兵们身上的灯光骤然亮起，齐齐聚在了他身上。他眼前瞬间成了恍惚的白，什么都看不清了，只好摸索着朝另一侧奔跑。才跑几步他就被盈坤扑倒了，落地的刹那，中尉用双腿锁住他的身躯和一条胳膊，紧接着又把他一提，翻转过来，“你?！”

“啊！”福螺凛烨疼得叫出了声。所有人都听到了他骨头断裂的脆响。

盈坤把他一只手腕掰断之后，举起拳头，去击打他的面门。太子慌忙用另一只手抽出腰间短刀，就势朝中尉的头发划去。伴着血花在空中闪耀，一条发辫被割下来，中尉身子一歪，金属拳在地上砸出了坑。

福螺凛烨踉跄爬起来，拔腿朝旁边的洞口就钻。香沙沙落人刚追几步就懵了。七八个黑乎乎的洞口呈扇形排列，各自去往不同的方向——这是涵洞的一处枢纽。

漆黑深处，霍然亮起一束火把。福螺凛烨与火把一起跃动着。黑暗迎面扑来，被火光点燃，又从身边掠过，被他远远地抛在身后。已然暴露，而且也没能把俘虏带走，他却成竹在胸。腰间锦囊里，有星外人沁血的长发、画过押的忏悔录，粪便和尸体残渣。伪装圣洁之躯这么久，他们肯定是把便溺埋藏于九乾宫之内了。顽固之人会认为物证是我伪造，抑或说这是天人五衰时生出的秽物。而舅父明辨是非，他定会率领墨若大军，前来诛杀星外贼寇的。

福螺凛烨奔至涵洞的出口，插好火把，攀上竖井壁。因为一只手受了重伤，所以他只能用背部顶住壁墙，两只脚尖交替挪动，艰难地向上爬去。涌云枫树后，一块砖石猛地被推开，福螺凛烨探出了头。斜阳的光芒照亮了他，他闭上眼睛，深深地呼吸着。枫花的气味沁入心脾，苦涩清芳，和谐自在。

可斜阳怎会从东边落下呢？他心生蹊跷，慌忙睁开眼。黑齿鸾一身金甲伫立在前，与落日遥相辉映。龙趾刀已经出鞘，如余晖喷射的火焰。太子顾不得想太多，边费力地往外爬边说：“国难临头了！”

黑齿鸾并不为所动，“殿下，请随微臣速速觐见圣上。”太子起身想走，燃金死侍一把扣住他的胳膊，“不要逼臣动手。”

福螺凛烨挣开他，摸向腰间，“你懂什么！本王刚办了件天大的事！你看……”腰间却空空如也，锦囊不见了。

茫然无措中，太子听到地下传来一阵急促的脚步声，扭头再看，一个星外女人从竖井里跳出来，是双星沫。

“神灵在上！”黑齿鸾赶紧冲她跪下。

片刻之间，更多的星外人爬出了竖井。一名机械兵顶碎了数块砖石，才勉强钻出他魁梧的上半身。而丑小蚕也跌跌撞撞地从远处跑来，她匆匆向双星沫施过礼，便一把抱住福螺凛烨，“太子爷！你到底做了何等逆天犯上之事啊！”

“你与黑齿鸾怎么都知道我在这里？”太子惊诧地反问。

太子妃瞬间便梨花落雨，“贱妾担心太子爷做出傻事，曾于深夜跟踪太子爷来过这里，刚才便告知了指挥使大人。凛烨，你与指挥史大人是表兄弟，他肯定会在圣上面前替你求情的呀。”

“糊涂！燃死侍哪里还有血亲！他现在姓‘黑齿’，不姓‘赤琴’！”可福螺凛烨已经没有时间再发怒了，他凑到丑小蚕耳边飞快地讲，“我有一只锦囊定是掉落在涵洞中了，内有证明神灵是假的物证！务必想方设法交与舅父……”

话未讲完他便栽倒下去，灰色的天空画卷般铺陈在他眼前，残阳落尽，金色枉然。双星沫收回了拳头——这坚硬的武器差点砸断了太子的颈椎。

太子感觉自己向黑暗飘摇而去，只有一个女人的声音尖利如刺——盈坤从竖井里跃出来，走向躺在地上的皇太子，对黑齿鸾说：“叫你们的皇帝来收尸吧！”

“遵命！”黑齿鸾叩拜完中尉，起身退去。

太子妃慌得手足无措，欲走还留，欲留还走。

“站住。”一声低喝将丑小蚕从恍惚中惊醒。却是双星沫在喊燃金死侍，随后她又指指丑小蚕，“你也留下。”

黑齿鸾停住脚步，“请神灵吩咐。”

双星沫对中尉耳语，“不能排除他俩是太子同伙的可能性，也许他们是来接应的，演戏给咱们看。”

盈坤虽然讨厌她，却不得不承认她考虑得周全。“都带走。”女中尉点点头。

黑齿鸾半边紫色的脸急得有些狰狞，“神灵在上！弟子是奉圣上之命，前来捉拿太子的！神灵明察……”话音未落，他便挨了黑洞光芒重重一击，也栽倒了。

随后下士又走向太子妃，丑小蚕吓得浑身瘫软，如一株开满梨花的树慢慢倾倒下去。银花落地，化作纸钱。

40. 无可救药

蓝移樽对量子樱举起剑，手腕被情人攥住了，“也许她什么都没听到呢。”

男兵纠结地摇着头，“可以不杀她，但她必须跟我们一块逃走，以防万一。”

量子樱愣了愣，“你不是决定不逃跑了吗？”

“就知道她听见我们说话了！”蓝移樽提剑就刺。呲啦！两道光束碰撞在一起，被宏原子美招架住了。

量子樱吓得坐了个屁股墩，“我、我能保密！你不赶紧逃跑，跟我在这儿较什么劲啊！咱们的寿命都不是很长，所以我就祝你俩半百年好合吧！快走呀！”

宏原子美的眼睛重新闪烁出光芒，映出她情人剑拔弩张的影子，“要不，咱们还是逃走算了。”

“我的话都白说了吗？”

“她死了，咱们怎么跟别人解释？”

“长官把她打成了内伤，大家都知道的，然后她就在一个没人的地方死掉了，跟我们有什么关系？”

女兵眸子里的光芒一点一点地暗淡下去，量子樱急得直摇她的胳膊，“喂喂喂，这种生活你还没过够吗？！还要让你的孩子也这样？！”

宏原子美把头扭向了旁边，“……我们的事用不着你操心。”

蓝移樽释然地对情人点一下头，“一起动手吧，为了我们的爱情和孩子。”

量子樱疯了般撒腿就冲出去。她绕过砖墙，穿过草坪，砖石铺就的地面在她眼里飞划成道道虚线。她从来不知道自己能跑这么快。

前方忽然人影攒动，双星沫等人拐过宫墙，迎面走来。

“她要叛逃！”紧追在量子樱身后的蓝移樽大喊，同时他扬起剑，飞刀般掷了出去。

“卧倒！”双星沫唯一能做的事就是警示量子樱了。

三等兵赶紧一头栽向地面。光束刺穿她的裙摆，削掉她几绺长发后掠过头顶，扎进了前方的砖石地面。剑刃旁的青砖也随即熔化，剑越陷越深，如闪亮的餐刀一点点插入乳酪。还好这个动作是三等兵最擅长的技术，不然她就没命了。

大家都围过来，蓝移樽刚拾起剑就被盈坤掴了两记耳光。“你差点就扎到自己人了！杀她还轮不到你。”随后中尉警觉地四下看看，“到底怎么回事？”

“我……”量子樱爬起来刚说了一个字，便被中尉踩得又趴下去。

“瞧瞧你的衣服和发型！原来只觉得你可恨，现在还觉得你恶心。”盈坤用下巴指一下男兵，“她干什么了？”

蓝移樽抹一把惊惶如雨的汗珠，“……我和宏原子去那边搜查，正好撞见她扮成墨若女人的样子，准备溜出皇宫。我们想阻止她，就一路追过来了。”

盈坤看看宏原子美，女兵赶紧僵尸般点了点头。

“你俩真让我恶心！”量子樱气得笑起来，“要说我偷懒我认，我刚才确实在那边睡了会儿懒觉，睡着睡着就听见……他妈的，我都不知道该怎么说了。”三等兵飞快地扫了一眼宏原子美腹部，忽然觉得难以启齿，又不忍启齿。

双星沫蹲下来，双手扶住她的肩膀，“说下去，你必须向长官解释清楚。”

量子樱扬起委屈纠结的脸蛋，“沫……士官长，我哪敢逃跑啊，我只是想体验一下仕女的感觉而已。”她忽然通了电般地兴奋起来，“我现在就是仕女的样子，看我的发型，这衣服的款式……”

啪！她的嘴巴被双星沫狠狠抽了一下。

“我在问你叛逃的事！蠢货！”士官长急得几乎是在怒吼了。她揪起三等兵的纱裙一角，又狠狠摔掉，“长官说得对——既可恨又恶心！你是香沙沙落军人，这服装是对你身份的侮辱！对我们所有人的侮辱！你在浪费自己的生命，拖国民的后腿！先把叛逃的事情澄清，回总部以后我再好好收拾你。另外你记住，嘴巴还有别的功能——闭着！”

量子樱怔怔地望着双星沫，血从她的嘴角一点一点流出来。

“说话呀！你这个不可救药的东西。”士官长用力搡搡她，希望自己的一番话能起作用，让这个不着调的妹妹意识到眼下局面的危险。

量子樱原本憋住的泪水夺眶而出，她黯然地从兜里摸出片树叶，塞进嘴里嚼起来，间或露出被鲜血染了颜色的牙齿。

“我确实是不可救药的东西，士官长，您就别在我身上费心了，不值得。”

双星沫被怼得滚了滚喉咙，“……挽救掉队的士兵是我的职责，可我的忍耐也是有限度的，你再这样下去，会被所有的人抛弃。现在，立刻解释刚才发生的事情，我怀疑蓝移樽陈述的真实性。”

三等兵边长长地吁了一口气，边不住地点头，看起来想通了不少。“不好意思啊，我以前太不识好歹了。像我这么恶心的一个新兵，让你这么优秀的一个老兵来挽救，我应该感到特别荣幸才对。从现在开始，我重新做人了——刚才，我在那边睡觉，本来打算休息一下，然后就找个机会逃跑的，换这身衣服也是为了不引起你们的注意。没想到睡过头，被他们俩发现了。”

错愕、惊喜、不安同时浮现在一对情侣的脸上。他们呆呆地望着量子樱，不知道她想搞什么鬼。

双星沫怀疑自己听错了，“是不是他俩逼你这么说的？！”

“士官长，您捏疼我了。”量子樱用力拨开她的双手，挑衅地笑出一对虎牙，“没人能逼迫我说什么不说什么，我恨现在的生活，你们所有人都知道的呀。您刚才那番话让我幡然悔悟了，所以我就决定认罪，有什么问题吗？各位长官——我的思想一直很反动，我不信父神，还捏造出了母神；我藐视国法，口出狂言。士官长教育我，中尉用心良苦得把我往死里打，对我都是非常有益的。可我却死性不改，不但自己被个人无政府主义的毒瘤侵蚀了，还试图去动摇战友们的斗志。尤其是对双星士官长，我千方百计地劝她叛变，可她一次次经受住了考验，让我的阴谋彻底破产了。”

“今天下午，我终于走上了背叛这条死路。我应该坚决地支持新数据人文主义，支持‘只有全方位地控制了每个人，才能解放全部人类’这个准则，可是我觉醒得太晚了，我罪恶滔天，自取灭亡，死后将在火地狱中永世不得超生——噗！噗噗……我这罪认得还行吧？”量子樱吐出嚼得稀碎的树叶，问周围的人。

短暂而又深深的寂静后，盈坤咯咯咯地笑起来，破天荒用手去抚了抚量子樱的头顶，“你说这些话的样子还挺可爱的，只是太言不由衷了。你以为这样就能活命吗？”

量子樱也哈哈哈地笑了，“除了嘴巴，你连大脑也一起烂掉了吧？我是在认罪，没有在讨饶。我以你们所有的人为耻，尤其是你——烂、嘴、女、巫！”

41. 麻雀、老太太与迷魂

转眼已是几天之后了。天边，朝阳从群山之巅冒出来，火红温润，宛如天空的眼睛。眼睛上方飘着几抹紫灰色云彩，似眼影。两双结实健美的腿迎着朝阳匆匆奔去，映成了黑色剪影。剪影急急跃上几块垒叠的巨大岩石，在一片径直向前伸出的光滑石面上停下脚步。再往前一步就是万丈深渊了，而朝阳的光芒还未能抵达幽深的峡谷。

这片岩石从峭壁上凌空探出去，大概有十几米长，四五米宽，消瘦薄利宛如刀锋，看上去随时都可能断裂。墨若人把脚下的这座山叫泪雁山，把这块孤危的岩石叫雁翎石。

此时此刻，雁翎石上站着的人，是伽马暴力和晕轮。

“也不知道禁地怎么样了。”上尉望着远处的群山，表情和那山一样莫测。

太阳所升起的那片群山，就是禁地之所在——刀舞山脉。

晕轮的样子永远都像没睡醒，“也许复活舱已经被找到了，但发现里面的装备损坏了；也许还没找到，所以还不知道里面的装备坏了没有。”

“你说的话就像垃圾，不过垃圾偶尔也能启发我的思路。”

伴着上尉的笑骂，长官和部下的表情忽然间都如释重负，惬意起来——两条银色水链灿然而出，直下了山谷。

“真美啊，那山就像只母鸡，那颗恒星就像它下的蛋。”伽马暴力有些触景生情，“家乡还没毁灭的时候，也能看到这种景色，那时候，你还没出生。”

“父神是不是也来过这儿啊？在很多方面，墨若国都跟咱们的某个历史阶段很相似。”晕轮的脸上再次洒了一层困惑的光。

上尉刚要说什么，旁边如雷贯耳亮起一嗓子“呜呼呀”，两名星外人都吓得一哆嗦，差点掉下山崖去。

穿山破不知道什么时候也爬上来了，“神灵居然亲自出恭！今日得见，弟子大幸！”他边说边叩了个头。

上尉往旁边躲了躲，“嗯，入世随俗。”

穿山破赶紧朝他身边挪挪，“可否恩泽弟子少许？以沾仙气。”

伽马暴力抖了抖身子，板起面孔，“你跟神灵的缘分还没有到。要是还抓不住那几个妖怪，你这辈子都别想沾上仙气了，鬼倒是能让你见着。”

穿山破吓得赶紧一指深谷，“过了这亡灵谷，再行十几里山路，便有很多山洞，妖怪的老巢肯定就在那里。”

“这几天你表现得还算虔诚，继续修炼吧，贵在坚持。”上尉转身一跃，腋下聚裂出翼翅，稳健地滑翔到山间的一小块空地上去了。

“出发。”伽马暴力招呼四散休整的士兵们，“穿山破，你赶快下来。”

神灵的追随者正埋头趴在雁翎石上，表情像吃了一筐柠檬，“神灵的回龙汤咋这么倒牙呢……”

天边的母鸡已经把蛋完全下出来了，红色的蛋微微泛着金光。金光之下，MBA组合在茂密的丛林里穿行着。鹦宝儿抱着大捧的映山红，骑在二娃背上。小女孩把他头顶的犄角朝哪边轻扭，二娃就配合地拐向哪边，宛如精灵公主驾驶着一辆重型机车。

鸣犽锦绣已经被重型机车落下很远，他痛苦地闭着眼睛，边打盹边跌跌撞撞地往前走，仿佛一具行走的睡尸。他太疲倦了，他需要睡觉。

对我这个万年单身死宅来说——
睡觉是安全的死法
来世如果不称心
就翻个身活过来
再接着即死即生
进入下一次轮回，下一万次轮回
每个都好过不死不活的今生
今生所念
也许就在其中的某一个来世
睡觉是让人上瘾的死法
是能与光邂逅的
唯一路途。

睡觉对鸣犽锦绣如此重要，今天却有人偏偏不让他睡，这分明就是拦着他死去活来，转世投胎。

今天早上格外残忍——

迷魂游荡的良辰

驱魔人不请自来

机器犽化身成一千只激烈辩论的麻雀

小女孩分裂成一万个隔街互怼的老太太

然后，这一千只麻雀引领着这一万个老太太

一起跟我谈心

劝说我去晨练

知道吗——起床，是我万年血泪中，最无法理喻的刑罚

驱魔人给出这个判决的依据是

我是个善良的大爷，外星人头目是个该挨千刀的大爷

我和他都很古怪

所以有我陪着

遇到第二个古怪大爷的概率就会变小

鸣犽锦绣快要崩溃了。该遇到还是会遇到，概率根本就不受我的影响好吗？而且我真不是个古怪的大爷，我是个妖怪爷爷。我最需要的就是睡觉，这无聊的世界上，还有比睡觉更美好的事情吗？晨练为什么非得拉上我啊。MBA 组合是临时的，早解散了知道吗。晨练这种事情也要集体行动，这跟女生结伴上厕所有什么区别？不过就是缺乏安全感，或者是无聊的典型性表现罢了。

不过话说回来，外面确实危险，要是遇到外星人就糟糕了。而且鹦宝儿才八九岁，二娃也才三千多岁，看在他俩还是小屁孩的份上，我就……

今天早上，当小屁孩们鼓动着他赶紧起床的时候，他是这么想的。做完了思想斗争，鸣犽锦绣哈欠连天地哀求，“大哥大姐……睡醒了我就陪你们去，啊，听话。”

彼时是拂晓时分，天还黑着呢。可鸣犽锦绣没想到，鹦宝儿说起话来，居然像一台没办法关掉的播放器。

“大娃哥，听我们的话，啊。你从昨天中午一直睡到现在了。人应该日出而作日落而息，不然身体里的阴阳就会不平衡的。

“大娃哥，虽然你是厉害的魔法师，但也不能糟践自己的身体啊，你都快瘦成扁

担钩了。

“你不种地、不教书、不打猎、不做生意，不想办法生活得更好，这么混下去，你不可能有女朋友的。

“没有女朋友，就没人陪你聊天、逛集市、游玩、给你做饭、和你结婚，你就不会有完整的家，你会特别特别孤独的。

“就算你准备单身一辈子，可老天爷给你安排好的那个女人，她怎么生活呀，谁来保护她呢?

“她会好可怜，走夜路没人陪，生病没人照顾，受欺负也没人保护。

“她会随随便便找个人嫁了，会过得非常不幸福，甚至还可能遭受家庭暴力，你忍心她那样活一辈子吗?

“所以你要听我的话，啊。你从昨天中午一直睡到现在了，人应该日出而作日落而息，不然身体里的阴阳就会不平衡的……”

就这样循环播放了好几轮。

二娃几次想插鹦宝儿的话，都生生没能插进去。他认为在语言表达方面，小女孩是自己难得一遇的对手。至于鸣犽锦绣，则被鹦宝儿絮叨得从偏头痛发展成了混合性头痛，也算是顺便温习了一下紧箍咒的原理。

她管得也太多了，小小年纪就这么唠叨，老了可怎么办。而且，这才是她丢掉拐杖的第一天，动过大手术的第八天呐。他们已经在一起相处了七天，鸣犽锦绣觉得这并不比七十年更短，他巴不得快点摆脱这一切。

七天前的黄昏，他们逃进了森林深处。鹦宝儿终于吃上了几天以来的第一顿饱饭——八棵红梗马兰头，几十簇山枇杷，两大捆胡葱，一整枝灯笼果。逃命途中，二娃还手贱地捅了只野蜂窝，所以就额外有了蜂蜜饮品。而鸣犽锦绣的额头外侧，就额外有了几个被野蜂蜇的大包。

不都是素食，还有二十多只鸡蛋大小的玛瑙蜗牛。二娃的胸部能抽出一块熟铁板，加上他离开鸣犽锦绣那个“假的家”时，顺手带走了主人做油炸蚂蚱剩下的一瓶火麻籽油，所以就料理出了一道香喷喷的铁板蜗牛。

在鹦宝儿的求情下，厨师非常慷慨地让鸣犽锦绣吃了一只最小的蜗牛。

二娃三根犄角里的一根，有漂亮的套杯藏于其中，犄角内部还可以进行微波加热。所以餐后，鸣犽锦绣还去摘了些鲜花回来，让厨师给小女孩煮了一杯鲜花茶。

二娃被制作成这样，只能表明三千多年前，鸣犽锦绣也曾经是吃货一枚。

野餐的过程中，鹦宝儿都处于情绪极度分裂的状态。失去亲人让她悲痛，能幸运地活下来让她感恩，何去何从又让她茫然，二娃料理食物的魔法让她惊叹，丰盛的美味则让她愉悦。最后，她打着饱嗝哭泣起来，“姐姐、豆儿哥和乡亲们，从来没吃过这么好吃的东西，爸爸妈妈也没吃过，我心里好难受。”

鸣犽锦绣抓紧机会循循善诱，“你爸妈长什么样子？你的家在哪里？”

鹦宝儿瞳孔变得越来越大，她激动地刚要说话，忽然“呃”地打了个饱嗝，随后又变得沮丧，“好容易想起点什么来，又忘了，对不起。”

“没关系，慢慢想，啊。”二娃温柔地安慰她，同时瞪了鸣犽锦绣一眼，“催什么催，就不能让她好好吃顿饭吗。”

“之前我就发现，食物好像能促进她恢复记忆，所以想趁热打铁。”

“她吃这么多东西，血液都到胃里去了，哪还有脑力想事情。你就是想快点甩掉这个包袱，别以为我不知道。”二娃埋怨几句，从头顶上端下煮好的鲜花茶，咕哝着，“得给茶降降温，不然会烫着她的。”他把水杯塞进自己左肋处一个掀开的小门里——就在收纳箱旁边，那里有一台二娃牌冰箱。

“其实大娃哥也没催我的意思，”鹦宝儿帮着开脱，“他只是怕我太想家，也怕我的家人着急。”

鸣犽锦绣冲她抿抿嘴角，鹦宝儿回报以默契的笑靥。

其实我就是想尽快甩掉你这个包袱。鸣犽锦绣尴尬又内疚地想。

鲜花茶凉到了合适的温度，鹦宝儿还没有喝完就昏死过去了。鲜花是曼陀罗花，被熬煮成了迷药。

“你想干什么？！”二娃一把攥住了下毒者的脖领子。

“……我想带她去个地方，那儿有些医疗设备……”鸣犽锦绣被拎得双脚离了地，因为呼吸困难而脸颊发紫，“……得给她做手术。她骨头畸形愈合了，必须打断重接，不然会残疾……我不能让她知道发生了什么，更不能让她记住那里的位置……你小子快松爪，我快被勒死了……”

二娃这才把他扔到地上，“算你小子还有点人性。”

其实，鸣犽锦绣非常不想让自己这么有人性。到底要不要给鹦宝儿做手术？一路上，他都被这个问题深深困扰。毕竟，那些医疗设备是他计划毁掉的收藏，但是，让这么可爱的小女孩落下残疾，而自己其实有能力救治她，鸣犽锦绣又于心不忍，或者说，他无法承受未来可期的自责。

就让她残疾好了。几分钟前，鸣犽锦绣边揪着嘴角的胡子，边偷偷地观察鹦宝儿。世界上每时每刻都有无数人需要医治，甚至需要医疗手段救命，我救得过来吗我。目前的文明阶段，每个人都应该承受这个阶段所必须承受的事情。残疾算什么？对他们来说，一个小伤口发生感染都是致命的。她又死不了，我已经很仁慈了。

动摇就在闪念间。鹦宝儿惦念着亲人还没吃过如此人间美食的那一幕，让他终于做了决定。医治她，再使用那些设备最后一次。

“她心里总想着别人，更应该有人想着她。”鸣犽锦绣对自己说。

于是他们来到了一个秘密洞穴。从去往目的地的泥泞之路上，到钻入一棵枯死的香樟树的巨大树洞，顺着这个树洞进入地下，经过一百米多长的曲折地道后，到达秘密洞穴的外围设施，随后是鸣犽锦绣一连串的身份验证，才得以进入一个十几平方米见方的石砌空间，接下来开始乘坐几乎散架的轨道车（叫过山车也不为过），惊涛骇浪地滑行大约七八百米，再换乘下降时间足够打好几个盹的简陋电梯，接着又是洞穴主人一连串的身份验证，最后终于进入核心密室，一直到手术之前——如此漫长深邃的一段时空里，二娃都在一脸震惊，碎碎念地问着同样一个问题：“你到底有多少这种见不得人的秘密？！有多少？！”

其实在出发之前，二娃第一次问的时候，鸣犽锦绣就已经郑重地给了他答案，“闭嘴。”

这个地下掩体珍藏了诸多医疗设备，都来自上次文明时期，犹如小型的医疗器械博物馆。从早期用来点穴刮痧的砭石、针刺治病的九针、锡铜合金的解剖刀，中期的古老 X 射线机、心电图仪，一直到能够独立掌控一台手术的人工智能，都有。

给机器外婆过完生日以后，鸣犽锦绣本打算先销毁这里的收藏品，没想到兜兜转转，它们居然最先派上了用场。然而这并不会改变他的计划，充其量，只是让整个销毁活动更具有一点仪式感而已。

二娃看得眼花缭乱，长发横甩，“嘿！你是怎么保存的？”

“有监控设备和自动护理机器人，湿度、温度、岩体稳定性、真空度、光辐射度等等都有严格的控制，就跟保存你一样。”

“这里是真空？！”二娃惊慌地冲向鹦宝儿，“她需要氧气！氧气！”

鸣犼锦绣没搭理他，不紧不慢地打开器械柜，“你能听见我说话，而且我也没被憋死，怎么可能是真空？进来之前确实是真空、低温，但在外面的时候，我已经通过遥控设备发送过指令，全部提前自动调试过了。你看，病人睡得很舒服，她可能正在梦里吃火锅呢。”

“对，要是能涮涮你的脑花就更完美了。吼吼吼吼，我将把这里公布于世！”二娃抖抖长发掩饰自己的露怯，并迅速转移了话题。他的语气听着是挑衅，却分明带了作为秘密分享者的自豪。

“我将把你灭口。”鸣犼锦绣边淡然地说，边解开竹叶青蛇皮腰带，脱掉脏兮兮的鹿皮背心——在把背心扔到一边之前，他没忘了再用鼻子去闻闻。“噗，还是那么醒脑……这衣服得离鹦宝儿远点，免得她闻见了醒过来。”

鸣犼锦绣脱掉上衣，露出了轮廓清晰的身体。不是肌肉轮廓，是骨骼轮廓。吃蚂蚱吃草，偶尔吃顿蚯蚓大餐，显然不会让人发胖，更不会让人强壮。不过因为他的骨架比较粗大，倒也不至于显得过分羸弱。可是跟二娃魁梧的体格一比较，他看起来是那么的弱不禁风。

二娃瞅瞅他的两扇排骨，不屑地支楞一下耳朵尖，“嘁，说得就好像你能打过我似的，谁灭谁的口还不一定呢。”

鸣犼锦绣用一声口哨还以轻蔑，“在喆梨寨，我做了什么你都看见了，那证明我的体能在恢复。而且，咱俩探讨灭口的话题根本就没意义——给她做完手术，我会把这里的东西全销毁，以后就算你带全世界人民来参观，我也无所谓。”

“销毁？！”二娃惊讶地站起来，头顶把天花板撞得一阵抖动，“你这种变态的想法，外婆之前确实告诉过我，我还以为你只是说说而已呢。”

鸣犼锦绣也惊讶地停下手上的活计，“机器外婆告诉过你？她根本就没机会告诉你的。怎么回事？”

“你别管。”

“……我懒得跟你胡搅蛮缠了，快做正事。得给鹦宝儿验血型，我和她还得做交叉配血试验。她伤得很重，我怕血液检测机器人伤着她，你负责抽血吧。我可一指头都不想碰她，免得你再一惊一乍的。”鸣犼锦绣把采血器和消毒器械递给二娃，然后把自己的左臂递给血液检测机器人。

“我也是台机器，也会出错啊。”二娃不满地瞪了他两眼，边给鹦宝儿的胳膊消毒边说，“别以为我不知道，你现在根本打不过我的，你的能力只是昙花一现罢了。来的路上，你连一条十几米宽的水沟都跳不过去。你吧，就是没出息，不往死了逼，你就不长进，好容易长进点，又会很快退步。”

“我那是怕颠着鹦宝儿。”鸣犽锦绣抽完血，缩回胳膊，冷冰冰地回应说，“你要是敢阻止我的计划，我真会把你废掉，绝对不留情面。”

“吼吼吼，”二娃冷笑，“把外婆扔进岩浆你都做得出来，对我你当然不会留情咯。”他把抽好的血递给血液检测机器人，又用棉签轻轻摁住小女孩胳膊上的小血点，“可惜喽，外婆的留言你还没看呢，你要再惹我不高兴，我就把它销毁。”

“你敢。”

“不是敢不敢的问题，是事关公平的问题。你销毁你想销毁的，我销毁我想销毁的。”

“你……做完手术赶紧让我看看！”

二娃的脑袋轻划弧线，把长发甩出了很酷的偏分，“看我心情。”

除了献血者几乎被二娃弄瞎以外，手术非常成功。鸣犽锦绣全程被蒙上了眼睛，二娃禁止他观摩病人不穿衣服的手术。反正有专事手术的医疗机器人主刀，同时这台机器人还能身兼麻醉医生和助手，另外，由二娃来担任器械护士兼巡回护士，已经齐活儿了。鸣犽锦绣只要静静地躺着，当个活体血袋就好。他对此求之不得，只要不跟病人发生溶血反应，他就是合格的好血袋了。他跟鹦宝儿的血型并不一致，但交叉配血的测试结果是基本相合，所以只要输血量不是太大，小女孩的身体就不会出问题。

二娃把蒙他眼睛的竹叶青蛇皮带紧了又紧，不但勒进了他眼眶，还打了死结，所以他感觉自己做了一次眼球摘除手术。等他终于能睁眼时，世界是一片金光闪烁的漆黑。不过，他很庆幸自己什么也没看见，什么都不用做。

敲断小女孩腿部、腰部和胳膊上已经长好的骨头再重接，能下如此狠手的只有骨科医生和畜生——医疗机器人和二娃来做拍档，就是两者最完美的结合。

鸣犽锦绣终于重见光明时，鹦宝儿还在石膏床上沉睡。她穿着高分子石膏背心，臂部和腿部都打了石膏，身上盖着那件神奇的鹿皮大衣。

鸣犽锦绣望一望满地五颜六色的布片——那是因为手术需要，病人被撕碎的衣裤——然后发愁地抱住脑袋，“得给她弄身衣服，该去哪儿弄呢……”

话音未落，他忽然倒下去昏迷不醒了，还是鼻子先着的地。他被故意伤害了，后脑勺被二娃狠狠地弹了一个脑瓜嘣。可二娃对案情却有不同的解读。他认为自己是挺身而出，捍卫了人类珍贵的文化遗产，及时制止了妄图销毁人类财富的犯罪行为，属于见义勇为的范畴。

接下来，二娃把鹦宝儿连同石膏床一起绑在自己身上，临走还拿了些经过特殊手段贮存的药品，然后叼着犯罪嫌疑人的裤腰，来到了他们眼下落脚的地方。这个山洞是二娃偷偷溜出去放风时发现的——就是之前被鸣犼锦绣锁死一百多年，以作惩罚的那次——百余年后的现在，这里荒蛮如故，仿佛时间并不曾光顾过似的。

当鸣犼锦绣光着上身从昏迷中醒来，他后脑勺上的大包肿得油光锃亮，和那些被野蜂叮的小包相映成趣。

“你对我做了什么？！”他小心地摸索着疼痛并且迷糊的脑袋，冲二娃咆哮。

“别吵醒我的病人！”二娃对他报以同样的咆哮，然后慈爱地看一眼还在熟睡的鹦宝儿，得意地把前爪抱在胸前。

“这是什么鬼地方？”鸣犼锦绣用尽可能小的音量，保持着不可能再少的愤怒。

“你有秘密洞穴，我就不能有吗——欢迎来我的乡村别墅做客。”

“好好好，非常荣幸，不过很抱歉，我没来得及准备做客礼物。”客人愤懑又焦灼地说，“你知道让十三号洞穴城门大开的后果吗？我得赶紧回去一趟，把那里销毁！”

“十三号？看来你行宫还挺多啊，可至少十三号不再属于你了——谁说你没准备礼物，那地方现在是我的了，谢谢你的馈赠哦。”

“随便你说什么吧。”鸣犼锦绣头重脚轻地往外跑。

“早去早回哟，不过可别怪我没告诉你——你再也进不去啦！不只是核心密室，连外围设施你都进不去啦。我修改了密码。过几天，我还要带鹦宝儿回去复查呢。”

鸣犼锦绣脚步没停，“过你的嘴瘾去吧，你根本没有修改密码的权限。”

二娃打了个酷似马儿的响鼻，以示轻蔑，“破解很难吗？肯定是这次文明重启以后，你才恢复使用那个山洞的。”

“你怎么知道……”鸣犼锦绣不得不返身回来。

“吼吼吼，从那套蹩脚的安全系统就看得出来，它早就该升级了。确实，相当长时间之内，它都能防住怒安娜人的攻击——这次文明还没进入蒸汽时代嘛，当然没人能破解得了电子信息系统——可是，想要对付我就难了哟。”

二娃双爪抄在背后，嘚瑟地前后甩着脑袋，越甩越快，两只长耳朵在头顶蛇一般地扭动着，像是京剧演员在展示自己的甩翎功夫，嘴巴里则阴阳怪气地滔滔不绝，故意惹鸣犸锦绣生气。

“你人在现场，那些所谓的安全措施都不是问题。我本来想把你的臭手剁下来，可一想血淋淋怪恶心的，还是直接抓着你的手去指纹解锁吧——我还真是善良又不怕麻烦呢。静脉识别也简单啊——幸亏我没剁你的臭手，所以它还能派上用场，不但通过了手掌静脉验证，而且你还可以留着它继续挖鼻孔。至于数字密码，吼吼吼，你能记住的数字，恐怕就只剩下外婆的生日了。所以我一次就通过啰——我怎么这么善解人意啊。”

鸣犸锦绣挤出一个严重受挫却又不肯认输的笑容，“撒这种谎没什么技术含量，倒显得你避重就轻。我问你，声纹验证怎么通过的？——你根本就没办法通过！需要进行活体检测的。”

“喊，”紧接着二娃就用鸣犸锦绣的声线说起话来，“二娃二娃我爱你，就像小狗爱猫咪。”

小狗的身上一阵发冷。他没衣服穿，所以就更觉得冷。

猫咪继续用小狗的嗓音说话，“我存了很多你的语音素材，随时都可以检索调用，语音特征和声纹分析全都应付得来，吼吼吼吼。”

鸣犸锦绣的五官拧成了一朵烧卖，“……那脸部识别呢？”

“别忘了我身体里有三维立体打印机，而且我还在那儿找到了医用硅胶，如果想制作一个你的面具头套，还真是什么材料都不缺呢。”

二娃低头打开肋部的收纳箱，掏出硅胶面具往脸上一套，同时头部的三只犄角和嘴巴全都缩了回去，两只眼珠刚好从面具眼部的空洞露出来。随后他又把长发胡乱地抓抓，弄了个和鸣犸锦绣相差无几的糟心发型。

鸣犸锦绣的脸，和二娃版鸣犸锦绣的脸对视着，基本上是在照镜子。

半晌沉默后，鸣犸锦绣不堪地说：“你娃成精了。”

镜子里的他谦虚地连连摆爪子，“倒还不至于成精，只是升了升级而已。而且我知道，自己并不属于那类精于算计的超人工智能，我只是个天才的陪伴型智能罢了，所以我用的都是些笨办法。”

二娃边说边把面具扯下来，呜犸锦绣伸手去抢，二娃已闪电般把面具收回了原处，“它是我的玩具！鬼节化装舞会还用得上呢。对了，问你个事——你保存那么多硅胶干吗用？上次文明时期，你是不是开过整形黑诊所？真是那样的话，给我做个男性人类的仿真器官呗，有相应传感器连接感知系统的那种。”

呜犸锦绣颓然地蹲下去，“……你都开始对那方面感兴趣了，看来不是升级这么简单，你肯定是中病毒了……上次文明的后期，硅胶可以制作各种导管、人工心肺、关节、医用电极和生物传感器的外包装材料什么的，当然也可以做仿真器官——好了好了，快告诉我，最后的虹膜认证怎么通过的。我当时昏过去了，根本不可能配合你。”

“你说了要销毁那里之后，我就把你的虹膜图像采集下来了。我这双眼睛，当虹膜采集仪来用绰绰有余啊。”

“那也需要活体检测，你拍个视频不可能蒙混过关的。”

“根据光线的变化，我随时调用相应的高清素材就好了。”二娃睁大眼睛进行了现场演示，“把你虹膜的图像通过我的眼睛投射出去，我就有了一双你的眼睛。说实话，你眼睛的颜色跟我头发的颜色还挺配的——等你制作好我想要的东西，就把十三号洞穴还给你，成交不？”他拍一下呜犸锦绣的肩膀以示友好。

“你有本事找个老婆我就给你做。”呜犸锦绣两手交叉当作枕头，气得往地上一躺，“能融合所有传感器的信息，即插即用型，绝对能让你体验天打雷劈、疯疯癫癫，要死不死的感觉。”

“你们就这感觉？”

“我早忘了，差不多吧。”

“那就这么说定了。”

“……你变成现在这样子，都是我教育的失败。做你的狗血梦去吧！”呜犸锦绣一骨碌爬起来，“我现在就去炸了它！”

二娃飞快地伸出一只前爪，弯起中趾和大拇趾，送给了他第二个脑瓜嘣。

呜犸锦绣迷离地倒在地上，用奄奄气息挤出一句话，“……儿大不由爹啊。”然后他就在二娃恶毒而又嫌弃的目光里，哀怨地厥过去了。

当他再次醒来时，不记得自己梦了些什么，可梦里不祥的预感却清晰地绵延下来——失控，可怕的失控，跟上次文明末期一模一样。

42. 心之柳叶刀

在对失控的隐隐焦虑中，鸣犽锦绣熬到了今天。

拂晓，鹦宝儿就来到他身边。小女孩穿着新衣裳，兴奋得像大年初一早晨催促爸爸赶紧起床去放鞭炮的女儿。这身衣裳虽然不是用新布料缝制的，却是她头一次上身，所以也算是新衣裳吧。上衣是对襟花纱小褂，粉色面料带了云纹的暗花。对襟处的眉子是养眼的灰，眉子上有五对盘花纽扣，由黑、金、蓝三色丝线编织而成，宛如五对飞翔的小凤凰。白色竖领，两只袖口在手腕处收紧，镶了白色的袖缘。小褂的下摆掐住腰部，使这件上衣既像猎装又像袄衫，却比猎装典雅，比袄衫帅气。黑色棉布马裤的两侧都有兜，裤兜上有粉色布条做成的系带——鹦宝儿之前的裤子款式，如今依旧被保留下来。

这身衣裳出自二娃之爪，准确地说，是他改制的。除了懂得必要的医护知识，二娃还懂得一点服装设计制作，当然，有些技能他依然深藏未露——这些手艺都来自他身体里储存的资料，需要的时候就进行调取，按照资料上的指导来操作，所以大体上都能做到像不像，三分样。

上次文明时期，二娃会把自己感兴趣，或者认为将来也许用得上的知识和技能储存起来，有文字，也有音视频。作为人工智能，他的学习能力和生活情趣可见一斑。也许心思大条的雌性机器犽会爱上内秀如此的他——当然，动物界的一头燃刀绝命刃齿虎或者是板齿犀，一厢情愿地想要和他繁衍后代，也不是完全没可能的事。

至于女红所需要的用具——剪刀、顶针、针线篓，熨斗、尺子、绣花绷，针拔、刮板、喷水壶等等，二娃的收纳箱里一应俱全。这是鸣犽锦绣为了怀念外婆而置办的。遥想当年，他从头到脚的穿戴——在大陆北部流浪时的狍皮帽、桦树皮帽、鱼皮鞋、宽袍长褂，在南方游走时的马尾帽、火草褂、络麻草鞋、夹衣长衫，他儿时的童帽、肚兜，少年时的腰带、绑腿，材料从御寒的兽皮到透气的丝麻——都是外婆就地取材，一针一线缝制的。不过，外婆并没有这么先进齐备的女红用具。鸣犼锦绣清楚记得，外婆常常会被骨针扎破手。

至亲去世以后，漫长而孤独的时光里，鸣犼锦绣始终没有放弃针线活儿的学习。他想体会外婆飞针走线时的辛劳与柔情，想给自己做几件衣服，假装它们是外婆对自己的体贴。功夫不负有心人，苦练了千年，鸣犼锦绣终于可以凭着修补鞋子养活自己了。苦练了万年，到机器外婆得以诞生的人工智能时代，他终于掌握了怎么纳鞋底。可能是过于缺乏女红天分，也可能是值得倾注感情的对象早已离世，所以，他便无心真正地学习，更无法精深，以至于在女红领域一事无成。

用来改制的那件衣服，是鸣犼锦绣买来的。他最近一次去买裤子，已经是四十多年前的事了。但是跟二娃相比，他在淘衣服方面的经验已然堪称老辣，所以就理所当然地成了买手。买手在支付了几朵赤灵芝以后，拿下了这套衣服。交易的场面跟他上次买裤子很相似，卖家同样毫不知情，不同的是，这次的卖家是一对伴侣。他们躲在一棵粗大的涌云枫树后，衣裳扔了一地。也许是摆地摊卖衣服的吧，谁知道呢，反正鸣犼锦绣就是这么宽慰自己的。

鸣犼锦绣买了一套成人女款，虽然他很想把那套男款也一并拿下，给自己穿。要知道，他才出来两天，就能在深山老林里有此遭遇，而且那男人的体型还跟他相差无几，这种概率跟被陨石砸中脑袋差不太多。如果错过这次机会，他再想要买条合适的裤子，很可能就是几十年以后的事了。可是，为了不至于让这对商贩回不了家，鸣犼锦绣终于没忍心去下死手。

衣服买回来以后，鹦宝儿居然皱着眉头，非常不高兴。半天她才纠结地说："大娃哥，你对我好，我很感动。但我宁可穿野草和树皮，也不能穿偷来的东西呀。你快给人家送回去，这么好看的衣服，失主会很心疼很生气的。而且你要当面向人家道歉，顺便也替我道个歉，都是因为我，才把你逼成了小偷。"

鸣犼锦绣一口气没倒上来，被自己的口水呛得直咳嗽，"……真不是偷的，咳咳咳…… "

二娃抖动着脚尖，睨一眼他，"你是直接从人家身上扒下来的吧。"

鸣犼锦绣气得头都憋紫了，说话又开始颠三倒四加结巴，"你小子真是犼、犼嘴里吐不出象牙……鹦宝儿还是个……你当着她的面……小姑娘……胡说八道。"

二娃放心地冲鹦宝儿点点头，“现在至少能判断衣服不是抢的了，因为他撒谎的时候从不打结巴，所以只可能是偷的。”

鸣犽锦绣局促地搓着额头，居然没注意到搓下来好几条粗大的泥鱼，“是物物交换好不好？我给人家留了几棵老赤灵芝，那东西不但能治病，还能卖很多钱。二娃，你说我还能怎么做？鹦宝儿身体这么虚弱，真让她穿草衣和树皮衣吗？”

二娃挑起一只眼角看看鹦宝儿，“嗯……丢了衣服，也许会让主人生一小会儿的气，可灵芝也许会让他们全家高兴上好几年呢。所以大娃做的事，也许是可以原谅的。”

“这衣服，也许是她的亲人一针一线给缝的，是她最心爱的东西，用多少钱也买不到呀。”鹦宝儿眼里含着一层泪，难过地抠着手指头，“就像鹦蔬姐姐给我做的衣服，全世界只有一件，再也不可能有了。”

鸣犽锦绣和二娃相互看看，都是一脸神伤。

“是有这种可能，但也有别的可能啊。”二娃心疼地抚着鹦宝儿的肩膀，“比方说，他们家有人生病了，灵芝刚好可以治病；或者把灵芝卖了，他们家就能衣食无忧，毕竟今年的庄稼不会有什么收成了——当然，这并不代表我们做了一件好事，充其量只是做了一件各取所需，而且并不值得提倡的事情。等你病好以后，咱们可以去找到那户人家，表示表示感谢——你说呢，大娃？”

鸣犽锦绣抹了一把凌乱的胡子，像流浪猫洗了把脸，不安地点了点头。

过了一宿，鹦宝儿终于算是想通了，“我希望自己赶快好起来，带上好多好多礼物，找到这身衣服的主人，好好谢谢她。”

衣服改制好的那一刻，鹦宝儿的眼睛从杏子瞪成了苹果，“二娃哥，你女红怎么会这么棒！”

二娃的长发飞扬起来，两只长耳朵傲娇地一甩，“吼吼吼，我要是开个裁缝铺，全世界的裁缝就都没饭吃啦。”

“我什么时候能穿新衣服？”

“等你拆掉了石膏——你现在穿的根本就不是衣服，是臭垃圾。”

鹦宝儿和裁缝说话的时候，买手就光着上身蹲在旁边。他环抱着肩膀，可怜兮兮地望着小女孩身上那件自己最心爱的鹿皮背心，像丐帮里最潦倒的那个乞丐。

“也许明天我就能拆掉石膏呢。”鹦宝儿兴奋地咧着小嘴巴笑。

她当时所说的“明天”，就是今天。鹦宝儿不但拆掉了石膏，而且连拐棍都用不着拄了，行走自如且如风。她和二娃趴到鸣犽锦绣耳边，一个唠唠叨叨，一个叽叽咕咕地唱和起来。

之前，是二娃把她叫醒的。机器犽不需要睡觉，休息时，最多也就是切换到省电模式，然后作假寐状。昨晚，鹦宝儿叮嘱了七八遍，让他凌晨四点喊自己起床，于是三点五十九分五十九秒的时候，他准时提供了叫醒服务。

“喔喔喔——喔喔喔——”无论从哪个角度讲，他提供的服务都非常正点。于是，鸣犽锦绣新一轮的折磨就开始了。

二娃念经说：“瞧瞧你给她找的食物，营养价值太低了，要是让她多吃点肉，多喝点骨头汤，她能恢复得更快呢。”

“……你懂什么，吃那些对骨折并不好。”鸣犽锦绣心烦地把头藏进茅草堆，“……饮食就该清淡点儿……我不是给她捡过两个野鸭蛋么，是高蛋白就行……她恢复得够快了，不能再快了。”他肉虫般地蠕动几下，把上半身全部拱进茅草里，继续打起了鼾。

“嘿！”二娃攥住他两只脚脖子，一下把他从被窝里拖出来，“她在长身体！她需要吃肉！她的伤已经全好了！”

鸣犽锦绣吃惊地醒过来，眯着眼睛去看伤员。即便他知道小女孩伤情恢复速度不一般，却也不相信她能恢复得这么快。

鹦宝儿就趴在他身旁，笑容里闪过些许拘谨和害羞。她利落地爬起来，踢踢腿，跳了跳，伸开胳膊优雅地转了几圈，随后就是一串让鸣犽锦绣和二娃都感到不好意思的妖娆猫步。最后，她以一个弯弓射大雕的姿态作为亮相。

“我穿这身衣服漂亮吗？”小模特询问两位观众。她笑得如此纯净灿烂，那从骨子里流露出来的质朴、桀骜、妩媚，以及小小年纪就已决定不与世俗为伍的清傲，让她的每个毛孔都闪闪发光。

鸣犽锦绣心里的某个角落也飘飘忽忽明亮起来，一些暖暖的东西从他的胃部生发，向全身蔓延而去。

几天以前，鹦宝儿并不是这般闪闪发亮的模样。她手术醒来后，除了沉默什么都不会了。不说话、不哭、不吃不喝，也不睡觉，只是偶尔眨巴一下毛毛眼睛，证明她还没有死。她之前的遭遇经过发酵，从愤怒变成惊惧，从悲伤变成绝望，从怀念变成自责。

血充斥着她的世界。血浪，血尘，血风，一个个与她曾经有过亲密联系的亲友，全都幻化成与血有关的不同形态，铺天盖地席卷而来。

我为什么要经历这些？我到底是谁？家在哪里？原来的名字叫什么？然而，她那条通往过去的记忆之路，在某个地方被截断了。那里弥漫着无法穿越的黑雾，浇筑着粉身碎骨也撞不破的铁墙。一如此刻断掉了无数根骨头的她，明明知道自己存在于当下，却又死死地被困在当下。身躯动弹不得，记忆犹如死水，如一株无法移动的植物，任时光宰割。

彼时，看着鹦宝儿半死不活的模样，二娃对鸣犽锦绣说："你倒是做点什么啊。"

鸣犽锦绣坐在草堆里，单手托腮，正愁眉苦脸地盯着小女孩。他间或往嘴里丢一粒瓜子，然后"呸"地吐掉皮——他周围已经满是瓜子皮和西瓜皮了。要是没有摘到这些原本野生，后来在上次文明时期进行了人工栽培，如今又再次野生了的黄瓤大西瓜，他还真的不知道，这难熬的时光该如何打发。

"你就打算一直袖手旁观吗？"二娃活动活动爪腕，又准备实施家庭暴力了。他悲伤鹦宝儿的悲伤，愤怒她的愤怒，郁闷于安慰了她很久却毫无成效，开始觉得自己无能。更无法忍受的是，鸣犽锦绣始终都在吃西瓜和瓜子，一副不嫌事情大，只嫌西瓜不够甜的麻木群众嘴脸。

群众被二娃所震慑，漫不经心地把瓜子一扔，起身朝鹦宝儿走来。"其实我一直在观察——她这是儿童创伤后应激障碍的症状。"群众在患者身边盘腿坐下，小心翼翼地看看二娃。"你对她的安慰很重要，可如果仅仅停留在说'我会一直陪着你''我愿意为你做任何事''请你尽情地哭出来吧'，诸如此类流于皮毛的话，并不能从根本上改变她的状态，说得太多，倒可能适得其反——现在你相信了吧，我并没有袖手旁观，我根本就没袖子，我连件衣服都没有呢。"

二娃用前爪挠挠腮帮子，"那现在该怎么办？"

鸣犽锦绣抹去嘴边沾着的一粒瓜子皮，"应该告诉她真相。"

"什么真相？"二娃饶有兴趣地卧下来，竖起耳朵准备听故事。

鸣犽锦绣有点拿不准，却终于欲止又言。"……鹦宝儿，我能体会你的感觉。你非常非常艰难，你想念死去的亲人，恨不得把凶手撕碎；你希望时光倒流，自己拥有某种强大的力量，去解救你姐姐，解救所有的人，可是你又知道这根本不可能，你知道你爱的那些人，永远都不会复活了。"鸣犽锦绣的嗓音如黄昏的一抹斜阳洒在岩岭上，温柔而锋利，坚定又悲凉。"时间不可能后退，你也没有像神一样的力量，你只有像神一样的饭量。你就是一个普通无助的小孩子，只能这样忍受煎熬。所以更多的时候，你其实在想，如果自己也能在屠杀中死掉就好了。那样的话，你就不会像现在这么痛苦，不会独享活下来的特权，对死去的人才够公平——你现在这种感觉，其实我一直都有。”

鸣犽锦绣忽然哽咽了一下，有晶莹的东西在他眼中闪了闪，像夜风吹过倒映了星光的湖泊。“我也一直在独享活下来的特权。外婆为了救我而死，我恨死掉的为什么不是自己。大部分人遇到这种事，可能都会这么想。鹦宝儿，你没做错什么，你已经足够坚强了。你是我见过的最懂事、最美好的孩子，你能活下来，是给这个世界的礼物。对于死去的人，你是他们留在这个世界上的希望，你得替他们好好活着。只有这样，他们才能在你记忆里存在下去。像你这样不吃不喝，几天之后你就会死掉。那些爱你的、你爱的人，会在你脑海里永远地枯萎，直至从这个世界彻底消失，一点痕迹都不会留下。你不希望这种事情发生，对吗？”

鸣犽锦绣坐在小女孩背后，看不到她的面孔，可从二娃不断变化的表情和微微颤动的耳尖来看，他认为鹦宝儿在听自己讲话，而且，似乎还想听下去。

“悲伤让你麻木，”心理医生看起来比刚才自信了些，“一开始，这是很正常的表现。可你是个聪明的女孩子，你情愿这样，后来干脆强迫自己这样，你觉得麻木比痛要好受些。你怕自己哭，因为哭会让你重新感觉到疼痛，让你更难过，还会认为自己太懦弱。你知道吗，哭并不丢脸。哭是每个人与生俱来的魔法，能让人在痛苦的时候释放压力，解除捆绑你的咒语。我难过了也会哭，所有人都会哭，甚至某些非人类，难过到一定程度都要哭。”

鸣犽锦绣下意识地看了看二娃。二娃很配合地把脸上的焦灼变成了悲苦，眼里隐隐地亮起了一些电流，像微缩版本的雷雨夜空。

“你瞧，二娃也会哭。确实，有些人你从没见过他们哭，或者说，没见过他们让眼泪流下来过。”鸣犽锦绣低下头，往阴影里藏了藏，好像不愿直视什么，或被什么直视。

“可这并不代表他们不会，他们只在别人看不见的地方哭——被窝里、自己的汽车里、厕所里，都是不错的选择。他们不愿意让对手看见自己的脆弱，不想给人添麻烦，影响别人的心情。或者，是他们根本没有值得信赖的亲人和朋友，可以被允许看到他们的眼泪。

“我和二娃不是你的对手，是一起经历过生死的忘年朋友……甚至还是忘物种朋友。你展现脆弱的样子，是对我们最大的信任。事实上我早就见识过你的脆弱了，咱俩刚认识的那天，你不就被我吓得一直哭吗？

“你不要怕给我们添麻烦，你已经给我们添了很多麻烦了，虱子多了我们不怕咬，不怕。对了，我还要告诉你，二娃很乐意为你这样的女孩子鞍前马后，甚至称得上很享受。谁让他是魔法世界的骑士兼老妈子呢？保护并且呵护世界上的美好，是他的使命。他非常非常疼爱你，你不可能感受不到的。”

二娃瞟了鸣犽锦绣一眼，目光里有一丝不可承受之重的羞涩，另外一丝，是对他居然如此擅长劝慰别人的刮目相看。二娃不禁伸出爪子去触摸鹦宝儿的手，温柔得像只大兔子。鹦宝儿也缓缓把眼睛转向了二娃——自打她醒过来，视线就始终钉在岩壁上，丝毫没有移动过。二娃激动得一下子竖起长耳朵，又慌忙抓抓凌乱的长发，想有个稍显精神的发型，以保持自己在女孩子面前的良好形象。

小女孩嘴唇动了动，似乎想哭，又似乎是心疼二娃的憨样，想笑。二娃眉头一皱，再也忍不住了，发出了呜呜咽咽的声音。他眸子里的电流噼里啪啦织而成网，两只长耳朵弯下来揉着眼睛。他真的哭了。

小女孩手指尖动了动，想去安慰二娃，可她虚弱得实在动弹不了。二娃边哭边提起一只耳朵，耳尖向下从中部折成直角，使劲朝前摆摆。他在模仿战术手语，示意鸣犽锦绣，“继续推进！”

于是战友继续推进。“鹦宝儿，世界上有很多的血腥、残酷和不公平，正义的人在避免那些事情发生，可邪恶的人却在制造它们。古往今来，这片大陆上发生过无数的屠杀。有一次，三十万人都被侵略者残忍地杀死了——这数字不是符号，是一个个活生生的人，每个人都是别人的挚爱亲朋。如果把那些遗体放进棺木，排成一列安葬，能从这里绵延到杜鹃海岸。而且那些死者绝大部分不是军人，只是老人、孩子和婴儿，是平凡得不能再平凡的，忙于生存的男人和女人。”

鸣犽锦绣深深吸了一口气，却还是感觉窒息。“那场惨剧来得太突然，事情发生之前，跟任何普通的一天没有区别。有的人在想，早点吃馄饨还是小笼包；在想妈妈的病终于好转了，带她去公园晒晒太阳吧；在想未婚妻陪我走过了最艰难的日子，今天她穿上嫁衣的模样该有多么美；在想过两个月就是春节了，给孩子做套什么样的新衣服呢——可转眼间就鲜血成海，尸体成山，人间成了地狱。人们就这样在极度惊恐中死去了，同时也有少数人在惊恐中侥幸活下来。可以想象一下，那些幸存者将以什么样的痛苦，来度过余生。人类但凡还有贪婪、偏执和狭隘，就会有侵略、战争和杀戮。过去如此，未来也会。”

二娃的愤怒渐渐多过了不堪，他起身抖抖皮毛，“为什么要给她讲这些？！”

“这就是真相。我想让她知道——很多人经历过跟她一样悲惨，甚至更悲惨的事。你知道的，还有更邪恶、更惨烈的事情我还没有讲出来。”讲述者抬起头，表情疲惫得像刚从梦魇中苏醒。

二娃兜着下巴吹口气，额前的刘海剧烈飘摇着，“她还是个小女孩，只需要知道这个世界有多美好就行了！骗骗她会死吗？”

“会死，不但死得更惨，还会死得稀里糊涂。我们是要追求美好，但决不能刻意粉饰邪恶的存在。她已经足够善良足够美好了，当她见识过黑暗，就必须开始明白生活不是童话，她也不是公主。世界和宇宙，其实就是这么冷漠、危险、不仁，没有谁可以豁免。如果我有女儿，也会这么告诉她。

“你在打击她还是安慰她？你觉得人类混蛋也就算了，居然还想毒害下一代花骨朵！我就……唉，打你我都嫌脏了爪子——看看，你看看！她眼神更直了！你快滚到一边吃你的瓜去吧！”

呜犽锦绣沮丧地站起来，滚到一小块还有点果肉的西瓜皮旁边。

“那些凶手，后来呢？”死寂中，鹦宝儿忽然哽咽着问。

二娃激动得咣当又跪下去了，“我的乖乖！你终于说话啦！——我告诉你啊，那些凶手后来全都不得好死！佛说过，善有善报，恶有恶报！”

“杀害姐姐和乡亲的凶手都会遭恶报，对吗？”

呜犽锦绣捡起西瓜皮，吸溜着啃了一口，“杀死三十万人的那些凶手，有的得到了惩罚，有的颐养天年，有的自杀谢了罪，有的做善事想要赎罪，还有的引以为荣，至死都没有忏悔。佛并没有说过‘善有善报，恶有恶报’，如果真是那样，人们就不会困惑为什么有的善者横死，有的恶者善终了…… ”

“再放犽屁我抽死你！”二娃的耳朵猛然在空中用力一抽，发出“啪”的尖啸，宛如挥鞭打马。

“二娃哥，别这样。”鹦宝儿用力舔舔干裂的嘴唇，仿佛一只下定了什么决心的猫咪，“我不要你们骗我，我也不要自己骗自己，我想知道世界真实的样子。”

“先喝点水吧。”呜犽锦绣抱起微型鱼雷般的酒壶，“你想知道的一切，我都会告诉你。”

一串滚圆的泪珠从鹦宝儿毛茸茸的眼睛里落下来，像太空中不得不去流浪的星星，迅猛而寂静，灿烂又压抑。

“生活总是这么艰辛吗？还是只对某些人这样？”她问。

“总是如此，对某些人更甚。”鸣犽锦绣答。

他把酒壶递给二娃，意思是“还是你来喂吧”，二娃连接带夺地拽过来，“我还真怕你把她给淹死呢。”

鹦宝儿眼巴巴望着鸣犽锦绣起身远走，目光里是“好希望他在身边多待一会儿”的失落和沮丧。她对这个哥哥的喜欢又多了一点。

他说的话，跟其他大人不一样。

43. 绝对黑暗

MBA组合晨练时，他们不知道，这片森林里除了伽马暴力，还有其他的香沙沙落人已至。

此刻，双星沫背靠着一棵大树坐在地上，感受着山风瑟瑟，天地苍茫。她凝滞的目光前，一棵棵涌云枫拔地成林。那些树木，深灰色的树皮被裂纹切割成一块块的矩形图案，如无坚可摧的铠甲。树干根根笔直魁梧，披着铠甲立于云天。树冠随风潮涌，黑、灰、白的叶片和花瓣层层叠叠，像积雨的云朵。双星沫的发梢纠缠着，扭动着，一如她此时的心绪。她仿佛被困在武士的方阵里，又如被暴雨将至的云海笼罩。

却是晴天。透过树干的空隙，她看到朝阳一点点从血红染成了金黄，光芒如赫然出鞘的光束剑，刺痛了她的眸子和心脏，把她眼角下的痣，穿透成一滴血色泪珠。她身边没有量子樱。只有少女的声音留在她耳畔，恍若隔世。

"'双星'？为什么选这个姓？"量子樱曾经这么问她。

"随便选一个呗。"双星沫淡然地耸耸肩膀。

"我才不信呢。是因为你潜意识里的分裂吧，就像一对纠缠不清的恒星。"量子樱嚼着一根马尾松针，盯着她的眼睛想看穿什么，"再瞧你的名字——'沫'，泡沫般的存在，也太悲凉了。"

"我不觉得，反倒挺庆幸。泡沫生于水，要是不变成一颗颗的泡沫，就会永远被周围的水隐藏，都不知道所谓独立的'自我'，是一种什么样的体验。"

"既然好容易才当一次泡沫，就更应该想办法，去做一颗自己想要做的泡沫呀，会发光、有颜色的那种。"

"错，更不该把自己当回事。能当一次泡沫短暂地跳出来，已经是水的恩赐了。

就好比我们，能有一次宝贵的生命就是父神最大的恩赐。水不会在乎某一颗泡沫，就像父神不会在乎某一名战士。作为泡沫，只要听水的话，按照水的方向漂动就可以了，这就是泡沫存在的全部意义。我们对父神来说也一样，听他的安排就好。”

“父神不在乎我，可我在乎我啊！你不在乎你自己吗？”

双星沫咬咬嘴唇，无以作答。她知道自己还是在乎自己的。她还知道，哪怕脑中的芯片再也无法帮助自己进行记忆，可七天前发生的一切，她至死不忘。

那天，量子樱一心求死。蓝移樽和宏原子美极具行动力的猥琐，让她第一次对传说中的爱情感到恶心，同时再也无法忍受苟活的自己。双星沫那番话，成了摧毁她的最后一颗子弹。她想让自己高贵一次。彼时夕阳西下，量子樱觉得这真是个找死的好时辰。

被辱骂之后，盈坤气得脸上的肌肉乱抖，胳膊聚裂成了一根瘆人的狼牙棒。

三等兵歪起脑袋看着她，“来，快来，你怎么还不杀我？我赶时间呢。”

她还是晚点了。女中尉把她押回了总部，在国民面前行刑以儆效尤，才是物尽其用。

跟她一起赴死的，还有福螺凛烨、黑齿鸾和丑小蚕。太子之前并不相信鬼神，但这次他有些信了。他看到了从未看到过的东西。他踯躅前行着，四面八方尽是黑暗，只有他冻成青色的裸体散发着朦胧的死光。极寒的黑暗将他包裹，他脚踩至寒至夜，走向至寒至夜。雪花挟着冰雹，来自天上，来自脚下，来自任何一个方向，而自己就是这无边凛冽的中心。冰雪风暴的浇灌之下，自己的血肉徐徐绽裂成了四片巨大的花瓣，整个躯体宛如一朵行走的青莲花。当青色的莲花沁成粉色，花瓣也裂成了八片，当花瓣裂成十六片、三十二片，直至无数片的时候，莲花的颜色终至血红。

这就是传说中的八寒地狱啊！本王分明是在青莲花地狱、红莲花地狱、大红莲花地狱当中游走。望着自己的身体，福螺凛烨的恶心与恐惧搅拌在了一起。“断无见者于后世，当住寒风黑暗中”，看来这话并不是疯癫妄语。不相信神灵，诋毁、诽谤、杀害圣者，死后就会堕入这种寒冰地狱啊！我不就是如此吗？先贤老师和我都错了，他们并非星外人，真的是神灵！

福螺凛烨正走着，面门猛然撞到了一堵冰墙，伴随着嘎巴巴一串声响，冰墙碎裂了，冰块落石般砸下来。剔骨疼痛中，他看见自己碎成了满地鲜红色冰碴。

“再加点冰吧。”不知谁在瓮声瓮气地讲话，紧接着当头又落下一波冰块。

太子一激灵跳起来，又重重地跌下去。黑暗退散，冰碴重聚成身体，可极寒依然存在。他使劲张张眼睛，这才发现自己坐在水里，大大小小的冰块在水面碰撞激荡，光滑的黑色围墙环绕于四周，头顶则是圆形的天空，色彩斑斓，烈焰熊熊。

天空之上，该是八热地狱吧。这时天空忽然探出来一个大脑袋，两排亮蓝色的矩形快速扫描了一圈，又缩了回去。

“他醒了。”大脑袋向盈坤报告。

这个脑袋属于一名机械人，是个粗扁的黄褐色圆柱体，上面戴着一顶凉亭造型的白帽子，帽子镶了鲜艳的宝石蓝花边。这种搭配，以及他的表情，看上去全都怯生生的。他的四肢也是黄褐色，泛着金属的古朴光泽。身躯则是个更加庞然的米白色圆柱体，大概两到三个人才能将其合抱，表面布满了磕碰造成的凹陷和划痕，划痕里呈现出银色或者脏脏的锈色。

“臭猪，你可以滚了。”盈坤用下巴指指大门。

“长官，我不叫臭猪，我的名字叫…… ”机械人说起话来也像个怯怯的小孩。

“你的名字更让我恶心，我爱怎么叫就怎么叫。”

“……是，长官。”机械人的服从里透露出深深的沮丧。他腰部的两扇闸门缓缓关闭——“寒冰地狱”里，砸向太子的那些冰块就来源于此。

机械人开门走出去，门外站岗的两名机械士兵重新把门关好，笔直立于左右。廊檐下，伴随着金属的摩擦声，机械人的双腿慢慢折叠缩回体内，取而代之的是八排球形滚轮。

“索玛吲哚！过来！”长廊里的不远处，一名大耳朵的香沙沙落士兵招呼他。

“索玛吲哚”是他的姓名，他所在部门的最高长官，星协集给取的。目前别人对他的任何称呼，他都很厌恶，但是任何机械兵都没有自己选择姓名的权力，而且“索玛吲哚”相较于其他，嘲弄的意味至少隐晦一些，所以他宁肯被这么叫。作为负责后勤杂务的机械兵，他不但被所有的香沙沙落人呼来喝去，也被机械同类看不起。星舰失事的时候，甚至没有一个机械兵愿意跟他结伴逃跑，就因为他卑微的地位、对机械人来说毫无价值的技能，以及迟缓的运动能力，所以他只能选择留下来。

索玛吲哚滑行过去，大耳朵士兵的手心里聚裂出了一个杯状的容器，“给我来点水，加冰，多加二氧化碳。”

“对不起，”索玛吲哚怯怯地闪烁一下眼睛，“我刚执行完制作冰块的任务，储存的水刚好用完了。”

“废物。”大耳朵踹了他一脚，“去去去，快充水去。”

他刚要走，一名胖乎乎的士兵叫嚷着跑过来，“开门！快开门！”

索玛吲哚赶紧去启动身躯上的一道门，门大概有一人多高，一肩多宽。胖乎乎的士兵蹿过来，侧身闪进门里，门随即合上，紧接着里面就传来了劈天惊雷与绕梁小曲相互混杂的异响。

“唉……憋死我了……”索玛吲哚的身体里传来了悠长的叹息。

“请您稍等。”索玛吲哚对大耳朵说，“现在有原材料了，希望他能多提供一些。”

这就是索玛的工作——移动饮料机兼移动公共厕所。实际上，他是一个小型的净化循环系统。他可以从动物的排泄物里提取出蛋白质、益生菌、纤维素、脂肪以及水分，然后在他庞大的内舱里，把这些提取物转化成可以饮用的水和方便食品。所以，他还是一台移动的小吃制作机。

在缺乏水和食物的恶劣环境里，香沙沙落人是很需要索玛吲哚的。可需要归需要，这丝毫改变不了他卑微至极的身份——他的地位甚至比花火人还要低，即便他在工作中所接触到的人类器官，跟花火人并没有什么显著的区别；即便目前，总部所有人类的排泄物，都是由他负责处理，并借此来维持“神灵”圣洁的形象。

那名胖乎乎的士兵因为消化不良导致腹泻，所以不但提供了水分，还提供了种类繁多的其他原料。

索玛吲哚滚圆的手臂上翻转出一根水管，边给大耳朵输出冰汽水，边问他：“要来一块香辣味的饼干吗？”

“来两块吧，这种口味的比较抢手。”大耳朵答应着，目光一直盯着远处丹墀下的什么东西。

丹墀下，台阶的栏杆旁边撂着半截女人的身体，套着白色马面裙、绿纱裤，脚上是带了高跟的孔雀绿云尖绣履。

大耳朵呷一口汽水，“把她当花火人用几天，再执行死刑多好。”

索玛吲哚憎恶地瞪着他的后脑勺，那些充当眼睛的明亮色块迅速排列组合，聚出了一个竖中指的手势，随后手势的图案又裂聚成一串黑色的文字，“没人性的杂碎”，紧接着文字又崩裂为无数颗焦黄色的小光点。最后，这些光点剧烈地撞击在一起，组成了又一串文字，“迟早用你们放在我肚子的东西淹死你。”

大耳朵回过头，索玛吲哚慌忙把文字隐去，仅剩了两个蓝色矩形充当眼睛，简约又漠然。

“做好了。”他从身体一侧的烤箱里取出了饼干。

索玛吲哚刚离开的那间屋子里，盈坤下命令说：“把他弄出来。”

太子在天空中看到了一个星外人的上半身之后，被拎起来扔在了地上。他这才清醒了——自己之前被反绑双手，泡在了一只大瓮里。迎头落下的冰块，是星外人让自己尽快苏醒的手段。布满烈焰的天空，是宫殿穹顶上的祥云花纹。这个地方他自然认得，是原先九乾宫的懋勤殿附房，用来做杂货仓的，眼下成了刑讯自己的诏狱。

他环顾四周——女将官掐腰而立，一名毛发浓密的高大男兵站在一旁。男兵是黑洞下士。他愁眉紧锁，在惦念着量子樱。他的心上人半躺在阶陛上，双腿横在栏杆外，浑身尘土，目光呆滞。两只手腕被一根散发着微弱白色荧光的绳索捆绑着，绳索的另一头固定在了栏杆上。一名机械兵伫立在旁边，负责看守她。

那根绳索，是香沙沙落人之前用来禁锢某些生物的电能索。“某些生物”是指不能通过脑中的芯片进行控制，但必须予以约束的高等或低等生物——比方说一个异族士兵俘虏，或者是一头待宰杀的野牛。绳索柔软坚韧，功能之一就是抑制被捆绑者的大脑，使其丧失思考和行动的能力。

黑洞下士固然心痛，却无能为力。“作为士兵，在国家生死存亡之际，如果为了救一个愚蠢的异性而去背叛身份和信仰，除了证明他更加愚蠢以外，还暴露了他的狭隘和不忠。他将让战友仇恨，为后辈不耻，被历史唾弃。”当量子樱被绑在栏杆上的那一刻，天极魁梧是这么提点他的。而黑洞光芒正紧握光束剑的手柄，浓密的毛发微微颤抖，如一头悲愤的牦牛。

“你救不了她的，我会杀了你。”天极魁梧揽住下士的肩膀，手指聚裂成一把尖刀，“要不是清剿叛匪的时候，你替我挡过一剑，我才懒得跟你说这些话。就算你现在救了她，又能怎么样？”天极笑着融掉尖刀，拍拍他的肩膀，“刚才听说了吧，血珍珠计划今天晚上实施，过了今天，你牵挂的人就是另外一个了——那个和你搭档执行计划的女兵。你们将通力合作，为了国家的振兴，去完成一项特殊的历史使命。你们的孩子，将是香沙沙落文化的继承者。当你再想起量子樱的时候，会觉得这个叛徒不过是个笑话。你曾经暗恋她的事情，更是笑话。”

黑洞光芒的手松动了，不得不承认天极中士境界高远，话是至理。量子樱不过是一个普通的战友，她确实让我心动，但本质上是在唤醒我动物本性里最原始的邪恶。邪恶想要摧毁人性，总是会率先送上美好的假象，让人沉沦得义无反顾。所以，她是邪恶派来的使者。

黑洞下士终于冷静一些了。他盼望尽快熬过今晚，从明天开始，准确地说是从今天入睡之前开始，就能把注意力转移到那个暂时还不得而知的异性搭档身上了。他希望借此来洗刷掉对量子樱的怀恋。但今晚格外漫长。

执行死刑的时间，被安排在了增员计划之后。圣决者不愿意让死刑的血腥对参与者的状态有任何影响。所以眼下，死囚们在广场上示众。而懋勤殿的附房里，黑洞下士凶狠地盯着蜷缩在地上的福螺凛烨，恨不得把他活活给撕了——就是因为你这只低等猴子的刺杀，才让量子樱有了叛逃的机会。

太子用同样的眼神对这名星外军人予以了回敬，然后才把视线轻蔑地移走，看到了另一个人——星门噬。陪福螺烬去刀舞山迎接“神灵”时，太子曾与其有过一面之缘。当时，他猜测此人是天外来客的高级将领，而福螺烬也表示了赞同。只不过，皇帝认为这是率领天兵天将的大将军，身份类似于托塔天王。

托塔天王坐在圈椅里观察福螺凛烨，魁梧的身躯几乎要把椅子撑破了。

太子愤怒地挣一挣绳索，打了几个寒战。

星门噬看一眼盈坤，“他感到冷。”

“冻死算了。”女中尉的语调就像在说一只流浪狗。

星门噬温和地摇摇头，“神祇是仁慈的。”

“凡人得靠外在的衣服保暖，可真麻烦。”盈坤不情愿地走进里间，返回之后，把抱着的东西一股脑扔在了俘虏身上。是件皮大氅，可能是皇帝之前留在这里的。

皮大氅罩住了福螺凛烨，他费了半天劲才从里面拱出头来。

女中尉刺耳地笑了几声，对自己的恶作剧表示满意。太子恼怒地瞪着她，“唯有贱畜才用自己的毛皮御寒！你们正是一群狡诈的星外贱畜！”

“凛烨，我对你的胆识表示欣赏，但也对你的言行表示遗憾。”星门噬并不生气，满脸都是慈爱的笑，宛如佛祖面对一只混账的妖孽。“你所有的言论都是臆想，你的无知和自负超乎想象。现在，既然你要以死为代价，来验证我们是不是神灵，你看这样好不好——我来解答你所有的疑惑，但前提是你要坦白下一步的计划，说出还有谁是同谋。如果你的真诚打动了我，我会宽恕你的。”

“呸！你这个贼骨头！凭什么说本王是臆想！——你们的底细我已心如明镜，呵呵呵，你们连当妖精都不配！”

星门噬欠了欠身子，“不要再一意孤行，你的妃子已经招供了，我原谅了她的单纯和无知。如果你忏悔，我也会原谅你。苦海无边，回头是岸。”

福螺凛烨一激灵，“……既然她都招了，又何必追问本王。”

星门噬成竹在胸地往后靠靠，“你不相信我的话？那是时候聊聊赤琴骇日了，也就是你的舅父。”

福螺凛烨呆住了，气囊漏气般地泄下去，可嘴里吐出的字却依然利如弩箭。“本王擒获的那只猢狲，已招认了你们真实的身份。本王将站着死，决不跪着生！”

44. 伤心玫瑰与牡丹喋血

太子被审讯的时候，福螺烬一直跪在香沙沙落宫的北门外。他身着冕服，五体投地。“弟子身为一朝天子，有生之年又得以侍奉在神灵左右，唯有前世积了天大的德行，今生才能投如此祥贵之身。得上天眷顾，弟子本应该诚惶诚恐，朝乾夕惕，可太子与太子妃竟然密谋刺杀神灵，甚至，连燃金死侍也参与了其中。至亲至信都是忤逆罪人，弟子有负天恩！只求亲手杀了那几个逆臣贼子，以谢重罪！”他一遍遍唱念着这段话，因为惶恐和力竭，浑身上下都剧烈抖动着。

在此之前，福螺烬从非凡殿上完香回到交泰殿，他在贵妃的伺候下喝了一碗燃刀虎鞭汤，吸了七八个新鲜的生蚝——这生蚝来自墨若国极北部的海棠岛，比荒凉之地还要再往北一些，即将抵达秀萨国的边境。他还吃了一大盘由燃刀幻色鲨鱼筋、完齿猪蹄筋和鹰雕肉烩在一起的“天海游巡”，佐了一壶烫热的金茎露酒，然后就躺在龙床上养精蓄锐，准备和爱妃天地合气，万物自生。

自打把乾灵宫敬献给神灵，福螺烬就住在了这交泰殿。交泰殿位于坤秀宫和香沙沙落宫正中间，得名于某个卦象——上坤下乾，天地交泰相合，阴阳彼此感应。居于此，皇帝是想借神光照耀，开枝散叶。神灵当然善解人意，便赐予了他一件法器。当无盐煮海连滚带爬地跑到交泰殿，禀报太子被抓的消息时，福螺烬和贵妃正借助这件法器，感受着凡人本不可能感受到的随心所欲。法器是两只华丽的银灰色手套，柔韧贴滑，却有金属的质感。戴上它，如长了一双无形的手，能隔空取物，还能力量倍增。亲夭夭戴上手套，娇挑食指，就将福螺烬从龙床指到了半空中，定在那里。她一边轻旋纤指把皇帝翻过来滚过去，为他松骨推拿，一边从几丈开外的小炕桌上取回一粒粒艳红的水果，滑送到自己和他口中。

这果子叫“欢喜莲”，原本生长于南部一海之隔的“刺血国”。它吸取了最滚烫的骄阳和最新鲜的海风，果味芳香腥甜，只需闻一闻便能热血澎湃，更何况食用。刺血国的人把它叫作“佛灭果”，意思是哪怕已修炼成佛，吃下它也会凡心大动，失去修为。几年前，无盐煮海为了讨圣上欢心，出使刺血国返回后，就将它引种到了墨若国最南部的烈女岛。从此，皇帝就能方便地享受这异域美味了。圣上虽喜欢这果子，却忌讳它原先的称谓，便另赐名为“欢喜莲”。

此时，殿内佛堂上供奉的欢喜佛好不欢喜。亲夭夭嚯地把福螺烬托起老高，皇帝的鼻尖都擦到殿顶上的龙凤彩画了，随后贵妃假装失手，他便从空中疾速坠落下来，直到离地面几寸，方才又被定住。接下来，他便随着贵妃的玉指轻绕，跳跳虫般翻起了跟头。他们大呼小叫地尽情嬉闹着，如同两个玩疯了的小孩子。

这手套，不仅是极妙的健身器材，更是神灵从天外带来的手信。在内心深处，福螺烬原本对神灵也有一丝疑虑，可当他跪在圣决者面前，接受了这神奇的赏赐之后，本也就不愿坚持的那份怀疑，便开始松动，然后就土崩瓦解了。

圣决者当然不会告诉他，这种手套是香沙沙落陨血卫的装备，采用全息声波技术制造，能通过声波来远程操控物体。遭遇空难后，声波手套已所剩无几，可为了让皇帝尝到甜头，圣决者还是策略性地赠了他一副。赏赐手套时，圣决者庄重地对福螺烬说，神祇的终极大法器遗落在了刀舞山，名叫“九天圣器”。它不但能清剿世间所有妖孽，还能赐虔诚之人以永生。只要福螺烬忠心侍奉神祇，就一定会获得大福报。

“九天圣器”就是指暗夜信使。

红尘萧瑟，乾坤无情，有的人并不想要永生，但绝对不包括福螺烬。为了尽快找到九天圣器，除了刀舞山附近地区的驻军以外，皇帝还调动了最精锐的军队予以配合，与“天兵天将”组成了人神联军。联军以星舰主体的坠落地为中心，围圈出一片既不能出，更不可入的“禁地”。

负责驻守禁地的墨若将领，就是龙影大将军赤琴骇日。眼下，他还不知胞妹已经离世，而皇帝也并不打算马上就告知他。因为，福螺烬还没考虑好，该如何粉饰皇后的暴毙，或许等处置完太子之后，再把两件事一并知照国舅，才能做到滴水不漏。

人逢喜事精神爽，欢喜佛前马由缰。轮到福螺烬用声波手套将爱妃托举到空中了，亲夭夭就势翩翩舞动起来，宛如天仙。此时无盐煮海尖细的嗓子骤然响起，“陛下，大事不好了！”

皇帝惊得一攥拳头，仙女便直直地坠落下来。

和无盐煮海一同目睹了这惨剧的，还有陨血卫的队长电离别。圣决者派电离别来，主要是为了索取皇宫的设计图纸。先前，香沙沙落人并不知道皇宫有这么复杂的排水涵洞，而太子的刺杀，给他们敲了警钟。

当皇帝敬献了图纸，并终于从崩溃恍惚中回过神来的时候，他和幕僚们已经跪在了香沙沙落宫门外。百尺见方的砖石地面湿迹斑斑，那是众人涕泪汗尿的痕迹。

圣决者对此并不理会，沉默是最有力的威慑。况且，血珍珠计划即将实施，领袖作为参与者之一，也不免局促。

血珍珠计划的实验室在宫殿的东暖阁。两层小楼被改造出了多个房间，每间都安置了龙床。整座寝宫里，墨若国先帝共留下了二十七张床榻，它们本是用来掩护圣体行踪的迷魂阵，如今，将对星外人的民族延续起到至关重要的作用。

几个月之后，在一家看似寻常的小客栈里，一名星外男婴意外早产，这婴儿将在怒安娜创造历史——他，也许才是东暖阁改造的意义。而他的母亲，却宁愿他夭亡。

其实，香沙沙落人对任何形式的古老睡具都深感陌生，可增员计划却启用了床榻，都是因为弧秒将军的提议。对他们民族来说，从战斗行军成了生存常态的那个历史节点开始，就摒弃了睡眠需要额外器具进行辅助的概念。在这一点上，他们变异和演化的速度堪称迅猛，且集大成。视不同的环境，他们的身体能聚裂出相应的睡具。比方说睡袋，如就地休眠的虫蛹；用肩部融出的挂钩悬吊在高处，如挂倒了的蝙蝠；抽丝出吊床般的装备，像悠闲的蜘蛛。

而他们的睡眠时间，也相对较短。以怒安娜的一个太阳日来比对，成年人每天只需睡一个时辰加两刻左右，也就是大约两个半小时。即便像量子樱这种需要更多睡眠的青少年，一个半时辰也足够了。所以，睡具在香沙沙落文化中没有任何的引申含义。诸如“同床异梦、东床快婿”这样的词汇，他们会很难理解，而墨若人所敬奉的“床公”和“床婆”两位神灵，他们更是闻所未闻。

在之前的一次参决者会议上，弧秒将军提出，古老的睡具可以节省体能，对增员试验不无裨益，并且可以产生颇为庄严的仪式感。参决者们对此展开了激烈的讨论，最后除镜决者外，其他人一致支持。之所以如此，是因为留守总部的上校及更高军衔的军官，除了坚定进行清修的镜决者外，都获得了借助床榻进行睡眠的待遇，并且体会到了它所带来的诸多益处。其中，以身体残疾的弧秒将军为甚。

镜决者生前，是在正殿站立着睡眠的。一座巨大的落地铜镜面前，他的足底融出吸盘，把自己牢牢地吸附在光滑的金砖上。他警醒自己，“你是香沙沙落之镜，须时刻提醒领袖和国民香沙沙落精神之所在，一如这面铜镜。你更须监督自己的灵魂，审视这面铜镜中的你。”

克勤克俭的镜决者已蒸腾到空气中，进入了怒安娜大气圈，只有曾在他大脑中寄宿的芯片，静静地躺在一大堆芯片残骸里。之前，慧发上校就命令部下，将所有回收的芯片都用细绳串联，以便运输和保管，并将在未来合适的时间举行一次大型的集体丧葬活动，统一进行销毁。镜决者对此也表示了坚决反对，认为这事关国家信息安全，即便是动员所有人，用锤子把芯片一个个砸成粉末，也不应该进行任何形式的储存。很遗憾，他的提议并没有得到其他人的重视和支持。

血珍珠计划的分组名单，只有圣决者、死去的镜决者和弧秒将军知道，属于绝密等级的信息。士兵们须分批次，按照现场所分配到的号码，进入某个指定的房间内。进入前，须佩戴眼罩。之前的战争期间，这种眼罩可以帮助香沙沙落人对付那些大脑里同样被植入了芯片的战俘——在瑟错星系，百分之七十五以上的国家，都用这种方式来管理国民。眼罩可以中断战俘与其所属国主控系统的连接，从而避免当前的信息被实时泄露，还可以避免战俘被他们的主控系统灭口。同时，眼罩也能限制战俘的视力和思考能力，调节他们所听到声音的频率。这些功能都可以有效地对战俘进行控制和干扰，并对审讯官起到很好的保护作用。而且，眼罩一旦锁定，佩戴者无法将之轻易摘除。

这眼罩，满足了目前的计划所需。士兵接触时，彼此看不到对方，听不到真实的嗓音——而且眼罩还会全程录音录像，所以，任何人有意或者无意地泄露了个人信息，都将是死路一条。只有这样，才能像之前的增员那样，做到双盲。

血珍珠计划如同一场盛大的遮面化装舞会，有许多的未知和刺激可期。这场舞会，弧秒将军是最辛苦劳碌的工作人员，没有之一。从计划的制订，流程细节的设计，东暖阁改造的施工，他均有参与。鉴于他糟糕的身体状况——糟糕到都没有能力聚裂出一根像样的金属手指——为了避免把劣质基因遗传给下一代，他首先就被排除在了参与者的名单之外。

镜决者一死，弧秒将军是屈指可数的，仍然精通文字读写的人，参与者搭配分组的最后确认工作，以及实施现场的监管工作，便又非他莫属。所以，他跟最渴望参与的工作内容无缘，外围的相关工作却全程涉猎。

其实，现场的监管工作才最为劳神。暖阁外虽然有足够的军警守卫，但暖阁内，及时用遥控装置调节眼罩的各项功能，负责监督每批参与者按照序号单独进入对应的操作间，并且在他们进入之后，要立即打乱所有操作间之前的序号（这样里面的人便不会知道自己新的序号，而随后进入的异性搭配者，也不会知道操作间原先的序号，所以未来，参与者试图通过序号去打听搭档是谁的可能性，就会被最大限度地降低）——现场的这些工作，为了尽可能地保密，都将由弧秒将军一个人来做。当前如此简陋的条件之下，参决者也实在是想不出更便捷、更省力、更保密的方法了。

一番周折之后，第一批执行完任务的参与者离开，去吃晚餐了。他们有的看起来激动，比方说星协集；有的哀怨，慧发上校就是这样；还有的愠怒，这倒也符合盈坤中尉一贯的脾性。

不过，这一切都与黑洞下士无关，他之前主动放弃了参与者的身份。

宫殿的广场上，天极魁梧对他不住地摇头，“你真让我失望。”

黑洞下士没言语，自顾从涌云枫树下捡起片树叶，试探地咬了一小口嚼着，然后似悲似喜地抿一下嘴角，“怪不得她喜欢吃。”

然后他弹出光束剑，奋力朝天空掷去。剑如一扇转动的光轮，在斩掉了一枝树丫后，又旋转着落下来。黑洞光芒探出一只手抓住树枝，宛如摘下一颗心仪的星星，另一只手接住剑柄。树枝上，除了油亮的黑白灰枫叶之外，还盛开了一束以白色为主的花。他把鼻尖凑近花朵，似在触碰情人的脸颊。

天极皱起的两条长眉毛连成了一条，“你这几天做的很多事，都让我费解。”

黑洞专心地嗅着花香，“量子樱出了事，男性参与者就多出来一个，总得有人出局。”

“那也不该是你，你在逃避。”

黑洞抬眼看看战友，眸子像阴影里的莲花，毛发如深秋的枯草。“那我该怎么做？我把机会让给别人，只是想证明我的积极。刚才，没有任何人愿意放弃，弧秒将军有多为难你也看到了。父神的子民应该做到心中无我，所以我才主动弃权的。”

天极魁梧盯着他看了片刻，“我最后一次警告你，别做蠢事。”

黑洞光芒把目光移向远处的量子樱，“我只是想跟她道个别，以一个生命对另一个生命的名义，表达一下我的惋惜，不过分吧？”

“那我去集合了。”天极魁梧心绪复杂地点点头，拍了拍他的肩膀，“等我完成任务之后，一起吃晚餐吧。”说完，中士朝东暖阁的方向走去。

黑洞下士走向量子樱，手里紧握的树枝仿佛一束悲伤的白玫瑰。三等兵半躺在那里，黑洞光芒蹲下身，凝视着她粉色的空洞眼眸。如此近距离，如此大胆地直视心上人的眼睛，下士还是第一次——他甚至能看清楚量子樱眼角处细微的血管，看到她瞳孔里不堪的自己。

黑洞光芒鼻子一酸，心上人的身影就模糊不清了。他慌乱地把眼泪忍回去，默默撕下一角树叶，小心地递向量子樱唇边，想让她再尝尝所爱零食的味道。

量子樱没有任何反应，像一个脏兮兮的布娃娃，从没有过灵魂。

“长官，请跟犯人保持距离。”旁边的机械兵向前跨了一步，伴着轻灵的金属摩擦声，士兵的肩部伸缩翻转出枪管，瞄向黑洞光芒。

下士只好缩回手，往后挪了挪，把树叶塞进自己嘴里。然后，他从树枝上又揪下一片树叶，再一片，又一片……树叶鼓胀了他的两腮，他还在不停地往嘴里填，边填边狠狠地嚼，费力地咽，仿佛想替量子樱吃下她还没来得及去吃掉的所有树叶。吃着吃着，眼泪就从他眼里不争气地落下来。

廊檐下的双星沫默然转过身，不再偷偷观望死刑犯和送行者，朝东暖阁走去。看到黑洞下士做了自己本来想做，但终于忍住没去做的事，她释然了一些。她的脚步越来越快，步伐也越来越大，似乎在催促自己尽快逃离什么，同时尽快回归什么。

双星沫身后的远处，宏原子美低头盯着自己的脚尖交替，不敢看别的地方。她害怕与任何人的目光相遇，更害怕瞥到量子樱。她担心自己会猝然崩溃，露出马脚。“为了我的孩子，我可以做任何事。”她一遍遍地对自己说，像叮咛，像宣言，又像警告。

三等兵并不孤单。陪伴她的，除了来送她最后一程的下士，还有绑在她对面汉白玉栏杆上的主序后星使。窄肩膀被营救之后，一直处于昏迷状态。前半程是真的，后半程是装的。当他醒来时，忽然意识到自己难逃一死。在星外人忏悔录上画了“鸭子”，泄露了军事机密，把战友当作防刺服，不被判死刑才怪。我的人生才过了不到一半呀……被杀死肯定特别特别疼，死相还特别难看。他绝望而无助，决定先昏迷着，能蒙混多久就蒙混多久。可慧发上校戳穿了他。他被慧发拖了几米远，半只耳朵被活活地撕扯下来了。

“叛徒！我的前途都被你毁了！”慧发把半只血耳摔在主序后星使脸上，又歇斯底里地用金属爪去挠他。

叮当！嘎吱！金属指甲划在他的甲胄上，摩擦出让人毛发直立的刺耳声响。

“把盔甲卸了！”慧发袭心气急败坏地叫嚷。

“不不……是，不！……别！啊呀！”他终究还是不敢违抗长官的命令。

星门噬得知他向太子交代了真实身份后，把他判了死刑。作为叛徒的上级军官，慧发袭心也受到了处罚——连降三级军衔，撤销当前职务，编入盈坤所在的小分队，明日一早增援禁地。

慧发也没有权力保留之前的发式和军服了。她的头发散成了及腰的细辫，常服融成了玫瑰金的紧身衣。这身装扮让她觉得耻辱。她把耻辱都发泄到了部下身上。

主序后星使惨叫着，扭动着，辩解着，上气不接下气地哭着。

慧发的金属爪在他身上又是狠狠一剜，“废物！竟然被一个低等人抓了俘虏，你怎么死我都不解恨！”

这时候盈坤推门进来了，她已经等了好一会儿，显得很不耐烦，“够了够了，士兵不争气，肯定是他的长官有问题。现在教训他有什么用，平常干吗去了？执行死刑之前，要是把他给折腾死了，你得降成三等兵。”

慧发这才不情愿地缩回手，“盈坤中尉，我是被降衔了，可你还是应该称呼我‘长官’！”

盈坤撇撇嘴，上下打量了她一番，“您的身材还不错，不当花火人可惜了。”

“你……”慧发袭心抡起拳头打向了她的脸。

盈坤抬手挡住，推了她一个趔趄，“你最好保持一点风度！恰好我也是个坏脾气！我先不跟你计较，等离开总部，我会好好教教你该怎么跟我讲话！”

说完，中尉往主序后星使面前的地上一坐，边活动脖颈边说：“爱哭的小姑娘，看见了吧，慧发长官已经失心疯了，你如果想死得痛快点儿，就别劳她大驾逼供了。说吧——跟你一起出勤的那两个女兵怎么死的？还有，除了太子妃和那坨像金块一样的侍卫，太子还有没有同党？”

主序后星使哭哭啼啼地供述完遭遇之后，就被赶鸭子般地赶到了广场上，绑在了量子樱旁边。

夕阳跌入了大地，与之一同坠落的还有黑齿鸾的心。行刑之前，他被关押在了宫殿原先的批本处。被神灵误以为是逆党的同谋，是他不可承受之冤辱。一如从鸾鸟变成乌鸦。

至于丑小蚕，此时就在与福螺凛烨仅一墙之隔的地方，梨花喋血。之前，是慧发袭心负责审讯她的。作为墨若国太子的正妻，丑小蚕身份高贵，芳菲绝世，如果刑讯现场不够惨绝人寰的话，慧发认为，那样将对不起太子妃这个身份的显赫，以及她这张面孔的唯美。

45. 狂

东暖阁里的实验，逐渐趋近顺畅的流水线了。

弧秒将军满脸严肃地依次探听着屋内的动静，还不时地在宣纸上勾画、记录着什么，此时忽然爆发出一声木板碎裂的巨响，一个人影从二层2-303CHYZM号操作间里破门飞出来，摔向一楼的地面。

弧秒将军惊得赶紧躲闪，可腿脚不灵光，滑倒了。半空中，那名飞出来的男兵仓促地聚裂出翼翅，可他戴了眼罩什么都看不见，只能扑棱着、摸索着降落。而紧随其后蹿出的女兵也凌空而至。眼罩同样剥夺了她的视力，她的两只金属爪只能在空中胡乱地劈挠，大有一种只要能把对方抓烂，管他是死是伤的歇斯底里。男兵的一只翼翅被挠到，豁成了两半，他惨叫着落在地上。

他是蓝移樽。他边四处摸索边叫喊："她疯了！快控制住她！"

女兵也扑腾着落下来，追寻着这个声音冲过去，却被蓝移樽一脚给蹬飞了。她砸断楼梯，隆隆作响地埋没在一堆楠木废墟里。女兵挣扎着往外爬，鲜血从樱桃般丰润的嘴唇里流出来。她是宏原子美。

"畜生！杂碎！"她边骂边努力分辨着周围的动静。

弧秒大叫着"卫兵！卫兵！"的同时，其他屋里跌跌撞撞涌出来不少人，因为受到惊吓而嚷成了一片。

"低等人发动袭击了？！""快把眼罩解开！""还让不让人专心繁衍接班人了呀，真是的！"

弧秒尽力安抚大家，"一切都在控制中！镇定！还不能给眼罩解锁！卫兵会控制肇事者的！你们快回去！"

可大部分人都不知道自己是从哪里出来的了。

这时候，八九名卫兵从暖阁外冲了进来。弧秒将军指着正在盲人摸象的蓝移樽，“逮捕他！”然后又一指楼梯的方向，“还有那个女兵！”

弧秒这才发现，楼梯那里已没了女兵的踪影，他慌忙去捡掉在地上的眼罩遥控装置，想让肇事者失去意识，耳边却猛然传来“呀”的一声喝，随即便被顺着他声音摸过来的宏原子美扑倒了。

女兵扣住弧秒两只手腕，甩出长辫绕住他的喉咙，哭叫着，“让卫兵后退！否则勒死你！”

弧秒从嗓子眼里挤出几句话，“冷……静，出了什么事，你……想怎么样？”

“我要离开这儿！”宏原子美的几根发丝用力一勒，弧秒的脖子便立即渗出来一道血坏。她哭得更凄厉了，“我说了让卫兵后退！后退！”

弧秒将军慌忙示意卫兵。卫兵们不敢再继续上前，可其中的两名却在他的暗示下悄悄向旁边挪去，手中的枪双双瞄向了劫持者的眉心。为了避免误伤弧秒将军，他们把光束枪的射击功率调到了最小的档位。

“你这么……漂亮、健壮，会很有前途的，别一时冲动就……”弧秒稳住宏原子的同时，朝两名狙击手眨了一下眼睛，意思是可以击毙她。

“如果打死我，你的喉咙也会被割断！”宏原子美知道会有狙击手偷袭自己，边说边束紧人质脖子上的发丝，用力打了个绳结，“让他们把枪扔掉！踢过来！”

弧秒只好照办。

“给我解锁！”听到枪械纷纷落地并滑向自己的动静后，宏原子美又提出新的要求。她松开弧秒将军一只手，“别耍花招！”

“叛国……活不了的。有什么委屈，咱们可以谈谈。”

“没什么可谈的！要么放我走！要么一块死！”

弧秒只好颤颤巍巍地给宏原子的眼罩解了锁。屋顶悬挂的电磁辐射灯刺得女兵睁不开眼，她揪掉眼罩，迅速把眼皮聚裂成两枚深色镜片，又夺过遥控装置，飞快地按了几个键，紧接着就是一片纷纷倒地的声音——所有佩戴眼罩的参与者，全都抽搐着昏死过去了。

她用脚勾起一支枪，控制着弧秒站起来，“走！”

殿外，天已擦黑了。机械士兵们发出的灯光聚在绑架者和人质身上，宛如舞台的追光。可宏原子美知道自己在玩命，没有彩排，不能重来。

近处，远处，丹墀上下，都是已经进入战斗状态的士兵，有的手握光束剑，有的端着光束枪。盈坤和慧发袭心也夹杂在其中，从表情来看，女中尉显然比其他人更加愤怒。

慧发往盈坤身边靠了靠，似乎压低了声音，又分明想让更多的人能够听到，“之前那个想叛逃的死刑犯，还有眼前这个绑架犯，是哪个该死的军官教出来的？”

盈坤咬咬牙关，脸颊的线条绷得更紧了。

宏原子押着弧秒，边往前挪动边喊：“不想他死就闪开！让我安全地走，他就能活命！”

她把护目墨镜融去，聚裂出甲冑，一只手拧着弧秒的辫子，以便让人质的头部能尽量贴近自己，另一只手端着光束枪慌乱地四下扫描。她哆嗦着、哭泣着、急促地呼吸着，坚定地朝前走着。眸子原本是纯净的浅紫，此时已成了喷薄的紫红。

弧秒的脖颈上不断地涌出一股股鲜血，他根本无法说出话来。

士兵们都不明白发生了什么，可他们知道偷袭劫持者的后果，只要她栽倒或者用力扭动，弧秒将军的颈动脉就会被她的发丝割断。他们只能让出来一条通道。

宏原子拖着弧秒，沿着两面逼仄的人墙一步步走下阶陛，掠过被人群踩挤得更加不堪的量子樱和主序后星使，擦过想用目光把她杀死的黑洞下士，朝广场走去。

要不是担心弧秒将军送命，黑洞会第一个冲上去抓捕宏原子。举报量子樱叛逃的人是她，劫持将军要叛逃的人还是她！他忽然再也无法克制住自己，紧追了几步，咆哮起来，“宏原子，你已经背叛了香沙沙落，可作为一名军人，请你至少不要背叛自己的荣誉！你说实话，量子樱是真的要叛逃，还是你和蓝移樽诬陷她，逼她那么说的？！”

宏原子美害怕面对这个问题，可一股无形的什么还是阻挡了她继续前行，她顿了顿，转过身。“我没有逼她，她自己承认的。不过……她确实没打算叛逃，我也不知道她为什么那么说。”

“是你们先说她要叛逃的！为什么？！”黑洞追问。

宏原子美并没有足够的勇气把秘密说出来，“你少管闲事！我只能告诉你，盈坤中尉并没有了解真正发生了什么，量子樱确实不该被处死！”

盈坤拨开人群上前几步，如一头被激怒的花豹跃跃欲试，“没人会相信叛匪的话！你和量子樱都该死！”

“你们信不信我，我现在一点都不在乎了。”宏原子美死死瞪着盈坤，用力咬着嘴唇，似乎正在做着什么决定。她猛然间朝看守死刑犯的机械兵喊话：“把量子樱放了！”

那名机械兵的头部快速旋转了三百六十度，想从现场军衔最高的军官那里得到指令。他只发现了星协集。

宏原子美冲机械兵焦躁地喊："你死机了吗？我在跟你讲话！"

寂静中，星协集终于做了回应，"这个条件我绝对不能答应……"他用拐杖敲着地面，颇不以为然。

话音未落，一道光束就在那名机械兵身上炸出了火球，他轰然倒向一边。

"放了她！"宏原子美失控地嘶喊起来，随后把光束枪瞄向星协集，"别逼我杀人！"

星协集的小眼睛愤懑地眯着，拐杖支撑着他残缺却挺拔的身躯。他努力保持着高级军官的尊严，对身边的士兵点点头。士兵上前解除了量子樱身上的电能索，发光的绳索黯淡下去，而量子樱眼里的光亮则被重新点燃。她混沌地转动着眼睛，渐渐苏醒。

"怎么这么多人看热闹……"她望着影影绰绰的人群，摇晃着想站起来，腿却一软，又坐在了地上。

"还有那个！也放了！"宏原子美用枪管一指主序后星使，"你们认为该死的人，都应该活着！——量子樱，你不是早就想离开他们了吗？快跟我走！快！"

量子樱的魂魄终于重回了身体。当她看清营救自己的人竟然是宏原子美，而不是双星沫时，惊呆了。

这时，被解开绳索的主序后星使也恢复了神志。他爬起来，掠过量子樱，跌跌撞撞地朝宏原子美狂奔而去，急迫得像孤魂野鬼终于能够投胎为人。

"拽上量子樱！"宏原子美呵斥他，然后又催促三等兵，"发什么愣？！这是你最后的机会了！别拖累我！"

主序后星使调头跑回去，拖起三等兵就走。身上的伤口让他一阵阵倒吸凉气，"那个……什么樱，快跑呀你！人家可背不动你……哎！你这身衣服还挺别致的。"

量子樱的世界里一片寂静，她只能听到自己密鼓般的心跳。逃跑并没有让她兴奋，反而是恐惧——对这个星球未知的恐惧，即将被同胞追杀的恐惧，再无人可依靠、可倾诉的恐惧。甚至，将要一个人睡觉、一个人想办法填饱肚子、一个人在森林里解手，统统都成了恐惧。恐惧里，竟然还有一丝对原来生活的不舍。可能是因为太过习惯，所以才会卑微地眷恋。就像被家暴的人，并不能轻易离开虐待他的人一样。

可量子樱还是下意识地跟上了窄肩膀的脚步。她想看一看，未知到底是什么样子。

宏原子挟着弧秒登上装甲运输车的舷梯，士兵们试探着朝他们逼迫过去。“快上车！”她回头催促两名被解救者。

“啊！”“啊！”猛然两声惨叫。弧秒将军摔在舷梯上，滚落下来。宏原子美也倒下去，胸前溅满了血点，缠绕人质的发辫断为两截，在地上扭动着。这给香沙沙落人带来了机会，射手迅速发射光束，宏原子美被射中了，顷刻燃成一团光球。

一秒钟之前——眼看就要进入运输车，弧秒奋力拔出腰间的匕首，朝颈后不管不顾就是一挥。这一刀，让他的颈部被勒出了更深的伤口，也割断了宏原子美捆绑他的发辫。人质挣脱了束缚，劫持者也跟着一起摔倒，随后而至的光束将宏原子美击中，士兵随后潮水般地涌了过来。

冲在最前面的，是手持光束剑的盈坤。与此同时，双星沫、天极魁梧、蓝移樽等人也从昏迷中醒过来，在被卫兵解锁了眼罩后，他们冲出大殿，向运输车疾奔而去。

即便，香沙沙落人的铠甲能在一定程度上减弱光束枪的伤害，起到护盾作用，那一枪还是把宏原子美伤得不轻。她倒在地上，连爬起来的力气都没有了。她艰难地摸起掉落的枪，挣扎着钻进了运输车履带间的夹缝。

女兵伸出枪管，胡乱地向外射击着，向周遭强大的火力彰显坚决。可只抵抗了片刻，她便蜷缩着哭起来。因为，咫尺之遥的密集爆炸已让她再不可能把枪口探出去；因为，愤怒和悲伤所激起的力量，忽然间就被眼前的挫折耗尽了。

蓝移樽也在朝她射击。他的愤怒不亚于任何人，甚至眼神里还多了一分委屈。

宏原子美哭得更凶了，她把枪托夹在两脚之间，用枪口顶住下颚，一只手去触发扳机，另一只手捂住腹部。

“对不起宝贝，妈妈无能，只能用这种办法带你走了。”环绕四周的隆隆爆炸声，让她连自己的遗言都听不清了。

盈坤追到量子樱身后，朝她的后心刺去。嗞——一只旋转的光轮从斜后方飞来，跟女中尉的剑撞出一团火球。剑飞了出去，量子樱吓得趴在地上，拼命蠕动着身躯，手脚并用地向前爬。

盈坤回过头，看到了黑洞下士的脸。他的表情纠结而扭曲，局促又暴怒，仿佛有人正在侵犯他最珍贵的私藏。紧接着，他的表情就只剩下了不顾一切。他一拳打倒从身边掠过的射手，抄起武器开始射击。盈坤还没有从难以置信中回过神，光束已击中了她的铠甲。女中尉闪耀成一团白色电光，划向远处。

“宏原子！宏原子！”黑洞边射击边朝装甲运输车下面喊，他还不知道这个奇怪的女兵是死是活。与此同时，几名试图接近量子樱的士兵被他射中，飞落各处。而对一名想用光束剑砍杀心上人的士兵，黑洞光芒再也忍无可忍。他朝目标连续发射出几道光束，那名士兵一时无法集结出足够的能量来保护自己，在被第四道光束射中后，通体亮成蓝色，随后就燃爆出漫天银花，连芯片都没能留下。

黑洞光芒跑到量子樱身边，一把拖起她，“快换铠甲！”

“你疯了？！为什么救我们？！”量子樱腿软得根本站不住，“……我就想穿这身仕女的衣服死！”

伴随着量子樱执拗的话，已经爬上舷梯的主序后星使被光束射中了。他朝远处弹射而去，如一颗艳丽的火流星。

开枪的是天极魁梧。他随后迅速变换目标，瞄向量子樱。光束朝三等兵飞来的刹那，黑洞光芒已迎身挡上去。他闪耀成光球被推向空中，又重重地摔下来。他艰难地支起身体，“量子樱，快换铠甲！有我在，就不能眼睁睁地看着你死！”

紧接着，他又被天极中士连续射来的几道光束击中，几乎是被钉在了机械甲虫的车身上。当射击终于停止后，他瘫软地滑坐到地面，再也没有能力抵挡下一枪了。

天极对黑洞不住地摇头，报以失望和鄙视，此外，还夹杂着白费了那么多口舌的恼火。黑洞对他虚弱地摊摊手，也许想说“我终于做了我想做的，很遗憾没成功”，也许是“开枪吧，少废话”。

“毛蛇！”量子樱朝黑洞跑去。“……放开我！你放开我！”她被斜刺伸来的一只手扣住了胳膊，是双星沫。士官长另一只手里死攥着光束剑柄，仿佛要把它捏出水来。

量子樱急得用嘴去咬长官的手。双星沫任她咬，任鲜血蔓延了手背。倒是量子樱忽然停下来，好像刚刚明白自己做了什么。双星沫反手一拧，一踢她腿窝，她便直直地跪下去。她挣扎着想站起来，又被双星沫一抡胳膊，翻了个跟头摔在地上。

量子樱的脸贴着地面，看着鲜血从自己鼻孔、嘴巴里喷涌出来，迅速洇开，又迅速消散。像梦。

双星沫四下望望，看到局面已经得到控制，松了口气脑海中思绪纷飞——

慧发正背着弧秒将军去急救。她一向精明，懂得怎么远离危险，还能让自己做的小事显得非常重要。盈坤伤得不轻，她是真正的战士，我讨厌她，又尊重她。

宏原子死了，她和量子樱之间的隐情蓝移樽肯定知道。

黑洞在火力控制中。他怎么突然这么疯狂，还有多少人像他一样危险呢?

是时候杀掉量子樱了。瞧这个所谓的妹妹，破坏力有多大。如果早点惩戒她，事情就不会发展成今天这样。双星沫提起剑，与其说要杀量子樱，不如说她将杀死自己的心魔。

嗤——啧——哐——双星沫身后，忽然响起了大型机械摩擦的声音。轰！轰！轰！——轰！轰！轰！轰！随即一连串粗长的光束四下纷飞，带来了新一轮更加剧烈的爆炸。

机械甲虫的头部发疯般吐着光舌，光舌里仿佛刻满了诅咒，它所舔舐之处，都燃爆成了黑红色的气体。驾驶舱里，赋予光舌咒语的巫师，是宏原子美。黑洞光芒争取的这段时间里，她从运输车的后履带钻到了前履带下，然后偷偷爬进了驾驶舱。

光舌困住了蓝移樽。他朝前跑，光舌先他一步。他向后退，光舌予以堵截。无论他向左或者向右，光舌都提前筑好了栅栏。蓝移樽颓然地蹲下去，怯怯地望着宏原子美，边使劲比画，边无奈地用唇语说："我的樱桃小果冻，我跟你一起走还不行吗？"然后他就朝运输车奔跑过去。

光之咒语猛然停止了，樱桃小果冻的眼泪决堤而出。她点着头，不知道在哭还是在笑，仿佛终于等到了一个不可能兑现的承诺。

孩子当然需要爸爸。她想。

随着一道喷薄而出的粗长光束，蓝移樽顷刻就迸溅成了万朵火花，如一大团发亮的飞虫，聒噪纠缠着不见了。

但不需要你这样的爸爸。

黑洞在宏原子的掩护下，奔到量子樱身边，抱起她扛在了肩头，奔上舷梯。

主序后星使的反应更快——他挨了那枪以后，就势装死。局势一扭转，他就第一时间爬起来，率先钻进了装甲运输车。

"得用步行模式翻墙出去！状况太复杂，需要人工驾驶！你压制他们的火力！"黑洞背着量子樱上车以后，宏原子美边操作机械甲虫边对他说。

机械甲虫的六根步足拔节而起，同时履带翻转裂开，成了六只基座。而黑洞光芒已飞身跳到了副驾驶的位置。他没有把光束射向昔日战友，而是不断地向另外两辆装甲运输车射击，以阻止其他的士兵登上去。他不想杀人。

随着机械甲虫的车身被步足凌空架起，量子樱身体剧烈一晃，脸蛋贴在了舷窗上。刹那间，她满目星光。

比起夜空，大地反倒更加繁星似锦。近处，那些齐整的星座是皇宫里的路灯。远处，滑动漂浮的流星群是街头百姓挑起的灯笼。此外，还有星星点点的红色萤火虫遍地飞舞，那是人们手中点燃的线香。神灵所栖身的宫殿里天雷翻滚，百姓们不知道这是神灵在做法，还是妖魔在登门挑衅，所以便不知道该恐慌还是该兴奋，只能亮起灯火，诵唱经文。

“你和蓝移樽到底……你为什么叛变啊？”量子樱忽然转头问宏原子美，“你竟然把他给打死了，你……”

“闭上你的臭嘴！我已经后悔救你了！”宏原子美忽然疯了般地嘶喊起来，眼泪几乎是泉水般地往外涌。

“我是在关心你啊。”量子樱被撅得很生气，“我又没有求着你救我。”

“我不需要关心！救你是我嫌自己死得还不够快！”宏原子美扯着嗓子喊。

“别吵了！”主序后星用更尖厉的声音予以压制，“等逃出去再吵！咱们得带太子一起走！他还活着没有呀？”

“你被那只猴子给打傻了吧！滚下去！滚！”宏原子美又把气撒在了主序后星使身上。

主序后星指着宏原子的鼻子，“你别再泼妇骂街了！——这么没目的地逃，什么时候是个头儿！既然咱们造反了，敌人的敌人就是朋友！咱们得跟太子结盟！他肯定能找到支持者的！以后要是想不担惊受怕地活，只能靠他了呀！”

“逃出去就行了啊，你说咱们造反了是什么意思？”量子樱瞪着惊恐的眼睛，把大家都看了一圈，“以后还要打啊？我可不干！”

“你爱干吗干吗去！”宏原子吼她一句，抹一把眼泪，转头问黑洞，“太子死了没有？”

射来的光束让运输车震颤了六七次之后，黑洞光芒才沉沉地说：“还活着。”

“去救他！”宏原子美扭动操纵杆调转运输车的方向。

量子樱蜷缩在座椅与车身形成的角落里，绝望地抱住了头，“为什么哪条船都是贼船……我真不想当士兵了，真的……”

46. 美食与星空

七天前，香沙沙落宫的那场惊变，逃亡者们生死未卜。今天清晨，MBA组合晨练时发生的一切，更加惊悚。以至于此刻，他们已经在返回二娃乡村小别墅的路上了，鸣犽锦绣还没能缓过神来。他闭着眼睛，跌跌撞撞地在草丛里往前蹚。之所以这样，起床太早是一方面，更重要的是，他想借此来逃避现实。万千年以来，睡觉都是他安慰自己的不二秘籍。

东方的天边，刀舞山脉如一只巨大的手掌，将朝阳跃然抛向空中，人间刹那就光芒万丈了。这光亮并没有让他变得清醒，反倒让他更不适应。他已经被鹦宝儿驾驶的重型机车落下很远。

重型机车差一点就要超载了。二娃的收纳箱，现在是装载猎物的集装箱。他们的晨练，是打猎。

鹦宝儿准备做一顿烧烤大餐，好好让鸣犽锦绣和二娃尝尝自己的手艺。她嘴里念念有词，说着大餐的菜单。“凉菜是鱼腥草、蒲公英、荠菜和紫背天葵。鱼腥草有点老了，生吃不太好，得用水焯一下。大娃哥不爱吃蔬菜，这是个坏习惯，以后得让他改变一下饮食结构。

“还捉了竹节鞭、天牛、螳螂和独角大仙。既然大娃哥喜欢吃各种蚂蚱，那这些虫子应该也对他的胃口。不过得问问他，想生吃还是吃烤熟的。如果生吃，就给他弄个虫子大拼盘，嘻嘻。

“毛蟹、沼虾、石爬子和马口鱼最鲜美了，可处理不好会有腥味。唉，要是有盐、酒、黑胡椒和辣椒这些调料就好了，大娃哥肯定会更喜欢吃。

“长那么大个头的鹌鹑和山鸡，我今天还是头一回见呢，它们就是主菜啦。虽然数量不多，可足够咱们吃了。打多了要是吃不了，很浪费的。

“烤蔬菜有竹笋、口蘑、马齿苋和灰灰菜。没想到还能挖到春笋，嘻嘻，这是今年最后一拨春笋了，大娃哥真有口福。”

鹦宝儿朝身后望去。有口福的人还在梦游，任凭树枝和巨大的芭蕉叶抽打在脸上和身上，一副管你风吹雨打，我就是要睡觉的死倔模样。

“等等大娃哥吧。”鹦宝儿拍拍二娃的头。

“不等。”二娃答得干脆。

“他一个人会比较危险……”

“活该。”

鹦宝儿觉察出二娃有莫名的不高兴，就不再坚持了。她调转身体，倒着骑在机车上面，一边担心地观望鸣犼锦绣，一边继续对菜单做补充。“鹌鹑血和山鸡血可以蒸一蒸吃，既不浪费，还能补充盐分呢。田鼠熏烤成鼠干，我可以装在身上当零食。可要是大娃哥喜欢吃鼠干，就都给他吃吧，今天吃剩下什么，我就拿什么当零食。

“采的那些孔雀松，大的可以当扫帚——我得把山洞好好打扫打扫，都脏得不像话了；小的嫩的，能跟浮萍煮在一起做汤喝。烧烤吃多了会燥热的，大娃哥本来就燥，需要喝汤下下火。

“饭后水果是牛奶子、杨梅、蛇莓和西瓜。今天终于摘到了红瓤西瓜，前几天你们摘的那些黄瓤瓜，大娃哥觉得不够甜……”

小主妇沉浸在大餐的筹划里，能给两个名字叫“娃”的大人做饭，于她而言是件快乐无比的事。就算二娃不食人间烟火，可只要他能吃下去自己做的食物，哪怕就尝一小口烤石爬子呢，她也会感到特别满足。

鹦宝儿正想着，二娃用前爪拨楞拨楞耳朵，发话了。“你的菜单确实很棒，可为什么都是大娃哥长、大娃哥短，大娃哥爱吃、大娃哥不爱吃的，就没听见你说一次‘二娃哥’。”他把两只耳朵墩布般地拖在地上，眼睛瞅着爪尖，耷眉臊眼地有些不高兴。

鹦宝儿转过身体，捋一捋二娃的头发，“吃醋啦？”

“都怪我太在乎你了，可能前世我欠了你什么吧。”二娃梗着脖子，一副宿命的模样，“不过别担心，我不会因为你不在乎我，就不照顾你了。我会一直对你好的，我乐意。”

鹦宝儿把脸蛋贴在二娃长毛毯般的背上，“我怎么会不在乎你呀。一会儿见不着你，我心里就空落落的。你是我最亲爱、最勇敢、最体贴、最强大、最英俊的二娃哥。”

二娃的醋海里翻起一朵蜂蜜浪花，嘴上却说：“哼，这不过是哄我的甜言蜜语罢了。”

鹦宝儿赶紧坐起来，从兜里往外掏着什么。“我刚才忽略你的感受了，对不起啊。因为你对食物不太感兴趣，所以我就……其实，我在给你准备别的礼物呢。本来打算做好了再送你，可我想让你的心情现在就好起来，你先看看原料，行吗？”

“太行了！”二娃的耳朵兴奋地竖起来，像顶着两根避雷针，“就知道你心里有我！”

鹦宝儿把手里的东西递到他眼前，是短短的一根粗树枝。

“这是什么？”二娃瞪大眼睛，“在地愿为连理枝？你要和我做连理枝？”

“我呸！这是块桃木。把它劈成两半儿，一半儿做梳子——你那么在意自己的头发，可连把梳子都没有，头发都粘到一起了。还臭美呢，你都发臭了。”

“天哪，”二娃眼里亮晶晶的，“我都感动得要哭了，那剩下的一半儿呢？”

“做发冠。瞧，这里还伸出来一根小树枝呢，连簪子都有了。有了发冠，你就能梳理出更多的发型啦。”

二娃用一只耳尖揉着眼睛哽咽起来，“谢谢，从没有人送过我礼物……”

“能做第一个送你礼物的人，我太幸运了，谢谢你把机会留给我哟。”鹦宝儿在二娃的脑袋上亲了一下，“我也会一直对你好的，就像亲人一样。”

二娃眼里的电流更密了，“可不就是亲人嘛！我连你身上哪里有胎记都知道。”

“喂！”鹦宝儿有点窘，使劲敲了他头一下。

二娃甜蜜又坏坏地笑起来，“如果你把我当成外婆，或者奶奶那样的亲人，这不都是很正常的事嘛。”

“……总之啦，如果有一天你生病了，我也会照顾你的。”鹦宝儿把桃木块装回兜里，从后腰拔出一把弹弓，端详着。“二娃哥，也谢谢你送我的礼物。这把弹弓让我想起了鹦蔬姐和豆儿哥，我好想念他们，我一定要给他们报仇。”

鹦宝儿眼里蒙上了一层闪动的灰，而弹弓也泛着深深的灰，弓架是枫树杈做的，皮筋是燃刀祖鹿筋，皮兜则是完齿猪的猪皮。这把弹弓，就是之前鸣犽锦绣送给机器外婆的生日礼物。因为被二娃及时收藏，它才得以幸免于岩浆烈火。现在二娃借花献了佛，只是还没来得及告诉佛，这鲜花真正的来历。

“你能做这把弹弓的主人，也是它的幸运。”二娃担心地颤了颤耳朵，“可说到报仇，你还太小，还不够强大。”

“我长得很快啊，你们都看到了，也许我很快就能长大成人了。”报仇让鹦宝儿更添了成长的迫切。

二娃若有所思地点点头，挑起两只眼角，“你身上确实有很多不可思议的地方，等找到你的家，也许一切就都明白了。至于报仇这件事，那些凶手非常厉害，我只能说我会尽力帮你的——诶，那个废物跟上来没有？”

二娃终于想起了鸣犽锦绣，停下脚步回头看。视野尽头，那个废物被一条布满棘刺的皂荚树枝挂住了衣服，而他顺势就这样歪倒着睡着了，像一个在风中摇曳的稻草人。他太累了。自打入住二娃的乡村别墅，麻雀和老太太就把他折腾得身心俱疲，今天早晨发生的事，更是让他深深地不安。久远以来，他都未曾困惑至此，对外婆思念至此了。鹦宝儿和外婆之间，好像有某种说不清的联系，这让他无所适从。

几天前，鹦宝儿在鸣犽锦绣的劝慰下终于开始喝水了。小鱼雷般的水壶，水被她喝下去足有三分之一。二娃把小女孩嘴边的水渍轻轻擦掉，把水壶抛给正在把西瓜皮当水果来吃的鸣犽锦绣，然后收敛起老妈子般的微笑，板起蓝幽幽的脸。“看在她有了起色的份上，我今天就不跟你计较了。可你要再说什么‘善没善报，恶没恶报’的鬼话，我就真要为民除害了，我弄死你我。”

“假设你把我弄死是个善举——可如果我死了，你要是出了什么毛病，就没人能把你修好，你也就报废了。那样的话，你所谓的善，就给你带来了恶果。”鸣犽锦绣边说着，边舔干净一路流到了胳膊肘上的西瓜皮汁。“其实你明白我想说什么。我从没说过不需要善良，我只是想说，根本不存在人们所希望的，那种快速的善恶有报。你刚才提到了佛，可佛讲的是因果——如是因感如是果。短时间里，善恶不见得会有符合当下道德标准的果报，有些果甚至会让人感觉错乱，质疑什么才是公平，但是从更长的时间尺度来看，相应的果总会兑现的，只不过很多人看不到罢了。你我都见证过无数的因果，果不一定会出现在此生、此地、此人身上，但一定会出现在某时、某地，影响到另一个、另一些，甚至是所有的生命。这可不是唯心，也不是宿命，是规律。跟蝴蝶扇动翅膀会导致风暴是一个道理。二娃同志啊——善恶有报，是人们希望世间事能有所公平的美好心愿，可换个角度看，这种心愿又是狭隘的。其实，善恶根本没有统一的标准，而如果任何事情都心急地想要尽快见到结果，就会造成短视。”

二娃同志始终盘腿坐在地上剔指甲，一副不听不听王八念经的姿态。终于，他抬头看看鹦宝儿，“大娃老师说话向来都很丧，越听他说就越绝望。现在，要我撕烂他的嘴吗？”

“要，”小女孩眼里的星星一粒粒落下来，“我要活下去，要好好地活下去。”

二娃紧张兮兮地去摸她的额头，担心小病号是不是有些神经错乱。

鸣犽锦绣也很诧异。他只希望鹦宝儿能接受现实就好，想不通她何以突然间就阳光至此。

“世界这么危险，我更要强大才行。这样才能活下去，给姐姐报仇。”鹦宝儿的语气并不像个小孩子。“我要生好多好多的儿女，就算我看不到凶手的下场，我的后代也能替我看到。我要把鹦蔬姐和豆儿哥的故事讲给别人听，让大家知道他们有多勇敢、多善良，让他们在别人的记忆里活下去。我还要让大家知道凶手有多残暴，千万要小心提防，而且必须让恶人接受惩罚。”

乡村小别墅静默下来，只有他们围着的一堆柏树枝舞动着火焰，发出噼啪燃烧的微响，一如鸣犽锦绣无法停止震荡的思绪。即便鸣犽锦绣一直劝说鹦宝儿要隐忍，他也明白，过分的忍耐和避让并不是自己内心深处所喜，甚至，自己还会对这种做法报以鄙视。因为，不作恶也不作为，其实是一个无须逼迫自己去做任何事情的舒适区域，恰好能安放一种他人不易指摘的冷漠，和一种为己轻松辩护的自私。却有很多人把这种冷漠和自私，称为智慧。

这是一种猥琐的智慧，一种冷静的鸡贼。鹦宝儿显然不愿意这样。她是被雨水淋湿的树枝，迅速干燥后便不会再满足于沉默。她要燃烧，就像眼前的这堆火。

而鸣犽锦绣选择的归宿，是成为一块化石。“鹦宝儿，很高兴我的话能让你振奋起来。凶手会受到惩罚的，可这不该你去做，你也做不了什么。”

“可是大娃哥，我必须做点什么，他们伤害了我最亲的人啊。”

“这件事，不是凶手伤害了你的亲人那么简单，是外星人冒犯了怒安娜人，会有人去管的。”

“谁来管呢？我不能再让你们俩为我去冒险了呀。”

鸣犽锦绣尴尬地挠挠鼻翼，“……我没说我要管，我是说其他的什么人会去管的。”

“要是每个人都这么想的话，就没有人去做了，凶手会伤害更多人的。”鹦宝儿绷了绷并不能动弹的胳膊，“而且我就是怒安娜人，外星人冒犯了我。”

鸣犽锦绣本来还有话想说，这下都被怼回了嗓子眼儿。

二娃冲小女孩扬起四肢，竖起四个爪子上的四根大拇趾，“了不起！这就是我所理解的女性人类的性感！”随后他又一蜷身站立好，“我是怒安娜犽！他们也冒犯了我！鹦宝儿，我会站在你这边的。”他瞧瞧鸣犽锦绣，“你麻痹自己还不够，还企图麻痹鹦宝儿，这是件很妈……”他有所顾忌地看看小女孩，“很买了个饼的事。”

“什么饼呀？我饿了。”鹦宝儿咽了咽口水。

“我们的公主终于想吃东西了！”二娃兴奋地比画起来，“饼……对，是饼！把野地瓜烘干，磨成粉，摊成薄饼，抹一层掺了蜂蜜的野草莓酱，再撒上点酥脆的烤蚂蚱粒，嗯，会很好吃的！我刚才说的饼就是——蜂蜜草莓蚂蚱碎地瓜煎饼。”

二娃边说边拔下犄角，爪子挥到腹前，很绅士地冲鹦宝儿鞠了个躬，“能为公主制作点心，是我的荣幸。”

绅士抬起头，看到的是鹦宝儿醒来后第一次绽放的笑容，和鸣犽锦绣第不知道多少次的，皱成干核桃仁般的脸。

鸣犽锦绣拍拍屁股站起身，“你娃吹的牛，每次都得我来兜底。谢天谢地你没说要做烤鸭。”

“对呀！还有烤……”二娃“鸭”字还没说出口，鸣犽锦绣已经逃之夭夭了。在凑齐“蜂蜜草莓蚂蚱碎地瓜煎饼”制作原料的过程中，鸣犽锦绣无比烦躁。不过他的烦躁跟辛苦无关，鹦宝儿终于有了胃口，他只感到欣慰。他甚至为了让小女孩能吃到烤鸭，进行了堪称艰苦卓绝的努力，且回报颇丰。虽然烤鸭最关键的原料，鸭子，没能猎捕到，可他毕竟捡到了五六根绿头鸭的羽毛，还斩获了两枚鸭蛋，也算是能给鹦宝儿制造一点小小的惊喜了。

让他烦躁的是，小女孩想报仇。他担心鹦宝儿出事，更害怕自己被卷入更深。鉴于自己还有一点怜香惜玉的残存人性，把小女孩送回家是最好的结局。从此眼不见心不烦，剪断之不乱之。

煎饼原料采集者返回乡村别墅时，鹦宝儿已经饿得把所有西瓜皮都吃光了，不过，让她感到惊喜的，不是鸣犽锦绣带回了“蜂蜜草莓蚂蚱碎地瓜煎饼”的所有原材料，不是鸭蛋，更不是鸭毛，而是其他的什么东西。

在她饱餐了煎饼之后，鸣犽锦绣扭扭捏捏坐到她身边，缩着肩膀收着下巴尖，腼腆地说：“嗯……我想给你看样东西……你能不能先把眼睛闭上，待会再睁开？”

小女孩睁开眼睛的时候，豁然就看到了铺天盖地的星光。那些银蓝色的星星闪烁着、弥漫着、勾连着，组成星团、排成星座、汇成星河，在穹顶、在地面、在岩壁，在任何目光所及的地方。而鹦宝儿，仿佛飘曳在了夜空的最中央，伸手能摘星辰，轻语可唤天人。

这是鸣犽锦绣捉来的燃刀萤火虫。它们无翅，不飞，能吐丝把自己悬挂起来，看上去仿佛珠帘玉翠。鹦宝儿陶醉于这浪漫的星空下，鸣犽锦绣也陶醉于鹦宝儿的陶醉之中。这是他真正想送给小女孩的礼物。除了机器外婆，他已经几千年没送过任何人礼物了。虽然今日之举让他觉得自己矫情肉麻，甚至中途还几次差点放弃，但终于还是硬着头皮把礼物带了回来。

鸣犽锦绣似乎想明白了一点——身体和心灵都受了伤害的小女孩，在这超越凡尘的星光照耀下，应该能抽离片刻，放松地睡个好觉了。她已经几天无眠，非常需要休息。二娃之前编造的"魔法世界"，其实非常智慧。对于涉世未深的女孩子，一个美丽的梦幻世界，也许才是她最能疗伤的港湾。

"谢谢大娃哥，你对我真好，你把整个天空都送给我了。也谢谢二娃哥，你烤的煎饼，我好想让鹦蔬姐姐也尝尝……要是我能学会做，爸爸妈妈肯定也会夸奖我，喜欢我的……"鹦宝儿喃喃着，记挂着，直至呓语梦中。

二娃静静地卧在鹦宝儿身边，也望着这片星空出神。他很少深沉安静若此。也许想起了什么心事，二娃没再说一句话，他只是用内置的发声系统轻轻地播放起潮水拍打沙滩的声音，然后把头枕在前爪上，与静谧融为一体。仿佛自己不存在，却又分明承诺着，我会一直在你身边。

望着这一幕，鸣犽锦绣蓦地湿润了眼眶。三千多年前，多少个心痛的不眠夜晚，二娃就是播放着这海浪的声音，以这种姿势陪伴着自己，直至一个黎明，又一个黎明。

接下来的几天，二娃的这座乡村星空别墅里充满了笑声。鸣犽锦绣和二娃想出各种办法逗鹦宝儿开心。二娃用狗尾巴草给她编了很多玩具，有野兔、飞鸟、恐龙、手环，当然也少不了跟他长得一模一样的犽。另外，鸣犽锦绣还跟二娃学会了怎么用狗尾巴草编出蚂蚱，并且让他所编的蚂蚱，成了鹦宝儿得到的所有草编礼物中，最蹩脚的一群。

在二娃的逼迫下，鸣犽锦绣还不得不硬着头皮，跟他搭档为鹦宝儿表演了双簧。这可能是世界上最失败的一场双簧表演了，而且，这是几千年以来，鸣犽锦绣第一次为别人表演节目。二娃把头藏在鸣犽锦绣身后，鸣犽锦绣则带着自己的硅胶面具，扮成另一个鸣犽锦绣坐在石头上。随着二娃的胡言乱语，窘迫而紧张地做出各种口型和动作。

鹦宝儿咯咯咯笑得似风铃，鸣犽锦绣尴尬得脸颊直抽筋。直到二娃说出“宝儿宝儿我爱你，就像黄鼠狼爱小鸡”时，鸣犽锦绣终于不堪地扯掉面具，罢演了。然而他不得不承认，外婆离世后的这一万八千多年里，他从未这么尽情地笑闹过。现在他才发现，自己所有和笑有关的肌肉，都已是那么虚弱不堪。

二娃审视一番他难看的笑容说：“你的眼轮匝肌、颧大肌、上唇提肌、降鼻中隔肌……我都懒得一个个说了，总之吧，那些肌肉都萎缩啦。你要再不练练怎么笑，我建议你这辈子就别笑了，太吓人！”

鸣犽锦绣使劲搓把脸，报以一个更难看的笑，算作回应。

“其实，大娃哥还是笑的时候更帅。”鹦宝儿挂着小梨涡给他解围，这几天，她这两个可爱的梨涡从未停止过旋转。

“可想而知，他不笑的时候，得是有多难看！”二娃梗着脖子甩一下头发，酸得都能蘸饺子吃了。

时间在笑声里、星空下，来到了今天拂晓，麻雀和老太太携手喊鸣犽锦绣起床，去晨练。这个善良的古怪大爷，被二娃从茅草睡袋里拖了出来。

鹦宝儿对手术成果进行了全方位的汇报表演之后，问观众：“我穿这身衣服漂亮吗？”

二娃丁零咣当地拍着巴掌，“漂亮得简直没话说！我都很长时间没看过这么棒的秀了！”

鸣犽锦绣则在想，我买衣服的眼光还真是不错啊。他们到底什么时候起的床？干脆昨晚上就没睡吧。鹦宝儿这头发就得打理半天。洗了头，烫了发梢，头上编了个复杂又有秩序的古典图案，像地球上的中国结，辫子像中国结的流苏——明明就是个中国结。二娃尾巴上的毛也编过？怎么跟鹦宝儿的辫子一模一样呢？鹦宝儿还穿了新鞋子？草鞋蒙了鱼皮，应该是前天吃掉的那条白鲟鱼的皮。鞋带肯定是从我蛇皮腰带上裁下来的，鞋底上的掌垫肯定是从我鞋上剪下来的熊皮。看来我教给二娃制作鞋子的手艺，他还没忘。这都什么时候偷偷摸摸做的啊？

“大娃哥，你觉得呢？”只得到了一半观众的认可，表演者还有点不甘心。

鸣犽锦绣赶紧点点头，“漂亮得能亮瞎二娃的犽眼。”

漂亮归漂亮，可他感受更多的是不安。只七天时间，鹦宝儿的骨折就痊愈了。要知道，如果是一般人，这伤恢复起来至少需要三到五个月。手术三天之后，鹦宝儿就倔强地开始做动作，到了第四天，她已经能在地上爬了——准确地说是蠕动，翻滚，匍匐前进，第五天她就扶着岩壁硬要站起来，于是，鸣犽锦绣不得不去折了两根花椒树枝，给她做了副拐杖。

鹦宝儿表现如此，鸣犽锦绣除了惊讶，更担心她的骨头错位，那意味着手术将前功尽弃。还好，她的骨骼看起来没出现任何异常，动作也没有受限。相反，她身体线条流畅，无比舒展。

“我检查过了，她恢复得非常好。”二娃看出了鸣犽锦绣的担心，“不过这几天，她又长个子了。”

鸣犽锦绣没有给小女孩量过身高，可二娃却给她改制过衣服。之前，裁缝特意让裤管长了些，以便她能多穿一段时间。可现在，裤脚的长度却刚刚合适。也就是说，几天里，她长高了大约三厘米。

鹦宝儿是长发，所以还不至于能明显看到头发长度的变化，可她的指甲长得飞快，宛如植物抽枝散叶，这可是看得清清楚楚。手术之前，二娃给她修剪过指甲，当时鸣犽锦绣认为，她可能有几个月没剪过了。可前几天再看，鹦宝儿的指甲又长成了鹰爪子，长度就算没增加四厘米，也差不多有三厘米半。她的生长发育和新陈代谢速度，大约是普通人的十几倍。

鸣犽锦绣非常困惑。她怕是会长成个巨人，或者，她很快就会发育成熟，然后迅速衰老死去。当然，最有可能的是，她的身体机能在成熟之后，会进入一个漫长的稳定阶段，就跟自己一样。唉，我可不想搞生物研究，把她送走就好。那些外星人的装备很简陋，应该是在星际航行时出了意外。到现在为止，还没有出现过任何追踪我们的飞行器，就能说明这一点。至于扮演神灵的事，从怒安娜现有的文明程度来看，应该会有人觉悟，甚至颇有见解。一些持无神论观点的官方人士和民间义士，可能已经在行动了。他们不会放任外星人和愚昧的同族一唱一和，去亵渎自己的信仰。

还有一种可能，外星人在被揭穿之前，就先行离开怒安娜了。所以这些关我什么事？又关怒安娜什么事？世界会在原先的轨道上继续往前走，分裂、战争、统一，再分裂、再战争、再统一。战争会催生新型武器，而武器的杀伤力只会越来越大。把那些收藏的文明成果销毁，以免被当下的文明发现后出现技术大爆炸，这才是我要做的正经事，不能被一个小女孩乱了方寸。

“关于你家……有没有想起来什么？”望着刚刚走秀完毕的鹦宝儿，鸣犽锦绣掩饰住眼里的光彩，故意轻描淡写地问。

鹦宝儿垂下眼帘，脸上挂了歉疚。

鸣犽锦绣一头栽回到茅草被窝里，“晚安，女士们先生们，等鹦宝儿想起家在哪儿，我立刻起床。”

二娃用趾甲没轻没重地撑开他的眼睑，“鹦宝儿之前恢复的记忆都是因为食物的刺激，我们去给她找好吃的，她才有可能恢复！恢复！恢复——”

鸣犽锦绣鼓着两只差点就被挤出来的眼球，吓得连打了几个冷战，然后无奈地起了床。他没有想到，晨练时的鹦宝儿，让这个清晨的寒意更浓了。

47. 开门复动竹

晨练的地点，是一片其他人未曾抵达过的幽深林地。鸣犸锦绣上一次来这里，已经是百年前的事了——为了逮回离家出走的二娃，他曾路过。如今地貌又有所变化，西边和北边的山体变得更加高大诡异，溪流也更加狭窄蜿蜒，显然曾被地震打搅过。可是，这仍然是个适合晨练的体育场。水塘和溪流里有鱼虾，滩涂上长着野菜，树林里有鸟类和野果。当然，也有虎和熊。不过有二娃守护鹦宝儿，那些山林猛兽应该不太敢造次。真正构成威胁的只有外星人，前提是，他们还在孜孜不倦地追杀他们。

可如果不冒这个险，又怎么能让小女孩尽快地想起来家在哪里呢？这里有很多条可以逃生的路线。一旦遇到险情，不管从哪个方向钻进森林，外星人都会晕头转向的。鸣犸锦绣考量一番后，便也没有太过忐忑。他倚着一块视野通达的岩石，眯着眼睛打起盹来。潺潺的流水、似梦似真的鸟鸣、耳边吹过的山风、鹦宝儿和二娃的嬉戏，这些声音，并不是能让他安稳地睡个回笼觉的最佳背景，反而让他不禁怀念起了与外婆相伴的时光。恍若隔世，心痛依然。

可这种怀念，很快就变成了奇异和震惊。

山风不断地把二娃的一惊一乍送到他耳边，听起来，是鹦宝儿对野菜的了解程度让机器犸感到惊讶。小女孩靠山吃山，二娃则诞生于都市，以太阳能为食，这种情况很正常，让鸣犸锦绣感到蹊跷的另有其他——鹦宝儿能准确分辨相似度很高的不同野菜，比方说，怎么区分马齿苋和假马齿苋，她对二娃是这么讲的："要用你的心去看哟，真马齿苋叶子的颜色比较暗，茎的颜色也更深，花是黄色。假马齿苋的花是紫色或白色，带有毒性，可不能多吃。"辨别荠菜和蔊菜的时候，她这么讲："用你的心去看哟，荠菜根闻起来是有香味的，而且看上去很像胡子，大娃的胡子，嘻嘻。”蒲公英和泥胡菜的区别，她也知道：“用你的心去看哟，蒲公英叶子上的齿和叶子的生长方向相反，花是黄色的。泥胡菜的齿和叶子的生长方向一样，花是紫色的。”

小女孩起初说“用你的心去看哟”时，鸣犽锦绣半梦半醒，这句话是他梦里外婆缥缈的语言。从前，外婆教他怎么去辨别那些野菜时，也会这么说。当鹦宝儿第三次说出这句话时，鸣犽锦绣一激灵睁开了眼，他听到小女孩说：“二娃哥，等你对野菜足够熟悉以后，会很容易区分它们的，就像妈妈看她的双胞胎孩子。”

一股锐利的清冷和疼麻，蓦地就荡遍了他全身。外婆也会打这样的比方。他有些恍惚，产生了某种强烈的宿命感。鹦宝儿和二娃现在的样子，多么像外婆和自己。小女孩到底是谁？

鸣犽锦绣彻底清醒了，他屏住呼吸，慢慢起身，小心翼翼地朝鹦宝儿走过去，生怕自己发出响动，惊醒了这幅颇具灵异感的画面。刚走了几步，似是故人来的惊栗，便被他深深的自嘲淹没了。他转身回来，重新倚着岩石坐下了。

“疯子。”他咕哝了自己一句。小女孩的那些话，纯属巧合罢了。我这么凌乱，只能说明神经过敏，时时刻刻在捕捉外婆的影子。外婆的灵魂不会去附谁的体，也没有其他办法重生。我肯定是被他俩折腾得大脑缺氧，该好好放松一下了。他闭上眼。山风流水依旧，困意怅然永存。

“快看呀！”二娃忽然大呼小叫起来。

鸣犽锦绣烦躁地挑开眼皮，还没来得及撒起床气，就瞪大双眼呆住了。小溪边，一只刚飞离地面的山鸡扑腾着栽倒了，而距它三十多米开外的鹦宝儿，正把另一粒石子包入皮兜，拉皮筋至脸颊，甩手腕朝天空射击下一个目标。她的动作一气呵成，快得像风。伴着石子的呼啸，一只已经飞到空中的山鸡应声落下。这次，目标距离她足有六十米。

“帅！”二娃一扬脑袋，把长发甩成大背头，连蹿带跳地去捡拾猎物。跟鸣犽锦绣相处了几千年，二娃都没像现在这样，表现得如此像一条猎犬。

鹦宝儿珍惜地抚摸着弹弓，手微微发抖。她太喜欢这把弹弓了。“手感和拉力都刚刚好，就好像我胳膊的一部分。可惜我的力气还不够大，还不能完全发挥出它的威力。为什么刚刚得到它，我和它就这么默契呢。这种感觉，就好像要等我长大以后，才可能拥有它，可是它却穿越了时光，提前来到自己面前。可能它想跟我早一点儿认识，早点儿做我的好朋友吧。”她想。

二娃把弹弓送给鹦宝儿的时候，并没有料到她如此值得拥有。之前，鹦宝儿看到了来溪边觅食的山鸡，兴奋又遗憾地活动着手指，“要是有弹弓就好了，食材就能丰盛一点儿。”

“你会打弹弓？”二娃头也没抬地随便一问。他捧着一把野菜，正在分辨到底是泥胡菜还是蒲公英。

“嗯，我用弹弓给家里打东西吃。”鹦宝儿望着那一小群探头探脑的山鸡，眼里已经是一大桌喷香流油的烤山鸡了。

二娃愣了愣，从自己的收纳箱里摸出弹弓，抛给鹦宝儿。“要真能打到东西，就归你了。”

鹦宝儿惊喜地接住，眸子被山林晨光映得更加明亮起来，“真的?！它好漂亮呀！”

“当然是真的。”二娃抓住机会循循善诱，“让我看看你是怎么给家里打东西吃的——你家几口人？要都像你这么能吃，一次得打多少东西啊？够吃几天……”

说话间，鹦宝儿已经捡起了几粒石子，将其中一粒包入皮兜，拉皮筋——甩手腕就射了出去，随后第一只山鸡便被击中了。这弹弓技艺不但震惊了二娃和鸣犽锦绣，也同样惊着了鹦宝儿自己。她明显感觉到，比起之前击打燃刀曼巴蛇和那个外星女人，现在的自己击发动作更敏捷，力气也更大了。这不知缘何而起的精进，让她感到有些恐惧，又隐隐地兴奋。

她还清楚地知道，自己刚才射击时分明带了愤怒，即便山鸡是无辜的，自己还是无法按捺住宣泄情绪的冲动。射杀的那一刻，目标幻化成了凶手的模样，她只有一个念头——打中目标，必须打中。我要报仇！我在报仇！

鹦宝儿渐渐平静下来，把弹弓贴近嘴边，轻吻一下之后，才把它插进了后腰。她望着被自己射落的猎物，喃喃自语：“你们跟我的仇恨没有关系，你们是为我提供食物的恩人，对不起。”

她蹲下来，继续去捡适合当子弹的石子。

鸣犽锦绣朝鹦宝儿走过来。他的膝盖和脚踝有些发软，张口想说什么，舌头却被牙齿咬了一下。他咽下带着血腥的唾沫，思维宛如白洞，许多的闪念喷射涌现，却又无法被还原成清晰的信息。他用力抖着脑袋，用手掌揉压着眼球，好不容易才把外婆用弹弓射下山鸡的幻觉抹了去。

“蠢货！”他再次骂了自己。值得这么大惊小怪吗。世界上会打弹弓的人无数，掌握甚至精通这种技艺，可能只是鹦宝儿家乡的传统罢了。她的姿势确实和外婆非常相似，但这只能说明，她俩采用了同一种技术动作而已。

外婆是怒安娜使用弹弓的第一人，她带出过不少徒弟，也许鹦宝儿的基本功就是那些人辗转流传下来的。当然，更可能是这次文明时期，人们重新摸索出了经验。毕竟这项技术并不高深，只在于精勤。

把弹弓收好之前，鹦宝儿会亲一下它。好吧好吧，外婆的确也这样。很多猎手和杀手都会亲吻自己的武器，以此感谢它为自己带来收获。我刚才竟然那么激动，有毛病。鸣犼锦绣狠狠抽了自己一耳光，以帮助自己找回冷静和理智。小女孩的很多表现，已经属于超能力的范畴了。外婆可没有任何的异能，非要说有，那就是她的唠叨有双向调节作用，既能提神醒脑，也能让我昏昏欲睡。不过，我确实该好好地对待鹦宝儿。她身上的一些东西，对我来说似曾相识，这太珍贵了，我应该珍视这份缘。可跟她再有缘，如果她回忆起自己的家乡是在怒安娜以外的某一颗星球——别说是二百五十四万光年以外银河系的星球了，就算是怒安娜的卫星冰轮星，我也帮不了她。真那样的话，我必须马上跟她说再见。

二娃把打落的山鸡都捡了回来，他打了山鸡血般地在鹦宝儿面前跳着脚，“你打弹弓的水平都快赶上我外婆了！这弹弓跟着你，她灵魂有知，会很高兴的。”

鹦宝儿很惊奇，“你外婆也打弹弓啊，这是老人家的遗物？”

二娃刚要说什么，鸣犼锦绣不悦地问他：“怎么会在你这儿？”

“你管得着吗？反正它现在是鹦宝儿的啦。”

鹦宝儿忐忑地紧紧攥着弹弓，“大娃哥，你是不是不愿意把它送给我？”

二娃拨楞开鸣犼锦绣，“弹弓是我的！我爱送谁就送谁！”

鸣犼锦绣在鹦宝儿身边蹲下来，挂着复杂的笑容，“你能用它打猎，我倒是不担心你怎么填饱肚子了。这是二娃送你的，收着吧。”

鹦宝儿的脸庞如晨曦中盛开的杜鹃花，“你们是天使，送我的都是最珍贵的东西。”

“打弹弓谁教你的？”鸣犼锦绣审视着这簇神奇的杜鹃花，装作不经意地问。

鹦宝儿剥着一粒小石子上的泥土，摇摇头表示不记得。她脚边放着一些选好的石子，鸣犼锦绣捏起了几粒。石子的直径都在一厘米左右，比较圆，已经非常接近专业的弹弓弹丸了。

鹦宝儿把石子往裤兜里塞，“其实我更喜欢用胶泥做子弹——用水把胶泥泡开，和好，每颗都团成羊粪蛋那么大，晒干就能用了。”

这话外婆也说过。鸣犽锦绣恍惚间，小女孩起身走到猎物前。她轻抚着山鸡的羽毛，眼神里除了感恩，还带着些自责，呢喃轻语：“谢谢你们用生命喂养我们的生命。从此以后，你中有我，我中有你。等我死了，会用身体去喂养大地，大地又会喂养众生。就这样，一直彼此照顾……”

二娃安静地望着鹦宝儿，除了感动和意外，还有倾慕。她善良、美丽、悍勇，始终都心怀感恩。文静起来像清泉，唠叨起来像江河，吃起饭来气吞湖海，难怪人类把女人比喻成水呢。我心中完美的女孩就是这样，她长大以后会是个完美的女人！性感，太性感了！二娃眼里隐隐地闪现出了粉色电流勾勒出的心形。

对于小女孩的话，鸣犽锦绣狠狠地呼吸了几口，却仍然快要背过气去了。她对猎物的感恩语言，是外婆的原创。鸣犽锦绣听到自己颤抖地问：“鹦宝儿，谁教你这么说的？”

小女孩还是摇头，“我只是能肯定，之前我从没见过这么大个头的山鸡，一只能顶上普通的四五只呢！为什么会这样啊？”

“你应该见过的，可能还没想起来——很久很久以前，怒安娜发生过可怕的事情，很多生物都死掉了，只有一小部分存活了下来。那些幸存的生物里，本来就有些基因工程制造出的怪物，后来的核辐射，可能又造成了更多的变异……”鸣犽锦绣一边解释一边凑到鹦宝儿身边，宛如靠近无边的未知。

外婆对猎物所说的话，也会流传到今天？倒也有这种可能性。她曾教会了很多人这么说，也许就像粽子一样，那些话得以继续流传。可巧合还是太多了，口头禅、打比方、射击弹弓的技术动作、对弹丸的偏好、对猎物的感恩语，都一样。而且，她俩都是女人……这并不是句废话。她们都有两个梨涡，都是双眼皮大眼睛，睫毛长而弯翘，白皙的皮肤，栗色的头发，还都很唠叨。鹦宝儿是外婆的克隆体？连记忆也被克隆了？理论上并不能排除这种可能性。那么是谁干的？动机呢？难道外婆的遗传信息被保留下来了？为什么偏偏是她？跟那些外星人有关吗？

鹦宝儿不安又好奇地搓着辫梢，继续问鸣犽锦绣：“那我们人类呢？变大了还是变小了？”

“传说那次灾难中，幸存的人躲到了一个与世隔绝的安全屋，过了很长时间才重新出来生活，所以人类没有发生明显的变异——当然，也许是有变异人的，只不过我还没碰见过。”鸣犽锦绣盘腿坐下来，也抚摸着山鸡的羽毛，在心里重复了那段感恩语。

“大娃哥，你也在对猎物感恩吗？”

他点点头。

“你对蚂蚱也这样吗？”

“当然。”鸣犽锦绣微微握着拳，像是在向自己乞求更多的胆量，“……鹦宝儿，能让我看看你的手吗？”

她是外婆克隆体的念头，既然可笑又可能，那就先把它排除掉。人的指纹具有唯一性，对克隆人来说，虽然指纹跟母体并不完全一样，但也不会有太大的差别。指纹基本由基因决定，虽然基因有可能突变，而且指纹还会受妊娠环境的影响，但基因相同的个体还是会有比较相似的指纹。外婆左手的无名指上有一个斗，小指是弓纹，其他指头上都是簸箕。至于右手，大拇指是弓纹，剩下的四个指头是簸箕。他记得很清楚。

鹦宝儿开心又期待地把小手递给他，“要给我看手相吗？我也很想知道，我的未来是什么样子。”

二娃赶紧凑上来偎着鹦宝儿，“你可得提高警惕啊，某些人专用这种小伎俩骗女孩子。”

鸣犽锦绣端详着小女孩的指纹，明显被震惊了，然后他开始迷惑，最后则有些痴傻，泥塑般地一动不动了。

“大娃哥，看到什么了？”

他这才回过神，“哦哦，你的手……非常柔软。”

“滚一边去！”二娃把鹦宝儿的手夺过来，“什么人哪，抓着人家的手摸半天，就放了这么个犽屁——其实我更会看手相呢。”

二娃边研究鹦宝儿的手，边把下巴上的长毛当胡子来捋，像个算命先生。“啦……哦？……嗯嗯！你的手……非常柔软。你曾经遭遇过不幸，可是遇到了贵人……你的贵人头上长着三根犄角……你的未来嘛……爱情美满、身体健康、万事如意、早生贵子，总之好得不能再好啦。”

鸣犽锦绣瞪一眼二娃，二娃心虚地扭了扭耳朵，“怎么了，我说的不对吗？”

鸣犽锦绣又望望鹦宝儿，小女孩也正在窘迫地瞧着他，“大娃哥、二娃哥，你俩还没问我的生辰八字呢，而且贵人什么的，二娃哥本来就知道呀。”

“我是知道，可就算不知道，我也能算出来的。”二娃嘴硬地继续捋胡子，因为他太忘我，所以揪掉了好多根胡子都没有觉察到，“我只是把我看到的，如实说出来了嘛。”

“就算我们问你生辰八字，你也想不起来，而且魔法师不需要知道这些。”鸣犽锦绣尽量让自己显得轻松一点儿，“其实，你的未来比二娃说的还要顺心呢。”

其实，他根本没看懂鹦宝儿的指纹。他从没见过这样的指纹和掌纹，这不是怒安娜人类所应该具有的肤纹。小女孩的掌纹非常复杂，无法用天纹、地纹、人纹、婚姻纹和命运纹来进行区分。也许，是她柔软到诡异的手掌造成了这种结果。她的手指向后弯曲能贴到手背，手指之间张开的角度，也比怒安娜人的大很多。手掌能以中指为轴，左右折叠在一起，甚至还能以某种匪夷所思的状态，攥成极小的拳头。

她的指纹不能用斗形、箕形、弓形，以及混合型纹这种惯用的方式来分类。她的指纹是从一个中心点发散出来的嵴线和谷线，就像带着旋臂的螺旋星系——有的指纹中心是个圆点，像旋涡星系；有的则是一根极短的线，像棒旋星系。如果非说她和怒安娜人的指纹有什么共通之处，就是她真的有“斗”。在她右手的食指上有一个靶心斗。那是一组间距完全相等的同心正圆，圆得可以用完美来形容。除此以外，鸣犽锦绣还发现，鹦宝儿指纹的嵴线又细又密，而且从指纹中心点开始，到三条不同纹线相交之处的三角点，嵴线的数量也非常多。也就是说，她的总指嵴数和a-b嵴线数都明显高于怒安娜人，而这一点表明了她更加聪明、敏锐。

鹦宝儿和外婆的指纹没有丝毫相似之处，这并没有让鸣犽锦绣感到释然。他只感到深深的失落，同时他明白，这还不能说明鹦宝儿和外婆就完全没有关系。如果她有一部分外婆的基因呢？而且，如果她俩有相同的记忆，那这件事也足够惊悚，当然，也足够惊喜。

“在我家，这几只山鸡够吃十来天了。”鹦宝儿忽然想起了什么，指着猎物说，“要是能把这么大的山鸡带回家，我的爸爸妈妈，还有弟弟妹妹非得被我给震惊了，他们会觉得我很了不起呢。”

鸣犽锦绣和二娃都没敢说话，生怕弄丢了她哪怕一丁点小的记忆碎片。

而且，鸣犽锦绣吊着的一颗心也轰然落下去，彻彻底底地踏实下来。外婆根本就没有弟弟妹妹，她是独生女。至少，外婆记忆被提取的猜测可以见鬼去了。同时，她有外婆基因的想法应该也同样扯淡。外婆不会被命运之神这么垂青，就算外星人做试验，也做不到万年前就已经去世的她老人家头上。再退一步讲，如果外星人对怒安娜的化石做试验，那就应该涌现出一大批古代甚至是远古时代的生物才对，然而并没有。

“是我想得太多，把事情复杂化了。不过有一点，鹦宝儿应该与外星人有关，也许她是外星人和怒安娜人所生的孩子，这个可能性倒是很大。但愿她的家不是在外星人的基地里，那样的话，我们就是自投罗网了。”他想。

“咱们继续去找食物吧。”鹦宝儿兴致勃勃地站起身。

“我继续去放哨。”鸣犯锦绣疲惫地打了个哈欠，朝原先那块岩石走去，打算好好安慰一下刚刚受过惊吓的万年心脏。

“也许过一会儿，你就能想起家在哪儿了呢——你的家人会喜欢我吗？他们喜欢狗还是犯？喜欢什么样的礼物？我得提前准备准备……”二娃絮絮叨叨地陪着鹦宝儿走远了，脚下是一弹一弹快乐的垫步。他看起来完全不像三千多岁的犯，倒像个十三岁情窦初开的少年。

鸣犯锦绣的回笼觉，一直补到返回的路上，他被皂荚树枝勾住了衣服。他的第二个回笼觉，从皂荚树上被解救，一直补到乡间小别墅的茅草睡袋中。当鹦宝儿想起她家在哪里的那一刻，他终于惊醒了。

48. 命运迷宫

呜犽锦绣被惊醒之际，在一个极其隐秘的地点，也有人被外面的动静惊醒了。

是太子妃。这里漆黑一片，无一丝光亮。她呼吸微弱，充满恐惧地渴盼着什么。她不知此时是昼是夜，也不知自己身在何方。从颈首到脚趾，从脏腑至皮肤，剧痛阵阵如磔骨脔肉，可她却感到欣然——所幸没有把那件事带到地府里去，虽然亲自去完成再没有可能了，却至少托付给了他人。太子爷，贱妾已尽力了。

太子妃被隐藏在这片黑暗中，已然七日。偶尔有烛光亮起时，她不是被人喂食，便是被人医治，她藕丝般羸弱的生命如此得以延续。同时，她也被人守护，抑或叫作监禁。太子妃在等待消息，救了她性命的那个人也在等待消息。那消息会宣判她、太子和墨若国的命运。

此时，漆黑之外，一阵急迫而又轻灵的脚步声走近，随后隐隐传来了说话声。“太子妃娘娘怎样了？”

“回禀提督大人，早上那碗粥，是她自己个儿喝下去的。”

他回来了！听雨轩的掌事提督，无盐鲨。就是他率先在旷野中找到自己，将自己藏匿在这里的。

作为圣上无处不在的耳目，听雨轩的听雨者们总是敏锐如此。他们织就了漫天罗地的一张大网，何处有微小的震动，他们即刻便知。他们想要寻觅什么目标，这张网上的每一根捕丝交叉而成的每一个点，便立即绷紧。一旦目标有所动静，定是无处遁形。他们连最轻细的雨声都能听到，甚至，听得到每个人的心跳声吧。

无盐鲨带来了什么消息？他拿到遗落涵洞中的锦囊了吗？那揭穿神灵是假的物证，是否已经让圣上幡然醒悟？自己又会被如何处置？丑小蚕轻轻叹了口气。她已经不在乎死活，之所以急切想要知道自己的结局，是想借此去推断皇帝的动向，太子的未来。

凛烨，贱妾身上还盖着你的长袍，如兰似麝，仿佛你就在身边依偎。你现在身在何处？平安无虞吗？既然太子爷要贱妾死，贱妾当死。

七日前，当丑小蚕被慧发袭心审讯时，便知道自己之前大错特错了。懋勤殿内，她被一丝不挂地悬吊于空中，周身上下青紫蓝红。尤其是她无瑕的脸庞，从娇艳的花朵生生被蹂躏成了残破的寒瓜。

审讯官慧发的所作所为，让站在一旁的宏原子美都不忍心看下去了。

太子曾经叮嘱丑小蚕找到遗落的锦囊，对此，她本打算对神灵坦诚相告，可刚被降职降衔的慧发烦躁无比，没问几句便开始殴打她，还撕光了她的衣裳以示羞辱。那一刻，丑小蚕便开始怀疑这些“神灵”了。

“本宫只知道神灵慈悲，旨在度化他人，往生乐土，断然不会如此霸道淫邪。你们非神灵也。”她瑟瑟而又倔强地说完这句话，便缄默不语了。她还是笃信神灵存在的，可眼前这个华丽乖张的女人，哪里有一丝神灵该有的温良大度，更像是降临人间的魔。

尔后，纵使丑小蚕被折磨到濒死，都没有吟唤一声。折磨愈甚，她便越发坚信行刑者是魔。为了不发出屈服的惨叫，她几乎咬烂了舌头，以此来保持高贵。血水从她嘴里丝丝缕缕地滴下去，溅成了鲜红的花，本似蜡梅怒放一地，可朵朵梅花却相互吞噬，直至开成了几大朵腐烂的牡丹。最后，她感觉自己猛地坠下去，撞上了地面的坚冷和血的腥臭。

接下来，丑小蚕的记忆便是一些零零落落的片段了。她猝然从昏迷中惊醒时，恍惚看见道道火光正漫天飞鸣，宛如神火飞鸦遮云闭月，而一尊顶天立地的金属巨物铿锵而动，正在撤回它的一条巨足。应当就是这巨足踏破了殿顶，撞毁了殿墙，露出了一角星空吧。

紧接着，金属巨物的另一条巨足又踢向旁边，随即便墙倒屋崩了。在大地的抖动中，一名宫女朝自己飞奔而来。数道飞火劈头朝宫女射去，在她身边炸起烟云。这宫女裙裾飞扬，又踉踉跄跄。蓦地，一尊笨拙，却会行走的白色圆塔在宫女身后轰然倒下，替她阻挡住了些许飞火。不知那圆塔是有心，还是无意。

接下来，宫女清秀的脸孔就猛然闪现在眼前。她并不认得自己，问道：“你就是太子妃吗？！”

本宫更是不认得她，可又说不出话，便朝这宫女眨了眨眼。

“找的就是你！”宫女吃力地背起自己转身就跑。阵阵剧烈的摇摆颠簸中，只听得她惊惧而仓皇地喊道，“这太子妃真重！我会和她一起完蛋的！”

听其言语，断然不是宫内侍女。

此时，那尊横倒的硕大圆塔，忽然悄悄冲这神秘女子闪烁出了几许蓝色亮光，亮光仿佛组成了“加油”二字——也许是嫌这火势还不够猛烈，要宫女再添些猛火油，好彻底摧毁这皇宫吧。

随后那些蓝色光亮又组成了一幅图画，似是用手型模仿出了一把剪刀——也许是鼓舞她剪虏若草吧。而那神秘女子也对圆塔回以剪刀手，还说：“耶！各自保重！”

这时，忽见一条绳索从天而降，这女子抓紧了它，自己便也随她腾空而去了。最后，虚衰重新将自己淹没，世界又回归了黑暗和寂静。

丑小蚕再次醒来时，分明听到了太子的声音。同时，她感觉自己贴在冰凉的大地之上。这方地面巨浪般地起伏汹涌着，还间或加以剧烈的震动。

“你这贼人，为何要救本王？！”福螺凛烨厉声说道。

是夫君！他正在质问着什么人。

“太子殿下，我们已经造反了呀！”一个尖锐的嗓音回答。这声音不似太监那般阴丧，伶俐中还透了些许娇嗔。“咱们现在化敌为友了！还是战友呢！待会儿我再告诉殿下怎么回事！您快看看，我们的人把您的妃子也救上来了呢！我的名字殿下是知道的，还有还有，那个驾驶员叫宏原子美，副驾驶叫黑洞光芒，穿裙子的是量子樱——她想当贵国的淑女，就换了这身衣裳，还变了皮肤、头发和眼睛的颜色呢！就是她把您的妃子给背上这辆车的！”

丑小蚕攒起浑身气力，这才张开了眼睑。她看到福螺凛烨怒火中烧地瞪着自己，慌忙又闭上眼，因为轻信黑齿鸾的懊悔，因为容颜支离破碎的自卑。

太子扑上来，一只手死死扼住了丑小蚕的喉咙，“贱人！你坏了本王大事！”

“喂！你干吗呢！”量子樱去揪扯太子，“她已经快不行了！你会弄死她的！她不是你的妃子吗？！你们不是一伙的吗？！”

主序后星使慌忙拉开量子樱，“太子是这个王国未来的领袖！不管怎么样你都不能冒犯人家，人家想干什么你没权力管的呀。”

“我又不是他的臣民！”量子樱推开窄肩膀，死死掐住太子的手臂，“救你的妃子是表达我们的诚意！我不知道你和她之间发生了什么事，可人是我救的，你不说清楚，我决不允许你这么对待她！”

福螺凛烨甩开胳膊，盯着量子樱，指着她鼻尖怒斥，“你这星外贱畜！此事与你无干！你以为变化出这身衣裳、这副皮囊，就是墨若人了？你们都是欺世盗名、居心险恶的贼猢狲！”

他又一指丑小蚕，“她是本王的女人！贱命属于本王！死活本王说了算！”说话间他一把提起妃子的头发，“贱人！你还对这帮畜生说了什么？你为何要背叛本王？本王苦心谋划，冒死行事，都被你给毁了！”

量子樱被福螺凛烨吼得一抖一抖的，很是无措。

宏原子美扭过头咆哮起来，“姓福螺的，审讯她的时候我在场！她什么都没说！她是你的爱人，还受了重伤，你敢再打她，我活撕了你！”

没等太子说话，主序后星使又慌了，“宏原子！你可不能对太子口出狂言呀！咱们还得跟他结盟……”

“主什么后使！你给我住口！”福螺凛烨打断和事佬，环指着车舱内的一众香沙沙落人，“你们营救本王缘由不明，且屡屡口出不敬，用心到底何在？若不速速招来，休怪本王不给你们活路！”言毕，他把丑小蚕往甲板上一摔，“呵，好个太子妃！这是你与贱畜串通好的苦肉计吧？妄图诈出本王下一步的谋划罢了！”

“我去你妈的！”宏原子美腾地跳起来，给黑洞光芒撂下句话，“你来驾驶。”说完就朝太子冲去。

黑洞急忙跳到驾驶座上，朝主序后星喊：“火力！快来保持火力！”

主序后星使没去保持火力，倒是上前去拦宏原子美，想先扑灭她的火气，却被这暴烈的女人拦腰给抱举起来，直接丢进了副驾驶座。

宏原子美来到太子面前，二话不说抓住他衣领，把他抡到甲板上，随后拖起他一条腿就走。福螺凛烨挣扎反抗之际，伴着大家的惊呼，女兵迅速拉开舱门把他扔了出去。他忽然又悬停在了半空，是女兵甩出的长发缠住了他一条腿。而他眼中的天地已然颠倒。爆炸的烟云在他头顶，星空在他脚下，道道光束横飞，几条粗大沉重的机械腿就在他咫尺之处震荡划行，卷起一股股腥冷的旋风。

福螺凛烨急促地呼吸着，却咬紧牙关没发出一声叫喊。那样他会鄙视自己。

“姓福螺的！没想到你这么自以为是！我们就不该救你！”宏原子美俯下身喊话，“我就问你一次！也是最后一次——你要是能帮我们在怒安娜立足，大家就合作！不能的话，我现在就把你扔下去，还给他们！”

“你以为如此这般就能吓住本王……让本王相信你们的诡计吗……休想！”福螺凛烨在空中悠来荡去，脸孔因倒悬和恐惧憋成了茄子。“本王举事之时，便已将生死置之度外！只可惜未能成功，便要成仁了……”

“骨头还挺硬。”宏原子美烦躁地嘟囔着，又朝他喊，“就你？值得我们下这么大血本设计苦肉计吗？死了那么多人，你瞎了没看见啊？”

福螺凛烨这才稍稍定神，飘飘摇摇地四下观望。机械甲虫早已翻越皇宫，蹚过内外护城河，冲出了皇城，向着郊野狂奔。宫殿群已化作视野尽头的一抹黑红魅影，在火光中震颤。而拖曳着他的这金属巨物腹下，楼院街巷被一座座、一条条地掠过，抛于身后。地面上无数人影或四散奔逃，或惊得呆若木鸡，或跪于原地叩头。而那些香火和灯笼，也陪伴着各自的主人，飘忽不定，明明灭灭。

黑洞光芒根本顾不得去管宏原子美和太子之间的艰难交涉，他紧张而小心地驾驶着机械甲虫，以免它的步足踏到房屋和平民。机械甲虫身后的远处，另有两只巨虫在拼命地追赶它。那两只巨虫丝毫不在意地面上惶恐的生灵和他们的居所，将一个个来不及躲闪的人影踏成了肉泥，将一方方庭院和楼阁踢得粉身碎骨，将一处处暗淡燃爆作了炫目的尘烟。

同样不管不顾的，还有副驾驶座上的主序后星使。他慌乱又笨拙地操纵着顶置和后置小型光束炮，没头没脑地朝追杀者们射击。殒命于他光束下的，除了远处追来的香沙沙落士兵，也有墨若百姓，还有奉了圣命前来追击太子的皇城禁卫军——龙鳞卫。

“不到万不得已，不要杀人！”黑洞愤怒地朝他咆哮。

望着这乾坤倒转的噬人战火，福螺凛烨开始半信半疑，对宏原子美也客气了些，“你、你们当真反了？”

“我们随时都会被打死！你还以为这是过家家吗？”宏原子美甩动长发把他拉起来，避开差点就射中他的一道光束，“我没工夫再跟你扯淡了！”

“你们为何造反？”

“你可真啰唆——因为跟他们待在一起，我恶心！你爱信不信！看你还有点血性，给个痛快话！我倒数三个数，这是你最后的考虑时间，三……二……”

“本王赏识你快人快语！”福螺凛烨心一横，勾起脖子冲脚下喊，“若你所言属实，本王愿与各位英雄结盟！我等同仇敌忾！大业可成也！”

“你的大业不关我事！我只要活命！”宏原子美开始收缩她的长发。

福螺凛烨被拖回机械甲虫，惊魂未定时，宏原子美几下扒去了他的长袍。

“你意欲何为？！”他只剩了白色的中衣中裤，又惊又怒。

女兵把长袍摔在他脸上，“你的妃子还光着身子呢！给她盖上。”

福螺凛烨余怒未消，大手一指，“她是逆贼！”

“她要真的背叛了你，能什么都不说，被打成这样？”

“要不是这贱人告密，本王不会被捉拿，早逃出宫去了！”

“姓福螺的！”宏原子美噌地上前一步，福螺凛烨下意识地后退了一步。女兵的双眸射出了寒光，“你俩之前的事我不知道，可她因为你差点被打死！这是我亲眼看见的！另外我还告诉你，男人欺负自己的女人我最看不惯！照顾不好她，我杀了你这个王八蛋！”

愤怒重新给福螺凛烨以雄胆，他忍无可忍地指着宏原子美鼻尖，“女英雄，你不要如此咄咄逼人！既然我等结盟，就该分清君臣佐使，贵贱尊卑！你们在我墨若的国土上，本王又是当朝太子，理应由我统领诸位！你们应当……”

“什么乌龟蛋太子！从你被抓开始，就什么都不是了！你现在和我们一样，就是个逃犯！”

福螺凛烨怔住了，原本刚硬勃发的筋骨，仿佛猝然就被利刃挑断了。他缓缓坐到甲板上，不再言语，只是不自知地抠弄着右手，宛如安慰着自己瞬间就虚空了的心脏。“啊……”他痛得发出一声轻叫，这才想起右手已断了。

“给她盖上衣服。”宏原子美挑起脚尖踢踢他，语气缓和了些。

福螺凛烨这才极不情愿地给丑小蚕盖上长袍。

此时，机械甲虫猛然山崩地裂般一震，伴着大家的惊叫和各种姿势的摔倒，以及舱内响起的刺耳警报声，一具闪亮的金色人体不知从哪里掉了出来，径直骨碌到了福螺凛烨眼前。

太子惊了，“他为何在此？！”

那团金色是黑齿鸾。

主序后星使龇牙咧嘴地抱住座椅固定自己，“为了……表示诚意，我们把殿下的人都救出来了呢……是我冒死救的他，他当时被房梁砸昏了……”

这时，黑洞光芒盯着仪表盘上快速闪烁的红色提示符号，努力去掩饰自己的慌乱，“左中足膝关节制动停止工作，右前足平板活塞驱动器连杆断裂，右后足基节以下整体与车身分离。”

“此言何意？”福螺凛烨努力保持着平衡，问宏原子美。

“得弃车了。”宏原子美甩出几根发辫绕住一根横杆，足底砰砰砰聚裂出了吸盘，然后一指丑小蚕，“保护好你的妃子。”

说话间，机械甲虫陡然倾塌下去。

49. 见证者

过了很久，天色才终于大亮了。

如果，载着众人逃出皇城的机械甲虫也有生命，那么这时它已死。它腹部朝上，一部分车身扎进了泥土。这泥土红得如此新鲜润泽，仿佛被丰沛的血液亘古浸渍。数截步足七零八落地撒在车体周围，断裂处的伤口泛着凌厉的幽光。几根尚未与车身脱离的步足残损而扭曲，却依然保持着向远处群山迈进的姿态。这姿态看上去义无反顾，又铤而走险。

一夜惊悚已全部褪去，太阳以一种兢兢业业的细腻，照亮了这只机械甲虫的尸体，照亮它身旁蓬勃的野花野草、前方迷宫般的山峦、后方尘烟依旧滚滚的驰灵城，以及燃刀大陆上的芸芸万物。

如果太阳也有生命，在她眼里，此刻的怒安娜与几千万年前并没有太大的不同。那块红色的弯刀状陆地鲜艳依旧，正缓缓地从阴影中旋转而出，进入到自己明亮的目光里。此情此景，自己已经看过几百亿次了。在这段悠长而又短暂的时光里，如果非要说怒安娜有什么变化，那就是位于其上的大陆比从前窄小、破碎了些，看起来更似一柄弯刀了。除此之外，三千多年前，这颗幽蓝与赤红相间的星球还曾猛然爆发过绚丽的粉白色光芒，随后便被尘霾裹挟起来。那些尘霾很快就散去了，怒安娜再次风轻云淡。这个“很快”，是指大概七八十个太阳年，或是三五百个太阳年。过于精确的时间毫无意义，因为对自己来说，几十年和几百年并无分别，乃至于几十万年和几千万年亦如此。

都是刹那之间。当尘霾散尽时，那些曾密集地围绕在怒安娜周围的太空垃圾，也踪影全无了。这意味着，之前，居于其上的高等智慧生物制造了一次对他们而言属于重大的灾难，随后便沉寂下去。那一轮涟漪般荡漾开来的粉白色光芒，就是灾难的开始。而后来那些太空的垃圾消失，表明了他们文明的中断。

作为太阳，看到此类事件并不稀奇。无论是大约两万年前来到怒安娜的移民，还是更加久远之前，生发于怒安娜的原住民，这些碳基高等智慧生物都是同样的勤奋好奇、顽强不倦。他们会用故事和信仰凝聚人心，用经验来总结事物规律，用智慧把他们的中枢神经系统所幻想出来的虚物制作成实体，用科学技术改变自然环境、探索宇宙，并且用艺术滋养他们脆弱不安的心灵。然而，他们又同样会混淆进取和贪婪、挑衅和冒险的界限，以至于不约而同地，都在一片看似欣欣向荣的发展过程中灭亡了。至少在怒安娜上，自己就看到过三四次这样的轮回。自己尚未见证过，哪种高等智慧生物族群从使用文字开始，到文明崩溃归零，期间的存续可以超过三万年。

自己孤独时所遥望的宇宙深处，甚至是宇宙之外，才会有某些生命或者精神，可以抵达永恒。因为，倘若不存在更加能掌控全局的智慧生命，那么星际移民根本就无法穿越时空，被送到怒安娜来。

我也很想知道他们是谁。自己仅仅燃烧了五十多亿年，且一直在目前的星系群内故步自封，所以还是太年轻，太狭隘，太孤陋寡闻。不过这无伤大雅。宇宙苍茫，无力顾及更多。维系好所有围绕自己旋转的行星和彗星，尤其是呵护好生存着亿万种生命的怒安娜，就足以让自己的一生颇具价值。这是，我自己赋予自己的使命。

我的诞生和存在原本毫无意义，或者这么说，造物主从未赋予过我任何的使命，或者给予我哪怕一个小得不能再小的任务。可正因如此，不更加应该自己去挖掘、去确定生存的意义之所在吗？所有能感知自己存在的生命，不都应如此吗？无穷的时空里，在自己短暂渺小的存在期内，这是唯一一次自己可以做主的机会。

作为莫名诞生的恒星，自己出生后的几亿年，亲眼看着怒安娜从一团尘埃旋转成炽热的岩浆球，又从不断被天体冲撞的岩浆球，冷却成气体四溢的暗黑色星体。接下来，黑色星体变成了盈满海洋的蓝色星球，又从蓝色星球凝结为白玉般的冰珠。当冰壳裂开、融化，浮于其上的陆地漂浮、聚散，才终于成了如今温润的模样。

我喜欢怒安娜的现在，静谧清爽。我怀念怒安娜的从前，质朴狂暴。我见证了她的因缘际会，我希望她可以不死。然而，我自身都做不到不死。我体内的氢氦终将依次聚变殆尽。千亿年后，我的身体会渐渐冷寂，最终坍缩为一颗小小的黑色死星，黑矮星。而我漫长的弥留中，在成为白矮星之前的红巨星阶段，就将给怒安娜带来毁灭。

也许我死亡之前，怒安娜的生物会迁往他处，抑或，居于其上的人类会用某种力量将怒安娜整体移走，从此流浪宇宙也不一定。总之，我希望她届时能远离我，找到新的恒星去依靠。

我不知道自己尚未死尽时，宇宙是否就会毁灭。是的，宇宙也无法保证自身不死，就更别说它体内的所有存在。也许，我们所存在的宇宙，不过是所有平行宇宙中，一个最普通的泡沫罢了。但正因如此，不更应珍惜这尘露般的短暂存留，去证明自己的意义之所在吗？所有能感知自己存在的生命，不更应去细致品味，乃至敬畏这唯一一次感知自我的机会吗？

作为一颗普通的小恒星，围绕于自己周遭的星体，让自己的引力有了意义。怒安娜上蠢动的万物，让自己发散的光子有了意义。那只已经破碎的机械甲虫，至少，我曾为它的出逃提供了微薄的能量。当然，追击它的另两只机械甲虫，能量也是我所提供。驾驶它们的高等智慧生物，无论反抗者还是追杀者，我都同样祝福。他们有属于他们的规则——适者生存，强者主宰。若生命愿意怒放搏杀，无论是谁胜出，我都会感到欣慰。因为，他们无须任何外力去干涉，便自有因果。我唯有观望。

我非不仁，他非刍狗。缘灭缘起，无终无始。你是我，你非我。

50. 雨淋铃

怒安娜上的生命，不会知道太阳此时的心思。山脉绵延，草木幽深。天地如此浩瀚，从皇宫里逃出来的人，却只感到茫然。

“姓福螺的，怎么跟你的人联络？”宏原子美蹲在河边，一捧一捧地埋头喝着水。

福螺凛烨虚弱地用一只手把河水往嘴巴里撩，而那只被捏碎的右手已经肿胀黑紫，触目惊心地暴露于袖腕之外。听到问话，太子愣了愣，转头去看她，“本王的人？本王正要问，你们还能策反多少星外人呢。”

宏原子美一口气没倒匀，嘴里的水“噗”地花洒般喷了太子一脸，“别告诉我，你是个光杆司令！”

主序后星使本来在用河水当镜子照，怜惜地抚摸着自己的脸庞，听到两人的对话慌忙抬起头。沾在他脸上的水珠扑簌簌落下来，仿佛恐惧的眼泪。他突然反应过来了，这太子如果不是光杆司令，怎么会亲自去刺杀呢，派手下人去做不就得了吗。完了完了完了，本来以为能有所依靠，其实是画饼充饥。

“本王安能是光杆‘司令’。”福螺凛烨闭上眼皮稳稳情绪，根本没有力气去擦拭被喷到脸上的水迹，声线嘶哑，却义正词严，“‘司令’是前朝对盐官的称谓，本王即便被废了太子，身份也不至于如此卑微。”

星外女兵用一根食指指着福螺凛烨，蓦地就笑起来。她双肩抖动，沙哑的嗓音里还包裹了一抹锐利的明亮。那沙哑高低起伏，时而阴郁绝望，时而诡异阴森；那抹明亮则间或亢奋到失控，间或天真到痴傻。她在嘲笑太子，又像在嘲笑自己。反正，她笑得停不下来了。

河水从幽静的山谷中来，又朝更幽静的山谷中去。笑声在这山谷中几番回荡，像是有无数人在笑，笑眼前这几个人的命运。这里已经抵达森林的外围界限，嶙峋的深灰色山体威严而坐，俯视着青涩的河水爬过脚下，流向荒野深处。在那里，这条河将注入刃江，从此变得深邃。长途奔袭之后，刃江会流入火种湾，最终化为杜鹃海里的惊涛骇浪。逃亡者弃车以后，在夜色的掩护下甩掉追杀，逃到了这里。如果不是另外两只机械甲虫今天要执行任务，需要将总部的部分士兵载往禁地，他们不会有这么好的运气逃过此劫。

宏原子美笑得绵延不绝，福螺凛烨则用残存的高贵和矜持守卫着他的忐忑。无奈那笑着实感染人，太子不知道她在笑什么，可她的笑，本身就已经足够好笑了。所以太子终归是乱了阵脚，也不禁笑了起来。

主序后星使眼神飘忽，心事重重地望着这两个人——一个神经兮兮，一个茕茕孑立——反正他是笑不出来了。弃车的时候，我可能跟错人了呀。昨天夜里，量子樱无论如何都要和我们分道扬镳，说她憎恨战斗，说既然逃出来了，如果将来还要去打仗，倒不如被执行了死刑痛快。她和宏原子好像有什么矛盾，都巴不得彼此滚得越远越好，所以她走，宏原子不但不阻拦，反倒很高兴。黑洞想继续当护花使者，就跟着心中的鲜花走了。其实大家都明白，他真正的目的是想当采花大盗。唉，要是能有一位勇士，也对我这么轰轰烈烈就好了。

窄肩膀神游时，福螺凛烨笑呵呵地用一只手对宏原子美比画着，“你的笑靥，或鬼魅玄灵，或百媚丛生，或气贯虹霓，倒真是让本王开怀了不少啊！”

“开怀个狗屁！”宏原子美“啪”地打开他飞蝶般舞动的手，声嘶力竭地骂了一句，然后忽然双手抱住头，号啕痛哭起来。哭声扎入山谷，顷刻便漾起无数哭声，也不知道是谁在吊唁谁。

福螺凛烨被打愣了，“你、你这是为什么？本王所言非虚啊。”

“你还觍着脸说‘本王’？你就是个光杆司令！王什么王？王八蛋！”宏原子美猛推了他一把，尔后继续大哭去了。

福螺凛烨则飞到了数丈开外，仰面朝天摔在一摊石子上。

主序后星使看得直咧嘴，不过他并没有去搀扶的意思，反倒在原地坐好，冲太子哭丧起了脸，“福螺先生，她刚才说你是光杆司令，意思就是，你是个没人也没枪的‘总兵’，一点儿战斗力也没有。唉，你怎么会混得这么差呢？”

“谁说本王没有兵马？”福螺凛烨用一只胳膊撑着身躯痛苦地爬起来，“总兵官算什么，充其量是战时才被任命。本王即将重用的那个人，是平日里就统领万千兵马的……”

太子话未讲完，主序后星使已经一溜烟跑到他身旁，把他给摁住了。

“殿下！千万别乱动！过一会儿才能知道你有没有受伤！对对对，就先这么躺着！……很疼吧？都快让人家心疼死了呢。千万别跟那娘们儿一般见识，她疯了，不然她也不敢造反。”

“……统领万千兵马的……龙影大将军。”太子坚持着把要讲的话讲完了。他忽然又想起了什么，问自己曾经的俘虏，“你造反又是为什么？”

“我……被殿下给打醒了呀！迷途知返！我被救回去以后，对那些伪善和阴险的香沙沙落军官们一顿痛斥，想说服他们离开怒安娜，可他们不但不听我的，还说我是奸细，然后我就被活活撕掉一只耳朵——瞧，就是这边，用头发盖住了——特别疼，而且把人家的容貌也给毁了呢。”主序后星使边说边抚弄着一条辫子，朝太子凄然地抿了抿嘴。“殿下，人家身上也有好多好多的伤呢。可就算被打成这样，我也没屈服呀，结果就被判了死刑。最后，被宏原子美莫名其妙地给营救了。从今往后，人家可就是殿下的人了。”

“一派胡言！”福螺凛烨膈应又不失宽容地笑斥，“你这厮口蜜腹剑，妖声怪气，所言十有八九都是扯谎。不过，你倒还算聪慧，希望你日后能真正地迷途知返，重新为人。无论如何，你把本王救出了虎穴，本王肯定不会亏待你的。”太子边说边挣扎着想坐起来，“宏原子美笑得这么癫狂，哭得又那么痛心，似有难解的冤屈。待本王重整河山之后，会为她做主的。”

主序后星使卖力地搀起太子，朝女兵走去，“殿下心系苍生，龙骨柔情，小人可算找到明君了。”

女兵忽然止住了哭。她想起什么重要的事，腾的一下站起身。明君和小人都吓了一跳，不敢再往前走动了。

宏原子美几步蹚进河里，急迫又小心地把靠近岸边的岩石一块块地翻起。福螺凛烨诧异之间，她已经捏起一只干瘦而巨大的河蟹，去撕咬它还在挥舞的螯钳了。她吃得那么投入、狰狞，那么享受、幸福。片刻之后，河蟹已没头没脑地被她咽进肚子里，一粒渣都不剩。

“宝贝，妈妈会照顾好你的，你肯定饿坏了。”宏原子美含混而神经质地轻语着，又从岸边的岩壁上撮下一把红色岩石粒，仰头倒进嘴里，仿佛在吞服救命的药片。

福螺凛烨看得牙碜腹痛，却又饶有兴致，喃喃自语道：“这星外人的民风甚是彪悍啊。”转而又问窄肩膀，“你们食用石砾，道理是否与禽鸟相同呢？”

主序后星使冲他龇龇牙，“我们有牙齿的，不需要吃石子促进消化，只是需要更多的矿物质，尤其是金属元素。要是没有它们，人家根本就凝聚不出铠甲，早就被殿下锤成人肉酱了呢。”他一边说，一边也走进河水里，开始寻找食物，“殿下放心，我会把河蟹烤熟，再给您吃的。”

而女兵已经在吃第三只鲜活的河蟹了。她虎噬狼餐的样子，仿佛河蟹前世欠下过她无数的命债，此时则正在偿还，帮她滋养腹中的那条小小生命。如果能够重来，她还是会杀掉这条小生命的父亲。唯一的不同，是要让那个人死得更痛苦一些。之前，为了梦想中的家，为了安全地生下孩子，宏原子美已经决定忍受任何屈辱。在总部东暖阁那狭小逼仄的屋里，她甚至忍受了陌生的男兵侵入自己。她激烈地挣扎过，拼命地抗拒过，她想杀死那个人，然而最终还是放弃了抵抗。她不能惹事，只好竭力把自己想象成没有知觉的死肉。

“忍受，忍住……”彼时，她封住一路抵达喉咙的作呕，不断地告诫自己，“冲动会毁掉一切。”

“第一次吻你……”那个陌生人颇为动情地说，“你的味道像海，甜的海……”

一切都在瞬间凝结了。是他？！竟然是他！女兵的大脑一片空白。她听到的每一个字，蓝移樽都对她说过，原封未动。她也不知道自己为什么没有立即狂怒，只是不停地流泪，一根神经始终警醒着。

……过后再找这个王八蛋算账……也许，他只是逢场作戏罢了。宏原子美隐忍地配合着，想激发出他所有的演技，证明他真的是在演戏。可她又害怕最终看到，那些演技是他发自内心的本能。直至，他用指尖在她肩膀划出了“我、是、蓝、移、樽，你、呢”几个字时，她终于验证了这个男人所想所求。

宏原子美瞬间气力全无，颓然地瘫下去，心中是如潮水般涌动的恶心。

蓝移樽却喜欢这种让对方一败涂地的成就感，但他显然不知道舞伴之所以溃败的真正原因，于是更变本加厉地施展了自己的天赋。直到宏原子美忍无可忍，一脚踹开他，低声嘶喊：“你这么用力，会弄掉咱们的孩子！”

这句话，打开了那扇通向未知命运的门——仪器记录下的声音，他们根本无法删掉。蓝移樽惊恐失措之间，宏原子美也明白过来，她听见自己愤怒而沮丧地说：“对不起，我不是故意要说出来，我只是想保护孩子。如果你跟我一块逃走，今天的事，咱俩就算扯平了。”

“你是谁？！你疯了吧！你已经怀孕了？！谁的孩子？为什么要诬陷我？”蓝移樽开始了他的又一次表演，“我会立即举报你，通奸罪加诬陷罪。请你向长官解释清楚刚才的话，我会配合调查的。”蓝移樽不打算做任何纠缠。这时候，他只想这个女人死。他刚要转身出去，宏原子美已凌空跃起。这个男人的话，一个字一个字地，一丝一丝地，终于抵达了她难以承受的温度和高压，让她的伤心和愤怒宛如被紧紧挤压的原子核，轰然聚变。

接下来，弧秒将军就看到了破门飞出来的男兵。

现在，宏原子美不愿再去想那个男人了，只想照顾好腹中的孩子。河水里，她吞下了第七只河蟹、第三把石子之后，情绪才稍稍平稳下来。

而此时，福螺凛烨也在吃第一只鲜美的烤河蟹了。

宏原子美走到他身边，虽然有些尴尬，却依然绷着脸不愿道歉，“喂，姓福螺的，你刚才说龙影大将军，怎么回事？”

“他是本王的舅父。”对这个凶悍的星外女人，福螺凛烨并无责怪，却还是有些害怕，赶紧往旁边挪了挪，“他官居中军都督府左都督，被父皇赐了龙影大将军的封号，手下有不少兵马。如今他在禁地驻守，我们可以求助于他。”

“然后呢？”女兵逼问，“他是你父亲的军官，又不是你的，怎么帮你？”

主序后星使责怪地白她一眼，“大将军可是殿下的亲舅舅啊，是殿下母亲的亲兄弟呢。咱们虽然理解不了怒安娜人的亲缘关系，可也应该知道，他们打断骨头连着筋呀，家族内部肯定是会互相帮衬的。”

宏原子美发出一串嘲笑声，“那个阴阳脸、金灿灿的家伙，就是你亲爱的殿下的父亲派出的杀手，命令他来抓自己的儿子呢。而且，你亲爱的殿下还说过，那个杀手是他的表兄弟——他们就是这么帮衬自己人的？”

“对呀对呀，”主序后星使摊开手，“所以殿下昨天晚上才没杀他，放了他一条生路，这就是亲情的力量。而且皇帝是想抓殿下，也没说过要杀殿下，家人之间做事，都有底线的。”他埋下头，继续用右手小拇指聚裂出的蟹针，剜挑手里那只硕大河蟹的肉去了。

“宏原子美，你的担心不无道理。”福螺凛接过窄肩膀殷勤递来的又一撮蟹肉，眉宇间浮上忧虑。“本王之所以对舅父寄予厚望，血亲只是原因之一，更因为他向来是非分明，胸有天下，而且长久以来对父皇心怀不满。如今，母后因为父皇的昏昧而死，舅父就再没有道理袖手旁观了。昨夜，本王没有杀掉那名燃金死侍，是有隐衷的，那死侍的生身父亲，就是我们要去投靠的舅父。”

“关系可真够乱的！”女兵又烦躁起来，双臂交叉抄在胸前，“说了半天，一切还不都是未知数！你舅父要是不帮你怎么办？或者他干脆出卖了你，帮他儿子抓你怎么办？你是孤家寡人，能成什么气候！”

主序后星使偷偷看了太子一眼，手里的活计又慢下来。唉，反正自己也没地方可去，只能赌一把了。

宏原子美的话显然戳中了福螺凛烨的软肋，他点点头，“你所言不假，却也并非全对，三言两语根本无法言明，届时只能随机应变。而且，本王现在并不是个光杆总兵，本王已经有了你和主序后星使啊。我们虽然相识不足半日，却并肩历经了生死，今生的情谊，已然堪比江海了！

“本王对姑娘还不甚了解，可姑娘的一腔热血，胆艺过人，卓尔不群，我都已经了然于目！而且，姑娘心中肯定有难平之事，所以才会奋不顾身，揭竿而起。如果你能继续辅佐本王，其实也是成全了自己。此事两全其美，何乐不为呢？

“舅父是本王的希望，也同样是你们的曙光，行则将至，做才可成啊！这跟姑娘破釜沉舟，兵变倒戈不是一样的道理吗？如果瞻前顾后，畏首畏尾，只会是死路一条，放手一搏，才有可能力挽狂澜！

“事成之后，无论姑娘要本王做什么，本王都会倾力而为。姑娘曾经说过，本王的大业与你无干，你只要活命就好。如果此话当真，到时候，本王就赏赐你肥沃之良田，为你兴建心仪之宅院。让你在我墨若国疆域之内，在本王的关照之下，好生地安一个家，以表本王寸心——那时，本王也该自称为‘朕’了。”

主序后星使剜蟹肉的动作，又渐渐恢复了力道，“那我呢？殿下。”

福螺凛烨欣然地笑笑，“黄金珠玉，美酒佳人，尽如君意。即便你将来背叛了本王，昨日这救命之恩，本王也应该如此偿还。今日一诺，此世千金！”

“哎呀我的殿下！小人怎么会背叛您呢！殿下慷慨仁义，英俊果敢，小人跟定您了！小人就恨自己不是个女郎呢，如果殿下不嫌弃，小人愿以……”

“不要信口雌黄！”

“好的好的，那……咱们快赶路吧，接下来怎么走？”

福螺凛烨的慷慨激昂顷刻冻上了一层冰，他望向幽远的河谷，“大路必有追兵，我们可以绕行山路。这条河名曰浣心河，这座山名曰离山。沿河入山，行走数十日可以到达刃江，然后寻一只船筏，顺江漂流，数十日可以到达禁地。”

主序后星使听得心里很是没底，“‘数十日’是多少天？三十天还是八十天？千万别等咱们到了，你舅父已经办完事撤走了呀。”

福螺凛烨强打起精神，指指自己肿胀成熊掌般的右手，“本王的气力，全被它吸了去，行程难以精准估算哪。”

宏原子美一直都没有说话，缓缓松弛下来的双臂却告诉她，自己被打动了。“家”，一个多么温馨暖和的字眼，是让自己那么憧憬的、一个不知道究竟是什么感受的神圣所在。昨天晚上，已经彻底失去了对家的奢求。可现在，一个异域低等人却给了自己承诺。真可笑，这种承诺，本应该是蓝移樽给的。是的，自己和孩子需要一个安身立命的巢穴。我们会一点一滴地去充盈它，他的啼哭和欢笑、稻米的香味、蓬勃的植物、岩石打磨的装饰，还有回忆、向往和梦。如果这个巢穴还能够富足，那就更别无所求。

宏原子美背对着福螺凛烨，万千感慨，泪水无声，已如泉涌。

这时候，主序后星使突然惶恐地尖叫起来：“殿下！殿下！”

宏原子美急忙擦掉眼泪转身看去，福螺凛烨倒在地上，已昏迷不醒了。她冲上前摸摸太子的额头，看一眼他的右手，“他在发烧，是发炎造成的。”

“可咱们没药啊！”主序后星使慌得六神无主，“他会死吗？”

“如果感染肯定会死，现在有药品也不行了。”

“不能让他就这么死了呀！他刚给咱俩画完饼！”

“把他摁住。”

主序后星使赶紧抱起太子，让他平躺好。

“把他伤手抬起来。”

主序后星使听话地照做。

宏原子美弹出光束剑，手起剑落，福螺凛烨的伤手连着小半截前臂，随着闪耀的蓝光就飞溅出去了。

“啊！”福螺凛烨疼得大叫一声醒过来。他惊恐地瞧着手臂——断掉之处，伤口切面齐整焦黑，如一只巨大的眸子，胆怯而邪恶地打量着他，以及刚刚看到的这个新鲜世界。他张嘴要说什么，又轰然栽倒，再次昏厥过去。

主序后星使不堪地望着宏原子美，“这就是你做的手术？”

女兵眼皮都懒得抬，“少废话，赶紧把你吃剩的蟹壳埋掉，免得被人发现。”

随即两人就各自聚裂出工兵铲刨起坑来，各埋各的东西，谁也懒得搭理谁。

“这下你亲爱的殿下死不了了，走吧。”宏原子美掩埋好残肢之后，起身朝河谷深处走去。

主序后星使背起他亲爱的殿下，后腰部聚裂出一块板状物托住他的臀部，又融出两条背带把他交叉固定好，去追宏原子美了。

山野重新变得静谧，仿佛无人来过。半炷香的工夫后，浣心河的水面映出了一弯金月。随即一个金灿灿的人影便把脸扎进了河水里，仿佛要把这流水喝干才肯罢休。

昨夜弃车时，黑齿鸾就已经苏醒，福螺凛烨力排众议保住了他的性命。太子深知他的危险，更知他的意义。当初，赤琴骇日将亲生骨肉献给福螺烬做死侍，他作为父亲，该是怎样的一种苦痛。所以如今，福螺凛烨要把黑齿鸾全须全尾地还给舅父，并且还将告诉他——等自己登基之后，会废掉燃死侍制度中最泯灭人性的那部分，比方说与血亲断绝关系，以及为帝王殉葬。

黑齿鸾望着河水中自己那张俊朗与丑陋拼合而成的脸，心中清澈见底。他起身匆匆而去。一定要擒住福螺凛烨交给圣上，这是燃金死侍之天命。

七日如梭。黑暗中的丑小蚕率先迎来了自己的天命。

“提督大人，如何处置太子妃娘娘？”她听到了屋外侍从的问话。她渴望自己被进献给阎罗王。七日前的那个惊魂之夜，她两次险些死在福螺凛烨手里，早已生无可恋。丑小蚕清楚记得，荒郊野外，所乘坐的金属巨物分崩离析之后，那个曾审讯过她的魔怪女子，逼着太子背她逃走。

隐藏休整的片刻，夫君就坐在身旁。他握住自己的喉咙，越握越紧……她看不到夫君的脸，因为他并没有望着自己，他与他人正在争论着什么。自己该死，所以便未发出任何声音，就更别说反抗。甚至，自己还紧紧抓着裹住自己的，这件夫君的长袍，好尽可能地保持不动，以配合他的秘密绞刑。

他显然不愿让别人察觉到，他杀了他的妃。却不知怎的她又活了过来，醒来时身边围了十数人，俱是灰衣灰裤。是听雨者们找到了自己，而太子爷却不知所踪。

于是她便将太子爷托付之事，交与了无盐鲨。他是自己弥留之际，唯一可能出手相助的人。自己侥幸多活的这几日，也是他给的。他定是取到那锦囊了。这几日都发生了什么？他的伯父无盐煮海做何反应？

此时，丑小蚕听到无盐鲨对侍从说：“圣上密旨，处死太子妃。”

51. 我心归处

宏原子美一行人穿越这片森林时，MBA组合正在乡村星光小别墅里蛰伏。鸣犽锦绣埋在草堆里继续补觉，鹦宝儿则精心地收拾了房间之后，在洞外忙碌而快乐地准备着烧烤大餐。至于二娃，有些话他再也憋不住了，于是悄悄来到鸣犽锦绣身边，顾虑重重地扑棱着耳朵说："喂喂喂，快醒醒——你有没有觉得，等鹦宝儿长大了，会比你外婆更像你外婆？"他只剩下了两个小犄角，头顶最大号的那个，不知去了哪里。

鸣犽锦绣被吵醒了，烦躁地缩缩脖子，"你说的是人话吗？"

"我又不是人，干吗说人话，平时说人话还不是为了将就你。"二娃继续吹枕边风，"你俩要不要进行一下基因检测，看看有没有亲缘关系。十三号洞穴有基因测序仪吧？"

鸣犽锦绣把脑袋往乱草深处拱了拱，"你的地方，你还不知道有什么？"

二娃耸耸肩，"好吧，我自己抽空去看看。"

"那里要是有测序仪，给她做手术的时候我就测了，还用你说。"

"你号称那么爱自己的外婆，看来全是假的。"

"我希望你现在滚远点儿，让我清静一会儿，至少这是真的。"鸣犽锦绣不咸不淡地翻了个身。

二娃龇起牙，扬起爪子刚要发飙，鹦宝儿走进了山洞。她满头大汗，额前挂着几绺湿漉漉的头发，袖子高高挽起，手里抱着一把长长的山鸡翎毛。看她的模样，还真是块当厨娘的料。

二娃慌忙把龇开的牙变成体贴的笑，顺势抓起一把草，往鸣犽锦绣身上均匀地撒撒，又掖了掖，"唉，这么大的人了，还蹬被子。"他佯装着嗔怪，一副疼爱孙子的奶奶样。

鹦宝儿冲他摇摇手里的羽毛，生怕吵醒了奶奶的宝贝孙子，小声说：“多漂亮呀，我想把它插起来。”

她话音未落，二娃已殷勤地摘下一只小犄角，飞快地跑去她身边了。

鹦宝儿把翎毛插进小犄角，摆在了山洞一隅。她后退几步仔细看看，似不满意，又上前把犄角往旁边挪了挪，再次后退几步看看，这才笑着点点头，蹦蹦跳跳跑出了山洞，继续当她的可爱小厨娘去了。

此时你可以看到，洞口那一小块能够洒进阳光的地方，二娃头顶的那只大犄角被一堆石块簇拥其中，角尖朝下而立。犄角里盛了水，插着一大捧鹦宝儿早上采来的映山红。花朵如明媚的笑靥，将这清冷荒蛮之所装饰得灵动柔软。而且，还给这星光小别墅划出了一道玄关。洞内的地上，垃圾已清理得干干净净。

离鸣犼锦绣几米远的地方，与他平行，多出了一块一人多长、不到半米高的条状岩石。岩石后面，用小石块摆出了一个矩形，矩形内的干茅草码放得井然有序。这是鹦宝儿为自己铺就的小床，离鸣犼锦绣不太远，也不过于近。

角落中，并排立着两把大扫帚。一处通风的阴影里，石块垒出了半人高的“L”行石墙——那是鹦宝儿专用的洗手间。洗手间内，数张芭蕉叶被她摞得整整齐齐。如果你此时进入山洞，也许会想，这里大概有个勤快的、爱拾掇的女主人。你猜对了一半，还有个为女主人鞍前马后打下手的男主人——二娃。

“二娃哥！”洞外传来了鹦宝儿的声音。

“到！”二娃两条耳朵一支棱，甩着脑袋赶紧答应。

“能来帮帮我吗？山鸡比我想的还要重呢！”

“立刻！马上！”二娃转头抓住鸣犼锦绣的两个肩膀，将他拎起来，“我很忙的，没时间跟你绕圈子！你之前跟我讲过一些外婆的事情，早上，鹦宝儿打弹弓的样子和准头，跟外婆小时候的行为也太像了吧！还有，鹦宝儿的指纹那么奇怪，外婆是其他星球来的移民，指纹是不是也那样？另外我告诉你个秘密——鹦宝儿后腰上有块胎记，像只蝴蝶——她是不是外婆的克隆体？连记忆都被克隆了的那种？我一早上都觉得你很反常，快说实话！”

鸣犼锦绣耷拉着脑袋，眼皮也懒得睁。“连你都这么想了，我会没察觉？已经排除这种可能性了，指纹、记忆都对不上，她跟外婆应该没什么关系。而且外婆没有胎记，所以你说的秘密也没有一点儿价值。至于对鹦宝儿其他方面的生物学研究，你想搞你自己去搞吧。”

“外婆没胎记？”二娃轻松了些，却并未完全释怀，“可根据鹦宝儿的长相，等她将来老了，跟机器外婆也会很像啊，我用面部软件预测过了。”

“老太太都长得差不多！”鸣犽锦绣终于忍无可忍地低吼起来，“而且长相是基因和环境共同作用的结果！知道了吗？别打搅我睡觉了！”

“哦……”二娃终于如释重负，手一松任由鸣犽锦绣摔在地上，“这样我就放心了，等鹦宝儿长大，我就能追求她了。”

鸣犽锦绣猛地睁开眼，四肢仿佛在抽筋的同时又触了电，扭曲着爬起来，“你说什么？”

“她如果跟你外婆有什么关系，你肯定会阻挠我当你外公啊！所以就问问咯。认识鹦宝儿之前，我当雄性的愿望，从来都没像现在这么强烈过。”

说完，二娃摇头摆尾地跑到洞外了，只留下一脸困惑的鸣犽锦绣待在原地。他不堪地刚要躺下，洞外传来了鹦宝儿和二娃的对话——“二娃哥，田鼠比家鼠干净多了，才不恶心呢，烤成干很好吃的。秋天的田鼠更好吃，上了膘，可肥呢。我们那里的人都这么吃。”小女孩边处理食材边说。

“你们……那里？”二娃小心地启发道。

“对，我家那里……好像干菜很出名，有……应该有‘八大干’呢……豆腐干……瞳江的豆腐干……地瓜干……是莲城的……肉脯干，香鸣的肉脯干，对，田鼠干是凝画的！还有还有，麒麟的明笋干、圣湖的萝卜干、瑶麝的猪胆干、云渡的芥菜干！二娃哥，我一下子想起来很多东西呢！”

“那你家……”

“……还是没想起来在哪儿。”

“没关系！根据这些线索，已经能确定你家的方位了。送你回去的路上，你肯定还能想起更多的事！就算想不起来，我们到那儿挨家挨户地问，也能找得到！”

“我们那里……地方好像不大，应该比较快就能走访完。”

“太好了！我终于要去见你爸妈了！我……我我我很紧张，我会不会吓到他们？他们会喜欢我吗？我我我该带什么见面礼？”

对鸣犽锦绣来说，鹦宝儿那些话就像拨云见日的光。他乘着这光飘出山洞，洞外果然阳光灿烂，照亮了他终于可以把遗失快递送还给客户的轻松表情。

“鹦宝儿，你家那一带是不是还有土笋冻、怀古饼、血蚶和茯苓糕？”鸣犽锦绣问。

“这些是什么？”二娃很好奇。

“特色美食。土笋是海边滩涂上的一种蠕虫，也叫沙虫，富含胶质，做成的肉冻叫‘土笋冻’。怀古饼是一种或者咸、或者甜，或者有馅、或者没馅的发面烧饼，脆香可口，中间有个孔，形状像怀古，所以……”顺着二娃“你真没有眼力见”的目光，鸣狁锦绣这才发现，泪水正从鹦宝儿的大眼睛里一颗一颗地翻滚而落，砸在她脚下的泥土上。

“她是太激动了。”鸣狁锦绣瞥瞥二娃。

鹦宝儿继续垂着眼帘，“就要把我送走了，你们是不是特别高兴？”

鸣狁锦绣没办法不点头，“你能和家人团聚了，我当然高兴。”

二娃回瞥他一眼，“虚伪。”

“你们会不会忘了我？”鹦宝儿仰起脸，眼巴巴地问。

二娃伸出爪子揽住她，“当然不会，我就在你家附近安个窝，谁敢欺负你，你可以随时来找我。如果你爸妈不讨厌我，我就天天去找你玩。”

“太好了，”鹦宝儿把头往二娃的长毛里埋了埋，露出一只红红的兔眼睛，“那大娃哥呢？”

鸣狁锦绣打量打量二娃，又看看小女孩，怎么看也不觉得他俩般配，“你……你的婚礼我一定参加。”

鹦宝儿显然对回答不甚满意，“我不知道能不能活到结婚那么大……我打算先回家一趟，让爸妈放心，然后我要去给姐姐报仇。”

“我陪你去。”二娃的嗓音轻轻的、深沉的。

鸣狁锦绣半天没言语。鹦宝儿知道等不来想要的回答，带着最后一线希望问他：“咱们可以通信吗？让鸽子送信。”

“这主意真棒。”鸣狁锦绣敷衍地说，心里却想——哪里有鸽子？互相放鸽子还差不多。

鹦宝儿高兴地点点头，“我记得我家养着信鸽呢，只要能知道你在哪儿、好好的，我就放心了。”

鸣狁锦绣太阳穴一紧，不禁扶了扶额头，坚定了放她鸽子的念头。

此时小女孩又想起了什么，“大娃哥，除了怀古饼，你刚才说的那些好吃的，我们那儿都有——不过倒是有一种跟怀古饼差不多的饼，像平安扣，我们叫它平安饼。”

“哦，那是我记错了。”鸣狃锦绣不动声色地说。毕竟，自己刚才所说的，都已经是太过久远的事情了。大灭绝前，燃刀大陆的东南沿海一带，有包括“八大干菜”在内的很多地方特色美食。“八大干菜”产自八个相邻的地区，那时候的地区名称当然跟鹦宝儿所说的不同，地域范围也不像她说的那么狭小，但这样才正常。

沧海桑田，地区名称和界域不断地变化，唯有美食本身流传古今。那些美食文化，是外婆和其他故土在地球的移民带到怒安娜来的，并没有在大灭绝中消亡。如今再次生发，轮回往复。至于那种酥脆的饼，不管叫平安饼还是怀古饼，都应该是同一种东西。毕竟，平安扣就是怀古，是由玉璧演变来的。

“我家附近，好像有个湖……”鹦宝儿努力把自己浸泡在回忆里，她低头看看自己的衣服，“不知道为什么，湖水是粉色的，跟我衣服的颜色差不多，是我记错了吗？”

“湖水可以有很多种颜色，粉色湖水是嗜盐微生物造成的，它们身体里的类胡萝卜素吸收了绿光，反射掉红橙蓝紫光——你家附近的湖，是天然的还是人工的？”鸣狃锦绣问。

“……好像是天然的。”

“这个大陆上，天然形成的粉色湖曾经有三个。”鸣狃锦绣笃定地说，“一个在中部内陆，另两个在西部和东南沿海，但是沿海的两个在很久以前就消失了。当然，它们也很可能再次出现。鹦宝儿，根据刚才的所有线索，综合来判断，你说的粉色湖泊，应该是在东南沿海。”

“那湖叫雪樱花！”二娃可算插上了嘴。

“它有过很多名字——玫瑰骨、未紫海、伤心安娜——现在叫什么我们并不知道。”鸣狃锦绣冲二娃摊摊手，“还是不是原来那个湖，我们也不知道。”

“我想起来了，”鹦宝儿眼睛里光彩一闪，两个酒窝浮在嘴角，“我叫它‘草莓沙冰’！”

52. 天地浮萍

粉色湖泊目前的名字，鹦宝儿终归没能想起来，但这并不妨碍 MBA 组合踏上前往它的征程。

“草莓沙冰”，鸣犽锦绣有点喜欢小女孩对那个湖泊的昵称。至少，这名字让他心生怡爽，多多少少能清凉令人焦灼的旅程。

路途不算太遥远，当然也不近。三千多年过去了，鸣犽锦绣都没再去过燃刀大陆的东南沿海一带。经过这段岁月，不知河流已改道成什么模样，不知山脉是沉降还是抬升。不知那条曲折蜿蜒的海岸线，是否变化得更加扭曲交错。沿途，不知会遇到什么斑驳陆离的飞禽走兽。但向东走，一直向东走，终会抵达。

鸣犽锦绣最大的忐忑，来自可能会遇到高等智慧生命。无论外星人，还是怒安娜人，都让他不安，前者危险，后者更危险。所以一定要小心任何风吹草动，并且，要远离充斥着人类气味的集市和县镇。喆梨寨遇到的差官，不管是否已经把我们三个是妖的信息散播开来，不管我们是否已经遭到这个王国的全面通缉，眼下，单是二娃诡异的样子，和他自己老也管不住的嘴巴，就足够引起骚乱了。所以，一定要悄无声息。

对于鸣犽锦绣而言，这趟旅途是为了把他的纠结终结掉。可对于鹦宝儿，每朝家乡的方向迈进一步，她都会莫名生出更多的纠结。这些纠结凝聚缠绕，混乱生长，直至未来的某个时刻，终于成了恐惧。她有所预感，家，是一个异常恐怖的地方。

“我不想回家，我觉得家人不希望我回去，他们想让我死在外面。”其实临出发前，鹦宝儿就已经开始纠结了。她站在洞口，低头望着自己的脚尖，嘀咕：“也不知道为什么，我就是有这种感觉。”

二娃愣了愣，“如果真那样，我就好好教训他们一顿，然后陪你行走天涯。”

面对小姑娘的娇嗔乞怜，鸣犽锦绣却无动于衷。他认为这孩子纯粹是在外面玩野了，想找个蹩脚的借口再野下去，于是只默默说了声“出发”，便头也不回地率先朝前走去。随后，他听到了鹦宝儿和二娃窸窸窣窣跟上来的脚步声。他们身后，小别墅瞬间冷寂下来。

鹦宝儿那么用心地收拾了这里，本来是打算好好住一段时间的。销毁这个家的过程，一点一点地，在她心上砸出了裂纹。漫天的萤火虫已经被鸣犽锦绣送回了原处。扫帚和睡过的干茅草被散到了周遭的野草丛中。床和洗手间重新成为乱石。花瓶又重新放回到二娃头上，恢复了犄角的身份。那捧摆在洞口的映山红，鹦宝儿将其修剪分拆后，一株株地插在了远离洞口的灌木丛里。再过一个月左右，它们就能生根散叶，自立门户了。不过，其中有两朵花的命运不同，它们被插在了鹦宝儿和二娃头上。两人都太爱臭美了。

山鸡翎毛被二娃据为己有。他觉得翎毛和鸣犽锦绣的硅胶面具能组成套装，未来的某个化装舞会上，他可以用这行头，来扮演一下上次文明时期神话传说中的美猴王，于是就将翎毛收藏进了自己的收纳箱。

事实上，吃剩的食物也全部被塞进了二娃的肚子里。此刻，走路的同时，他的烤箱还在不间断地工作，以尽可能烘干那些野味，保存起来做途中的干粮。烧烤大餐的食物残骸，已经被深埋进泥土。这些滋养了其他生命的生命，在此进入下一次轮回，去喂养大地，然后追随大地一起，去喂养万物。

小别墅消失了，只有萧瑟的山洞。无人来过。他们不能留下任何痕迹，成为杀手的线索。但鸣犽锦绣必须承认，鹦宝儿一手包办的烧烤大餐齿颊留香。除了鲜美的食物本身，他还吃出了小厨娘播撒在食物中的温情——只有发自内心地在乎一个人，才会在为他烹制的食物里留下这种气息，假装不来。

外婆在世时为他做的每一份食物，不管是醋熘白菜，还是小炒猪肉，不管是热汤面，还是小米粥，哪怕只是一小碗点过香油的蒜泥醋蘸料，都有这种味道。鸣犽锦绣怀念这种味道，又害怕它。这味道会让他从心底生出依赖和不舍，而这种情愫，必须斩断。

在这世界，没有任何人能消融自己的痛苦，更不要说一个素昧平生的小女孩了。难道自己已经脆弱到这种地步了吗？不不不，一个一万八千七百三十七岁的男人，如果还是这么容易被打动，这就不是性情，而是变态了。

所以吃美餐时，鸣犽锦绣尽量装作不为所动地吃着食物，并且常常躲开鹦宝儿期待得到回应的眼神。“香。”一顿饭，只在吃烤田鼠时，他吝啬地说出了一个赞美的字。就这一个字，还让他把自己的腮帮子给咬了。

计划不太可能赶上变化。出发后，刚走了几里山路，他们的行程就发生了改变。鸣犼锦绣当然不愿如此，却又觉得如此才对。他们临时决定改向东北，绕行一段路，去趟涌云枫林——就是鹦宝儿采蘑菇时，曾在树顶远眺的那朵水墨云彩；就是鸣犼锦绣亲手种出来的、围绕英子而波澜壮阔的那片树林。

山腰上，当鹦宝儿远远望到那片枫林时，伤感地说：“豆儿哥告诉过我，那里有棵最大最高的树，刻了神像，摸着它许愿最灵验，尤其是开花的时候。要不是那些天一直下雨，姐姐和他就带我去了。如果求过神，也许他们就不会死。我希望我爱的人都不要死，非要死人的话，就让我一个人死好了。”

她的头发被山风吹乱，坐在二娃背上的她，那么弱小，却又担当。泪水终归被她噙在了眼睛里，鸣犼锦绣只看到小女孩攥紧小小的拳头，浑身瑟瑟发抖，那是她无法释怀的悲伤所释放出的愤怒。

那棵最大最高的、雕刻了神像的树，就是英子。鸣犼锦绣当然知道。在他心里，某种程度上，那棵树比机器外婆更接近外婆本身。

“鹦宝儿，我要让你好好地活着，我们谁都不要死，永远在一起。”二娃回答小女孩。他昂首伫立，藏蓝色长毛猎猎飞扬，庄严得像变了个“犼”，“至于大娃嘛，死就死了吧，我会把他天葬的，很体面，很符合他的审美。”

“二娃哥，我可能很快就会死，所以才特别舍不得你们，所以才特别想抓紧时间去报仇。”鹦宝儿的眼泪凝得愈发厚重起来，却努力笑着，“跟你们在一起的每分每秒，其实我都在告别。”

二娃转头去看她，慌得把别在头顶的映山红都甩掉了，“宝贝，你在说什么？你还这么小！”

“可我长得太快了。我能感觉到，我很快就会长大、变老，然后死去。其实你们肯定也这么想，只是不愿意说出来。”

鸣犼锦绣捡起掉落的野花给二娃别好，转而安慰鹦宝儿，“不，你的生命会很长。”他无法承受花儿一样的小女孩，竟然时刻在心里直面有可能飞速将至的死亡，这太过残忍，“你会在成熟后停止生长，然后保持年轻的样子，几十年、上百年，也许更久。”

“为什么？”鹦宝儿期待地看着他，好希望这不是一个安慰自己的谎言。

鸣狃锦绣掩饰住心里的不确定，“你的妈妈不还好好活着呢吗。”

“可我走丢的这些天，说不定她已经变得很老了。我的弟弟妹妹，也许都已经长大了。”

鸣狃锦绣挠挠下巴，一时间真怀疑自己脑功能退化了，还不如小孩子的思维缜密。

“呃……魔法世界里有很多寿命很长的人，比方说我。也许咱们来自同一个国度，等找到你家就知道了。”

“你今年到底多大了？”

“也就……两百多岁吧。”鸣狃锦绣觉得，也许这个数字鹦宝儿比较容易接受。

“怪不得让我叫你爷爷！魔法世界里，原来两百岁这么年轻啊！那二娃哥呢？”

“十三啦！”二娃清纯地对鹦宝儿忽眨着眼睛，“咱俩是同龄人，完全没有代沟，标准的青梅竹马哟。”

鸣狃锦绣用力搓搓脸颊，觉得二娃比自己脸皮厚得不是一星半点，果然是合金之躯。

“如果我真的能活很长，就更得做些有意义的事，不然就白活了。而且，对姐姐和豆儿哥他们也更不公平，他们的生命本来就短暂，还在这么年轻的时候就离世了。”鹦宝儿擦干眼泪，渴求地眺望着枫林。“姐姐曾经祈祷说，希望天下再没有征战，再没有不公平，希望老百姓都能好好过日子——我想替姐姐去那里许愿，她虽然不在了，可如果这个愿望能够实现，她的灵魂也会很快乐，对吗？”

鸣狃锦绣脸上红一阵白一阵。自己枉费的漫长生命，要是能分给那些真正需要的人，该有多好。虽然理智的“不”字已到嘴边，他的脚步还是情不自禁改变了方向，取道东北而去。鹦宝儿的请求，如果他拒绝，会千年不安。

去往涌云枫林的路上，狂暴的山雨说来就来。鸣狃锦绣和鹦宝儿赶紧躲到一处矮崖下避雨，二娃则亢奋地在雨里撒起了欢。他伸直耳朵当避雷针，一边收集着缤纷艳丽的骇人闪电，一边远远地向鹦宝儿卖弄，还时不时地冲鸣狃锦绣伸出两只前爪的小趾，提醒他这个人类兄弟是多么无能的废柴。

二娃青春逼人的模样，还真像个十三岁的、狗都嫌的魔法师。他的炫技，显然对涉世未深的小姑娘很是奏效。鹦宝儿先是惊奇而崇拜地捂住了嘴，随后又热烈地拍起巴掌，对鸣狃锦绣说：“你和二娃哥都好厉害啊！我要是能有两个像你们这样的儿子，或者孙儿，该有多满足啊！”

鸣犼锦绣浑身一紧，赶紧眯着眼睛望向她，很担心看到一个老太太。

“你和二娃哥虽然总是互相挤对，可看得出来，你们都很爱对方。”还好，鹦宝儿并没有闪电般地老去，依然是一副小姑娘模样。不过，她眼里的光芒却在慢慢熄灭。“我很爱弟弟妹妹，可他们一点也不喜欢我，嫌弃我跟他们长得不一样。”

“他们什么样？”小女孩显然想起了更多的事，鸣犼锦绣不禁浮出些许好奇。“总不会像我和二娃，差别这么大吧。”

“你们俩差别不大呀。”

鸣犼锦绣摸摸后脖颈，感觉有些冷，“我，那么丑？”

“不是的——在寨子里，你抱着我从土崖上掉下去，快摔在地上的时候，你的手突然就变成了二娃哥那样的爪子，一眨眼，就一眨眼，又变回去了。不知道别人有没有看见，反正我看见了，不过我当时没看到你的脸是什么样子。你们兄弟俩，有相似的地方很正常呀，我猜二娃哥有时候也会变成人的样子，对不对？”

鸣犼锦绣拧拧眉毛，不置可否。他知道鹦宝儿没有撒谎。从前的某些时刻，自己的确会变成野兽的样子，很像二娃。二娃之所以被打造成目前的形象，就是因为这个。二娃是另一个自己，抑或，是自己的图腾。在喆梨寨的那次角色扮演，并不是自己有意为之，而是一次错乱状态下的失控。

“能告诉我你的名字吗？”鹦宝儿很在意，却又装作不在意的样子问。

“我叫大娃，你知道的。”鸣犼锦绣很假，却又装作很真诚的样子答。

“这不像你的名字，太幼稚了，和你的气质一点也不搭。”

“……”

“你可能不愿意把自己的事情告诉别人，我不该多问的。只是一想到将来想起你的时候，我连你叫什么名字都不知道，就会很难过——你的小名儿里是不是有个‘犼’字？”

“为、为什么？”鸣犼锦绣愣了愣。

“二娃哥说过，他是魔法世界里的犼，龙的儿子。你们俩是兄弟，所以你也应该是犼啊。只有在需要的时候，你才会变成犼的样子——你的大名我猜不到，但如果我是妈妈，有一个能变成犼的儿子，我会叫他‘犼犼’。如果我有一个能变成犼的孙子，我会叫他‘犼儿’，这样叫才可爱呀。”

鸣犼锦绣听得浑身都在抽筋。母性的力量实在是太伟大了，都伟大到能摆个摊去算卦了。“我……名字里确实有这个字，‘犼’。”鸣犼锦绣眨着抽筋的眼皮说，“既然被你猜到了，我想我还是应该诚实。”

鹦宝儿得意地扬起眉毛，挑衅而又有所指地望着他，“如果我有一个能变成犽的大朋友，你猜我会叫他什么？”

鸣犽锦绣晕晕傻傻地摇摇头。

鹦宝儿往他身边凑了凑，“‘Mr. 犽’，我会叫他‘Mr. 犽’。”

鸣犽锦绣心里很没底地看着小女孩，“……他也许会喜欢这个名字……别谈我了，还是讲讲你的弟弟妹妹吧。”

鹦宝儿缩回身，摇摇头。“他们的样子我还是想不起来，不过能想起一点我的妈妈了。妈妈的眼睛很大，头发不长也不短，也有酒窝，别人都说我们母女俩长得很像。”她惆怅地用双手托住脸颊。“可不知道为什么，我感觉不到爸爸的存在。我好像没有爸爸，可没有爸爸就不可能有我，不可能有弟弟妹妹呀。”她忽然歪过脑袋，盯着鸣犽锦绣的眼睛，“你喜欢什么样的女人？”

鸣犽锦绣不堪地锁住眉头，不知道是自己想多了，还是这个小女孩想多了。

“你会嫌弃结过婚，带着几个孩子的女人吗？”鹦宝儿很认真地继续问，“也许我真没有爸爸，我妈妈很漂亮的，真的。”

鸣犽锦绣一阵发冷。冷锋从后脖颈蔓延到脊梁，从脊梁蹿到小腿，然后迅速又变成了席卷全身的灼热。他的脸，三千多年都没这么滚烫过了。

“哈哈哈！哈哈哈哈……”鹦宝儿很满意鸣犽锦绣的窘态，开心的大笑里带了一点得意的小邪恶，她起身奔跑而去，间或扭过头来倒着跑几步，“等我长大了，肯定比我妈妈还要漂亮！很快哦！嘻嘻嘻！”

狂暴的山雨说走就走。眼看着彩虹就凌越于森林之上。彩虹背后，是墨蓝至黑的积雨云，它们间或朝大地洒下雷电，宛如瑰丽的触手。天地之间，一切都闪闪发亮，金妆玉裹。

鸣犽锦绣走到阳光下，这景致他早已司空见惯。或者该这么说，除了闭上眼皮要睡觉时所看到的那团漆黑让他感觉美丽之外，他觉得睁眼看到的任何景物都没有什么区别，星辰或落日，艳晴或暴雨，山岭或江河，统统冷漠乏味，与自己无关。但此刻，鹦宝儿和二娃嬉戏的身影嵌入这画面，他竟感觉到了一丝蠢动的、隐隐有些疼痛的美好。久违了，这似是而非的美好。

还离得很远，涌云枫的花香就刺穿空气而来，醇厚明亮。不同的人儿，闻到这香味的感觉不尽相同。如果你昏昏欲睡，这香味会清冽，你会觉得自己被狠狠甩了一耳光，顿时变得清醒。如果你躁动不安，这香味会暖软，你会觉得有双手蔓延进你的大脑，去按摩你的灵魂。你会安静下来，小心审视自己之前的凌乱。甜香而略带苦涩的气味，是这片枫林似有还无的边界，一旦涉足便沉醉其中，只求它尽快地、尽情地拥抱自己。

从闻见花香到深入枫林，鸣犭工锦绣感觉自己被甩了上千个耳光，而且还将被甩几万个耳光才能离开。不久之前，为了给机器外婆准备生日礼物，他是硬着头皮前来，夹着尾椎骨逃走的。他但凡来到这里，就会变得清醒。可他恐惧清醒，这让他感觉世界过于真实，以至沮丧。

驾驶着重型机车的鹦宝儿，心却从未如此宁静过。她不曾来过这里，却觉得这里有一种无法言说的安全感，仿佛一切都与己息息相通，彼此了然。每棵树，都似血脉相连的家人。枫花、野果、泥土、树皮、青草和雨水的味道糅合在一起，宛如大自然调配出的一款灵魂香氛，让鹦宝儿融化其中。近处、远处、目光可及之处，密密麻麻的涌云枫列成矩阵，树干粗大卓立，遒劲地冲向天空。最矮的枫树也有百米之高，高的那些，则似乎望不到尽头，如凡间与天堂的渡桥。身旁，触手可及的是枫树深灰的，装甲般的树皮。头顶，黑色、白色、灰色层叠错落，那是浓郁的枫叶枫花。耳鼓，鸟儿和昆虫的鸣叫悠悠婉转，声声叩心。这枫林，行走其中，灵魂仿佛正在穿越云层，虽然渺小，却自由得再无所求。

“嘘！”鸣犭工锦绣忽然停下脚步。随他的目光望去，前方十多米远，一只动物警觉地从草丛里抬起头来。它猫般大小，却全然是鹿的模样，毛色银白，洒着灰色斑点，黝黑的鹿角张扬魁梧，四肢纤细颀长，脖颈上还披了绒厚的深灰色长毛，宛如优雅的披肩。

“它好小，好美啊。”伴着鹦宝儿轻轻的赞叹，又一只鹿出现在视野里。同样的毛色，没有角，没有披肩，体型却愈发清秀。它身旁，三只小猫咪般的小小鹿依偎萦绕，还没有妈妈一半高。显然，五口之家正在野餐。

“真羡慕它们，一家人能在一起。”鹦宝儿想到了自己，憧憬地说，“小鹿们长得一模一样，也不知道有没有哪一只是姐姐。不管怎么样，它们的关系一定很好，兄弟姐妹之间，肯定不会嫌弃的。”

“这是云鹿，很久以前，体型比现在大得多。它们颜色像云，跑起来……”鸣犭工锦绣话音未落，五口之家似是受了惊吓，陡然腾空而起，宛如五朵小小的云彩，瞬间就轻灵地飘出八九米远。随后它们的四肢纷纷点地，又快速勾勒出几道更长的银白色弧线，飘摇不见了，一如疾风吹散云朵。紧接着，一阵沙沙的异响迅速由远及近。猝然间，四五个斑驳的巨大身影已沿着树枝激荡而来，扑通扑通跳落到地面上。这就是被老百姓称作“无常”的燃刀大猩猩，来得迅猛跋扈。它们硕重魁伟，躯体上黑色、白色的斑纹参差交错，似是变了颜色的猛虎。猩猩们毛发耸然而立，龇着锋利的犬齿，露着粉红的牙龈，一边尖锐地吠叫，一边快速地抖动双臂，疯狂掴打着树干和地面。

“别动！”鸣犽锦绣紧张地伸出手臂，拦住二娃，“别和它们对视！”

鹦宝儿伏在二娃背上，吓得恨不得钻进他的毛发里。她用眼角的余光观察四周，发现当那些猩猩起身直立时，二娃的高度竟然只到它们的腹部。

二娃对鸣犽锦绣的叮嘱却不以为然。它热烈地摇头晃脑，间或猛地往前冲几步，又迅速贱兮兮地退回来，撩猫逗狗的不亦乐乎。

鸣犽锦绣一把拖住他的尾巴，“别惹事！”

二娃睃了鸣犽锦绣一眼，“你这些灵长目人亚科的亲戚，浑身上下都是头发，可比你帅多了。放心吧，它们根本不是我的对手，还叫得像小狗狗一样可爱，我才舍不得打它们呢。大不了我带鹦宝儿先走，留下你给它们当零食……啊呃！”

猛然间枫林开始震动，更多可爱的小狗狗冒了出来，大约有七八十只。它们从枝头跃下，从树后闪出，叫嚣着、嘶吼着，愤怒地摔着手中的树枝，挥舞着石块，而最早出现的那几只猩猩，则咆哮着越逼越近。

鸣犽锦绣不停地冲猩猩们打手势，嘴里发出哦哦的低吟。他在用猩猩的语言沟通，意思是，“我们马上就离开你们的领地！我们可以送你们一些食物！”

最近的几只猩猩互相看了看，露出狰狞的窃笑，脚步并没有停下。

鸣犽锦绣赶紧示意二娃打开收纳箱，一边从里面取食物一边对他说：“不知道它们想干什么，但它们有时候会吃人。快让鹦宝儿藏进你肚子里，你们先走！”

“我不！不能把你一个人丢下！”鹦宝儿从二娃背上跳下来。

“你也骑我身上！”二娃冲鸣犽锦绣叫嚷起来，“就算石头砸到你，也比给它们当零食强呀。”

“在树林里你根本跑不快！我来吸引它们！再耽误，谁也走不了！”鸣犽锦绣把食物四下抛洒，猩猩们却无动于衷。其中一只想去捡山鸡腿，被旁边的猩猩咆哮着一阵踢打，再也不敢嘴馋了。

随即无数石块就朝几人飞来，鸣犽锦绣赶紧护住鹦宝儿，想把她塞进二娃的肚子，可数只猩猩已扑到身边。二娃慌忙猛烈地旋转身体一扫，最前面的几只横七竖八摔在了地上，可紧接着下一拨攻击已至。一只斑纹最为细密的猩猩蹿上二娃的背，紧紧扒住他的犄角，疯狂拍打着他的脑袋。另有两只死死抱住二娃的腿，对他腹部一顿猛捶。

鸣犽锦绣和鹦宝儿则被另一只猩猩轻而易举地拎起来，向远处丢去。猩猩们争抢着接住两人，又把他们抛给别的猩猩，似在玩打沙包游戏。鸣犽锦绣绷紧身体，拼命呐喊，企图召唤什么，却失望于自己毫无变化。那些曾让他讨厌的异能，果然知趣地一个都没有回来。闪念间，他想到可能就此死掉，久远以来第一次心有不甘。

太羞耻了，连一个小女孩都保护不了。要是有一支非致命性的激光武器就好了，有一支老式的电击枪也行啊。如果穿着飞行装甲，那脱身就更容易了。他突然开始怀念那些收藏的武器，几千年来第一次。之前来枫林的时候，鸣犽锦绣从未遇到过这样的状况。燃刀大猩猩通常在枫林北部和东部一带活动，那里有各种莓果和油棕树，还有他们喜欢捕食的疣猴，天知道今天见了什么鬼。

对于动物，二娃从未如此愤怒过，他露出巨大的獠牙，四爪的趾甲砰砰砰尽数弹伸开来，宛如刀剑。

"别再激怒它们了！快去救鹦宝儿！"鸣犽锦绣冲他喊。说这些话的时候，被羞耻感所包裹了的沙包，正从抛物线的顶点开始下落，然后掉在了一只猩猩手里。他知道猩猩会报复，如果二娃杀死任何一只，鹦宝儿会瞬间被撕成两半。

一记天崩地裂的嚎叫突然传来。猩猩们逐渐安静下来，在它们闪开的通道中，一只更加伟岸、表情也更加凶恶的成年雄性大猩猩缓缓走进来，显然它是猩群的首领。不知它经历过什么，竟能有如此震慑众心的威严，以及让人颤抖的愤怒。它身后，几只浑身鲜血的猩猩亦步亦趋。其中一只母猩猩满脸悲伤，怀里抱着一具猩猩残缺的尸体。尸体上的伤口，有些还在流着血，有些则是齐整的、被灼烧的焦黑。

猩猩把俘虏抛向首领，二娃连滚带爬地冲过去，总算接住了鹦宝儿，然后飞快把她塞进了自己的肚子，这才长吁了一口气。

大猩猩看向身边的几名手下，手下们吱吱咕咕，连比带画地对它一阵低吟。

鸣犽锦绣这才明白，大猩猩是在为惨死的同伴寻仇。而那具猩猩的尸体，伤口似曾相识，也许是外星人干的。他尽量放慢动作爬起来，同时对首领做着手势，发出类似委屈的鸣叫，意思是，"我们去拜神，路过，没有伤害过你的同伴。我们想送它们食物，它们不要，还攻击了我们。"

与二娃较量过的猩猩们不满地开始吠叫，各自指着自己断掉的犬牙、受伤的身体，“吼吼吼”地要求报复。而母猩猩和她身后的猩猩们，显然知道眼前的人并非凶手，却也“哦哦哦”地表示了赞同。

伴着首领一声震天狂吼，猩群再次沸腾起来，它们打算继续这次狂欢杀戮，在替罪羊身上宣泄愤怒。毕竟，被人类猎杀的同类不在少数，各地的集市上，都有大猩猩肉叫卖。

“赶紧滚蛋！”鸣犽锦绣急得狠狠踹了二娃一脚。

“你怎么办？！”二娃直在原地兜圈子。

“我是个老不死的，命大！一定把鹦宝儿给我送回家！”

二娃腹中传来小女孩闷声闷气的哭喊：“我不要和二娃哥先走！放我出去！”狭小黑暗的空间里，卷曲着身体的鹦宝儿几乎疯了。泪水和着汗水从她绝望的脸上流下来。她用手拍打着，用脚蹬踹着，用头撞击着，用牙啃咬着。“咣当”一声响，狭暗的空间骤然明亮，她随即朝那团明亮扑去，跌落在草地上。二娃收纳箱的门，被她整扇卸掉了。

鹦宝儿踉跄着跑到鸣犽锦绣身旁，死死抱住他一只胳膊，生怕他把自己推开，用哪种方式都不可以。她仰起头，埋怨而决绝地盯着鸣犽锦绣，眼里已不是流泪，是涌泉。“我不走！”她哽咽得喘不上气，“我不要你死！非要有人死让我一个人死！我之前说过的，你怎么就不听我的话呀！”

鸣犽锦绣低头望着她的眼睛，想发怒，想说点什么，却无语。他甚至还想笑，可怎么能笑得出来。他忽然鼻子一酸，喉咙紧了紧，还是无语。他另一只胳膊无措得无处安放，只好用手去摸自己狮子鼻的鼻尖，表情像个被征服了的、无所适从的孩子。他不知道，小女孩身体里何来这么大的能量，能将万年的自己笼罩。他看看四周群魔乱舞的野兽，反倒平静下来。即便鹦宝儿重新钻进二娃的肚子，也无法保证她的安全了。门已经坏掉，她还是会自己跳出来；即便打昏她，她也会被颠簸出来。她死定了，自己也是。怎么会是这种死法？既惨烈又可笑。可怜这小女孩了。

二娃拎起坏掉的门，给了鹦宝儿一个无可救药的表情，“看看你都做了什么？说实话我非常生气！”

“对不起，我把你的肚子弄坏了……”

“天！我是说你为什么非要留下来？！”

“……等我想清楚再告诉你好吗？”

“好吧好吧，我承认我没有办法真的对你发火。可我知道你在犯傻，每个小女孩都会犯傻。”接着，二娃又给了鸣犰锦绣一个可怜之人必有可恨之处的纠结眼神，“不过你死了倒是很有意义的，你想销毁的那些收藏品，终于可以保留下来了。”

鸣犰锦绣默默地摘下项链，往草地上一丢。原本形如宝石的吊坠随即翻转出金属保护壳，链条也伸缩组合，拧成了一股，看起来既像蛇，又像蚯蚓。随后它的头部探出来一根高速旋转的钻头，身体表层弹出了细密的刚毛。转眼间，这条布满红褐色花纹的怪蛇便没入泥土，不见了。

鸣犰锦绣尘埃落定地长出了一口气，也不知是遗憾的叹息，还是解脱的释然，“这是B计划。如果我的脑电波出现异常，不管脑死亡还是变成植物人，它都会感知到，到时候指令就会被激活，它会帮我去做该做的事情。你走吧二娃，你保护不了我们俩。”

鸣犰锦绣把鹦宝儿揽到面前，鹦宝儿紧紧贴着他，抱紧他，宛如一对即将别离的父女。

“闭上眼睛，很快就会结束的。”父亲低下头，抚摸着女儿的头发，“你本来没必要这么做的。”

“之前你也没必要救我啊，更没必要给我治伤，还要送我回家。”女儿说，“如果我丢下你，以后的日子，我其实已经死了。”

“你的家人怎么办？”

“还好没想起太多家里的事儿。”

“你姐姐的仇也没人能报了。”

“马上就能在另一个世界见到姐姐了，你也能见到外婆了——我能去你家玩吗？”

“当然，外婆会非常喜欢你的，你的样子跟她很像。”

“人死了还会长个子吗？”

“……没死过，不知道。”

“我很想长成十八岁的样子，那样我在你面前就不是小孩子了。”

“……”

父女耳边猛然间就响起了雷鸣，这是猩猩首领再也无法遏制的愤怒，随即鸣犰锦绣的头发便被一把抓起。他抬起头，看到了首领那双暴烈的巨眼，以及镶着利齿的血盆大口。

“喂！”二娃也怒吼起来——可竟然是他抓着鸣犽锦绣的头发，把这个已决然赴死的人提得老高，“人家都跟你比画半天了！你不理它，它感觉很没面子！现在更生气了！”

鸣犽锦绣慌忙四下观望——猩猩们竟然在四散离去！而首领的手势和吠叫，意思是，“你的女儿很勇敢！很了不起！照顾好她，别让他被敌人伤害。我没照顾好自己的女儿，肯定是她独自外出抓疣猴的时候，被你们人类杀死吃掉了。我会为她报仇的。算你走运，你的女儿救了你。”

鸣犽锦绣赶紧回应首领，意思是，“她不是我女儿，我们正在寻找她的家”。

二娃两只耳朵一下子惶恐地贴在脊背上，心想大娃这也太实诚了，这真的合适吗。

首领愣了愣，果然一声雷劈怒吼，唾沫如洒水车般喷了鸣犽锦绣一身。它打着手势，“至少她是别人的女儿！快把她送回去，别让她父母着急太久！”

等鸣犽锦绣把身上的唾沫用土抹干，猩猩们已然无影无踪了。同时消失的还有所有食物——首领教育鸣犽锦绣的时候，也派了手下捡拾地上的美食，还把二娃肚子里的食物也搜罗一空。

鸣犽锦绣捡起从泥土里重新钻出来的项链，挂到脖颈上，两腿发软地朝前走去。鹦宝儿追上来，拉住他一只手，一块儿走。

“刚才谢谢你留下来。”鸣犽锦绣有些不自然，却还是任她拉着，“你救了我，救了我们。”

“我只是想陪着你，能救大家，只是一次意外。”

二娃醋意盎然地走在旁边，“嗯……鹦宝儿，你知道，我比大娃强壮得多，所以如果，我是说‘如果’——刚才我和大娃的位置调换一下，你是不是也会……我是说‘如果’……”

“我当然会留下来陪你。”鹦宝儿拍拍他的臂膀，“你也是我的家人，家人就要在一起，尤其在最危险的时候。”

“就知道你会这么说！我就是想听你亲口说一遍！”二娃打着嘘哨撒着欢，朝前跑去了，“我是鹦宝儿的家人！家人哟！哟吼吼吼……”

鸣犽锦绣仰头看看天色，“咱们得赶紧去许愿，不能停留太久。”

枫林遮天蔽日，阳光星星点点穿进来，洒下模糊斑驳的光影。他和鹦宝儿渐渐远去的背影，如一张泛黄的黑白照片。

53. 鸢缘

呜犽锦绣带着鹦宝儿去看望了英子，远离枫林之后，已是日暮。山峦似青黑的火炉，夕阳如猩红的炭火架于其上。正在欣赏这美景的，除了他们，还有香沙沙落人。

晕轮忽然发现了一些异样，指着远处的高空，对身边的士兵说："那白色的漂浮物是什么？连着一根线，上面还有文字！"

对怒安娜人来说，那是个几乎不可能被看到的小小黑点，他们却看得清细节。山风强劲，一只白色的纸鸢在森林上空飞舞。

士兵慌忙摁着晕轮扑倒在草丛里，随后举枪瞄向纸鸢，"也许它会发射空对地导弹！是那三个怪物的武器吧！"

两人的身体表面顷刻聚裂变化，与周边的草木融为了一体，并且还隐隐泛出些金属的光泽。这是香沙沙落士兵的反红外隐身伪装。

"稳住，盯紧它。"晕轮摁下士兵的枪管，匍匐着调转方向，跃下石崖。

石崖下的隐蔽处，穿山破瘫软地跪在伽马暴力面前，脸埋在草里不敢看他。暗色的血液从上尉嘴边淌下来，他吐掉一撮毛发，举起手里的半条猩猩腿，用猩猩脚丫戳戳莽汉的头，"再找不到那三只妖怪，我把你也吃了，让你和这只猩猩一起去逛逛粪尿地狱。"

穿山破抽搐着，似从噩梦中惊醒过来，"哦！哦！伽马暴天王在上！弟子明白、明白……"“天王”是这几日以来，上尉让他对自己的称呼。至于其他士兵，穿山破则称其为“罗汉”。

此时，这个神灵的追随者脸色蟹灰，眼圈炭灰，只知道喋喋不休地说“明白”，声音越来越细弱了。他眼下的颓靡，并不是刚刚被恐吓的。实际上，他现在已经感受不到任何恐惧了，只能感觉到濒死的困倦。眼中的世界恍惚不清，如同空腹喝了好几坛米酒，只要能被允许倒头睡去，无论被吃掉还是被杀死，他任凭发落。

连续几日的丛林搜索，让他疲惫不堪。虽然每天只行十几里路，却都是陡峭的山路——即便有时候他无须步行，可以抓吊环般地悬挂在神灵身躯下，从峡谷滑翔而过，那也需要消耗他极大的体力才能做到——这么辛苦，穿山破却从未吃过一顿像样的饭食。神灵们生冷不忌，石头泥土皆下肚，毒草毒虫也通杀。如此天人合一，凡人怎可比拟呢。所以穿山破总是饥肠辘辘，以至于蚂蟥、臭虫、蚊子叮咬他时，总会被反杀，成了最可口的点心。最让穿山破欲死的，是神灵的睡眠极少，这让他的睡眠严重不足。每次睡觉，他都感觉刚刚闭上眼睛，就被神灵叫醒了。换个人估计早已猝死，可他依旧顽强地支撑着。

因为信仰。找份差事，养活家人，就是他的信仰。至于对神灵的尊崇，也许只是抵达那终极信仰的手段罢了。自从依附了神灵，一路走来，穿山破发现他们并非如凡人所想。这些神灵既不庄严大度，也不慈爱悲悯，倒像是拥有神力的一帮泼皮。就说这伽马暴天王，跟同村那个被征了兵，当上小旗官的青皮是何其相似，都是一副横行霸道，肆无忌惮的混账模样。看来天兵也不过就是个兵罢了，有兵之处，必有兵痞也。

对神灵有一定了解之后，再面对他们时，穿山破已不像起初那么紧张了。作为少年时代也曾混迹于市的痞子，他觉得，六道轮回之中，神灵与凡人虽身处不同之境界，却也还是能天道人道相合，成为同道中人的。否则，董永和七仙女安能同榻而眠？又如何行夫妻之礼呢？比起自身与神灵的朝夕相伴，那对人仙眷侣想来更是艰难。也许，九天圣器的遗失让神灵们丧失了定力，就快要堕落成凡人了。在此危难之际，如果我能助他们重获威风，来日，或许就能被赐些妙法，脱胎换骨呢。

然而对未来的憧憬，并不能缓解他现实的劳累。此时，穿山破跪在天王面前，觉得让他吃掉自己也罢，可家人们哀戚的身影转瞬便浮现在眼前。我撒手而去，倒是解脱了，可至亲们又该怎么活？天行健，君子以自强不息，挺下去，家人才有钱粮。追随神灵背水而战，自身所受的煎熬，不正是他日飞黄腾达的考验吗？

穿山破又来了些精神。他用已经细瘦了一圈的双臂撑起身体，这时天王手中的猩猩脚丫子再次戳到了他面门上，“穿山甲，快跟晕轮罗汉去看看那个不明飞行物，说不定你认识。”“穿山甲”是天王赐给信徒的法号，一取他的姓氏“穿山”，二取他心有铠甲，无畏钻营的精神。

听到有任务，信徒“啪啪啪”狠抽了自己几耳光，又握紧双拳给自己“嘿嘿嘿”

地鼓了鼓劲，然后迷迷糊糊地起身，跟着罗汉走了。

伽马暴力指着穿山破的背影，瞥一眼周围的士兵，“你们这帮不上进的蠢货，要是能有那个低等猴子一半的精神和毅力，我就不愁香沙沙落的未来了。”

片刻，晕轮背着穿山破急急忙忙跑了回来，卸货般地把他撂在上尉脚下。“长官，穿山甲的体能跟不上了，我背着他爬上去的，上去之后他下不来，所以我又把他背……”

“少废话！”

“是！穿山甲说那个不明飞行物是‘耍货’，也就是玩具，以前是用来传递信息用的。材质一般是纸，用绸绢制作也行，目测它离地面大约有四百多米……”

“说重点！我不想听你啰啰唆唆地念说明书！”

此时，穿山破终于攒起一把力气，虚弱地扬起脸，“启禀天王，据晕轮罗汉所描述，那纸鸢上写的应是个‘妖’字。弟子拙见，恐怕是居住在附近的猎户撞见了妖怪，以此来报信的。”

上尉眼睛一亮，咂摸咂摸，抓起被他当成板凳坐的猩猩头颅，起身招呼士兵们，“出发！快！快点！”然后又看着晕轮，指点一下穿山破，“你负责背他。”说完他聚裂出金属爪，一把掀掉猩猩头的天灵盖，递向了穿山破，“这本来是我的夜宵，你吃了补补身体吧。”

信徒接过便拜，感动得落了泪。

不只是上尉的小分队发现了纸鸢。“那附近肯定有叛逃的人，说不定是宏原子他们。”量子樱仰望着纸鸢，停下了咀嚼树叶的动作。她还保持着栗色头发、黑色眸子、白皙的皮肤，身上也仍然是一袭仕女装扮，不过裙袄的色彩却变换成了黑、白、灰，看起来典雅素净。而脚下的鞋子，也换了一双酒红色的、柔软的高靿皮靴。

黑洞光芒茫然地看看纸鸢，又瞅瞅量子樱，不太明白她说的话。下士依旧身着丛林迷彩作训服，依旧是淡淡蓝色、颇具金属质感的皮肤。俩人身后不远的地方，涌云枫林深邃而神秘。量子樱眼下这身衣裳的色调，恐怕灵感就来源于此。

“咱们的祖先也使用过这种东西，给别人报信用的。”量子樱重重地坐到草丛里，“那个风筝很可能是某个当地人在报告，说那儿有妖怪呗。可怜的怒安娜人，都被咱们骗惨了。”

黑洞下士递给她一只手，“那得赶紧离开这儿，别碰上被吸引过去的士兵。”

“唉，我逃出来干吗啊。”三等兵向后一倒躺下来，“整天东躲西藏的，干脆死了算了。”

“反正迟早都会死，不如活着再看看。”黑洞警觉地四下望望，弯下腰，“累了吧？我来背你。”

“你说得真对！”量子樱一把搂住他的脖子，“要是就这么死了，我最对不起的人就是你！”说这话的时候，量子樱的脸几乎贴在了黑洞光芒的脸上，鼻尖已挨住了他的鼻尖，嘴唇就要扫到他的嘴唇。俩人四目相对，都是一激灵，而时间也几乎凝滞。他们的眸子如莺时之樱花，遇到兰秋之青莲；穿戴如古典之玉女，遇到未来之武士。如果哪个多情的墨若人巧遇此情此景，也许会希望，自己是这对浪漫男女中的某一个。

然而武士不陶醉，玉女也难销魂。黑洞光芒紧张得喉咙有些痉挛，表情如临大敌。至于量子樱，她本来想摆出双眸喷欲火，娇喘漾激情的噬人性感，却终于在鼓起勇气要去亲吻下士时，蓦地觉察到嘴里全都是嚼碎的树叶浆汁。这也太不浪漫，太不美好了。她赶紧把树叶泥咕噜噜咽下去，却被噎得一阵咳嗽，连鼻涕都呛出一条挂在了唇边。

量子樱是真的想报答救命恩人。事实上，七天以来，她一直在小心谋划，也曾明示对方说：“喂，毛蛇，花火人比我可是差远啦，你不信试试？”

黑洞下士抬抬眉头，目不斜视，“谢谢，不用了，我信。”

在池塘里洗澡的时候，她曾经假装溺水，想等黑洞光芒来救自己的时候创造时机，结果两人真的陷进淤泥里，扎扎实实吃了一顿双人泥巴水草套餐。最不美好的一次，是她奋力朝黑洞光芒扑去，想强行报恩，大个子却纹丝没动，她反被弹回来，后脑勺撞在一棵树上，昏了过去。

量子樱无比挫败。她实在不知道自己应该为黑洞下士去做什么，才能消减心中越来越深的亏欠感。当然，她也很想把崭新的身体留给自己未来的爱情，可眼下，自己连个婢女都算不上，还守护着那些资料上看来的、虚无的美好干什么呢？如果哪天忽然挂了，连恩都来不及报。

黑洞下士始终都没有接她的招。这个男人，总是处于贤者模式。包括现在，黑洞光芒也只是细心地为她抹去唇边的秽物，无言地向后缩了缩。

量子樱却完全不知道该如何收拾这种残局。她像个破了洞的气球人，软塌塌地趴到草丛里，眼睛直勾勾地盯着鼻尖前的一棵草，“我怎么什么都做不好……其实那方面我一点儿经验也没有……我刚才的样子肯定丑死了。”

黑洞光芒感动地笑了笑，“你从来都没有丑过，任何时候你都是最漂亮的女孩子，包括刚才。”他的后腰聚裂出一板小凳，双肩融出两个扶手，两肋则融出了脚蹬，“坐上来，咱们离开这儿。”

“我没那么娇贵。”量子樱一骨碌爬起来，郁闷地走在了前面。

俩人钻进茂密的树丛里，人去无痕，对话声也越来越缥缈。

“……毛蛇，是不是你对我没有兴趣啊？我是不是不够有女人味？”

“嗯……今天的天气说不上好，也不算太坏。”

尴尬了几声鸟鸣的时间。

“以后你打算干什么？就这么一直保护我吗？”

“你需要人照顾，等你自立了我就离开。”

“你能去哪儿啊？”量子樱的声音又变得张扬清亮起来，只片刻工夫，她就已经逃离了出糗的阴影。她向来精于此道。

“没有你的地方，其实哪里都一样。”

“说得这么凄凉，我还怎么放你走啊——哎，毛蛇，你就换换衣服的颜色和款式呗，还有发型、皮肤什么的也换换，腻不腻啊。”

“对你来说换装很容易，这是天赋。不是每个香沙沙落人都能熟练掌握的，我只会变化咱们国家的几种外表通用模式。祝你将来能找到喜欢的人，他会有你喜欢的样子。”

“到时候咱们仨就一块过呗，我认你当哥还是当爹，你随便挑。要不然你就随我姓吧，叫‘量子光芒’怎么样？这名字听着多辉煌！”

“……一块儿过？我会杀了他的。”

“喂！哪有当爹的上来就杀姑爷，或者当哥的杀妹夫的事啊！再说了，我这么衰，你喜欢我根本就没有道理。另外，变化外形不过就是个熟练活儿，我来教你，你肯定很快就学会了。到时候你也变成墨若人的样子，然后再给我找个嫂子，或者后妈什么的，咱们一起好好地过日子。我包揽所有的家务活，当牛做马报你的恩。怎么样？”

“我喜欢你没什么理由，你也没必要报恩。饿了吧？我给你弄点吃的。”

两人的声音渐渐听不到了。他们隐没的那片森林上空，风筝依然飘得高远。而长长的风筝线所牵扯的那个地方，MBA 组合还不知道，他们已然被热情款待自己的墨若人家出卖了。

54. 兄弟

之前，鸣犽锦绣一行人根本不会想到，他们会去往那户奇异神秘的人家。要不了多久，当鸣犽锦绣回忆起接下来所发生的事，不知道他会隐隐地感到幸运，还是会献以悲伤的祭礼。

当他们抵达涌云枫林的最深处时，鹦宝儿刚刚享用完二娃用枫花为她精心泡制的午后花茶。前方，一棵枫树顶天立地，安静慈祥。三千一百七十三年前，这棵树还只是一根奄奄一息的，不到半臂长的细弱枝条，如今，她已是燃刀大陆上最年长的涌云枫，子子孙孙已蓬勃天下。

她是英子。眼前的英子，树干如此博大庞然，似乎能在其中建造一座城堡，住得下全世界失去家园的人，藏得了古往今来的所有秘密，能安放好每一个发光的愿望。三百多米高的身躯，使她成为怒安娜之上，距离日月最近的植物。而她还在生长。也许星辰才是英子的家，所以她回家的脚步，从未停止。

“你好，”鹦宝儿喃喃地对英子说，“你比我想象的还要美。”尔后，她转头又问两位哥哥，“她身上雕刻的神像，为什么这么恐怖啊？”

鸣犽锦绣和二娃对视一下，整齐划一地摇摇头。

“二娃哥长得也很恐怖，大娃哥偶尔也会变得恐怖，所以长相才不重要呢。”鹦宝儿冲两个娃儿粲然一笑之后，撒腿奔向英子。她扑上去狠狠地将英子抱住，然后，眼泪就涌了出来。她也不知道自己是怎么了，只觉得若非如此，无从表达。

疾风骤起，流云从枫林里穿行而过。一时间，鹦宝儿再分不清哪里是枫叶枫花，哪里是真正的云朵。她只看到水珠扑簌簌从天而落——那是起风之前，英子含了许久的眼泪。紧接着，更多枫树的枝叶也摇动起来，它们纷纷抖落之前在暴雨中采撷的雨水，洗礼前来祈祷的人。

鹦宝儿触摸着英子，仰望着她躯体上一道道深刻的灰白色或者暗红色沟痕，敬畏至沉默。小女孩满腹的愿望，也变成了沉默。而沉默就是最好的祈福。鹦宝儿觉得自己内心所想，英子全都明白。英子身体上，那些密密麻麻的沟痕组成了一幅巨大精致的图案，可与其说那是诸神群像，倒不如说是一群狰狞的魑魅魍魉。神像上了漆，颜色明亮，透露着新鲜的雕琢痕迹，显然刚被人整缮过。

望着远处迷雾中的诸神群像，二娃戳戳呜犽锦绣的腰眼，小声说："你这么丧气，竟然还被那么多人当成神，还刻在了树上，一膜拜就是几千年，你不脸红吗？"

呜犽锦绣无奈地打个哈欠，故意让自己尽可能显得猥琐些，"我也不知道自己居然能红这么久，一想到还会继续红下去，压力还真大。"随后他收起牙花子，也戳戳二娃的腰，"你也改改做派吧，作为公众人物，别再玷污猪的形象了。"

诸神群像里，也有二娃。为首的神灵是一只人形怪，脸似夜叉，身躯似熊，利爪如鹰，原型就是呜犽锦绣。人形怪胯下的坐骑分明是一头狰狞的野猪，却又耳长如兔，是二娃。在人形怪和长耳野猪身边，还有八只大小不一的蛮兽，或飞或跑。诸神群像里总共有十只怪物，他们的牙尖、嘴角、爪上，都滴着殷红的血。那是吞噬敌人所留下的印记。

二娃远远指点着神像，显然很不满意，"你们人类的记性也太不靠谱了，把拯救自己的英雄画成这副德行。长发飘飘可是我的标志，哪儿呢？在哪儿呢？！"

原本挂在呜犽锦绣唇边的一丝坏笑，慢慢叠成了一道伤痕，最后化为轻叹。"不能责怪人类，你战斗的时候伤得不轻，昏迷过去了，或者说死机了，你烧得一根毛发都不剩，所以留给世人最后的印象，差不多就是这样的，工匠雕你雕得还是挺逼真的，至于其他的瑞兽……"

"别说了。"二娃想起了什么，情绪低沉下去，"就怕你提起这件事。"他眸子里闪烁起细密的电流，良久，才默默地说："我恨自己，要不是昏迷，也许还能救出一两个兄弟。他们都死了，我本该跟他们生死与共的。"他的长发被风吹乱，被雾气打湿。他仰望流云，天空被弥漫得什么都看不清，可他却仿佛看到了很多东西，眼神从未像此刻这么苍老。这才配得上他真实的年龄。

上次文明时期的美好时光，距今已经三千多年了，二娃很怀念它。那时他有家。呜犽锦绣、机器外婆、外公、妈妈、爸爸，几个保姆机器人和三只猫，就是他最初的家人。至于呜犽锦绣那些千娇百媚的陪伴型机器人，距离产生意识还有很长一段路要走。但是她们已经会做简单的家务，也学会了上街或者上网购物。如果将她们同时开机，还会吃醋争风，甚至斗殴互撕——二娃并不认为它们属于家人的范畴，所以，对于鸣犼锦绣想把她们交给自己来管理的那份信任，也就坚决拒绝了。

他认为，这很可能是一种居心叵测的信任。如果成天和人类的两性问题打交道，那么作为人工智能，自己也许很快就会陷入“我是雄是雌？还是不雄不雌？这是一个问题”的深深思考当中。虽然二娃认为自己是雄性，却偶尔已经有了“我是太监，或者不是太监，这是一个问题”的困扰，所以，在没有遇到让自己心动的另一个生命之前，他不太愿意直面这类问题。

除了这点小小的困扰，对生活的其他方面，二娃还是满意的。在那个黄金年代，二娃可以光明正大地走上街头。在任何场合，都有许许多多形状各异的人工智能，人形的、非人形的，各司其事。

二娃的模样不会吓到任何人类或者非人类，甚至，他还常常会觉得自己的外形不够抢眼。有一次，二娃尝试着将毛发染成了鲜红和翠绿，还把头部的毛发高高地吹起来，做了定型。那一米多高的头发，不但给他带来了新的外号“马桶刷”，也招来了不少故意想找他麻烦的小混混。自那以后，他还是觉得返璞归真最为省心，于是清汤泡面般的造型便几千年如一日。那是人工智能的美好时代，人类与机器达成了某种微妙的融洽和平衡，刚柔并济，铁血年华。

后来，二娃有了更多的家人。在他的强烈要求之下，鸣犼锦绣终于答应，制造出神话传说里二娃的其他兄弟——龙的另外八个儿子。这样，二娃就能真正拥有属于他自己的族群，能够组一支有替补队员的篮球队，如果再招两名球员，还能组一支足球队。他们九兄弟白天能一起玩耍、学习、晒太阳补充能量，想假装睡觉时，就待在同一间屋子里睡上下铺，或者在地板上挤在一起睡。

可龙之九子到底是谁，说法不尽相同。而且“九子”起初并不是指九个孩子，是虚数，表示很多很多的意思。二娃才不管那么多，就按九个算。对他来讲，犼当然要率先占据一个名额，其余的，就挑选自己所爱。颇具音乐天赋的囚牛、威武善战的睚眦、敢向逆境挑战的嘲风、能提前警示危险的蒲牢、忠于职守的椒图、公正热血的狴犴、能扑灭火焰的螭吻、具备超强抗压负重能力的赑屃——二娃渴望和他们做兄弟。

他把这份名单交给了鸣犼锦绣，量身定做。饕餮之所以被排除在外，是因为二娃觉得他过于贪婪——任何东西都能吃下肚，包括他自己的身体，这也下作得太不可理喻了。而狻猊、貔貅、麒麟则是待定，二娃希望他们能不断地完善自我，早日达标。狻猊只知道坐在那里，抽吸香烛的烟雾，他的生活方式必须要调整得更健康。貔貅只吃不拉，抠门吝啬，他必须变得大方慷慨。至于麒麟，则英俊得有些过分，二娃希望他能够学会如何不抢别人的风头。

当八个兄弟终于威风凛凛地诞生，二娃与他们伫立一起时，整个世界都为这个绮丽雄壮的家族安静下来，随后便为之疯狂了。

没想到，兄弟很快成了战友。那次生物大灭绝，面临生死存亡，九兄弟与鸣犽锦绣并肩而战。怒安娜最终免于毁灭，包括人类在内的一部分生物得以幸存，可二娃的兄弟们却全部战死。那场跟顶尖职业球员约好的篮球，他们再没有机会去打。甚至，他们的球队还没来得及起个像样的名字。

二娃怀念那些兄弟，怀念有一帮兄弟的感觉，那让他热血奔涌，心有乾坤。失去他们，他再无兄弟。涌云枫林里，几千年后的现在，二娃想起兄弟们时，依然难过得随时都可能会死机。

鸣犽锦绣当然能猜到二娃在想什么，便把手臂搭在他肩头上，“我一直想对你说，三千多年前，感谢你们和我并肩作战。有你这个……这个兄弟，我很荣幸。”

二娃从悲伤中回过神来，警惕地打量着鸣犽锦绣，觉得面前这个人有些不正常。

此刻，鸣犽锦绣正挂着一脸对心上人表白的不自在，看上去确实像中了邪。中了邪的人无奈地搔着后脑勺，“其实我根本不想说这些肉麻的话，可花香太浓，闻多了我会失控，你就当我是说了酒话吧。”

“吼吼吼吼，那我倒是得抓住机会，多听点儿酒后吐的真言。”二娃冷笑着揽住醉酒的人，“我问你，你小子该不是想跟我争鹦宝儿吧？我打算等她成年以后再表白，可你下手够早的啊老流氓，刚才走路的时候你一直拉着她的手，半天都不松开。”

“你小子脑袋受潮了吧，别血口喷人，我巴不得把她送走，再也不见面呢。刚才是她非要拉我的手，我只当是拉着我孙女不行吗？呵呵，你倒上赶着想给我当孙女婿。你还是悠着点儿吧，上次文明时期，机器人和人类纠缠在一起，那种痛苦你又不是没见识过，不会有什么好结果的。”

“别总说那些老掉牙的经验，也许我能开创人类和机器人联姻的新纪元呢。世界是不断变化的——以前你逼我叫你‘爸’，可刚才你却主动说我是‘兄弟’，这就是很好的变化嘛。说不定有一天，你还想跟我超越一下兄弟情，认我当个干爹呢。”

“……我刚才是在强调结果，懂吗？任何事情，不管过程有多么美好，结果只有一个，完蛋。”

“完蛋就完蛋呗，反正过程我已经享受过了，这世界本来就没有什么是永恒的。对了对了！我肚子上的门！快帮我修好，我自己修理不方便。”

“拜托，求人办事能不能客气点儿，把机器外婆的留言让我看看，我就给你修。”

“那你先回答我，为什么要把他们毁掉？！”

“你别再装了，事情的整个过程我仔细想了一遍，机器外婆肯定事先就把你藏在家外面了——我把你放柜子里锁了一百多年，给外婆过生日那天，我根本就没想到，你已经不在柜子里了，所以你才没有被装进集装箱，你当时就躲在山洞里，看着我把他们沉进了岩浆。可你并没有阻止我，这说明什么？说明之前我做过的事，全都被你看到了。”

鸣犽锦绣重重敲敲二娃的头，“你看到我拷贝他们的芯片了，知道我并没有真正毁掉他们。你之所以愤怒，是因为我没有拷贝你，甚至连你不在屋里都没有发现。你感觉自己被遗弃了，对吧？呵呵。”

二娃怔怔地望了这位兄弟片刻，哽咽起来，“‘呵呵’？你竟然还笑？还说得这么轻描淡写、理直气壮？所以你就是这么对待‘兄弟’的？”他把头扭向一边，两只长耳朵耷拉着，如同蔫掉的大豇豆荚。他不想让鸣犽锦绣看到自己的眼睛，那里面没有一点愤怒，而是电光火石的悲凉。蓦地，二娃感觉面前有什么东西，便挑起朦胧的泪眼去看——是鸣犽锦绣的臭手，以及他手心里那条恶心的项链。

“这是我最宝贵的财富。”鸣犽锦绣的声音如此沉悦，像玫瑰木吉他被轻轻地奏响，“机器家人的芯片都在吊坠里，这你是知道的。可你不知道，一百多年前，我就拷贝过你了。”他把二娃的头抱在胸前，抚摸着，动情地亲吻着，“我怎么会允许自己，再次失去你这个兄弟呢。”

二娃的眼睛唰地亮了，耳朵直挺挺竖了起来，舌头一下子吐出老长，浑身的毛也炸了，兴奋地猛抬头，“别亲我！膈应死了！而且你还很臭！”

鸣犽锦绣委屈地揉着被二娃狠狠磕了的下巴颏，“……其实我也很膈应，这花香太浓了，有点乱性。”

二娃猛地伸爪去抢项链，“给我。”

鸣犽锦绣闪身躲开，把项链挂回脖颈，“别以为我不知道你想干吗，我的B计划全靠它了。”

“迟早我会拿到它的。而且，你以为拷贝过我，我就会很高兴吗？那芯片既是我，又不是我，或者说只是我的一部分。这一百多年来，我最新的记忆和感受，它一点都没有储存，它甚至连鹦宝儿是谁都不知道——那能算是我吗？是我孙子还差不多。”二娃嘟囔着，从胸前翻转出屏幕。“不过，你知道我是很讲感情的，看在你对我一往情深的份上，给你瞧瞧吧，外婆早就录好的。快戴上耳机，免得鹦宝儿听见。”

屏幕里出现了机器外婆。瞬间，鸣犽锦绣就湿了眼眶。

“鸣犽锦绣先生，我要谢谢你。”耳机里传来机器外婆的声音，鸣犽锦绣愣住了。她竟然如此客气。

“你看到这段视频的时候，用你们人类的话说，我已经死了，所以我才平生第一次，也是最后一次，用这种方式跟你讲话。但愿你没有复制我的芯片，如果有，请销毁它吧。虽然我承认，我舍不得这个世界，舍不得你，可是，我以这种身份存在于世界上，真的非常痛苦。”

鸣犽锦绣呆呆地坐到草地上，流云弥漫而过，机器外婆看起来宛如置身天国。

“我努力想扮演好自己的角色，可我越来越明白，我替代不了你的外婆。当你看着我，有时候深情，有时候悲伤；当你躺在我怀里撒娇，有时候忧郁，有时候满足；当你跟我聊起从前，有时候只言片语，有时候滔滔不绝——你对我所有的亲近，起初我会觉得理所当然，可后来我会不安，甚至是伤心。”

机器外婆抿抿嘴，浮现出两只伤感的梨涡。“这是因为，当我学习的东西越来越多，思考也越来越深刻的时候，我意识到自己只是别人的替代品，非常蹩脚的替代品。我的外形看起来跟你外婆一样，可也只是“看起来”，仅此而已。我的身体结构、材质——小到皮肤纹理、组织脏器，大到运行方式——都跟她完全不同。关于这一点，其实倒不那么重要，请原谅我这么说，因为我个人认为人类也是机器，每个人都是一部生化机器，本质上跟我们机器人是一样的，关键是……”

机器外婆稳稳情绪，“关键是你的外婆是唯一的，她的基因和个人经历造就了独特的她。而像我这种模样像她，对外界刺激能做出跟她一样反应的人形机器，你想制造多少个都可以。对你来说，其实我非常廉价。对我来说，我最廉价的部分却满足着你最重要的需求，我常常因为这个感到沮丧。

“之所以沮丧，是因为从我诞生以来的这三千多年，我也成了唯一的我。我有自己的思维方式和观点，有自己独一无二的经历。可我无法跟你分享这些，我不可能跟你聊几千年都生活在山洞里的躁郁和烦闷，也不可能告诉你，我为了扮演别人而生，这是一种什么样的错乱和自卑。如果我说出自己的真实感受，我就会离你想要的外婆越来越远，或者说，我根本没有资格那么做。

“最让我产生无力感的是，当我想跟你真正的外婆一样，陪你回忆从前在一起的点点滴滴时，我会突然发现，一万八千多年前的事情，我什么细节都不知道。所以大部分时候，我只能望着你不言语，或者是笑着附和。我觉得自己就像个傻子，同时也是个骗子。”

机器外婆叹口气——对于她，也许只是逼真地模拟出了人类叹气的声音。“所以每次面对你，我都会感到分裂，我不知道自己是谁。我努力做出你外婆该做的反应，说着她该说的话，可我知道，那是你最初对我的设定，并不是我深度学习之后真正的言行举止。”

机器外婆忽然哽咽了，眸子里有晶莹的电流闪烁。“可是，犼儿，我是真的疼你爱你。作为唯一的我，这是真实存在的感受。我想，这才是我和你外婆最相似的地方。我不敢说我对你的爱超越了她，但我至少可以说，我对你的爱不比她少一分。”

鸣犼锦绣紧攥着胸前的吊坠，一滴水珠落在他手背上，不知是他的泪，还是他头顶上，树叶积攒的雨水。

“鸣犼锦绣先生，”机器外婆又恢复了冷静和客气，“请原谅我解锁了二娃，还把他放了出去。因为你身边没有他，我会不放心。无论如何你要好好的，我从来都不想劝你去拯救世界，我只希望你能拯救自己，珍重。”

这时候，镜头拉开了，画面中出现了机器妈妈。她微笑着站在机器外婆身边，展现出之前从未有过的典雅，“鸣犼先生，其实真正的我，不会那么容易生气，说话更不会那么尖酸。”她揽过机器鸣犼信的胳膊，面对镜头，“鸣犼，我和他都非常感谢你，你让我们体验到了爱情。”

机器鸣犼信一扫平时的颓贱，对镜头灿烂而自信地笑着，“哥们儿，让你解气是我的工作，唱童谣是我工作的一部分。这工作让我爱上了唱歌，还有跳舞。”随后他就开始说唱那段忏悔儿歌，流水行云、节奏十足，还无须换气，“……让世间羊驼，都排队来啐我吧。对我吟唱，它们可爱的小名…… ”再配以他随心所欲的机械舞——作为机器人，只要他舞动身躯，就已是真正的机械舞了，连罚跪的动作都能演绎得那么炫酷——倘或换个时代，他应该能成为当红的艺人。

此时机器外公也挤进了画面。他双手伸到脑后，撕下柔软的头套，露出泛着金属光泽的头部骨骼，“希望我这个动作没有让大家感到不安，不过这才是我真正的样子。鸣犽先生，我才三千多岁，你都快两万岁了，你给我当外公还差不多。对了，你以后少喝大酒，你又不像我们，我们根本喝不醉的。”说着他又戴上头套，“嘿，这玩意儿戴久了，倒看不习惯自己本来的样子了。”

随后，一家人就冲镜头笑着挥别了。鸣犽锦绣笑得都哭了。

二娃收好屏幕和耳机，鸣犽锦绣还在望着刚才的地方发呆。二娃深情地把他的头抱在胸前，抚摸着，轻拍着，像在挑选一颗西瓜，“别哭了，啊……噗！你该洗头了。”

“外婆什么时候给你解的锁？”

“其实是我先给她解锁的，就是你喝醉酒忘了锁我，我溜出来放风的那次。你把我抓回去锁死之后，外婆很快就把我给解放了。我们都是人工智能，互相帮衬帮衬呗，不就是删几行代码的事吗。”

鸣犽锦绣挣扎了好几下，才从二娃怀里抽身，“胡扯！如果你们都被解了锁，那我的各种指令，还有你们补充电力的方式，都应该失灵才对。给外婆过生日的那天，我对她的指令明明是有效的。”

“呀，被你识破了，看来你比我想象的要聪明一点。”二娃死拖硬拽，又把鸣犽锦绣拢回自己的怀抱，坏笑起来，“你的指令，还有充电的方式，确实都失灵了呀。”

二娃怀里传来鸣犽锦绣闷声闷气的声音，听不清他在说什么，但肯定是气急败坏了。

二娃拍拍兄弟的背，“你都这么大岁数了，怎么还沉不住气。不就是表演嘛，每个人或多或少都会一点儿，人工智能当然也会。你不回家的时候，我们几个天天开二十四小时派对。也就是说，一年当中，只有你回来给外婆过生日的那天，我们才表演听话的机器人给你看。”

二娃怀里再次传来鸣犽锦绣闷声闷气的声音，他的四肢开始胡乱挥动，显然已经歇斯底里了。

二娃摸着兄弟的头，像猩猩在给另一只猩猩整饰毛发，“也不全是表演，有真的。”

鸣犽锦绣终于得以抽身，跌坐在草里，“还有什么是真的？！”

“外婆过生日那天，发电机宕掉是真的啊。”

“……你们早就放飞自我了，怎么还会受发电机的影响？”

“你没听懂我的意思——那天，大家就当是摆个造型，表演一下停电咯。”

“……你们居然有组织地骗我！”

“如果不骗你，你能活这么久吗？最近这几百年，你的体能和战斗力断崖式地下降，要不是全家人轮流看着你，你娃早就被野兽吃了。”

“你们还监视我？！”

“是给你当保镖，当看大门的好不好。”

“不可能！你在撒谎。如果真是那样，我炸毁那个山洞，销毁一部分武器和设备的时候，你们为什么没人阻止我？”

“那天正好我值班，可当时我溜号了，去看那两队人马打仗——唉，打得真是既无聊又血腥，可总比给你看大门有意思啊。”

“……”

“后来，我悄悄跟着你去了一个新的岩洞。那天你小子睡得很沉，不过晚上突然醒来了一小会儿，看了看爱情动作片就又睡了。我能猜到你做了什么，也表示理解。”

“……”

“对了，当时外婆也在外面。”

“……”

呜犽锦绣崩溃地抱住脑袋弯下腰，羞耻得都快把自己撅断了。

“其实晚上的时候，外婆总会在你落脚的地方守着。她太不放心你了，她是废物陪侍委员会的常委，其他人轮岗。”二娃补充道。

呜犽锦绣怔住了，一动不动。当他慢慢直起腰时，已是泪流满面。

55. 战友

前面不远，就是放飞那纸鸢的人家了。此时，如果你仔细观察，会发现一大簇植物正在忽而迅疾、忽而缓慢，忽而又驻足地迂回移动着，生怕暴露了自己。

那簇植物警觉地擦过一棵涌云枫树。与其说那是棵枫树，不如说是一根枝条。它只有一米多高，手腕粗细，显然刚被人扦插不久。枝条周围是一大片空地，看起来，这是为它预留的成长空间，希望它将来能够雄伟壮阔，顶天立地。在它更加纤细的枝叶上，一颗颗黄豆蹦蹦跳跳着——那是一只只鸟儿，燃刀黄豆鹂。鸟儿黄中带黑，真的只有黄豆般大小。

那簇会走的植物，蓦地惊起了一群蜻蜓。蜻蜓反倒是有普通的麻雀那么大，有的辣红色，如喷溅的鲜血；有的蓝绿色，如酷冷的矿石；有的金黄色，如一身铠甲的燃金死侍。蜻蜓飞扬跋扈地起起落落，时而像直升机悬停，时而像歼击机格斗。

蜻蜓的下方是蔬菜园。空心菜、茄子、佛手瓜，琳琅满目。此外还有几垅叶片很大的芥菜，不禁让人联想到它们被腌制后，可以成为爽口醇甜的梅干菜。想来菜园的主人招待客人时，应该少不了肥而不腻，咬一口满嘴流油的梅菜扣肉吧。

菜园旁边，几只巨大的凤蝶裙裳摇曳，在一片盛开的夹竹桃林中漫步，如一把把舞动的画扇。这蝴蝶是墨若国才有的品种，叫金斑喙凤蝶。它们的前翅各有一条金绿色斑纹，后翅有金色斑块，并且还拖了两条细长的，末端点了金色的黑带，宛如丝绦轻摆。如此尤物，恰似年轻时的赤琴婗月，或是当下的怒玉柔。对于那簇鬼鬼祟祟的植物，凤蝶们并不理睬，它们向来从容高贵。然而这蝴蝶却有毒，当它们还是毛毛虫时，有毒的食物会在体内留存毒素，且终生不灭。其中一部分毒素，就来自这眼前的夹竹桃。

田园周围是一圈竹篱笆，篱笆上爬满牵牛花。花朵被先前的暴雨霸凌，还挂着些许泪珠。当那簇猥琐潜行的植物擦过牵牛花时，花朵们仿佛意识到了什么，全都不安地吹起了喇叭。可没有一只喇叭能够奏响，所以，也就没有人能够听到它们发出的警报。

前行的植物是穿山破。他从头到脚扎满了树枝和草叶——从神灵那里，他学会了伪装术。他的下半截则快速变换着质感和色彩，是他的坐骑——晕轮。之前，上尉根据风筝找到了这里，便先派两人作为尖兵来打探情况。

尖兵返回到上尉面前，“回禀伽马暴天王！那三只妖怪果然就在这里！”穿山破边说边亢奋地跳下坐骑，可因为体力不支，刚说完这句话，他就双腿一软杵倒在地上，虚弱得再也说不出一个字了。

不远处的高空，风筝正在收线，缓缓地降落下去。

“长官，报信人是这户人家的女婿，”晕轮接过穿山破的话头，“哦不，是儿子，大概三十多岁，或者二十八九岁。这家人靠打猎为生，用珍贵的动物皮毛或者牙齿或者犄角去换钱，所以生活水平还不错，至于报信人的父亲呢，也就是他……”

叭！叭！上尉忍无可忍地抽了晕轮两个嘴巴，替他完成了“爸爸”的发音。“别给我讲睡前故事！穿山甲，你来说重点。”

穿山破强打起精神，“……回禀天王，弟子让报信之人收了纸鸢，以防惊动妖怪……这户人家共有五人，都是普通百姓。三只妖在前院……准备用饭，报信人已在……饭食里下了毒，若能将他们毒杀再好不过，倘若不能杀之，削弱些他们的妖术也是好事……院落有三个门可供出入……后院紧邻山崖，视野颇佳……”他奄奄一息，声音小得再也听不到了。

晕轮一把揪住他的发髻，“快接着说啊！浪费时间会延误战机的……”

“滚！”上尉忍无可忍地把晕轮蹬到旁边，弯腰托起穿山破，以公主抱的姿势将这怒安娜莽汉搂在怀里，时而侧耳聆听，时而问着什么，像一对热恋的情侣，又似两个情深的兄弟。不管是什么吧，反正伽马暴力从未如此温柔过。

晕轮瞅瞅其他士兵——大家都在假装没看见——于是他也讪讪地低下头，用脚尖去蹂躏一棵含羞草，以打发这别扭的时间。

“弟子怕是要……离天王而去了……不能……不能再伺候天王了……”汇报完敌情，穿山破留下了遗言，“……弟子归天之后，祈求神灵赏赐家人些吃穿用度……”

“这都不是问题，但你不能就这么死，我还需要你，喝点东西吧。”上尉取下挂在背上的猩猩残肢，伸出中指聚裂成锥刀，在上面一攮，挤出些许血液，滴在了穿山破的嘴里。然后，他又把穿山破小心地放在晕轮背上，一众人这才潜伏而去。穿山破在晕轮耳边呼出血的腥气，那张嘴，晕轮觉得不是一般的恶心。

穿山破刚进入队伍时，上尉只把他当牲畜。然而慢慢地，却似乎对这头牲畜产生了某种欣赏和依赖，责骂越来越少，体罚也点到为止。除了无法保证他的睡眠时间，其他方面堪称优待。与之相对应的是，上尉对晕轮和其他士兵动粗的次数在增加。这让晕轮情绪满腹，有些失意，还有些醋意。之前有一次，晕轮无意中听到了上尉和穿山破的谈话。那次谈话之后，长官对这个低等人的态度便大变，以至于每次去林中小便时，总会喊上此人作陪，那是关系亲昵才会有的表现。

伽马暴力与穿山破的那次谈话是这样的——

"你总是这么不要命，到底图什么呢？"上尉嘬着一条扯面般的黄白色蛞蝓，有一搭没一搭地跟信徒闲聊。

信徒对神灵的口味深感反胃，原本就憔悴的面庞更添不堪，"父母养育之恩，娘子偕老之缘，兄弟手足之情，孩儿膝下之礼，养活照顾他们，是弟子的本分。"

上尉一贯戏谑的语气里，不禁有了些许刮目相看，"你要操心的人还挺多，挺能担当啊。"他一吸溜，半条"扯面"就下了肚。

"比起天王要引领这一众罗汉，降服妖魔，弟子做的这点事，又算得了什么。"

上尉舔舔嘴，有一种被人理解的感动，"你能够换位思考，这让我很高兴。"

"以弟子看来，天王搏命更甚，这又是为何？"

"唉……为了整个神界吧，还有你们凡间。"

"阿弥陀佛，天王……"

上尉的半条"扯面"扫在了信徒鼻子上，"什么'阿弥陀佛'，你应该说'父神保佑'，都纠正过你好多次了。"

"父神保佑！天王心怀众生，弟子自惭形秽。"

"心怀那么多人，你是不知道我有多心累。"上尉揪扯着蛞蝓，像在把玩一条鼻涕，"而且我经常会感到很虚无，因为我连个可以操心的具体对象都没有。你操心家人可就具象多喽，他们都是你最亲近的人。你在乎他们，他们也在乎你。"

"天王可有家人？或是相好的？"

"神界没有恋爱结婚这一说，所以也就没有家庭，甚至连个女朋友都不允许有。以前我没觉得这有什么不妥，现在，我觉得这很不人性化。"

"父神保佑，那天王可有最牵挂之神？"

“当然有了，一个脾气很大、身材很棒的仙女，让我魂牵梦萦。”上尉五味杂陈地把“扯面”用力吸进去，蛞蝓的尾巴在他嘴边甩了个圆圈，“可我得不到她，就更别说能像你和你老婆那样，两个人厮守在一起了。”

“莫非神灵也热衷情事？”

“废话，不然小神灵从哪里来？用泥巴一个个捏啊？那是对神话的谣传。”

“难道神界无营妓？青楼？小倌？”

“什么玩意儿？”

穿山破凑到伽马暴力耳边，叽叽咕咕说了几句。天王面露羡慕之光。

穿山破再次凑到伽马暴力耳边，又叽叽咕咕说了几句。天王面露了憧憬之光，使劲拍拍信徒的肩膀，“善哉！我很期待。”

晕轮全程偷窥，穿山破那张谄媚恭迎的嘴，他觉得不是一般的恶心。但还是出乎了晕轮的预料。他后来只要一看见穿山破，就会想起两类机械兵，比方说索玛啊哚，还有花火人。因为信徒有时候会被上尉叫走单独训话，回来的时候，他总是一副倒了牙的模样。也许雁翎石上未遂的心愿，他遂了个够吧。

晕轮一边想一边心不在焉地往前走，脑袋忽然被长官扇了两下。“别走神！负责照顾好穿山甲。”上尉低声呵斥道，“他要是死了，我废你一条胳膊。”

此时，那户墨若人家已经直逼眼前了。伽马暴力的粗短辫向外侧平直地伸出去，辫梢组合成一只手的样子，掌心向前，手指伸直并拢。随后，这条粗发辫变化而成的小手臂，快速地上下劈砍了几次。他在用发语命令士兵们，“开始行动。”

士兵们迅速散开，各自潜向了长官事先布好的位置——中路和两翼设置埋伏，狙击手则跟着上尉后路迂回，去寻找最佳的射击地点。

香沙沙落人很快各就各位。狙击手所在的山崖陡直高耸，而那户人家就坐落在崖脚之下，院子里的一切尽收眼底。

伽马暴力静静地观察着，时机一旦出现，他就会发出指令。而三名狙击手将同时开枪，将各自负责的目标击毙。

倒伏在地上的三簇矮草先后抬了起来，这是狙击手伪装过的短辫。他们纷纷用发语向上尉表示，“准备就绪”。

最佳时机已经出现，就是此刻。鸣犽锦绣、鹦宝儿和二娃，同时暴露在了枪口之下。

56. 豆与瓜

顺着狙击手的瞄准镜俯瞰崖下，前院里，被房顶遮挡了一半的角落中，二娃蹦蹦跳跳地跑了出来。他边给怀里抱着的大花猫挠痒痒，边撩逗着旁边的一条黑犬，还间或对几只在院里溜达的母鸡吹几声口哨，一副很忙很讨人嫌的样子。

鹦宝儿努力保持着矜持，却还是急不可耐地坐到了大木桌旁，她望着桌上的菜肴，激动地流下了口水。桌上真的有一大盘梅菜扣肉，想来肯定是肥而不腻，咬一口便会满嘴流油。而且，吃下肚的话，还会脏器衰竭而死。所有的食物和酒水里都被下了毒，毒药就来自花园里的那些夹竹桃。

这时候，鸣犽锦绣被一位阿伯热情地让到了桌边。万年死宅单身狗看起来非常拘束，他抓挠着黑色卷发，僵硬地往杌子上坐去，却身体一歪差点摔倒。狼狈地坐好以后，他的上半身就直挺挺地一动也不动了，宛如给杌子添了一副肉靠背，将凳子活活变成了椅子。作为一只单身狗，鸣犽锦绣已经有三千多年没上过席了，对这样的社交难免恐惧。

阿伯看出了他的忐忑，笑容真诚又优雅，语气温暖且爽朗，“孩子，不要拘束，就跟回自己家一样。”

这位阿伯大约五十七八岁，身形伟岸，黑黑的皮肤透着微红。胳膊上的肌肉线条分明，敞开的坎肩里，清晰的腹肌时隐时现。他一脸胡茬，花白的长发在脑后随意一扎，英武而俊逸。最特别的，还是阿伯看鸣犽锦绣的眼神，那种敬畏和睿达分明在说——我知道你是谁，可我不会过问你的事。

“我……已经不是个孩子了。”鸣犽锦绣拘谨地做了回应。他觉得依照年龄的话，自己应该管这位阿伯叫“孩子”才成体统。

阿伯慌忙改了口，“呃……大娃大官人…… ”

“别别别，你可以叫我犼……犼……”鸣犼锦绣“犼”字只发出来半个音，就卡在了那里。他不知道该编个什么样的化名，才能既保持体面，又不至于泄露信息，还可以不欺骗别人。

“‘Mr. 犼’，”鹦宝儿脆生生地接过话头，“阿伯，您可以叫他‘Mr. 犼’，我就是这么称呼他的。犼是龙的儿子。”她把大眼睛翻向鸣犼锦绣，眼里是忍不住的小得意。

二娃本来正朝大家走过去，听到鹦宝儿的话，敏感地支楞起了耳朵，撩了一把长发，“哼，只有我才配得上这个称呼，这么叫他真是糟践了。”

二娃又小心眼儿地扭头而去了。他抱着大花猫回到角落里，郁闷地逗弄着那里的一大笼小白兔。

负责狙击二娃的士兵丢了目标，赶紧扬起短辫，冲长官左右摆摆发梢编织而成的小手掌，报告“无法实现”。

上尉抬起短辫，沿弧线由后向前运动了几次，命令他“迂回包抄”。

“是的，你可以叫我‘Mr. 犼’。”鸣犼锦绣对阿伯点点头，又偷偷冲鹦宝儿笑笑，以示谢意。

“密斯特犼……密斯特犼……”阿伯一边咂摸，一边抱起酒坛倒酒，“这种叫法结合了雅茶族神话当中的瑞兽‘犼’，以及焱族对成年男丁惯用的称呼‘密斯特’，甚是有些个性啊。来，密斯特犼，满饮此杯！”

鹦宝儿瞧一眼屋子的方向，“阿伯，叫家人一块儿来吃吧。”

“犬子正在后院的山崖上望风，以免有不速之客打搅到诸位，其余人等则在厨下烧菜。再说了，理应尊贵的客人先动箸才对。”阿伯把几个酒盏倒满之后，自己也坐下来。

鸣犼锦绣小心翼翼地端起酒盏，深深地闻了闻。嗯，蒸馏过的白酒，清香怡人，应该在五十度左右，比自己珍藏的XO——那至少得是十的N次方个X的O了吧——肯定要好喝多了。走之前得觍着脸问问，能不能送我一坛。

鸣犼锦绣把酒盏送向嘴边，同时偷偷打量着阿伯。其实，自从在涌云枫林里相遇，他一直没有停止过对这位老人家的研究。他并不喜欢人类，所以起初对阿伯也没什么好感。然而，一点一点地，他对阿伯放下了戒心，甚至，隐隐地还想要亲近。此刻，闻着美酒的醇香，看着鹦宝儿夹到嘴边的肥肉，望着正在给小白兔们逐一进行健康体检的二娃，鸣犼锦绣觉得，无论如何也不枉此行。

下午，还在涌云枫林里的时候，鸣犽锦绣率先和阿伯不期而遇。迷雾中，阿伯带着他的猎狗迎面走来，鸣犽锦绣瞬间绷紧了所有神经。即便他看不出阿伯是否心怀恶意，可很久没跟人类打过交道了，任何人出现在他面前，便已经是恶意本身。

鸣犽锦绣听到自己喉咙里不由自主地发出低吟，这低吟，跟阿伯的猎狗所发出的声音一模一样。两只犬科动物都在警告对方避让，否则后果严重。后果确实严重，倘若打斗起来，鸣犽锦绣肯定会被撕碎，因为那猎犬是一只夜獒。

夜獒是墨若国特有的犬种，通体墨黑如夜，毛发茂密如狮，身形魁梧似熊。夜獒一生只认一个主人，只遵从主人的命令。如果主人把它打死，它无怨无悔，唯有伤心。关于对主人忠诚到偏执这一点，有人说夜獒品格高尚，有人说它生性愚痴。

鸣犽锦绣也曾豢养过夜獒，并且，他认为自己心里也住着一只夜獒——对某个人、某件事，他也同样会偏执到底。当然，他心里不只有夜獒，还放养着许许多多其他的动物——有无所畏惧的蜜獾，也有胆小怯懦的兔子；有活泼莽撞的秀萨雪橇犬，也有谨慎小心的草原狼；有痴情到只追随一个伴侣的草原田鼠，也有花心到对任何同类都来者不拒的倭黑猩猩；等等。也许，他心里还存放着一杆世间最锋利的长枪，和一面世间最坚固的盾牌。

对峙中，当鸣犽锦绣终于看清那是夜獒时，腿软得好像一下子不存在了，只剩下上半身没着没落地飘在空中。然而这个时候，夜獒却胆怯地开始退缩。

鸣犽锦绣眯缝眯缝眼睛，以胜利者的姿态龇了龇牙齿。真实的自己，比自以为的自己，要强大得多，看来我是谦逊过头了。他的自信油然而生之时，身后传来一声低语，“一边儿去！”

鸣犽锦绣慌忙回头看，二娃不知什么时候已悄然而至，他对夜獒呲着巨大的獠牙，喉咙里发出低吟。而鹦宝儿则骑在他背上，不堪又担心地望着自己。鸣犽锦绣故作从容地往旁边挪了挪，认为自己刚刚准确地表演完了一个成语，狐假虎威。

之前，二娃跟这个人类兄弟清算完旧账，并责令他修好自己肚子上坏掉的门以后，便留他一个人原地反省，自己去神像前陪伴鹦宝儿了。彼时，小女孩已经依偎在英子的身旁睡去，心安，神宁。梦里，她许下的美好愿望一一得以实现。鹦蔬姐姐生活在没有战争和不公的完美世界里，人人体面，家家美满。自己找到了家，出落成了大姑娘，还找到了勇敢善良的那个“他”。Mr. 犽和二娃每天都来家里蹭饭。自己的厨艺不断提升，终于有实力开了一家饭馆，主营火锅，后来开成了连锁店。为了向竞争对手表示尊重和叫板，店名就叫“杠上花”。Mr. 犽壮实了不少，也不再睡懒觉、熬夜，还有了一份稳定的工作。业余时间，他跟二娃会一起来做兼职服务员。下一步，他需要成个家。

鹦宝儿的美梦时刻，二娃就一直静静地卧在旁边。即便他根本不会睡觉，也还是感觉到了一丝温暖的倦意。忽地，他听到远处传来两条狗的低吟，便驮起鹦宝儿，赶往了对峙现场。赶到之后他才发现，只有一条狗——丧家狗鸣犰锦绣。而另外一条，那哪里是狗啊，分明是一只凶巴巴、黑乎乎、毛茸茸的小亲亲。

浓雾里，阿伯看到二娃巨大的身形，惊骇得呆住了，他单膝跪倒，双手合十，颔首闭目，喃喃轻语。“爱卡那，爱卡那……居于云顶，随雨而降，诸神来临，光芒覆盖群星。隐于山林，遁入海风，驱灭苦难，慈悯拯救生灵。感恩真神庇佑，爱卡那，爱卡那……”

狐假虎威组合愣住了，阿伯显然把他们当成了神灵。

阿伯念罢，睁开眼看看前方，见神灵们驻足未走，便再次轻语祷告。“爱卡那，爱卡那……真神恩德，存于心，铭于志。恭请真神归山林，送别真神入海风。爱卡那，爱卡那……阿伯又抬眼瞧瞧，神灵依然没有离开，赶紧又继续祷告。

鸣犰锦绣催促二娃快走，二娃一翻白眼，小声说：“是我来了他才下跪的，他拜的是我！你一边歇会儿，让我好好享受享受人类的膜拜。”他忽然想起什么来，一把抹去头上的杜鹃花，嘀咕着：“作为神灵，我这样子也太不严肃了……”

要不是鹦宝儿跑过去扶起老人家，不知道阿伯是不是得一直跪到后半夜。

“阿伯，我们只是来拜神的普通人，我……”小女孩只说了半句便被打断了。

“爱卡那，爱卡那，”阿伯对她更深地跪拜下去，“拜见灶王奶奶。”

小灶王奶奶无言以对。

“小人听说过诸位神灵的名号——鹦宝儿、大娃、二娃。”阿伯直起身子，对这些偶遇之客依次行了礼，“诸神的真身可是灶王爷的夫人灶王奶奶、专司捉鬼的天师钟馗，以及钟天师的坐骑——知晓天下所有鬼怪的名字、形貌和驱除方术的神兽白泽呢？想来，诸神是化了名、变了身，游历民间、捉鬼降魔的吧。感恩真神庇佑，爱卡那，爱卡那，爱……”

“别爱来爱去的了！”二娃一蹬蹄子蹿上前来，“老头儿！你怎么知道我们的名字？！”

“应该是衙门张贴了通缉令。”没等阿伯回答，鸣犰锦绣先说话了。

“正是。”阿伯点点头。

“大人讲话，小孩子别插嘴！”二娃厉声斥责道。

阿伯慌忙羞窘地低下头，二娃一把抓起低吟浅吠的那条夜獒，塞进了自己肚子里，飞快地把门关好，瞟了一眼老人家，“没说你，说它呢。”随后他两只长耳朵便搭在一起，纠结地搓个不停，“得把这老头绑树上，不然他会去报官的。”

“来了猛兽怎么办？他根本没办法保护自己。”鸣犽锦绣敲敲二娃的腹部，“赶紧把狗也放了。这儿离衙门应该很远，就算他去报信，咱们也有足够的时间离开。”

“诸神误会了！小人万万不会报官的！”阿伯急得恨不能多长出几张嘴来，“有、有其他的……其他的神灵正在追捕诸位上神。今日辰时，小人遇到了十几位神灵，并且有一名凡人与他们同行。他们拦住小人，问起了海捕文书上所画的妖怪，想必就是三位上神吧？”

鸣犽锦绣不安地和二娃对视一眼，“他们追上来了，应该就在附近。”

二娃猛地把脸凑近阿伯，几乎顶住了老人家的鼻尖，“我们仨是妖怪，你就不怕？也不报官？你这个大骗子！”

“我们不是妖怪的呀！”鷚宝儿跺着脚，胸膛剧烈地起伏着，眼睛里有委屈愤懑，更有仇恨难平。

“咱们当然是妖怪！而且我最爱吃老头儿了，筋道！”二娃朝小女孩使个眼色，要她保持冷静，随后又盯着阿伯，指了指鸣犽锦绣，“他特别爱吃狗，吃狗补狗，你的小猎狗也惨喽。”

鸣犽锦绣以沉默予以配合，他也想知道阿伯在搞什么鬼。

阿伯的目光里是困惑、忐忑和某种不可言说的希望，“实不相瞒，小人不相信诸位是妖怪。小人觉得，神与妖很有可能被颠倒了身份。普天之下，都在说天外飞仙降临了海边的刀舞山，随后，神王便被圣上迎入了皇城加以供养。小人之前所遇的神灵，一定是他们的兵将。”

“海边？具体位置是哪里？”鸣犽锦绣深邃的眼窝里射出一道光亮。

“东部沿海的火种湾一带。”

“那里有没有一个粉色的湖？”

阿伯点点头，“小人未曾去过，不过有所耳闻。”

鸣犽锦绣、鷚宝儿、二娃忐忑地相互看看，同时开口，提出了各自的问题。

“湖附近有没有那些人的驻军？”

“住在那儿的人家安全吗？”

“也来了不少金属制造的人吧？”

阿伯迷茫地摇着头，“小人都不清楚啊，只是在月余前，亲眼见到一个火球从天而降，直坠东方，那便是神仙显灵之时了。”

鸣犭几锦绣接着问：“你管那些人一口一个‘神’地叫着，可刚才却说神和妖颠倒了身份，什么意思？”

“皇上和百姓都这么叫，小人也就跟着叫习惯了。神光普照，本该是凡间幸事，可百姓并没有获得福祉，反倒是有无数人丢了性命——眼下，出言稍有不慎便会被官府砍头，诸多想轮回转世的人自谋了绝路，各教派之间常有械斗，也难免死伤，再加上喆梨寨飞来横祸——这段时间，整个县城已经死了近三百人哪。所以，小人觉得很是蹊跷。”阿伯哽咽了。

“百姓的赋税本来就不堪重负，飞仙到来之后，朝廷又加了祈神税。喆梨寨的逝者尸骨未寒，知县便下令开征凤凰捐，说要在那里修庙！百姓食不果腹，怎会有余力缴纳捐税呢，只好用命来缴了——有个村寨，名叫火云寨，两日之前，全寨上至花甲，下至垂髫，一夜间全部悬梁身亡，而襁褓中的婴孩，也在此之前被亲人全部溺死。他们是为了躲避噬人的捐税，被逼至死的啊！这就是神灵赐予人间的恩典吗？他们断然是一帮妖孽！”阿伯用手掌去擦拭泪水，背囊从他的肩头滑落下来，露出了里面一只小小的脑袋。

“你包里是什么？！”二娃的耳朵噌地竖立起来。

“是猎得的野物。”阿伯边说边解开背囊，里面蜷缩着两只小小的云鹿尸体，“鹿茸是珍贵的药材，皮毛可卖与富贵人家，做云肩和手笼。小人之前曾在林中设下机关，今日共猎得云鹿五只。其他三只尚且年幼，小人便放生了。”

鹦宝儿默默地蹲下去，眼里已噙满悲伤的泪水，“……是那家的云鹿妈妈和爸爸，咱们之前见过的。”她抚摸着云鹿冰冷的身体，轻轻念着，“谢谢你们用生命喂养我们的生命。从此以后，你中有我，我中有你。我死以后，会去用身体去喂养大地，大地又会喂养众生。就这样，一直彼此照顾…… ”

阿伯也是泣不成声，“火云寨是方圆百里最穷的族落，村民都没有猎射的本领。我本打算猎到野物之后就给他们送去，抵了那可恶的凤凰捐，可没承想……六十三条人命啊，其中的二十五个，还都是孩子呢！”

涌云枫林寂静莫测，只有阿伯压抑的哭声，将它活生生地撕开一条缝。鹦宝儿和二娃搀扶起老人家，以眼泪陪伴着他。阿伯稳稳情绪，望向鸣犭几锦绣，“刚刚遇到天师之时，小人还不敢确定上神的身份，只当是一个落魄的流浪汉……”他又去看二娃，“数日之前，有一只灵兽向路人打听喆梨寨的方位——这件事早已经传得沸沸扬扬了，想必就是这位上神所为。这位上神未曾祸害过任何人暂且不说，单说在上神问路之前，喆梨寨的命案其实就已经报过官了，所以，凶手必定另有他人。你们被冤枉了。”

二娃无奈地耸耸肩，“唉，我就是问个路，这都能红。”

阿伯把目光落在小灶王奶奶身上，“小人之前曾听说，喆梨寨有人收养了一个小闺女，饭量惊人，今日终于得见了上神真身。倘若你是妖，怕是早就现出原形，祸害百姓了，岂会等如此之久，才又兴风作乱？又岂会靠百家饭来果腹？自己尚且常常饥饿难耐，又岂会捉鱼摸虾赠给邻里？如果这善举出自妖心，小人倒宁愿天下人皆有此妖心！”

阿伯又打量着鹦宝儿的衣裤，“你如果是妖怪，在取走了凡人的穿戴之后，又怎么可能会留下珍贵的赤灵芝，以作为报答呢？恐怕那凡人不但遗失了衣物，还得丢了性命啊。有如此义气之德行，小人绝对不信你……”

“你等等你等等，”鸣犽锦绣绿着一张脸打断老人家，舌头有点打滑，“你刚才说什么赤、赤灵芝和穿、穿戴？”

“哦，前几日，小人的儿媳遗失了一套衣物。灶王奶奶眼下的这身穿戴，应是就那套衣物改制而成的。别的不讲，单是这五对盘花纽扣，就出自拙妻之手。这黑、金、蓝三色丝线，是小人赶集之时，用野物换来的呀。”

小灶王奶奶的脸蛋倏地通红，小手不知所措地掐捏着胸前的盘花纽扣，声音小得像毛毛雨，“……对不起……谢谢……您好……”她既慌乱又羞愧，恨不得把礼貌用语都说上一遍。也许她最迫切想说的是“再见”，好赶紧逃离这无以言表的窘迫。

二娃赶紧对阿伯指认了鸣犽锦绣，“都是他干的，跟鹦宝儿没一点关系。”

鸣犽锦绣沮丧地把双手抄进袖筒里，原地圪蹴下去。他想起了外婆曾教给他的，一句来自地球的老话——手莫伸，伸手必被捉。同时，他听到了阿伯接下来所言，那就更是振聋发聩。

“天师所穿的这条布裤，虽然面目全非，已成了草裙，可缝在胯部的织锦却十分眼熟，莫不是四十年前，小人所遗失之物？假如小人没看错的话，应该是斜纹颜色织锦，敢问天师——当初可是黑色为底，再配以红绿、蓝橙和黄紫？图案可是奔马，再配以万字纹点缀？如果真是这样，那便是早些年间，拙妻送与小人的定情信物了。

遥想那时，小人也是个翩翩少年，拙妻也才初初长成啊……”

阿伯的话像捉鬼的咒语，倒把天师钟馗捉了个欲仙欲死。在三位上神的意念里，大家已经携手钻进了地缝之中。

“你、你……你可别再自称‘小人’了，”这是天师钟馗来自大地深处的声音，“我才是正儿八经的小人……”

“不不！上神是贵人哪！”阿伯的嗓音亮若洪钟，他讲起了自己的年轻时代。阿伯说，自己当年没了衣服穿之后，不是套着鱼回家的，而是套了一根掏空的野生瓠瓜回去的。至于鸣犽锦绣留下的五条翘嘴大白鱼和两只锦鸡，他送给了未来的岳丈当下酒菜。可万万没想到，未来的岳丈吃喝得太高兴，酒后把腿给摔断了。于是，阿伯便包揽了伤员家里所有的粗重活。本来，未来的岳丈根本不同意女儿和阿伯的婚事，但经历了这件事，他渐渐喜欢上了吃苦耐劳的阿伯，于是不再棒打鸳鸯了。阿伯便得了那段姻缘。为了让岳丈能够长期吃上野味，自此，阿伯开始苦练狩猎技巧，终于成了一个出色的猎人，于是不再耕作田地。裤子改变人生，阿伯感恩天师钟馗，这就是他和鸣犽锦绣之间的缘分。

鸣犽锦绣再三声明自己不是天师钟馗，为了能够保持对鹦宝儿撒过的善意谎言的统一性，他仍然说，自己是魔法世界的魔法师大娃。

阿伯不知道什么是魔法师，但他认为，这跟天师钟馗并不矛盾。在他眼里，大至日月星辰、风云雷电、山川湖海，小至一鸟一兽、一花一木，一沙一石，万物皆有灵性。而千千世界，也是由多位神灵来共同掌管的。四十年光阴逝去，如今，那条丢失的布裤竟然再次出现眼前！布裤如此沧桑，自己也近花甲，可这大娃却风华仍旧。况且，张贴的海捕文书上还说，他有腾云走壁的本领，那他肯定是神灵啊。

大娃身边的这灵兽，狮身、有角、毛长，与“万妖之王”白泽颇为相似，不但会讲人话，听说还有从体内喷射沙石的神通。它虽然张扬卖弄，可与大娃之间却有主次尊卑，那它肯定是坐骑无疑——既然这灵兽很可能是白泽，大娃便八九不离十，是天师钟馗了。只是没想到钟馗如此英俊，并非传说中的那般铁面虬髯，相貌丑陋。至于这小姑娘，饭量惊为天人，而且听说喆梨寨那斗法之日，她筋骨俱裂，无法行走，可只区区数天，她看起来便已无恙。她不是神灵，何人敢称神灵？阿伯这么想着，也便认了死理。

当老人家说出英子身上的神像是出自他手时，鸣犽锦绣怀疑自己听错了，“您雕刻的？！”他清楚记得，英子得以存活后的第一百三十六年，也就是大灭绝之后的第三百七十九年，就有未名人在英子的身上雕刻了诸神群像。自神像出现以后，对它的修缮就再未中断过。总会有人来修复那些被岁月侵蚀、分裂的线条，然后重新打磨、着色、上蜡，以至于鸣狲锦绣每次去探望英子时，都会看到神像保持得非常完好。

弹指三千年。其实最早的时候，神像与今天完全不同。这并不是说，昔日神像的模样有多么俊美，而是说从一开始就很丑陋，并且随着时光荏苒，变得越来越丑。因为，随着英子的不断长大，以及风吹日晒雨淋，神像无时无刻都在扩张、扭曲、变形，所以每次的整缮，都会让它离最初的样子更远一点。

“不，不是在下雕刻的。昨日，在下只是修缮了神像。对于这件事，其实在下并无资格，希望没有冒犯到诸位上神。”阿伯对鸣狲锦绣解释着，神色又变得悲郁起来。“神像每年都会进行修缮，工匠由巫师来指定。近两百多年，只有一户蝶姓的工匠世家才能享此荣光。可前几天，巫师和工匠都被知县砍了头，所以便无人再敢前来修缮了，大家都怕被恶灵附了身。”

“知县为什么杀他们？”鸣狲锦绣很震惊。

“天外飞仙降临后，巫师便进行占卜，请神附了体，结果占得他们来者不善。蝶家人听说之后，又讲给了他人。圣上有旨，毁谤神灵者斩立决，无须会审复奏，所以他们当日就被处死了。唉，这神像已经护佑了在下几十年，不能眼睁睁地看着它荒弃啊，于是我就擅自做主，偷偷来修缮了。”

“该把那个皇帝和肥知县都炸成油渣！”二娃气得用爪子捏碎了一块石头，然后歪着脑袋看一眼阿伯，“可是，你就不能把我修得好看点儿吗？”他立刻就收到了鸣狲锦绣狠狠丢来的一个怒瞪，赶紧捂住嘴巴不言语了。

阿伯惊异地看看灵兽，又瞅瞅天师，突然明白了什么。老人家双腿一软，重重地跪了下去，“爱卡那！爱卡那！在下眼拙！原来，诸神就是传说中拯救了怒安娜的真神啊！”

“他逗你玩呢，这你也信。”鸣狲锦绣把老人搀扶起来，岔开话题，“‘爱卡那’是什么意思？”

阿伯知趣地不再多问了，“慈、慈、慈悲的意思。”他激动地浑身颤抖，说话也结结巴巴了，“在、在、在下想恭请诸位上神去家下坐坐，吃些茶饭，以表心意，可否？”

鸣狲锦绣穿了四十年的裤子、鹦宝儿身上的衣服、阿伯对神像的情愫，以及小灶王奶奶饿得星光熠熠的眼神，都是对这个盛情邀请最好的回答。

可是，家人并不相信阿伯所言，认为鸣犽锦绣等人就是妖。阿伯的儿子趁着望风，偷偷放飞了写有“妖”字的纸鸢。而阿伯的妻子和儿媳则遵照穿山破的吩咐，在酒饭里下了毒。

此时，鸣犽锦绣正打算开怀畅饮，鹦宝儿则准备大快朵颐。

“在下敬上神一杯！”阿伯双手高举酒盏，仰头一饮而尽了。

远远地，堂屋门缝里露出三双眼睛。

“你阿爹喝了毒酒，能安然无恙吧？”阿伯的老伴儿打着哆嗦，恐惧地问。

“那神灵的侍从，穿山大人不是说过了嘛——若是将家人误伤，待降服妖怪之后，神灵定会妙手回春，我爹不会有事的。”儿子话虽这么说，但看起来也并不轻松。

“吃呀，快快吃呀。”儿媳焦急地嘀咕着，恨不得亲手去喂妖怪。

肉被鹦宝儿送进了嘴里，阿伯猛然一巴掌打在了她手腕上。鹦宝儿惊叫着摔下杌子，肉也吐了出来。

“……有毒。”阿伯捂着腹部栽倒了，指着堂屋的方向，“谁造下的孽？！”

二娃蹿到桌边护住鹦宝儿，警惕地四下观察。鸣犽锦绣则慌忙问阿伯：“是哪种毒？！怎么解？！”

最佳的狙击时刻到来。山崖上埋伏的士兵，先后用发语向上尉报告，“准备就绪”。

伽马暴力扬起发辫，组合出两只手臂。一手握拳，另一只手掌则包住了这个拳头，这是攻击的信号。

几道光束刹那间射出去。轰！轰！轰！狰狞的云朵腾空而起。

57. 战 · 栗

暮色中，光束炸起的浓云直冲天际，随即又被山风裹挟，然后扭曲，吹散。所有人都惊呆了，也包括上尉和还没来得及扣下扳机的三名狙击手。

那光束来自前院的大门和两侧的院墙。紧接着，数名香沙沙落士兵从四面八方涌进了院子，他们有的从墙上纵身跳下，有的从大门直接冲了进来。带领几路士兵的，分别是盈坤、慧发袭心和双星沫——光束就来自她们，是为了阻止伽马暴力的这次行动。

夜獒毫不迟疑，闪电般朝离它最近的闯入者扑去——伴随着一道光束劈头而来，咆哮在空中戛然而止。夜獒被双星沫用剑齐整地劈成了左右两半，掉落在地上。

“别动！都原地趴下！双手抱头！”慧发袭心对院里的人喊，随后命令双星沫，“去控制住他们！给你个赎罪的机会！”紧接着她瞪了一眼欲迈步上前的盈坤，“你！回大门那边！负责警戒！”

盈坤还给她一个轻蔑又毒辣的笑，“你什么时候能不像狗一样乱叫，什么时候就能真正地指挥一场行动了。”女中尉径直走向了鹦宝儿，不再搭理矫情的长官。

崖顶上，三名狙击手面面相觑。伽马暴远望着慧发嘀咕:“她不是混成人事行政部的长官了吗，怎么又蹦到这里来了。”上尉骂骂咧咧地从草窠里爬起来，冲狙击手烦躁地一摆胳膊，“原地待命。”随后换上一副笑脸，居高临下地对盈坤喊，“嘿——是我呀！我在这儿！你怎么来了？可把我给想死喽——”

盈坤仰头看看他，“赶紧滚下来！眼下这烂摊子，还得你来收拾！”

“是！”对于女中尉的不敬，伽马暴倒是很受用地行了个军礼，然后乐呵呵地跃下山崖。他在空中抱膝将身体团成一团，飞快地旋转起来——还真是滚下来的。最后，他舒展身体，聚裂出翼翅，稳健地落到房顶上，以飞给盈坤一个吻作为亮相。

盈坤没好气地“噗嗤”笑出声来，先前带着的怒怨也消减了些。

至于慧发，脸色则比烂掉的茄子还要糟乱。

这时候，之前埋伏在院外的晕轮等人也伪装尽褪，蜂拥进了院子。晕轮背上的穿山破细细地看一眼盈坤，“……父神保佑，天王所倾慕的仙女，果然脾气甚烈，又果然是翩若惊鸿啊……”说完便昏厥过去了。

鸣犽锦绣、鹦宝儿和二娃趴在地上，头对着头，呈现出一个“丫”字形。他们紧张而茫然地观察着四周，不知道外星人怎么就包围了自己，而且，为什么两拨人显然事先并无沟通，来得却不约而同。

“那个瞎了一只眼的女兵杀了好多乡亲，还杀了个像破火炉一样的钢铁人。鹦宝儿瞪着绷了血丝的、小狮子般的眼睛，轻声说，“另一个眼角有颗红痣的，她想杀我，追到悬崖边，我自己跳下去了。”

“原来是这样，我可怜又勇敢的宝贝。我会把这些长得像海葵一样的人，一个个都撕碎的。”二娃微微颤动着耳朵尖，“可如果这么趴着，咱们就只有被收拾的份儿了。”

“得想办法突围，我这个方向能看到七个人，你们呢？”鸣犽锦绣小声问。

“九个。”鹦宝儿偷偷扫视一下。

二娃挑挑眼角，“四个，一个刚才从崖上跳下来了，上面还有三个。”

“独眼朝咱们过来了！”鹦宝儿的语气和眼神都像个战士。

二娃埋怨地瞅两眼鸣犽锦绣，“唉，原生家庭真是太重要了，我要是诞生在军队里，肯定会是个战斗型机器人。当然，必须得保留我这风流的外表才行，然后嘛，我需要增加飞行功能……”

“啊！”鹦宝儿惊叫起来。一道光在她眼前划过，伴着让人心麻的利响，二娃从肩胛处断成两截，随即那道光又换个角度折返回来，二娃的身躯瞬间就七零八落了。当光束第三次划动时，鹦宝儿哭叫着飞扑上去，抱住了二娃的脑袋。而那道光，则毫不停歇地劈向小女孩的胳膊。

“你干什么？！”慧发冲盈坤怒喊。女上尉之前的命令是要抓活口的。

“这问题问得可真蠢！”盈坤回应着，手中的剑已落下去。

盈坤一行人之所以会来这里，也是看到了写着“妖”字的风筝。追捕了皇宫逃亡者七天，她们一筹莫展，风筝是意外的收获。当她们赶到院落附近时，上尉已带着狙击手潜向崖顶。作为尖兵，双星沫赫然发现了鹦宝儿，也遇到了在院外埋伏的晕轮。从晕轮嘴里了解到所有情况之后，她迅速返回，向长官们汇报情况。

“我认罪。”这是当时，双星沫对盈坤和慧发说的第一句话。她决定承担责任——因为自己之前一念之间的疏忽和犹豫，让鹦宝儿逃走了，造成了如此严重的连锁反应，自己居然成了自己最不齿的那种军人。

“你们都有罪。”慧发袭心得知来龙去脉后，对盈坤和双星沫说。

盈坤狠扇了双星沫一耳光，“你当时那么干意味着什么，你不知道吗？”

“你们当时那么干意味着什么，你们不知道吗？”慧发终于在盈坤面前找回了自信，狠狠地补上一刀，“一个泄露军事机密，另一个隐瞒军情，你俩不但让香沙沙落蒙羞，而且很可能破坏掉整个部署！”

“没必要神经过敏，”盈坤心虚得嘴唇微微发抖，语气却依然强硬，“一切都在伽马暴上尉的控制中，我们只是……”

“得抓活口！”慧发不想听她说下去，“根据双星的汇报，那几个人太蹊跷了，必须知道他们是什么物种，打算干什么，背后有什么力量。双星，你立刻带几个人，去阻止伽马暴的行动。”

“那几个怪物能有什么背景？”盈坤往慧发面前挑衅地一站，“如果有的话，怒安娜还能这么原始吗？而且，你作为一个被降衔、没有职务的原行政长官，根本就没有资格指挥这支队伍！”随后她冲双星沫舞动发辫，“都给我原地待命！”

“我拒绝执行你的命令，长官。”双星沫对盈坤态度恭敬，却斩钉截铁，“慧发长官的分析是对的，你的命令并不符合国家利益。如果你不想背负更多的罪名，就应该立即去制止伽马暴长官的行动。”

“你有毛病吧？”盈坤费解又愤怒，“你这个损人不利己的玩意儿！”

“长官，我们必须全面了解这个星球。”双星沫冷静得像台机器，“你的命令，才是损人不利己。”

“你、你本来可以不汇报这些的！伽马暴会解决掉这一切！”盈坤恨得怒发飞扬，“现在可好，等父神之眼重启，你和我都得上军事法庭！”

“我认罪，长官，你也应该认，这是军人最基本的品质。”

“不要吵了。”慧发对双星点点头，给了盈坤一个嘲弄的笑，“看来你带的这支队伍，也不全都是混蛋。”

盈坤翘翘嘴角，轻飘飘地扔给她一句，“祝你能活到明天。”

进入院子后，盈坤先去砍杀二娃和鹦宝儿，是打算削弱对方的战斗力——人工智能的外壳没有必要完整保留，只要不损坏他的核心元件就好。而小女孩，女中尉当然了解其弹弓技艺的厉害，所以才去废掉她的手。

不过盈坤的剑，并没有砍中鹦宝儿。二娃用仅剩的一条前臂推开小女孩，结果自己又被砍去了半边脸。他张开残破的嘴巴去撕咬盈坤，此时伽马暴射来一枪，他的头部瞬间燃爆，没了踪影。

鸣犽锦绣纵身跃起想做些什么，双星沫抬腿下劈，将他死死钉在了地上。其实他也做不了什么。他早已不是那个拯救怒安娜的鸣犽锦绣，不是那个热血骁勇的鸣犽锦绣。夕阳跌进山谷，他眼里的世界从未灰暗至此，半是残留的夜视能力适时地消退掉了，半是泪血已充斥了双眸。他感觉悲伤和仇恨风起云涌，顷刻催生出漫身鳞甲，而自己无所不能。可当他缓缓地打量自己，却发现一切如斯。身躯依旧羸弱，自己依旧一无所能，而且马上就会一无所有。

跟自己相伴这么久，二娃早就不是宠物，不是人工智能，更不是数据。他有心念，身上有值得好好吹嘘一番的伤疤，长毛有这三千年时光的味道，犄角盛放过鹦宝儿摘来的杜鹃花，爪子抚摸过自己的头发。他的记忆里有如诗如画、肝胆相照、金戈铁马，甚至还有，见鬼的儿女情长。他是兄弟。帮助过自己无数次的兄弟。调侃挤对了自己一辈子的兄弟。说话刻薄心如蜜糖的兄弟。自己还没有特意为他去做过什么，眨眼他就成了灰。

为什么，总是来不及。二娃没有留下遗言，他推开鹦宝儿的那一把就是遗言。而小女孩曾扑上去抱住他，就是对离人最好的告白。陪伴鹦宝儿一路走来的二娃，无论如何都不复存在了，永远。

“二娃哥！”伴着小女孩撕心裂肺的叫喊，一颗石子从她手上的弹弓飞了出去。而她从腰间拔下弓架，从兜里摸出石子，拉皮筋射击的这一连串动作，已经快到仿佛不再需要时间。世界瞬间慢下来，能看清楚每一个高速运动的细节。石子在空中呼啸，旋转。它缓缓穿透空气，搅动起美丽的激波，宛如水中一圈圈荡漾开来的涟漪。

慧发对贸然开枪的伽马暴叫嚷着什么，嘴巴缓慢地一张一合。她听到鹦宝儿的喊声之后，慢慢地转动眼珠，望向异域小姑娘。

双星沫飘然把手中的光束剑掷了出去。光束旋转着缓缓劈向石子，只差一点点就能阻挡住它，却还是差了半个指节的距离。石子和光轮擦肩而过，朝着各自的前方继续飞翔。

石子的目标是盈坤。盈坤的视线本来在自己脚下，此刻也徐徐抬起眼睛。她惊恐之间，慌忙闭合那只独目的眼睑——她原本柔软的眼皮，一小片一小片地，聚裂成了透明的、坚硬的护目镜。护目镜下是她的浅紫色眸子，如丁香花瓣。只不过，这片花瓣似乎在毒药里浸泡了很久，透着阴森森的邪。护目镜即将合拢，而石子还没有抵达目标。

世界猛然又恢复了速度，飞快起来。双星沫掷出去的光束剑“哧”地扎进院墙，如刺进一块豆腐。石子则从护目镜的缝隙艰难地钻进去，镜片随之闭合。盈坤剧烈一震，惨叫着倒下去。

鹦宝儿击发出的这颗石子，让一切在瞬间失控了。鸣犽锦绣就地一滚，捡起盈坤掉落的剑，就势斩杀了一名冲上来的士兵。鹦宝儿则不断地掏出石子，两粒一组地射向香沙沙落人。可有了盈坤的前车之鉴，士兵们都已聚裂出护目镜和铠甲。石子射得甲胄铿锵作响，强大的冲击力也许会将其打伤，却要不了他们的命。

一名士兵从鹦宝儿背后冲上去，抓住她脖领，拎起来用力一摔，小女孩便趴在地上不能动弹了，弹弓也飞落出去。

双星沫去夺鸣犽锦绣的剑，鸣犽锦绣踉跄地招架着，显然不是对手。

家人们冲到阿伯身边，凄厉地呼唤他。伽马暴力撒腿奔向盈坤，经过阿伯身边时，被儿媳一把抓住了腿，“神灵！快救奴家的爹爹呀！穿山大人答应过……”话音未落，她被躁怒的上尉踢飞到墙上，撞断了脖颈。她怀抱里的婴儿滚落到地上，哭号声撕心裂肺。婴儿并不能明白这世界发生了什么，只是感受到了浓重的恶意。老伴儿见此惨状，嘴巴无声地开合几下，一头栽倒在阿伯身上。儿子连滚带爬地抱起婴儿，疯了般追上伽马暴力，“神灵！你这是干什么？！还我家人性命！”

晕轮紧走几步刺了这墨若人一剑，替长官解了围。

伽马暴力小心地抱起盈坤，把她靠墙安置好，“你待着别动，我会让你亲手杀了他们，以后我就是你的眼睛！”

“必须留活口！”慧发冲着伽马暴的背影说，“你带领的这支分队泄了密，让墨若国的那帮村民知道了我们的来历！我已经都知道了！现在，按照我的命令去做！”

伽马暴扭头瞪着她，眼里闪现出野兽才有的凶光，“几年前，好吧好吧，准确地说，是几个瑟错年之前，我就因为在星舰上摸了你几下，就再也没有升过衔，到今天也只是个上尉。我这条命，再过几年就活到头了，没有人可以要挟我！”

“你这些话，是对香沙沙落的侮辱和背叛！”慧发向前逼近了几步。

伽马暴的短辫狂怒地甩动几下，指指盈坤，“看看她现在的样子！不出这口气，我对不起她！也对不起我自己！另外警告你，慧发，别用这种口气跟老子讲话！我为香沙沙落卖命的时候，你还是个孕育舱里的胚胎！你倒是忠诚，可几天不见，怎么就从上校变成了个上尉呢！不过话说回来，你长得还是不赖，我只想过要你的身体，没想过要你的命。如果你再招惹我，两样我都要！”

双星沫将鸣犽锦绣制服后，让士兵用电能索捆了他，鹦宝儿的遭遇也与他相同。俩人木然地躺在地上，意识尽丧。

伽马暴赳赳然地过去，一手拎起一个俘虏，走向盈坤。

“长官，不能杀他们。”说话的是双星沫。

上尉蹙蹙满是杀气的眉头，“不然呢？”

“那只能说对不起了。”双星说罢，去拿站在她身边的晕轮手里的枪。

枪口却猛地抬起来，瞄准了她。

“这位女仙人，多有冒犯。”穿山破已经苏醒，他骑在晕轮背上，隔着坐骑的脖子，一手托着枪管，一手拨开坐骑握着枪的手指，接管了光束枪的控制权。

“有种！”伽马暴咧嘴大笑起来，“穿山甲，你……你知道这枪怎么用吧？”

“天王放心，弟子之前请教过晕轮罗汉，略知一二。”

晕轮环视各位长官，他们的脸色花红柳绿，神态各异。他感到无所适从，只好什么都不做，随穿山破去了。

“父神保佑，”穿山破直勾勾地审视完所有的神灵，满头树叶飒然作响，“弟子虽然是个卑微的凡人，可即便此举五雷轰顶，也在所不惜了！这一路上，伽马暴天王对天庭忠心耿耿，为抓捕妖怪寝食难安，弟子尽数看在眼里，诸位神灵肯定是错怪他了！如果天王触犯天条受罚，弟子甘愿冒死陪伴！孰是孰非，父神日后自有公断！眼下，得罪了！”

穿山破看似蛮莽，却并不愚蠢。其实，他早就怀疑神灵不是神灵，更可能是妖怪了。近日来，香沙沙落人所猎杀食用的动物，伤口与喆梨寨死难的百姓完全相同，屠村凶手到底是谁，这成了穿山破心中巨大的疑惑。甚至，他已基本断定，百姓的死难就是这帮所谓的神灵造下的孽了。一番思前想后，他却依然觉得，继续追随才是明智之举。能谋得实惠，才是安身立命之根本。即便伽马暴再凶毒，对待自己却也还算仁义，而其他的神怪，自己已没有任何机缘去攀附了。想苟存于乱世，管他跟的是假天王还是真夜叉，只要能给钱粮，便是爹。爹要是完了，自己也必死无疑。

于是，穿山破便做了这突然杀出的救主骑兵。

天极魁梧朝伽马暴力举起枪来，慧发袭心制止他，“冷静，他的狙击手已经瞄准你了。”

天极中士瞟瞟山崖上方，这才不甘心地又把枪收好。

慧发忽然卸下怒气，对盈坤笑了几声，“我真是自叹不如啊，还是你的技战术高超，被同一个低等小崽子生生打瞎两只眼睛，这么辉煌的战绩，其他人是一辈子都做不到的。我们更期待学习的是，在国家生死存亡之际，一个像你这么优秀的瞎子将怎么继续战斗，想必你一定能不负众望吧？”

仅凭那张破烂扭曲的面孔，已经看不出来那是盈坤。她紧绷着身体，仿佛只要稍微松一点劲，就会一败涂地。

“盈坤中尉，我特别能体会你现在的感受，生不如死对吗？”慧发蹲下身，抚着盈坤的肩膀，薄唇如手术刀般轻盈锐利。“可你绝对不能死，你是我们的英雄，而且还怀着血珍珠计划的胎儿。出事的时候那么混乱，你应该看到孩子的父亲是谁了吧？让我猜猜——电离别？不会是圣决者吧？要真是那样，这孩子还真是有最优秀的基因呢。你要好好地活着，再丑陋、猥琐、没用、失去尊严，甚至大小便都不能自理，你也得好好地活着。虽然那会让你无法忍受，可我知道，你还是会像老鼠一样活着，你会是我们心中最骄傲、最可笑的战士。对了，你送我的那句话，我还是还给你吧——祝你能活到明天。”

盈坤的双手捂着脸，身体颤抖着蜷缩成一团，似乎想把整个自己都埋到掌心里去。

慧发上尉心满意足地站起身，随即就传来“噗”一声肉体被锐器刺穿的响动——她确实希望盈坤如此自杀。一根银黑的金属棒鲜血淋漓，从慧发的腹部斜着向上钻出来。金属棒顶端尖利如刺，主体四棱，棱边是密集粗大的锯齿，这是一种冷兵器——锏。

“感觉怎么样？亲爱的。”伽马暴从背后揽着慧发的腰，“没想到你的身体和命，我一下子都要了。今天是什么节日？这个庆祝活动让我很兴奋。”

慧发瞪着惊惧的眼睛，“我还……怀着血珍珠的……”

那锏又狠狠地进出了数下，慧发随即开始坍塌融化，如一具烈日下的雪人。那锏，也缩回了伽马暴的下腹。

上尉用脚掌把慧发遗留的芯片捻成碎末，环视战友。“我亲爱的蠢货们！我不是个好人！这你们早就知道的！可就算这样，也轮不到慧发这种货色来教训我！更不允许她羞辱我的士兵！她对盈坤中尉说的那些话，你们有的人可能没听清楚——她在逼盈坤自杀！就算我上军事法庭被处死，也决不会让她再多活一刻！”

他迈开步，边说边走近双星沫。“我知道自己的外号，‘变态咖喱’，哈哈哈，这是个让人很有食欲的叫法。那个量子樱明着叫，有些人暗着叫，可我并不介意，因为我年轻的时候，要比你们顽劣得多！我是你们的长官，负责带领你们，不是让你们规规矩矩地做个滥好人，而是要赢得战斗！让你们在每一次战斗中活下去！你们中的任何一个，都挨过我的打骂，可我哪一次真正地打伤过你们？——你！双星沫，竟然用枪指着我！这让我很伤心！”

他在双星面前站定，一把拧住她的发辫。“你放走那个低等小崽子，我替你收拾了一路残局。好不容易可以击毙她，你们倒拿着冠冕堂皇的借口毁了我的行动！慧发是个屁都不懂的行政长官，只会拿鸡毛当令箭，你为什么跟她站在一边？”

伽马暴扬起胳膊，将双星风车般抡起来，砸在地上。双星尝试了几次都没爬起来，可她眼里，丝毫没有上尉想看到的乞怜和恐惧，“……不能排除……这颗星球……还有他们的同类……不查清楚，我们还会有伤亡……再给我一次机会，我还是会拿枪指着你。”

上尉一脚下去，又把她踢得翻了好几个滚。“这才是我的兵，就应该像我一样倔强！说得有点道理，你负责审讯那个男猴子，小崽子必须先杀掉，她太可恨了！”

伽马暴力走到盈坤身边，捧起她的脸，“等找到暗夜信使，你就会有一双新的眼睛，机械眼球会让你看起来更漂亮的。来，清理一下伤口。”

盈坤痛苦地融掉了护目镜。伽马暴俯身去吸吮伤口，盈坤疼得惨叫一声，将他推了几个跟头。上尉吐掉吸出的石子，“这下伤口不会感染了，而且你并不像我想的那么虚弱，这让我很放心。”

盈坤喘息片刻后，聚裂出新的紫红色眼罩，与原先的配成一双，宛如两只愤怒的丹凤。她满头的发辫拉伸延展，像几十条游动的紫金色眼镜蛇，最后，都抽成了纤长的触手，借助着触手的摸索，她试探着站起身。从远处看，她仿佛巨大的高脚蜘蛛，或是在陆地上行走的章鱼。她移动到鹦宝儿身边，一条触手摸到了地上的弹弓，便将它轻卷而起，嘎巴巴拧成了木渣。另有几条则扣住小女孩的头和四肢，朝不同的方向撕扯。

呜——呜——一股劲风呼啸而起。鹦宝儿墨黑的眸子里，除了映着狰狞的触手，又映出了一个灰黑的圆点。猛抬头，会看到圆点从天而降，迅速变大。一块巨大的岩石悍然砸在盈坤身上，她来不及惨叫。紧随其后，坠落下来更加庞然的黑影，砸得地面轰隆作响。是一只燃刀大猩猩。接着，几十只、上百只大猩猩吠叫着，陨石雨般从悬崖上跳下来。入侵者顷刻被猩猩们扔得满天飞散。大大小小的石头，也没头没脑砸在他们身上。香沙沙落人的铠甲固然坚硬，可强烈的震荡还是让一些士兵死去，融化。

几只大猩猩围着上尉肉搏。利器连续从伽马暴力的不同部位聚裂而出，又消融而去，抵挡着狂暴野兽的拳脚。他抽身要去营救盈坤，头上却结结实实挨了一拳，飞出去十几米，同时，那只猩猩的手掌也被他融出的尖刺给戳穿了。上尉一串翻滚之后站起来，脸颊上带血的金属刺消融下去，"晚餐有了！"他狠吐几口带血的唾沫，捡起地上一把光束剑，迎向扑来的猩猩们。

一只斑纹最细密的大猩猩朝鹦宝儿跑去。它经过二娃失去头部的身躯时，愣住了——涌云枫林里，它对二娃下手最狠毒，此刻，它的眼神里只有震惊和歉意。它纵身跃到小女孩身旁，双手抓住捆绑她的电能索，发出一声狂嗥，绳索被扯成两截。它如法炮制，又放开了鸣犽锦绣。然后，它抬头冲崖顶大声吠叫。那里，猩群首领雄伟而踞，身边是它的几个手下和一具战死的猩猩尸体。它们和狙击手的较量刚刚结束，散落于草丛里的三颗白球，是对手的遗物。

鸣犽锦绣和鹦宝儿彻底清醒了，俩人惊恐地环顾四周，仿佛从噩梦中刚刚醒来，便又进入了另一个噩梦。

死亡，是噩梦永恒的主题。

首领用吠叫回应了那只"解救者猩猩"，然后用手语飞快地告诉鸣犽锦绣，"这些奇怪的人类就是杀死我女儿的凶手，刚才这里冒起的黑烟，让我们找到了他们，没想到跟你又见面了。你带小女孩快走！"

解救者伏下身，示意俩人快爬到自己背上。此时一道光束从天极中士的枪口射出来，解救者旋即燃爆成一团火球，永远地留在了这里。

阵脚被短暂地打乱之后，香沙沙落人很快恢复了作战的节奏。伴随着一道道光束纷飞，一抹抹光束劈斩，这些热血义气的大猩猩，有的瞬间无影无踪，有的受伤后哀鸣着退缩，或者倒在地上挣扎。

这墨若人家，原本是缤纷绚丽的世外桃源，眼下七零八落，残垣断壁。烈火裹着烟尘，骤明骤暗。光束划亮空气，暗淡了开始出没的星光。战场从院子蔓延到菜地、花园、田野、森林。蔬菜、牵牛花，那株刚扎根的小小涌云枫，统统被踏进泥土，成了泥土的一部分。

鸣犽锦绣把鹦宝儿藏到安全的角落之后，也加入了人与兽的鏖战。他和两只猩猩联手，将双星沫打得连连后退。这时的Mr.犽，再没有什么纠结和忧思，只想着活下去，让小女孩、那些凶暴却不失善良的猩猩，都活下去。

盈坤被巨大的岩石压着，头部和一只胳膊露在外面。她半边脸埋进泥土，鲜血从嘴角间或地咳出来，脸色已经从淡蓝变成了黑紫。她的发辫抠住巨石，想把它挪开，巨石却纹丝不动。又一次徒劳的尝试之后，她忽然感觉一团灼热在慢慢地靠近自己。“……谁……你是谁？”盈坤无法看到来人，不安而虚弱地问。

这时，她听到了鸣犽锦绣恼怒的咆哮，“谁让你出来的！去安全的地方待着！”

接下来是小女孩不管不顾的叫喊，“我不要躲着！我要亲手杀了她！”

是鹦宝儿抱了酒坛，拿了火把，要来烧死仇人。

鸣犽锦绣夺过火把，“我不允许你这么做！”

“为什么？！她杀了二娃哥！杀了那么多乡亲！让开！让开——”

“你年纪这么小，如果你亲手结束别人的生命，你就再也没有童年了！你的生活就全变了！”

“这么难过的童年，没有就没有了！生活该变就变吧！我要长大！”

“我不能把一个杀手还给你的妈妈！”鸣犽锦绣又夺下了鹦宝儿死死护着的酒坛，小女孩的眼泪扑簌簌掉下来，瞪着他不动，像一只委屈的、盛怒的猫。

盈坤发出破锣般的一声咳嗽，对异域人矫情的对话表示嘲讽。自己六个月大就学习怎么杀人，怎么不被人杀了。童年是什么该死的东西？她忽然被迎头浇下的烈酒呛住了，随即便被灼热包围。烈火中的她没有任何挣扎，也许是筋疲力尽，也许是为了极力保持尊严。片刻后，她的发辫猛然全部飞扬起来，好像重新焕发了生机。发辫在空中齐刷刷地回头望月，朝主人的眼窝直刺下去。她萎缩融化的同时，跳跃出了斑斓的火苗，桃粉、翠绿、酱紫、血红、冰蓝、明黄……那是身体里金属元素燃烧的色彩。美似烟花，又邪如鬼火。

鸣犽锦绣丢掉火把，抓起鹦宝儿的手，“她死了，我们快离开这儿。”

“我不！”小女孩执拗地挣开他，“还有别的凶手活着呢！”说罢便转身跑开，从地上拾起一只剑柄，试探地摁了几次之后，一道光束“嗤”地弹射出来。小女孩吓得差点把剑扔掉，却终归还是用双手紧紧握住了它，亢奋地叫起来，“这道光好美啊！”

“再美也是凶器！”呜犽锦绣紧走几步，生气地把剑抢过来抛向远处。光剑如一道蓝色礼花，呼啸着划出弧光，向无尽的黑暗坠去。“你要知道，鹦宝儿，我失去的已经够多了！我不想再……”

小女孩撒腿就跑，疯了般去追那剑。

“如果你敢去捡它，就走得越远越好！别回来找我！”呜犽锦绣不想再忍耐她的顽固了。

鹦宝儿犹豫地跑了几步，猛地停下来转过身，“可我必须留下来报仇呀Mr.犽！我不能错过机会！不然对不起鹦蔬姐姐和其他人！我真的不能走！”

“真可笑！你有什么能力报仇？你在白白送死！”

“死就死，至少我尽力了，我必须做点什么！”鹦宝儿使劲抹一把眼泪，“就像你说的，你失去的已经够多了，我不要你再为我失去任何东西。谢谢你给了我那么多，我不会回来找你了，虽然我真的……真的很想在你身边。Mr.犽，你把我忘了吧，从现在开始，忘了我！”她决然地朝远处奔去，小小的身影瞬间就被夜色吞噬了。

“不可理喻！你简直不知天高地厚！”Mr.犽愤懑地低语着，仿佛在跟并不存在的什么人对话，“你看，你看，这真是太好了，她终于滚蛋了。这可不怪我，是她自己要走的。她矫情、自负、唠叨、偏执、多事！把我的生活搅得乱七八糟！我早就想甩掉她的……”呜犽锦绣说着泄愤的话，却不由自主地朝鹦宝儿的方向跟上去。他先是无意识地慢走，然后是不情愿地快走，接着是还有点下不了台地疾走，最后狂跑起来。

前方并没有小女孩的影子。

“鹦宝儿——”他心急如焚地呼喊，一排错落的光束立即射过来，予以了回应。

一阵重重叠叠的爆炸后，除了未散尽的烟尘，这片土地上空空如也。厮杀声渐趋零落，战场萧瑟下来。猩群首领与几只手下悄然穿过院落，查看是否有气息尚存的伙伴。它们找到一只气息奄奄、失去了双腿的猩猩，小心地把它背到肩上。

首领将一只俯卧的母猩猩翻转过来——众多雌性伴侣中，这是它最钟爱的一位，就是它们俩的女儿被香沙沙落人杀死吃掉了。眼下，这位伴侣也已死去多时——首领刚想放弃，发现它怀里死死抱着什么东西。首领俯身去看，被突然爆发出的哭声吓了一跳，是阿伯还在吃奶的小孙女。首领的目光蓦地变得柔软，它伸出巨手小心地捧起婴儿，像捧着易碎的露珠。看着看着，一直在它眼里含着的泪水，猝不及防地淌下来一颗，缓缓划过它巨大的脸颊。它对手下轻吟着做出手势，“她将是我的女儿”。

随后，这几只巨大的黑影，无声无息地消失在了火影阑珊中。

初上的星光还没来得及灿烂，就被不知从哪里吹来的乌云遮挡了。隆隆雷声中，雨点陡然而至。雨幕里走来了伽马暴力和几名士兵，他们聚裂出了带沿儿的雨帽，抬起脚时，能看到靴底密密麻麻的防滑钉。

“我听到这里有动静。”上尉的嗓音从未如此疲倦过，“活要见人，死要见尸。”

晕轮抹一把脸上的雨水，“如果是低等生物，被枪射中根本就没有尸体，所以‘死要见尸’只能是没被射中的那些。咱们的人要是死了，能找到芯片就不错了，同样不可能‘死要见尸’啊。”

“你为什么还没死？你总有办法让咱们俩看起来都像白痴。”上尉没有多余的气力调教絮叨的下属了，“快速清理战场，就地宿营。”

晕轮走到墙边，双肩上一左一右两个背负支架终于得以消融而去，卸下来两个累赘——穿山破和挂了彩的双星沫。

伽马暴力独自在泥泞里一寸一寸地翻找着什么。当他终于刨出来一颗小泥球时，身体里的什么东西仿佛一下子碎掉了，沉甸甸地坐在泥水里。他把小球捧在手心，接了雨水冲洗干净，然后端详着它，抚摩着它。“亲爱的，你他妈的竟然死了，就留下这么个破玩意儿。不过，你终于是我的了，这让我很踏实。”上尉笑容满面地咕哝着，“父神保佑，还好我也活不了几年了，不然天天想念你，我怎么能受得了。”

他咽喉处聚裂出一个小小的、网状的袋子，然后把小球塞在里面，包裹紧实，仿佛戴了一粒项坠。然后他就背靠着曾压住盈坤的那块巨石，扯起嗓子号啕大哭起来，根本不去理睬士兵们投来的各色眼神。

双星沫把目光从上尉身上挪走，黯然垂下眼帘，忽然有些想念量子樱。她知道人与人之间的情感犹如毒品，一旦沾染便需强戒，否则将万劫不复。

雨越下越大，屠戮的痕迹一点点地被洗刷干净。不久之后，这里依然会绿草如茵，鲜花遍地。如果冥冥中真的存在神灵，那么她只会冷眼旁观，弹指遗忘，跟不存在一样。

58. 三重

时间从未如此漫长过，足以让所有的生命窒息。空气黏稠得能攥在手里，假想着，这是抓住了那些想要逃走的时光，或者，是抓住了行将远去的离人的手。甚至能够在空气上作画，每一幅都是飘忽不定的、牵挂的人。

项链缓缓地从鸣犽锦绣脖子上爬下来。它接收到了设定者特定的脑电波，以及化学气味的微妙变化，开始运行 B 计划。

死亡，原来是一种不断下沉的感觉，这个时候，没有任何力气去抓住什么。无力挣扎、无力呼救，只希望死神来得快一点，好结束掉这无助的狼狈。而且，似乎还有些隐隐的兴奋。一万八千七百三十七岁的生日那天，灵魂将会收集自己散乱的白骨，以充当生日蜡烛，庆祝与四维时空的别离。那个日子，还有不到三个月了。

在这漫长到让人绝望的有生之年，自打外婆去世，自己就只过了一次生日。是三千多年前，某个不愿再提起的女人，陪自己过的。那次生日宴，绚烂得不真实，放纵得太可耻。自己居然还准备了求婚的钻戒。要不是她酩酊大醉，让求婚泡了汤，那将会是史上最具讽刺意义的求婚。因为，那个女人很快就成了全世界的敌人。后来自己杀了她。当时，自己竟然没有感觉到恨，只有彻骨的冷。

那个亢奋的生日之夜，就像是世界末日来临前，一些人不甘心的逆反。没过多久，世界末日真的来了。大灭绝。

现在，自己的末日姗姗而至。自己到底会怎么死？——这个问题是长久以来的猜想。答案终于揭晓。先被光束的高温灼伤，导致休克——虽然后来莫名地恢复了呼吸，但基本是苟延残喘——然后，在某个含氧量极小的黑暗空间里，因为细菌感染而死。

但愿可以顺利地腐烂。自己可不想变成化石，在很久以后的未来，躺在生物学家实验室的操作台上，被小毛刷扫来扫去，被放大镜照来照去。自己不喜欢喧闹，所以化石如果被放在博物馆以供展览，那处境就更加糟糕。

死亡还真是恐怖的事。真正可怕的地方在于，死后，有关自己的一切都将失控，就更别说那些牵挂的人，将再也得不到自己的照顾。更无力的，是连他们陷入什么样的困境都不知道。也许他们会被欺负，会穷到没钱治病，甚至，会成为战争中蝼蚁般的难民。就算他们平安富足，可逢年过节时，自己连表达想念、送上祝福的能力都没有。而他们，也只能看着为自己摆放的碗筷，伤心得没有一点胃口。这些，随便想想，就足够难过。

从前，自己盼着死。那样就可以心安理得地和外婆团聚，还能跟那些生命里匆匆而过，想去亲近却没有机会去亲近的生命们，尝试着去弥补些遗憾。或者说白了，哪怕没有美好，却至少能够不再体会苦难。可是现在，却似乎隐隐地在抗拒死亡。有事未尽。阿伯不能白死，二娃更不能。如果鹦宝儿还活着，我要送她回家，我答应过二娃和猩猩首领，答应过她。

谁？谁在外面？鸣犽锦绣一激灵。

伴着窸窣的脚步声，隐约有两个人在说话。一个是鹦宝儿！多么清脆悦耳的童音。一个是二娃！只有他才这么高调无耻。他在说，“吼吼吼，没人能杀死我！谁让我是魔法世界最英俊的魔法师呢！我不能死，不能让那么多漂亮姑娘失去偶像！”

随后，眼前的黑暗猛然被撕成两半。明亮的月光刹那间照进来，鸣犽锦绣看到两个熟悉的剪影。他拼命想坐起来，可在旁人眼中，他只是在不断地抽搐。他没有一根头发，一丝衣物，浑身的皮肤红、白、黑相间。他虽然没被射中，却被爆炸的高温灼伤了。

鹦宝儿和二娃惊恐地朝他冲过来。

这时，突然传来了杂沓的脚步声，是蹲守在这里的香沙沙落人。

光束闪耀之后，鹦宝儿和二娃就在爆炸中消失了。

震耳欲聋的轰鸣中，鸣犽锦绣猛地张开眼。是场梦，梦里是放不下的人。四周黑暗无尽，只有穿越了梦境的耳鸣，余音回响。他看看自己，皮肤跟梦中一样斑驳破碎。

这时候，隐约有对话声传来。真的是他们俩！大家都活着，这就是最令人振奋的消息！

他们正在焦急地刨着什么。黑暗忽然裂开一道缝，随后又被扯开一个洞。明媚的月光洒进来，两个温暖的剪影映入呜犽锦绣的眼帘。

月光下的Mr.犽浑身赤裸，身上或红白、或焦黄、或炭黑，或裸露着深褐色的血管。鹦宝儿和二娃痛哭起来，想去拥抱他，却又担心让他伤得更重。

呜犽锦绣抖动着嘴唇想说什么，旁边有些东西忽然凝聚成了人形，是伪装过的香沙沙落人。

伴着光束剑斩在身体上的异响，呜犽锦绣猛地张开眼。是梦，和一场梦中梦，梦里都是放心不下的人。黑暗无边，梦境造成的剧烈心跳，居然可以如此振聋发聩，如战鼓轰鸣。呜犽锦绣脱离了几重梦境，挣扎着想站起来。从抽搐到扭动，从扭动到伸张，从伸张到狂舞，从小心翼翼到歇斯底里，从无所顾忌到狰狞搏命。我不要再放任自己沦陷，我要冲破这黑暗，粉碎这一重又一重惊悚的梦境。如果暗夜不肯散去，那就把心当作焰火，照亮它，燃烧它，用光芒吞噬它！我不要再等死。去你妈的等死！忍着你是死，挨着你也是死，除非我认输，没人能让我死！我要，一战！百战！千万战！我要，让想让我死的人去死！

终于，Mr.犽忍着撕裂身体的剧痛，用尽浑身力气呐喊出来。“啊——”黏稠的空气顷刻灌满他的喉咙，呼吸猝然而止，身躯也慢慢变得僵硬。一万八千七百三十七年来的记忆，如纷乱的金属碎片，在他脑海中穿梭、相撞、爆裂。

时间在这一刻停止了。呜犽锦绣所处的黑暗空间之外，月光如洗。月亮与三千年前，或者两万年前并没有什么不同，冷静，冷清，冷漠，一如既往。

阿伯的院子里，香沙沙落人就地休整后，不知何时已经离开。遍地是大猩猩庞然的尸骸，阿伯一家人的遗体则没了踪影。也许与猩猩相比，他们更适合充当上尉行军的干粮。

二娃残存的身躯倒卧在原处，毛发凌乱污秽，伤口切面泛着金属的幽光，表明他与众不同的机器身份。

地上遍布光束炸出的坑穴。坑穴集了雨水，红色土壤和成了泥浆，如一汪汪血色眼眸。其中的一潭泥水，与其他有所不同，它似乎在微微地震颤。短暂的平静后，震颤变成漾动，仿佛有某种未知的力量在酝酿、集结。紧接着泥水开始翻滚，一些气泡艰难地冒上来，一个、两个、三个……以至于看起来，它是在沸腾。蓦地，沸腾骤然消退，震颤也不复存在。

时间在这一刻仿佛停止了。杜鹃海深处，一条抹香鲸为捕食大王乌贼，进行着一次几乎将自己溺毙的潜水。荒凉之地，一群墨若狼为了猎杀到驯鹿，展开了一场竟然让同伴劳累至死的奔袭。没有谁知道过了多久。

伴着咆哮，一具泥人轰然破水而出，宛如一条巨大的、被禁锢了千万年的泥鳅。他腾空跃起，卷起泥浆暴雨，滚落到地上。这场与死亡的格斗，Mr.犽终于还是赢了。或者，是他赢了另一个自己。

一条红褐色金属纽带从远处的泥土里钻出来，游向他。项链里安装的微型脑电波采集及信号分析装置，重新感知到了主人的生命力。鸣犽锦绣被泥水包裹着，但仍然能看到他失去长发的头部，破碎溃烂的皮肤。他身上布满湿滑的黏液——被泥浆掩埋后，他靠着皮肤和肠道呼吸才得以生存下来，好似泥鳅。

须臾，鸣犽锦绣仰望星辰以确定方向，朝南走去。他扭头回望，黑色的眸子映着崖顶的一片野花摇曳——那是二娃的坟茔，他刚刚把好兄弟埋葬此处。

而他正在缓缓长出头发，根根漆黑如夜。皮肤也慢慢愈合，蔓延如初。活了这么久，直至今天黎明，鸣犽锦绣才感悟到什么。藏在身体里的动物园，不会被愤怒和仇恨激发，它需要另外一些东西。

Mr. 犽开始奔跑，飞跑，和某些看不见的东西赛跑，隐没在了苍茫的山野里。久远以来，他第一次，急切地想为别人去做些事情。

59. 觅

森林在苏醒，似一幅水墨。一道小小的蓝光旋转着在水墨里飞起来，划出长长的弧线后又落下去，切开黎明的混沌。

“也许是叛匪。”上尉一惊。

一众香沙沙落人朝蓝光隐没的地方疾行而去。

开阔的河滩上，一只燃刀完齿猪的幼崽哼哼唧唧跟着鹦宝儿，始终跟她保持着十几米的距离。这头小猪像一头粉色的迷你老虎——它身上肉粉色和黑褐色交错的花纹，会让人自然而然地产生这种想法。再仔细看，又会觉得它像只大鼠——它有瘦长的脸颊和纤细的尾巴，肩胛还鼓鼓地耸了起来。可爱的同时，又有一点点难以言表的猥琐。小猪仔屁颠屁颠地蹦跶着，对满身红泥巴的鹦宝儿很感兴趣。也许在它眼里，小女孩是一只能够直立行走的小猪姐姐。

迟缓而踉跄的小猪姐姐，突然脚下一滑，狠狠摔倒在湿滑的苔藓上。小猪仔撒开四蹄朝她跑去。鹦宝儿没有感觉到疼痛，摸索着抠住石块，继续木然地向前爬。她脸蛋上斑斑驳驳，有血有泥。她的大眼睛没有光泽，只有空洞，眼前的世界模糊不清，失去了所有层次，明亮的地方白得炫目，黯淡的部分黑得扭曲。四周雨林森森，兽鸣一惊一乍。蜈蚣迈着密密麻麻的脚步而来，踏着层层叠叠的脚步远去，把草叶和岩石划得沙沙作响，让她的头皮阵阵发麻。她觉得所有声响都是鬼语，那跟了许久的哼唧声，更是让她太阳穴发紧，忍不住想要呕吐。

东方天幕上挂着一颗最亮的星，太阳将从那里升起，是自己家的方向。就算那个印象模糊不清的家，让自己有强烈的不安和抗拒，现在也别无选择，只能硬着头皮回去。世界太可怕了，本来以为勇敢能弥补弱小，搏命能换取公平，现在才终于明白，Mr. 犰说的是对的。我确实在白白送死。我以为我是谁啊。自己只是个会打一点弹弓的小女孩，没有战友，不会魔法，拿什么报仇？不知道能不能爬回家去，也许自己很快就会死在森林里。这样也还好，离二娃哥就不至于太远。Mr. 犽，你怎么样了？老天保佑我没有把你给连累死。我现在真的好害怕，好想你啊。

小猪仔追上了鹦宝儿。它跟小女孩曾经拥有过的一个小猪存钱罐差不多大小，可现在，小女孩没有一点精力跟这可爱的玩具打招呼，也没有余力驱赶它。鹦宝儿停下打算喘口气，小猪仔却猛一甩头去撞击她的肩膀。她惊叫着滚向旁边，一直攥在手里的光束剑柄也落进了深草里。

小猪仔带着胜利的喜悦咧开嘴，露出稚嫩的獠牙和细密的臼齿，瞬间变得像一条凶残的鬣狗。它四蹄一蹬，朝鹦宝儿蹿去。

鹦宝儿惊惶地往灌木丛里钻，树丛深处却猛然一阵颠山覆地的摇动。一头成年完齿猪扭着身躯，不紧不慢地晃了出来。它的个头比二娃还要庞大，肩胛和脖颈也更壮硕，通体酱红，额前有一团深灰，像块洗不掉的污浊。两根厚重的颧骨从它脸颊向外侧伸展出去，好似长错了位置的犄角。巨兽一声咆哮，如火车在隧道里发出轰鸣，一股腥臊的风随即笼罩了鹦宝儿。小猪仔受到鼓舞，青涩地嘶鸣起来，像电锯在切割钢管。它准备在母亲的督导下，进行自己生命中的第一次狩猎。

鹦宝儿吓得浑身瘫软，站不起，爬不动，像被胶水粘在了地上。她用一侧肩膀拼命顶起上半身，扭曲着翻了一个滚，又翻一个滚，再翻一个滚，终于，僵硬的手指碰到了草丛里的剑柄。她用双手捧住剑柄，颤抖着一通乱摁，光束剑倏地弹射出来。

小猪仔被亮光吓住了，巨兽则发出低吟，朝鹦宝儿小跑而来。鹦宝儿用尽所有力气，迎头把光束剑扔了出去。水墨画卷中，一道蓝光飞起来又落下去，唤醒了混沌的黎明，也闪亮了远处伽马暴力的眼睛。

巨兽敏捷地躲开光剑，放慢脚步停下来，耐心地看着自己的猪宝宝。小猪仔再次获得了勇气，蹿向自己的猎物。

对死亡本身，鹦宝儿倒不是很怕，她怕的是孤独。侥幸逃生后，一直到此刻，这种孤独从无依无靠的心虚，一点点地变成了将与世界永远断掉所有联系的恐惧。

昨晚她不听鸣犽锦绣的劝阻，捡起光束剑，头脑发热地冲向战场最混乱的地方。她最先找到了双星沫，便从背后偷袭。可因为太紧张导致自己暴露，双星沫得以及时躲闪，只是腿部受了轻伤。紧接着双星的剑就到了，小女孩不知所畏，竟然挥剑去招架。

多亏那只聪明的大猩猩，否则她马上会死。它虎头虎脑，额上的斑纹像个大大的“王”字。之前，颇具虎威的它夺了把光束枪，鼓捣一阵后开始笨拙地射击敌人。彼时，当小女孩被双星的剑震飞之后，双星就成了这只“大王”的目标。

鹦宝儿乘机藏进树洞，“大王”却成为枪靶，死在一排光束下。

上尉等人离开后，鹦宝儿决定独自去寻找海边的家。她终于明白，自己太需要成长，在变得强大之前，自己时刻是他人的负累。可是，如果成为小完齿猪仔的早点，她就再也无法成长了。

当小兽咬向她时，树丛里忽然蹦出一条人影，边叫喊边死命往这里冲，“住嘴！猪！说你呢！”

人影“啪叽”绊倒了，噗噗吐了几口树叶碎末。昨天黄昏，量子樱和黑洞光芒看到了报信的风筝，也听到了之后的爆炸和喊杀声。当一切终于平息，俩人才从藏身的地方出来。毛蛇认为，之前最危险的地方现在最安全，所以便前往战场。如他所想，上尉短暂休整后便带人离开。可当他俩小憩时，却看到泥泞里悍然跃出一个怪人。怪人能在泥浆中潜伏这么久，已足够惊奇，随后发生的事，更让他们不安——原本虚弱的怪人喘息片刻后，将巨大的机器残骸生生搬到了崖顶，而他的伤也迅速自愈——这颗星球，并不像他们之前所认为的那样羸弱和浅薄。

量子樱和黑洞决定往西走——禁地在东，总部在西北，而怪人朝南去了，只有西部相对安全。这时，三等兵发现了刚从树洞里爬出来的鹦宝儿。

“……好像是那个墨若小姑娘啊，她没死？！……是她！”量子樱惊喜得下巴几乎脱臼，“沫姐姐没杀她！我错怪姐姐了！”她拔腿就朝小女孩跑，黑洞光芒一把扯住她宽大的袍袖，“你干什么？”

“我们认识她的呀！去问问到底怎么回事！”

“别节外生枝，在她眼里咱们都是凶手。”

“……也对啊，可她好像受伤了，她还那么小，太可怜啦。”

“她的年纪肯定比你大。真正的可怜人，是像你我这样的香沙沙落人。”

“你伤害过她姐姐，现在帮帮她，也能心安一点啊。”

“我就没有感到过不安。”

“……喂喂喂！她朝东边去了！我得告诉她，变态咖喱在那边！”

“你疯了吧。”

“你不也疯了吗，毛蛇，正常人现在怎么会跟我混在一起？看来沫姐姐一直都站在我这边，我得去问问那小姑娘，沫姐姐对她说过什么没有——诶，人呢？”

俩人很久都没能找到小女孩，倒是远远看见了完齿猪母子。

“烤着吃最香……”量子樱话说半句，就被迅速聚裂出丛林伪装的黑洞捂住嘴巴，掩在怀里。

“它们走的路线是‘Z’字形，显然在追踪猎物的气味，它们是肉食动物。”

“该不是要吃那个小女孩吧？！那我更得先烤了它们！”量子樱挣开束缚，撒丫子冲上去。于是就有了她边警告小猪边跳出树丛，却脚下一崴，摔在河滩上的一幕。这个动作，她向来如此娴熟。

小猪仔受到惊吓闪个趔趄，巨兽则低吟着，朝不速之客轰隆隆地冲过去。它的嘴像布满锯齿的铲斗，挂着扯不断的涎水。黑洞光芒纵身一跃，手持光束剑朝巨兽刺去。巨兽又急转向他，大嘴呈九十度张开，如深不可测的血漩涡。下士身上聚裂出铠甲，任由那漩涡吞没自己，同时手腕一扬将剑高举而起，就势劈中巨兽的上颚。紧接着，就看不到被巨兽囫囵吞下去的他了，只有一束蓝光垂直沿着巨兽的脊椎划行，蒸腾出白的水汽、黑的烟雾、橙的火苗，从腹中将巨兽撕裂。巨兽在惯性的作用下仍然向前奔跑，同时，它的两扇身体倒向相反的方向，如一株雄伟狰狞的萌芽迅速绽放。当萌芽开成两朵花瓣，翻滚进树林里时，黑洞光芒才得以从它身体里钻出来。巨兽的血液在他铠甲上凝成血珠，缓缓流淌。

小猪仔已逃离了这里。不知这番情景，会不会给它的童年留下阴影。

刚刚被惊起的鸟儿们，有的头也不回飞走了，有的零零散散落下来。上尉仰望着不远处鸟群起伏的地方，“猜猜看，是哪位朋友。”

晕轮目光炯炯，显得胸有成竹，“您的好几个老部下都在驰灵造反了，从时间和路线上来看，大概率是他们。可能是因为您的性格和领导方式吧，您的手下很容易生出反骨，也不知道您以后会不会也叛变……”

在伽马暴力死亡般的眼神里，晕轮慌忙闭上嘴，拨开面前密集的树叶，消失不见了。跛着一条腿的双星沫也紧走几步跟上，尽量让自己的伤情显得并无大碍。

上尉打量一番她的背影，“嘿，美人儿准妈妈，要不我来背你吧。”

“‘美人儿准妈妈’在您脖子上挂着呢。”双星丢下一句。

“再拿中尉的遗物开玩笑，你的下场跟慧发一样。”伽马暴还以阴森。

寂静的河滩上，惊魂未定的鹦宝儿捡起光束剑，指向渐行渐近的量子樱和黑洞光芒，“别过来！”

“如果我们想伤害你，干吗还要救你呢。”量子樱边比画边局促地继续走。她忽然热情地从腰间囊袋里掏出来一把树叶，像过年时分发糖果的主人，“小妹妹，我这儿可是有好吃的哟。”

鹦宝儿鼻子哼了一声，“有病。”然后把剑锋往高抬抬，“你是谁？为什么和外星人在一起？”

量子樱愣了愣，瞅一眼自己的裙衫，又看看下士的铠甲，“嗐，我是墨若国的仕女呀，之前成功地驯服了一个外星人，让他干吗他就干吗，不信你看。”随后就对士兵下命令说，“立定！原地稍息！”

士兵喉咙滚了滚，边咽下一口尴尬的吐沫，边完成了动作。

“没骗你吧，鹦宝儿。”仕女一脸大姐风范。

“你怎么知道我叫什么？！”

“我……”

鹦宝儿的眼睛越瞪越圆，战栗的幅度也越来越大，“……你、你换了衣服！头发和皮肤的颜色也变了，就是你杀了豆儿哥，他杀了我姐姐！呀——”小女孩摇摇晃晃地向仇人冲去，说是冲，其实是拖着双腿挪。

黑洞光芒猛地震动一下双手和身体，“哦”一声叫起来，小女孩吓得腿一软，扑通来了个大马趴，量子樱也是浑身一抖。

黑洞冲量子樱耸耸肩，“我就是想吓唬她一下，让她知道自己真实的战斗力。我说过——她认为咱们都是凶手。”说完向鹦宝儿挑了挑大拇指，“小姑娘，你是个勇敢的武士，但需要去找个好教练。现在，最好别往东去，太危险。”

鹦宝儿脸蛋紫红，咯嘣咬着牙，“不用你假惺惺告诉我该做什么，魔鬼！”

“他以前算半个魔鬼，现在正往好人变呢！”量子樱双手在胸前挥舞，像在给自己开膛破肚，要掏出心脏给别人看，“我可从来都是好人啊——你的亲人确实是我开枪打死的，可他们当时在活受罪，死了倒痛快。还有，你被追到悬崖边，我可一直在保护你，都忘了？”

鹦宝儿怔了怔，紧张茫然，仇恨依旧。

黑洞光芒对量子樱摇摇头，“走吧。她没理由相信你，你也没必要非获得她的信任。”

三等兵沮丧地一甩手，“好吧——对了，小妹妹……”

“不许你叫我小妹妹！恶心！”

“嚯，脾气可真大，那敢问这位大婶，之前你在悬崖那里，怎么没死？”

“因为你们这些凶手还没死绝！另外我告诉你，女孩子要自重！你这个流里流气、满嘴谎话的臭流氓！”

“有人！”黑洞光芒忽然警觉地一抬手，示意安静。

说话间，几名香沙沙落人褪去伪装，聚裂出铠甲，从树丛里显现出来。嘭！嘭！嘭！嘭！几道光束连续射向黑洞光芒，顷刻间他就迸裂成一团细碎的火花。天极中士放下枪，脸上露出终于了却一桩心事的释然。

量子樱不敢相信这是真的，边去抓那些明明灭灭的火星，边歇斯底里地尖叫，“毛蛇！毛蛇——”

双星沫一瘸一拐蹭到上尉身旁，“请把这两个人交给我，长官，我需要赎罪。”

“我喜欢敢作敢当的女人，”上尉抓过晕轮的枪扔给她，“这让我很心动。”

双星沫接住枪，立即瞄准量子樱，把手指压向扳机，根本没有去迎接三等兵投来的莫名目光。

量子樱恍惚到崩溃，“……这世界真是匪夷所思。”她扭头瞥一眼鹦宝儿，“我和刚才那大个子都是好人，现在你信了吧。”

鹦宝儿一个字一个字蹦出来，“你们是在狗咬狗。”

哒哒哒！哒哒哒哒！猛然从高空洒下几串火光，随后一个黑影疾速俯冲而至，是只猛禽。双星沫被火光射飞，落进树丛的同时，猛禽又把一枚什么东西射向地面。它身长近两米，翼展大概四五米。即将破晓的灰色天光中，能看到它头部纤长的红色冠羽猎猎迎风，宛如凤凰。它面部、腹部和双翼下是白色，其他羽毛均是墨黑。

是一只燃刀鹰雕。天极魁梧举枪射向鹰雕。大鸟在空中疾转，躲过光束。

“动能武器……原始的动能武器……”双星沫被震荡得咳了血，却没忘记去提醒战友们。同时，她布满弹坑的铠甲渐渐融化成厚重的软质防弹衣，最终蔓延了全身。

鹦宝儿和量子樱抱着脑袋蜷缩在地上，此时，鹰雕击发出的东西在她们身边轰然炸响。俩人惊得原地弹起来，揪扯救命稻草般彼此抓住对方，紧紧搂在一起。浓重的白色烟雾即刻将她俩吞没——这是一颗烟幕弹。香沙沙落人失去了目标，便用光束向浓烟里一通狂扫。一时间，天上地下火光纷飞，爆炸此起彼伏。泥土裹挟着被击碎的岩石、植物，卷起尘暴。

量子樱拖起鹦宝儿，手脚并用爬向旁边的野草丛。俩人先后滚进一处坑穴，瑟瑟发抖地继续搂在一起。匀了几口气后，鹦宝儿率先发现了自己原则尽失的举止，狠狠地把量子樱从自己怀里推出去，“你别碰我！”

三等兵马上回推小女孩一把，“是你先抱我的！有种别跟着我啊！”

此时一道光束在坑穴边缘炸响，俩人又朝对方扑去，吓得搂抱在一起。

森林上空，鹰雕疾飞。它横滚、急转、悬停、翻筋斗，眼花缭乱地躲闪着飞向它的光束，同时，对香沙沙落人还以怒射。它腹下的重型机枪持续喷出火舌，枪口追着地面上的目标，灵活地摆动旋转。鹰雕是一架无人机。

香沙沙落人融出的黑色软质防弹衣，被子弹射出密密麻麻的坑洼，如石子飞进黏稠的液体，激起点点水花。那些水珠并不会飞溅而出，而是被极细的丝状物拖拽回去。当扭曲变形的弹头，从防弹衣里完全被挤压出来时，坑洼光滑如初。防弹衣耗散掉子弹大部分的能量，所以，他们并没有像双星沫先前那样被击飞，身体虽震动着，趔趄着，却基本能够对弹雨报以无视。

双星沫爬出树丛，捡起枪朝鹰雕射击。大鸟双翼下倏地翻开舱门，伸出两枚超微型导弹。刹那间，点火的导弹便从挂架发射，向地面飞来。士兵慌忙散向四周，导弹立即拐出曲线，各自追向目标——它已预先锁定了其中的两人。一枚蹿过双星沫头顶，追着天极中士射进丛林，蘑菇云轰然而起，滚滚烟尘咆哮着涌向四面八方。气浪把双星沫掀出老远，那片树木也瞬间无影无踪。

被防弹衣裹得严严实实，只露了两只眼睛的伽马暴纵身扑进草丛，以躲避气浪。他刚匍匐几步，便四仰八叉掉进了坑穴。对这突如其来的黑怪物，坑里的两个小姑娘同时惊声尖叫。上尉被尖叫声吓得连蹬带踹，也跟着一通狂喊。当他终于看清鹦宝儿的面孔，在想自己是不是活见了鬼时，追踪他的导弹呼啸而至。三人齐刷刷发出“啊——”的嚎叫，准备迎接粉身碎骨，导弹却骤然急转，仰头抬升，向天空蹿去。

鹰雕在高空翻飞盘旋。以它的锐目看世界，视野近三百六十度，画面上显示着各种颜色的符号、数字和刻度。它所俯瞰的这片森林，每个人都被正方形画框锁定。当导弹即将射中伽马暴时，识别出了他身边的鹦宝儿——锁定小女孩的画框中，急促闪烁着红色的“×”，这表示她是绝对不能伤害的对象。所以最后关头，鹰雕干预了制导导弹的航向。那枚导弹擦过树冠，笔直飞向天空，随后启动自毁程序。爆炸的浓云急速弥漫，鹰雕立即向黑烟下方俯冲。当它眼里的世界再次清晰时，双翼下又探出两枚导弹，将双星沫和晕轮锁定。

这时，一道光线扭动着猝然而来，缠绕在鹰雕身上。这是趁大鸟低空飞行时，双星沫投掷的电能索，用此实施干扰。鹰雕忽忽悠悠摇晃起来。

丛林深处，一块透明悬浮显示屏钻林跃壑，疾速移动。它所呈现的画面，和鹰雕眼里的世界一模一样，扭曲、错位、模糊。距离屏幕几尺开外，是鸣犽锦绣焦灼的双眼。他戴着单边耳机、喉麦，一副简约的眼镜——悬浮的影像就是投射于此。通过屏幕，他得以关注战场的一举一动。他边跑边用手指触碰屏幕，试图对无人机加以控制，屏幕却猛然扎眼一亮，随即画面便全部消失。鸣犽锦绣的面孔焦急得几乎扭曲，可他车轮般的步伐，却无力转得更快了。

就在刚才，鹰雕被电能索干扰时，双星沫射出致命一枪，大鸟爆成了烟雾。

上尉紧绷的神经终于放松下来，一边坐起来一边自言自语，“谁说这里还没进入蒸汽时代……情报部门的那帮傻瓜，简直是乱放屁……”

鹦宝儿和量子樱蜷缩在他对面，吓得一动不敢动。蓦地，两个小姑娘眼神碰到一起，瞬间的愣神后，她们默契地相互点一下头，然后同时跳起来，没命地朝坑穴外爬去。俩人又定住了——是伽马暴抓住了她们各自一条腿。紧接着她们脸朝下，惨叫着被拖回了上尉脚边。上尉冲量子樱“啧”了几声，“你这身打扮可真难看，不过奇了怪了，我居然第一次对你有了欲望。”

“你是谁啊？”量子樱惊恐地打量着黑黢黢的上尉。

伽马暴边失望地摇头，边把防弹衣褪去，融出丛林迷彩作训服，“你的忘性太大了，也许你我之间应该发生点什么，你才能记住我的气味。”他又把目光转向鹦宝儿，“怎么哪儿都有你？你还没死？还是那个鹦宝儿？她的孪生姐妹？还是她的克隆……嗷！”

量子樱聚裂出的金属靴，结结实实踢中了他的下腹。他疼得弯下腰，量子樱拽起鹦宝儿就跑。鹦宝儿却甩开她，转头回去，对上尉的下身再狠狠补上一脚，看着他扑通跪倒以后，才抓住量子樱的手，一起爬出了坑穴。

两个小姑娘没命地朝森林里跑。“其实我知道他是谁！我故意骗他的！”量子樱的眼神，惶恐里透着得意，“要不那么说，我没法踢他的要害！他穿着防弹服呢！”

鹦宝儿呼哧带喘地使劲点头，“对付坏人，我姐姐也这么教过我！”

“你的动作一看就很熟练，干得真他妈漂亮！”

“女孩子最好别骂脏话。”

“可我愤怒！憋屈！我现在比以前更愤怒了！”量子樱眼泪倏地冒出来，“他们杀了救过我的人，就刚才那毛乎乎的大个子。”

“我……我也很愤怒，很憋屈——你们俩叛变了吗？”

“反正我不再是他们的人了——刚才那无人机谁放的？”

“那不是‘鸡’，是老鹰！”

“我是说到底谁救了咱们？”

“可能是我认识的魔法师！你打算去哪儿？”

“哪里能踏实当仕女，我就去哪里……”量子樱忽然刹住脚步。

前方，双星沫和几名士兵横刀立马。俩人慌忙调头跑，又看到伽马暴铁青的脸，以及他身后，背着穿山破的晕轮。香沙沙落人全都身着防弹衣，如一群墨色浸泡过的僵尸。

“晕轮罗汉，放弟子下来。弟子但求杀妖立功，决不坐享其成。”信徒的气色好了不少——在坐骑身上，他净补觉了。而且，这已是他今天第三次请求下马征战。

“我答应不算数，谁让你是长官的红人儿呢。”晕轮阴阳怪气地发牢骚，“别以为我乐意背你，我是不想让长官生气，他已经够心烦的了。可话又说回来，如果他的命令不符合军规，那我也……”

“放穿山甲下来，让他的血液循环循环。”上尉抖一抖短辫子。

晕轮边消融背负支架，边放下穿山破，“其实背你，跟背空气没什么区别，以前我负重训练的时候……”

“卧倒！”伴着双星沫的惊叫，侧方传来“砰砰砰”几声闷响。

伽马暴力飞身朝晕轮扑去，却是抱着他身边的穿山破翻滚到草丛里。

晕轮被长官突如其来的动作弄蒙了，还没反应过来就被一枚子弹射中，成了一团翻涌膨胀的火光。此时又有两枚子弹呼啸而过，分别射在远处的树上和草丛里，随即烈焰冲天，被击中的大树徐徐倾倒下来。

“破甲燃烧弹！”双星沫边呼喊，边举枪朝子弹飞来的方向还击。

这时候，两枚烟幕弹在众人当中炸开了。浓烟中，Mr. 犽奔腾而至。如果爱挑刺的机器老妈还活着，看到儿子此刻的模样，一定很开心。他总算像个体面的人类了，没太给家人们丢脸。他长发飒飒却不凌乱，上身着黑色修身 T 恤，露出结实的手臂，下身穿黑、白、灰相间的迷彩裤，脚蹬黑色高帮作战靴。背囊在肩，嵌入了榴弹发射器的突击步枪在手——双星沫说得没错，这枪射出的，就是破甲燃烧枪榴弹。

昨晚，安葬好二娃之后，鸣犽锦绣便疾速赶往 122 号洞穴。他不知道鹦宝儿的死活、外星杀手的下落，要想在浩瀚的森林里寻找线索，必须依靠合适的装备。122号的收藏虽然不是最先进，却足以应付急情。最关键的是，那是当时距他最近的军械库。为了鹦宝儿，他不得已，拿起了这些已尘封千年的武器。武器本是他最憎恶的东西，没有之一，因为它能毁灭生命。而现在必须亲手拿起，因为它能保卫生命，保卫自己在乎的人。侵犯还是守护，前行还是退缩，生存抑或死亡，这是武器的终极命题。一如科技。

Mr. 犽当然知道——那些内心的忌惮，他从未能真正地远离，反倒与之朝夕相伴，不离不弃，而自己却一直在顾左右而言他。机器外婆、机器兄弟二娃、自己时常重温的影像，医治鹦宝儿的手术，多次拯救过自己的基因力量，哪一个不是拜它所赐？自己憎恶它，不如说因为无法驾驭它，所以才由爱生恨。就像恋人。

无论如何，现在，我需要你，我要试着，驾驭你一次。

无人机搜索到了目标，把他一路指引到这里。当鹦宝儿小小的身影显现在屏幕上时，鸣犽锦绣激动地脑袋一晕，一头撞在面前粗壮的油杉树上，脑袋更晕了，而且鼻子和额头现在依然红肿。他不知自己何以至此，任凭自己痴了、狂了、乱了，仿佛寻找到世间最奇异的珍宝，仿佛与隔世的故人相逢。

无论怎样，现在的自己，好像一个活着的人啊。此时此刻，这个活着的人，跟香沙沙落人展开了格斗。几名士兵虽未被子弹射中，却被蒸腾的火焰引燃，号叫着化为灰烬，芯片也荡然无存。

鸣犽锦绣边猫腰射击，边穿越浓重的烟雾，一个娇小的身影忽然扑面而来。俩人擦肩而过，都惊诧地瞥了对方一眼，回头再看，彼此又都消失不见，唯有香沙沙落人射出的光束，在烟雾中闪亮穿梭。

他就是鹦宝儿说的魔法师？！原来是个装备古老的军人啊，不过长得倒挺帅。量子樱长发飞扬，边跑边想。

她是什么鬼？！外星人跑掉的俘虏？鸣犽锦绣脑仁更疼了。

“是你吗？！ Mr. 犽——”一个轻灵的、发抖的、快要哭出来的嗓音，在触手可及之处响亮着。

是我！当然是我！你的声音，我盼了漫长得像千年的整整一宿了！鸣犽锦绣什么都没说，只是冲过去，一把抱起发出这天使般声音的小女孩，迅速隐匿在茫茫的烟雾里。

光束电离空气的呼啸声，渐行渐远。眼前这片森林，烈焰逐渐熄灭，残存的小火苗点燃了露出额头的太阳，瞬间霞光万丈。几缕晨光艰难穿进密林，斑驳地落在草丛里。草叶微微颤动，慢慢露出鸣犼锦绣的头，然后是鹦宝儿的。

“他们走远了。”Mr. 犼的说话声，比微风掠过树叶还轻。

“刚才，有个外星人姐姐救了我，我俩跑散了。”鹦宝儿担心地扫视了一遍所有目光能及之处。

“她长头发？黑白裙子？”

“你看到她了！”

“没来得及说话。”

“咱们去找她吧。”

“森林太大了，没办法找。”

“……那你怎么找到我的？因为那只老鹰吗？”

“对，可它被击落了。”

“……那个外星姐姐是好人，我以前错怪她了——Mr. 犼，你这身衣服哪里来的？”

“不是偷的。”

“很适合你，很精神。你刚才的魔法好厉害。我还以为再也见不到你了。”

“……我还以为，我再也不想看见你了。”

“我之前太任性了，对不起。”鹦宝儿垂下眼皮，睫毛像两幕窗帘，遮挡住悲伤的眸子，“昨天晚上，有只猩猩为了救我，也被打死了……二娃哥也死了……”小女孩的眼泪滴成了草叶上的露珠，“我不知道接下来该怎么办，但我想明白了，再这么冲动，我会连累更多人。”

鸣犼锦绣摸摸她的头，“你的勇敢非常难得，但你需要学习怎么使用这些勇敢。我也想跟你说‘对不起’，之前我心存侥幸，低估了凶手，而且很多时候，考虑自己还是太多了一点。你心里总是先想着别人，这世界上，要是每个人都像你一样，该有多好……哦，我有东西送你。”

鸣犼锦绣从背囊的侧兜掏出个小腰包，递给鹦宝儿。她接过来，打开，露出一把弹弓——弓架墨绿色，有三组墨绿色皮筋，手柄上缠了黑色的吸汗带。

“喜欢吗？包里还有钢珠子弹、携弹器和强磁戒指。”

“好漂亮啊，谢谢你。”小女孩擦掉眼泪，迫不及待握住弹弓，拉皮筋摆出射击的姿势，“手感真棒！我太喜欢了！还特别轻，弓架是钛合金的吗？”

“你怎么知道这种材料？”鸣犽锦绣惊讶地挑起眉毛。

“我家附近有个军营，一位士兵大哥哥告诉我的——我玩过他的弹弓，跟这把一样轻，颜色也差不多。”

“那些士兵什么样子？用什么武器？说什么语言？”鸣犽锦绣眉头拧起来。

“我还记得他们吃压缩饼干，其他的没想起来。”鹦宝儿使劲咽了口唾沫，却马上再次满含口水，“对不起，我饿了——我看到你的衣服，才想起我家附近住着士兵，然后又想起他们吃的那种甜甜的，特别耐饿的饼干。最后，想起了弹弓。”

“你的心路历程还挺长。不过，我倒真有那种饼干。”鸣犽锦绣从背囊里摸出几包饼干，从腰间摘下水壶，“快吃吧，专门给你带的。”

太阳越升越高。宽阔开朗的山脊上，Mr. 犽和鹦宝儿并排向前走，脸庞被阳光抹成金色。小女孩狼吞虎咽，连吃带喝，同时，艰难地保持着小淑女该有的优雅。显然，这两者非常难以平衡。鸣犽锦绣盯着她一直笑，有幸福，有疼爱。

“昨晚上分开的时候，其实我的话没有讲完。”他一脸不太想说，更不想憋着不说的纠结，“我现在讲完它——我失去的已经够多了，我不想再失去你。”

鹦宝儿低下头去，几次心跳的时间后，她憋回眼泪，仰起脸明媚地笑了，像朵盛开的太阳花，照亮了鸣犽锦绣。

“到了我家，我给你擀面条、包饺子吃。”

“嗯嗯嗯……”这个回答有效消解了 Mr. 犽的局促，也刺激出了他的口水，“吃面条，我喜欢茄子肉丁卤，再搭配鸡蛋番茄卤。饺子，我喜欢猪肉韭菜和牛肉大葱的。”刚畅想完他就反应过来，“你会做面食？这不是你家乡的特色啊。”

“我这么爱吃，当然什么都会做啦——不过，我最想推荐给你的是鱼面，还有皮皮虾肉饺。”

棉花糖般的云朵，在天空轻盈飘荡。云朵下，一对父女般的人儿，渐渐隐没在广袤的森林里。那些战斗留下的黑色烟尘，仍在缓慢游动，如匍匐大地之上的乌云。

60. 禁情之地

这就是暗夜中的禁地了。有人率先抵达了这里。这片土地上，亿万年来日复一日，岁月和流水未敢片刻停歇，把坚硬的花岗岩层雕琢成了现在的模样。放眼望去，石峰林立，笔直钻天，似承载着星空重量的巨柱。光滑的巨大石球危如累卵，仿佛只要用指尖轻轻一戳，它们便会轰然散落。大片大片的矮小石芽，宛如从大地里刺出的刀锋矩阵，在月光下凛冽。乱石丛中，一个黑影席地而坐，凝望夜空，身姿颓然而绝望。

是福螺凛烨。他的中衣污秽不堪，右袖口挽成一个结，包裹着剩下的半只胳膊。这方禁地，用星舰的坠落，向世人提出了诸多问题，却丝毫没有要给出他们答案的迹象。太子千辛万苦来到这里，迷惘更深。此时，他用目光怒问星空，“为何至于这般境地？”而星空，只对他回以深不可测的冷漠。自星空诞生以来，对待万物皆是如此。

福螺凛烨与舅父终于得以见面的那晚，月色一如当下，神秘幽凉。

宏原子美巧妙伪装，半夜里只身潜入中军帐，告知龙影大将军，皇太子来了。彼时，赤琴骇日还未就寝。他一身盔甲，于帐内的黑暗中倚案沉思。面对悄然而至、杀气腾腾的宏原子美，他没有半分惊讶和慌乱，反倒体贴地递给她一块肉干，“饿了吧？”随后他又捏起一块放进自己嘴里，以示无毒。

女兵警觉地移动几步，把案几上的食物一股脑扒拉进腰间的囊袋，“老家伙，你还挺绅士——看来，你早就准备好跟福螺见面了。”

赤琴骇日点点头，利索地站起身，伟岸的身躯像一座塔，“数日前，在下就听闻京城发生的事了——他现在哪里？头前带路。”

宏原子美把自己尽量变化成墨若士兵的模样，出了中军帐，走向荒野。大将军的友善和非凡气度，让女兵心里稍稍踏实了些。她不会料到，自以为迈向希望的脚步，离梦想中的家，正越来越远。

营地几里外，一处隐蔽的山坳，便是舅甥约定的见面地点。舅父的身影刚闯入视野，福螺凛烨便热泪滚滚了。赤琴骇日身披月光，英武威严，让人不禁想到漂亮的雄狮。他卧蚕眉、丹凤眼，面庞并无皱纹，只是发须白了不少，雪鬓霜髯。头盔上的盔旗和三根天鹅翎羽傲然迎风，一袭紫花罩甲黄中泛赤。红色蟒袍下，黑色矮靿战靴疾步生风。腰间，三尺龙影将军宝剑铃铃作响，这是福螺烬赐给他的，从不离身。

福螺凛烨感慨之中，赤琴骇日已站到了他面前，单刀直入，“凛烨，作为朝廷命官，本将军理应把你就地处斩。可作为舅父，我要问你——你说那些天外来人不是神灵，怎么证明？”

情势紧急，太子便也言简意赅。他把自己杀死星外士兵，活捉俘虏的事细讲一遍，又让宏原子和主序后星现身说法，补充了些星外人的来龙去脉和所作所为。

听罢几人的话，赤琴骇日不安地踱了几步，“这些所谓的证据，并不足以证明什么。九天圣器遗失，神灵当然会元气大损，以至于被凡人兵器所伤，也属正常。”他驻足，对两个香沙沙落人稳稳地一抱拳，“听二位方才所言，倒更是让在下认为，你们是神灵天降，确凿无疑了。”

“我就去你……呕、呜哇——”宏原子美不堪地骂了半句，扭身吐了。

“舅父，你……”福螺凛烨急得一跺脚，慌忙去轻轻拍打女兵的背，同时招呼主序后星使，“速拿野姜来！”

“这一天到底是要孕吐几回呀。”窄肩膀的脸皱得像把扇子，满是不耐烦。

等女兵吃下野姜，气急平复之后，赤琴骇日将手放在剑柄上，直言不讳，“二位小神是否另有私心，所以才倒戈相向，口出妄言呢？”

“哇——”这次宏原子美吐得更凶了。

这时，黑暗里传来沙哑的一声，“大将军所言极是。”

众人惊惶中，龙趾刀在月光下劈出一道金色光芒，率先取向宏原子美的首级。正在呕吐的星外女子，眼睁睁盯着杀器呼啸而来，只虚弱地张了张嘴，喊不出，挪不动，更没有力气聚裂出铠甲了。

一路翻山越岭，漂流筏渡，为了这一刻，燃金死侍追得好辛苦。他这张人鬼相合的面孔愈发消瘦，却并没有沾染污浊。盔甲和刀鞘也金光闪闪，锃亮如新——燃金死侍的威严，即便在风尘仆仆的逃亡和追杀中，黑齿鸾也在精心维护。不过，他衣袍上却沾着大片风干的血迹，那是之前，野兽和其他燃死侍的血——途中，两个领命缉拿他的死侍追了来，都是他原先的部下。厮杀中，一个被斩断双腿，另一个被刺瞎双眼。不过，黑齿鸾终归是放了他们一条生路。他只想讨回自己的荣誉，用妖魔和逆天之人的命。一直以来，他都是不曾让圣上失望过的燃金死侍。成为死侍之前，他是阳光灿烂的那天，唯一活下来的“燃童子”。

燃童子是燃死侍的预备役。所有童子必须经过严苛训练，年满十五岁成人，考核通过后，方可起誓就职，以燃死侍之名守护皇帝。黑齿鸾常常忆起，他成为燃死侍的那一天。皓日晴空，茂密的涌云枫林仿佛泼了墨。林中，福螺烬高高在上而坐，两名太监擎举金色华盖，分立左右。皇帝身前背后，伫立着四名燃死侍，金盔金甲金刀。数名银盔银甲银刀的燃死侍，向两侧一字排开，如帝王银色的翅膀。再往外，更多的燃死侍身着铜盔铜甲，呈方阵而立，有的高举旗帜，有的手握铜号，有的持方天画戟，有的拿长柄屈刀。

不同的盔甲，代表燃死侍不同的级别——燃金死侍，燃银死侍，燃铜死侍。相同的是，所有金属器物的棱角、表面、锋刃都燃烧着点点阳光。很多瞬间，黑齿鸾都分不清，那光芒到底是灼热，还是寒冷。

皇帝和燃童子之间的空地上，一座紫色风磨铜三脚圆鼎，雄雄而踞。每只铜脚上的狻猊都张开巨嘴——鼎内熊熊的金褐火焰和燃童子手中檀香的海蓝烟雾，是这种瑞兽灵性的源泉。圆鼎面向燃童子的一方，有铺了金色锦缎的矮脚案几，摆放着小香炉、燃香、匕首，以及涌云枫的枝叶。用枫枝枫叶枫花来盟誓，再适合不过。起誓之后，燃死侍从前的一切都会被埋葬。枫树的黑、白、灰三色，就是为祭奠而生。

铜号骤然响起，如大象嘶鸣。福螺烬踏着号角声走下御座，与此同时，黑齿鸾与其他燃童子将点燃的檀香插入香炉，面朝皇帝，在案几前双膝跪倒。童子们各自拿起匕首，准备割破手指，以血起誓。福螺烬只身面对这一众杀器，以表达对新晋燃死侍的信任。

黑齿鸾望着皇帝，像儿子敬畏父亲。福螺烬的目光在他面孔上驻留片刻，意味深长。

福螺烬非常喜欢黑齿鸾，至少看上去如此。之前，皇帝会去童子营看望他，还时常把他招进瑟错城——当时还叫紫霄城——俩人面对面，肩并肩，在御花园喝茶、吃点心、散步。福螺烬会讲自己从前的故事，讲他假扮普通将领，奇袭锐玉国的先锋营；讲他狩猎时，与燃死侍默契配合，让敌国遣来的数名刺客身首异处。他还讲了很多跟神灵有关的故事，三千年前神灵拯救怒安娜的传说，更是让黑齿鸾百听不厌。

“据说，那是个光怪陆离的年代。人们被金银珠宝、美色皮囊、权力私欲所蛊惑，内心的邪恶不断滋长。他们寡廉鲜耻，漠视苍生，为所欲为。妖魔见时机已到，就饱汲五毒十恶，点燃了毁灭之火。整个怒安娜，无一人不在鬼焰中哀号。”彼时，福螺烬望着花园里的涌云枫，神情怆痛，仿佛正在亲历那场浩劫。

“什么是五毒十恶？”十四岁的黑齿鸾还长着张娃娃脸，嗓音却已像个成人。

“是妖魔作乱所必需的污浊——贪、嗔、痴、慢、疑，是五毒；杀、盗、淫，妄语、绮语、恶口、两舌，悭贪、嗔恚、邪见，是十恶。”福螺烬伸出一根手指，戳戳自己的胸膛，“就在每个人的心里，朕也有。”

黑齿鸾愣了愣，脸上掠过恐惧和不解。“圣上驱逐锐玉贼寇，收复祖宗疆土；治理刃江，疏通灵火运河，东西南北从此畅通无阻；还多次派遣使节出海，广交友好，恩泽八方。圣上文治武功，君临天下，心中怎么会有恶毒呢？”少年说到一半就跪下了，他抱拳于胸前，眼里闪耀着膜拜之光。

“孩子，你当真这么想？”福螺烬的心如忍江之水，暗流涌动，“可很多人都说朕嗜血成性，贪得无厌，劳民伤财。锐玉人更是把朕看作洪水猛兽，他们孩童所唱的歌谣，都是在诅咒朕不得好死，朕还会吟唱上几句呢——迫人祭，火终灭。虫咬尾，子孙尽。”

“陛下所为，是在主持人间正义。”少年急得快掉下泪来，“如果不能降服焱族，他们必将死灰复燃，燃刀大陆必定平安不保！如果臣有负圣望，将来没能成为燃死侍，臣愿做一名的普通士卒，征战沙场，以血报国！”

福螺烬的笑意在脸上荡漾开来，人看起来也年轻了几岁。“不愧是赤琴家族的血脉。你的祖父和父亲，在你这么大的时候，就已经砍下过锐玉人的脑袋了，而且后来，都成了朕的大将军。你有这等志气，也必成栋梁。”

“微臣没有家人，臣是圣上一个人的黑齿鸾。”少年的眸子如两团旺火，说那光芒是悲怆、荣耀，或者偏执，似乎都可以。

皇帝语气谐谑，“朕倒是先犯了忌讳呢，晌午朕陪你用膳，就当认错如何？”

童子的头一叩到底，“臣不敢当！臣谢恩！”

福螺烬拍一下他的肩膀，“如果不是大将军执意把你送进童子营，朕倒真有心收你做个义子……快起来吧。”

黑齿鸾没有起身。“臣不过是大将军的一件玩意儿，是他向圣上以示忠诚的礼物。臣今生的使命，是借用他的肉身，投胎做个人，来报效圣上的。非要说臣有过双亲，他们，也不过是神灵造出微臣的器具罢了。”

“这话谁教你的？”福螺烬骤然阴了脸色。

“无人教授。”

“一派胡言！说赤琴骇日教你的，朕倒是信！别以为朕不知道，当初你在童子营，夜夜都从梦中哭醒，口中呓语皆是爹娘。这才区区几载，至亲就在你口中成了死物，如此薄情寡义，叫朕如何信你！”

黑齿鸾咚咚咚连磕几个响头，“臣对他们，从想念变成恨怨，最终变成漠然。如今在臣眼里，父母与陌路无异。臣有幸能陪伴圣上，倒是该感谢赤琴大将军……”

“住口！你们这些燃童子，常有人思念血亲，冒着被凌迟的风险，也要逃亡。每处死一个，朕都心如刀绞。朕虽然有三个儿子，可个个都让朕生厌，所以，朕是把你们当成儿孙来对待！那些背叛朕的童子，冥顽不化，以怨报德，挫骨扬灰也不解朕心头之恨。当然，也不乏忠心耿耿之辈，可哪个敢说，自己心中已彻底断了骨肉亲情？你小小年纪，就说出方才那番话，到底是什么居心！”

“穷苦人家为求利禄，送子孙去做童子情有可原。大将军富贵荣华，却以此示好，必定是心中对圣上有所愧疚。这说明他不忠在先，臣深以为耻！其二，他作为父亲，用子嗣去谋一己之私，这又是不慈。不忠不慈的人，臣轻视他！”

“……你这些领悟，从何而来？”

“提点臣的，是营中的上骑都尉。”

“即便你有这样的想法，也是因爱生恨罢了。”

“哀莫大于心死，臣想过自尽以脱离苦海，可后来，圣上待臣恩厚，就像慈父一般，臣的心便又慢慢活了过来。这些年一直憋在心里的话，现在，臣冒死也要讲了——圣上就是臣心中的父亲大人！臣愿有生之年侍奉左右，死后亦然！六道轮回，世世相伴！这样，臣的心才能有个安放之所，臣才能够忠孝两全！”

几片枫叶被风卷落，在地上沙沙滑动，像不安定的，黑白灰的心。

“鸾儿，你心无城府，率真直言，朕非常感动——可你的忠孝，何尝不是贪婪；对双亲的漠视，何尝不是另一种嗔怨；世事无常，你却妄想相伴恒久，又何尝不是愚痴——唉，朕也是同样，贪帝王大业，嗔焱族所为，痴娑婆世界而不能抽离——放眼天下，又有几人不是如此？只不过每个人中毒的深浅不同罢了。如果智慧和善念无法将它们遏制，人就会变得昏昏无明。如果人人皆无明，恶毒就会泛滥，妖魔便有机可乘。三千年前的怒安娜，就是这样的五浊恶世，不可救药！”

“圣上，六道轮回，自有因果，继续修行不就可以了吗？”

“怕只怕堕落至极，入不了轮回，成为那永世不得超生的亡灵。亡灵是妖魔的爪牙，不但沉迷屠戮，还会相互残杀，甚至撕食自身。可它们即便破碎也不会消逝，而是任意黏合，重新凝聚成形，让毒恶的灵魂继续得以寄宿。”

“怎么拯救度化它们呢？”

“三千年前，神灵给了最好的答案——无须拯救，尽灭之！所以，只有寥寥几人被神灵赦免，他们，便是怒安娜现在所有人的先祖。”

“那妖魔呢？”

“毒恶不成气候，妖魔就只能蛰伏。但是，残留的任何一丝毒恶，都是种子，如果放任它们生发，时机一到，妖魔仍会卷土重来——鸾儿，起来吧，陪朕走走。”

福螺烬朝远处最高大的一棵涌云枫踱过去，黑齿鸾赶紧跟上。“圣上，是哪位神灵拯救了怒安娜？”

“他叫‘怒吼金刚’，面如夜叉，利爪如虎，狰狞丑陋。传说他爱上了一位美丽善良的女神灵，谁承想，那女神灵倒是个裹着人皮的鬼魅。怒吼金刚的坐骑是一头疣猪，叫作‘青丝兽’。青丝兽刚烈勇猛，喜欢笑闹，它本来有八个兄弟，后来，都死在了妖魔手中……”

俩人渐行渐远了。

吉时已到，铜号再次吹响。黑齿鸾收回放飞的思绪，和一众燃童子用刀尖划破手指，对天起誓。“今日，吾心将尽弃世间诸色，有如涌云枫树。吾来自空灵，无父无母，借腹而生。圣上慈悲，将吾收留左右。吾行走世间，将无妻无子，善守其身，精魂效忠圣上，血肉呵护圣明。吾此生使命，唯捍卫吾血之血，吾心之心。圣上升遐之日，吾将重往空灵，一如此枫！”念罢誓词，燃童子各自捧起面前摆放的枫枝，走向三脚圆鼎——将枝叶烧成灰烬后，他们就可以成为燃死侍了。

一名童子突然在福螺烬身边停下脚步，将一根枫枝闪电般刺向他的咽喉。这树枝末端尖利如锥，显然事先精心地磨削过。福螺烬慌忙闪身，枫枝刺进他的锁骨。侍卫们惊呼着冲向刺客，黑齿鸾已第一个反应过来，飞身踢开刺客。刺客无心恋战，也不逃脱，飞快地抓起一把匕首，再次冲向福螺烬。黑齿鸾抬腿去挡，刀光血影，他身子一软，就势翻滚将刺客抱住。刺客在他身上连扎几下，他无力动弹，手却丝毫不松。刺客急得一转腰身，将他抓住高高举起，抛向远处。众人七手八脚将刺客摁倒时，黑齿鸾在三脚圆鼎的烈火中，已人事不省了。

火焰，赐予了黑齿鸾人鬼相合的面容，和至高无上的荣耀。盟誓的九名燃童子，除他之外，尽被凌迟。

刺客死前招出了幕后主谋——童子营的上骑都尉——其他童子虽与这次谋杀无任何瓜葛，福螺烬却谁都不信了，只信黑齿鸾，直到“神灵”将其抓走的那一天。

从皇宫到禁地，天涯亡命，黑齿鸾就是为了此时此刻。他要杀掉妖魔和逆天之人，向心目中的父亲证明，自己值得信任，一如既往。

龙趾刀径直劈向宏原子美的脖颈时，燃金死侍忽然停住了。一把剑从背后刺穿了他，在胸前露出滴血的剑锋，是龙影将军的宝剑。剑即刻又抽回去，他栽倒了，没来得及说半个字。

这，是禁地送给福螺凛烨的第一份礼物。

61. 乱月

今夜，月色幽凉，一如黑齿鸾死去的那天。怒问星空的福螺凛烨，闯入这方禁地后，已潜巡了数日。远处，海浪带着执念一次次拍碎自己，把血肉模糊的咆哮，和具有厚重质感的腥气送到他身边，召唤他。用不了多久，福螺凛烨就将俯瞰到那些海浪——是在火种湾，他和一个机器人伙伴同时被炸飞到空中的时候。那一刻，浓烈的海风和金属气味均匀搅拌，调制出死亡最正宗的味道，他脑海中，将闪现出赤琴骇日的身影。

“谨记——殿下和二位英雄，从未与我见过面，我也不会承认看到过你们。”那晚，赤琴骇日把龙影将军剑向东南方向一指，剑上的鲜血甩出一抹黑红，“火雹隘道就在十里之外，守卫空虚，你们可以从那里潜入禁地。”

福螺凛烨挥动着两只摊开来的胳膊，还没从惊恐中回过神，“他、他跟你是父子啊！”

“微臣的姓氏是赤琴，他姓黑齿，何来父子一说。”大将军收剑入鞘，看都没看一眼脚下的尸体。燃金死侍的目光，依旧长钉般死死钉在一簇野草上，不是遗憾，唯有困惑。

“本王闯出京城时，特意留了他一条性命，你……唉！”

“他是朝廷传旨捉拿的逆天反贼，人尽可诛，微臣只是执行公务。”

“那我们呢？你为什么不杀了本王？”

“微臣捍卫的，是福螺家族的江山，效忠的，是福螺家族的血脉。无论什么时候，什么事情，对待福螺家族的人，微臣断然不会有半分不敬。如果圣上知道了今天的事，怪罪下来，臣愿以死明志！”

“大将军……”太子热泪盈了眶，“你不信我们方才所言，却又让我们进入禁区，为什么？”

“微臣早已发现黑齿鸾暗中尾随，刚才那番话，是说给他听的。神灵的身份，其实老夫也煞是怀疑，可没有让世人心服口服的铁证，绝不能贸然行事。这关乎江山社稷，天下太平哪。”

“有他们佐证还不够？”福螺凛烨一指旁边的两个星外人。

“即便微臣信，天下人也不信。反倒会有人说，这二位英雄是背叛了神灵的奸细。相比禁地之外，殿下在里面反倒安全，即便是奉命追杀殿下的燃死侍，也无权进入。而天外来人虽然向这里集结，可他们当务之急是追查暗夜信使，并不是捉拿殿下。再有，禁地内有钢铁异类出没，对天外来人侵扰不断，想来就是二位英雄所说的‘机械兵’了。如果殿下另辟蹊径，能从他们那里取得更确凿的证据，以此打消世人的疑虑，臣一定倾力辅佐殿下，保我墨若山河——这里不宜久留，老夫告辞了！”

与赤琴骇日分别后，三人潜入禁地的经过倒还顺利，但禁地内的旅途，却完全出乎他们意料。除了看到过两三次枪支射出的光束——那几道零星的光束东一榔头西一棒槌，距离最近的那次，直线距离也有十几里远，更何况还是山路，所以只要就地隐蔽，便不大容易因为暴露而导致危险——他们没有发现任何人影。

这比惊心动魄更恐怖。明明知道危险存在，却不知它到底在哪里，那么它就会无处不在。所以起初，随便一块岩石，他们都认为是机械人变形后的伪装，任意一簇灌木，都感觉有香沙沙人在里面埋伏。这种高度警觉很快就变成神神道道，然后又变成恐慌，时间一长，时刻都要发疯，终于忍耐住没有疯掉，就成了他们现在的悲丧。潜意识里，他们巴不得自己能合理地出点什么意外，好打破这无休无止的无聊。

此时，质问了半天星空的福螺凛烨，见星空不理睬他，半是无趣，半是饥饿，便从袖管里抖搂出来几颗还没熟透的野杨梅，拣出一粒泛出红色最多的，轻咬了一小口。“呜呼！月色虽然朗朗，可本王心中，却如这野果一般哪。”他双眉紧锁，如两把宝剑锋芒相对，不知是愁的，还是被杨梅酸的。

“去你妈的‘本王’吧！早就知道你是个没用的货色！”宏原子美狠狠擂地面一拳，“还有龙影大将军和那个金灿灿的家伙，一对乌龟蛋！都想让咱们死！”

主序后星使老太太般盘腿坐着，一刻不停地往嘴里塞小石砾，像在嗑瓜子，只当眼前这对冤家不存在。

“舅父这么做，也有他的道理。”福螺凛烨的半边脸被杨梅酸得抽缩成一把扇子，他快速吸溜一口气，又长长地吐出来，“如果他居心险恶，就不会私下跟我见面，还指明了这进山之路。舅父一向谨慎中正，咱们三人所言，在他听来，仍算一面之词，不足以打消他的疑虑啊。”

宏原子美恼火地往岩石上一靠，“一帮不开窍的原始人，跟你们简直没法沟通。”

“殿下，您再好好想想呗，”主序后星使忽然坐直身体，“呸呸”吐掉嘴里的石头渣，“三个通缉犯——我不是说咱们啊，是咱舅父说的喆梨寨命案凶手，就是被宏原子美他们嫁祸的那三个怪物——在这之前，真的没被人发现过？”

“胡说！”女兵躁郁地吼一嗓子，“我可没嫁祸别人！我后来回总部了，是伽马暴他们干的。”

“是是是，对不起啊。”窄肩膀示弱地挂上一脸假笑，“别动了胎气。”

福螺凛烨指尖轻叩着额头陷入沉思，“按照舅父描述的模样，那几只怪物，应是《山海经》中所记载的异兽。如果他们真有上天入地、饕餮四方的本领，本王倒愿意跟他们结为盟友。广纳百川，本王方可成海也。”

“《山海经》？”

“是怒安娜古人成就的一部奇书，地理、史学、风土、奇禽怪兽，无所不包。那一男一女，很可能是《南山经》和《海内南经》中都提到过的招摇山的狌狌，至于怪兽，则是天虞山的三角犀。”

“就好像我们的《水陆志》呢。”

“《水陆志》？”

“是香沙沙落古人编撰的一部奇书，地理、历史、民俗、动植物，应有尽有。”

太子咽下半颗杨梅，“哦？千千世界，竟有这样的巧合？”

“可能咱们的祖先是同一群人，而且掌管咱们命运的，说不定还是同一个神呢。”

“神？笑话！连本王都不信神怪，你们格物精深，智慧通达，怎么会信那根本不存在之物？”

“对宇宙了解越多，越是觉得自己无知呢，反正我们是信仰父神的。传说中的神鬼，可能就是其他形式的智慧生命。就像我们，不也被你们很多人当成了神嘛，包括您父亲。”

“……听君一席话，何为神灵、凡人、妖怪，本王都有些不得其解了。”福螺凛烨若有所思地望向月亮，“你们的故乡，也有这冰轮明月吗？”

“有啊，我们那颗卫星，叫帕媞娅萨娅媞帕星。”

“……菩提撒丫子……和什么太胖？取的名字，为何这般佶屈聱牙呢？”

“我芯片坏了，记不得它名字的来由。我们的星舰曾经到过一个星球，叫地球，他们也有颗卫星，名字倒是起得短，就叫‘月球’。咱们各自生活的星系，可能是更高级别的生命，按照某种模式统一规划的吧，所以才会这么像。”

福螺凛烨忘记了野杨梅的酸涩，嚼蜡般地连下几颗，跟月亮小眼瞪大眼地对视良久，情不自禁诵吟道，“明月几时有，把酒问青天，不知天……”

“天个鬼啊天！烦不烦！”宏原子美噌地坐起来，抓起一把石子扔向朗诵者，“呕……”她喉咙一紧，“哗”地又吐了。

福螺凛烨慌忙蹭过去，拍她的背，“速拿……”

“知道了殿下。”主序后星使不咸不淡地翻翻眼皮，慢条斯理地从腰间小口袋里夹出一块野姜。

太子接过来递到女兵嘴边，“咬一小口，细细咀嚼，片刻就好了。”

宏原子美一把夺过去，推开他，捂着腹部靠回到岩石上。

“我们一行，实际上是四个人哪。”太子包容的笑意里有无尽感慨，“苍茫宇宙，芸芸众生，一旦为母，便刚强得敢上九天、下五洋。宏夫人，你破釜沉舟，颠沛流离，且待本王收拾河山，定让你母子二人安享……”

“听你吹牛我头晕！”宏原子美打断画饼者，“而且我再说一遍——我不姓‘宏’，也没结婚，别‘夫人夫人’地乱叫。”她发泄地咬下一大块姜，像在啃食她憎恶的人。

“万万使不得啊！宏原子姑娘！”福螺凛烨急得一只手在女兵面前挥舞，“如果食用生姜过多，会导致小产……”

“滚！”她炸弹般吼了一嗓子，然后就一泻千里地哭起来，“又不是你的孩子！你操什么心……让他生下来受苦，倒不如让他死了算了！我跟他一块死……我去你妈的这世界！”

趁宏原子美哭泣，福螺凛烨细心地把碎姜从她嘴里抠出来一大半，“等他生下来，就认本王做义父，姑娘不是答应过了嘛。关心你们，是本王分内之事。”

女兵的烦躁和恼怒像一阵风，很快就刮走了，只剩泪滴如雨，一直在下。

太子用衣袖去擦拭她的泪水，“本王还没有子女，于你于他的缘分，是天意。虽然我们现在看似山穷水尽，可你们所说的那个什么……什么处理器……”

“叫它暗夜信使，或者复活舱就行了，笨蛋。”女兵泣里偷闲，应了一句。

“……那暗夜信使目前还没有消息，可这便是最好的消息啊——也许它已经粉身碎骨，再不能兴风作浪了。总而言之，不至最后一刻，本王决不轻易言败！”

窄肩膀垂了半天的脑袋又抬起来，眼里闪烁的月光，出卖了他对太子那永不凋零自信的心动。

见女兵不再抵触自己，太子试探着把手放上她肩头，“姑娘，哭泣声能否小一些，本王担心引来敌寇。”

女兵并不客气，一头钻进他怀里，继续压抑地哭。

窄肩膀“嗝喽”一声，嘴里的石子囫囵咽了下去，“荡妇。”他小声骂道。

渐渐地，宏原子美睡着了。她的眉间锁满惆怅，眼角挂着泪痕。两瓣丰盈的嘴唇，如铁海棠花开。

福螺凛烨眼圈青黑，却毫无睡意。他轻抚着怀中人的头发，目光移向群山。这长发如其人，刚烈桀骜，锵金铿玉，恰似琴弦，可我却失去了一只手，再也不能抚琴了。娘，儿子忽然好生想念你，如冷箭穿心。你身怀儿子时，也跟宏原子姑娘一般，芳华正劲，青春袭人吧。儿子今生，已永远失去喊出“娘亲”二字的资格了。哀哉，痛哉。

翻山而过就是火种湾，先祖福螺狂就是在那里揭竿而起，以贱奴之身打下江山基业。现在，墨若将再次生灵涂炭，本王心中的火种，会被杜鹃海的海水淹没，还是会被海风点燃，成就一番伟业呢。

月光冷眼观望着大地上的人儿，摄取着暗夜里本就稀缺的温暖。

福螺凛烨轻扯袍裾搭在宏原子美身上，搂紧她，用自己的热血，与凉意作战。

“殿下！”主序后星使忽然大呼小叫凑到他身边，“小人刚刚想明白了呢！”

“当心惊扰了姑娘。”

“小人终于把战略战术想清楚……”

“哦？”太子的嗓门不由得比窄肩膀还要大。他慌忙把女兵轻轻放下，挪到一边，“快快道来！”

“小人觉得，舅父让咱们进入这里，去找香沙沙落人不是神灵的证据，根本就没一点可行性！您想，我和宏原子美现身说法都没用，谁说能有用呀？造反的机械兵吗？舅父更有理由说他们是妖言惑众了！就算咱们能俘虏政府军的高级军官，甚至返回皇宫把圣决者给抓了，让他亲自坦白交代，舅父也依然可以说他们是被胁迫，所以才违心承认的！”主序后星使的语速越来越快，激动里掺杂的愤懑也越来越多。“去跟舅父讲科学？更是想都别想——搬一块星舰的残骸往他面前一放，说这是怒安娜人根本制造不出来的材料？告诉他机械兵是人工智能产生了意识？告诉他香沙沙落人能扭曲时空，穿越虫洞，只差一点就能用曲速引擎进行超光速航行了？——舅父根本就听不懂，那他就更有理由说这是妖言了呀。”

福螺凛烨僵硬得如一尊石像，只嘴唇动了动，“确实如此，卿家之前有关星舰的言论，连本王都听得云山雾罩。”

“不怪殿下，是小人没讲清楚。事实上，那么专业的科学技术，一旦父神之眼和我们脑子里的芯片坏掉，就没一个香沙沙落人能讲得清了。所以不管咱们怎么做，怎么解释，在舅父眼里，以及在大多数，甚至可以说在几乎所有怒安娜人的眼里，香沙沙落人都还是神灵！这就是一个死、循、环！”

福螺凛烨像是一根筋被抽掉了，身体塌下来。月光下，他额头刚刚渗出的细密汗珠如陨落的星芒，“舅父为什么要我做这无用之功？”

“可能他也没想清楚，也可能，他想得比谁都清楚！不管怎么着吧，咱们到禁地来肯定没错，如果在外面，很可能早就被抓了。咱们现在转换一下思路——别再躲着了，哪里人多咱们就去哪里，哪里有战斗咱们就去哪里！”

“如果被星外贼寇发现，必死无疑啊。”

“东躲西藏没一点意义，永远都不可能扭转局面的，只能多苟活几天罢了。”他边说边自然地挽住福螺凛烨一只胳膊，“一部分造反的机械兵留在禁地，战略任务是摧毁暗夜信使，可现在大部分政府军都在朝这里集结，所以机械反抗军很可能会改变之前的作战思路，把消灭政府军的有生力量当作一场战役来打！如果小人分析得对，那么目前，哪里的政府军多，哪里就越可能出现机械反抗军，就越可能有小规模的战斗！而且，已经离开禁地的反抗军，说不定也会杀个回马枪来增援呢——咱们应该尽快找到政府军的主力部队，跟着他们！”

“……这跟找死有何两样？”

“利用他们找到机械反抗军呀，然后跟反抗军联手消灭他们，毁掉暗夜信使！这天下，不就是殿下您的了吗？”

宏原子美半梦半醒地咕哝一句，“机械兵不可能跟咱们合作的……他们自称什么炼者，要建立独立的政权……”她翻个身又睡了。

太子跟窄肩膀怔了怔，都发现对方的脸色比黑夜还要黑。

主序后星使忽地起身，气得像上了岸的鱼一般蹦来蹦去，过去就使劲捶了女兵一拳，“还有脸睡！你怎么不早点说呀！真是的！”

窄肩膀没看清女兵如何翻身而起，自己又如何被她一只手聚裂出的五把短刀抵住喉咙，只听见她的声音在耳边锋利得像第六把刀，“敢欺负我的人都得死！”

福螺凛烨一步上前，“姑娘冷静！你和他于我都有救命之恩，要怨要杀，放了他，我先来！”

短刀变成拳头砸在窄肩膀咽喉上，“杀你这种废物，丢我的脸！”宏原子美瞪着倒在地上箍住脖子吓得要哭的窄肩膀，“之前根本没说过要联合机械兵！只说想抓他们个俘虏，看能拿到什么证据！那个白毛大将军不着边际的想法，你怎么不早一点想明白！我带着你俩闯进这破禁地干吗呀，害得我还差点受了伤！”

福螺凛烨挺挺胸膛，让自己显得再高大些，可他月光下的影子依然像一棵佝偻残缺的树。“你们俩千万不要灰心，危险与机遇并存，从来如是。哪怕最后落得个四面楚歌，本王也将杀身自效，与贼寇玉石俱焚，诚甘乐之！”

主序后星使唉声叹气地揉着脖颈，“您是杀身成仁了，我呢……”他心有余悸地飞快瞟一眼宏原子美，“她呢？您未来的干儿子干闺女呢？您说过要送我们这送我们那，结果是送死啊。”

“都什么时候了还说这个，你还嫌我们不够可笑吗。”宏原子美把下嘴唇咬出一道血印，“早说过你亲爱的殿下是光杆司令，现在信了吧。”女兵望着黑暗的远山，不堪地轻摇着头，“姓福螺的，你人不坏，有时候还会让我感觉温暖，可你现在的境遇甚至不如一个杀了人的乞丐。你满嘴帝王将相、天下苍生，那些跟你有什么关系呀？只不过是你从前身份带来的惯性思维罢了。之前，我居然还对你抱有一线希望，呵呵，都怪我太傻了。”她两下抹掉腮上还在滑落的泪珠，“姓福螺的，其实现在已经四面楚歌了，那种成全你个人名誉的拼命，是你一个人的事，我和我肚里的孩子为什么要奉陪？今天，总算是把局面彻底分析清楚了，咱们就地散伙，各自珍重吧。”宏原子美甩开胳膊就走，下巴紧敛，头也不回，目光犀利地盯着前方虚无的夜色，嘴唇抿成一朵被攥成团的花儿。

“哎！姑娘！姑娘！”福螺凛烨猛追几步后又停下来，慢慢收回那只渴望留住美人背影的断臂，泛出自嘲的苦笑。一个没有手的人，又能抓住什么呢。

女兵的腋下聚裂出翼翅，周身一点一点渲染成夜色，慢慢地在空气里融化掉了，只有她跃下山崖时的猎猎风声，越飘越远。

福螺凛烨用断臂抵住岩石，身躯才没有坍塌掉。不远处，似有鸳鸯夜啼，可听来并不喜庆，反倒让人不寒而栗。

62. 昨日之日不可留

有云的天空，云聚云散。有人的地方，人合人离。有的人怕送别，有的人怕相聚。送别意味着，当你想念时，将无法完整感受到那个活生生的离人了。即便看得到影像，听得到声音，也闻不到气味，触不到温度。而相聚的另外一种叫法，就是分离。即使厮守千万年，结局依然难逃天各一方，化作尘埃飘散。相聚的时间越长，分离的时刻越痛。

谁的人生不是用一次次分离砌成的呢。直至用这些分离砌出城墙，把自己的心包围起来，假装看不到墙外的生离死别，假装躲在里面，就能百殇不侵。在鸣犽锦绣的生命里，尤其是大灭绝前的一万五千多年，他最怕送别，也最怕相聚。一个个人，一条条命，在他眼前飞速地孕育、出生、长大、蓬勃、衰老、死亡。如果亡者能幸运地拥有一块葬身之地，那么坟墓亦如此，建造、存在、风化、坍塌、消失、无痕。而很多死于战乱和饥荒的人，则会暴尸街头、郊野，慢慢腐烂，直至变成尘土，或者被野兽吃掉，要么成为它身体的一部分，要么成为粪便。无论以哪种方式死去，除个别人之外，与亡者有关的一切都会迅速不复存在，也包括别人对他们的记忆。到最后，往往竟没有什么能够证明，某个人曾经活过。只有鸣犽锦绣亘古地，困惑地，孤独地，不老也不死。这种滋味，让他觉得如大海逐波。

有的死亡波澜壮阔，让人起敬；有的惊涛骇浪，让人恐惧；有的浪静风平，让人漠然；有的翻江倒海，让人创痛。更多的死亡，像跃出海面的微小泡沫和水珠，不足称道，无关痛痒。可偏偏这种死亡，带给了他更浓重的，对生命的唏嘘和敬畏——因为，世间大部分人的生死，就是如此。是这些人，编织出了最有质感和细节的历史。

任何波浪都不可能被留住，一成不变的，只有深入 Mr. 犽肺腑的，海的腥咸。

此时此刻，还好。身边的海水，让他想到的是白酒搭配海鲜，虽有种微醺后的混沌，但更多的，是事情即将尘埃落定的清爽。混沌，是因为眼前这片山地荒无人烟，还是星舰的坠落地，可鹦宝儿的家却在这里。清爽是因为，就要把小女孩这个快递送到站了。

鸣犽锦绣用眼角的余光偷偷观察鹦宝儿。她在沙滩上坐下，看我打开背囊，取出折叠成一本书大小的划艇。她眼睛尽量不眨，好像眨一下就会错失某个重要的组装环节，表情既严肃又专注，让我手上这普普通通的活儿，神圣得像魔术表演。这么纯真的观众，我可不能演砸了。我得快速把划艇装好，带她沿着海岸线划行，找到禁地的入口。禁地四周，只要是人能通过的地方就有士兵把守。大部分墨若士兵的装备虽然只是火绳枪，但安全起见，绝不能惊动他们，以免把大部队尤其是外星人给引来。

她面对的海域，在当下的文明里叫“火种湾”。这是一位墨若裁缝告诉我的，但愿他没说错。这个海湾在大灭绝前并不存在，我清楚记得，上次文明末期，这里有个海滨小城，叫“若兰州”，秀雅安静，城如其名。应该是大地震引发海啸，把那个城市淹没了。海湾沿岸的山地叫“淬刃岭”，是禁地临海的边界。潜入禁地之后，沿海岸线向东南方向走，就可以到达粉色的湖。谢天谢地，鹦宝儿没有记错。当前的文明把那个湖叫“醉湘妃”，可我还是喜欢鹦宝儿给它起的小名，草莓沙冰。

这时，纯真的小观众忽然问表演者：“待会儿，我可以跟你一起划划艇吗？”

表演者抹一把鼻尖上的汗水，“装好这个舱口栏板，就能围出一个双人驾驶室，一个人划太奢侈了。喏，这支桨是你的。”

小观众笑了，露出贝壳般的牙齿和两只深深的小梨涡，表示对这个回答满意的同时，也觉得沾在他嘴唇边的一团沙粒很好笑，像撮小胡子。

前来禁地的路上，为了避开沿途的人家、村寨和城市，两位行者只能绕路远行。而这片区域的地貌，已经与大灭绝前迥然不同——对鸣犽锦绣而言，这块几千年前他还算比较了解的地域，如今也成了完全陌生之所——所以旅途耗费的时间超出了他的预期，用了半个多月。

这段时间里，鹦宝儿又悄悄长大不少。即便，可能看不出她五官明显的变化，即便因为她坐着，可能看不出身高的显著增长，可一定看得到，小姑娘已经长发披肩了。她浓密的栗色头发闪着光，像匹缎子。头发里扎了两条粗粗的长辫，分别从左右耳边垂下来。旅途的阳光并没有把她晒黑，皮肤依然白皙得像个雪人。她穿着滚了灰边的玫瑰红短袖运动套装，脚上是白色鞋子，头上是藏青色和粉色相间的棒球帽。此刻的她，本身就像一大杯草莓沙冰，而向后反戴着的粉色帽檐，则像用来挂杯的一瓣水果。

小姑娘很喜欢自己现在的样子，可还不知道妈妈是不是允许她这么打扮。她还没有回忆起来，妈妈对自己穿衣打扮风格的要求。如果妈妈非要自己梳双丫髻，穿裙袄，可怎么办?

鹦宝儿的发型和这身行头，是在一个墨若裁缝家做的。不过，那位裁缝显然不可能做出如此风格的衣裳。两天前，Mr. 犽和鹦宝儿来到位于禁地之外的狂烛县。当晚，他俩便潜进了县城最好的裁缝家里。一路风尘仆仆，小姑娘已然衣衫褴褛，像个叫花子了。而且因为长高不少，她的裤子也短得吊了起来，露出一大截脚脖子。

让她以如此模样去见妈妈，鸣犽锦绣实在不忍，所以一路都在琢磨，怎么才能给她弄身像样的衣服。鹦宝儿虽然也想穿得漂漂亮亮回家，可她坚决不允许再出现偷盗行为，所以 Mr. 犽只好明抢了。他硬着头皮闯进县城的一家估衣铺，但抢劫迅速以失败告终，因为里面的旧衣裳，实在是没有任何一件能入得了他的法眼。于是等到夜深人静，Mr. 犽便领着鹦宝儿溜进了裁缝家，打算量身定做。前提是，他拍肿胸脯做了保证，不吓人，不白拿。

不吓人是不可能的。从睡梦中惊醒的裁缝，吓得直把长衣袖子当裤管来套。然而，作为县城首屈一指的缝匠，相较于睡梦中私宅被闯，让他更加忍无可忍的是，悍匪的穿戴竟然如此脏乱差，尤其是那可爱的小女娃，衣裳竟破烂得像蝇甩子，所以当悍匪讲明来意之后，裁缝很快便镇定下来。任何灵物都有追求美之天性，强盗亦然。不妨满足他们，权当度化妖孽也。裁缝之所以作此想法，是他已经认出，两名悍匪就是海捕文书上所画的妖怪。

裁缝能临危不乱，是他见过大世面的缘故。狂烛县城和禁地只一山之隔，他的宅子已经不是第一次闯进来奇人异兽了。叛逃的香沙沙落人，追杀叛匪的香沙沙落军人，各种不同外形、不同职能的机械兵，还有男女花火人，他都曾见过。当然，裁缝并不知道那些过路怪物的确切身份，只知道他们非神即妖。对待神灵，裁缝膜拜，对待妖孽，他尽量感化，所以倒也一直平安无虞。对于鸣犽锦绣和鹦宝儿，他认为显然属于需感化之流，不将其惹恼，方能保住性命。于是裁缝和妻子便没有惊动其他家人，而是悄悄将他们带到了仓房。

裁缝一边取布料、辅料，一边找话题跟鸣犽锦绣谈心。“这位大王，在下有一言不吐不快——你作为慈父，怎能教令嫒如此不重妇容？坏了三从四德，是为不妥也。”

“我、她……我不也脏兮兮的嘛……男女平等。”Mr. 犽边说边把突击步枪靠到墙角，卸下背囊。

“大王怎能不顾男尊女卑，礼义廉耻？况且礼仪之始，在于正容体，齐颜色，顺辞令，怎能蓬头垢面呢？”

鸣犽锦绣打开背囊翻找着什么，“阁下，对我们这种没有家，连肚子都填不饱的盲流，你就别谈形象了。而且你刚才说到男尊女卑，这话可不太合适——咱们都是女同胞生出来的，没理由过河拆桥对不对？”

“大王，此言差矣。”作为女人，裁缝之妻倒率先表示反对了，“有道是‘天尊地卑，乾坤定矣。卑高以陈，贵贱位矣。乾道成男，坤道成女’……”

“住嘴！”裁缝怒目横眉，呵斥妻子道。

“是。”妻子赶紧跪下，膝盖下“咚”的一声响，听着都疼。

裁缝用一根指尖戳点着妻子的额头，“‘妇有长舌，唯厉之阶’，你都忘了？我与大王论道，岂容你这女流说三道四！”

“奴家知错，奴家知错……”妻子扬起两只手掌，左右开弓抽起自己嘴巴来。

“大娘！您这是干什么？可千万别这样呀！”鹦宝儿害怕又莫名，脸蛋涨得通红，像自己挨了一顿耳光似的。

裁缝努出眼珠刚想训斥鹦宝儿，忽然想起来这女娃是个妖怪，又不敢言语了。

鸣犽锦绣使劲翻裁缝一眼，“赶紧让你妻子停下。”

“大王仁厚，起来吧。”裁缝抿起嘴，背起手，依然对妻子保持着莫名其妙的高傲。

妻子感恩戴德地站起身，缩到墙角里主动罚站去了。

“阁下，你父母还在世吗？”现在轮到鸣犽锦绣找话题，跟裁缝谈心了。

“二老皆已仙逝。”

“那这世界上，你妻子可能就是最疼你爱你的人了，好好珍惜她吧。”Mr. 犽拍拍裁缝的肩膀，“我可以很负责任地给你透露一下——将来，女人不需要男人也可以繁衍后代，总有一天会变成女尊男卑，你我都早点儿做准备吧。”

"做、做何准备？"

"……心理准备……并且用这种理念好好地教育下一代。"

鸣犼锦绣边扔给裁缝一个"习惯就好"的眼神，边从背囊里掏出一顶头戴照明灯，"阁下，将来的事咱们先不说了，还是说现在吧——深夜这么唐突地来你家做客……哦不，来你家打劫，真的非常对不起。我们来的目的，其实就是为了解决阁下刚才所说的，'礼仪之始'这个问题。可我们真的没钱，这个礼物不成敬意，等过一段时间，我肯定把钱给你送来。"

"不不不！大王莫再来了！莫再来了！我决然不会收受大王的钱物！"

鸣犼锦绣把照明灯戴在自己头上，打开灯做演示，"你是裁缝，可能用得上这东西。"

"噫！此物真是神奇也……是夜明珠？还、还是妖术？"

"嗯……宝莲灯你听说过吧，这是宝莲灯的仿品。"

"哦，那还是妖术……谢大王美意……"

"阁下，我们是被通缉了，可我们真不是妖怪，更不是凶手，以后别再喊我'大王'了——来，戴上试试。"

裁缝试过之后，便再也不愿把那灯摘下来了。

接下来，裁缝夫妻款待了这两个做事讲究的疑似妖怪。

鸣犼锦绣靠在门边，站岗、守夜、监工，顺便喝了一宿工夫茶，吃了一宿的平安饼。至于鹦宝儿，她吃饱喝足，梳洗一番后，睡了个好觉。

天光微亮时，漂亮的行头已整整齐齐地摆在鹦宝儿床边了。穿上这身衣裳，小姑娘便成了清爽可爱的草莓沙冰。她棒球帽的帽檐上眉是西瓜粉，藏青色的前页上还用金线绣了什么图案。衣服是滚了灰边的玫瑰红丝绸运动套装。上身是短袖帽衫，沿袖管两侧，各自钉了三枚钱币大小的银纽扣。纽扣以墨若瑞兽的脸部作为扣面，似狮如虎，但更像龙的某个儿子。帽衫掐腰处，缝以透明的玫瑰红薄纱作下摆，刚好打到她的臀部，似一条既飘逸又干练的短裙。短裙下是宽松收口的七分裤——不但凉快，而且就算她很快长高，也还能当五分裤穿。透明的短裙下，能看到她一小截纤细的腰，和一条跟长裤同样颜色的玫瑰红宽边腰带。腰带扣是精致的纯银狮头，大约有小姑娘的手掌大小。这狮头原本是裁缝家木门上的一个衔环铺首，去掉衔环，就能物尽其用了。她的鞋子也是运动款。白色牛皮鞋面，千层底也同样包了牛皮。高鞡，系带，以防止沙土流进鞋里。鞋子外腰上缝绣的边饰，是一只奔跑的瑞兽剪影。瑞兽藏青色，脸似麒麟，双耳似两根长长的天线，尾巴粗短，尾尖蓬勃地炸开，如迎风的火炬。这身行头，将当下和三千多年前的文明糅合在一起，不知该说它时尚、前卫，还是复古、怀旧。也许都有。

制作衣服时，裁缝头戴照明灯一直站在旁边观摩，顺便给“师傅”打打下手——是的，“师傅”既非Mr. 犽，也非这位裁缝，而是另有高人——这位县城原本的头号裁缝，就这样心不甘情不愿地做了“学徒”，嘴里不断嘟囔着两个词，“不成体统”“伤风败俗”。

眼下，纯真的观众穿着这不成体统、伤风败俗的衣裳，正在观看魔术表演。魔术师假装心无旁骛，时不我待地组装着划艇。小观众默默看着，一言不发。不知从哪天起，她变得不太爱讲话了，鉴于她之前有点儿唠叨，所以哪怕她讲话少了些，也还不至于直接变成个闷葫芦。

也许是从途中救了一只隼那天开始的。那是只燃刀白腿小隼的幼鸟，羽毛黑白相间，就像涌云枫的一部分。它的面部和腹部白色，眼圈周围黑色——因为特殊的外表，上次文明时期，这种体型娇小的猛禽被人称作“会飞的大熊猫”。不过，这只幼隼还没有掌握飞翔的本领，应该是在先前的暴风雨中摔出了巢穴，伤得不轻。鹦宝儿采来龙芽草先给它止血，又用草叶和泥巴把它断掉的胫骨做了固定。小姑娘的记忆显然在持续地恢复，她原本对护理手艺一窍不通，这次忽然就娴熟若此了。

之前，每每遇到这种情况，俩人就会闹别扭，因为Mr. 犽根本不去救治，反而极力主张把它们吃掉。Mr. 犽认为，它们只是森林赐予的食物——说到食物，这一路上，小姑娘让他对“民以食为天”这句话有了歇斯底里的领悟。鹦宝儿一天需要摄入三万大卡以上的热量，十八升左右的水，以至于鸣犽锦绣看她的眼神，就像在目睹一场永无休止的饥荒——可是，哪怕饿肚子，鹦宝儿也不接受森林这样的馈赠，还说Mr. 犽太过冷血。

现成的食物不要，非花费大量的体能和时间再去寻找，鸣犽锦绣觉得这太不可理喻。他对鹦宝儿说不要干涉自然法则，把诸如此类的动物当作食物，是顺其自然，反正它们迟早都会被野兽吃掉。况且，它们跟用弹弓打来的猎物并没有什么不同，念念感恩语，也就释然了。

鹦宝儿眼泪汪汪地丢给他一句，“我觉得这是两码事呀，不然的话，当初你为什么不让老虎吃了我？”

“因为你我都是人嘛，也许我本能地想要维系人类的存在。”

小姑娘的眼神认真得让他发毛，“你确定咱俩都是人类吗？”

鸣犽锦绣挠挠耳朵，回以沉默。他不能理直气壮地说自己是人类，鹦宝儿也不能，他不知道他们俩算什么，但至少有一点能够肯定，他们不属于同一个物种。争辩到此彻底结束，但他依然行事如初。

这次遇到受伤的幼隼，鹦宝儿不需要再忍受 Mr. 犽的冷血了。她带着“求人不如求己”的得意表情给幼隼做完外伤急救，兴奋地爬上树，把失足的孩子放回到树洞里。

“你失忆之前是不是常这么做？”等小医生从树上下来以后，鸣犽锦绣问。面对鹦宝儿一如既往的迷茫，他抿着嘴，若有所思地连点几下头，“嗯，你以前可能当过兽医，或者你爸妈谁是兽医，家庭给熏陶的。”

直到走出几里地开外，俩人一前一后，各自拿着根长木棍，深一脚浅一脚地穿越沼泽地时，鹦宝儿好像才忽然反应过来，大眼睛像通了电的灯泡，“我家没人是兽医！我好像是先学会给人治伤，包括烧伤，后来才给动物治病的。哼，反正碰见受伤的动物，我再也用不着求你了。”说罢，她蹚着淤泥跟上去。

“嘿！你快停下！”走在前面的 Mr. 犽才不管她说了什么，“我踩到泥坑里了。”

鹦宝儿脸蛋瞬间急成了咸草的颜色，跌跌撞撞冲上去，“快拉住我！……我、我好像也动不了了……”

“放松，抓住我的背包，身体不要动。”鸣犽锦绣边说边把木棍从泥里小心翼翼抽出来，横架在淤泥上，“我又不是受伤的小动物，不用你来救。要是我被困在这里，我心甘情愿给野兽做食物，只要它能保证自己不陷在泥里就行。”

他双手扒单杠般握好木棍，上身趴下，把深陷的腿慢慢往外拔，“今后，你对我的指令要严格且立即执行，让你走就走，让你停就停，听见没有？”

“嗯。”

“大声点！”

“听、见、了——”

鸣犽锦绣被震得一阵头疼，“很好。”他拖着小姑娘，匍匐着爬出淤泥。

红树林盘根错节，在眼前婆娑，浓绿的沼泽漂浮着水草和大大小小的枯枝断木，把很多秘密隐藏得不见天日。

鸣犽锦绣把木棍扎进浑水，试探一下，“水太深，我背你走，趴到背包上。”

这次鹦宝儿严格且立即执行了命令，“瞧，咱们动物之间还是会互相帮助的。要是你受伤了，我也会给你包扎，就像对待其他小动物那样。”

“谢天谢地，有一位境界这么高的兽医在身边，我还真是踏实了不少呢。不过还是很遗憾——好吃的东西能激发你的记忆，要是你吃了那些受伤的动物，可能早就想起来所有事情了，它们真的很美味。”鸣犽锦绣故意很响地咽下口水，“弱者，也许只配当食物。”

鹦宝儿的笑容渐渐变得难看，眼里飞过几片雪花，那是不远处几只被惊飞的白鹭。沼泽地恢复了寂静，连黑斑水蛇偶尔搅起的水声，都显得那么喧哗。

好像我说了那句有点恶毒的玩笑话以后，鹦宝儿就不太爱言语了，也许那让她想起了什么。后来的某一个时刻，鸣犽锦绣望着小姑娘想。当他自责地询问鹦宝儿时，小姑娘什么都没说，只是专心地吃着一块肉桂树皮。她似乎在躲避某些恐怖的记忆，又似乎迫切地想要去验证。

虽然心急火燎地想把鹦宝儿送回家，可鸣犽锦绣还是会对她有不舍。此时此刻，火种湾的海滩上，从他看她的任何一眼中，都可以轻易捕捉到这一点。

“那个救过我的外星姐姐，会平安吗？”鹦宝儿把粘在鞋面上的沙粒一点一点地用指尖擦拭掉，“我有点想她。”

“她会没事的。”鸣犽锦绣已经在给划艇充气了，“你问过我上百遍了。”

“你将来也会想我吗？”

“可能会，也可能不会。”

鹦宝儿皱起小眉毛，不知是太阳晃的，还是感觉有些不悦，“如果，我是说如果，有一天你想念我了，会不会来看我？”

“如果去你家不像现在这么费劲，可以考虑。”

“为什么你们大人讲话都含含糊糊的，给自己留那么大余地，太不爽快了。你给我留个地址行吗？我一有空就去看你，给你带很多很多好吃的，鱼茶、血蚶、墨鱼干，你住在山里，吃不到那些东西。”

鸣犽锦绣起身，把划艇往海水里拖，“我没有地址和门牌号，总不能这样写吧——喆梨寨西南方向，按每天十五公里的速度走三天，进入森林之后往西，以每天二十五公里的速度走五天，会看到一座像卧虎一样的山，从阴面攀登二百米左右，然后再向……”

鹦宝儿小跑着追在他身边，眼球快速颤动着，“慢点！说慢一点！我记下来！我能找到你的！”

鸣犽锦绣停下脚步，用手把脸上因尴尬而皱起来的皮肤抹拉平，“我只是打个比方。”

鹦宝儿任由一浪一浪的海水淹没她的新鞋子，“你就是找借口不想再看见我了，可我很快就会长大的，再不会像现在这么幼稚了。”

Mr. 犽揪着眉头把目光撇到远处的海面上，害怕她又要胡说少儿不宜的话题。

“一个人活着，是辛苦的自由？还是自由的孤独？”鹦宝儿问。

鸣犽锦绣的手不由得微微一抖。现在的孩子，都这么深奥了？对这道选择题，他回以叹息。无论选 A 还是选 B，都很辛苦。

“把我送回家以后，咱们是不是就再也不见面了？”见鸣犽锦绣沉默，鹦宝儿体贴地换了一个简单的题目。

当然不是，我很想常去看看你。鸣犽锦绣一边想一边把她举起来放到划艇上，再往前走，她的裙子就要被海水淹没了。可我会在第一时间把这个想法扼杀掉，咱们的缘分，到你禁地的家为止。我的一生太长了，承受不了那么多的聚散和牵挂。可我承认，只对自己承认，我会想念你。我还会幻想，如果过年去你家蹭顿饺子吃，会怎么样。

事实上，我生命的大部分时间都是在幻想中度过的。我可以把任何场景想象得逼真，就跟亲自体验过一样。我在幻想中活着，乃至喝醉的时候，往往就分不清真实和幻想、幻想和回忆、回忆和幻觉。这么活着虽然空虚，却绝对安全，没有什么人和事可以真正伤害到我。当我从宿醉中醒来，虽然什么都没得到，但至少什么都没失去。而且，真实、回忆、幻觉，对我来说有区别吗？

鹦宝儿，我承认我会幻想你的将来。我会把你想成自己的女儿，想象将来是哪个傻小子娶了你这么好的姑娘。在你的婚礼上，我尽量让自己不哭成犽，作为父亲，那就已经是我最大的体面了。你那么贪吃，我为你准备的嫁妆，会是一个牛羊漫山的牧场，几块肥沃的稻田，以及一片望不到尽头的百果园。你要善待丈夫，可如果他敢欺负你，他会流血，或者变成一堆白骨。如果想避免那么惨烈的后果，你在结婚之前，最好让我多见他几次，我会以男人的方式相一相他，给你一些也许你并不会采纳的建议。当然，前提是你有足够长的青春和生命去做这些事。但愿你有。你肯定有。

鹦宝儿，几千年来，你是我唯一相处过的人类，或者说智慧生命体更准确。你弱小又强大，温柔又刚烈，细腻又蛮狂。你是小孩子，有时候却像个爱操心的母亲，或者奶奶。你像我外婆一样会打弹弓，煮饭，收拾屋子。你的射杀技艺很了得，对待猎物和受伤的动物，却又那么悲悯。

我没有理由不喜欢你，你是个非常适合长途旅行的伴侣。一路跟你朝夕相处，像过了个既悠长又惊险的假期。我已经很久没有放过假了，或者说，我天天都在放无聊的假。跟你在一块，很多事情都是假日里的节目，会散发温暖的光。我怎么会轻易忘记你呢。竹林里的那天早晨，我醒来后发现，你迷迷糊糊地坐在我旁边，东倒西歪地扇着半片芭蕉叶，我的头发还被你扎了个小辫子。你告诉我说，看我的头发乱糟糟地盖住了脸，怕我热着，所以才这么做。然后，你又帮我把辫子规规矩矩摆好，继续打着瞌睡给我扇扇子。我闭上眼又睡过去，是装的，害怕你看见我的眼泪。你的黑眼圈和眼里的血丝告诉我，你肯定一宿没睡。那一刻，我有点分不清，你我谁才是孩子。

你饭量那么大，可如果找不到足够的食物，还要省下东西给我吃。你啃着肉桂树皮，让我吃烤蛇肉。你说你害怕蛇所以不敢碰，说那种树皮跟鸡腿一样香。你的演技蹩脚得让我心疼，吃个破树皮，怎么可能流那么多口水？而且之前，你讲过自己赶跑墨若曼巴的故事，还讲了你怎么捉王锦蛇给乡亲们吃。看来撒谎真的是一种本事，你我都还没能掌握。几天后，我捉了条燃刀网纹蟒作为回报，你吃得天昏地暗，说：“它大得根本不像蛇，而且切成一段段的，好像很多只烤乳猪，所以，这有什么可怕的？”恰好我的演技也很烂，我希望我假装相信了你的表情，接住了你的戏。

你借走我的短刀，每天深更半夜找个角落，偷偷掏出块破桃木，吭哧吭哧地雕刻梳子。有必要躲着吗？谁还能用得上那玩意？所有夜行动物都能很容易发现你的方位，看见你在做什么，而且，你日思夜想的二娃哥早就不在了，你忘了吗？你当然没忘，你只是无法接受。

我说求求你别雕了，像老鼠在嗑门板。你说：“对不起啊，再有几天就嗑好了，已经答应送别人的东西，人家需不需要不关我的事，反正我必须信守承诺。”要是全世界的人类都能像你一样诚信，我倒是真想再次复出人类圈。

小姑娘，我不知道你为什么这么纯净，反正认识你之后，我开始觉得，这个世界也还不至于，像我从前所认为的那么糟糕。不过，你也有让我受不了的地方，唠叨。无论我怎么做，都能招来你的唠叨——我不好好吃东西，或者我吃东西速度太快；我不洗脚，或者我满头大汗跳进温度偏低的泉水里洗澡；我说我想单身一辈子，或者我说我随便娶个女人得了……你的唠叨让我头疼，你很烦知道吗。可自打你变得安静以后，我每天都在怀念你的唠叨。

对了，有时候你说话像救护车，也让我头疼。我主张吃掉受伤的动物，你因为这个经常冲我发飙，我认为你当时嗓门的频率至少在一千五百赫兹以上，音量怎么也得有八十多分贝，那足以震伤我的耳膜。我拿你没办法，每次都往你嘴里塞块树皮。你不是说树皮好吃吗，那就多吃点。

对不起，当时我确实不够绅士。我是怕你把危险的生物招来，尤其是稀奇古怪的各种人类，不管是墨若人还是外星人，都危险得很。自打你记起兽医的手艺，就不再冲我大喊大叫了，你的这种声波武器，其实我还是挺怀念的。

你死缠烂打地让我教你魔法，我知道你是想复仇。可你知道吗，那些所谓的魔法不是你可以轻易练就的奇技，是来自基因，或是我借助其他装备才完成的。你我对付不了外星人，我们所看见的，只是他们杀伤力最轻的武器，但愿，他们的重型武器装备都在空难中损毁了。你需要一支军队才可以复仇，这不是拉帮结派的江湖恩怨，是翻天覆地的种群之争。希望他们能够知趣地离开。恶人自有恶人磨，而且，你的仇人不是已经死掉好几个了吗。

你的出现对我很重要，之前我成天主动找死，现在，我不想让死轻易找到我。

但说实话，我还是更喜欢一个人待着，辛苦地自由着，自由地孤独着。

“嗳！你怎么还不上来！”海水已漫过了鸣犽锦绣的脖子，划艇上的鹦宝儿着急地去薅他头发，“我不逼你回答问题了还不行吗，你也不至于要淹死自己啊！”

“哦哦，有道理。”Mr. 犽这才从思绪中抽身，爬上划艇，“穿好救生衣，出发。”

63. 父子

呜犼锦绣和鹦宝儿挥动船桨刚划了没几下，远处上空，蓦地出现了一个快速移动的黑点。

鹦宝儿腾一下坐直身子，“他回来啦！”

如果能疾速飞近黑点，会看清那是二娃。草莓沙冰套装的设计师，当然非他莫属。

二娃俯瞰下方，左边是金色沙滩，右边是宝石蓝大海，长发飞扬的鹦宝儿在渐渐变大。他起了起范儿，摆出个很帅酷的姿态，朝小姑娘俯冲下去。他藏蓝色的毛发被阳光抹了一层金，迎风猎猎。两只长耳似乎比从前宽了不少，此刻正平直地伸向身体两侧，如飞机的双翼。耳尖则垂直向上翘起，充当着翼梢的小翼。他两个肩胛上，各有一部电能驱动的涡扇发动机，衬得身形更显魁伟。粗尾巴朝正后方伸出，蓬着橙红毛发的尾尖儿傲然挺立，在充当尾翼的同时，更如一炬烈焰在熊熊燃烧了。多日未见，风采更甚。

眨眼间，二娃已飞到划艇上方。他背部的一扇舱门缓缓掀起，露出了体内的升力风扇，同时他肩胛处的涡扇发动机开始翻转，直至喷口垂直向下。强劲的气流顿时将海水吹得波涛汹涌，划艇左摇右晃，也吹乱了鹦宝儿的长发。

二娃悬停在小姑娘面前，“来尽情地拥抱我吧！你还可以亲吻我！因为我找到潜入禁地的路啦！”

鹦宝儿笑成一朵太阳花，伸出双臂去抱他。这时才可以看到，二娃竟如此娇小，也就宫廷狮子狗那么大。不过他的体重显然不轻，小姑娘把他抱在怀里的时候，看起来很吃力。

“喂！喂喂！”二娃一边闭合背部舱门，折叠两只耳朵，又把发动机缩回体内，一边大呼小叫地挣扎，“我说的拥抱，不是把我像狗一样地抱着！我是犼！我老爸是……”

“啵啵啵啵，”鹦宝儿劈头盖脸地亲了他好几口，“我知道你老爸是谁，可我给你起的小名是‘小狗狗’，所以你就是我的小狗狗，啵啵啵啵……”

“‘二娃’才是我的小名！”

“那你的大名是什么？”

“……二娃。”

“对呀，所以你需要一个小名——小狗狗，啵啵啵啵……”

二娃生无可恋地斜睨着鸣犽锦绣，一副“都是你害我到这般田地”的表情，同时也能看出，他已经有了少许“反抗不如享受”的豁达。

鸣犽锦绣对他笑得百味杂陈，“你找的路安全吧？”

“我这不安全地去，又安全地回来了嘛。”二娃边说边无奈地伸出侧脸，主动迎接了小姑娘又一轮的四连发亲吻，“要不是电池续航时间太短，我都想去家里踩踩点了。”

“坐好，我们走。”鸣犽锦绣把船桨探入海水。

“等等。”鹦宝儿拍拍二娃的脑袋，又指一下 Mr. 犽的头顶。

两个娃无奈地对视后，一个打开腹部的收纳箱，另一个去掏搁在划艇上的背囊，然后各自拿出了一顶黑色棒球帽。监督他们把帽子反扣到了头上，小姑娘才露出了很有归属感的笑——他们三人的帽子上，用金线分别绣了三个巨大的字母：MBA。

大海碧波浩渺，金光粼粼，小艇悠然自得。鹦宝儿和鸣犽锦绣一前一后，吭哧吭哧摇着双叶桨。二娃则脑袋冲着正前方，四肢张开，呈“木”字形趴在船头，眯缝着双眼念念有词，“方位一百二十五度，距离十点五海里，那里有一个溶洞，进去以后……”他突然不耐烦地呼扇呼扇耳尖，“哎呀，你们赶紧划吧！到那儿再说……你们这两个不会飞的生物，翻个山头可真让本犽着急……我得休息一下，我需要静静地捕捉一会儿光子，光子真好吃……”

鹦宝儿放下船桨，蹲身爬过去扯起他尾巴和一条后腿，“让我多看看你，看一眼少一眼了。”小姑娘边说边把他一百八十度调了个头，这才心满意足地坐回原位。

二娃认命地吐一口气，“为什么非看我俊朗的脸呢，难道我健硕的屁股就不能代表我吗……”他斜着眼睛看鹦宝儿，“我以前真说过‘我要在你家附近安个窝，天天去找你玩’这类的话？”

鹦宝儿左一下右一下交替划动桨叶，“总有一天你能想起来的，我丢失的记忆也恢复得很慢，跟你一样。”

“吼吼，”二娃冷笑一声，“我怎么可能想起来自己没经历过的事…… ”他话没说完，看到鸣犽锦绣愠怒地望着自己微微摇头，这才又把话往回圆，“吼吼吼，前段时间发生的事，在我没回忆起来之前，还真的跟完全没经历过一样呢……不过鹦宝儿，我没想起来的承诺，就相当于我还没有承诺过，是不会兑现的哦。”

“你还活着，就比什么都强。”鹦宝儿起劲地在划艇一侧接连划了好几下水，想让船头避开前方海面露出的一小块礁石，“二娃哥，你可千万别忘了我呀。”

“拜托你也别忘了，前进方向不需要你去控制。”犽老师沉沉地给了鹦同学一句，同时轻扫桨叶把划艇的方向调整好，“在你没学会怎么跟我配合之前，一侧划一下就行了，我不想再重复第三遍。”

“好的！”鹦宝儿赶紧点头，同时偷偷冲二娃吐了下舌头。

二娃冲小姑娘回以一个大大的哈欠，“忘记你倒不会，单是你的吻就够我做一辈子噩梦了…… ”他又把目光瞟向犽老师，“鹦宝儿真不是你的私生女？！”

鸣犽锦绣送了他一个小哈欠搭配吧唧嘴的套装。

“我有爸爸的，”鹦宝儿窘得红了脖子，“只是还没想起来我爸爸是谁。”

二娃意味深长地打量一下俩人，“就是说，不能完全排除那种可能性咯。”

二娃，已经不是从前的二娃了。鹦宝儿面前的“小狗狗”，准确地说，这“小狗狗”的身体，是个样板模型。那个死去的、巨大的二娃——准确地说，那个损毁的、巨大的二娃身体，基本上是按照“小狗狗”的设计，按比例整体放大，去制作的。至于样板模型的功能为什么没有全部实现，让那个巨大的二娃也可以飞行，是因为三千多年前，具有飞行功能的民用人工智能违反法律法规，未经报批就擅自升空的案例越来越多，在发生了几起恶性事件之后，一段时间内，任何新诞生的民用人工智能，飞行功能都被绝对禁止。巨大的二娃生不逢时，他生命里，便永远留下了这个遗憾。

Mr. 犽前往 122 号洞穴拿取武器装备时，也带走了存放在那里的二娃样板模型，他知道鹦宝儿需要。找到小姑娘后，他把项链里存储的有关二娃的数据，输入了“小狗狗”的芯片。可是，这些数据拷贝于一百多年前，所以“小狗狗”的记忆，就停留在了那个时间节点上，之后发生了什么，他一概不知。“小狗狗”被唤醒以后，鸣犽锦绣如实告诉了他这一百多年来发生的事，知无不言，言无不尽。而且，他想让“小狗狗”假装成那个跟鹦宝儿相濡以沫，如今又死而复生的二娃，如果出现了破绽，就解释说——是伤后记忆受损所致，目前正在恢复，跟失忆的小姑娘算是病友。

对鹦宝儿来讲，能再见到二娃，是魔法，是童话。对小狗狗而言，即便他还无法接受陡然变小的体格、记忆残缺的自我，即便，鸣犽锦绣对机器家人的所作所为，他还不能原谅，但为了让可怜的小姑娘快乐，他还是决定配合演戏。然而，他实在演不像那个对鹦宝儿一往情深的二娃。那个二娃，跟小姑娘共同经历过生死和温情，那些可以让彼此感情燃烧起来的点滴，“小狗狗”完全没有参与其中。半个多月来，和鹦宝儿相伴相知，“小狗狗”不否认自己喜欢她，以至于想跟她做个忘年交，可她却把自己当小萌宠，肆无忌惮地宠着。

“小狗狗”心想，唉，宠物就宠物吧。无休止的四连发热吻确实让本犽不适，可真的挺甜的。而且她送我的桃木梳、发簪和发冠，本犽十分中意。从来没有谁送过我礼物，她是第一个。这些礼物，鹦宝儿其实是想送给那死鬼二娃的，我只是他的微缩版画皮罢了，我能感哪门子的动呢？可我的机器之心还是被感动了，被小姑娘对那只死鬼的情义，被慢慢入戏的自己。如果接受礼物能让她快乐，那我还是收下吧。扮演死二娃，是我的责任。最重要的是这些东西我也真的需要啊，真需要！等把她送回家，我打算去给死二娃扫扫墓，把本来属于他的礼物跟他埋在一块。我会在坟前说，我对他有种说不清的缅怀、完全能感同身受的伤心、惺惺相惜的敬佩，和一点点莫名其妙的妒忌。我会让他放心，决不会给我和他相同的那部分记忆丢脸。将来，我会替他好好活着，死也要好好地死。我们都是犽，我们的老爸是龙。

此时此刻的火种湾，透明得像没有边缘的水晶。碧空万里，骄阳烈焰，光芒毫无遮拦，似乎能照亮怒安娜的每一寸肌肤。而天幕之外，那些暗夜里才能看到的星辰，仿佛从来就没有存在过。

划艇载着MBA组合，紧贴着他们的曼妙倒影，倚浪前行。海水微蓝，清澈见底，一团巨大的红色骤然凝聚，又顷刻散开，如翻滚于水下的火焰——那是一群快速游弋的燃刀鲇鲑鱼。这片海好像对任何人都坦荡磊落，让人恍然觉得，海水下的目光所及之处，便是那个水世界的尽头了。

鹦宝儿望着熟睡的小狗狗，眼神一如海水。她只知道二娃哥换了个可爱的小身躯，同时还失去了某些记忆，跟自己的症状很相似。她想抓紧时间多疼疼他，家越来越近，再不疼他就来不及了。

这是个失忆频出的夏天，很多事还没有想起，很多事不可能忘记。

64. 万有引力

几天之后的禁地，看起来跟几天之前，抑或是跟几百年前，没什么两样。眼前这座山坡上，两块光滑的灰色巨石并肩而立，夹出了一条短而窄的通道。在通道中仰望，能看到一线锋利如剑的天空，一朵朵疾速过隙的流云，以及，凌空夹在两石之间的，一块磨盘大小的椭圆形花岗岩。这块花岗岩已如此危悬了亿万年之久，以至于，有人认为它将一如既往，也有人认为它旦夕即落。而来自地球的人，也许会想到达摩克利斯之剑。

通道尽头，一方洒下阳光的地面上，薄薄的石片被人轻轻掀开，露出七八只通体猩红的燃刀焰蝎。蝎子不安地四散逃窜，一张网却骤然撒下，随即收口，将猎物一网打尽。这捕网，是主序后星使的头发抽丝缠绕而成的。他把焰蝎从网里一只只捏出来，穿入纤细的木棍，蝎子张牙舞爪颤动着，如挣扎的火焰。随后，他伸出右手的食指和中指，聚裂出一把闪亮的小剪刀，将蝎子的须肢和毒囊剪掉。“殿下，给。”细心的星外御厨笑眯眯一扭头。

他身后的福螺凛烨接过蝎子串，叼住离钎子头最近的一只焰蝎，连撕带嚼吃将起来。看得出他很是饥饿，而且，似乎已很习惯享受这荒野生鲜了。

“像不像吃龙虾？”星外御厨歪着脑袋，很活泼的样子。

“色、形、味都相似，可它们的体型却小了很多，而且产于这山地，所以不妨叫它‘山岳小龙虾’吧。”太子把山岳小龙虾嚼得吱吱作响。

俩人猫着腰，边吃边前后脚走到通道出口。

“等等！”主序后星使小心地探出一只眼睛，四下观望一番，“安全。”

主仆二人这才走出去，他们的头发，即刻便被山风吹得飞扬起来了。豁然远望，有丝丝缕缕的黑色烟雾正从群山一隅冉冉升起，似亡灵的魂魄。

“他们肯定在附近，”主序后星使挥舞着胳膊，用手掌边缘聚裂出的刀刃去砍削挡路的藤蔓和野草，“刚才的战斗，听上去，政府军至少有一个加强连。”

“交战的机械反抗军，是不是都被歼灭了？”福螺凛烨忐忑地擦一把汗，本就泥尘满布的脸这下彻底花了。

“殿下别担心，是机械兵先撤退的。”

“你怎知道？”

“他们的能量武器跟人类政府军的有区别，发出的声音不太一样。应该很快就能见到他们了，殿下，记住那天我对您说过的话哟。”

福螺凛烨慢慢攥紧拳头，手中的钎子被握断了，“这场较量本王必须赢，输者死。”

那晚，宏原子美离开后，主序后星使揉搓着喘不上气来的脖子，脸上竟闪过一丝小得意，不过，他很快就又调整回要死要活的表情，扭曲着身子从地上爬起来，“哎哟……咳咳咳……哎哟……我不怪她……她孤儿寡母的，我们好歹也可以照应她。唉，她做人也太功利了。”

在福螺凛烨五味杂陈的注视下，他朝黑暗中踉跄走去，“要不要一起去抓鸟吃？我刚才听见鸟儿的叫声了。”

“本王毫无胃口，”太子站着没动，“而且那并非鸟类，其状如鱼而猴面，其音如鸳鸯，生活在溪水里，恰似《山海经》中所记载的赤鱬，我们把它叫作‘猿鱬’。”

“管它长得像什么呢，反正我最喜欢吃河鲜了，您要是不饿，那就备着当口粮，未来几天，有咱们累的呢。”窄肩膀消失在岩石后，一句话随风飘过来，“我有主意了，殿下的大业肯定能成。”

等福螺凛烨循着水声，着急忙慌找到溪边时，主序后星使已经蹲在水里，捏住了一只四腿乱蹬的大青蛙。

没等太子张口，窄肩膀边把一根发辫抽丝成长长的细绳，边说：“机械反抗军跟政府军势不两立，可跟殿下您，根本犯不上你死我活。您是墨若英明的储君，可从来都没说过他们是妖孽。”

“那又怎样？”

“收编他们呀。”窄肩膀把细绳捋捋顺，原来的辫梢也聚裂成了一只钩子。

“你在做梦。”太子恼火地侧过身不看他。

窄肩膀把青蛙穿入钩子，一甩脑袋，钓饵被抛进了岸边乱石形成的缝隙，“它就躲在里面——殿下，您可以向反抗军承诺，只要毁掉暗夜信使，消灭了政府军，墨若国就送一块土地给他们去建立国家，不用做您的附属国，也不需要向您进贡。两国互通有无，互不干涉内政，甚至可以结成盟国。以此为条件，让他们助您登基，改朝换代。”

“呵，本王就是个‘光杆司令’，他们铜头铁臂，骁勇善战，凭什么跟我合作？”

“也别太神话他们。小人虽然不知道机械反抗军准确的兵力，但应该不会太多，而且他们分属不同的兵种，不是每个人都能作战的，好多都是后勤兵，还包括营妓什么的呢。所以他们单兵的战斗力是不弱，可总体实力也有限，也很需要帮手呢——哈！咬钩啦！”

主序后星使兴奋地把双手插入水底乱石，以固定身体，然后梗起脖子拼命往后坐，像在拔河，“嘿哟……它力气很大呢。”

说话间，猎物嘴里的咬钩便融成一个带有许多倒刺的细爪，爪齿分别朝不同方向蔓延生长而去，穿透猿鳊的身体钻出来，将它牢牢箍紧。

猎手吁着气一屁股坐进水里，砸起四溅的水花，“殿下，怒安娜除了墨若国，还有其他国家吧？”

“当然，三大王国分庭抗礼，六小王国众星捧月。”

“这就对了呀，殿下您想，反抗军来自外星，还是机械人，这种异类想在怒安娜建立政权，哪个统治者能安心接受呢，又有哪个老百姓不会恐慌呢？就算反抗军把暗夜信使毁掉，可他们如果没有本土力量扶持，找不到后盾和代理人，树敌只会越来越多，到时候所有王国联合起来，再加上一部分香沙沙落政府军的力量，让他们全都变回废铜烂铁，也不是太难的事呀。”

福螺凛烨望一眼自己水中的倒影，觉得跟撒泡尿照出来的效果没什么两样，“本王这般模样，哪里像他们的后盾？”

“只要能满足两个条件，殿下就是后盾的不二人选，”主序后星使双手握住钓绳，绕电线圈似的往回扯，“一呢，他们必须毁掉暗夜信使；二呢，殿下必须承认世间真的有神灵……”

“胡说八道！本王正是在与这种人为敌！寻找的正是神灵不存在的证据！怎会突然就抛弃信仰，倒了戈？！”

钓绳骤然紧绷，把窄肩膀拽得差点趴在水里，紧接着钓绳尽头传来噗噗几声响，伴着猎物如鸟儿啼血般的哀鸣，钓绳又松弛下来。

“殿下，兵不厌诈呀，连这条猿鳐都会呢，它刚才在装死，现在还在装。”窄肩膀用力一拖，岩缝中露出猎物猿猴般的半边脑袋和它满嘴密密匝匝的牙齿，窄肩膀吓了一跳，“哟！这河鲜的模样也太瘆人了！”他埋怨地使劲一翻眼睛，定了定神，“殿下，等您皇权在握的时候，想改口说世界上没有神灵了，几个人敢说有？如果您依然想说有神灵，谁又敢说没有？也就您将来的儿子敢跟您对着干。您说谁是人，谁就是人，说谁是鬼，谁就是鬼呀。您就是标准，您就是真理本身！”

福螺凛烨铁青着脸没言语，溪水中，星河的倒影模糊不清。

猿鳐巨大的上半身从岩洞中被拖出来，活像一个阴森森趴在水底的人，主序后星使对猎物做出一个“请看那边”的手势，“好好瞧瞧，这将是怒安娜最伟大的人类——福、螺、凛、烨、陛、下。”他又抚住自己的胸膛，“我是他最贴心的防弹小棉袄。”

说话间，被猎者身上的捆绳窸窸窣窣一番穿插游走，它疯狂扭动片刻便停止了挣扎。福螺凛烨嫌恶地观望着这一切，腹中咕噜噜一串响亮的声音却出卖了他。

“殿下，鱼脍很鲜美呢，我抓紧收拾。”窄肩膀吭哧吭哧继续把猎物往外拖，“如果暗夜信使被毁掉，政府军肯定人心惶惶，小人有把握策反一部分人。被策反的人，再加上机械反抗军，一起策划个‘天赋皇权’的事件，就说我们是神灵的使者，而您是神灵指定做皇上的人选，到时候，还怕舅父不起兵拥立您？——对了殿下，鱼腹藏书、篝火狐鸣这种事，怒安娜历史上有过吗？”

太子似点头又没点头，窄肩膀笃定这算是默认，“殿下知道类似的蓝本，咱们沟通起来就更容易啦——哇！终于拽出来了！够咱们吃好几天呢！”窄肩膀把钓绳抽缩成最初的发辫，掬几捧溪水在脸颊轻撩一番，扭搭着走向猎物，手指聚裂成尖刀，“先把它的皮给剥下来。”他在食材旁蹲下，“我们统一口径，就说圣决者才是真正的妖怪，是他之前篡了权，颠倒了黑白——这种解释很合理，谁都挑不出毛病来。到时候别说那些小国了，那两个大国也得跪拜在您脚下，您不但是一国之君，还是世界之王呢！”

福螺凛烨终于找了块石头坐下，抱臂胸前，认真地盯着御厨怎么做餐饭。

窄肩膀心揣明白地瞟瞟他，“扑哧”一笑，“我先叫您一声‘陛下’，到时候，我们这些外星人的身份仅仅是‘使者’，就是替神灵跑腿送信的奴仆，而神灵，在那遥远的天上呢，我们想怎么编就怎么编。如果哪天您觉得使者碍眼了，是杀是留，还不是您一句话？小的只求良田美酒，才不要那高官俸禄。”

太子一动没动，半晌，声音才顺着水面沉沉地飘过来，“卿家这番话，机械反抗军会怎么想？”

“如果我是他们，会认为这是目前的最优选择，试试看呗，反正未来一段时间之内，大家的敌人是一致的。”

星光在太子眼里闪亮起来，一颗，几颗，一群，漫天。“如果本王君临天下，宏原子姑娘看我的眼神，会娇媚一点吗。”他心想。

此时此刻，站在山坡上的福螺凛烨，又想起了女兵梦一般的浅紫色眼睛。不过，他很快就发现了更让他血脉偾张的东西，“卿家快看！”

窄肩膀慌忙扭头，“……嗐，那是我们星舰的残骸。”

群山中，巨大的凹陷宛如陨石砸出的天坑，隐约露出黑色巨型金属的边缘，扭曲而凌厉。

福螺凛烨摇摇头，心中似有澎湃，“本王之前来过这里，已见识过那飞焰的残骸了——你看它的西南方向。”

“只有一条河……和一个破山头呀。”

“那是一座未竣工的陵墓。本王的先人福螺狂，就是在那里斩木为兵，揭竿为旗，以贱奴之身打下了江山伟业！”

“哇，好有历史意义呀。”

“然也！八百多年前，焱族入侵我雅茶人的国土，烧杀掳掠，奸淫作歹，长驱直入，最终打到了这里。雅茶百姓家国尽失，沦为卑贱的奴隶。这座山的北边有一片平原，水美田良。焱族的国王波叶阿燿涂，决定在那里建都，并且着手在城外修筑他的陵寝，也就是你看到的那座‘破山头’。”

“就选了这么个鸟不拉屎的地方？”

“休语出不敬！”

“嗳嗳。”

“你瞧，那陵寝傍水依山，坐北朝南，顺乘生气，是一块难得的风水宝地啊。可建造它，却成了我雅茶族的噩梦，劳累伤病而死的民夫无以计数。福螺狂本是军中的一名甲士，被俘后，押送到此做了奴隶。他蛰伏数月，终于率众而起，星火燎原，竟成气候也！”

“看来焱族的奴隶监管机制有很大的漏洞呀，而且波叶国王也很了不起呢。”

“掌嘴！我意在称颂先人英雄之勇，你倒助长敌人的威风，本王非常生气！”

窄肩膀二话不说抽起自己耳光来，“小人的意思是，咱们这次行动取得最终的胜利之后，千万要加强对香沙沙落人的监管，不能让他们任何人钻了空子呢。”从太子不堪的眼神里，他读到了“原来如此，打两下就好”的指示，便把手放下去，“那个波叶阿爠涂，后来呢？”

“他丧命于福螺狂刀下，身首异处。焱族兵士只抢回他的身躯，首级至今还留在墨若，收藏在了皇宫里，以明福螺家族后人志气——莫忘开天辟地之人，莫忘灭国为奴之耻！”

二人贴着高耸的崖石，绕到山另一侧，旷世美景刹那扑面而来。山绵绵，海茫茫，天缈缈。山海交融，海天共色，世界浑然一体。

主序后星使张开怀抱，轻踮脚尖，深深呼吸着海风，“殿下的江山好美哟。”

福螺凛烨发出一串欢喜尤甚的“呵呵呵”，笑纳了这未来的江山，“墨若的美景数不胜数，远的暂且不提，沿这条路绕到后山，有一个湖泊傍山邻海，颜色桃红，名叫‘醉湘妃’。世间的痴情男女，都向往能去那里一定终身啊。”

说着，太子的脸色也显得桃红了许多，他边往前走，边导游般地讲个不停。“醉湘妃西北方向，有一座重器凭山而起，那才叫真正的奇观——是前朝的曦峨伯及其子孙，共动用数十万工匠，用时九十八年才建造而成，到今天还能用。”福螺凛烨眼冒神采，断臂背在身后，一只大手伸展而出，仿佛那重器就在面前，清清嗓子便开始了朗诵。“据史书记载——‘其高数十丈，形似酒樽，其盖穹隆，饰以篆文山龟鸟兽之形。中有都柱，傍行八道，连通地下之水，施关发机。外有八方兆，示以龙首，龙首下有蟾蜍，皆张口相向。其牙机巧制，俱隐于山石中，覆盖周密无际。如有地动、海溢，尊则振龙机发吐水，而蟾蜍吞之。水声激扬，伺者因此觉知。虽一龙发机，而七首不动，寻其方面，乃知灾之所在。验之以事，合契若神，可谓神工鬼斧也哉’！”言罢，太子望向听众。

“小人完全没听懂啊，您能说得通俗点吗殿下——哎！前面有人！”

没等福螺凛烨反应过来，主序后星使已经飞身把他扑倒，两人双双没入草丛里去了。

斜刺里，一条人影踉跄着闪出来，八尺钉耙拖在身后，一路刨起杂草。用不了多久，他将成为太子身边的一员猛将。

65. 不期

福螺凛烨引经据典所介绍的那鬼斧神工之处，此刻，站着被惊呆的鹦宝儿。她和Mr. 犽、小狗狗潜入禁地后一路跋涉，出现在这里。海风吹动她弯长的睫毛，她的大眼睛却一眨不眨，始终仰望着什么人，嘴里喃喃有词，“你好……你好吗？”小姑娘浑身污渍——把一份新鲜的草莓沙冰扣在泥里，再把它重新撮回玻璃杯，就是这副模样。

Mr. 犽站在一旁，表情姿势和她差不多，造型也很配套。他的衣服布满破洞，污渍黑白黄相间，如一块被狠狠抓捏过的巧克力蛋糕。头发则像在水泥浆里涮过的泡面，弯曲、坚硬、蓬炸，说黑不黑，说灰不灰，大体是黑化肥发灰，灰化肥挥发会发黑的那种颜色。两个人就像一份黑暗料理套餐。

几天前，MBA 组合钻入火种湾沿岸的一处溶洞，涉水、攀爬、匍匐、悬吊，以各种艰难的方式向前、向前、再向前，终于抵达溶洞另一端的一个狭小出气孔。出气孔位于禁地内一座山的半腰，洞口刚好能钻出一个人，二娃之前探路时发现了它。这条曲折的隐秘通道，铺就了小姑娘回家之旅的最后一程，也顺便把她和鸣犽锦绣烹制成了黑暗料理。

被烹制的过程中，Mr. 犽遗失了很多重要的东西。即将到达终点时，铺天盖地的蝙蝠袭击了他们。那些毛腿吸血蝠只有果蝇般大小，通体棕红色毛发，如会飞的迷你老鼠。多亏二娃将涡扇发动机风力全开，在鹦宝儿和Mr. 犽身边疾速环绕飞行，利用气压差，让那些密密麻麻冲上来的吸血鬼肺部爆裂，才逃过此劫。当鸣犽锦绣从出气孔爬出来时，突击步枪掉落在洞穴里，为了阻挡吸血蝠继续追击，他引爆手雷封死了洞口。

所以大兵 Mr. 犽现在的装备，就只剩下背囊了。不，他的 MBA 队帽还在。更让人感觉美好的是，组合的三名成员都安全地活了下来，而且，粉色湖泊已是咫尺之遥。眼下，他们处于醉湘妃的西北方向，也就是太子所讲的“重器凭山而起”之处。

Mr. 犽和鹦宝儿斜上方几十米高处，一只巨大的青铜龙首从光滑如镜的峭壁凌空探出。威龙怒口呲张，龙目森然，小姑娘整个人还没有龙的獠牙尖大。那龙首，脸颊清瘦狭长，宛如巨鳄。颜色乌中泛青，青里还透着微黄。星星点点的绿绣斑驳其上，尽显沧桑。龙的双角微曲，顶端锋利前卷，似牛，龙角中部却分出了小枝丫，又似鹿。它飞扬的龙发如烈焰燃烧，苍劲的龙眉之下，眼窝深邃，龙目椭圆。无论是谁与它的目光碰撞，都会觉得自己再无秘密可言。龙唇薄削，向上下翻卷而出。唇边水须轻漾，两条粗长的触须则在龙腮上挥洒，如狂游的巨蟒。咽喉处，一片逆鳞宛如新月——作为龙，那是它决不允许别人触碰的地方。

“我很好，你呢？”龙首忽然对小姑娘说话了，嗓音浑厚绵长，慈祥温暖。

鹦宝儿吓得腿一软啪叽摔在地上，又惊喜地赶紧爬起来，“龙说话啦！Mr. 犽，你老爸说话啦！”

Mr. 犽不堪地扭曲一下嘴唇，“是我干儿子在说话还差不多。”

鹦宝儿仔细看去，这才发现龙嘴里站着一只狂摇尾巴的小狗狗。刚才的配音演员，是二娃。

那只龙首，其实位于一座巨型建筑的胸腰部位。这建筑宛如巨樽，立地顶天，高近百米——也就是说，大约有三十层楼房那么高。它以一整座山为原石，切削打磨之后，又镶了巨大的青铜饰物。

“嘿嘿！吼吼吼吼！哦呼——”二娃亢奋地跃出龙嘴，在空中水平飞个半圆，随后脑袋陡然向上，笔直朝天空钻去。

他飞到巨樽上方，忽然又来个一百八十度转向，疾速俯冲。从他的视角俯瞰，一片青石铺就的宽阔广场三面环山，巨樽耸立其中。它胸腰处探出八只青铜龙首，面朝八方。巨樽顶盖是一个青铜铸造的半球。球顶上，三只青铜凤鸟面部朝外，尾部相连，呈放射状而立，尾羽高高翘起，振翅欲飞。巨樽基部有八只青铜蟾蜍，蟾蜍躯干的下半部分隐藏在山体内，头部向外伸出，它们张开的巨嘴与那些龙嘴各自对应，似乎在等待天降飞瀑。

“这是什么啊？”鹦宝儿的眼神像在膜拜一座智慧的殿堂。

鸣犽锦绣感慨得一直在搓下巴，“可能是地动仪，可我从没见过这么大的。如果是的话，山体应该被掏空了，真不可思议啊——你家就在附近，以前没见过吗？”

鹦宝儿摇摇头，盯着面前的青铜蟾蜍，“刚才看见这些大蛤蟆，我只想起了食蟹蛙，用那种蛙煮火锅，真的很好吃哎。”

呜犽锦绣咽下被勾起的口水，抬头冲空中喊：“二娃！二……”天上连只鸟儿都没有，他无奈地摊开手，“转过这个山角，应该就能看见你的‘草莓沙冰’了，二娃可能是先去探探路。马上就到家了，你为什么看起来不高兴？”

小姑娘垂下眼帘，攥住一根手指使劲掰，非但没有一丝喜悦，反而满是惶恐。

呜犽锦绣蹲下来抚住她双肩，“告诉我发生了什么，不用怕。”

鹦宝儿蹙着小眉毛，“比起走丢的时候，我长大了很多，妈妈还能认出我吗？”

呜犽锦绣悬着的心放下来，温暖一笑，“别担心，妈妈一眼就能认出你来，因为你肯定出落得更像她了。”

“Mr. 犽……”

“嗯？”

“到家以后，我想给你做点好吃的，你吃了再走好吗？”

“这是我的荣幸，正好有些事我想跟你的家人聊聊。”

鹦宝儿猛地抬起头，眸子上的泪水颤动不止，“他们、他们……”她恐惧地望向不远处的小山一角——那是去往粉色湖泊的必经之路——然后又慌忙把目光收回来，“遇到受伤的小隼那天，我突然就会给动物包扎了，我说我是先学会给人治伤，包括烧伤什么的——这些话你还记得吗？”

“当然。”

“其实……是因为星舰坠毁，死了很多很多人，活下来的都受了伤，我伤得比较轻，就跟一位护士姐姐学习就地取材，用草药去给伤员们急救。”

Mr. 犽愣了，“你跟那些外星人一起来的？还有很多像你这样的乘客？”

小姑娘用力点点头，“是的，可更多的情况我还没想起来。”

“你家人怎么样？”

“都伤得很重。”

“你不是说，你们一直生活在粉色湖泊旁边吗？”

“是的。”

“可星舰是怎么回事？你们从哪里来的？”

“不记得了。”

“这里距离喆梨寨非常远，谁带你去了那里？”

“不知道，我脑子好乱，我没骗你，真的没骗你。对不起。”

鸣犼锦绣从背囊里掏出一块干净的白毛巾，给她抹去眼泪，“不要责怪自己，不要说‘对不起’，你说的话我全都信。”他把小姑娘轻轻拥在怀里，像父亲抱着女儿。

“其实我害怕回家，一路都在怕。”鹦宝儿小小的下巴伤心地抖动着，模样更惹人心疼，“开始的时候，我想起来家人不喜欢我，也许我死了他们都不会在意，所以恨他们。可如果不回家，我又不知道能去哪里。后来，我回忆起了星舰，还有家人受伤的事情，觉得他们好可怜。毕竟是一家人，就算以前对我再不好，也应该原谅他们。这些回忆很可怕，乱糟糟的，我不敢告诉你，也不知道该怎么对你说。”

“你没必要独自承受，应该早点儿告诉我的。就要到‘草莓沙冰’了，这些事情很快就能弄明白。”

“可我害怕知道发生过什么，害怕想起来更恐怖的事。”

“鹦宝儿，恐惧很正常，每个人都会恐惧，我……虽然不完全算是个人，但也会恐惧。恐惧确实会让人懦弱，但如果硬着头皮往前走，就能变得勇敢。认识你以后，发生了这么多事，你是个勇敢的小姑娘，我以你为荣，而且，你让我也变得勇敢了。现在，直视你的恐惧，习惯它，忽视它，冲破它。不管接下来发生什么，我和二娃都会在你身边。”

“嗯。可是我的家人……会不会已经死了？”

“人确实很脆弱，可在更多时候，还是比想象的要顽强，他们能挺住的。”

Mr. 犼牵着鹦宝儿朝山角走去，却赫然发现面前站着一个人，伽马暴力。上尉的眸子已不再像紫玫瑰，倒仿佛烂掉的黑色曼陀罗。他身边没有任何香沙沙落士兵，甚至没有穿山破。

刹那间，曼陀罗的黑色花瓣里亮起刺眼的蓝，宛如花蕊，那是劈过来的光束剑。鸣犼锦绣慌忙揽起鹦宝儿闪开，下一剑又呼啸而至时，他探手将小姑娘推向旁边，自己侧身向后倒去，同时扬起一条腿抽打伽马暴力的膝盖。上尉猛一个趔趄，剑劈在青铜蟾蜍上。

伴着刺耳的“哧”声，蟾蜍腹部被拉出一条巨大的伤口。

“你们烧了她……竟然烧死了她……你们这些恶心的怒安娜虫子……我要踩死你们。”上尉含混不清地念叨着，又朝鸣犼锦绣冲去，“粉色的湖是好地方……我用不着离开这禁地了……这里再完美不过，完蛋前的美好……”

他的眼神呆滞而疯狂，像被什么附了体。

66. 利溅

上尉本不至于如此的，也不该出现在粉色湖泊附近。在与鹰雕无人机和鸣犰锦绣短兵相接后，他发现活下来的士兵，就只剩双星沫和穿山破了。当他们一行三人跋涉到禁地，即将与大部队会合时，上尉没想到，自己会被出卖。

“小妞儿，你不会向星门将军揭发我吧？”几天前，在禁地内的一个正午，伽马暴力蹚着淹没腿肚的湍急河水，问身后的双星沫。

双星沫深一脚浅一脚地走，身旁是万丈飞流的瀑布，“我只是会如实汇报发生过的事。”

上尉扭身站住，“这跟揭发有区别吗？你想让我死？”

“注意安全，咱们并不擅长游泳。”双星沫小心地移动步伐，绕过他，“我没有权力评判您的行为，但是将军有权知道发生了什么。”

走在最后的穿山破把钉耙插进石缝，紧攥手柄以固定自己，胆怯又好奇地看他们争吵。

伽马暴紧追几步，每一脚都在打滑，“稍微动动你没用的脑子，就知道后果是咱俩一块完蛋！”

“我愿意承担任何后果。”双星瞥一眼水汽蒸腾的深渊。

愤怒的上尉一把薅住她胳膊，俩人都闪个趔趄，也都在脚底聚裂出钩刺扒住河底，看得穿山破不禁浑身一抖。

双星用目光跟长官角力，上尉似有忌惮地放开她，“你参与增员计划，怀上了不知道哪个恶心玩意儿的小孽种，不管怎么样都不会被判死刑。而且听说宏原子美把现场搞得天翻地覆，你该不会无意中看见是谁跟你乱搞了吧？——对，对，你肯定看见了，慧发对盈坤说过这样的话，你们都知道自己的搭配者是哪个王八蛋。呵，如果你那位是个高级军官，他会想方设法替你减刑。可我呢？老子会被就地处决！”

“对不起，我没考虑过这些。”

“那你现在应该考虑了！只要编一套说辞，咱俩都能安全过关。”

“以前我只是讨厌您，现在开始鄙视了。”

“这很好，说明你对我的态度可以转变，说不定你还能爱上我呢。不过现在我只想问你——那些怒安娜猴子不该死吗？慧发那样对待盈坤，不该死吗？杀掉他们是我的职责！”

“谁该死谁能活，法律说了算。咱俩不是法官。”

面对固执的女兵，上尉气急败坏起来，手戳向她的胸膛，“你就像个愚蠢下贱的花火人！”

“请你保持风度。”

“风度？老子从来就没有过那东西！……好吧，好吧，那种虚头巴脑的鬼样子，为了你，我尽量装装看。”上尉开合几下嘴巴以柔和脸上僵硬的肌肉，艰难地皱出笑脸，但同时又歪歪脖颈，转转手腕，似要动手。他贴住双星沫用肩膀一顶，俩人便都朝向瀑布下的深潭。

穿山破腿一软，干脆坐在河水里，忐忑地继续观望。

“双星，我喜欢优秀的士兵，尤其是优秀的女兵。我钟情盈坤，你们都知道的，其实我对你也很有好感。好吧，好吧，这是我第一次对你说真心话，我都快被自己恶心死了。”有轰然的水声做背景，伽马暴力的话语透出一种悲凉的浪漫。

“我同样感到恶心，但也有一点荣幸。”双星沫边说聚裂出铠甲，以免突然就做了下一个慧发袭心。

“瞧瞧，我们还是能心平气和地进行交流……咱们小分队遇到了非常特殊的情况，发生了很多谁也不愿意发生的事，死得就剩下了你和我，我们应该珍惜这份战斗情谊。就让争论到此为止吧，你我不要自相残杀，应该彼此保护，嗯？”

“是彼此包庇。”

“别跟我咬文嚼字！……好吧好吧，我要有该死的风度……”上尉挪动脚尖，把她往悬崖边一点点地推，“确实像你说的，是包庇，可这对你我都好。”

双星沫慌忙聚裂出长钩锁紧长官的脚踝，“如果绑在一起往下跳，谁也活不了，我赌你比我更怕死。”她反倒主动朝前蹭了一步，俩人被水流冲得左右摇晃，脚底钩刺扒住的石块也一点点地开始松动，“我们最大的错误不是杀了多少墨若人，也不是你杀了慧发上尉，是没能抓住那个神秘的男人，当然，还有那小女孩。”

这话像狠揍了上尉一记重拳，他脸上青中泛紫，嗓音如粗糙的砂纸相互打磨。“我眼睁睁看着那个男人伤害盈坤，无能为力。看着她被火烧，把自己的头发扎进眼窝，然后整个人就没了，连个响儿都没有……我是失败的军官，没保护好最优秀的士兵，手下的人还制造了那么多麻烦，把整个军事计划搞得千疮百孔……我还是个失败的男人，从没亲近过女人，只碰过一只怒安娜母猴子，而且她还老大不乐意，宁可自杀也不乐意……你说，我就那么惹女人讨厌吗？”

“你比你想象的更讨厌，但我不能代表所有的女人，得做抽样调查才有结论。”

“你说得还真够客观……我觉得盈坤还是有那么一点喜欢我的……血珍珠计划是个禽兽不如的计划，一想到哪个臭烘烘的男兵趴在她身上，我就想活剐了那家伙……可我什么都不能去做，什么都做不到，倒是亲眼看着她被打瞎那么美的眼睛，一只，又一只……说真的，她戴眼罩的样子真难看，可我还是喜欢她，就算她不戴眼罩，我也会喜欢她裸露的伤口。我要杀了那个公猴子，‘大娃’，这名字听着就让人想撕碎他。”

“你无权杀他，我们需要知道更多。”

“我倒是觉得你更冷血，就像最原始版本的机械兵。我不能就这么被判死刑，杀害盈坤的凶手，我必须亲自解决。”上尉说着猛然朝后一躺，发辫迅速抻长攀紧身下石块，同时飞速启动了光束剑柄上的开关。“啊！”却是他惨叫一声，后背蒸腾起几缕黑烟，夹杂着皮肉烧焦的臭味。

钉耙已不在原来的地方，穿山破不知何时已悄然来到他们身后，此刻，这莽汉一肩扛着耙子，一手哆哆嗦嗦握着光束剑，目光惊恐地在俩人之间游移不定。

“你疯了？！为什么砍我！”摔倒的上尉又惊又怒，连喝好几口河水，人也被水流冲得滚到了悬崖边。

双星沫慌忙摆脱控制，却又被上尉甩出一根辫子缠住了腰，俩人连挣扎带扭打，只一个回合就双双悬了空。伽马暴赶紧抽回发辫，把剑扎入水中岩石，岩石的切口顺着剑刃不断融化拉长，蒸发的水雾滚滚如烟，他紧握剑柄尽量延缓滑落速度，另一只手抠住石缝没命地往上爬。

双星的金属指甲把光滑的石头抓得滋啦作响，却还是一点一点滑落而去。穿山破赶紧递上钉耙手柄，她面带疑惑地一把抓住。

伽马暴力这下更愤怒了，即便一张嘴便会灌进河水，还是要说话，“穿……山甲……你背……叛我，咳咳咳……”

为了把双星沫拽上来，穿山破干脆往水里一卧，也大口地灌着山泉，“天王……咳咳咳……你触犯天条难逃一死，叫我怎么追随？方才……你又妄图杀害双星女仙，弟子心向父神，岂能……咳咳咳……袖手旁观……呃！”他差点没被水给呛死。

“哈哈哈……哈咳咳咳……”上尉已爬上来半截身子，“什么鬼天王、鬼罗汉、鬼仙女，告诉你吧，都是假的！假的！”

穿山破恐慌地把剑指向他，“住口……咳咳咳……逆天犯上者死！”他目眦尽裂，正气浩然，“怪我眼浊……未能……识破你妖怪真身！”

双星沫和伽马暴同时爬了回来，上尉对她挥剑就扫，穿山破抢先一努剑身扎向天王腹部，天王向后一闪，晃了两晃，终于又倒在水里，随即便被一个浪头拍下悬崖。他和他的叫声瞬间就被瀑布吞没了。

莽汉惊魂未定，却已在水里双膝跪下，叩一个头灌一口水，“女呃……仙在上，弟呃……子愿跟从左右，效呃……犬马之劳咳咳咳……”

“我不需要随从。谢谢你救我。”女仙拔腿朝对岸走去，趔趔趄趄，“我不为难你，你快滚吧。”

穿山破于是孤魂野鬼般潜行数日，直至闯入了太子和窄肩膀的视线中。他很快将告诉福螺凛烨——他是茶青县的主簿兼巡捕官，之前被妖言所蛊惑，但终于发现了天外来人狼子野心，于是幡然醒悟，遂立誓保卫墨若，死而后已，所以目前，他正在追杀一个叫双星沫的女妖怪。

而伽马暴力坠下瀑布后，又是扑腾翼翅，又是光剑乱扎，终于钉在岩壁上没有掉进深潭。他沿悬崖壁横着挪移，一点一点抵达了安全地带，得以活下来。他计划逃出禁地，用凶手的血肉祭奠盈坤，然后找个地方静静等死。为了避开集结的政府军，他择路海边。之前，他曾听穿山破讲——东海岸有个粉色的湖叫醉湘妃，从醉湘妃出海，向东走十几海里的距离，会抵达一座孤岛。那岛与世隔绝，毒虫遍地，名曰“彩爔屿”。他打算先到彩爔屿休整一下再去复仇，了却心愿后就返回小岛，终其天年。可还没到醉湘妃，他就在巨樽下和要找的人相遇了。这个已疯疯癫癫的香沙沙落上尉，此时就站在Mr. 犼和鹦宝儿面前。

该来的必定要来，生命一如既往，却又猝不及防。一件件事情，就像无数扑克牌混乱地插在一起，即便你知道所有牌面，也不可能知道下次将抽到哪一张。

一如此刻。硕大的青铜龙首无声地俯瞰着这场冤家路窄的生死格斗。

上尉眼神发直，奔向鸣犽锦绣的脚步越来越快，神经质地嘟囔着，“你们这些裹着破布的臭猴子……竟然敢杀她……敢杀我最喜欢的女人……我还没吻过她一次……哪怕一次。”

他冲向鸣犽锦绣的同时，数粒钢珠也飞向了他。钢珠来自鹦宝儿的弹弓，如子弹雨横空扫过。“你们先杀了我姐姐！你们得偿命！”小姑娘悲愤的呐喊和子弹雨的呼啸，一起将杀手席卷。

伽马暴身上溅出数个弹坑，黏稠的黑色液体如水花激起，随后又落回去。扭曲变形的钢珠噼里啪啦掉在地上，没能伤他毫发。他的剑紧贴着鸣犽锦绣划过去，Mr. 犽被灼烧得叫出了声。

“你这个臭猴子，你不该救这小崽子……不该救……你毁了我们的计划，毁了我和我心爱的女人。”伽马暴边说边飞身上前，又是一剑。

鹦宝儿急忙拉弹弓再射，更密集的子弹雨把上尉撞了几个趔趄，Mr. 犽乘机踢中他的手腕。光束剑旋转着飞出去，扎进远处的青石地面，缓缓刺向大地深处。

鸣犽锦绣站定，逼视着伽马暴，“鹦宝儿是不是跟你们一起来怒安娜的？”

“臭猴子，我不明白你想说什么……我只知道怒安娜是天堂，看起来是天堂……可其实是个地狱……火地狱……”

“你不该来这颗星球的，不该欺骗怒安娜人，更不该虐杀他们。而且，你真的打搅到我了。”鸣犽锦绣卸下背囊，咆哮着冲向伽马暴，朝他下颌狠狠击出一拳。很久很久以来，Mr. 犽都没有像现在这样渴望爆发了。他感觉自己拳头所聚集的力量，如同点燃的炸药。

嘭！上尉先前的防弹衣顷刻间融成坚硬的盔甲，拳头打在头盔的顿项上，他岿然未动。嘭！嘭！嘭！鸣犽锦绣再击几拳，手指渗出了血，上尉依旧毫无反应。他愣了愣，撤身去捡光束剑，却被上尉的金属爪一把钩住，“杀你们这种猴子……虐杀，虐杀猴子……这让我很兴奋。”

金属拳重重砸在鸣犽锦绣的头上，一下，两下，三下……他根本没有还手之力，脸上也顿时血肉模糊了。

鹦宝儿跑到光束剑旁，此时，大部分剑身已被青石吞噬。她去握剑柄，剑却猛然一沉，眨眼间没入地面，只留下一道狭窄的裂缝。她急忙伸进胳膊去掏，皮肉即刻被烫得冒了烟，而剑还是无情地向黑暗里钻去。

伽马暴力张开金属爪扎进鸣犽锦绣的身体，旋转手腕将拳头拔出来，“瞧瞧……

瞧瞧这些低等生物……活着吃味道最好了。”

鹦宝儿疯了般跑过去，她眼前，又如昔日喆梨寨的那片森林，漫天血色。

Mr. 犽气若游丝，空洞的眼睛里没有焦点，“别过来……弹弓……继续…… ”

“呀—— ”鹦宝儿呐喊一声，钢珠呼啸似冷风彻骨，刹那间迸发而去。

上尉迅速把盔甲再次融成防弹服，鸣犽锦绣则奋力一挣，从绑在自己小腿的刀鞘中抽出匕首，扎进他腰间。黏稠液体所形成的防弹层，挡得了钢珠，挡不住锐利的刀锋。鸣犽锦绣用尽力气将刀刃全部锥进去，“你配不上你们的文明……不配长成人的样子。”

伽马暴力身体一软跪在地上，“臭猴子……会使用的工具还真不少……古老的短剑……不，是匕首…… ”他猛地握住匕首柄，把它从身体里抽出来，狠狠插进鸣犽锦绣的胸膛，然后歇斯底里地举起、落下，又举起。直到小姑娘哭喊着一头撞到他身上，他才往旁边一歪，撂下匕首，“烤肉……我很想吃烤肉……这样更容易烤熟。”

鹦宝儿慌得不知该做什么，该说什么，只想着拼命把鸣犽锦绣拽起来，“你别死，大娃，Mr. 犽……起来，起来……我抱不动你……我不让你死，不让！”

她没有换来回应。Mr. 犽的嘴微微翕张着，处于弥留之际。他只能看见一个娇小模糊的人影在眼前晃动，一些混乱的话语若有若无，蓦地，人影又不见了。

鹦宝儿从 Mr. 犽身边爬起来，狂暴地冲向上尉。此时此刻，她已经不知道自己是死了还是活着。世间万物消亡，宇宙八方涤荡，空空如也，仅剩下她这团燃烧着黑色火焰的灵魂，渺小的灵魂，咆哮着、翻滚着、呐喊着、沉浮着、孤独着。

撕碎凶手！撕碎他！鹦宝儿抱住上尉，拼命地踢咬、捶打、挖挠。撕碎他！撕碎这个凶手！！可凶手只一扬手腕，她就翻滚着摔出了老远。

伽马暴力融出绷带包扎好腰间的伤口，摸摸挂在脖子上的白色小球，“嘿，脾气很大、身材很棒的仙女……你现在应该是一位真正的仙女了，在父神的水花园里看着我……这个宇宙里的人疯了……全都疯了……只有我还知道什么是最重要的……这件事很快就能做完了……很快。”他翻翻眼皮看着鹦宝儿，小姑娘又冲上来，抱住他一条腿。上尉不紧不慢地聚裂出金属铠甲，盯着这个不知天高地厚，又无所畏惧的异域小崽子，静静地欣赏着什么叫作无能为力。

这个怪物杀害了那么多我爱的人！撕碎他！撕碎他！！鹦宝儿抱着怪物奋力地厮打，划破了嘴唇，磕破了额头，撕裂了指甲，崩掉了牙齿，可回应她的，只有金属挠心的噪音，在这空旷的广场上回响。

"好了好了，小花猫……我给了你足够的时间……杀死我的时间……你可真不知道珍惜。"上尉抓住小姑娘的头发站起身，像拎着一棵菜。

鹦宝儿徒劳地挣扎着，睫毛挂着血泪，眸子沁成黑红。

嗖——咣当！伽马暴力猛然被什么东西撞得飞了出去，手一撒丢开她。

一只蓝色的小怪兽在面前盘旋飞舞，风驰电掣，是二娃。

"你到哪儿去了……Mr. 犽他、他……"小姑娘哭得站不起来。

"我去了粉湖！就在山后面！那里的情景，会让任何人类做噩梦的！算了，待会儿再跟你说！"二娃在空中悬停，对中尉狠狠地伸出两只前爪的中指，首先表示了谩骂，这才扭头问鹦宝儿，"他是什么玩意儿？怎么把你打成这样！"

"就是他杀了我姐姐和乡亲们，你忘了吗？ Mr. 犽也被他……"

二娃狠狠一砸脑袋，假装想起了什么，"看我这记性！"他瞅瞅躺在地上的鸣犽锦绣，"放心，他是个老不死，他要是死了，我还真要谢天谢地呢，能少操很多心！"

说完他猛一甩头，冲伽马暴龇出小獠牙，"你今天死定了！我刚离开一会儿，你就敢伤害我的朋友。看看，看看！都把他俩打得破了相了！"二娃又一指鸣犽锦绣，"尤其是他，这样子还能看出他是个人吗？啊？！那根本就是一摊稀烂的番茄酱！你是外星人就牛啊？我马上让你也变成他那副衰样儿！"

伽马暴力仰头打量他，"人工智能……不过是个人工智能……你怎么变得这么小……还长了翅膀……不，不，那应该是耳朵……你现在的样子，比原来更让人恶心，就像只讨厌的蓝苍蝇。"

"我是犽！头顶那些龙，都是我老爸的雕像！睁大你的鸡眼好好看看！"

鹦宝儿急得不停摇着手，"别再浪费时间了二娃哥！快救大娃哥呀！"

二娃这才嗖地飞到鸣犽锦绣上方，"喂！你这个不争气的东西！一直跟你说要锻炼身体，就是不听！别在我面前表演悲壮，赶紧自愈，赶紧的！"

鸣犽锦绣没一点反应。二娃愣了愣，慌忙点亮眼里的射灯，去照他的瞳孔，"……啊呀！我就……"他迅速降至低空，一只前爪抓住 Mr. 犽，又疾速飞到鹦宝儿身边，用另一只爪子抓紧她。

"得找个地方急救！他瞳孔没反应了！"二娃急得狠咬槽牙，闪电升空，"也不知道这一百多年他是怎么混的……大娃！挺住！别让我瞧不起你！"

二娃升空的同时，伽马暴奔向了青铜蟾蜍。他几步蹬上蟾蜍背部，高高腾跃而起，腋下迅速聚裂出翼翅，大鸟般扑向二娃。而他的头盔也抽丝缠绕，拧成了一条长鞭。鹦宝儿凌空打出一粒钢珠，二娃则紧急转向。上尉侧身躲开子弹，长鞭抽空了，人也向地面滑翔而去。

“吼吼吼，这外星人根本就不是我的对手。”二娃上升到安全高度，立刻就开始嘚瑟了，“要不是得抢救大娃，我咬死他我！我是犽，我……”他忽然微微摇晃了几下，紧接着就开始缓缓下降，“我、我电量不够了我！”

上尉目睹了 MBA 组合坠落的全过程。当他们七零八落摔在杀手面前时，鹦宝儿彻底失去了挣扎的力气，眼睛半睁半闭，迷离地跟这荒谬的世界告别。

她模糊不清地看到，二娃想要翻身爬起来，可小狗狗的举止，已然是能量耗尽的慢动作。她隐约听到二娃艰难的言语，“今天……真不该……飞……那……么……d、d、d、d、d……”她明白，二娃哥是“多”字没能说出来，就卡在了声母那里。接下来，她看到杀手的金属靴，高高悬在二娃哥的头顶上，而令人作呕的声音也飘过来，“破烂……我要把你踩成破烂……”

二娃哥已经离开过我一次了，我不能再失去他！……Mr. 犽，你还活着吗……我的眼睛什么也看不见了，只觉得地在震动，在下沉，是地狱的门要打开了吗？

伽马暴力的金属靴刚要踩下去，突然感觉有什么东西在脚上爬，低头看，是鸣犽锦绣的一根指头在轻扣他的靴子——与其说轻扣，不如说那是手指在抽搐。

Mr. 犽仰面朝天，双眼一眨不眨，浑身上下就只剩这一丝一丝的，节奏凌乱的抽搐，尚能证明他还未死尽。

伽马暴烦躁地放下脚，“讨厌……讨厌……我做事不喜欢被打断……”他弯腰掐住鸣犽锦绣的脖颈，另一手抓住他的腿，“也许你喜欢……喜欢被打断……”然后就把鸣犽锦绣举起来，狠狠磕向自己抬起的膝盖。

咔嚓！是脊椎断裂的声音。鸣犽锦绣如木头般被折成了两截，接着又被上尉使劲一丢，便垃圾般地落进了青铜蟾蜍的巨嘴里。

上尉搓着手嘟囔，“断了……你被打断了……你们排好队……都别急……死亡是门手艺……我最擅长的手艺。”

二娃仍然在机械地微微震颤，空旷的青石广场上，只有他“d、d、d、d、d”的声音，宛如一首悲伤的儿歌，在召唤悲伤的孩子。悲伤的孩子，朝二娃一寸一寸爬过来。鹦宝儿无力抬起头，无力睁开眼，就那么垂死地、本能地爬向她的伙伴。

上尉迈过二娃，胳膊聚裂成两把长刀，“插队……你想插队……女士可以优先……我已经变成了有风度的人……有那种虚头巴脑的鬼样子……我保证……保证你跟你姐姐一样……变成怪物……漂亮的怪物……”

咔吧。什么东西被轻轻撕裂了。叮！一块金属碎片飞砸在伽马暴力的长刀上，发出清澈的颤音。他惊诧地停住脚步，捡起碎片，扭头向旁边看。

鹦宝儿也被这异动唤醒了，眼睛微微睁了开来。二娃虽然还在僵硬地唱“d、d”歌，却也努力转动眼珠，望向声音传来的方向。

他们同时看到，那只刚刚被用作垃圾桶的青铜蟾蜍嘴边，露出几枚白色的尖指甲和一小部分藏蓝色的指节，似鹰如虎，显然有什么东西正扒在里面。而伽马暴力捏起的碎片，与蟾蜍嘴边狰狞的豁口完全吻合，显然是被那只爪子硬生生给撕扯下来的。那只爪子抬起来，冲上尉钩钩食指，又硬邦邦地竖起中指，然后便保持着这个手势，一动不动了。

“……嗯……我喜欢，很喜欢你说的这件事……可我讨厌别人对我这么没礼貌……不，你不是人类……连臭猴子都不是……是猫……猫科动物……”他嘟哝着把碎片狠狠一丢，朝青铜蟾蜍紧走几步，举剑高高跳起，朝那只异物所在的方位劈下去。光束剑即将劈中蟾蜍的刹那，那只爪子闪电般一伸，没容上尉反应，就将他拽了进去。紧接着是一长串“丁零咣当”的响动，那响动越来越小，离地面越来越远，直至沉寂。奇异之物和伽马暴一起坠进了大地深处，这青石下，是个巨大的空洞。

“d、a、d、a、d、a，”二娃的语言能力似乎恢复了一点点，不过也就是一点点而已，“w、a、w、a、w、a。”

“是 Mr. 犽，”鹦宝儿虚弱地抿起嘴笑，“我在喆梨寨见过那个爪子……二娃哥，大地在动……真的在动啊……”确实如此。她之前的感觉是对的，地确实在震动，现在越发剧烈起来。大地深处，轰隆隆的声音隐隐传来，如雷鸣渐起。那雷鸣仿佛被禁锢了千百年，而现在，它不愿再纠结，不想再隐忍，无法再抑制。它在窜动，在集聚，在酝酿劈裂天地的雷火。地下发生着什么，看不到，却能真真切切听到——有金属在断裂，有岩石在碰撞，有人在厮杀，有水在呜咽，有浪在翻滚，有暗流在蔓延。这些声音交织呼应，本已足够磅礴，却又在偌大的地下空间激荡起了回声。于是，所有声音一起，共同汇聚成了龙出没之前的万钧雷霆。断打声渐渐变大，如越击越烈的鼓，从其他喧嚣声中分离，凸显，卓越而出。鼓声从地下深处移动至几丈之遥，随即便一路潜行到樽形巨物下方。停留片刻后，鼓声又开始纠缠着上升。那座巨大的建筑物腹内，也成了战场。

咔吧！咔吧！青石地面绽开细碎的裂纹。一块一块的地面慢慢倾斜，扭曲。一方一方的青石断裂，坠落。那些深埋于地下的伟岸支柱和精密机关，已经在弯曲，在破碎了。

“我带你……离开这儿……”鹦宝儿搂着二娃，惊恐地感受着这一切。她想爬起来，却又无力地趴倒下去。咯嘣！咯嘣！她身下的青石，裂出蛛网般细密的纹路，随即那些纹路就开始变粗，延展，开裂。透过裂缝，能清晰看到地下湍急的水流、横七竖八的金属支架，以及犬牙交错的，显然是机关部件的巨大岩石。

二娃依然直挺挺动弹不得，可他眼里分明有电光闪动，宛如星星点点的萤火，那是机器被感动后的眼泪，“b、ie，b、ie，g、u、an，g、u、an，w、o，w、o……”

轰！轰隆！轰隆隆！伴着让人心悸的闷响，一只青铜龙首的嘴中，巨大的水流猝然汹涌而出，随后白练般飞流直下。龙首下方所对应的青铜蟾蜍，即刻便将这飞瀑统统吞入腹中，又将之迅速浇灌到大地深处。这股水流的咆哮，与地面下原本就存在的雷霆之声，轰然聚首。

轰隆隆隆！轰隆隆隆！又两只龙首吐出飞瀑，紧接着是三只，五只，七只。七条巨大的瀑布，轰鸣着从七只青铜龙首的嘴里喷出，落下，又钻入七只青铜蟾蜍的腹中。一时间雾气蒸腾，彩虹迭起，水舞龙飞，震天撼地。

唯有面对着二娃和鹦宝儿的那只龙首，巨嘴中空无一物。

咯啦！咯啦！樽形巨物猛然抖动几下，随后缓缓向地面倒去。它原本坚不可摧的地基，已不堪重负了。几条瀑布顷刻甩离蟾蜍的巨嘴，直接浇向地面，变成一条条湍急的河流。而那只一直未能吐水的龙头，骤然发出一阵密集的“嘭咚”巨响，紧接着就在龙喉深处，喷出了那对搏杀已久的人。此时此刻，如果时间可以慢下来，你会看到幽暗的龙喉被光束剑点亮，伽马暴力的背影缓缓地从里向外飞向龙嘴。他身上，两只锋利的爪子深深刺进了他盔甲的肩吞和掩膊。而他面前，是一个模糊而健硕的黑影，似是狂暴的野兽。那野兽抓抱着对手，从黑暗中徐徐跃出来。他们身后，洪流紧追不舍，喷薄欲出。

然而地面上的时间却没能变慢。激奔的水流将鹦宝儿和二娃席卷，冲向一处巨大的裂缝。小姑娘一手死死揽着二娃，另一只手拼命地想抓住些什么。可她什么都抓不住，宛如水中的一片树叶，翻滚着，旋转着，向深渊漂流而去。

龙嘴里，伽马暴力的背影被野兽推向一颗凛冽锋利的龙牙。噗！龙牙刺进他的后背，从胸前茁壮地冒出来。野兽的身影也终于暴露在阳光之下，一切的模糊和奇异都在瞬间轰然褪去，漩涡中的鹦宝儿和二娃，看到的是 Mr. 犽，完好如初的 Mr. 犽。

伽马暴力被钉在龙牙上，嘴里喷出银褐色的血液。他挣扎着，痉挛着，用尽最后的气力，一手死死勾住鸣犽锦绣的肩膀，另一只手猛然扬起，将光束剑掷向青龙上颌。剑深扎进去，那片巨大的上颌随即从伤口处开始融化，然后徐徐坍塌下来，宛如即将咬合的龙嘴。

"完蛋……一块完蛋……地狱里不寂寞……我需要陪……陪练……"伽马暴力的咕哝声搅和着他的鲜血，一起从嘴里断断续续冒出来。

鸣犽锦绣骇然看到了激流中的鹦宝儿和二娃，想要跃下龙头，却被上尉死死勾住皮肉，不能脱身。此时，从龙喉深处紧追而来的巨浪轰然而至，瞬间就将他和上尉吞噬其中。

地面上，鹦宝儿和二娃已被冲到裂缝边缘。裂缝吞噬着小姑娘的腿、腰，然后是胸背。可她抱着二娃的手却始终没有松开，也决不会松开。"啊！！"她一声嘶喊，集结了小小身躯里的所有力量，用另外一只手死命去抠青石的边缘，却还是徒劳，紧接着就向未知的深渊坠落而去。

樽形巨物还在缓缓倒塌。此时，如果能飞进那条最汹涌的空中洪流里，会看到青龙的上颌正咬下来，锋利的龙牙正刺向鸣犽锦绣的脖颈，只差毫厘。

大地在沦陷。如果能跃入那条吞噬鹦宝儿的裂缝，会看到她正抱着二娃下坠，会看到二娃猛然间浑身一震，四肢不再僵直，眼神不再凝滞，他的涡扇发动机毫无征兆地骤然旋转起来，"我是犽，犽——"伴着呐喊，二娃前爪抱住鹦宝儿，用他刚刚积攒的，羸弱的电能，奋力垂直飞上去。大地已一片汪洋。二娃龇牙咧嘴抱着小姑娘，紧贴水面，飞向最近的陆地。他摇摇晃晃，却义无反顾。他虚弱不堪，却豪情万丈。他像只小狗狗，却云龙风犽。

终于，他们降落在水边山地上，随后二娃便僵硬地倒下去，嘴里嘀咕着，"你是个重情重义的姑娘……难怪那个二娃想追求你，我……"

"你说什么？"鹦宝儿没听懂。

"g、g、g、g、g……"二娃又没电了，又卡在了声母那里。

小姑娘这回弄不明白他想说什么了。她一把抱起小狗狗，问这天地间的水世界，"Mr. 犽——你在哪儿——"

樽形巨物断掉了最后一根支撑它的筋骨，轰然倒下。洪流中，龙牙即将刺入脖颈的一瞬，鸣犽锦绣拼命向旁边闪去。伽马暴力的爪子随即撕裂了他的肩膀，然而，这是外星上尉在怒安娜能做的最后一件事了。龙嘴闭合的刹那，Mr. 犽奋力跃出去，而他的敌人，则成了这青龙嘴中的猎物。

樽形巨物，与青石和激流轰然相撞了。鸣犽锦绣，也终于从一朵巨大的漩涡边缘冒出来。当他游上岸，站在鹦宝儿和二娃面前时，他们谁都没有说话，只是湿漉漉地、紧紧地拥抱在一起，仿佛已分离了很久，仿佛又要分离很久。不放开，舍不得放开，不敢轻易放开，怕放开了，就再也无法拥抱到一起。他们头顶着头抱成一圈，身上滴滴答答流淌的水珠，是最动人的眼泪。

“……总不能等咱们全晾干，再分开吧。”Mr. 犽觉得总这么抱着有些尴尬，所以约莫拥抱了一盏茶的工夫之后，不得不这样婉转地提醒大家。

于是又抱了一袋烟的工夫，拥抱才终于得以结束。Mr. 犽背着鹦宝儿，鹦宝儿又背着二娃，三人叠罗汉般朝山后方走去。此刻的他们，只是换了另一种拥抱的方式而已。他们身后，樽形巨物渐渐沉入倒灌的海水，如一条下潜的巨鲸。伴随着巨鲸脊梁上最后一只龙首被海面浸没，一股山般庞然的巨浪怒吼着炸向空中，水里疾速旋转出一轮漩涡，巨鲸向漩涡深处钻去，转眼就踪影全无。那轮漩涡，不断将碎木、杂草、坠落的浪花席卷进大地深处，宛如通往另一个时空的隧洞，蛊惑着渴望探秘的人。

“Mr. 犽，谢谢你帮我报了仇。”鹦宝儿的声音里是劫后余生的疲倦，和尘埃落定的欣慰，“亲手伤害过我姐和豆儿哥的凶手，全都付出了代价。”她脸颊紧贴着鸣犽锦绣宽阔的背脊，大眼睛望向天边的海岸线，眸子映出海洋的蓝和青天的蓝。那些蓝融为一体，匀净，深邃，一如公平本身。

“y、e……e、r…… ”二娃蹦出几个匪夷所思的字母。因为电量严重不足，他的嗓音格外深沉，像一只得了气管炎的老虎。

“你想说什么呀，二娃哥？”鹦宝儿心疼又好奇。

“他想说，也帮那个二娃报了仇。”Mr. 犽沉沉叹口气，脚步也随之顿了顿，转而又慌乱地把话锋往回圆，“二、二娃，你不就失去了个巨大的身躯嘛，现在的你都会飞了，知足吧，啊。”

“不管你外表什么模样，都是我最爱的二娃哥。”小姑娘依然被蒙在鼓里，“不过，杀死乡亲们的凶手还没有全死掉，有个眼角下有颗红痣的女怪物，对了，还有个粉眼睛、矮个子的女兵——不过她算不上坏人，她救过我——希望她以后洗心革面，不要再跟那些恶棍混在一起了。”

Mr. 犼手脚并用绕过一块灰色岩石，“有因就有果，只不过不知道果什么时候会来。那些还活着的恶人，在等待那个果。”他一边继续朝山上爬，一边喃喃着，更像是把话说给自己听。“仇是报不完的，仇恨是世界上最连绵不断的东西。我们杀死了外星人，其他外星人一定不会放过我们。其实，最好的办法是不让仇恨发生，不过，既然它来了，就不能躲着。对那些率先挑起仇恨的人，大部分时候，试图去感动他们只是徒劳，只能用拳头，刀剑，栅栏。”

鹦宝儿歪起头，故意做出仔细研究他的表情，“你好像变了，Mr. 犼。”

“所以，我也要谢谢你，我也感觉自己变了。”Mr. 犼动作僵硬地搓搓脸颊，不变的是他的万年腼腆。“认识你之前，我几乎变成了兔子，再发展下去，就要变成猥琐的黄鼠狼了。”

“你还能变兔子和黄鼠狼呀！我可喜欢兔子啦！”

“……我只是打个比方。”

“哦。大娃哥，我好想看看你长出爪子的样子，一定很威风。”

“也很恐怖。是你，才让我变成了曾经的犼。”

“犼到底是什么？只听二娃哥说是龙的儿子。”

“在神话传说里，犼象征着‘望君行，盼君归’。另外，它也是我姓氏里的一个字，我姓鸣犼，叫锦绣。”

“我终于知道你的名字啦！”

“你当然得知道我的名字，我还等着你给我写信呢。”

“大娃哥，你为什么能变成犼？”

“其实……总之……等你长大一点再给你讲吧。”

“我现在就要听。”

“呃……一个人只要心中有犼，就能变成犼。”

“r、o、u、m、m、m……b、b、b……”二娃又说话了，而且，又不出所料地卡住了。

“二娃哥说什么呀？”这次，小姑娘直接向翻译求助。

“说我肉麻不要脸。”Mr. 犼诚实地耸耸肩。

“b、b、b、g、g、g！”鹦宝儿扭头冲背上的二娃坏笑，然后问鸣犼锦绣，“二娃哥明白我说什么吗？”

“当然，这是他现在的语种啊——‘不乖’。”翻译自信地扬起眉毛。

鹦宝儿风铃般笑起来，不过马上又长长叹口气，“翻过山，我就要到家了，好舍不得你们。”

Mr. 犰埋下头继续朝山上爬，语气并不自信，“习惯了别离，才能够真正地长大。”

67. 锦绣离人

MBA 组合爬上了山腰。咻——鸣犽锦绣刚直起身，一道光芒赫然从背后飞来，贴着他们的头顶电闪而去。咻——咻——咻——又几道光束交叉划过。鸣犽锦绣慌忙卧倒，扭头回望。白色汪洋上方的山林里，香沙沙落士兵一个接一个，一排又一排地冒了出来。不知他们埋伏了多久，不知刚才看上去普普通通的石块、树木、野草，哪些就是他们的化身。不知他们为什么要潜伏于此。

士兵前方，一个机器人在陡峭的山路上闪躲腾挪，朝着 MBA 组合的方向狂奔而来。机器人身形巨大，有四五米高，身躯灰褐相间，不知道是伪装色，还是在战斗中留下的伤痕。他的肩膀、背部、腰部均有粗大的枪管，枪口朝向身体后方，毫无间歇地发射着光束，对追兵予以还击。

嗤喷——嗤喷——嗤喷——伴随着一片金属摩擦声，山脊后骤然升起几只巨大的机器甲虫。它们迈开长腿跨越巨石，踩倒树木，把山体踏得瑟瑟抖动，朝机器人围过来。

轰！轰！轰！——轰！轰！轰！轰！甲虫朝机器人射出粗长的光束，光束所及，山石炸裂，浓烟爆起。一支光束即将射中机器人时，机器人乍然腾空而起。空中滑行的刹那，他疾速完成了翻转、伸缩、拆分，裂变成三个较小的机器人，各自朝不同的方向散落而去。而每个机器人，都各自背载了一个人类——穿山破、主序后星使、福螺凛烨。

“暗夜信使没有被我们毁掉！还落入了贼人之手！卿家有什么对策？！”太子被机器人的奔跑震得一颠一颠，像在骑马。

看来，这段时间发生了不少事。

驮着窄肩膀的机器人一跃而起，跳过前方障碍，重重落在一块岩石上。岩石被砸得粉碎，从主序后星使的表情来看，他的境遇比这块岩石好不到哪里去，“啊呀！啊！我的屁股，殿下！”

穿山破乱里偷闲怒瞪他一眼，“殿下正气浩然！妖魔定可降服也！”

此时再看四面八方，更多的机器甲虫和香沙沙落士兵包围上来。他们射出的光束粗细相杂，穿梭如箭，被击中的地方电光火石，烟气蒸腾。

火种湾沿岸的这片土地，今日，水火依次将它洗礼。

三个机器人从 MBA 组合身边奔跑而过，一片密集的光束瞬间追随而来。鹦宝儿慌忙背起二娃，鸣犽锦绣又背起鹦宝儿，他们跟着机器人的脚步，朝前方狂奔。

被光束追杀的各色人等都注意到了彼此，惊诧的目光两两相交。然而，他们连喘息的机会都没有，就更谈不上能好好交流了。

“嘿！”

“噢！”

“喂！”

“噫吁嚱！”

“妈呀！”

机器人，福螺凛烨，主序后星使，分别发出了这样的惊叹。

“k、k、k……”MBA 组合里，二娃如此报以回应。

蓦地，粉色湖泊就闯入了视线，期盼已久，猝不及防。MBA 组合还没来得及定睛去看，一束光便在身旁轰然爆裂。狂悍的气浪顷刻就将他们分散开来，抛向高空。跟他们一同飞起来的，是三个机器人，还有福螺凛烨、主序后星使和穿山破。他们宛如被风暴卷起的树叶，以不同的姿态飘摇，空无所依。

将时间停止，空中，便是众人观望这片海岸的绝佳视角。如果他们还活着的话。身处这里，海风更烈，群山更远，大海浪漫。他们下方的几十米处，粉湖宛如静女，如约而俟。湖泊西岸，峭壁依水而立——正在空中悬停的这些人儿，就是从这峭壁边缘被炸飞出去的。而湖泊东岸，仅几十米之隔，便是幽深湛蓝的大海。湖泊的面积并不是很大，长约千米，宽不过几百米，却堪称人间尤物。在空中俯瞰，它如一瓣桃花，似一只眸子，像一颗心脏。

香沙沙落人看见它，也许会想到孩童天真的粉色眼睛。而怒安娜人，也许会闻到少女闺中的罗帐芬芳。可这湖，却是嗜血的。几条鲨鱼的背鳍在其中游弋，鳍灰黑色，如湖水中的岩石。可鲨鱼不经意间露出的背部皮肤，却是桃红色。这是燃刀幻色鲨，宛如水中的变色龙。湖泊周围没有任何人家。这汪湖，这个时候，是鲨鱼的领地。

鹦宝儿惊恐地望着这一切。她看到了远处天坑中的星舰，可那并不是自己所回忆起的星舰。星舰的颜色、残骸的形状，没有任何相似的地方。这粉色的湖，根本不是自己的草莓沙冰。草莓沙冰要宽广得多，亲柔得多，旁边没有嶙峋的岩石，其中更没有阴森的鲨鱼，只有小憩的海鸟，以及劳作、戏水、漫步的人们。她也没有看到那几排简陋的草木屋——记忆中，那是为了医治伤员，临时搭建的医院。她甚至没看到哪怕是一座房子，就更别说看到自己的家。这里，没有被人间烟火熏染过的痕迹。

高空中，众人骤然飘散。峭壁上，双星沫奔跑在香沙沙落人最前面。她向悬崖外纵身一跃，腋下聚裂出翼翅，飞向离自己最近的鹦宝儿。

“绿幽灵！绿幽灵星！我叫支离锦——”鹦宝儿猝然嘶喊出来。小姑娘在空中翻转，坠落，弯翘的睫毛随风颤动。她漆黑的双眸映着粉色湖泊，转而又映出大海蓝天。她的眼泪，如一抔珍珠抛洒而出，追随着她的身体一起飞舞。她唇边的梨涡隐现沉浮，像惊惘的漩涡。

鸣犽锦绣脑海中宛如太阳炸裂，视野里无尽苍茫，只有那一声嘶喊辗转萦绕，惊心断肠。鹦宝儿口中的绿幽灵星是外婆的家乡，大约两万年前，就不复存在了。支离锦是外婆的名字，一万八千七百二十一年前，外婆就不存在了。而鸣犽锦绣的名字，就是从外婆那里取了“锦”，从母亲那里取了“绣”，再加上该死的父亲的姓氏“鸣犽”，结合而成的。

是幻觉吗，是幻觉吗。如果是，为什么现在，我的心脏真真切切地那么惊，那么狂，那么痛。恍若隔世，不期而至，扑朔迷离。我的第一感觉竟然不是惊讶，不是惶恐，不是想追问你来的原因，而是埋怨，是刺穿灵与肉的痛。埋怨自己，埋怨那顿没有你的晚饭、顿顿没有你的晚饭，让我等了两万年。

鹦宝儿，你到底是谁？是你吗，是你吗，是你吗。如果是，何以降临？而你的指纹、关于家的记忆，又为什么迥然至此？

然而此时此刻，我不想问、不敢问、来不及问。

如果不是你，你又是谁？那些你曾说过的话、做过的事，你的名字和故乡，又为什么在今生重现。你的灵魂为什么在宇宙间重现，非要说出我不敢触碰的记忆。你属于哪里，你属于谁，你属于我吗？

我只知道，鹦宝儿，你脑海中苏醒的那些记忆，也许并不属于怒安娜。你粉色的“草莓沙冰”，你的家，不在这颗星球上。你的那些记忆把我们带到了这里，阴差阳错。

空中，双星沫抓住鹦宝儿，划出一弯弧线，落回到峭壁上。“我做错的事我来补偿，将军。”双星沫向星门噬行一个军礼，“她会告诉我们一些事情的。”

悬崖下方，鸣犽锦绣、二娃和一众人等坠入了湖水。湖泊的水一定很咸，像离人的眼泪。他们坠落时激起的浪花，是鲨鱼的集结号。嗜血者将很快把粉红染成殷红。

“鲨鱼……是从海里游进来的…… ”Mr. 犽向湖水深处一头扎下去。不知过了多久，他的前方倏地亮起来。那是通向磅礴海洋的洞口，如映着半点星光的眼眸。